GOLDMANN

Walter Kempowski wurde im April 1929 in Rostock geboren. Er besuchte dort die Oberschule. 1944 wurde er wegen »politischer Unzuverlässigkeit« in eine Strafeinheit der Hitlerjugend eingewiesen, Ende des Krieges war er Flakhelfer. Nach dem Krieg lernte er Druckereikaufmann. 1948 wurde er in der damaligen »Ostzone« aus politischen Gründen zu fünfundzwanzig Jahren Zwangsarbeit verurteilt, wovon er acht Jahre im Zuchthaus Bautzen verbüßte. Nach seiner Amnestierung studierte er in Göttingen Pädagogik, danach war er zwanzig Jahre lang Lehrer in Norddeutschland. Er war Gastdozent an den Universitäten Essen, La Jolla (Kalifornien) und Hamburg und hat seit 1981 einen Lehrauftrag an der Universität Oldenburg.

1969 veröffentlichte Walter Kempowski sein erstes Buch *Im Block*. Der erste Roman seiner »Deutschen Chronik«, *Tadellöser & Wolff*, erschien 1971. Der nach *Aus großer Zeit, Schöne Aussicht, Uns geht's ja noch gold, Ein Kapitel für sich* abschließende sechste Band *Herzlich willkommen* kam 1984 heraus. Materialsammlungen zur »Chronik« und ihr zugehörig sind die »Befragungsbände« *Haben Sie Hitler gesehen?, Haben Sie davon gewußt?* und *Immer so durchgemogelt.* 1988 erschien der Roman *Hundstage.* Eine Besonderheit im Schaffen des Autors sind die beiden von Roswitha Quadflieg illustrierten Bücher *Unser Herr Böckelmann* und *Herrn Böckelmanns schönste Tafelgeschichten* sowie die Tonbandkassette der preisgekrönten Hörspiele *Beethovens Fünfte* und *Moi Vaddr läbt.* Im Westermann-Verlag, Braunschweig, erschien seine für Schulzwecke geschriebene Fibel.

In seinem »Haus Kreienhoop« (auf dem Land zwischen Hamburg und Bremen) hält Walter Kempowski dreimal im Jahr Literaturseminare ab; dort befindet sich auch das von ihm angelegte Archiv von Autobiographien zeitgenössischer Autoren.

Walter Kempowski erhielt zahlreiche Preise und Auszeichnungen. Er ist verheiratet und hat zwei erwachsene Kinder.

Außer dem vorliegenden Band sind von Walter Kempowski als Goldmann-Taschenbücher erschienen:

Aus großer Zeit. Roman (3933) · Schöne Aussicht. Roman (6721) · Tadellöser & Wolff. Roman (3892) · Herzlich willkommen. Roman (6833) · Haben Sie Hitler gesehen? Deutsche Antworten. Nachwort von Sebastian Haffner (9594)

Walter

KEMPOWSKI

HUNDSTAGE

Roman

GOLDMANN VERLAG

Ungekürzte Ausgabe

Der Goldmann Verlag
ist ein Unternehmen der Verlagsgruppe Bertelsmann

Made in Germany · 1. Auflage · 7/90

Umschlagentwurf: Design Team München, unter Verwendung
einer farbigen Zeichnung von Monica Polasz, Hamburg
Druck: Elsnerdruck, Berlin
Verlagsnummer: 9825
MV · Herstellung: Heidrun Nawrot
ISBN 3-442-09825-4

Für Hildegard

Hundstage (dies caniculares) nennt man seit alters her die Zeit vom 23. Juli bis zum 23. August. Die Sonne steht um diese Zeit in der Nähe des Sirius, einem riesigen, acht Lichtjahre entfernten Fixstern, auch «Hundsstern» genannt. Im alten Griechenland schrieb man dieser Stellung die sommerliche Hitze zu. Auch heute noch gelten die Hundstage als eine Periode größter Hitze, die meisten Schulen haben zu dieser Zeit Ferien, im Mittelalter wurde dann sogar der Gottesdienst eingestellt.

Alexander Sowtschick stand am Tor. Er blickte seiner Frau nach. Soeben war Marianne in ihrem Golf die Pappelallee hinuntergefahren und war, von Dorfhunden verfolgt, im Staub der Straße verschwunden.

Den ganzen Vormittag über war im Haus herumgerannt worden. Türenschlagen, treppauf, treppab, dies noch vergessen, das. Nun war alles ausgestanden, nun war alles in Fluß: Marianne würde die Autobahn erreichen und mit größer werdender Geschwindigkeit dahinfahren, immer weiter, immer weiter, dem an langen Winterabenden erarbeiteten Urlaubsziel entgegen: Isle de Camps an der Atlantikküste, weiß Gott weit weg! Das Meer, nicht wahr? Die schäumenden Wogen und im nahen Städtchen ein Lokal, in dem es ungewöhnliche Leckereien zu essen geben würde.

In früheren Jahren waren die Eheleute gern gemeinsam gefahren. Italien, Spanien, Schottland. «Morgens eine, mittags zwei und abends drei Kirchen», wie sie scherzten. Sogar eine Kreuzfahrt hatten sie unternommen, in die Karibik, mit Bingo und Captain's Dinner – doch ohne rechten Gewinn. Sowtschick war kein Urlaubsmensch. Unter dem folkloristischen Getrommel von Eingeborenen, im Menschengewimmel eines Bazars oder in der abgeschiedenen Ruhe eines kühlen Museums hatte er seiner Frau nörgelnd die schönsten Tage verdorben, *alle* schönsten Tage. Im letzten Jahr: die Tour durch Burgund, romanische Kirchen... Abgesehen davon, daß es die ganze Zeit geregnet hatte, waren es die Kirchen selbst gewesen, die Sowtschicks Abscheu erregten: alle Skulpturen geköpft, Bischöfen und Königen die Augen ausgekratzt: das Werk rachsüchtiger Revolutionäre; im Reiseführer hatte davon nichts gestanden. Sowtschick war laut geworden, im Hotelzimmer, nachts, und Marianne hatte geweint. Am nächsten Tag war man sich einig gewesen: Nie wieder Urlaub gemeinsam. Und so hatte sich Marianne denn für dieses Jahr die französische Atlantikküste ausgesucht. Man würde zur Ruhe kommen, Marianne in der Ferne und Alexander zu Hause.

Sowtschick würde tun und lassen können, was ihm beliebte: Morgens vor Sonnenaufgang tief atmend auf die Terrasse treten oder erst zu Mittag aufstehen, vom Schnabelwetzen der Vögel an Zeit und Ewigkeit erinnert. Nächtelang im Hause auf und ab gehen, ohne gefragt zu werden: «Hast du was?» Nach Hamburg fahren, ohne etwas mitbringen zu müssen, zu fasten oder zu schwelgen, ohne Tabletten hingeschoben zu bekommen.

Während Marianne ihren Körper der Sonne preisgab, irgendwo im Westen, fern im fernen Frankreich, käme er in der Stille seines Hauses ganz zur Ruhe, unrasiert und – ja, warum denn nicht – auch einmal ungewaschen.

Alexander Sowtschick schloß das Tor. Das weiße Gartentor – auf den Pfosten große Kugeln – war ein herrschaftliches Gartentor, und das Haus, das seine Großzügigkeit nicht so ohne weiteres preisgab den Blicken der Vorübergehenden (wie es in der Architekturzeitschrift «Form» gestanden hatte), lag hinter den vom Wind bewegten Bäumen breit und behaglich da.

Sowtschick sah noch einmal die Dorfstraße hinunter, in der sich der Staub bereits verzog – die Hunde hatten längst die Verfolgung aufgegeben –, er hob eine zerknüllte Bierdose auf, die irgend jemand auf sein Grundstück geworfen hatte, und schleuderte sie auf die Straße. Dann nahm er die Post aus dem Kasten und ging, die Briefe wie Spielkarten sortierend über den Kiesweg dem Hause zu. Seine drei Hunde gaben ihre für den Abschied dosierte Lebhaftigkeit auf und liefen voraus: zwei Corgies mit langen Ohren und kurzen Beinen, die jedermann für Promenadenmischungen hielt, und ein Collie, schon ein wenig angejahrt, nichtsdestoweniger freundlich lächelnd.

Sowtschick und seine Hunde traten in das Haus. Sie durchquerten die dunkle Halle und verschwanden in der Küche, wo Sowtschick den Kühlschrank öffnete, den er «Eisschrank» nannte. Während die Hunde sich setzten, entnahm Sowtschick ihm einen Stoß

Salamischeiben und fütterte abwechselnd sich damit und die Tiere, wobei er streng darauf achtete, daß die Corgies «Männchen» machten, so wie er es ihnen beigebracht hatte. «Männchen» war schließlich das mindeste, was man verlangen konnte. Dem Collie war dies erlassen. Abgesehen davon, daß es fraglich war, ob die Anatomie des Tieres diese Position überhaupt zuließ. Eine solche Demutshaltung von einem älteren Herrn zu verlangen, wäre Sowtschick unziemlich erschienen. Es gibt Grenzen, die der Takt vorschreibt.

Im Kühlschrank standen, auf Plastikgefäße verteilt, die «Gerda» hießen, verschiedene Mahlzeiten, im voraus gekocht, eine Linsensuppe, kalte Frikadellen, grüne Bohnen und eine Schüssel Pellkartoffeln, die bei äußerster Einschränkung für drei Tage je ein Bratkartoffelgericht ergeben würden. Auf der Linsensuppe stand ein Kärtchen. *Liebster Mann!* war darauf zu lesen, in den vertrauten runden Buchstaben, etwas fliehend und an den lieben runden Kopf erinnernd mit den klaren Augen, an den man den eigenen lehnen konnte in schweren Stunden. *Liebster Mann!*

Sowtschick nahm das Kärtchen an sich. Er warf die Tür des Kühlschranks zu und seufzte einmal tief auf, so wie die Hunde es taten, die ihren Dressurakt in sich zusammenfallend aufgaben, um sich gleich darauf in der Halle vor dem bis zum Boden reichenden Fenster auf die roten Fliesen zu legen, wo sie bereits von Stubenfliegen erwartet wurden.

Alexander Sowtschick ging in sein Arbeitszimmer hinüber, vom Architekten «Studio» genannt, einen saalartigen Flachbau, der durch einen Büchergang mit dem Wohnhaus verbunden war. Der Büchergang war zweiundzwanzig Meter lang, Sowtschick maß ihn immer wieder aus, er freute sich, daß in der Architekturzeitschrift gestanden hatte: «Minutenlang geht man hier an Büchern vorüber...»

Mitten in dem Studio, das mit seinen alten Möbeln an ein Refektorium erinnerte, stand der Schreibtisch, an dem Sowtschick, durch breite Fenster auf norddeutsche Wiesen blickend, das Schreiben seiner Bücher zelebrierte, denn, dies ist nachzutragen, Alexander Sowtschick war Schriftsteller. Was er der Welt zu sagen wußte, floß ihm zwar nicht leicht, aber doch regelmäßig aus der Feder, und die Welt nahm es an, wovon das Haus zeugte, mit Halle, Büchergang und Studio und diversen, in den von der Zeitschrift als «Park» bezeichneten Garten sich vorschiebenden gläsernen Anbauten.

Sowtschick legte die Postsachen zu anderen Briefen, die bereits auf dem Schreibtisch lagen, wodurch der Stapel ins Rutschen geriet. Sich auffächernd, glitten die Briefe über die glatte Tischplatte und segelten auf den Fußboden: Ansichtskarten, Briefschaften verschiedenen Formats, Air-Mail-Letters, besetzt mit fremdartigen Frankaturen, und breite Drucksachen, Kataloge enthaltend, in denen sehr billige oder sehr teure Bücher angepriesen wurden, Investitionsangebote «nach dem Bauherrenmodell» oder Hochglanzprospekte mit großäugigen Kindern auf dem Deckblatt: «Denkt an die Dritte Welt». Der Hinweis auf «Adhäsionsverschluß» führte gewöhnlich dazu, daß Sowtschick die Drucksachen ungeprüft in den Papierkorb warf.

Sowtschick hatte den Briefen zugesehen, wie sie über den Fußboden rutschten. Er bückte sich nicht, um sie einzuschaufeln: Bücken – nie wurde er die Vorstellung los, daß ihm beim Bücken eine Ader platzen würde im Kopf, heiß und elektrisch, und daß er womöglich, eine unleserliche Ansichtskarte aus Kairo in der Hand, am Boden verröchelte.

«Hätte man ihn sofort gefunden, dann wäre er vermutlich noch zu retten gewesen ...»

Eine solche Feststellung in seinem Nekrolog wäre Sowtschick stillos erschienen: Er dachte eher daran, daß sein Leben jenseits der Achtzig ganz allmählich ausliefe. Und er sah sich auf dem Sterbebett liegen, den Blick verlöschend auf ein über ihn gebeugtes Mädchen gerichtet, das ihn liebevoll anschaut: Blond müßte es sein, das wäre wünschenswert.

Sowtschick setzte sich an den Tisch und faltete die Hände unter dem Kinn. Die Wiener Bronzen (ein Hahn und zwei Hennen), das Briefmesser mit dem Jadegriff, das Paperweight aus Bristol – so war man denn nun allein. Mit der sich vergrößernden Entfernung zwischen der dahinsausenden Marianne und ihm fielen Magendruck und Puls ab, die Stirn glättete sich, und ein Lächeln erheiterte seine Züge. Sechzig Jahre alt, die Steuern gezahlt. Es war, als ob er in jüngere Jahre hinunterliftete, hinauf oder hinunter, wie man's nimmt.

Es fehlte nicht viel, und er hätte den Hausmantel auseinandergerissen und frei! geschrien. Ich bin frei! Von diesem Ausruf hielt ihn sein Temperament und der Anblick der Briefe auf dem Boden ab, die er in den nächsten Tagen beantworten mußte, denn Frau Nerger, die sich sonst um seine Korrespondenz kümmerte, war schon vor Tagen nach Gran Canaria geflogen. Der stetig anwachsende Postberg würde seiner Freiheit Schranken setzen. Wieso eigentlich? fragte er sich. Hatte er nicht ebenfalls einen Urlaub verdient? Warum mußte er sich schinden?

Auf Angebote zur Beteiligung an Anthologien verzichtete er gern, und Briefe zu lesen, in denen stand, daß seine Romane sich wie eine kühle Hand auf eine heiße Stirn legen, darauf war er nicht erpicht. Er wußte, daß auch jener lila Brief, der bis unter den Flügel gerutscht war, nicht das Liebesgeständnis einer jungen Dame enthielt, eines «Teenagers», wie er immer noch sagte, oder einer «Tussi», wie es neuerdings hieß, was er einem Handbuch der Jugendszene entnommen hatte, mit der er sich eventuell, Literarisches vorschützend, irgendwo mal treffen könnte. Dieser Brief, lila und mit grüner Tinte adressiert, dessen Absender allerdings und offensichtlich eine «Tussi» war, würde das Geheimnis enthalten: «Ich habe Sie mir gewählt...», als Thema für eine Semesterarbeit nämlich. Und dann eine endlose Reihe von Fragen, womöglich schon bis nächsten Donnerstag zu beantworten: «Warum schreiben Sie?» Oder: «Welche Position nimmt der Erzähler in Ihrer Prosa ein?» Oder gar: «Wann endlich wenden Sie sich heutigen Zeiten zu?» Es genügte seinen Lesern nicht, daß er in ziemlich dicken Romanen «Vergangenheit aufarbeitete», *vergnüglich* aufarbeitete, wie es Sowtschick vor einigen Tagen in einer Reklame seines Verlages hatte lesen müssen, nein, die Leser wollten ihr jetziges Leben beschrieben, eigenes Tun und Treiben gespiegelt, ja gedoppelt sehen.

Alexander Sowtschick ließ die Briefe liegen, wo sie lagen, er setzte sich an den Flügel, in dessen schwarzer Politur sich die Landschaft spiegelte, und blätterte in den Noten: die D-Dur-

Sonate von Mozart. Seit er in einem Godard-Film diese Sonate gehört (und gesehen) hatte, auf einem Bauernhof dargebracht, neben Misthaufen und Schweinestall, liebte er sie. Köchelverzeichnis 576, «Jagdsonate» genannt, vom Komponisten selbst als leicht zu spielen bezeichnet, trotzdem heikel für einen Laien wie Sowtschick.

«Wann endlich wenden Sie sich zeitgemäßeren Themen zu?» ... War Mozart etwa nicht zeitgemäß? Oder Shakespeare? Hatte der «Mann mit dem Goldhelm» die Welt verändert und war nach der «Fünften» alles besser geworden? Sowtschick fühlte sich jenen Riesen zugehörig, die laut Nietzsche über die öden Zwischenräume der Zeiten hinweg, ungestört von mutwilligem lärmenden Gezwerge, welches unter ihnen wegkriecht, hohe Geistergespräche führten, die nicht von heute, hier und jetzt handelten, sondern von den ehernen Gesetzen des Lebens. Ach, während Sowtschick die Sonate spielte, genauso nachlässig übrigens, wie es bei Godard geschah, wenn auch nicht so fehlerfrei, wurde ihm klar, daß er mit seinen Büchern nicht zu den von Nietzsche beschriebenen Riesen gehörte, die sich über dem Gezwerge hinweg was zurufen, auch wenn er danach immer wieder zielte, jeden Tag acht Stunden lang. *Vier* Stunden lang, wenn er ehrlich war, aber er hatte es sich nun einmal angewöhnt, *acht* Stunden zu sagen, was er gelegentlich sogar auf zehn steigerte.

Von seinem Klavierspiel ermuntert, kamen die Hunde herbei. Erst die Corgies, Doris und Jockel, dann der zottige Percy mit seiner grauen Schnauze. Über die ausgestreuten Briefe liefen die Tiere, und sie legten sich neben den Flügel. Dies war auch für sie schön: das still-nachdenkliche Herrchen, eines der angenehmeren Klanggebilde spielend, an Jagdhörner und an Wald erinnernd. Es war zu hoffen, daß es ihm nicht einfallen würde, jenes andere Klavierstück hervorzuholen, von dem sie als Hunde natürlich nicht wissen konnten, daß es von einem Russen namens Prokofjew stammte, jenes wild-laute Stück, mit dem Sowtschick seine Gäste gern verblüffte.

Sowtschick spielte täglich Klavier, wenn auch nicht drei oder gar fünf Stunden, wie er es den Journalisten gern erzählte. Er übte ganz regulär mit kleinen Selbstbestrafungen, wenn er bei kniffligen Stellen versagte. Er tat dies nicht, um Virtuose zu werden, er hatte nie vorgehabt, anderen Menschen damit zu imponieren. Er verleibte sich Kulturgut ein, aus einem freudigen Pflichtgefühl heraus, wobei ihn ein kindliches Vergnügen am Melodischen bei der Stange hielt. Manche Stücke mied er, weil sie dieses Bedürfnis nicht befriedigten. Andere übte er ausdauernd, um es seiner zänkischen Klavierlehrerin heimzuzahlen. «Dann hat er also doch Talent?» hörte er sie sagen, und das freute ihn. Immer hatte er imaginäre Zuhörer bei seinem Spiel. Den Vater mit dem goldenen Zwicker oder die Mutter, an den Türrahmen gelehnt, leise mitsummend, nun schon so lange tot... Manchmal stellte er sich vor, daß Rubinstein durch ein tückisches Schicksal das Augenlicht eingebüßt hätte und mit von Gicht verknoteten Fingern neben ihm säße, und ihm allein, Sowtschick, sei es vorbehalten, dem Virtuosen noch ein letztes Mal jene Klänge in Erinnerung zu rufen, mit denen er sich und der Welt Glanz verschafft hatte.

«Mein Mann spielt jeden Tag, Stunde um Stunde», erzählte Marianne ihren langgliedrigen Freundinnen, deren Männer dies eben nicht taten, geschweige denn, daß sie Bücher lasen (Sowtschicks Bücher lasen sie schon gar nicht). Sie war stolz auf das Klavierspiel ihres Ehemannes, was diesen zwang weiterzumachen, auch wenn er längst seine Grenzen erreicht hatte.

An diesem Tag spielte er die «Jagdsonate» von Mozart, und er spielte sie gut, wenn man von den Fummelstellen im langsamen Satz absieht, die ihm noch nie recht geglückt waren. Er ließ den Schlußakkord nachhallen, und dann sah er auf die Uhr und stellte fest, daß es bereits auf zwei zuging. Marianne müßte jetzt, so rechnete er aus, in der Gegend von Münster sein. Noch würde sie den Sog von zu Hause spüren, bald aber würde sie schneller fahren, schnell und immer schneller.

Sowtschick schloß alle Türen ab und entschied sich, in der Hitze dieses Sommertages erst einmal Siesta zu halten. Das Schlafzimmer lag im ersten Stock, und zwar nach Osten. Es standen zwei Betten darin, Ehebetten der Erstausstattung, aber nach fünfundzwanzig gemeinsamen Jahren hatte es sich eingebürgert, daß Marianne im zweiten Stock schlief, «unterm Dachjuchhe», wie das genannt wurde. Sowtschick hatte das andere Bett belegen können mit Büchern und Zeitschriften jeder Art. Da lag all das, was er gern lesen wollte oder was er schon längst hätte lesen müssen, germanistische Zeitschriften und allerhand Philosophisches, wozu er sich jedoch nicht zwingen konnte.

Nun bin ich sechzig Jahre alt und habe das alles nicht gebraucht, da werde ich wohl auch ferner durchkommen ohne diesen Schmond, so etwa dachte er, was ihn jedoch nicht vor Gewissensbissen bewahrte. Der schreckliche Gedanke machte ihm zu schaffen, er könnte bei einer Fernsehdebatte mal ganz direkt gefragt werden: «Kennen Sie überhaupt Karl Marx?»

Gern griff er zu Kunstbänden, in denen gezeigt wurde, wie das Kloster Sowieso vor fünfhundert Jahren ausgesehen hatte, und daß es später Pferdestall oder Schnapsfabrik geworden war, vom Kreuzgang nur noch phantasieanregende Reste. Manchmal las er auch Biographien berühmter Männer, wobei er sich stets zuerst den Schluß vornahm, um zu erfahren, wie sie zu Tode gekommen waren. Polarexpeditionen und sibirische Gefangenschaften – das war die rechte Lektüre für heiße Tage. Für diesen Sommer hatte sich Sowtschick ein Buch herausgesucht, das er schon mehrmals gelesen hatte, es hieß «Unternehmen Cerberus» und handelte von deutschen Schlachtschiffen, die im Februar 1942 den Ärmelkanal unter den Augen der Briten in Richtung Heimat passieren, ein verblüffendes Husarenstück, wie es seit den Tagen der spanischen Armada nicht mehr versucht worden war: Berge aus Stahl durch das aufgewühlte eisige Wasser stampfend ... Das war für Sowtschick eine angenehm-gruselige Vorstellung, die ihn die sommerliche Hitze und das Frei-Offene seines Hauses noch behaglicher erscheinen ließ, als es ohnehin der Fall war.

Sowtschick legte sich auf das Bett, las ein paar Seiten, dann klappte er das Buch zu und sah an die Holzdecke. Der Architekt hatte den Fehler gemacht, ihn beim Einzug auf zwei zusammengehörige Bretter hinzuweisen, die sich trotz allen Umstapelns an der Zimmerdecke direkt nebeneinander wiedergefunden hatten: An Astknorren war das zu erkennen. Sowtschick suchte, wie er es immer tat, die Bretter ab, ob sich nicht doch noch ein Paar finden ließe. Es wäre doch sonderbar, dachte er, wenn es ihm nach all den Jahren gelänge, doch noch ein Paar zu finden. Wenn Marianne wiederkäme, würde er sie ins Schlafzimmer führen und es ihr zeigen, das kleine Wunder: «Was Gott zusammenfügt, das soll der Mensch nicht scheiden.»

Vor dem Fenster regte sich die große Pappel. Als Sowtschick die Augen zumachte, sah er auf den geschlossenen Lidern fotozellenartig den Fensterrahmen mit dem Geäst der Pappel sich abzeichnen und allmählich verblassen. Dies habe ich der Welt abgetrotzt, hatte er noch Zeit zu denken, daß ich hier am hellichten Tag liegen kann und schlafen ... Die Zellen seines Körpers, im Gehirn und in den Gliedmaßen, wurden durch Erschlaffung und Schwerkraft zusammengedrückt, sie schoben sich dichter an- und aufeinander, sie ließen sich aufeinander nieder wie ermattete Vögel. Die Moleküle im Gewebe seines Körpers hielten inne in ihrem rasenden Umeinander und sanken zu Boden: Sowtschick schlief ein.

Erst gegen vier Uhr wachte Sowtschick auf. Langsam, dann immer schneller wurde sein Körper angekurbelt. Die Moleküle erhoben sich vom modrigen Grund des Schlafes und zogen zuerst matt, dann kräftiger ihre Bahn, nach denselben Gesetzen etwa, wie Sterne am Firmament es tun. Wer das nachweisen könnte, daß die Moleküle des Fleisches sich nach denselben Gesetzen umeinanderdrehen, wie die Gestirne, der würde die Krone der Wissenschaft empfangen, dies war Sowtschicks Ansicht. Das All in uns und das All um uns. Eine Ver-Allung der ganzen Existenz.

Sowtschick lag schwer und erhitzt auf seinem Bett. Er wußte: Er hatte zu lange geschlafen, das würde sich in der Nacht rächen. In die flirrende Pappel vor seinem Fenster blickend, ließ er die Bilder des Traumes, der ihn eben beschäftigt hatte, an sich vorübergleiten. Wieder war es der Kriechtraum gewesen, der ihn so häufig heimsuchte, durch einen Felsspalt hatte er sich zwängen müssen, immer in Gefahr, steckenzubleiben. Als die Eheleute noch nebeneinander schliefen, sie das Haar zum Zopf gedreht und seitlich auf dem Kissen deponiert, er in «Königshaltung», also auf dem Rücken liegend, geschah es manchmal, daß er im Traum zu mümmeln begann. Dies war der Vorbote dafür, daß es gleich hoch hergehen würde. Das sich rasch verstärkende Mümmeln mündete nämlich in sehr laute Hilfeschreie, die Sowtschick auch dann noch ausstieß, wenn er merkte, daß er bereits aufgewacht war: Seine Frau sollte wissen, daß er es selbst im Schlaf nicht leicht hatte.

Sowtschick griff nach einem Buch, um sich vollends aufzuwekken, es waren Baudelaires Tagebücher, und er las nur wenige Zeilen: Von jungen Mädchen war da die Rede, daß sie kleine Schlunzen seien. In ihnen liege die ganze Verworfenheit von Straßenjungen und Pennälern ... Dies belebte ihn. Er erhob sich und stellte sich, die Hosen anziehend, ans Fenster. Die knospende Schönheit, die es nicht nötig hat, sich herauszuputzen, die sich rüde geben kann und unvermittelt: Das war es, was ihn an kleinen Mädchen so entzückte.

Einen weiten Blick hatte Sowtschick von seinem Fenster aus über einen Teil des Gartens hinweg, über Wiesen und Kornfelder bis hin zum Wald, dem sich ein Sandweg mit zögernden Rechts- und Linksschwüngen entgegenschlängelte.

Auf den Fensterbänken des Obergeschosses hatte Sowtschick verschiedene Ferngläser stehen. Mit dem im Schlafzimmer deponierten Hapag-Fernglas von 1923 suchte er den sichtbaren Rand der Landschaft ab. Vielleicht ließen sich ja die beiden Pferdemädchen sehen, die hin und wieder in weitem Bogen um sein Haus herumjagten: die eine blond, die andere krisselig-schwarz, entzükkende Kinder, zwölf, dreizehn Jahre alt, Raubritter, wie er sie auch nannte, ganz im Sinne der Baudelaireschen Definition: Kleine freche Schlunzen, wild und erregend. Die beiden hatten übrigens nur ein Pferd zur Verfügung, ein Pony. Jeweils eines der Mädchen war gezwungen, auf dem Fahrrad hinterherzustrampeln.

Die Mädchen waren nicht zu sehen, und auch vom Bad aus nicht, wo Sowtschick mit einem perlmuttbeschichteten Opernglas den Waldrand absuchte. Nur Kühe waren zu betrachten auf der benachbarten Weide, wo sie mit ihren runden Bäuchen impressionistisch auf der Wiese lagen und verdauten, den Kopf der Sonne abgewandt.

Er ging hinunter in die Küche, um sich Kaffee zu machen. Die Hunde begrüßten ihn, als hätten sie ihn tagelang nicht gesehen. Die Corgies sprangen wie Gummibälle an ihm empor, und Percy stieß mit der Schnauze an seinen Unterarm, er solle doch nicht so sein, er solle doch mal eben mit rauskommen. Sowtschick beutelte die Tiere ein wenig, aber dann schickte er sie fort, strenger als nötig. Er hatte Kaffee zu machen, und das hatte was mit Pflicht zu tun, und laut schimpfte er vor sich hin, weil er die Kaffeemaschine nur über eine Stuhllehne hinweg bedienen konnte, wobei er in einen Korb mit Kartoffeln trat. Auch reichte der gemahlene Kaffee in der Dose nur für eine einzige Tasse, weswegen Sowtschick in der Speisekammer «eine Suchaktion starten» mußte, wie er es schimpfend ausdrückte: «Muß man hier eine Suchaktion starten, nur weil man eine Tasse Kaffee trinken will!» Manchmal ertappte er sich, daß er gröbste Ausdrücke in die Gegend schrie, doch wenn er merkte, wen er damit meinte, mäßigte er sich. Die liebe Marianne, ach, er sah es wohl, hatte in der Speisekammer Vorsorge getroffen, Kaffee war genügend da, magenschonender Kaffee, eine Packung neben der anderen. Filterpapier und auch Kondensmilch.

Laß es dir schmecken, Liebster!

Sowtschick stellte den Kaffee auf ein Tablett und ging hinüber. Am Ende des Bücherganges, in dem, wie in den anderen Zimmern und Fluren seines weitläufigen Hauses, verschieden große Glöckchen von der Decke hingen, die ihm meldeten, daß jemand zu ihm wollte, stand ein kleiner runder Tisch mit grünem Loriot-Sofa. Hier, unter einem erst kürzlich erworbenen, sehr großen, in Gold gerahmten Schafbock, hielt Sowtschick gern seine Kaffeestunde, die ihm zur Vorbereitung seines dichterischen Aderlasses diente.

Die Hunde legten sich auf den Teppich, und Sowtschick öffnete das «Grammophon», wie er noch immer sagte. Er legte das Sextett von Dvořák auf. Dann zündete er eine Kerze an, obwohl es doch heller, heißer Juli war, setzte sich auf das Sofa und ließ den Blick über das Kaffeegeschirr hinweg an all seinen Büchern entlangschweifen.

Was die Musik betraf, die sehr leise aus den übergroßen Boxen kam: Es hatte für ihn lange die Ansicht gegolten: Je weniger Musiker, desto ungenießbarer ist das, was sie hervorbringen. Irgendwann hatte er aber gemerkt, daß es lächerlich ist, bei der «Neunten» Waffelgebäck in Milchkaffee zu tunken, und da hatte er es dann mit Kammermusik versucht, und er hatte an ihr Geschmack gefunden. «Der Tod und das Mädchen» oder den «Heiligen Dankgesang eines Genesenden»; oder – warum eigentlich nicht? – auch einmal Dvořák.

Das Kaffeegeschirr samt Aschenbecher und Leuchter stammte aus einer berühmten Porzellanmanufaktur. Sowtschick erzählte seinen Besuchern gern, daß er es von dem Fabrikanten persönlich geschenkt bekommen hätte, was leider nicht stimmte. Bei einer Stehparty hatte er den Herrn kennengelernt, und er hatte ihn so verstanden, daß er, der aufgeschlossene Fabrikant, ihm, dem liberalen Schriftsteller, bei einer sofortigen Porzellanbestellung jeden Wunsch erfüllen werde. Dies könnte den Anfang einer Allianz signalisieren zwischen Künstler und Unternehmern, die, Gott sei's geklagt, immer noch Fachwerkhäuser abrissen, um Platz zu schaffen für seelenlose Fabrikanlagen. Siebenhundertachtzig Mark hatte Sowtschick dann letzten Endes doch überweisen müssen, und das hatte ihm weh getan. Lange hatte er mit einem Gefühl der Bitterkeit seinen Nachmittagskaffee getrunken, und Marianne, der er unvorsichtigerweise davon erzählt hatte, war wie wild auf die Tassen losgegangen, deren Dekor im übrigen, wie auf der Verpackung zu lesen stand, nicht spülmaschinenfest war.

Sowtschick trank einen Schluck und lauschte dem freundlichen ersten Satz des Sextetts, der ihn ein wenig an «Der Mai ist gekommen» erinnerte. Dem Tschechen Dvořák war hier etwas sehr Deutsches gelungen, Ludwig-Richter-Ähnliches, so kam es Sowtschick jedenfalls vor. Diese Musik rief ein Bild junger Menschen in ihm auf, die blumenbekränzt durch Wald und Feld schweiften...

Sowtschick nahm die Zeitung auf. Über die immer gleiche Litanei der «Kreuzthaler Nachrichten» ärgerte er sich jeden Tag: Eindämmung des Asylantenstroms und Forderungen nach dem Gegenteil, Verdammung der Atomkraftwerke und deren Anpreisung, Anwachsen der Arbeitslosenziffer, Luftverschmutzung, Frauenparität, Waldbrand an der Mittelmeerküste.

> Wie nur dem Kopf nicht alle Hoffnung schwindet,
> Der immerfort an schalem Zeuge klebt...

So ging das Tag für Tag, und Sowtschick ärgerte sich darüber, weil er keine Möglichkeit sah, auch nur den winzigsten Teil dieser Mißstände abzustellen.

Im Lokalteil der «Kreuzthaler Nachrichten» stand an diesem Tag allerdings eine Meldung, die ihn aufmerken ließ. Zum edlen Klang von Violinen las er, daß der Zahnarzt Ohltrop im Nachbarort, mit dessen Tochter seine Kinder zur Schule gegangen waren, nachts in seinen eigenen vier Wänden von Einbrechern überfallen und mit einem Obstmesser erstochen worden war. Sowtschick schüttelte den Kopf. Überfallen? Nachts? Dann ging das also jetzt hier los? Knirschende Schritte auf dem Kiesweg, ein klirrendes Fenster... Nicht Harburg oder Oberhausen als Schauplatz von Bluttaten, sondern die friedliche Sassenholzer Börde?

Sowtschick ließ die Zeitung sinken: Im Aquariumkasten seines Gehirns stoben die Fische durcheinander. Wie in einem Stummfilm sah er den Zahnarzt, von Stichen getroffen, gegen den Wäscheschrank taumeln und auf das Bett sinken. Hingestreckt lag er da: Rembrandts «Anatomie».

Eine Warnanlage muß her, dachte Sowtschick, eine gelbe Drehleuchte über der Tür oder eine Sirene oder beides. Mit Schalter am Bett. Koste es, was es wolle. Beim kleinsten Geräusch einfach drücken das Dings, und dann kommt das ganze Dorf gelaufen mit Knüppeln und Äxten.

Was das Sextett von Dvořák anging, das allmählich wieder die Oberhand gewann: Wenn er sich zyklisch die wichtigere Kammermusik des Abendlandes bis hin zum Nachsingenkönnen einverleibte, dann wäre er in einer eventuellen Fernsehdebatte, bei der man ihn überfallartig nach Karl Marx fragte, in der Lage, mit musikalischen Querschüssen zu kontern, «Opus 132» etwa sagen, schlicht und einfach, ohne Angabe des Komponisten. Dann knickten sie zusammen, diese Fernsehleute, das war ihm bei ähnlichen Anlässen schon aufgefallen, denen sagte «Opus 132» nichts, weil sie ihre musikalischen Bedürfnisse mit Rock und Pop befriedigten.

Der Roman, an dem Alexander Sowtschick in diesem Sommer arbeitete, trug den Titel: «Winterreise». Er wollte einmal abweichen von all dem, was seine Leser sonst von ihm kannten und, wenn auch mäkelnd, von ihm erwarteten. Eine Art Selbstbildnis hatte er sich vorgenommen, die Geschichte eines Schriftstellers also, mit Namen Gottfried Fingerling, der «ausbricht» aus seinem normalen Tageslauf, alles stehn und liegen läßt und eine Winterreise unternimmt, die ihn mit all dem Elend konfrontiert, das moderne Zeiten der Menschheit bescheren. Einen Roman hatte sich Sowtschick vorgenommen, in dem er allegorisch die Kälte vorführen wollte, der ein Mensch ausgesetzt ist, wenn er sich der Zeit stellt.

Sowtschick war mit seinem Roman auf Seite 14 angelangt, was einem Druckseitenvolumen von 15,829975 Seiten entsprach. Das hatte er mit einem extra hierfür gekauften Taschenrechner herausbekommen.

«Falls ich jetzt sterbe», hatte er zu seiner Frau gesagt, «dann könnt ihr diese Blätter als Fragment herausgeben – soweit bin ich immerhin schon», und er hatte sich die nach seinem Tode zu veranstaltende Gesamtausgabe seiner Werke vorgestellt, die dann allerdings im letzten Band, ähnlich wie «Die Kunst der Fuge», mit Pünktchen enden müßte: «Hier ist dem Dichter die Feder aus der Hand geglitten . . .»

Wenn seine inneren Nöte nahten, in kummervollen Stunden, ausgelöst durch Kritiken, in denen von «Fleißarbeit» die Rede war oder gar von «Bastelei» und seinen als «brav» bezeichneten Büchern Strickmuster unterstellt wurden, Stunden, in denen er an sich selbst irre wurde, rechnete er zusammen, wieviel Seiten diese Gesamtausgabe bereits umfassen würde, und er war auf die stattliche Zahl von 2576 gekommen. Wer immer ihm Qualität abspräche, der mußte doch wenigstens die Quantität zur Kenntnis nehmen.

In eitlen Stunden hatte er sogar schon einen Entwurf für ein, dann ja allerdings von jemand anderm zu verfassendes Nachwort gemacht. Eine Nacht hatte es gegeben, in der er auf den Dachboden gestiegen war. Hier hatte er aus einem Karton repräsentative Fotos von sich herausgesucht und in einen Umschlag gesteckt: «Nach meinem Tode zu verwenden».

Was Sowtschick immer wieder beschäftigte, war die Frage, welchen Biographen er bekäme, wenn alles vorbei sein würde. Er hatte sich vorgenommen, diese Sache nicht dem Zufall zu überlassen. Ausgerechnet in Australien wohnte ein Wissenschaftler, der einmal Erstaunliches über sein Werk gesagt hatte, etwas Umfassendes und das gesamte Werk von einer einzigen Seite her Durchdringendes. Eingeleuchtet hatte ihm das, wenn es auch irgendwie nicht stimmte und in einigen Teilen selbst ihm, dem Urheber des Untersuchungsgegenstandes, völlig unverständlich war. Dieser Australier war es, der imstande wäre, eine solche Biographie zu verfassen, aber, würde er das auch wollen?

Etwas anderes war es mit seinem Freund Engelbert von Dornhagen, der in Hamburg wohnte und leicht zu erreichen war, wenn es um Dinge des literarischen und politischen Zusammenrückens ging. Die Freundschaft zu von Dornhagen reichte bis in die Zeit seines ersten Buches zurück, «Kaum einen Finger breit». Dornhagen war es gewesen, von dem die allererste Kritik seines allerersten Buches gekommen war, und sie war positiv gewesen. Seither war von Dornhagen Freund Nummer eins. Es war so wohltuend, daß von dieser Seite im wesentlichen nur Bestätigendes kam! Kritik natürlich auch, aber mehr auf Randgebiete bezogen, in denen Frontbegradigungen riskiert werden konnten... Vielleicht gehörte von Dornhagen nicht gerade zu jenen Riesen, denen Sowtschick über öde Zwischenräume hinweg was zurufen konnte, er war jedoch ein angenehmer Gesellschafter, der jedenfalls nicht zu dem lärmenden Gezwerge zu rechnen war, das sich überall breitmachte. Mit dem gebildeten von Dornhagen konnte man selbst entlegenste Gebiete durchplaudern. Und wenn das Gespräch doch einmal stockte, dann brauchte man nur zu sagen: «Und Napoleon?», dann war das Schifflein wieder flott: Von Dornhagen hatte nicht weniger als fünf Bücher über Napoleon geschrieben, und er würde weitere folgen lassen.

Engelbert von Dornhagen könnte ein würdiger und witziger Biograph sein, das hatte Sowtschick seiner Frau zu verstehen gegeben («... wenn ich einmal nicht mehr bin...»), bedenklich war lediglich die Gleichaltrigkeit. Vielleicht stürbe jener ja eher als er selbst?

Leider kam es auf der Dvořák-Platte nun zu hektischen Allegri. Offensichtlich verfolgte der Komponist damit die Absicht, die Idylle zu brechen: So ist es ja nun nicht, daß die Welt ein Zuckerschlecken ist...

«Muß das sein?» fragte Sowtschick laut. Er stellte die Sache leiser. Er konnte zu dieser Stunde keine Aufregung vertragen, er näherte sich nämlich dem kritischen Moment: Ohltrop gleichviel, Asylanten und Atomkraft wie auch immer – das Aufstehen und Hinübergehen an den Schreibtisch war fällig, auf dem der Winterroman lag. Alle Sinne hatte er auf die Arbeit zu richten, die geschafft werden mußte, wenn er seine Existenz nicht gefährden wollte.

Als er eben aufgestanden war, um hinüberzugehen, rannten die Hunde bellend nach vorn: Ein Wagen stand vor Sowtschicks Einfahrt, ein Opel-Ford mit laufendem Motor. Ein südländischer Mann saß darin, der aus dem Fenster heraus das Angebot zu machen hatte, Messer zu schleifen für fünf Pfennig das Zentimeter.

Sowtschick ließ den Wagen auf den Hof und holte aus der Küche alle möglichen Messer, kleinere mit Holzgriff und sehr große, spitze. Eine junge Frau stieg aus dem Wagen, öffnete den Kofferraum, in dem der Schleifstein stand, der vom Automotor angetrieben wurde, und begann die Klingen zu schärfen. Sie trug eine schmuddelige weiße Cordhose und hatte rostrotes Haar.

Während Sowtschick sich nachdenklich die Frau anguckte, erkundigte sich der Mann, unrasiert und nach Schweiß und Alkohol riechend, ob hier noch jemand wohne?

«Nein», sagte Sowtschick, «ich bewohne dieses Haus allein, im

Augenblick sogar *ganz* allein.» Sein Sohn sei Arzt in Stuttgart, die Tochter Graphikerin im Westfälischen. Und die Frau sei verreist, sonnenhungrig, «wie die Frauen so sind».

Oh, oh! sagte der Mann, das Haus sei aber ziemlich groß! Und er wiegte den Kopf, als ob er sagen wollte: Wenn das man gutgeht!

Es sei ihm noch nie zu groß vorgekommen, antwortete Sowtschick, und daß es ihm gut gefalle, mal ganz allein zu sein, nächtelang auf und ab zu gehen und die Stunden wie die Perlen eines Rosenkranzes durch die Hand gleiten zu lassen... Er sei nämlich Schriftsteller, und als Schriftsteller brauche man Ruhe, Ruhe und nochmals Ruhe. Er sei so sensibel, daß schon die bloße Anwesenheit eines zweiten Gehirns seine Gedankengänge magnetisch durcheinanderbringe. Dies redete so aus ihm heraus und in Richtung auf die Scherenschleiferin.

Der Mann zeigte sich interessiert. «Schriftsteller?» fragte er, die Hose hochziehend. Das sei wohl ein schwieriges Geschäft? Könne man davon leben?

«Wie Sie sehen», sagte Sowtschick und wies auf das Haus, das er, wie gesagt, allein bewohne, und zwar *ganz* allein. Merkwürdigerweise fügte er noch hinzu, daß es zum Garten hin noch einen zweiten Ausgang gebe, daß er also hinten hinausspringen könnte, wie das tapfere Schneiderlein, wenn sich von vorn jemand nähere, zum Beispiel der Gerichtsvollzieher! Denn so sei das ja nun nicht, daß er im Geld schwimme. Während er das so vor sich hin redete, saugte er das Bild der Frau in sich ein, die da, den kleinen Finger abgespreizt, seinen Klingen Funken abzwang.

Der Mann nahm ihr das Messer weg, das sie da grade schliff, sagte: «So doch nicht!» und zeigte ihr, daß man das anders machen muß. Dabei redete er zu Sowtschick hin von seinen hohen und höchsten Kunden, die auch alle große und größte Häuser bewohnten, mit Bodyguard allerdings, einem Chauffeur also oder einem Gärtner. Er komme nämlich weit herum in der Welt, Shilly Billy zum Beispiel, der sei sein Kunde, und der Fernseharzt Dr. Klaasen, der übrigens eine Doggenzucht besitze.

Zum Schluß maß er die geschärften Klingen mit einem Zollstock nach, was schwieriger zu sein schien als das ganze Schärfen, und verlangte schließlich 6,40 Mark.

Die von den Hunden bedrängte Frau schloß den Kofferraum, und Sowtschick lief ins Haus, um seine Brieftasche zu holen, was eine Weile dauerte, da er nicht genau wußte, in welchem Jackett sie steckte. Als er zurückkam, sah er, daß der Mann in den Rhododendron urinierte. Es mußte also gewartet werden, Zeit, sich der Frau zu nähern.

Ob sie viel auf Achse seien, fragte Sowtschick, und die Frau sagte: «Geht so.» Und dann kam auch schon der Mann. Man wünschte einander guten Tag, und das seltsame Paar fuhr, einen Ölfleck hinterlassend, auf und davon. Die 6,40 Mark würden dem Fiskus nicht gemeldet werden, das war klar. Dieser Mann würde kein Steuerfiasko erleben wie Sowtschick im letzten Jahr.

So wach war Sowtschick immerhin, daß er sich die Autonummer notierte, und zwar so, daß die beiden es mitkriegen mußten, daß er das tat. Er steckte den Zettel für alle Fälle in den Rahmen des barockenen Garderobenspiegels, und dann setzte er sich nochmals in die Kaffee-Ecke. Die Frau war es, die ihn beschäftigte. Er versuchte ihr Bild so lange es irgend ging, scharf zu halten, doch leider verblaßte es rasch. Nur die Erinnerung an eine schmuddelige Hose behauptete sich. Sie ward zu der Sammlung anderer Unvergeßlichkeiten getan, die Sowtschick in seinem Inneren verwahrte.

Nachdem er die letzte Tasse Kaffee geleert hatte – der Plattenspieler stellte sich klickend ab –, fiel es ihm ein, Engelbert von Dornhagen anzurufen, der jetzt gewiß in seiner Studierstube saß und an seinem Buch über Rustan, den Mamelucken Napoleons, schrieb. Beim ersten Klingeln des Telefons würde er denken: Das ist doch gewiß mein lieber Freund Sowtschick ... Und dann würde es zu einem großen Gespräch kommen, über die dahinkrebsende literarische Landschaft hinweg, in der sich die sonderbarsten Existenzen breitmachten, aus dem hervorginge, daß ihrer beider Dasein einmalig, wenn nicht gar einzig sei.

Leider hob in Hamburg niemand ab.

Ein anderes Telefongespräch verlief ebenfalls ergebnislos, auch mit seinem Verleger war kein hohes Geistesgespräch zu führen.

«Herr Dr. Hessenberg» sei «nicht ahnweßent», wurde ihm von der bayerisch sprechenden Sekretärin mitgeteilt.

Wo isser denn? hätte Sowtschick am liebsten gefragt, statt dessen sagte er laut, nach Auflegen des Hörers natürlich erst: «Da sitzt man hier und schuftet, und dieser saubere Herr ist *nicht anwesend.*» Wahrscheinlich war er wieder mal ins Ausland gefahren, um zweitrangigen Autoren um den Bart zu gehen, statt sich zu freuen, daß er ein so gutes Pferd im Stall hatte wie ihn, Sowtschick, einen Schriftsteller, der pünktlich Manuskripte ablieferte, die von der Welt angenommen wurden, der keine Vorschüsse verlangte und außerdem in jeder Beziehung mit sich reden ließ, wenn man seine Werke allerdings nicht kurz zuvor als «vergnüglich» bezeichnet hatte.

Sowtschick sah einen Augenblick den flinken Schwalben zu, wie sie ihre Jungen mit Insekten versorgten, und dann startete er einen dritten Versuch, mit der Welt Kontakt aufzunehmen. Auch dieser verlief negativ. Seine Freundin Carola Schade war ebenfalls «nicht anwesend», jedenfalls nahm sie nicht ab.

Sowtschick lauschte dem Rufzeichen, und er dachte dabei an die weit zurückliegende Hotelsache, die ihn mit dieser Frau verband und an die sie einander zeitweilig lächelnd erinnerten.

Draußen schmorte das Land unter der Hitze, der Himmel war weißgrau. Die Schwalben fuhren fort, ihrer Brut Mücken in den Hals zu stopfen, die Kühe lagen wiederkäuend auf dem verdorrten Gras. Sowtschick schlug den Hörer auf. Es war ihm unverständlich, daß er sich noch immer mit dieser Frau befaßte, obwohl doch so wenig dabei herauskam.

In diesem Augenblick erhob sich eine der Kühe, erst hinten, dann vorne, und trottete schwerfällig, doch zielstrebig auf sein Fenster zu. Es war die schöne Bianca, Sowtschicks Freundin. Sowtschick nahm den Salzstein aus der Schublade, befeuchtete ihn und trat hinaus in die Hitze, die auf ihn niederschlug: Die Zuneigung der freundlichen Kuh wollte er nicht enttäuschen. Er hielt ihr den Stein hin, mit beiden Händen, und sie tat zwei, drei gewaltige Schlecker mit ihrer großen groben Zunge und guckte ihn, von Fliegen umschwärmt, treu und ergeben an.

Nun kamen auch die Hunde aus dem Innern des Hauses gesprungen und verbellten das Tier. Das hatte Sowtschick nicht so gern. Er stellte sich vor, daß der Bauer, hinter einem Baum versteckt, das bemerken und wegen eines eventuellen Milchsturzes im Euter seiner Kuh beanstanden würde. Auch meinte er, es müsse dem Tier doch lästig sein, so angegeifert zu werden. Bianca aber guckte ihren Gönner unverwandt an, sie beachtete die Hunde nicht.

Weil sie nicht abließen von seiner Freundin, setzte Sowtschick, von der Kuh jenseits des Zauns mit schwingendem Euter begleitet, zu einem Gartenspaziergang an. Zufällig vorüberkommende Passanten hätten in diesem Augenblick Glück gehabt, sie wären «des weißgekleideten Schriftstellers ansichtig geworden», wie sie dann in ihr Tagebuch geschrieben hätten.

Zuerst ging Sowtschick die Birkenallee entlang. Diese Allee war vom Architekten beim Hausbau gleich mitkonzipiert worden. Sie führte zunächst durch den gepflegteren Teil des Anwesens, in dem Büsche und Bäume nach ihrer Laubfarbe und Statur um einen großen Rasen herum zu Gruppen komponiert waren, dann durch das, was Sowtschick seinen Urwald nannte, ein wild bewachsenes, ziemlich großes Stück Land, das nicht aus Liebe zur Natur so wüst belassen wurde, sondern weil niemand Lust hatte, sich darum zu kümmern. Für die Kinder war das ein Paradies gewesen, Schitti und Klößchen hatten sich hier eine Laubhütte gebaut, in der sie tagelang lebten und sogar nachts schliefen.

An ihrem Ende war die Allee von einem weißen Gartentor begrenzt, das ebenfalls mit großen Kugeln verziert war. Von hier aus gelangte man in den Wald, der nach Norden hin in Moor und Heideflächen überging.

Sowtschick verließ selten sein Grundstück. In seinem Garten hatte er sich einen Rundweg anlegen lassen, auf dem er manchmal wie Don Perlimplin dahintrottete, immer rundherum, durch seinen Urwald zunächst, dann durch die gepflegteren Teile, am Haus vorbei und wieder zurück, vorüber an Grabsteinen, die er sich von aufgelassenen Gräbern besorgt hatte – ein aufgeschlagenes Buch aus

Marmor, über das eine Eidechse dahinhuschte, abgebrochene Säulen und ein Engel mit einem Palmzweig im Arm. Wilde Rosen, Holunderbeeren, gelber Rainfarn und prachtvolle Lupinen.

Der Rundweg war geschottert, doch hartnäckige Pflanzen brachen immer wieder daraus hervor, was Sowtschick zwang, seinen Hacken auf ihnen umzudrehen, er ging von Löwenzahn zu Löwenzahn, von Distel zu Distel, und immer drehte er seinen Hacken um, was von fern sehr seltsam aussah. Übrigens war es vergebens, das Zeug war nicht kleinzukriegen. Irgendwann würde man hier eben doch mit Gift kommen müssen.

Der Weg wurde ihm an diesem Tag sauer: Wenn die Hitze wenigstens bräunen würde, dachte er. Er ärgerte sich über das Unkraut auf dem Weg, über Maulwurfshaufen und Unterwühlungen, und leider lagen in Zaunnähe wieder einmal Bierdosen. Er schleuderte sie auf die Straße, wo sie von vorüberfahrenden Trekkern plattgewalzt werden würden. Diese Bierdosen waren Aggressionsakte der Dorfbevölkerung, die ihm seinen Besitz neidete. Manchmal zeugte zerdrücktes Unterholz davon, daß sich sogar ein Liebespärchen auf seinem Grund und Boden verlustiert hatte: Immer war Sowtschick hinter so was her, doch nie konnte er einschreiten.

Auf seinem Rundgang kam er auch an den beiden Schafen Sonja und Amalie vorüber, die auf der durch Büsche gegen Einsicht geschützten Liegewiese als lebende Rasenmäher ihre Arbeit taten. Er winkte den aufmerkenden Tieren zu und ging weiter, von den Schafen mit Blicken verfolgt. Er drehte eine zweite und eine dritte Runde, mal so rum und mal so, den Spaziergang durch Abzweigungen variierend, und beruhigte sich allmählich.

An einer bestimmten Stelle schlug er sein Wasser ab. Mit Wohlbehagen stellte er sich vor, wie gut das dem Erdreich täte, daß es hier Ammoniak und Harnsäure warm und freundlich erhält.

Schließlich setzte er sich auf eine Bank am äußersten Ende des Gartens, auf einer Anhöhe gelegen, und sah auf das in der Hitze wabernde Dorf hinunter. Das Kirchlein in der Mitte, mit seinem stumpfen Turm, und die Bauernhäuser breit darum herum. Aus der Ferne holten riesige Hochspannungsmasten in schwer hängenden

Kabeln Strom herbei, um ihn weiß Gott wohin zu befördern. Ein gewaltiger Anblick! Das Foto eines dieser von Fanatikern gefällten Riesen hatte Sowtschick zu Tränen gerührt.

Zu seinen Füßen lag sein Haus. Behaglich und charaktervoll sah es aus. Seine Romane waren es, die ihm den Bau ermöglicht hatten, und hier, wo diese Bank stand, würde ein Mausoleum zu errichten sein, ein sechseckiges, von wilden Rosen umrankt, mit den sterblichen Überresten des Dichters, also seinen, und mit Bronzereliefs, auf denen die Stationen seines Lebens aufgezeichnet wären: den noch jungen und den schließlich alten Eltern, der intakten und der dann brennenden Heimatstadt, dem eisigen Sibirien, in dem er zwei Jahre hatte zubringen müssen und der Sonne der Freiheit über seinem Haus, Marianne mit den Kindern und die Hunde allesamt: fünf bronzene Reliefs. Und in der Mitte des Mausoleums, auf einem Piedestal sein Bildnis, das man hoffentlich nicht köpfte eines Tages. Vielleicht, das dachte er jetzt, könnte er das Mausoleum mit einem Türmchen krönen, mit einer Glocke, die zu den Glöckchen des Hauses einen gewichtigen Kontrast abgeben würde. Zuvor war aber noch viel zu tun übrig, der Winterroman, zum Beispiel, der auf seinem Schreibtisch lag, der mußte noch geschrieben werden.

Eigentlich hätte Sowtschick nun ins Haus gehen müssen und mit der Arbeit beginnen. Er zögerte noch. Er sah sich noch einmal sein Haus an, und dabei dachte er, wie es gewesen war im Krieg, wenn mit der 2,2-cm-Kanone Häuser in Brand geschossen wurden damals, nun schon so lange her.

Während er da auf der Bank saß, machten sich die Hunde in den Karnickelterritorien zu schaffen. Sie versuchten in die Katakomben einzudringen. Da unten sitzen sie nun und beten, dachte Sowtschick. Er stellte sich eine Karnickelkrypta vor mit flackerndem Kerzenschein und einem greisen Karnickelpatriarchen, an dessen Brust sich die verschreckte Gemeinde birgt, dem Knurren lauschend, das von draußen zu ihnen dringt.

Die Hunde versuchten es mal von dieser, mal von jener Seite – vergeblich! Wie immer. Schließlich ließen sie ab von ihrer Wühlerei und lagerten sich hechelnd um den weißgekleideten Sowtschick, während sich in den Katakomben der Krampf löste: Vielleicht nutzte der Patriarch den Schrecken, sein Volk zu weiterem Ausbau des Höhlensystems anzustacheln: Man kann nie genug Röhren haben, wie schon die Väter sagten. Wenn allerdings das Frettchen kommt, ist alles vergebens.

Plötzlich hatte Sowtschick das Gefühl: Jetzt geht das Telefon! Also doch von Dornhagen, dieser prachtvolle Mensch! Natürlich von Dornhagen! Hat gespürt, daß er gebraucht wird, und meldet sich.

Sowtschick sprang, von den Hunden wild verfolgt, federnd ins Haus. Die beiden Schafe hielten im Kauen inne, und auch Bianca verhoffte. Im Haus jedoch war alles still. Das Telefon sah unschuldig aus, und die Hunde guckten ihren Herrn fragend an.

Das kann doch nicht sein? dachte Sowtschick, sollte ich mich so getäuscht haben?

Er wählte die Nummer seines Freundes – nichts regte sich. Auch andere Telefonate waren vergebens: Carola nahm nicht ab, und der Verlag hatte Büroschluß, wie ein Tonband vermeldete. Hinze in Mölln und Kargus in Sankt Peter-Ording – nichts. Selbst willkürlich gewählte Nummern brachten kein Ergebnis.

Sowtschick hatte das Gefühl, daß niemand in der ganzen Welt zu Hause ist.

Aus! dachte er. Es ist alles aus! Alles weicht vor mir zurück.

Während die Karnickel die eingestürzten Ausgänge ihrer Burg freischaufelten – noch einmal davongekommen –, die Schafe weiterfraßen und die Kühe verdauten, verfluchte Sowtschick seine Freunde der Reihe nach. Und wenn es nicht so heiß gewesen wäre, hätte er wohl auch Teile seiner Einrichtung zerstört: Eine Tasse des Siebenhundertachtzig-Mark-Geschirrs hatte er schon in der Hand.

Wieso meldet sich jetzt keiner meiner Leser, fragte er sich schließlich, all diese Leute, die immer so begeistert tun?

Die Standuhr drüben in der Halle schlug fünf mit hellem Schlag. Wenn er sich jetzt nicht sofort an die Arbeit setzte, war der Tag nicht mehr zu retten.

Er stellte die kostbare Tasse, die er eben noch an die Wand hatte schmettern wollen, auf den Tisch zurück und setzte sich an den Schreibtisch. Ohne einen Blick auf die Wiesen zu werfen, die sich vor seinem Fenster, durch Zaunpfähle markiert, leicht ansteigend ausbreiteten, nahm er ein duftendes Bündel frisch gespitzter Bleistifte aus der Schublade und konzentrierte sich auf den neuen Roman, die «Winterreise», 15,8 Druckseiten, der Anfang war gemacht. Die Bretter waren ausgelegt über den schwankenden Grund. «Ich lasse dich nicht, du segnest mich denn.» Sowtschick stellte sich das Chaos des ungeordneten Stoffes wie einen Sumpf vor, in dem es gluckste. Das andere Ufer würde er erreichen müssen, sonst würde es ihn hinabziehen in den schleimigen Morast.

Als der letzte Schlag der Uhr verhallte, schrieb Sowtschick bereits Zeile um Zeile. Und was er schrieb an diesem heißen Tag, handelte von Schneeflocken, die vom Himmel segelten, und von einer Hundekälte: Gottfried Fingerling, der alternde Schriftsteller, stapft in einer von Kurgästen leergefegten kleinen Stadt sinnend durch den Schnee. Die Rodelbahn, der Skihang – alles menschenleer. An sich hätte es hier zu dieser Jahreszeit von Menschen wimmeln müssen – «Ski und Rodeln gut» –, aber Sowtschick sah keine Menschen, er sah nur Gottfried Fingerling, den alternden Schriftsteller, und zwar durch den Schnee «stapfen»: Das Leben hat seine Last. Schneebedeckte Tannen, eingeplusterte Gärten, dünenartige Schneewehen mit scharfgeschnittenem Kamm, und dazwischen als graudunkler Fleck der einsame Gottfried Fingerling.

Der Dichter, den Sowtschick vor Augen hatte, trug eine schwarze Pelerine, und die Landschaft war eine Postkartenidylle, auf der Winter zu besichtigen war, wie es Winter nicht gibt. Sowtschick amüsierte sich darüber, daß es ausgerechnet eine Kitschpostkarte war, an der er sich orientierte, und er versuchte, wenn dem nun schon so sei, den Eindruck des Geschönten in seinem Text zu reproduzieren. Ihm fiel es ein, den Leser mit der Schilderung einer Märchenwelt einzulullen. Die Kritiker sollten das anstreichen und mit einem Fragezeichen versehen. Sie sollten glauben, daß Sowtschick die Kontrolle über sich verloren hat. «Dieser Mensch ist ja betulich!» sollten sie ausrufen und ihm damit auf den Leim gehen. Oh! Er wollte seine Bilder schon noch brechen.

Einen speziellen Zettel hatte er auf seinem Schreibtisch liegen mit Katastrophenthemen, die vorkommen sollten in dem Roman: die Fragwürdigkeit der Atomkraft, der sogenannte Rüstungswahnsinn, Aids und Smog und das Abbrennen des südamerikanischen Regenwaldes. Das alles würde er einarbeiten in sein «Gespinst», doch das hatte Zeit. Fürs erste galt es, den winterlichen Kurort recht putzig darzustellen. Das Brüchige der Erscheinungen müßte dann später wie ein Knüppel-aus-dem-Sack herausfahren, die Idylle hinwegfegen und voreilige Kritiker beschämen.

Im übrigen markierten drei Leuchtzeichen den Weg seines Schreibens, auf die mußte er achtgeben. Auf der einen Seite ragte «The Magic Mountain» auf. Diesem gewaltigen Zentralmassiv durfte Sowtschick nicht zu nahe kommen, das hatte er kapiert. Jahre war es her, daß er das Buch gelesen hatte, und immer noch war da ein Bild von frisch gefallenem Schnee, das Sowtschick niemals übertreffen konnte.

Das zweite Leuchtzeichen war, und Sowtschick lachte, wenn er daran dachte, der Roman «Drei Männer im Schnee», lustig zu denken, daß auch dieses Buch in seiner Orientierung eine Rolle spielte, aber es war so, denn Sowtschick gedachte, nicht nur etwas von der Bedeutsamkeit jenes Zentralmassivs in sein Buch einzubringen, das Pro und Contra seiner Weltsicht, sondern auch die aufgekratzte Stimmung des Drei-Männer-Buches. Das hatte er Marianne wieder und wieder erklärt, damit sie es eines Tages dem Biographen berichten könnte.

Manche Trän' aus meinen Augen
Ist gefallen in den Schnee;
Seine kalten Flocken saugen
Durstig ein das heiße Weh.

Was die Atmosphäre anging, da hatte er sich Schubert verordnet, und zwar die «Winterreise» – sie lieh seinem Roman den Titel –, und das war das dritte Leuchtzeichen. Leider waren die Schallplatten, die von einem Sonderangebot stammten, ein Fehlkauf gewesen. Der Solist überinterpretierte den Text kurios-unerträglich, knödelig bis dorthinaus.

Alexander Sowtschick saß an seinem Schreibtisch und schrieb. Mit seinem Bleistift wirkte er an «seines Liedes Riesenteppich» zwischen den drei Leuchtzeichen dahinzirkelnd sacht und geschmackvoll fort. Um es musikalisch auszudrücken: Melodie, Akkord und Konstruktion seines Textes brachte er in Einklang. Er dachte außerdem noch an den Verleger, der recht viele Exemplare dieses Buches verkaufen sollte, und an die Leser, die sein Buch eines Tages in Händen halten würden, und er freute sich für sie: Das wird ihnen Spaß machen, dachte er, und er überlegte, womit er sie sonst noch erfreuen könnte.

Vor ihm auf dem Schreibtisch stand neben Wiener Bronzen, Hahn und Hennen, ein Foto seiner Frau, Blumen pflückend war sie darauf zu sehen, den Arm voll Rosen, das Haar im Wind. Daneben ein Foto seines Sohnes Michael und eines von Susi. «Um die brauchen wir uns keine Sorgen zu machen», sagten die Eheleute, woran zu erkennen war, daß sie es eben doch taten.

Nachdem Sowtschick zwei Stunden lang «die Bilder seiner Vorstellung ins Wort erlöst hatte», wie er gern den Vorgang des Schreibens definierte, also Balken über den Morast vorgeschoben hatte, ermüdete er plötzlich. Es war, als wiche alles zurück: Das war das Zeichen, sofort aufzuhören. Hier ließe sich nichts mehr erzwingen. Sowtschick legte den Bleistift hin, zählte die Blätter und stieß sie auf. Sechs Seiten hatte er beschrieben, die würden der stagnierenden, wenn nicht gar rückläufigen Kultur Europas einen deutlichen Ruck nach vorn verpassen. Vorausgesetzt allerdings, ihm gelänge es, seine Katastrophenthemen einzuarbeiten, deren einzelne Posten er auf dem Zettel einstweilen mit Ausrufungszeichen und Unterstreichungen versah, das Brüchige, Doppelbödige, Aufrüttelnde: Wie schwefliger Ruß müßte es auf den Schnee herniederrieseln.

In diesem Augenblick schlug die Uhr sieben, Zeit für Sowtschick, ein Bad zu nehmen, und das war einfach: Sein «Besitztum», wie das Haus auch schon genannt worden war, schloß nämlich ein Schwimmbad ein, genauer gesagt, einen Schwimmgang. Sowtschick hatte dem Architekten vorgerechnet, daß ein gewöhnliches Schwimmbassin mehr Wasser enthalte als fürs Schwimmen nötig. Er hatte einen wassergefüllten Gang vorgeschlagen, zwei Meter breit, einsachtzig tief, in welchem er, statt dauernd umkehren zu müssen, jeweils zwanzig Meter geradeaus schwimmen konnte. Diese Erfindung, die etliche Kubikmeter Wasser sparte, hatte er gegen den Architekten durchgesetzt – «so was geht nicht» –, sie war denn auch in der Zeitschrift «Form» entsprechend herausgestellt worden.

In ruhigen Zügen schwamm Sowtschick den kleinen Fluß hinauf und hinunter, an Blattpflanzen und Teilen von antiken Skulpturen vorüber, dem Körper gebend, was des Körpers ist, wo er doch für seinen und anderer Leute Geist schon gesorgt hatte. Mit jedem Schwimmzug steigerte sich seine Befriedigung: 21 Seiten Prosa lagen nun schon vor. Wie gut, daß er sich nicht in Frankreich aufhielt, einem Land, in dem die Polizisten komische Mützen aufhaben, und daß er nicht in einem Ferienbungalow hausen mußte, dessen Besitzer auf seine Kosten in Paris wohnt und sich hämisch die Hände reibt über das schöne Geld, das er den dummen Boches aus der Tasche zieht.

Während er aufrecht hin- und herschwamm, das Zählen dabei vermeidend, lächelte er über den Vorschlag des Architekten, in den Schwimmgang eine Gegenstromanlage zu installieren. «Bin ich ein Hamster in einem Tretrad?» hatte er den Architekten gefragt. Ein anderes wäre es, den Gang noch zu verlängern, ins Freie hinaus. Die Schwimmhalle durch eine Art Affenklappe verlassen und ins Land hineinschwimmen, immer weiter und weiter, bis man sich im Schein der Abendsonne verliert... Er hatte auch schon daran gedacht, Fische in das Wasser zu setzen, Karpfen, die ihn erwarten würden, wenn er an das Becken tritt. Fröhlich würden sie ihn begleiten, mal vor und mal zurück, und traurig würden sie sein, wenn er sie verließe.

Plötzlich klingelte das Telefon, einmal, zweimal, dreimal. Die Welt hatte sich besonnen, sie erinnerte sich an ihn! Sowtschick wußte, er würde es nicht schaffen, aber versuchen mußte er es trotzdem: Er stemmte sich aus dem Wasser und rannte triefend an den Apparat, und in der Tat, es war wieder einmal «aufgelegt», und das Rätselraten blieb, wer das denn nun gewesen sei. Vermutlich Marianne. Jetzt um halb acht! Das hätte sie sich doch denken können, daß er badete... Es würde der Tag kommen, an dem er sich bei einem solchen Manöver die Beine brechen würde, das war Sowtschick klar, und wüst schimpfte er auf den Architekten, der ihm einen Telefonanschluß im Bad ausgeredet hatte. Einmal müsse der Mensch ja auch entspannen, hatte er gesagt. Das Gegenteil war nun der Fall.

Sowtschick ging in die Küche und machte sich das Abendessen. Es bestand aus sommerlichen Butterbroten, Tomaten und Gurken, drei in Scheibchen geschnittenen Radieschen, Schwarzbrot mit krossem Griebenschmalz und einer auf dem Brot breitgequetschten kalten Frikadelle.

Liebster Mann!

Das Schmalz stammte von einer Leserin, samt irdenem Topf und herzlichen Grüßen. (Das rote Schleifchen war noch dran.) Sowtschick hatte es für sich reserviert, davon aß nur er allein, und er teilte es sich zu, damit es recht lange vorhielte.

Mit dem in mundgerechte Happen geschnittenen und auf einem Brett gefällig angeordneten Schnitten ging er hinüber und setzte sich in seine Fernsehecke. Nun käme der angenehmere Teil des Tages, der erquickende, Verknotungen lösende Abend.

Sowtschick war ein sogenannter «Vielseher». Obwohl auch sein Gerät Röntgenstrahlen von sich gab, wie auf der Rückseite vermerkt war – «entspricht jedoch der RÖV» –, sah er gerne fern. Das war ein Laster, das er zu verheimlichen suchte: «Jeden Abend saß der Dichter vor dem Fernsehapparat...», eine solche Passage würde sich nicht besonders gut ausnehmen in seiner Biographie. Marianne setzte sich selten dazu, weil er mit der Fernbedienung ständig den Kanal wechselte, was er auch dann tat, wenn er wußte, daß im Ersten Schlagersänger Treppen hinauf- und hinunterstiegen, daß im Zweiten in «Ehen vor Gericht» einfältige Gatten zu sehen waren, die gegen aufgedrehte Gattinnen Unrecht bekamen, und im Dritten eine Talkshow lief, in der ganz normale Politiker mit Schlips und Nadelstreifen irgendwie niedergeschrien wurden. Nacht für Nacht gab er sich der Bilderflut hin: An zunehmenden Vergeßlichkeiten war zu bemerken, daß sie bereits Auswaschungen in seinem Gehirn hervorgerufen hatte.

Sowtschick schaltete die Tagesschau ein, er hoffte auf Kameraschwenks über dreißig Kilometer Autostau oder auf vandalistische Akte, Gewaltszenen mit vermummten Polizisten, die auf vermummte Demonstranten einschlagen, aber er wurde enttäuscht. An diesem Abend war nach der nahezu vollzähligen Abhandlung jener Problemfelder, die für die «Winterreise» bereits auf seinem Merkzettel standen, nur von Gewerkschaftssachen die Rede, kein Großfeuer, keine Massenkarambolage mit – leider – zugedeckten Leichen, kein Flugzeugabsturz, bei dem verwirrte Überlebende unter huschenden Blinkleuchten gefragt werden, ob sie, als sie nach Miami starteten, damit gerechnet hätten, auf einer Autobahn notzulanden? Nichts von alledem. Gewerkschaftssachen dürrster Art. Von Zwei-Komma-vier war die Rede, beziehungsweise mehr oder weniger. «Fortbestand des sommerlichen Wetters», hieß es am Schluß, und der Meteorologe zeigte es auf der sich ruckartig verschiebenden Computerkarte, daß über Mitteleuropa ein Hoch liegt, an das die Tiefs über England und Frankreich nicht herankommen.

Danach war im Dritten eine Sendung zu sehen, die sich «Rock-Palast» nannte. «Out», sang ein Sänger:

Out! Out! und vorbei!
Out! Out und vergessen...

Sowtschick tastete blind nach seinen Broten und sah eine Weile dem schreiend-schwitzenden Sänger zu, der in eine mit kleinen Spiegeln bestickte Uniform des Siebenjährigen Krieges gekleidet war. Durch Verzerrungen des Gesichts machte dieser Mann es deutlich, daß das ziemlich anstrengend ist, hier so zu schreien, aber daß er das schafft. Scheinwerfer huschten über jubelnde Kindfrauen, die auf den Schultern jubelnder Jünglinge saßen.

Im Zweiten Programm wurde ein australischer Film gesendet, in dem es um zwei Jünglinge ging, die ein Auto stehlen und es allmählich zu Schrott fahren. Nur seiner Kanalwechselei hatte es Sowtschick zu danken, daß er hineingeriet in diesen immer besser und besser werdenden Film. Witzig gemacht war die Sache (ein Kotflügel nach dem andern fliegt ab) und gut fotografiert: originelle Zwischenschnitte von ländlicher Idylle und im Hintergrund blaßfarbene, ausschwingende Landschaften.

«Das ist ja gut!» rief Sowtschick und sah sich um, ob nicht einer da ist, mit dem er dieses Erlebnis teilen könnte. Aber es war niemand da außer den drei Hunden, die ihrem Herrn hierher gefolgt waren, weil sie ihm beim Essen zusehen wollten.

Dies war also ein australischer Film gewesen. Nun ja, immerhin. Man würde es sich merken müssen, daß die Australier, die sich sonst damit beschäftigten, ihr Wappentier auszurotten und die Urbevölkerung unter Alkohol zu setzen, gute Filme machen können, genauso wie man sich die Tatsache gemerkt hatte, daß es an der Universität Adelaide einen Professor gab, der sich mit Sowtschicks Werken befaßte, wenn auch irgendwie irrig.

Sowtschick verzichtete auf die zweite Ausgabe der Tagesschau, auf die nochmalige Vorstellung der gängigen Problemfelder: Er stellte den Apparat aus, wobei ihm auffiel, daß das kleine indische Kugelspiel, das sonst auf dem Apparat stand und klickende Geräusche von sich gab, wenn man es anstieß, fehlte.

Merkwürdig, dachte er, alles schleppen sie weg ...

Er räumte die Reste seines Abendbrots in die Küche und pfiff die Hunde herbei – zehn Uhr? Das Gassigehen war fällig.

Es war eine wollüstige Nacht, warm, voll Korngeruch. In der Ferne schrie eine Kuh, und über den dunkelroten Himmel flog blinkend ein Flugzeug nach Amsterdam, Paris oder London, gefüllt mit Menschen, die nicht daran dachten, daß sich die Abgase ihres Flugzeugs auf die goldenen Ährenfelder der Sassenholzer Börde legen und daß sie eventuell auf einer Autobahn notlanden müssen.

Sowtschick ging, von den Hunden umtobt, auf das Dorf zu. Die Zweige der Bäume griffen wie Scherenschnitte gegen den roten Himmel, und erste Sterne zeigten sich im Osten. Um diese Zeit ließ sich niemand mehr auf der Straße blicken, Sowtschick konnte sicher sein, daß er nicht angeredet werden würde: Ob er mal wieder ein Buch schreibt? «Ich hab Sie im Fernsehen gesehen», mit einer solchen Mitteilung kann man ja auch nicht viel anfangen. Die Hunde liefen neben ihm her, mal vorweg, mal zurückbleibend, immer munter, immer beschäftigt, und Sowtschick atmete tief ein und aus. Der kräftige Brustkorb hob sich, und die Lungenbläschen füllten sich knisternd mit Sauerstoff. In den glatt-elastischen Adern rollte das gesättigte Blut und machte es, daß die Zehennägel beispielsweise wuchsen, und das Haar sich aus den Drüsen schob. Eine Pollenwolke erreichte ihn: nicht anfällig für Heuschnupfen, und das nächste Kernkraftwerk in hundertdreißig Kilometer Entfernung. Sowtschick hätte jetzt gern einen Stock gehabt und damit auf den Weg gestoßen.

Nun kam er durch die Flüchtlingssiedlung, kleine Häuser mit bläulich wechselnden Fernsehreflexen hinter den Gardinen. Flüchtlinge: Trecks über eisiges Land, überfüllte Schiffe auf nachtschwarzer See: Scheinwerfer zucken auf... Still und freundlich hatten diese Menschen sich hier angesiedelt, Leute, die das sonderbarste Deutsch sprachen und die verschiedenartigsten Renten bezogen, famose Holzmeiler bauten und wußten, wo Pilze zu finden sind. Deren Hunde im übrigen mit Sowtschicks Hunden befreundet waren. Jetzt bellten sie im Innern der Häuser.

Auch Sowtschick gehörte zu den Flüchtlingen, auch er hatte wer weiß was hinter sich, nur daß Glück und Fleiß ihn hoch hinaufgetragen hatten, im Unterschied zu den anderen vielen, die nur bescheidenen Wohlstand genossen, die also auch aus diesen Gründen zu dem von Nietzsche so genannten «kriechenden Gezwerge» gehörten, zum allerdings irgendwie liebenswerten Gezwerge.

Out, out, out!

Im letzten Haus der Flüchtlingssiedlung schimmerte kein Fernseher hinter der Gardine. Hier war man bereits schlafen gegangen.

In diesem Haus wohnten Rita und Sabine Rademacher, die beiden Pferdemädchen. Sie lagen jetzt vermutlich heiß in ihrem Bett, einen Teddy im Arm. Das glückselige Pony stand neben dem Haus auf der kleinen, ihm zugestandenen Weide und schnaubte.

Woran lag es, daß er keine Gemeinschaft mit jungen Menschen hatte? Sowtschick wußte wohl, daß seine Leser überwiegend dem Mittelalter angehörten, Damen, die man in Caféhäusern sah, pensionierte Herren mit Landsmannschaftsabzeichen am Revers. Daß dies so war, lag daran, daß er Vergangenheit aufarbeitete, mehr oder minder «vergnüglich», und daß er es unterließ, die bürgerliche Gesellschaft mit Problemfeldern zu attackieren, ihr die Maske vom Gesicht zu reißen, wie es die meisten seiner Kollegen taten, wofür sie dann von eben dieser Gesellschaft Preise zuerkannt bekamen, einen nach dem andern. Gelegentliches Zusammensein mit Jugend, bei Lesungen in Schulen oder Jugendheimen, verlief selten glücklich.

Ein einziges Foto gab es, auf dem Sowtschick mit Jugend zu sehen war, das geisterte durch manche Agenturen: An einem Waldrand saß er, links und rechts ein Mädchen in weißem Kleid ... Es war ein Zufallsfoto und durchaus untypisch: Um weitläufige Verwandte seiner Frau hatte es sich gehandelt, Nichten aus Heidelberg, die nur kurz mal vorbeigekommen waren, ohne eine rechte Vorstellung zu haben von der Schriftstellerei ihres Onkels und deren Bedeutung.

Erste Fledermäuse flatterten um die Bäume. Sowtschick ging am Dorfteich entlang, an dem die Hunde Enten aufscheuchten. Neben dem Dorfteich, in den die Betrunkenen gewöhnlich leere Flaschen hineinschmissen, stand die aus Feldsteinen erbaute Kirche mit dem kurzen Turm, in dem die Stundenglocke, von scharrenden Geräuschen begleitet, jetzt zweimal anschlug. Fremden wurde gern das alte Gestühl gezeigt, das man bei der großen Renovierung schon entfernt hatte. Im letzten Augenblick war es einem Bauern entrissen worden, der gerade die Kreissäge anstellte. Auch die gräfliche Kapelle mit den Reliefs der sieben Märtyrer war sehenswert: verbrannt, gerädert und gepfählt. Vom Grafengeschlecht, dem die ganze Gegend mal gehört hatte, war nichts mehr übrig. Im Bauernkrieg hatten sie zweiunddreißig Aufständische köpfen lassen – nun stand noch ein verfallener Turm in der Flur und eine Scheune, «Fron-Hus» genannt, um deren Erhaltung schon seit Jahren erbittert gestritten wurde: Abbrennen würde sie eines Tages, darauf konnte man warten.

In dieser Kirche amtierte Pastor Sehgras, der als moderner Theologe gern im Rollkragenpullover daherkam, gegen die Bundeswehr agierte und sich «geophantastischem Wahnsinn» ergab, wie Sowtschick es ausdrückte, also Dritte-Welt-Sammlungen abhielt, der Kirchenlieder auf Blechfässern trommeln und halbwüchsige Mädchen in abgeschabten Jeans das Evangelium lesen ließ. Das hatte Sowtschick den Rest gegeben, er stellte seine Kirchgänge ein. (Die Nachbargemeinde war übrigens noch schlechter dran, der hatte man eine Pastorin verpaßt.)

Pastor Sehgras bedauerte es, daß Sowtschick nie den Gottesdienst besuchte. Gern hätte er den Dichter in der vordersten Reihe sitzen und seinen Worten lauschen sehen. Um so mehr, weil *er* ihm ja *auch* lauschte, also seine Bücher las. Besonders das erste hatte es ihm angetan, das von der Kritik noch als «unverschämt gut» bezeichnet worden war: «Kaum einen Finger breit». Der «Biß» in diesem Buch sei rasant gewesen, pflegte er seinen Amtsbrüdern beim Theologentee immer wieder zu sagen. Jetzt wünschte er sich bei Sowtschick ein bißchen mehr Pfeffer, Engagement im Hinblick auf die Lebensfragen der Zeit, die Erhaltung des «Fron-Hus» beispielsweise, das sich in Eigeninitiative und mit Landeszuschüssen in ein Jugendzentrum verwandeln ließe, in dem sich dann vielleicht auch Jugend um Sowtschick scharen würde.

Zu gelegentlichen Kaffeebesuchen kam es immerhin, mal hier, mal dort, zwei-, dreimal im Jahr, aber auch nur deshalb, weil Pastor Sehgras eine nette Frau hatte, mit der Marianne verkehrte. Sowtschick kabbelte sich gern mit ihr.

Im Wirtshaus, das neben der Kirche lag, weiß unter riesigem Walmdach, mit Linde davor, Bank und einer verrosteten Tanksäule, wurde Skat gespielt, das konnte man hören. Journalisten, die sich wegen Sowtschick in dieses Dorf verirrten, beschafften sich hier Hintergrundmaterial für ihre Reportagen. Denen wurden in der «Linde» die wunderlichsten Informationen aufgetischt: «Eene Milljon hätt hei all full – nu geiht dat an de tweite ran!»

Neben dem Wirtshaus, das früher einmal ein beliebtes Ausflugslokal gewesen war (bis es der Menschheit einfiel, nach Mallorca zu fliegen), stand eine Hundehütte. Der Schäferhund, der hier das Sagen hatte, war nicht so ganz bei Groschen. Schielend kam er angetrottet, machte: «Hau-hau!» und sah Sowtschick argwöhnisch an. Dessen Hunde begrüßten ihn nur flüchtig, die hatten keine Lust, sich mit ihrem Kollegen, den vermutlich auch sie für nicht ganz bei Groschen hielten, auf einen Streit einzulassen.

Es war nun schon recht dunkel, Sowtschick mußte auf den Weg achten. Die gewaltigen Eichen an der Straße, und in den Stallungen klirrte Vieh an seinen Ketten.

Daß Ohltrop sich so gar nicht gewehrt hatte, beschäftigte Sowtschick. Ließ sich mit einem Obstmesser massakrieren? Sechzehn Stiche und anschließend die Gurgel durchschneiden? Das Schlafzimmer, der Nachtschrank und die Brille auf dem Nachtschrank, und auf dem Bett ausgestreckt der entseelte Körper mit eingetrocknetem Blut, dessen Fleisch sich bereits verfestigt hat... Sowtschick sah alles vor sich. Aber es war nicht Ohltrop, den er da liegen sah, es war ein bärtiger Mann mit Wundmalen an Händen und Füßen, ein Mann, den er nicht kannte.

Nun kam Sowtschick an der alten Schule vorbei. Sie war so wie das Wirtshaus gebaut, mit intensiv genutztem Garten und einer Laube, in der ein kaputtes Barometer hing. Wenn er hier bei Tage vorüberging, was selten geschah, kam prompt der pensionierte Schulmeister herausgesprungen. Jahrzehntelang hatte er die Jugend des Dorfes mit dem Stock erzogen, weshalb er den Namen «Schinder» trug. Jetzt befaßte er sich mit Volkstum, hortete also Dreschflegel. Irgend etwas von Zusammenhalten spukte durch sein Gehirn, er riß gern die Gartenpforte auf und redete auf Sowtschick ein.

«Sie und ich, wir müssen doch zusammenhalten...»

Einmal war Sowtschick von diesem aufgeregten Mann sogar in die Wohnung gezogen worden, kleine dunkle Zimmer, nach Essig riechend. Die kranke Frau war über den Korridor geschlichen, und nebenan brummelnde Geräusche: Hier wurde der hirngeschädigte Sohn verborgen gehalten, ein frankensteinartiger Mensch, der, obwohl dreißigjährig, dreimal pro Tag unter sich machte, wie der Briefträger berichtete. Kinder rannten schreiend davon, wenn er sich auf der Straße blicken ließ, und der Vater mußte öfter mal den Stock gebrauchen.

Der Schulmeister hatte Sowtschick übersüßen Sanddornsaft zu trinken gegeben, und dann hatte er ein selbstverfaßtes Buch herausgerückt und ihm geschenkt. Eine Broschüre mit heimatlichen Sagen: «De Düwel in de Föör un annere Vertellsel», in dem auch von dem «Fron-Hus» erzählt wurde und von den zweiunddreißig Bauern, die man geköpft hatte, obwohl ihnen das Leben zugesichert worden war.

Sowtschick hatte die Schrift bereits mehrmals weggeworfen, doch Frau Schmidt, die Reinemachefrau, klaubte sie aus dem Mülleimer, strich sie glatt und schob sie ihm immer wieder unter.

Gefahrlos passierte Sowtschick in dieser Nacht das Schulhaus.

Out! Out! Out!

Auch der Schulmeister gab sich zu dieser Stunde dem Fernsehen hin, das war zu beobachten, wie gut, daß ihm seine Sinne nicht den vorübergehenden Dichterkollegen meldeten.

Sowtschick pfiff die Hunde, die sich bei den ehemaligen Schulklos zu schaffen machten, sie kamen sogleich gelaufen und sahen ihn dankbar an, wie sie es eigentlich immer taten, auch wenn sie an ganz etwas anderes dachten. Neben der Schule lag der Fußballplatz. Ein verrammelter Kiosk mit verwaschenen, zerfetzten Plakaten.

Auf der anderen Seite des Fußballfeldes stand das Spritzenhaus, in dem der schwarze Totenwagen untergestellt war. Auf diesem mit silbernen Verschnörkelungen verzierten Wagen eines Tages durchs Dorf gefahren zu werden – bim-bim! bim-bim! –, dann womöglich in der eiskalten Friedhofskapelle liegen zu müssen, Tage und Nächte: Das schreckte Sowtschick.

Out! Out und vorbei …

Er erwartete, daß man ihn in seinem eigenen Haus aufbahrte, und zwar im Studio, mit Kerzenleuchtern links und rechts. Wie jenen bärtigen Toten, den ihm seine Phantasie statt Ohltrops vorstellte, sah er sich dort liegen, und junge Mädchen standen links und rechts und blickten auf ihn herab.

«...Am Tage zuvor war der Dichter noch vergnügt gewesen...», so würde in der Zeitung stehen. Ob der Schützenverein, dem er ehrenhalber hatte beitreten müssen, eine Abordnung zur Beerdigung schicken würde? Mit Salveschießen über das Grab und Fahnesenken? Hessenberg, der Verleger, käme vermutlich zu Wort, erst Pastor Sehgras, dann Hessenberg, und vielleicht noch einer von der Regierung... Möglicherweise würden ja auch Autoren seinen Sarg tragen, von Dornhagen und Niels Pötting auf der linken Seite, Hinze aus Mölln und Kargus aus St. Peter auf der rechten, vier oder sechs Autoren, von Hessenberg alarmiert, wie bei Langhardi im letzten Herbst, dem Ludwig-Tieck-Preisträger und unerschrockenen Ankläger öffentlicher Mißstände.

Im Falle eines gewaltsamen Todes wäre dann ja auch mit Presse zu rechnen: Fotografen, über benachbarte Gräber stolpernd, und Kamerateams, die das Beileid-Händeschütteln wiederholen lassen, weil sie nicht richtig zu Schuß gekommen sind.

Sowtschick ging den Friedhof entlang mit seinen Grabsteinen, Lebensbäumen und ernsten Wacholderbüschen.

Nun bog er in den Feldweg ein, der von Westen aus über einen Hügel hinweg auf sein Haus zuführte. «De Düwel in de Föör». Zwei Karnickel schreckten auf und sprangen in ein Roggenfeld, von den Hunden eine Weile wild-raschelnd verfolgt. Am Himmel, dessen Röte sich auf einen tiefdunklen Streifen über dem Horizont reduziert hatte, waren die Sterne aufgezogen, eine blinkende Pracht, die Venus konnte er ausmachen und den Polarstern, den hatte ihm sein Kamerad Lehmann mal gezeigt, in der Gefangenschaft, das war lange her.

Vor ihm, im heller werdenden Mondlicht, lag sein inselartiges Anwesen, runde Baumkronen um das große Dach, das all das viele barg, das der Welt zugute kam oder kommen würde, die Bäume schlossen das inmitten von Getreidefeldern liegende Anwesen nestartig ein, Vertrauen erweckend und Sehnsucht nach Heimat. So wie es jetzt da lag – «eene Milljon hätt hei all full» –, würde es sich allerdings auch Dieben oder Mördern darbieten.

Als Sowtschick auf sein Haus zuschritt, dachte er für einen Augenblick daran, daß die Scherenschleiferin zurückgekommen wäre, säße in der Halle und guckte ihn an: vorwurfsvoll! Auf einem Schemel säße sie, rothaarig und mit aus dem Gesicht hervorschnabelnder Nase, wippte ein wenig und blickte ihn an. Irgend etwas würde ihn daran hindern, sie zu beachten, und wenn er nach oben ginge, würde sie dort sitzen bleiben und fortfahren hin- und herzuwippen.

Es zeigte sich, daß Sowtschick die Alleetür offengelassen hatte: «Der Dichter hat es den Strolchen überaus leicht gemacht, in sein Haus einzudringen...», würde in der Zeitung stehen. «...von sechzehn Messerstichen zerfleischt, wurde er im Bett aufgefunden, schwimmend in seinem Blut.» Und: «Der Dichter hat überaus leichtsinnig gehandelt.» Das Wort «überaus» würde in der Reportage zu lesen sein, ganz gewiß.

Die Hunde trotteten in ihre jeweilige Schlafecke, genannt «Heia». Hier ringelten sie sich ein, legten die Zunge zurecht in ihrem Maul und betteten den Kopf auf eine Pfote, links oder rechts.

Sowtschick verabschiedete sich von den Tieren, die, sobald er die Tür geschlossen hatte, ihre Heia-Ecken verließen und sich auf die Kaminsessel fläzten, und mixte sich in der Küche seinen Abendtrunk, Selterswasser mit Aprikosensaft und einem Schuß Gin, dann ging er nach oben in sein Schlafreich. Mit jeder Stufe, die er hinaufstieg, wurde das geheimnisvoll-wispernde Leben im Keller dreister. Das waren die «Nacht-Silvesters», die da lebten, die legten jetzt so richtig los.

Hinter Sowtschicks Schlafzimmer befand sich eine Art Gelaß, es war vom Architekten als Wäschekammer vorgesehen. Sowtschick hatte es sich als «Fluchtburg» eingerichtet. In diese schräge, schlecht belüftete Kammer verzog er sich, wenn er der Familie oder gar der Welt grollte. Ein barocker Sekretär mit wunderschönen, allerdings beschädigten Intarsien stand hier, in dessen Schubladen er seine Tagebücher aufbewahrte, Briefe seiner Eltern, Andenken und Fotos.

Hier hatte er auch seine Münzsammlung untergebracht, silberne und kupferne Stücke, durchweg abgegriffene Exemplare, mit «Aura», wie der Münzhändler es ausdrückte. Unendlich oft gezählt – ob's reicht? –, von einer Hand in die andere gegeben, im Beutel, im Kasten aufbewahrt und womöglich in Kriegszeiten vergraben und Jahrhunderte später durch Zufall wieder aufgestöbert. Abgegriffene Münzen konservierten Kummer und Sorgen von Menschen, die Schlimmeres erlebt haben mochten als Alexander Sowtschick, und außerdem waren sie billiger als prägefrische Exemplare.

Ich betrachte jetzt meine Münzen, dachte Sowtschick, wenn er durch die Lupe guckte, und den Reportern erzählte er, daß ihn das beruhige.

In einem besonderen Kästchen lagen besondere Münzen: französische aus der Revolutionsära, russische von 1919. Ob an ihnen Blut klebte? Wer konnte es wissen. Hier lag auch der Pfennig, den er auf dem Rathausmarkt gefunden hatte, in Hamburg, 1970, als ihn Jung-Autoren an der Krawatte zerrten, weil er sich mit Bürgerlichem befaßte, anstatt strahlend in die Zukunft zu marschieren.

Obgleich Sowtschick den Verleger wiederholt vor seine Sammlung geführt und ihn auf seine Vorliebe für Numismatik aufmerksam gemacht hatte, schickte der vergnügliche Herr Hessenberg weiterhin Wein zum Geburtstag und zu Weihnachten.

Dieser Mann hat kein Gespür..., dachte Sowtschick, und er malte sich aus, was für herrliche Bücher er schreiben würde, wenn Hessenberg nur ein wenig erfindungsreicher wäre mit seinen Aufmerksamkeiten: also Münzen schenkte, und zwar mit «Aura» statt Wein (den andere tranken).

Sowtschick griff nach seinem Tagebuch und schrieb: «Marianne ab, Fingerling weitergeführt. Dr. Ohltrop ermordet – geht das nun bei uns los? Was sind das bloß für Zeiten.»

«Marianne ab...» Er nahm das Tagebuch noch einmal zur Hand und blätterte darin. «Winterreise begonnen!» stand da groß und breit. Und: «Klößchen hat geschrieben.» Von Marianne war in dem

Tagebuch herzlich wenig verzeichnet, das sah er jetzt. Was sollte denn die Nachwelt von ihm denken, wenn er immer nur: «Marianne unleidig» ins Tagebuch schrieb? «Die Ehe des Dichters war überaus glücklich.» Auf einen solchen Satz in seiner Biographie wollte Sowtschick nicht verzichten, und er nahm sich vor, ab sofort zunehmend Freundliches, Liebevolles über die Frau zu notieren, die nun schon seit dreißig Jahren mit ihm durch das teilweise gar nicht so leichte Leben schritt. Freundlich war seine Frau zu ihm, freundlich, aber bestimmt. Unbeugsam in Dingen der Moral, in denen Sowtschick eher laxer war. Leute, die das Ehepaar kannten, waren stets der Meinung, daß der etwas ungenaue Sowtschick eine solche Frau gar nicht verdiene, und wenn Sowtschick an sie dachte, kam er sich schlecht vor. Nicht so sehr die Sache mit Carola Schade fiel ihm ein, die war abgetan, obwohl sie sich noch hinschleppte. Nein, wenn er an seine Frau dachte, dann war es ihm, als hätte er sich nicht gewaschen. Vor ihr wurde ihm ganz klebrig.

Er stellte sie sich vor in ihrem grauen Kostüm, nordisch-klar, je eine Perle in den Ohrläppchen... Wo mochte sie jetzt sein? In Bieseritz vermutlich, bei Klößchen. Und dort in einem Bett ganz ohne Zweifel, seitlich liegend, den Zopf auf dem Kissen deponiert.

«An Marianne gedacht», schrieb er ins Tagebuch. «Schön, daß es sie gibt», und er beschloß, sich ein Foto von ihr vergrößern zu lassen, ein Jungmädchenfoto, in Pommern aufgenommen, auf dem Gut ihrer Großeltern. Dies Foto würde er auf die Schrankklappe seines Sekretärs stellen. Marianne würde es eines Tages sehen, und das würde sie freuen.

Als er eben das Tagebuch schließen wollte, fiel ihm der Scherenschleifer ein, mit seinem Lustobjekt: die schmuddelige weiße Hose. Dies schrieb er noch ins Tagebuch: «Ein Scherenschleifer war da», falls man ihn am nächsten Morgen in seinem Blute schwimmend fände, dann würde diese Eintragung die Fahndung nach den Mördern erleichtern.

Sowtschick ging ins Badezimmer hinüber. Sorgfältig verschloß er die Tür, obwohl er doch allein zu Hause war. Er putzte sich die Zähne, dann wusch er sich die Füße. Er hatte mal gelesen, daß das Füßewaschen gut gegen Schlaflosigkeit sei, und seitdem verzichtete er auf Schlafmittel, die, wie er meinte, die Poren seiner Nieren verstopften, und wusch sich statt dessen die Füße, und meistens funktionierte das auch.

Sowtschick saß auf einem Schemel und wusch sie sich gründlich: Es waren dieselben Füße, die ihn nun schon sechzig Jahre trugen, auch der kleine Zeh war noch derselbe. «Ich habe sprechende Füße», sagte er laut. Fast sakral kam ihm das Fußwaschen vor, wie eine Art Taufe: Ein besserer Mensch würde er werden, das stand fest.

Bevor er ins Bett ging, trat er noch einmal ans offene Fenster. In der Ferne hörte er Mofas summen, das Geräusch entfernte sich. Die Pappel rauschte vertrauenerweckend, und der Mond schien unentwegt. Sowtschick betrachtete ihn durch das Hapag-Glas. «Stiller Freund der vielen Fernen...» Es war fast Vollmond, am linken Rand des Trabanten waren deutlich Krater zu erkennen. Ungeheuerlich! dachte Sowtschick, ungeheuerlich..., obwohl er in Wahrheit nichts empfand. Er war es sich schuldig, meinte er, den gestirnten Himmel über sich «ungeheuerlich» zu finden.

Die Nachtkühle fuhr ihm unter die Pyjamajacke – er schloß das Fenster, legte sich ins Bett und ließ die Bilder aus dem Dunkel aufsteigen, den Vater mit dem goldenen Zwicker, aufmunternd nickend, die Mutter an den Türrahmen gelehnt. Und dann die kleine Schwester – im Bett, tot, einen Kranz von Gänseblümchen um den Kopf. Sie hatte Scharlach gehabt, elf Jahre alt, und war daran gestorben.

Schade eigentlich, dachte Sowtschick, vielleicht lebte sie jetzt in Michigan, verheiratet mit einem Menschen von IBM, man könnte sie besuchen, in einem Kanu sitzen und Fische fangen.

Sowtschick zog die Bettdecke hoch, er klemmte sich die Bettrolle unter den Kopf und griff sich das «Unternehmen Cerberus». Noch lagen die Schlachtschiffe in Brest, unter Tarnnetzen verborgen, die Geschütze in Ruhestellung, den unangenehmsten Luftangriffen ausgesetzt. Doch schon nahm der Plan Gestalt an, sie durch den Ärmelkanal zu führen, und zwar am hellichten Tag. Sowtschick las von Täuschungsmanövern der deutschen Abwehr, Tropenhelme zu kaufen, damit die Agenten der Résistance nach London meldeten: «Die Boches wollen natürlich in den Süden dampfen.»

Die Sache erwärmte ihn, irgendwie freute er sich über das Indianerspiel, dessen glücklichen Ausgang er ja kannte. Zweihundert Seiten hatte er noch vor sich, mit denen galt es hauszuhalten, die mußten den Sommer über reichen. Wer konnte denn wissen, ob man so bald ein ähnlich interessantes Buch finden würde.

Sowtschick las ein paar Seiten – die konfusen Gegenmaßnahmen der Briten waren besonders erheiternd –, dann klappte er das Buch zu und knipste das Licht aus. Die herrlichen deutschen Schiffe, so vertraut: anders als die vermurksten altmodischen Kästen der Briten und solider als die übereleganten Franzosen...

Sowtschick lauschte in sich hinein. Die Sinne zogen ihre Antennen ein, die Leuchtzeichen der Organe wurden schwächer, die Moleküle des Fleisches schwerfälliger. Er schlug letzte noch aufbegehrende wollüstige Gedanken an eine schmuddelige Cordhose mit der Vorstellung von gotischen Kathedralen nieder, sah Strebeverzierungen, die in Rosetten vorstoßen, und glitt sanft hinüber.

Die Erfahrung hatte Sowtschick schon gemacht, daß er schlecht schlief, wenn er zu lange in den Mond geschaut hatte. Magisches und Magnetisches aktivierten in ihm Kräfte, die sich sonst nicht regten. Wenn der Mond es vermochte, in den Weltmeeren Milliarden Tonnen Wasser zu stauen und wieder loszulassen, so machte er es nun, daß Sowtschick trotz der prophylaktischen Fußwaschung schon nach einer Viertelstunde wieder aufstieg aus den Tiefen des Schlafes. Er schlug die Augen auf und sagte laut: «Was ist denn?»

Unten im Haus hörte er flatternde, gurrende Geräusche. Sowtschick dachte keineswegs an die Silvesters. Vor ihm baute sich das Bild von maskierten Fledermaus-Männern auf, die nach Lichtschaltern tasten und dabei an einen Stuhl stoßen. Es nützte nichts, daß er sich sagte: Aber die Hunde würden doch anschlagen... und außerdem würde ich die Glöckchen hören... Seine Ängste zogen sich in ihm zusammen, und er lauschte den Geräuschen, die sich noch verstärkten.

Eigentlich hätte Sowtschick nach seiner Hose greifen und sich für einen Überfall präparieren müssen. Er tat das nicht, denn er meinte, erst wenn er das täte, würden sich die jetzt noch harmlosen Geräusche in gefährliche verwandeln. So lag er wach in seinem Bett und wurde immer wacher! Als unten schon längst wieder alles still war, lag er noch immer da und lauschte. Schließlich machte er Licht, nahm das «Unternehmen Cerberus» vor die Augen und versuchte den Einschlafritus zu wiederholen, aber das klappte nicht. Wohl folgten seine Augen den Zeilen des Textes, doch sie nahmen nichts auf.

Leider kam hinzu, daß er Hunger verspürte, und der Hunger wurde mächtiger in ihm, und schließlich sah er es nicht ein. Er wagte es, er stand auf und ging hinunter in das finstere Haus, wobei er nach Art der Furchtsamen hustete und pfiff und auch sonst noch allerhand Geräusche machte.

Er rief die Hunde, die von den Sesseln sprangen, und ging mit ihnen einmal durch alle Zimmer, wobei er die jeweiligen Glöckchen läutete, die überall hingen, nichts war zu entdecken. In der Küche hielt er ihnen Salamischeiben vor die Nase. Angesichts der Wurst kriegten sie etwas Fanatisches in ihren Blick. Je unbedingter sie gucken würden, desto rascher würden sie die Leckerbissen erhalten, das war ihnen klar.

Sowtschick gab jedem eine Sonderration und sprach mit ihnen lauter als nötig, wie gut er zu ihnen ist, und wenn das Frauchen wiederkommt – vielleicht komme sie ja ganz überraschend, stünde plötzlich vor der Tür, womöglich in Begleitung von *drei kräftigen Männern* –, dann würden sie es nicht so gut haben.

Die Hunde hörten zu, weil sie mußten. Vielleicht kapierten sie ja auch, daß diese Worte den maskierten Männern zugedacht waren, die hinter der Küchentür standen und darauf hofften, daß sie ihr Herrchen mit einem Obstmesser massakrieren könnten, vielleicht verstanden sie ja, daß Alexander deshalb so laut sprach, damit sie zueinander sagen sollten: Hauen wir lieber ab, bevor es zu spät ist! Auch die kleinen Silvesters im Keller hielten inne in ihrem aufgeregten Keckern. Die waren bereit, wenn es Sowtschick einfallen sollte, zu ihnen hinunterzusteigen, notfalls in Sekundenschnelle sich in den schwarzen Fleck zu reduzieren, rechts, unter dem Weinflaschenregal.

Sowtschick strich sich eine Scheibe mit seinem «theuren» Griebenschmalz, schloß alle Zimmertüren ab, die irgend abzuschließen gingen, nahm eine Tüte Kartoffelchips unter den Arm und eine Flasche Bier und fand sich in seiner Fluchtburg wieder, wo er die Füße auf den barocken Sekretär legte und das Brot verzehrte. Das Bier trank er nach Arbeiterart aus der Flasche, er rülpste dazu und benahm sich extra unmanierlich. Daß er hier kein Fernsehgerät hatte, bedauerte er jetzt, er hätte gern noch einmal alle Sender durchgecheckt, ob sich nicht doch noch was Sehenswertes fände. Als Sowtschick endlich wieder im Bett lag, den Blick auf das Gewebe des in dieser Ehe bereits mürbe gewordenen Bettüberzugs, fühlte er sich einigermaßen wohl. Von einem, der auszog, das Fürchten zu lernen: Scott war er jetzt, in eisiger Einsamkeit von Polarstürmen umstürmt. Den Vater sah er, mit dem goldenen Kneifer, in seiner Studierstube – debere = schulden, müssen – und die Mutter, an den Türrahmen gelehnt: carus, a, um = lieb, wert, teuer, und die kleine Schwester, in ihrem Bett liegend, wie nur Tote liegen können. Das Leben driftete ab wie ein Floß. Schon näherte sich der Schlaf, ganz ohne daß er es nötig gehabt hätte, sich gotische Kathedralen vorzustellen. Doch an Ruhe war nicht zu denken, eine Herde weißer Pferde kam angaloppiert, darauf indianerartig braungebrannte Mädchen – diesmal war es ein Geräusch von der Straße, das seine bereits abgemeldete Wachheit aktivierte. An Sowtschicks Haus fuhr ein Auto vorüber. Es fuhr zögernd vorüber, wendete und kehrte zögernd zurück: Das Scheinwerferlicht wischte über die Holzdecke, und zwar entgegengesetzt zur Fahrtrichtung. Und dann hielt das Auto an.

Ein Auto hielt vor Sowtschicks «Domizil», und zwar mitten in der Nacht: Dies versetzte die Hunde ruckartig in enorme Aufregung. Sowtschick sprang aus dem Bett und sah hinaus. Mond, silberne Wolken, schwarze Bäume und Büsche und unten drunter, goldenen Lichtschein aussendend, ein Wohnmobil. Die Pforte wurde mit der Taschenlampe abgeleuchtet, die Klingel gedrückt.

Um den Menschen da unten zu zeigen, daß er sofort kommt, machte Sowtschick breit Licht. Er zog seinen weinroten Schlafrock an und schlüpfte in die weichen Lederpantoffel. Dann ging er hinunter, Tür für Tür aufschließend, machte noch mehr Licht, überall, und trat, von den Hunden begleitet, aus dem Haus. An der Pforte stand ein Mann, der sagte in das feurige Gebell hinein: «Hello, do you have any petrol?»

Pettrell? dachte Sowtschick. Was für Pettrell?

Er erfuhr, daß dies ein englisches Gefährt sei, auf dem das «Pettrell» zur Neige gehe, und keine Tankstelle in Sicht.

Ach so! Benzin! Na, das war was für Sowtschick! Am liebsten hätte er in ostischer Gastfreundlichkeit das ganze Gespann auf sein Grundstück gelotst und die Leute mit Spiegeleiern, Tee, ja mit Bett versorgt und erst am nächsten, strahlend aufbrechenden Tag wieder entlassen; ein Stück der schlechten Meinung auslöschend, die Ausländer von Deutschen haben.

Spiegelei? Bett? Nein, der Mann wollte nicht. Er schwenkte einen leeren Kanister: «Petrol», das war es, was er brauchte.

Natürlich hatte Sowtschick Benzin, er besaß dreißig Reservekanister, seit 1973 standen sie in der Garage – wahrscheinlich innen schon angerostet –, und er freute sich, daß er den Mann nicht enttäuschen mußte.

Von Hunden umsprungen, geleitete Sowtschick ihn zur Garage. Hier war allerhand Gartengerät zu besichtigen, mit Nummern versehen, ordentlich aufgehängt, ein ausrangierter Motormäher und zwei nagelneue Fahrräder, in einer Gesundheitsphase der Eheleute gekauft, so gut wie nie benutzt. Nach der Übergabe des Kanisters mit dem wahrscheinlich schon verharzten Benzin schaffte Sowtschick es, den Fremden ins Haus zu ziehen, in die Halle, die wie zu einem Empfang erstrahlte. Er holte Bier aus der Küche und Steinhäger und schenkte sich davon ein, weil jener ablehnte, und, er konnte es nicht lassen, er gab es preis, daß er für seine Person Schriftsteller sei. Das mußte für diesen Mann doch eine Sensation sein?

«Do you have a publisher?» fragte der ohne Umschweife, was Sowtschick freudig bejahte. *Allerdings* habe er einen «publisher», er habe sogar zwei, ein Teil seiner Bücher werde nämlich in Berlin verlegt, der andere in München. Seine Frau sei übrigens verreist, die fahre immer alleine weg, weil er nämlich für seine Person das Reisen satt habe. Er für seine Person sitze lieber zu Haus und schreibe Bücher, und zwar mit der Hand.

Eines dieser Bücher sei übrigens auch in England erschienen, ob er es mal holen solle, ja?

«Ich hol es eben mal schnell», sagte er und lief hinüber ins Studio, wo all seine Erstausgaben standen. «Harvest on Sea» hieß das Buch, und während der Fremde sich verstohlen umblickte, kehrte Sowtschick, darin blätternd, zurück.

Der Engländer zeigte zunächst wenig Neigung, das Buch zur Kenntnis zu nehmen. Sowtschick mußte es ihm direkt in die Hand schieben. Dann aber sagte er: «Aha!» und: «Soso!» Schlug es auf und verglich das Foto auf der Umschlagklappe mit dem sich in Positur stellenden Sowtschick: Der Beweis war erbracht, daß es sich bei Sowtschick um einen Schriftsteller handelte.

Der Engländer dachte, er solle das Stück geschenkt bekommen, er legte die Hand darauf: «I like books», sagte er, und dieses hier werde er jedenfalls lesen.

Als sie da so saßen – Sowtschick überlegte, wie er Hessenberg dazu bringen könnte, ihm das kostbare Belegstück wieder zu beschaffen –, fingen die Hunde erneut an zu toben. Von der Straße her kam die Frau des Engländers, dick und strähnig. Sie hatte es nicht so eilig wie ihr Mann. Sie interessierte sich für Sowtschicks Wohnverhältnisse.

Sowtschick zog den Gürtel seines Schlafrocks fest und langte sich die neben dem Kamin liegende Ausgabe der Zeitschrift «Form», in der sein Haus abgebildet war. Und während der Mann nach draußen ging, um das Benzin in seinen Tank zu füllen, führte er die dicke, nach Schweiß riechende Frau durch alle Zimmer und schlug wie zum Beweis, daß sie nicht träumt, auf die betreffenden Abbildungen in der Zeitschrift: das Herrenzimmer mit Bleisoldatenburg, die Porzellanfiguren im Damenzimmer, achttausend Bücher, ein in Gold gerahmter Schafbock, und hier: Eine Truhe aus dem siebzehnten Jahrhundert! Der große Schlüssel allein schon... Eindrucksvoll, nicht?

«Lovely!» sagte die Frau, die es anscheinend mit dem Magen

hatte, denn sie stieß auf, was nach verdorbenen Frikadellen roch. Die kleinen Glocken seien ja «lovely». Daß die hier überall so rumhängen? Wie zu Weihnachten, nicht? «Lovely» und «nice» sagte die Frau zu Sowtschick – alles Wörter, die der ohne weiteres verstand.

Im Gegensatz zu ihrem Mann, der eher scheel guckte – den Krieg haben sie verloren, diese verdammten Deutschen, und nun haben sie so schöne Häuser –, war sie begeistert von allem. Sie wollte lediglich wissen, wer das alles saubermacht und ob das nicht 'ne Menge Öl kostet, all die vielen Zimmer, im Winter? Und – Diebe? Ob er gar keine Angst vor Dieben habe?

Sowtschick war ganz außer sich vor Freude, daß er seinen Besitz vorführen konnte, alles zeigte und erklärte er der Frau. Er öffnete sogar die Abseiten, in denen Koffer standen und alte Kinderschlitten. Vermutlich hätte er ihr auch noch sein Schlafzimmer gezeigt, wenn nicht der Mann inzwischen zurückgekommen wäre und hüstelnd zum Aufbruch gedrängt hätte. Nun denn, schade, irgendwie.

Was er schuldig sei, wollte der Engländer wissen, und er zog sein Portemonnaie.

Sowtschick wollte kein Geld. Eine einzige Münze, einen Penny erbat er, und zwar einen abgegriffenen.

Einen Penny? fragte der Engländer. Das ließ sich machen.

Und das Buch, sagte Sowtschick dann noch, das wär ein Irrtum, das möchte er gern wiederhaben.

Ja, wundervoll, sagte der Engländer, das nimmt er gerne mit, und das wird er jedenfalls lesen.

«I like books.»

Die Frau wollte «noch mal eben schnell» das Klo aufsuchen, sie konnte zwischen dreien wählen. Anhand der Glöckchen, deren Läuten sich rasch entfernte, konnte Sowtschick hören, daß sie sein Spezialklo wählte.

Die beiden Männer schlenderten unterdessen, ihre Vokabeln sortierend wie auf einem Xylophon, zum Auto, einem Ford.

Hamburg? Nach Hamburg wollte er also, sagte Sowtschick, Hagenbecks Tierpark! Michaeliskirche! St. Pauli! Im Krieg hätten die Engländer ja alles kaputtgeschmissen, all die Arbeiterviertel –

die Villen der Kaufleute hübsch heil gelassen –, er für seine Person nähme es ihnen nicht übel, daß sie Frauen und Kinder mit Phosphor bedacht hätten. Nicht, daß er damals von den Bombenangriffen entzückt gewesen sei, Feuerstürme, vertrocknete Leichen in den Kellern, aber – selber schuld seien die Deutschen, selber schuld. Coventry, die Sache mit dem Ausradieren. Coventry, Rotterdam und dann natürlich die Nazis mit ihren Morden: Auschwitz und Maidanek.

Der Engländer hörte sich das alles an. Ob Sowtschick Soldat gewesen sei, wollte er wissen.

Jawoll, im Osten. «Prisonership, you know?» 1943 sei er in Prisonership gekommen, beim Russen. Nix gutt, o nein, «very bad».

Endlich kam die Frau. Sowtschick bedankte sich bei den Leuten dafür, daß sie sein «petrol» genommen hatten und das Buch, und dann fuhren sie davon.

Sowtschick fühlte sich festlich gehoben von diesem Ereignis. Er dachte: Sonderbar, was ein Tag alles hergibt, und er ging auf sein Haus zu, das in vollem Licht erstrahlte. Er koste die Hunde, die an ihm emporsprangen und ihm das Kinn leckten, und dann spielte er auf dem Flügel die ersten Takte der großen Polonaise von Chopin, und zwar fast fehlerfrei.

Dann ging er hinauf. Und während im Keller die Schattenzwerge wieder einzogen, mit ihren hellen Stimmen, Spielkarten auf den Tisch knallend, und die Hunde es sich auf den Kaminsesseln bequem machten, saß Sowtschick in seiner Fluchtburg und ließ das Erlebnis dieser Nacht an sich vorübergleiten: Der Engländer hatte in der Halle gesessen, wie sonst niemand in diesem Haus saß, wie der wohl froh gewesen war, so billig an Benzin zu kommen. Die Frau mit ihrem strähnigen Haar, puffmutterartig... Unverständlich, daß man es mit einer solchen Frau aushielt, da war Marianne doch ein anderer Schnack... Auch andere Bilder glitten vorüber, der Moment seiner Gefangennahme in Rußland, das Waldstückchen... Er sah die Russen vor sich: In ihrer Verblüffung waren sie gar nicht auf die Idee gekommen zu schießen. «Frietz!» hatten sie gerufen, und dann waren er und sein Kamerad Lehmann nach hinten geführt worden, ins Leben, während die Russen nach vorn gingen, in den Tod, wie sich kurz darauf herausstellte.

Sowtschick langte sich das Tagebuch und schrieb das nächtliche Erlebnis ein. «Donkey». Hatte er wirklich «donkey» gesagt, als er auf den großen Schlüssel zeigte? Sie solle mal gucken, was das für ein riesiger «donkey» sei? Wie komisch – diese Leute mußten ihn ja für komplett verrückt gehalten haben.

Wie auch immer: Sowtschick steckte sich Ohropax in die Ohren und nahm – Nieren hin, Nieren her – eine Schlaftablette. Nach zehn Minuten schlief er ein, ohne daß die Moleküle seines Fleisches Zeit gehabt hätten, sich auf modrigem Grund zu lagern. Daß die flatternden Geräusche unten in seinem Haus wieder anhoben, nahm er nicht mehr wahr.

Sowtschick wachte am nächsten, strahlend durch Baumwipfel brechenden Morgen trotz der Schlaftablette schon um acht Uhr auf, weil sich unten im Haus nichts rührte. Frau Schmidt, die Reinemachefrau, die sonst in aller Frühe damit begann, an Stühle zu stoßen, war anscheinend nicht gekommen – wenn Sowtschick nicht augenblicklich hinuntersprängе, würden sich die Hunde in das Haus erleichtern.

Die urwüchsige Reinemachefrau war schon seit fünfzehn Jahren bei den Sowtschicks. Alexander hatte nichts gegen sie, abgesehen davon vielleicht, daß sie gelegentlich die Ferngläser von den Fensterbrettern nahm und beispielsweise in den Schuhschrank stellte, ausdauernd staubsaugte, und zwar zur Unzeit, und «nie den Stekker wieder reinsteckt», wie Sowtschick es in die Gegend schrie, wenn er eine Stehlampe anknipste, die dann keinen Mucks von sich gab. Auch hatte sie es auf die Glöckchen abgesehen. Sie hängte sie hoch oder nahm sie gar scheppernd ab.

Frau Schmidt war also nicht erschienen und würde auch in der nächsten Woche nicht kommen, wie telefonisch zu erfahren war, eine Tochter in Berlin, Verwandte aus der Ostzone, und so weiter und so fort.

Sowtschick haute es in sein Tagebuch: «Frau Schmidt nicht erschienen!» Dies würde er seiner Frau schon noch unter die Nase reiben.

Die Hunde hatten sich nicht in das Haus erleichtert. Dankbar strömten sie mit ihm nach draußen. Sowtschick nahm die Hundeleinen und ging mit ihnen an den Kaninchenterritorien entlang und die Allee hinunter. Er trat durch die weiße Pforte und schritt auf dem geschlängelten Weg dem Walde zu. Ein erfrischender Morgenwind schlug ihm das dünne Haar um die gebräunte Stirn. Knisternde Kornfelder, weißgelb gegen den dunkelblauen Himmel.

Der Wald war sogenannter Bauernwald, also kein staatlicher Forst. Hier ein Stück Kiefernwald, dort eine Fichtenschonung. Ein paar Hektar Pappeln, eine Wiese...

Der Jäger, der hier das Sagen hatte, war Holzhändler in der Kreisstadt. Er haßte alle Hunde außer seinem eigenen und kam nur an Wochenenden, der würde jetzt also nicht breitbeinig auf dem Weg stehen und, ohne «Guten Tag» zu sagen, das Anleinen der Hunde befehlen. Deshalb ließ Sowtschick seine drei Gesellen frei laufen. Jockel, der braune Corgie-Rüde, lief wie immer vorneweg, den Schwanz mit der weißen Spitze in die Höhe gekrümmt, der paßte auf, daß ihn nur ja keiner überholt, die kleine schwarze Doris mit den bernsteinfarbenen Knopfaugen hielt sich dagegen in Sowtschicks Nähe. Ob's so recht ist? schien sie zu fragen. Ob das nicht brav ist, so dicht neben dem Herrchen herzulaufen? Percy war ein Schlot trotz seines vornehmen Aussehens, der verschwand schon mal im Dickicht, so daß Sowtschick denken mußte: Nun ist er weg. Der Jäger – er hieß Budweis – war ein Mensch von radikaler politischer Gesinnung, Friedensdemonstranten bezeichnete er als «Halbaffen», die man nicht mit Wasser-, sondern mit Flammenwerfern bekämpfen sollte. Trotzdem tat er bei den Grünen mit, wenn auch auf lokaler Basis: Der Abbau des Moores war es, der ihn zu diesen Leuten trieb. Eine Firma, namens Senneschalk GmbH & Co KG, verarbeitete das Sassenholzer Moor, in dem es noch vor wenigen Jahren Sonnentau gegeben hatte, zu Blumentopferde und beschnitt ihm die Jagdgründe.

Vielleicht, dachte Sowtschick, habe ich Glück und begegne den

Pferdemädchen. Er stellte sich innerlich darauf ein, überlegte, wie er sich verhalten sollte, wenn sie hier angaloppiert kämen, damit er nicht so verdattert dastünde.

Die Pferdemädchen traf er nicht. Als er auf die große Schneise stieß, die nach Hamersiek führte, wo es den armen Zahnarzt Ohltrop erwischt hatte, sah und hörte er eine Schulklasse auf Fahrrädern sich nähern. (Denen hätte Budweis den Marsch geblasen!) Laut miteinander schwatzend kamen sie heran, einer hinter dem andern, Halbwüchsige beiderlei Geschlechts, mit Rucksäcken, Zelten und sogar einem grün-weißen Wimpel. Vorn und hinten fuhr je eine Lehrerin.

Durch Feld und Buchenhallen
bald singend, bald fröhlich still...

Sowtschick trat zur Seite, musterte die jungen Menschen, die grußlos an ihm vorüberradelten. Einige hatten einen Walkman um die Ohren, das waren wohl die stilleren Naturen.

Zelten? dachte Sowtschick, wie gut, daß ich meine Tage nicht mit solchem Sport vergeuden muß. Eine vage Erinnerung an ein Waldlager stieg in ihm auf, 1938, mit Lagerfeuer und Grützsuppe und Ingolf, einem blonden Jungen. Das Bild dieses Jungen, mit dem er sich im Stroh gewälzt hatte, war noch sehr lebendig, es wurde zusammen mit den beiden Pferdemädchen aufbewahrt an derselben Stelle, wo jüngst die schmuddelige Cordhose gelandet war. Hier konnte von Auswaschungen des Gehirns keine Rede sein.

Oberschüler? Eigentlich hätten sie mich ja erkennen müssen, dachte Sowtschick. Aber das war wohl zuviel verlangt. Den Schlagersänger Shilly Billy hätten sie vielleicht erkannt oder den Fernseharzt Dr. Klaasen, aber doch keinen Schriftsteller!

Die Hunde waren ein Stück hinter der Jugend hergestürmt – nun kamen sie zu Sowtschick zurück. Er ging mit ihnen am Hünengrab vorüber, in das ortsfremde Touristen gern mit der Taschenlampe hineinleuchteten, «Steinhaus» genannt, zehntausend Jahre alt, auf jedem Meßtischblatt verzeichnet. Wahrscheinlich hatten es dieselben Leute gebaut, von denen auch das Steinbeil stammte, das man beim Ausschachten von Sowtschicks Hausgrube gefunden hatte.

Sowtschick setzte seinen Spaziergang fort. Er kam an die Kieskuhle, in der klares, grünes Wasser stand. Die weißen Hänge, zwei Tannen auf der Kante, der grüne Grundwassersee: Für Dorfjugend ein idealer Tummelplatz.

Sonst pendelten hier superschwere Lastwagen hin und her, tagaus, tagein, feinen Sand zu holen zum Bau von immer mehr Häusern in immer größer werdenden Städten. Das Wild entwich vor dem Lärm bis sonstwohin, ohne daß es den Jäger aufgeregt hätte. Jetzt war es ganz still.

Sowtschick stellte sich an den Rand der Grube und dachte: Man müßte Geologe sein. Eiszeitliches Geschiebe war das hier offensichtlich, dem waren auch die großen Brocken des Hünengrabes zuzurechnen. Zehntausend Jahre? Eigentlich noch gar nicht so lange her.

Die Hunde setzten sich neben Sowtschick, und Sowtschick dachte: Die Zeit steht still. Lustig hätte es sein können, wenn auf der anderen Seite die Schüler erschienen wären, die Räder hingeschmissen hätten und wie die weißen Pferde in Sowtschicks Traum den Abhang hinuntergestürmt wären. Oder wenn die Pferdemädchen in die weiße Grube geprescht kämen und drüben mit Karacho wieder hinauf?

Er klaubte Steine auf und versuchte, sie ins Wasser zu werfen, aber er warf viel zu kurz!

«Jämmerlich», sagte er, «jämmerlich.» Andererseits: Wozu sollte das auch gut sein, die stille klare Fläche roh aufzubrechen?

Sowtschick ging weiter. Er bog von der großen Schneise ab, weil sie in das Gebiet der Firma Senneschalk führte, mit ihren kilometerweiten Entstellungen der Natur. Seit die kleine Doris einmal in einen der Entwässerungsgräben gefallen war und sich selbst nicht hatte befreien können, mied er das Gebiet. Was die Verheerungen der Natur anging, so gehörte auch der Wald dazu, der eine Art Fabrik für Fichtenholz war, und die Kieskuhle, die von der Börde-Zeitung als tiefe Wunde im Erdreich bezeichnet wurde. Auch die Felder gehörten dazu; zwischen dem strengen Korn wuchs keine einzige Blume.

Sowtschick besichtigte die Trümmer der alten, vom Wald eingeholten Flakstellung, so wie er es jedesmal tat, wenn er hier vorbeikam. Inmitten noch vorhandener Bombentrichter lag der verfallene Kommandostand voll Brennesseln und Melde. Das Dach war eingestürzt. Eidechsen sonnten sich hier: Wenn man so will, war dies der einzige Ort der ganzen Gegend, an dem Natur sich sehen ließ. Im Kriegsfall, so stellte Sowtschick sich das vor, wenn die Russen kämen, dann könnte er sich hier verbergen unter Hirtentäschel und Schafgarbe. Marianne würde ihm Suppe bringen, warme Sachen und Papiere zu endgültiger Flucht.

Noch einmal russische Gefangenschaft? Nee...

Sowtschick kroch in den Bunker hinein, über zerbrochene Mauersteine und Betonbrocken hinweg und tastete sich in den äußersten Winkel vor. Dort setzte er sich und ließ die Stille und den Ernst des Ortes auf sich wirken. Er stellte sich die Flaksoldaten vor, die von hier aus Schwärme von Fliegenden Festungen beobachtet hatten und wohlweislich keinen Schuß abgaben. Eidechsen, Olme, Salamander: Tiere mit kaltem Blut, Asseln. Ihm war nicht eklig vor diesen niederen Tieren, auch Spinnen störten ihn nicht. Einzig Fliegen waren ihm widerlich, bei Fliegen kannte er keinen Pardon.

Nun bin ich so alt
wie der Westerwald...

Sowtschick blieb noch eine Weile, wo er war, bis es den Hunden zu lange dauerte, und dann machte er sich auf den Weg nach Haus.

Das Dorf kam in Sicht, die schwermütigen Hochspannungsmasten, die Kirche mit dem stumpfen Turm und sein Haus: das breite Dach, von runden Eichen und spitzen Pappeln umstanden, der kleine Urwald – das war sein Reich, in dem konnte ihm kein Jäger breitbeinig entgegentreten.

Vor der Pforte, das sah er jetzt, formierte sich gerade die Schulklasse zur Weiterfahrt, bunt und lebhaft. Verdammt! Junge Menschen hatten ihn also besuchen wollen. Hatten ihn im Unterricht behandelt und waren auf die Idee gekommen, ihre Klassenfahrt mit einem Besuch des Dichters zu verbinden. Was hatte er auch in dem Bunker zu suchen gehabt. Anstatt auf kürzestem Weg nach Hause zu gehen. Er rannte aus dem Wald hinaus, schrie und winkte – umsonst. Da fuhr es hin, das junge Volk, mit grün-weißem Wimpel und mit Sack und Pack einem fernen Ziel entgegen, wo es sich im Stroh wälzen würde. Schade.

Die wundersame Brotvermehrung: So hätte er unter ihnen gestanden, weiß, der Riese über dem Gezwerge, die Arme ausgebreitet, und er hätte ihnen einen Begriff vom eigentlichen Leben gegeben, dem Geiste untertan.

An seinem Gartentor war ein Zettel angebracht.

Klasse 11 c des Ratsgymnasiums
Holzminden auf großer Fahrt!

Und untendrunter, von einer Lehrerin hinzugefügt: «Schade! Und die Schüler hatten sich sooo gefreut . . .!»

Schade? Ja, schade. Aber warum, verdammt noch mal, hatten sie sich denn nicht angemeldet?

Vielleicht hatten sie's ja getan, und vielleicht lag dieser Brief noch ungeöffnet auf dem Posthaufen?

Obwohl Marianne noch keine vierundzwanzig Stunden fort war, hatte sich im Haus schon Unordnung verbreitet. Die Küche bot ein bedenkliches Bild, da machte man die Tür am besten sofort wieder zu.

Sowtschick hängte die Hundeleinen an ihren Platz und ging erst mal schwimmen. Eine Maus mußte er aus dem Wasser fischen, das war kein Problem. Damit die Hunde den kleinen Kadaver nicht fraßen, tat er ihn in den Abfalleimer. Dann stieg er in das Wasser, schwamm hin und her und dachte, wie gut, daß die Schüler weitergefahren sind. Die hätten hier natürlich alle baden wollen, das Geschrei!

Nach dem Schwimmen machte Sowtschick sich sein Frühstück. Der Toaströster war zu suchen, dann die Verlängerungsschnur. Beim Öffnen der Milchschachtel glippte ihm der Fingernagel um, das übliche In-den-Korb-Treten beim Kaffeemachen.

Schließlich saß Sowtschick aber doch im Innenhof und aß ein Brot mit Honig.

Der Brunnen plätscherte, die Sonne knallte vom Himmel. Ein leichter Windzug ließ hin und wieder die sich ausfächernden Kübelpalmen vor der weißen Mauer erzittern. Eigentlich gut, daß die Schulklasse ihn verpaßt hatte. Das hätte ihn den ganzen Tag gekostet. Picklige Stiesel, breithüftige Landtanten. Alles hätten sie angefaßt, und seinen Luxus hätten sie ihm vorgeworfen: «Wann endlich wenden Sie sich zeitgemäßeren Themen zu?» Schade und gut. Also gar nichts. Aus.

Sowtschick mußte lachen, wenn er an die Nacht dachte, an den englischen Straßenkapitän mit seiner Schlampe. Daß er «donkey» gesagt hatte, statt «key»... Diese irre Nacht ließe sich für eine Kurzgeschichte ausschlachten, insofern mußte man dankbar sein für all die ausgestandenen Maleschen. Umdrehen müßte man die Sache allerdings, kein hinterwäldlerischer Brite müßte die Nacht zu einer unruhigen machen, sondern eine rassige Psychologin, die eine unbehebbare Panne hat. Die beiden könnten dann über Angst sprechen, er über seine Angst, das Steckenbleiben zwischen zwei Felsen, sie über ihre, ein Gespräch, in das sich dann wirklich Angst mischt – von draußen das Johlen Betrunkener –, Bedrängungen, die sich in gegenseitiger Umarmung lösen, Enge durch Nähe besiegend.

«Nächtlicher Besuch»? Warum nicht? Oder «Lange Nacht»? Vielleicht ließe sich in einer solchen Kurzgeschichte der Rest der Problemfelder unterbringen, die seine «Winterreise» nicht mehr aufnahm.

Sowtschick schlurfte in die Bibliothek und schlug schon mal nach, was «Angst» eigentlich ist. Irgendwelche schlauen Definitionen würde er in dem Text unterbringen, die Leser würden dann denken: Dieser Sowtschick ist schon ein kluger Kerl.

Die beschauliche Innenhofruhe, die Sowtschick der Welt abgetrotzt hatte, wurde durch allerlei Außengeräusche unterbrochen, verschiedene Trecker, die Gifte zum Acker transportierten oder vergiftete Zerealien vom Feld holten, und Düsenflugzeuge, die sich in der blauen Luft aalten, donnernd eine Schleppe von schwarzem

Qualm hinter sich herziehend, deren krebserzeugende Partikel sich auf die goldenen Ähren dieses Sommers legen würden.

Sowtschicks großes, einsam daliegendes Haus diente den Piloten zeitweilig als Anflugmarke, so kam es ihm jedenfalls vor. Er hatte es auch schon erlebt, daß ein einzelner Hubschrauber über dem Haus stehenblieb und sich anschickte, auf seinem Dach Platz zu nehmen. Mit der Mütze hatte er verscheucht werden müssen.

Die meisten Außengeräusche, einschließlich des sonoren Autobahnlärms bei Ostwind oder des Rauschens der immer regen Pappeln, störten Sowtschick nicht. Ein einziges Geräusch ging ihm wirklich auf die Nerven: die Kleinkrafträder der Dorfjugend, dieses blöde, fadenscheinige Simmen der überbeanspruchten Motoren. Oft genug passierte es, daß er aus seinen Bodenfenstern mit den dort deponierten Ferngläsern nicht die beiden Pferdemädchen zu sehen kriegte, sondern ein Rudel Mofas, auf denen sich Halbstarke in der Feldmark ein Rennen lieferten.

Noch länger ließ sich das Frühstücken nicht ausdehnen. Halb elf? Schnell noch einen Kontrollanruf bei Carola Schade, die man herbestellen könnte. Doch Carola Schade war nicht da, von Dornhagen auch nicht. – Der Arzt! Ja, richtig! Den könnte man sich herbestellen, der würde kommen müssen, weil er von Berufs wegen dazu verpflichtet war, und weil seine Frau seine Bücher las.

Sowtschick holte den Winterroman und ging das bisher Geschriebene noch einmal durch. Der Brunnen murmelte: «Sowtschick, Sowtschick, Sowtschick...», die Sonne knallte auf die gegenüberliegende Wand, und Sowtschick las von Zaunpfählen mit weißen Mützchen und von Schnee, der die Tannen schwer belastet... Eine Fliegenklatsche in der Hand, die Augenbrauen kritisch emporgezogen, verbesserte er hier ein Wort, strich dort eins aus – die «weißen Mützchen» zum Beispiel–, und fand das alles sehr erfreulich. Dann gelangte er an das Ende seines Manuskripts, weißes Papier bot sich ihm fordernd dar. Sowtschick lehnte sich zurück und wartete auf die Bilder seiner Vorstellung, um sie «ins Wort zu erlösen», und dann sah er auch ganz richtig den Dichter Gottfried Fingerling aus dem Hotel kommen und in die Stadt, die weiß zu seinen Füßen liegt, hinunter«stapfen» (ein Wort, das er schon ein bißchen zu oft verwendet hatte), spitze Hausdächer um ein Holzkirchlein herum. Und in der Stadt sah er ihn in Schaufenster gucken: eine Bäckerei, appetitlich riechend, ein Eisenwarengeschäft mit Beilen, Sägen und Messern jeder Größe und eine blutige Fleischerei: Die Schlachthalle sah er vor sich, mit Schlachtergesellen, die ein schreiendes Schwein abstechen. Nicht schlecht, dachte er, als Kontrast zur winterlichen Postkartenidylle? Rotes Blut auf weißen Schnee gespritzt? Vielleicht könnte das Schwein sich losreißen und, mit heraushängendem Eingeweide, eine Blutspur hinterlassend, über Fingerlings Weg laufen? Fabelhaft. Aber doch auch wieder nicht. Ein bißchen derb. Und vermutlich kapiert's keiner, außerdem: Döblin, bei dem gab's das ja alles schon.

Sowtschick strich die «Schweinearie» als zu grob wieder aus und fügte der kleinstädtischen Ladenreihe ein Antiquitätengeschäft hinzu. In einem Kurort machen doch auch vermögende Leute Station, und die wollen schließlich was haben von ihrem Geld. Deutlich sah er den kleinen Laden vor sich. Es war keines dieser schnieken Geschäfte, über dessen Tür auf schwarz-gläsernem Grund «Antiques» steht, mit polierten Barockmöbeln, ohne Preisschild dran (die dann am Ende «siebzehn» kosteten), nein, Sowtschick sah es deutlich, daß hier nur Krimskrams ausgebreitet war: Gläser jeder Art, Mörser in verschiedenen Größen, ein Schaukelpferd ohne Schwanz, allerlei Porzellan und eine ramponierte Ritterburg. Die Burg kam Sowtschick bekannt vor: Es war die Burg, die er selbst besaß: mit Türmchen und Zugbrücke, von innen zu beleuchten. Für fünfzig Mark hatte er sie seinerzeit gekauft. In dem Geschäft, an das Sowtschick jetzt dachte, kostete die Burg «zweifünf».

Sowtschick brauchte nicht darauf zu warten, daß ihm der Sinn aufging, der mit der Erwähnung einer Ritterburg in seinem Text verbunden war. Es konnte doch kein Zufall sein, daß Gottfried Fingerling ausgerechnet eine Burg ins Auge fällt... Die Verschlossenheit seiner Seele war damit gemeint, die Tore verschlossen, die Zugbrücke aufgezogen. Eine von unsichtbaren Dornenhecken umgebene Burg, in deren Spinnkammer kein Dornröschen schläft, sondern Fingerlings verletzte Seele.

«That's the point», sagte Sowtschick laut, und er besserte den Text zur Deutlichkeit hin aus. Er wollte den Sinn des Bildes bis «knapp unter die Decke der Erscheinungen» heben, das war sein Ziel, und das schaffte er mühelos: Gottfried Fingerlings vereistes Herz, meinte Sowtschick, müsse von der wärmenden Liebe einer Frau aufzutauen sein. Und da war sie auch schon: Hinter der von Eisblumen überfächerten Schaufensterscheibe des Antiquitätengeschäfts erschien sie, blond, mit roten Pulswärmern. Mittels einer Nürnberger Schere stellte sie Bleisoldaten auf den Hof der Burg, und Gottfried Fingerling sah ihr dabei zu.

Sowtschick schrieb das alles ziemlich flott nieder, um sich herum und in sich drin tickende Motive, deren Zeigerstellung bei jedem Wort beachtet wurden. Keinem seiner Begrenzungsleuchtzeichen kam er zu nahe, weder dem «Magic Mountain» noch den «Drei Männern im Schnee»; Melodie, Akkord und Konstruktion stimmten, und der Leser, der dies alles eines Tages nachvollziehen sollte, würde das Buch nicht zuklappen, sondern vermutlich weiterlesen.

Seine Katastrophenliste schob er einstweilen beiseite, Asylantenelend, Ökofragen und Rüstungswahnsinn – das hatte Zeit. Das würde er schon noch einbauen können, irgendwie. Die Ritterburg könnte vielleicht das Stichwort abgeben für ein Gespräch zwischen Fingerling und der Verkäuferin: «Overkill», was für ein merkwürdiges Wort... An all das dachte Sowtschick, während er schrieb. Darüber hinaus hatte er noch den Eindruck, er werde beim Schreiben gefilmt. Schließlich rief er: «Schluß»!, stieß die Blätter auf und numerierte sie. «Herrlich! Wieder vier Seiten!» Ein großes Stück Chaos hatte er gebändigt, es bestand keine Gefahr, daß er in den Sumpf des Ungeordneten, Amorphen hinabgezogen würde. Er stand wie ein lebendiger Wegweiser, wie ein belletristischer Verkehrsschutzmann auf festem Granit: In dieser Richtung müßt ihr fahren, rief er den Menschen zu, und die nahmen ihre Habseligkeiten auf und folgten ihm.

Zur Abrundung seines Glücks gelang es ihm vom Klo aus, die Pferdemädchen auszumachen, die Blonde mit fliegendem Haar auf dem Pony, die andere auf dem Fahrrad hinterdrein. Als sie aus seinem Blickwinkel verschwanden, sprang Sowtschick in die

Schlafkammer seiner Frau. Von hier aus sah er mit dem U-Boot-Nachtglas, wie das Tier angehalten wurde. Die Mädchen wechselten. Das schwarze schwang sich nach Cowboy-Art auf den Rücken des Ponys und trieb es mit den Fersen an. Dahin ging die wilde Jagd! Die Fahrradspuren der Klasse 11 c und der Abdruck seiner Gummisohlen wurden mit den Hufen zerstampft.

Erst am Krahtberg, der kein Berg war, sondern ein Hügel, kamen die Mädchen Sowtschick abhanden. Einen weiten Bogen um sein Haus ritten sie, das wußte er, das hatte er schon mitgekriegt, aber nur klein war der Sektor, in dem er sie beobachten konnte.

Sowtschick stand in der muffig-heißen Bodenkammer unterm «Dachjuchhe» und ließ das erregende Bild noch ein wenig in sich nachklingen. Dann freute er sich über die schöne Aussicht, die seine Frau von hier oben hatte, der Wald und der sich schlängelnde Weg. In den Wolkentürmen umkreisten Raubvögel einander.

Er ließ das Glas sinken und sah sich um. Hier also lebte Marianne, merkwürdig, wie wenig er von diesem Leben wußte. Ein Bett, ein Stuhl, ein Tisch. Und auf dem Tisch ein welker Blumenstrauß.

Ja, alt und welk bin ich, dachte Sowtschick traurig, obwohl er so alt noch gar nicht war, und er klappte ein wenig in sich zusammen. Alt und welk. Und dann ging er langsam nach unten. Rote Aufkleber auf den Stufen zeigten seiner Frau an, wo, an welcher Stelle die Holztreppe nicht knarrte. Es war ratsam, für alle Hausbewohner auf die Dinger zu achten. Wer das nicht tat, riskierte, daß Alexander wutschäumend aus seinem Schlafzimmer getobt kam.

Am Nachmittag setzte die Gegenwirkung der Schlaftablette ein. Die chemischen Kristalle der Tablette, so stellte Sowtschick sich das vor, die spitzigen Salze, beispielsweise in den Muskelfasern seines Oberarms verkeilt, müßten vom Körper nun zerdrückt und ausgeschieden werden: Gereiztheit kam in ihm auf.

Der Wind fuhr ihm in die Zeitung, beim Klavierspiel setzte sich eine Fliege auf seine Nase – allmählich geriet er mehr und mehr in

Fahrt: die Unaufgeräumtheit der Küche, das In-den-Korb-Treten beim Kaffeemachen, plötzlich entstehende Zugluft beim Öffnen einer Tür und das folgerichtige Knallen einer anderen, fern in dem großen Haus. Auch die Hunde störten ihn: Waren sie draußen, wollten sie herein, und wenn sie drinnen waren, wieder hinaus. Außerdem kam der Schornsteinfeger. Er zog die Leiche einer Taube aus dem Schornstein und hielt sie Sowtschick unter die Nase, was das für eine Schweinerei ist, die er hier angestellt hat: So was muß man doch mitkriegen, daß sich da ein Tier gefangen hat!

«Dieses Tier hat unsagbar gelitten ...»

Wo denn seine Frau sei, wollte der Mann noch wissen (Ehen vor Gericht!), eine Frage, die Sowtschick gar nicht recht beantworten konnte.

So war denn also nun das nächtliche Geräusch identifiziert: Eine Taube im Schornstein. Sowtschick stellte sich vor, er selbst hätte in dem engen Schlund gesteckt, womöglich kopfunter, die Arme an den Leib gepreßt ... Die Nacht-Silvesters wären die Kellertreppe hinaufgestürmt und hätten das Haus kichernd in Besitz genommen.

Sowtschick wußte sich zu nehmen, wenn er gereizt war. Um auf andere Gedanken zu kommen, schaltete er den Fernseher an.

Eine Kindersendung stand ins Haus: «Die große Entdeckung». Zwei dumme, häßliche Jungen und drei hübsche, kluge Mädchen gehen zelten und werden dabei von einem traurigen Türkenjungen beobachtet und irgendwie irrtümlich bestohlen.

Sowtschick holte sich ein Glas Apfelsaft und legte die Füße auf den Tisch. Ganz hübsch diese Kinder, die Mädchen in Lederhosen, die Jungen hingegen mit Brille. Die erlebten jetzt das, was Sowtschick gern erlebt hätte, als Junge, was aber zum Kotzen gewesen wäre, wie im Grunde die ganze Jugend zum Kotzen gewesen war.

In diesem Augenblick fuhr draußen ein Auto vor, und heraus stieg Polizeikommissar Wagner. Die Autotür wurde zugeschlagen. Er trat an das weiße Tor und klingelte. Sowtschick sah durch das Fenster: Kommissar Wagner? War etwas mit Marianne nicht in Ordnung? Womöglich eine Verkehrssache oder ausgeraubt? Frankreich – da mußte man doch mit allem rechnen. Schon läutete der Kommissar ein zweites Mal, die Hunde sprangen am Zaun entlang und in die Höhe: Sowtschick war gezwungen, sich zu beeilen und ihm freudig entgegenzugehen: «Was sehen meine entzündeten Augen», sagte er zu dem Beamten, und «welch ein Glanz in meiner Hütte».

Wagner, ein rötlichblonder Mann mit rötlichblonden Augenbrauen, drückte dem unrasierten Sowtschick die Hand und schüttelte sie länger als üblich.

«Da ist ja unser Dichter», sagte er, «lassen Sie sich einen Bart stehen? ... Was meinen Sie, weshalb ich komme? Denken Sie mal nach?» Und er sah Sowtschick ernst an.

Marianne, dachte Sowtschick, es ist sicher etwas mit Marianne... Isle de Camps – er sah Dünen vor sich und zwischen Strandhafer und Sanddorn hingestreckt in ihrem Blute schwimmend: Marianne, und in rasender Geschwindigkeit spulte sich all das ab in seinem Gehirn, was nun unternommen werden müsse, von der Überführung der Leiche bis hin zur Beerdigung. Ja, Sowtschick hatte in dieser hundertstel Sekunde sogar noch Zeit, sich die Todesanzeige auszudenken, «unfaßbar», dieses Wort stand groß und deutlich darin.

Aber nein, es war nichts mit Marianne, der Anlaß des Besuches war ganz harmlos. «Nein, nichts ist passiert», sagte Wagner. Er zog eines von Sowtschicks Büchern aus der Aktentasche, das wollte er hier, am Ort der Entstehung, für seine Frau zum Geburtstag signiert haben. «Wolkenjagd» hieß es: Die Liebe eines alten Mannes zu einem kleinen Mädchen. In knapp zwei Monaten hatte Sowtschick es hingeschrieben, es war ein Geschenk der Götter gewesen. «Einhundertachtzig» hatte es ihm eingebracht, woran das blaue Umschlagbild seinen Anteil gehabt hatte: Es wirkte an diesem strahlenden Tag, als ob sich der Himmel darin spiegelte.

Die Männer nahmen auf einer Gartenbank Platz und beugten sich über das Buch, Sowtschick, um seinen Schriftzug hineinzusetzen, Wagner, der sich noch einmal erhob und die Bank mit seinem Taschentuch säuberte, um ihm dabei zuzusehen. «Anneliese Wagner, Weihnacht 1985, von Fritz», stand bereits auf der ersten Seite. Und nun, sollte es noch einmal signiert werden, und zum Geburtstag. Das war ja praktisch: Der Herr schenkte es seiner Frau zweimal! Typisch Beamter!

Sowtschick sah, daß es sich bei dem Exemplar, das hier auf seinen Knien lag, um eine Buchklubausgabe handelte. Obwohl er sonst nur Originalausgaben signierte, machte er aus lokalpolitischen Gründen eine Ausnahme, und er wählte die energische Variante seiner Unterschrift, fest aufgedrückt und breit.

Der Beamte war jedoch noch nicht zufriedengestellt: Was die Buchstabenkombination vor seinem Namen bedeute, wollte er wissen, den verkürzt hingehauenen Vornamen Sowtschicks meinte er damit, und um Deutlichmachung des I-Punktes bat er dann auch noch.

Damit war die Angelegenheit erledigt, und Wagner hätte eigentlich gehen müssen, aber das tat er nicht, er lehnte sich zurück und atmete tief durch: Die herrliche Natur! Legte alle zehn Fingerspitzen seiner rötlichblond behaarten Hände gegeneinander und sagte: «Wissen Sie eigentlich, daß Sie es hier sehr schön haben? Verdammt schön ... Die Bäume, Büsche und Rabatten ...» Und er sah hinter sich, ob dort ebenfalls Bäume, Büsche und Rabatten zu sehen sind.

Dann referierte er die freundliche Meinung, die seine Frau, ein schweres Kaliber mit Donnerhaaren, von Sowtschicks Schreibkünsten hatte. Sie war eine Schwester des schriftstellernden Schulmeisters («De Düwel in de Föör»), außerdem Mitglied eines Lesekreises und Verfasserin von Gedichten. Irgendwann würde sie das Bedürfnis nicht mehr zügeln können, ihre Reime Sowtschick vorzutragen. Vor einiger Zeit hatte sie ein Autorentreffen angeregt, bei dem Sowtschick, der Schulmeister und Edmund Ballon, Verfasser besinnlicher Betrachtungen in der Börde-Zeitung, sich zusammensetzen und einander aus eigenen Werken was vorlesen sollten. Der Lesekreis könne dann ja als Publikum fungieren! – Dieses Ansinnen hatte im Keim erstickt werden können, obwohl sich auch Marianne, die mit der Polizistenfrau Ableger tauschte, ins Mittel gelegt hatte.

Die Gefahr einer Attacke auf sein Privatleben stand offensichtlich unmittelbar bevor, das dämmerte Sowtschick. Aber nein, der Polizeibeamte schlug die Beine übereinander und berichtete vom Stand der Ermittlungen im Mordfall Ohltrop. Daß die Aufklärung noch nicht allzuweit gediehen sei, sagte er, heiße Spuren jede Menge, aber keine konkreten Anhaltspunkte. Offensichtlich seien die Täter über die Terrassentür in das Haus eingedrungen. Aber wieso sie gemordet hätten, das sei total unverständlich. Einbrecher und Mord, das passe irgendwie nicht zusammen, und daß Ohltrop sich so gar nicht gewehrt habe? Hinterher hätten die Banditen noch eine Orgie gefeiert, anstatt zu machen, daß sie wegkommen.

«Sie haben ja auch allerhand Fenster...», sagte Wagner und sah sich das Haus genauer an, so ähnlich wie der Scherenschleifer es getan hatte. «Das ist ja der reinste Glaspalast!»

Hier ergab sich nun die Möglichkeit, das Störende des Besuchs umzudrehen ins Nützliche: Sowtschick lud den Beamten zu einer Hausbesichtigung ein, um Sicherheitsmaßnahmen zu erörtern, eine gelbe Drehleuchte plus Sirene oder irgendwie so. Sich danach zu erkundigen, das hatte er schon immer vorgehabt.

«Nein», sagte Wagner, «keine Sirene. Das reizt diese Leute nur. Da müssen wir uns was anderes einfallen lassen.»

Sie betraten die Halle, in der sich Wagner, anstatt die Türschlösser zu prüfen, den flandrischen Leuchter besah: Der sei wohl von achtzehnhundert und Weißkohl?

«Sind das echte Kerzen? Zünden Sie die auch mal an?»

Das Herrenzimmer mit der Ritterburg, Mariannes Sweetmeats im Damenzimmer. Im Büchergang stellte Wagner jene andere Frage, die Sowtschick auch schon kannte: «Haben Sie all diese Bücher bereits gelesen?» Wieviel die Glocken gekostet hätten, die hier überall rumhängen, wollte er außerdem noch wissen.

«Wenn ich alle Bücher besäße, die ich bereits gelesen habe, dann würde der Gang nicht ausreichen», das war die Antwort, die Sowtschick in diesem Fall gab, lange hatte er gebraucht, sie sich auszudenken.

Erst an der Alleetür erwachte das sicherheitstechnische Interesse des Beamten. Er öffnete und schloß sie mehrmals und rüttelte daran.

«Nä!» sagte er kurz und rüttelte nochmals. Das sei ja wie bei

Ohltrop in Hamersiek. «Eintritt frei, nich?» Riegel und Scherengitter müßten hier angebracht werden, das sei das Mindestmum.

In Sowtschicks unaufgeräumter Fernsehecke – allerhand Kissen auf dem Sofa und nicht zusammengelegte Decken – lief die sogenannte Glotze noch. Da ließen sich die Halbwüchsigen einschließlich des kleinen Türken gerade ins Wasser gleiten, ziemlich so, wie Gott sie geschaffen hatte. (Die beiden Jungen konnten natürlich nicht richtig schwimmen, die Mädchen hingegen gut.)

Wagner war offenbar der Meinung, Sowtschick habe hier eine Pornokassette laufen: «Aha!» sagte er, und: «Wo kriegen Sie die her? Aus Hamburg?»

Sowtschick knipste den Apparat aus, obwohl auch Wagner dazu neigte, noch ein wenig hinzusehen.

Dann zeigte es sich, daß Wagner bei der Hausführung sehr wohl die Einbruchssicherung im Auge behalten hatte: An diesem Haus sei Hopfen und Malz verloren, sagte er. Es sei auf herkömmliche Weise nicht zu sichern. Einzig mit Infrarot wär das möglich, aber das koste eine Stange Geld. Wenn Sowtschick sich zu einer solchen Lösung entschließen könnte... Er habe da einen Mann an der Hand, den könne er mal anrufen, der komme sofort, und die ganze Sache laufe dann schmerzlos «übere Bühne».

Er griff sich die Zeitschrift «Form», die aufgeschlagen auf Sowtschicks Schreibtisch lag: «Dies ist ja ein richtiger Warenkatalog... Lassen Sie öfter mal Fotografen ins Haus? Da können sich die Einbrecher ja alles in Ruhe aussuchen.»

Der Beamte warf noch einen Blick in den Schwimmgang. «Das kost' wohl 'ne Masse Öl?» sagte er und sah Sowtschick vorwurfsvoll an.

Sie stiegen die Treppe hinauf und landeten in Sowtschicks Schlafzimmer. Obwohl Sowtschick ihm die Tür öffnete, klopfte Wagner an. Ob es gestattet sei, einzutreten? Er sei so frei? Muffig war es in dem Zimmer, und auf dem ungemachten Bett lag eine Hochglanzbroschüre mit äußerst abwegigen Sexualfotos. Sie hatte sich von unten her zwischen Baudelaire und dem «Unternehmen Cerberus» hervorgeschoben. Dieses Magazin und der vermeintliche Pornofilm..., daß Sowtschick anscheinend ein ganz ein Schlimmer sei, das würde Anneliese Wagner heute abend von ihrem Fritz erfahren. Aber das würde sie vermutlich nur noch mehr für Literatur entflammen.

Sowtschick lenkte die Aufmerksamkeit des Polizeibeamten von der Anregungsschrift fort auf sein Kabinett. Der Barocksekretär, kleine feine Bilder an der Wand, das war alles sehr interessant für Wagner. Am liebsten hätte er sich Notizen gemacht.

«Dies ist wohl das Allerheiligste?» fragte er.

Ja, dachte Sowtschick: Und nun steht hier ein Polizist. Das würde sich in seinem Tagebuch wunderlich ausnehmen.

Auf dem Tisch lagen die Porträtfotos, die Sowtschick für seine Biographie herausgesucht hatte. Um den Besucher zu unterhalten, blätterte er ihm die Bilder hin, auf denen er mit den Großen dieser Welt zu sehen war. Filmschauspieler, Politiker, PEN-Kongreß. Den größten Eindruck machten nicht die VIPs auf Wagner, sondern die Fotos von der Tennisspielerin Claudia Klieforth, die anläßlich der Bambi-Verleihung in München gemacht worden waren. Mit Sektglas in der Hand, gab Alexander ihr gerade einen Kuß aufs Ohrläppchen. (Smoking natürlich sowieso.) Das Interesse des Polizisten erregten auch Fotos von den Dreharbeiten zu «Kaum einen Finger breit». Erwin Roggenkamp in der Kleidung eines verfolgten Widerstandskämpfers, mit Autor Sowtschick Arm in Arm. Lange hielt Wagner ein Foto der Schauspielerin Sonja Schönboom in der Hand, die in demselben Film eine in Leder gekleidete Gestapo-Agentin spielte und sich besonders grob gebärden mußte bei der Vernehmung von Staatsfeinden: «Kaum einen Finger breit».

Wie diese Frau denn so sei, wollte der Kommissar wissen.

«Ziemlich haarig, alles in allem», sagte Sowtschick, «schwierig also, aber auch irgendwie nett.» Er sei mit ihr in Baden-Baden zusammengewesen, und an diesem Zusammensein habe er Tage zu knacken gehabt.

Wagner ließ die Fotos durch die rötlich behaarten Finger gleiten. Dann gab er sich einen Ruck und sagte, er empfehle statt einer Einbruchssicherung einen «Faradayschen Käfig» um das Allerheiligste herum. Hier könne Sowtschick sich nachts einschließen, er habe dann im Falle eines gewaltsamen Einstiegs die Möglichkeit, sich den Nachbarn bemerkbar zu machen, ohne daß ihn die «Brecher» daran hindern könnten: mit Glocke, Signalhorn oder Sirene. Es wäre immer noch besser, diesen Menschen die Stereoanlage zu opfern und den ganzen Krimskrams da unten, als von ihnen abgeschlachtet zu werden wie Ohltrop in Hamersiek, dessen Frau ja Gott sei Dank nicht dagewesen sei, in der Nacht; mit ihrer Tochter sei sie nach Schleswig-Holstein gefahren, ein Pferd zu kaufen... Jetzt habe die Frau übrigens größte Probleme. Die teure Villa und von heut auf morgen keine Einkünfte?

«Die Leute könn' ja auch den Rachen nicht vollkriegen. *Muß* das nu ein Schwimmbad sein *und* 'ne Sauna? Und denn noch Pferde? Diese Leute denken, sie leben ewig. – Sind *Sie* wenigstens anständig versichert?»

Beim Hinuntergehen informierte Sowtschick den Beamten denunziativ über den Scherenschleifer, daß der sich sein Haus so sonderbar intensiv angesehen habe: Ein südländischer Typ mit irgendwie Akzent und eine Begleiterin in schmuddeligen weißen Cordhosen...

Wagner jedoch wollte wissen, was die kleinen roten Aufkleber auf den Stufen sollen – «Aha! Daß Ihre Frau Sie nicht stört? Da sind Sie wohl sehr geräuschempfindlich? Das ist schlau!» Er hielt die «Wolkenjagd» immer noch in der Hand. «Meine Gattin ist eine große Verehrerin von Ihnen», sagte er: Ob sie nicht mal kommen dürfe? Zusammen mit seinem Schwager? Wenn der Herr Dichter mal 'ne Sekunde Zeit habe? Was? Sein Schwager sei ja ebenfalls schriftstellerisch tätig. «De Düwel in de Föör», sie könnten ja mal fachsimpeln, so Kniffe und Tricks... Und vielleicht noch den Herrn Ballon von der Börde-Zeitung dazuladen und sich dann gegenseitig was vorlesen? Für Publikum würden sie schon sorgen, und ein Teller Suppe würde sich auch schon noch finden. Die Börde sei ja kulturell eine Wüste, wie sie im Buche steht. Das «Fron-Hus» zum Beispiel, anstatt daraus eine Begegnungsstätte zu machen, mit offenem Feuer, Liederkreis und Diskussionsabenden...

Sowtschick gab sich jovial, er geleitete den Mann hinaus in die Hitze. Man werde aufeinander zukommen, dächte er. «Ich melde mich dann.» Der Beamte wiederholte noch einmal seinen Rat, ein

Faradayscher Käfig wär *die* Lösung, die kleinen Glöckchen da unten im Haus könnt er ruhig auf den Misthaufen schmeißen.

Nach dieser Geschichte sackte Sowtschick in sich zusammen. Er trank vom kaltgewordenen Kaffee und versank in dumpfes Brüten. Womit hatte er das verdient? Warum verlangten immer nur korsetttragende Kleinstädterinnen nach ihm, onduliert und in Blumenkleidern, warum kam nicht einmal eine guterhaltene emanzipierte Enddreißigerin nach Sassenholz, eine drahtige Frau, mit der eine Einlassung möglich wäre, ohne daß daraus eine komplizierte Lebenssache würde?

Immerhin, einen Nutzen hatte der Besuch gehabt: der Hinweis auf den Faradayschen Käfig. Das war die Lösung für Sowtschicks Ängste.

Noch einen Besuch empfing Sowtschick an diesem Tag: das Mädchen Erika, ein «ewig grinsender Sozialfall», wie sie genannt wurde: mager, mit struppigem Haar und Brille, herzkrank von Geburt. Der Vater, ein jähzorniger Hilfsarbeiter, wurde zum Zaunflicken herangezogen, die Mutter zum Servieren bei besonderen Gelegenheiten, wenn Hessenberg sich mal nach Sassenholz verirrte oder bei «Fang-Partys», die Sowtschick gelegentlich arrangierte, um mit Medienleuten ins Gespräch zu kommen, Rehrücken mit Grünkohl. Marianne kaufte der Frau, die gern mal zur Flasche griff, Kleider, und dem finsteren Mann Hosen. Sie hatte ihm sogar schon mal ein Moped spendiert, damit er immer schön pünktlich zur Arbeit käme: Das war Sowtschick nicht recht gewesen, er hatte sehr geschimpft.

Erika hatte es mit Unterbrechungen bis zum dritten Schuljahr geschafft, das wiederholte sie nun, so oft es ging, und Alexander war ihr Freund. Gern strich sie um das Haus herum, stand unversehens in der Küche oder gar im Badezimmer und gab sich so vertraulich, daß Besucher sie schon für Sowtschicks Tochter gehalten hatten.

Sowtschick konnte sich jetzt nicht mit ihr befassen, er mußte sich von dem Polizeikommissar erholen, und außerdem wollte er die Handwerker anrufen wegen des Faradayschen Käfigs.

Er schickte das Mädchen Bierdosen einsammeln. (Es wurden jeden Tag mehr, sooft er sie auch entfernte.) Bierdosen einsammeln und dann die Schafe umpflocken, und dann sollte sie man schnell wieder nach Hause gehen.

«Mama wartet bestimmt schon!»

Was die Schlosser anging, da hatte er nicht viel Glück: Mißmutig lauschte Sowtschick dem Tüten im Telefon, die Leute waren jetzt natürlich auf Arbeit. «Mein Vater ist nicht da, und ich weiß kein Bescheid», so in diesem Stil.

Eine Kontrolleinschaltung des Fernsehapparats ergab, daß sich die zeltende Jugend bereits mit dem Türkenkind verbrüdert hatte und gemeinsam einen Unternehmer stellte, der giftige Abwässer in den kristallklaren Fluß einleiten will. Die nächste Folge dieser Sendung würde in einer Woche zu sehen sein. Titel: «Verflixt und zugenäht».

Sowtschick ließ sich auf einen Stuhl fallen, auf dem er sonst nie saß, Bücher, Platten, Post – alles war ihm zum Ekel. Er war nicht hungrig und nicht satt. Am liebsten hätte er eine Axt genommen und mit der stumpfen Seite alles kaputtgeschlagen. Alles kaputtschlagen und dann weggehen, nach Marburg vielleicht oder nach Lugano, eine Zweizimmerwohnung mieten und das Leben still beenden. Da könnten sie ihn lange suchen, all die feinen Freunde, die nicht ans Telefon gingen, wenn er sie anrief, all die Enddreißigerinnen, die ihn zwar lasen, aber nichts dergleichen taten. «Sowtschick verschwunden!» Was das wohl für eine Aufregung geben würde! In der Zeitung würde es stehen, und alle würden sagen: Ja! Wir haben ihn vernachlässigt! Wir hätten uns um ihn kümmern müssen!

Erika war, wie sich zeigte, nicht nach Hause gegangen. Jetzt guckte sie von draußen ins Studio, was Sowtschick da macht, rief «Huhu!» und sprang von einem Fenster zum anderen. Sie trieb dieses Spielchen, weil Sowtschick schon mal Schubkarrefahren gemacht hatte mit ihr, über den Rasen, was ihm den Ruf eingetragen hatte, gut mit Kindern zu können. Dem Schubkarrefahren war eine

Hetzjagd durch das ganze Haus gefolgt, wobei das Kind plötzlich blau geworden war, das Herz!

Sowtschick jagte sie fort. «Hau ab! Mama wartet!» Er gab sich todernst, damit es wirkte.

Nach längerem Dösen raffte er sich auf und ging in den heißen Garten hinaus. Er band die Schafe los, die der Sozialfall auf eine bereits abgeweidete Stelle gepflockt hatte, und setzte sich mit den dankbaren Tieren an den Zaun zu seiner Freundin Bianca. Auch die Hunde kamen gelaufen. Er ließ sich von den Schafen treten und von den Hunden lecken, und er wurde traurig: Verlassen kam er sich vor und beschädigt. Das große Haus, imponierend lag es da, aber leer! Wie ausgestorben. Wie schön wäre es, wenn sich jetzt in diesem Augenblick oben unterm Dach das Fenster öffnete und Marianne ihm zuwinkte, wie sie es gerne tat an guten Tagen. Oder wenn Schitti und Klößchen aus dem Garten gesprungen kämen, ganz wie in alten Zeiten... Einen Augenblick dachte Sowtschick daran, das Nötigste in einen Koffer zu werfen und seiner Frau nachzufahren. Er malte sich aus, wie erfreut sie sein würde, fern im fernen Frankreich, in den Dünen der Isle de Camps, wenn er plötzlich mit dem Wagen vorführe – ein Jubelschrei und augenblicklich in ein erstklassiges Hotel umziehen. Abends dann bei Kerzenlicht angesichts des Meeres Artischocken auseinanderbrechen.

So schnell dieser Gedanke auftauchte, so schnell wehte er auch schon wieder davon. Das waren Illusionen. All den mißglückten Sommern würde er durch solch spontanen Entschluß einen weiteren mißglückten hinzufügen. Im übrigen wußte Sowtschick gar nicht, wo er Marianne suchen sollte. War sie noch in Bieseritz bei Klößchen oder war sie in Köln, womöglich bei Sigrid, ihrer schwachsinnigen Freundin? Ihr hinterherzutelefonieren, widerstrebte ihm.

Die Tiere merkten, daß ihr Herrchen mit sich zu tun hatte: Sie drangen auf ihn ein, die Hunde stießen ihn mit der Schnauze, und die Kuh Bianca tat laute Schnaufer. Da war es weiß Gott tröstlich, daß Erika nicht nach Hause gegangen war, sondern sich vor ihm aufbaute und sich zunächst über sein ausgestrecktes Bein hockte, dann sich an ihn kuschelte, wobei sie ihre kalten Mäusefinger auf seine behaarten Arme legte: Sie hoffte wohl, daß es ein erneutes Schubkarrefahren über den Rasen geben würde und war ganz still in Erwartung dieses Sports. Sowtschick tat den Deubel. Die Sache mit dem Herzfehler – womöglich kriegte sie hier noch Krämpfe oder was, das hätte ihm noch gefehlt! Dr. Schmauser hatte immer wieder gesagt: «Das kann ganz plötzlich kommen...» Sowtschick begnügte sich damit, seinen Arm um das magere, nach Zwiebeln riechende Kind zu legen. Ihm gefiel es, sie ein wenig zu streicheln und ihr, unter roten Vogelbeeren, von Kohlweißlingen umgaukelt, verschiedene Hinrichtungsarten auszumalen: mit einem Messer die Gurgel durchschneiden, daß das warme Blut heraussprudelt, Genick umdrehen, erdrosseln, hängen. Sowtschick machte dabei das Geräusch des Erstickens nach. Dies hatte zur Folge, daß sich das Kind nur immer dichter an ihn drängte.

Schließlich sprang es aber doch auf und lief davon, worüber Sowtschick sich freute, denn er war ohnehin schon wieder zu weit gegangen.

Irgendein Mensch mußte her, das wurde ihm klar, ein Kompagnon, dem es ein Vergnügen sein würde, hier zu wohnen, der es nicht ablehnte, ihm kleine Dienste zu erweisen – kochen vielleicht, Hunde ausführen –, der intelligent genug wäre, auch mal ein Gespräch zu führen. Fünfzig Mark pro Tag? Bei dem Geld, das Sowtschick dadurch sparte, daß er nicht verreiste, ließe sich eine solche Ausgabe auch vor Marianne rechtfertigen.

Er schleppte sich ans Telefon und rief weder den Verleger an noch seine Freundin. Sowtschick wählte die Nummer der Universität Hamburg und ließ sich mit dem ASTA verbinden, ob da nicht jemand wäre, der ihm, dem Schriftsteller – «Sie kennen mich vielleicht, mein Name ist Sowtschick...» –, den Hausstand führen will, ein bißchen Frühstück machen, kochen und mit den Hunden gehn?

«Da müssen Sie das Arbeitsamt anrufen», wurde gesagt, Nummer so und so, die Studentenvermittlung... Man verband ihn mit einem Mann, bei dem allerdings «nichts klingelte», als Sowtschick seinen Namen nannte: «Da klingelt bei mir nichts...», sagte er. «Und was wollen Sie?»

«Ich brauche jemanden, der bei mir kocht und ein bißchen die Hunde ausführt. Ich lebe in einem wunderschönen Landhaus...»

«Nein», sagte der Mann.

«Was: Nein?» fragte Alexander Sowtschick.

«Das gibt es nicht. Es gibt niemanden, der kochen kann und keinen, der aufs Land will.»

Das war wieder mal typisch! Diese Beamtennaturen! Anstatt sich dafür einzusetzen, daß die jungen Leute was zu tun haben, von der Straße verschwinden und nicht auf dumme Gedanken kommen. Wenn man ihm in seiner Jugend ein solches Angebot gemacht hätte! Zu einem Schriftsteller aufs Land fahren, womöglich mit einem See in der Nähe, im Schilf liegt das Boot, und die Töchter des Gutsbesitzers sind auch nicht weit... Er wäre wie rasend darauf eingegangen.

Immerhin gab ihm der Mann die Nummer der sogenannten «Jobberhöhle», einem Kellerlokal, in dem sich morgens die Studenten meldeten, die sich ein paar Mark zuverdienen wollten als Stauer im Hafen oder als Statisten. Eine freundliche Dame nahm alles auf: Wo, wie lange und vor allem *wieviel*. Eine Stunde später wurden ihm Vorschläge unterbreitet: Ein Inder, der Geld braucht, oder: «Wie wär's mit einer Juristin, die sich nebenbei aufs Rigorosum vorbereiten will?»

Sowtschick entschied sich für den Inder. Eine popolose Juristin mit beflaumten Wangen und Warze am Kinn, das war nicht nach seinem Geschmack. Ein Inder, sanft, mit glutvollen Augen, fern der Heimat, so was mußte man unterstützen. Er selbst, wenn er in einem fremden Lande sich befände, wäre ja auch auf Unterstützung angewiesen. Emigration – nie wurde er den Gedanken los, daß er auf seine alten Tage noch einmal den Stab in die Hand nehmen müßte...

Nicht ganz nebensächlich war bei dieser Entscheidung, daß ihn das Exotische reizte: Ein dunkelhäutiger Mann mit Turban? Der Tiger von Eschnapur? Was würde von Dornhagen sagen, wenn ihm ein dunkelhäutiger Mann mit Turban die Tür öffnete? Er würde anerkennend nicken und dann herumtelefonieren, daß Sowtschick sich um Asylanten kümmert – für das Image unbezahlbar.

Der Inder also wurde von Sowtschick angefordert, einzige Bedingung: Schon morgen müsse er die Stelle antreten.

Sowtschick setzte sich ans Klavier: Dieser Fremdling sollte hier, in Sassenholz, Eindrücke fürs Leben erhalten, dafür würde er schon sorgen, der plätschernde Brunnen im Innenhof, der Bibliotheksgang im vollen Sonnenlicht. Wissen und Weisheit des Abendlandes in Tausenden von Büchern gespeichert, die dunkle kühle Halle mit den mild-roten Fliesen und dem flandrischen Kronleuchter... Und dann, vom Studio aus kristallklare Klaviermusik, Mozart, Schubert, und warum nicht mal Prokofjew? Abendländische Kultur würde dieser Fremdling ins Morgenland tragen, wenn er eines Tages Europa verließe, dafür würde Sowtschick schon sorgen.

Für den Fall, daß der Mann einfacherer Natur wäre, als Bodyguard würde er immerhin taugen und – oben im Schrank hatte Sowtschick noch eine hellblaugestreifte Weste, von einem Faschingsfest. Vielleicht könnte man ihn dazu bringen, sie anzuziehen? Und, wenn Hessenberg käme, auf silbernem Tablett, Portwein zu servieren?

Abrundend wirkte es, daß sich in diesem Augenblick Marianne meldete. Sowtschick sagte kühl, daß Frau Schmidt nicht erschienen sei, er sitze ziemlich auf dem Proppen... «Wo steht eigentlich die Kaffeemühle?» Aber es gehe ihm prächtig, die Hunde, die Schafe und die Blumen.

«Letzte Nacht, stell dir mal vor, waren Engländer hier», und dann erzählte er die Sache mit dem «donkey», was er für ein Dummkopf sei.

Am nächsten Morgen hielt der Inder seinen Einzug, und zwar auf einer bordeauxfarbenen, metallicglänzenden BMW. Maschine abstellen, aufbocken, Handschuh ausziehen; Helm abnehmen – es dauerte eine Weile, bis er Sowtschicks dargebotene Hand schütteln konnte: Er tat das hoheitsvoll, «Die Übergabe von Breda», so in diesem Stil.

Das Bellen der herumspringenden Hunde war festlich zu nennen. Sie bedauerten, daß in diesem Augenblick keiner ihrer minderrassigen Kollegen vorüberkam, die es allenfalls mit Omas und Tanten zu tun hatten und niemals einen so herrlichen Besuch kriegten, wie sie jetzt hier. «Sitz!» sagte der Inder, und «Platz»!, und sie folgten ihm aufs Wort, obwohl weit und breit keine Salamischeibe in Sicht war.

Er war ein schöner Mann, groß und schlank, «apart», wie Marianne es ausgedrückt hätte, mit einem schwarzen Bart und dichtem schwarzen Haar, das er auf dem Kopf zu einem Dutt gedreht hatte. Sowtschick holte die Minolta und machte Fotos, und der Inder tat ihm den Gefallen, er setzte sich nochmals auf die Maschine und markierte Ankunft. Sowtschick knipste, von fern und von nah: So hatte man denn nun einen Inder sich eingefangen, das war doch mal was anderes.

Die Maschine wurde versorgt, und der junge Mann ging in das Haus, ohne Notiz zu nehmen von dessen Größe. (Wahrscheinlich bewohnte er in Indien ein marmornes Besitztum mit Säulengängen und künstlichen Teichen.) Während er duschte, lief Sowtschick von einem Zimmer in das andere und richtete, wo es passen wollte, strenge Ordnung oder geniale Unordnung an, er verwandelte seine Heimstatt in ein Künstler-Landhaus, das es an sich ja war. Schließlich kam der Inder die Treppe herabgestiegen als ein junger Gott: Einen lila Turban hatte er auf dem Kopf, wirklich und wahrhaftig. Er klingelte an einem der herunterhängenden Glöckchen und gab dem herbeieilenden Sowtschick einen Zettel mit Nahrungsmittelwünschen, in tadellosem Deutsch geschrieben. Dann verschwand er ohne weiteres in der Küche und begann dort zu werkeln.

Sowtschick aber dankte Gott, daß er nicht eine womöglich popolose Juristin engagiert hatte, allwissend und nichts verstehend. Er raste mit seinem Auto zum Kaufmann und holte ein Huhn, Bananen, Erdnüsse, verschiedenes Gemüse und – «Wir haben nämlich indischen Besuch» – brachte alles seinem neuen Hausgenossen, der schon bald von Kochdunst eingehüllt in der Küche stand und in den Töpfen rührte. Während er hier ein wenig schnibbelte, dort schrabte und mit dem Messer nach Art eines Fernsehkochs Zwiebeln zerteilte, erzählte er Sowtschick von seiner indischen Heimat, von der Armee vorzugsweise, die neue Panzer mit elektronischer Zielverfolgung eingeführt habe.

Sowtschick konnte sich nicht satt sehen an den schlanken Gliedmaßen des Jünglings, die Hände schon allein und das glutvolle bebartete Gesicht unter dem kunstvoll gelegten Turban.

Als Sikh war der junge Mann keinesfalls vegetarisch eingestellt. Gegen das Huhn bestanden keine Bedenken. Einem kämpferischen Volk gehöre er an, sagte er, tapfer, unbeugsam und: *nicht* vegetarisch. Ganz anders als die faulen Hindus, die in seinen Augen Gelichter waren, faul, untüchtig und gänzlich im Eimer, vom dauernden Pflanzenessen über Generationen hinweg schon hirngeschädigt.

Sowtschick holte seine Minolta und machte auch in der Küche Fotos. Er kniete sich neben den Herd, um das edle Antlitz von unten dampfschwadenumnebelt aufzunehmen. Danach sprang er in seine Fluchtburg hinauf und schrieb in sein Tagebuch: «Apahasi angekommen, vielversprechende Neuerwerbung...», schilderte dessen Feingliedrigkeit und Tatkraft und rannte in den Keller, um zu sehen, ob dort noch Früchtekonserven stünden, die er dem Mann anbieten konnte. Wieder hinauf in die Fluchtburg: «Haare und Bart lassen sich diese Leute lang wachsen... Imponierend irgendwie. Nun, wir werden sehen.»

Das Brutzeln in der Küche hielt an, sämtliche Herdplatten waren in Betrieb. Größere und kleinere Töpfe standen unter Dampf, mal hier angeschubst, mal da. Der junge Mann redete von Männer-«Froidschifft» und von Kampfesmut und klatschte gleichzeitig mit seinen sauberen, innen übrigens hellhäutigen Händen Mehlfladen zurecht, die er auf mit Fett bestrichene Bleche warf und in den Bratofen schob.

Es war drei Uhr mitteleuropäischer Zeit, als er endlich die Küche verließ und mit dem vollen Tablett die Halle ansteuerte, in der Sowtschick normalerweise nie aß. Die Speisen wurden verteilt, und auch die schweifwedelnden Hunde bekamen was, und zwar in drei von Marianne besonders gehüteten Porzellanschüsseln.

Dann saßen die beiden Männer, durch zwei Meter Tisch voneinander getrennt, unter dem flandrischen Kronleuchter: Sowtschick, der europäische Autor, dessen Bücher vom Publikum angenommen wurden, und Apahasi, Licht und Glut des Ostens. Sie hoben die Deckel von den Schüsseln ab wie im Märchen vom Topf mit der weißen Schlange. Sowtschick hatte erwartet, daß der Inder vielleicht ein Gebet sprechen würde, die hellhäutigen Handflächen gegeneinandergelegt, er wäre ohne weiteres bereit gewesen, ihm zu assistieren, Räucherwerk abzubrennen oder mit einem Glöckchen zu läuten – nichts Derartiges geschah.

Der junge Mann, der übrigens fabelhaft Deutsch sprach, langte sich dies und das, nahm vom zerteilten Huhn, streute Erdnüsse darüber und legte sich geschmorte Bananen auf: Sowtschick kam aus dem Staunen nicht heraus. Und, obwohl er seinen Tagesablauf absolut gestört sah (der Mittagsschlaf war für ewig dahin), lauschte er fasziniert der verkündigungsartigen Rede seines Gastes. Bei Reis und Currysauce erfuhr er alles über die Sikhs, und gegen Ende des langen Mahls war er bereits im Bilde über die religiösen Eigenarten dieses Volkes, über die Karmalehre und den Geburtenkreislauf. Er fand alles sehr vernünftig, und er wunderte sich, daß nicht die ganze Welt so dachte wie dieser junge Mann.

Nach dem Essen wurde alles in die Küche getragen, sofort sauber abgewaschen und, Schüssel in Schüssel, fortgestellt. Sowtschick mußte ziemlich lange warten, bis er seinen Gast in den Innenhof zu einer Tasse Kaffee einladen konnte, den er selbst bereitete. Der junge Mann setzte sich in Sowtschicks bequemen Spezialstuhl, ließ sich den Kaffee einschenken und Zucker und Sahne reichen. In seinem etwas näselnden, aber sonst einwandfreien Deutsch berichtete er Sowtschick, die Hunde kraulend, daß er als Sikh zu der Vereinigung der Reinen gehöre, die weder Messer noch Schere an ihr Haar lassen, ständig einen Turban tragen, einen silbernen Armreif und ein Schwert, und Sowtschick stand Höllenqualen aus, weil er entdeckte, daß er den Brunnen nicht angestellt hatte.

Zu diesem Zeitpunkt fiel es Hessenberg ein, seinen Autor zu kontaktieren: Halb fünf, das war die beste Zeit, um sich vergnüglich nach dessen Befinden zu erkundigen und nebenbei an eine

Lesung in Hamburg zu erinnern, die dem Buchhändler dort in die Hand versprochen worden war.

Sowtschick gab sich kurz angebunden. Er habe indischen Besuch, sagte er, und für verlegerische Erfolgsmeldungen hatte er kein Ohr. «Wir müssen uns gelegentlich mal wieder sehen», sagte er, «allmählich wird das ja wohl auch Zeit...» Und dann sah er zu, daß er so schnell wie möglich in den Innenhof kam, wo sich der Exote unter den fächelnden Kübelpalmen die Zähne mit einem Hölzchen sauberstocherte.

Sowtschick drehte den Brunnen an und erfuhr, daß sein Gast nicht nur einfach «Apahasi» heiße, sondern zusätzlich noch «Singh», folglich Apahasi Singh, weil er nämlich zur Vereinigung der Reinen gehöre, die stets einen silbernen Armreif und ein Schwert tragen und die Haare unbeschnitten lassen. «Singh» bedeute «Löwe».

In diesem Augenblick wurde Sowtschick schon wieder ans Telefon gerufen, Carola Schade, die nicht dazusein pflegte, wenn man sie anrief, wollte eines ihrer endlosen Gespräche mit ihm führen.

So? sagte sie, sie sei also nicht dagewesen, als er sie angerufen habe? Weshalb habe er sie denn sprechen wollen? Sie hatte es heraus, spiralenartig zunächst Gleichgültiges zu ventilieren, dies und das, bequem lachend, dann immer enger und enger werdend auf jene weit zurückliegende Hotelsache anzuspielen, und zwar in einer Weise, die Sowtschick, so oft es auch geschah, immer wieder das Blut in die Schläfen jagte. Hieraus wurde nun nichts. Carola Schade, die wohl schon das linke Bein unter sich geschlagen und eine Zigarette angezündet hatte, sah sich brüsk abgefertigt.

«Es geht momentan absolut nicht, Liebes, ich habe das ganze Haus voll Inder, alles Germanisten aus Delhi...» So sprach er, und am besten wär's, sie käme mal vorbei, da könne sie ihr blaues Wunder erleben.

Im Innenhof flüsterte der Brunnen zärtlich: «Sowtschick, Sowtschick, Sowtschick...», und die Palmen fächelten. Der Tisch war abgeräumt, tadellos, und der Inder war verschwunden. Auch die Hunde waren fort, ein Sperling suchte den Boden nach Kuchenkrümel ab.

Vorsichtig begab Sowtschick sich auf die Suche nach seinem Gast, vorsichtig, damit der nicht etwa den Eindruck bekäme, er werde kontrolliert. In der Küche war er nicht und in der Bibliothek auch nicht. Er saß in Mariannes kleinem Pavillon, obwohl darin eine Affenhitze herrschte. Aus einer der zierlichen Jugendstilkaraffen hatte er sich Likör eingegossen, der seinerzeit – vor fünfzehn Jahren – nur wegen seiner Farbe in die Karaffe gefüllt worden war, und sprach mit den drei Hunden, die auf Mariannes buntkariertem Kelim lagen.

Er liebe süße geistige Getränke, sagte der Inder, und in seiner Heimat sei es üblich, nach dem Essen zu ruhen.

Nun, hiergegen hatte Sowtschick nichts. Er schloß die Tür leise, obwohl er etwas besorgt war. Ehen vor Gericht? Marianne war so eigen mit ihren Sachen, mit all den Gläsern, Gläschen und Sweetmeats, hoffentlich würde der Gast nichts in Unordnung bringen.

Dieser junge Mann war eine außerordentliche Neuerwerbung. Allem Anschein nach aus guter Familie, schön und intelligent – vielleicht waren mit ihm ja hohe Geistesgespräche zu führen, über die öden Zwischenräume des Lebens hinweg? Nicht über Parteiungen und öffentliche Mißstände, damit mochte sich das Gezwerge abgeben. Nein, über hohe und höchste Dinge, die einem dann schon noch einfallen würden. Wenn wieder einmal ein Journalist käme, der von Elfenbeintürmen spräche, in denen Sowtschick sich vermutlich gern aufhalte, den dann auf den Inder verweisen, daß man zur Tat geschritten ist, Dritte Welt und so weiter und so fort. Das Mädchen Erika und der Inder, das waren soziale Aktivitäten, die sich in seiner Biographie gut ausnehmen würden. Er lachte still vor sich hin. Was man nicht alles erlebt, dachte er, sonderbar, sonderbar. Daß das Leben jedem Roman an Erfindungsreichtum überlegen ist, stand fest. Wie würde von Dornhagen gucken, wenn er hier nichtsahnend aufkreuzte! Etwas Weltoffenes würde sich dem Bild Sowtschicks in der über ihn zu schreibenden Biographie gesellen, und er überlegte, ob er nicht irgendwo noch einen Neger auftreiben könnte, oder einen Chinesen.

Was fängt man an mit einem solchen Tag? Sowtschick setzte sich an seinen Schreibtisch und sah die Post durch. Ein Brief vom «Globus» war dabei, den er sofort öffnete. Der Chefredakteur lud ihn ein, an einer Anthologie über die Parteienlandschaft teilzunehmen. Zweihundert Mark und drei Freiexemplare. Eine gepfefferte Sache sollte das werden, mit Gift und Galle! Sowtschick warf den Brief auf den Tisch und ging hinaus, den schlängelnden Weg zum Wald. Das hatte ihm noch gefehlt, Parteien! «Ich werd 'n Deibel tun!» sagte er laut. Was hatte er mit den Parteien zu schaffen? Einmal war er nach Bonn geladen worden, zum Gedankenaustausch: Die Reise hatte er selbst bezahlen müssen, und der Gedankenaustausch hatte darin bestanden, daß er für ein Foto posieren mußte mit dem Minister.

Nein, zu Parteien konnte er sich nicht äußern. Am besten sofort absagen. Aber, konnte man das denn wagen? Koller, Haffmann und die Liebetrudt, alle würden sich beteiligen an diesem Unternehmen, und wenn *er* es *nicht* tat, dann würden die Leute sagen: «Und Sowtschick? Wo ist Sowtschick? Ist ihm die Gegenwart denn schnuppe? Nimmt er denn überhaupt keinen Anteil an den Problemen der Gesellschaft?»

Am besten gar nicht reagieren. Er hätte ja auch an der Atlantikküste sein können, fern im fernen Frankreich.

«Ich war seinerzeit in Frankreich», sagen, wenn man ihn eines Tages für sein Schweigen zur Rechenschaft zöge.

Im Wald war es zu dieser Tageszeit nicht besonders angenehm. Die Hitze stand flimmernd auf dem Weg. Fliegen umschwärmten Sowtschick, und im Nacken stach ihn sogar eine Bremse. Kolonnen von fahrradfahrenden Oberschülern kamen nicht daher, statt dessen mißbrauchte die Dorfjugend den Wald wieder einmal als Rennbahn. Mit Mofas fuhren sie speedwayartig durch die Schneisen. Zu Gesicht bekam Sowtschick sie nicht, aber zu Gehör. Wie schade, daß Budweis, der Jäger, das nicht mitkriegte. Aber der würde sich kaum trauen, gegen diese Lümmel was zu unternehmen. Der würde vermutlich denken: Die zünden mir am Ende meine Jagdhütte an!

Statt des Jägers kam der cholerische Schulmeister daher, der besah sich schwitzend die Natur. Unmäßig schimpfte er auf die

Mofafahrer: Die Natur sei das einzige, was wir noch haben, aber nicht mehr lange! Er hielt Sowtschick ein Brombeerblatt unter die Nase: Hier, er sollte mal fühlen, schon ganz klebrig von all den Abgasen... Gott sei Dank habe er jetzt herausgebracht, was das für Kerle sind, die hier den Boden bis zum Ortstein hinab aufreißen. Er habe sich die Namen notiert! sagte er und holte das Notizbuch heraus, ob er sie noch lesen kann. Er werde heute noch mit seinem Schwager sprechen, dem Hauptkommissar Wagner, ob sich da nicht was machen läßt, das müsse doch mit dem Teufel zugehen! Woher die das Geld überhaupt hätten für all das Benzin – arbeitslos? Also, er sei auch arbeitslos gewesen nach dem Weltkrieg, damals hätte er aber kein Geld gehabt für ein Motorrad. Wurstabfälle habe er sich gekauft beim Schlachter und Kuchenkrümel beim Konditor.

Wenn *er* was zu sagen hätte... Und dann entwickelte er dem schwitzenden Sowtschick, einen Fuß auf einen modrigen Baumstumpf gestellt, Pläne für Arbeitslager verschiedener Härtegrade, Straßenbau mit strenger Zucht und einfacher Kost.

«Und wenn's gar nicht hilft, dann kriegen sie eben eine Tracht Prügel!»

Er habe schon gedacht, es gebe doch diese Hexenkrallen oder wie die Dinger hießen – am liebsten würde er sich eine Tüte davon kaufen und sie ausstreuen, damit diese Burschen einen Platten nach dem andern kriegten.

Auf der rechten Backe hatte der vierschrötige Mann Kratzverletzungen. Die rührten wohl von den Ringkämpfen, die er mit seinem kranken Sohn zu bestehen hatte, Tag für Tag. Sowtschick dachte an einen französischen Film, in dem eine Art Wolfskind gezeigt wurde, in einem Schrank hausend, dreckverkrustet: so ungefähr stellte er sich den Sohn des Schulmeisters vor, den er noch nie zu sehen bekommen hatte.

«Was macht Ihre Frau?» fragte Sowtschick in den sprühenden Redefluß hinein, und das stoppte den Schulmeister, der verlor den Faden und verstummte – eine gute Gelegenheit für Sowtschick, sich loszumachen.

Er ging die große Schneise entlang. Links und rechts halbhohe

Bäume, schnurgrade ausgerichtet. Dies war nicht Natur, dies war eher niederdrückend als erholsam.

An Ohltrop dachte er und an dessen Ermordung: Das von der Rippe abgleitende Messer, das mühsame Durchsäbeln der Kehle. Er stellte sich vor, daß er selbst es sei, der sich auf den Mann geworfen und auf ihn eingestochen habe. Wie sich die Mörder wohl erschrekken würden, wenn sie in der Nacht in sein Haus eindrängen und auf den kampfesmutigen Inder stießen! Mit wenigen, gutgezielten Hieben würde der sie erledigen.

In der Kieskuhle badete junges Volk, Jungen und Mädchen. Mit Autoreifen spielten sie, und nun schleuderten zwei Rüpel Flaschen auf einen Stein. Na, Mahlzeit! Die Splitter patschten in das klare Wasser. Barfußlaufen ade! Diese Untat hatte von der gegenüberliegenden Seite auch der Schulmeister beobachtet. Er stürzte den steilen Abhang hinunter, die Kinder flüchteten schreiend.

Sowtschick sah auf die Uhr. Schon sechs. Er schleppte sich ziemlich lustlos dahin. Als er sich dem Torfgebiet der Firma Senneschalk näherte, zeigte sich Erika in der Ferne. Heftig winkte sie, und stolpernd stürzte sie näher, um sich an ihn zu hängen. Rasch machte Sowtschick kehrt, und zwar absolut und plötzlich um hundertachtzig Grad. Damit er nicht eingeholt würde von diesem Wesen, das ihm nur in bestimmten Gemütszuständen angenehm war, nahm er Abkürzungen quer durch Schonungen.

Im Laufschritt erreichte er schließlich seinen Garten. Er schlug dem Mädchen, das dieses Laufen für einen Spaß hielt, im letzten Augenblick die Pforte vor der Nase zu. Sie ließ sich jedoch nicht beeindrucken und versuchte über den Zaun zu klettern. Sowtschick schob den bereits auf den oberen Draht geschwungenen Fuß herunter und wurde «ernst», was Eindruck machte: Ob sie sich nicht denken kann, daß er keine Zeit hat, er habe schließlich Besuch aus Indien.

«Aus Indien, Erika, stell dir mal vor!»

Und er erzählte von weißen Elefanten und von Turbanleuten, die Feuer schlucken und sich auf ein Nagelbrett legen können, ohne daß ihnen das weh tut.

«Du mußt nun mal ganz vernünftig sein», sagte er und strich ihr nach Erwachsenenart über das Haar: «Geh jetzt nach Hause, und grüß Mama schön.»

Schmollend hockte sich das Mädchen an den Wegrand: «Ick komm nie wedder to di...»

Sowtschick war's einerlei. Er winkte den Schafen zu, tätschelte die Kuh Bianca und begrüßte die Hunde, die beleidigt taten, weil er sie nicht mitgenommen hatte. Dann trat er in das Haus, neugierig, wie er den Gast wohl antreffen würde und: wo. Dieses Haus war nicht mehr dasselbe wie zuvor. Hier war eine neue Zeit angebrochen, so kam es Sowtschick vor, alles war anders geworden seit viereinhalb Stunden, bedeutsamer, weltläufiger und toller. Warum hatte man das nicht schon längst getan, einen Inder eingeladen?

Nachdem Sowtschick durch alle Räume gegangen war und sie leer gefunden hatte – vermutlich war der Hausgenosse auf seinem Zimmer –, ging er in die Bibliothek und las etwas über den Zoroastrismus, über die Türme des Schweigens, auf denen die Toten den Geiern zum Fraß vorgesetzt werden. Er fand dort auch den Bildband: «Ewiges Indien», mit herrlichen Fotos von gutgewachsenen Menschen. Vielleicht sollte man ja doch mal prüfen, ob man nicht ein kleines Mädchen importieren könnte, zierlich, mit großen Augen und Punkt auf der Stirn, in bunte Tücher gehüllt. Vielleicht mehrere Mädchen, und die dann im Garten tanzen lassen zu Tamburin und Schellen.

Die Januarausgabe der Zeitschrift «Terra» versteckte er sicherheitshalber, darin war die Girl-Street in Kalkutta abgebildet, mit zwölfjährigen Hürchen in grünen Lattenverschlägen. Nicht auszudenken, wenn der Gast sie zufällig entdeckt hätte!

Sowtschick erfrischte sich im Schwimmbad. Er schwamm kraftvoller als sonst und zählte laut die Runden: Dreiundzwanzig, vierundzwanzig, fünfundzwanzig... Jeden Tag eine mehr, Körperbeherrschung, eiserner Wille. Danach kamen die Heimtrainer an die Reihe, ein feststehendes Fahrrad und eine Art Ruderboot. Auch das letzte Gramm Fett würde er sich noch wegtrainieren, dem Abendland mußte Ehre gemacht werden.

Dann spielte er Klavier, wobei er sich vorstellte, daß der Fremde, der sich vermutlich in seinem Zimmer langgemacht hatte, die

Ohren spitzen würde. Kulturgut von gleich zu gleich, das Tadsch Mahal und Maria Laach, ewige Werte hier wie dort: Sowtschick spielte die «Jagdsonate» so gut, wie er sie noch nie gespielt hatte. Rubinstein zur Rechten und die Klavierlehrerin zur Linken wunderten sich, und in der Ferne nahm der Vater seinen goldenen Kneifer ab: Konzert für Millionen.

Was abendländische Kultur betraf – warum sollte er mit dem Fremdling nicht eine Deutschlandtour unternehmen? Die Weser aufwärts, den Rhein... In weißen, einsam daliegenden Hotels absteigen und sich die Koffer hineintragen lassen? Der Schwarzwald... Oder Regensburg? Und während der Fahrt über Kunst sprechen, «Maria im Rosenhag» und «Der Mann mit dem Goldhelm» und im Autoradio ganz leise die «Fünfte»...

Eine Kontrollschaltung im Fernsehapparat ergab Statistiken über die Zunahme von Ladendiebstahl sowie einen Speiseeisskandal in Spanien: Tausende von Urlaubern wälzten sich qualvoll in ihren Hotelbetten.

«Ganz Europa ächzt unter einer Hitzewelle.»

Diese Spanier! An sich ja ganz in Ordnung. Die blaue Division... Nicht so schlapp wie die Italiener. Aber: Jedes Jahr zehntausend Stiere zu Tode quälen und die schönsten Meeresbuchten mit Betonburgen vollbauen?

Sowtschick ging in die Küche, die aufgeräumt und blankgewischt war. Der große Tisch war an die Wand gerückt, die Kaffeemaschine stand mit umgenudelter Schnur in der Speisekammer, desgleichen der Korb mit den Kartoffeln: durchaus zu begrüßende Neuerungen.

Um dem Hausgenossen eine Freude zu machen, deckte Sowtschick den Abendbrottisch, und er tat dies äußerst leise, damit er nicht aufgeschreckt werde. Er sortierte Wurst- und Käsescheiben auf verschiedene Teller, polierte Tomaten, schnitt Gurke und deckte mit dem guten Silber, das Marianne aus Angst vor Dieben nicht im Küchenschrank liegen hatte, sondern unterm Dachjuchhe!

Nachdem alles aufgestellt war, und als auch der Tee bereits, der gute, auf dem Stövchen stand, zündete Sowtschick noch zwei

Kerzen an. Dann stieß er an verschiedenen Hängeglöckchen und ging hinauf und klopfte an die Tür des Gästezimmers: Nichts regte sich. Er linste durch das Schlüsselloch und klinkte behutsam auf: leer. Nun, dies war seltsam. Wo mochte der Mann stecken?

Sowtschick durchsuchte das ganze Haus, schließlich stellte er fest, daß das Motorrad nicht da war. Aha. Da war der Gast also ausgeflogen. Merkwürdig, aber ohne weiteres in Ordnung, schließlich war dieser Mann ein freier Mann, der tun und lassen konnte, was er wollte. Wieso er allerdings das Tor nicht geschlossen hatte, war nicht einzusehen. Nun würde man lange auf die Hunde warten müssen, die sich hoffentlich nicht wieder über die Hühner der Nachbarn hermachten wie im vorigen Sommer, was endlose Schereien nach sich gezogen hatte.

Sowtschick löschte die Kerzen und überlegte: Was sollte er tun? Der Nachmittag war schon ruiniert – sollte er den Abend auch noch drangeben? Das sah er nicht ein, es war bereits neun. Jetzt mußte gegessen werden, und Sowtschick setzte sich und langte zu. Hin und wieder stand er auf und sah hinaus, ob er nicht ein Motorrad hört – nichts.

Nach dem Abendessen legte Sowtschick Schubert auf und ging hinaus auf die Terrasse. Er warf sich in eine den Blutkreislauf schonende Gesundheitsliege und sah in seinen parkartigen Garten hinein, in dem einzelne Bäume mit kleinen Scheinwerfern beleuchtet wurden. Auf dem Rasen waren die größten Maulwurfshaufen Europas zu besichtigen, und zwar in großer Zahl.

Hundertdreißig Kilometer *westlich* des nächsten Atomkraftwerks, die richtigen Bäume angepflanzt (widerstandsfähig gegen sauren Regen) und einen Roman angefangen, dessen Ertrag es vielleicht ermöglichte, «auszusteigen», sich in Portugal ein Ausweichquartier zu kaufen und dorthin überzusiedeln, wenn's brenzlig wird. Eine Hütte am Meer, von wo aus dem abendlichen Singen der wetterzerfurchten Fischer zu lauschen wäre. Einen Lebensmittelvorrat anlegen dort, in Blech verlötet, und für den Notfall ein Pulver, das den endgültigen Ausstieg aus der Gesellschaft schmerzlos ermöglichte.

Er lauschte der Musik, die aus dem Innern des Hauses kam.

Es bellen die Hunde, es rasseln die Ketten,
Es schlafen die Menschen in ihren Betten...

Schubert... Eigenartig. Ob diese Lieder von jeher so knödelig gesungen worden waren? Warum nicht mit einfacher, klarer Stimme? Dieses Kulturgut sollte man den Inder lieber nicht hören lassen, besser Beethoven, die «Fünfte» oder lieber gleich die «Neunte». Die ganze Wucht des Abendlandes auf ihn loslassen, nicht kleckern, sondern klotzen.

Der Inder: Merkwürdig, dieser Mensch hatte ihn innerhalb weniger Stunden völlig umgekrempelt, er hatte sich irgendwie aufgegeben. Tief in seinem Innern rührte sich der Argwohn, ob sich da nicht wieder jenes Ostische in ihm meldete, das, was Marianne als «Rückgratlosigkeit» bezeichnete? Die Neigung, sich selbst aufzugeben, nur, um für einen einzigen Augenblick jemandem zu gefallen? Sowtschick kannte diese der Lüge verwandte Schwäche! Wie oft war er nicht ausgezogen, dem gutgelaunten Hessenberg die Meinung zu sagen, und doch war daraus immer nur ein vergnüglicher Austausch von Liebenswürdigkeiten geworden.

Erst gegen zehn kam der Fremdling angedonnert, von Mofas begleitet, mit denen er um die Wette gefahren war. Rhythmisch hupend verabschiedete er sich von den salut-klingelnden Jungs, und dann kam er, von den Hunden gewaltig umsprungen, ins Haus, strich sich Brote mit Sowtschicks wertvollem Griebenschmalz und setzte sich ohne nähere Erklärung zu seinem Gastgeber auf die Terrasse.

Nur kurz hatte Sowtschick damit zu tun, seinen Unwillen niederzukämpfen. Dann lauschte er dem Fremdling, der von der kardanischen Aufhängung der Kanonen in indischen Panzern sprach, daß man also schießen kann, auch wenn man über Bodenwellen dahinrast, was er mit der hellhäutigen Hand nachahmte. Der indisch-pakistanische Krieg, sein geteiltes Heimatland...

Sowtschick überlegte, ob er ihm nicht als Gegenleistung für diese Belehrungen etwas aus seinem Roman vorlesen sollte. Für diesen Asiaten ergebe sich dadurch die Gelegenheit, ein abendländisches Literaturerzeugnis in statu nascendi kennenzulernen. Und während der Inder mit drei Apfelsinen jonglierend von der Feuerkraft moderner Panzerabwehrraketen sprach, überlegte Sowtschick, welches der bereits entstandenen Kapitel er ihm darbieten sollte.

Heute lieber noch nicht, dachte er, erst morgen, wenn man sich aneinander gewöhnt hat.

Sonderbar kam es ihm vor, daß von den sechshundert Millionen Menschen des Subkontinents nicht ein einziger den Namen «Sowtschick» kannte, geschweige denn ein Buch von ihm ...

Auf der Terrasse saßen sie: Sowtschick, der Europäer, von seiner Frau in zärtlichen Stunden «Eichhörnchen» genannt, und Apahasi Singh, der Löwe, ein Feuerchen entfachend. Fledermäuse flirrten über den dunklen Himmel, und durch die Flammen flatterten Motten jeder Größe. Süße geistige Getränke waren auch vorhanden.

Sowtschick, der im wesentlichen zuhörte, kam erst in später Stunde dazu, dem Inder von sich zu erzählen, Krieg, Gefangenschaft und die erhungerte Karriere. Er sei ja, wie jener wohl wisse, Schriftsteller, habe grade ein neues, übrigens sehr lustiges oder besser gesagt, interessantes Buch in Arbeit, einen doppelbödigen Roman, der von einem Schriftsteller handle, der sich in einen Winterort zurückgezogen hat, «Tod in Venedig»-artig, aber doch wieder ganz anders, er für seine Person habe also zu schreiben, was harte Arbeit sei, acht bis zehn Stunden täglich (in denen er übrigens nur eine knappe halbe Seite schaffte, was sich allerdings nach Adam Riese im Jahr zu einhundertfünfzig Seiten addiere), und er wäre ihm, Apahasi Singh, äußerst dankbar, wenn er abmachungsgemäß auch für das Abendbrot sorge, wofür denn ja auch im Hinblick auf Finanzielles einiges auf ihn zukäme.

Der Inder hörte freundlich zu, was ihn nicht hinderte, mit den Hunden zu spielen, die jetzt allerdings lieber geruht hätten. Schließlich ließ er das und stellte sich in das Abendlicht: Apahasi Singh, unsagbar sanft und schön, schwerwiegende Vergangenheit und strahlende Zukunft in einem. *Er* wolle *auch* ein Buch schreiben, sagte er und begann dem abschlaffenden Sowtschick ohne weiteres die Handlung des geplanten Werkes zu entwickeln, von Anfang bis zum Schluß, einschließlich stilistischer Besonderheiten und gestalterischer Merkmale und unter Hinweis auf andere Autoren, denen er nacheifere, ohne sie indessen nachzuahmen. Dieses, dem Kämpferischen geweihte Werk *wolle* er schreiben und *werde* er schreiben.

Sowtschick stand auf und deutete gen Himmel: Dies sei der deutsche Himmel, der abendländische, mit Großem und Kleinem Bären, und dort der Sirius im Sternbild des Hundes – Hundstage, die heißesten Tage im Jahr. Mit Indien nicht zu vergleichen, aber doch ganz schön, nicht wahr? Wenn dies hier zu Ende sei, er meine sein Aufenthalt hier in Sassenholz – irgendwann wäre der ja zu Ende –, dann müsse er mal im Winter kommen, wenn die Schneeflocken vom Himmel segelten und jeden Zaunpfahl mit einer Plusterung versähen. Er hoffte, daß er dann mal wiederkomme, sagte Sowtschick, obwohl jener noch da war, und er sagte «Tschneepflocken» aus Versehen.

Am darauffolgenden Morgen lag tiefer Friede über dem Anwesen. Die Sonne prallte auf das Dach, und hoch oben in der Stratosphäre zog ein Flugzeug zwei weiße Striche über den tiefblauen Himmel. Vom Dorf her war das Krähen eines Hahns zu hören und ab und zu das Kreischen einer Kreissäge, ansonsten war es ganz still.

Sowtschick wachte an diesem Tage von dem vertrauten Mofageräusch auf. Das heißt, er hatte es schon eine ganze Weile gehört, bis es in sein Bewußtsein drang. Er wußte: Ich muß jetzt aufwachen und aufstehen, es wird doch keine Ruhe geben. Er erhob sich also und trat ans Fenster. Am Zaun standen die Mofa-Jünglinge, sie hatten die Motoren laufen, und ab und zu gaben sie Gas. Offensichtlich warteten sie auf den Motorrad-Inder: Sich mal wieder in die Kurve legen und durch die Natur donnern ... Das war ihre ganze Sehnsucht.

Als Sowtschick, der an die Ozonschicht über der Antarktis

denken mußte, sein Fenster öffnete und sich zeigte, zogen sie Leine, wie man so sagt. Man kann nie wissen, mochten sie denken. Dieser Mann sitzt irgendwie am längeren Hebel. Eine bläuliche Gaswolke blieb zurück.

Sowtschick machte sich in der Küche ein Brot, und bevor sich noch im Haus was rührte, fuhr er nach Kreuzthal. Dem Inder hinterließ er einen Zettel, daß er gegen Mittag zurück sei. Falls Telefonanrufe kämen: vertrösten.

Kreuzthal war ein kleines, verkehrsgerechtes Städtchen, zwanzig Minuten von Sassenholz entfernt. Zwei Straßen kreuzten sich hier, ehemals schattige Landstraßen, mit Posthaltereien alle dreißig Kilometer, es gab noch Ansichtskarten davon. Man hatte die Linden abgehackt und Chausseen aus den Landstraßen gemacht, mit all den zermürbenden Folgen. Aus den Posthaltereien waren Diskos geworden.

Für die gesamte Region hatten zielbewußte Pädagogen in Kreuzthal sechs Schulen verschiedenen Typs errichtet, um endlich dem individuellen Tun sogenannter Zwergschulen ein Ende zu setzen, Flachbauten mit Leichtmetallfassaden und Busbahnhöfen davor: Endlich mal Zug reinkriegen in das verlotterte Schulsystem, die ganze Jugend auf breiter Front aufmarschieren lassen, die Begabten dämpfen und die Zurückgebliebenen anspornen, Ernst machen mit der Gleichheit aller Chancen. Schitti und Klößchen hatten die Punkteschaukelei mit Geschick betrieben, so daß sie zwar nicht wußten, wie lange der Dreißigjährige Krieg gedauert hat, aber das Abitur bestanden.

Von Sowtschick wurde in diesen Schulen nicht gesprochen. Zwar hatte er schon in Kalifornien unterrichtet, in Bordeaux eine Urkunde für völkerverbindende Aktivitäten erhalten, und um seine Manuskripte rissen sich Verlage und Zeitungen, doch in diesen Schulen war er zum konservativen Greis erklärt worden, dem der Kalk bereits aus der Hose rieselt, ein Relikt aus längst vergangenen Tagen. Das kümmerte Sowtschick jedoch nicht, denn Goethe, Lessing und Herder fanden in diesen Instituten ebenfalls nicht statt.

Jetzt lagen die Schulen verwaist da: Ferien.

Vier Großmärkte hatte Unternehmergeist in dieser Stadt errichtet, den Schulen in Bauweise und Funktion nicht unähnlich, HORSTI, Billig-Kauf, Shoppa und die Pfennig-Discount AG. Die Versorgung der Bevölkerung war also gesichert. In der Gummiwarenfabrik, der Holzhandlung des Jägers Budweis, einer Großmolkerei, in der «Irmi»-Sahne hergestellt wurde, und natürlich in der Firma Senneschalk GmbH & Co KG kamen ratlose Väter um eine Lehrstelle für ihre Kinder ein.

Sowtschick stellte sein Auto auf einem Parkplatz ab, der früher einmal ein hübscher kleiner Garten gewesen war, und schritt, wie sein Kollege Fingerling im Winterroman es tat, in die Stadt hinein. Im Mittelpunkt des Städtchens, nicht weit von der Kreuzung entfernt, die durch die langsamste Ampelanlage der Republik gesichert war, stand ein altes butziges Kloster, dem Sowtschick einen kurzen Besuch abstattete. Im Kunstführer des Landes war es zu Recht mit einem Sternchen versehen: ein vollständig erhaltener Kreuzgang – also einmal herum – mit milden Buntglasfenstern, ausgetretenen Bodenfliesen und einem Sommerrempter, in dem noch der Tisch stand, an dem die Nonnen ihre Grütze gegessen hatten. Düstere Schlafzellen in Sargform und eine wunderschöne, sehr statische Kirche. Im kühlen weißen Kirchenschiff stand ein Klotz von Fünte aus dem dreizehnten Jahrhundert. Der Altar war mit vergoldeten Figuren bevölkert wie die allerliebste Orgel, deren Werk früher einmal herrlich gewesen war. In den sechziger Jahren war sie natürlich ausgeschlachtet worden und durch eine neue ersetzt.

Wenn die Sowtschicks Besuch bekamen, aus Lübeck oder Heidelberg, gehörte das Kloster zum Vorzeigeprogramm wie das «Fron-Hus» und das Hünengrab im Wald.

Alexander fand das Kloster rührend, Marianne süß. Engelbert von Dornhagen schätzte es aus historischen Gründen. Im Rempter war nämlich zur Franzosenzeit eine Vereinbarung unterzeichnet worden zwischen einem Marschall Napoleons und örtlichen Persönlichkeiten, die dann allerdings leider zum Abholzen der Bruchwälder geführt hatte und zur Gestellung von Pferden und Kühen. Die ganze Börde war auf Jahrzehnte hinaus verarmt. Das zierliche Beinhaus des Klosters hatten die Franzosen mutwillig abgerissen und das frühgotische Gestühl verheizt.

Vielleicht sollte man den Inder mal auf diese Sehenswürdigkeit aufmerksam machen, dachte Sowtschick. Oder lieber nicht? Auf den würden die milchigen Fresken, die erst im vorigen Jahr freigelegt worden waren und bereits wieder verschimmelten, eher einen kümmerlichen Eindruck machen.

An diesem Tag ging von der Kirche nicht viel Beschaulichkeit aus. Mit Preßluftbohrern war man dabei, die Folgen der letzten Restaurierung zu beseitigen, den hochmodernen Mörtel, der das Feldgestein zu sprengen drohte.

Sowtschick seufzte, dann aber lachte er höhnisch: Diese Idioten! dachte er, und er meinte damit ganz allgemein die Neuerer, die überall saßen, in jeder Behörde, und nichts wie dummes Zeug anstellten.

Ein besonderes Stück hatten sich die Leute mit dem Rathaus geleistet, das ebenfalls an der Kreuzung stand, aber auf der anderen Seite. Unweit der Klosteranlage hatten sie den Behördenpalast errichtet – ein weißgekalktes altes Landgasthaus hatte dafür weichen müssen –, mit einem Turm, der höher war als der Turm der Klosterkirche. Oben bestand er aus Glas, eine falsch konstruierte Dekorationssache, in die es hineinregnete. Im Parterre hatte eine Sparkasse Unterschlupf gefunden, Papp-Pfennige und Großfotos von glücklichen Menschen standen in den Fenstern. Und in dem Geldinstitut surrte eine Klimaanlage, ohne die es, wie alle Kreuzthaler fanden, auch gegangen wäre.

Auch im Rathaus fand Sowtschick nicht statt (mal abgesehen von seinem Steuerfiasko im letzten Jahr). Hier regierten nämlich Leute, für die das Werk Sowtschicks ein Buch mit sieben Siegeln war. «Ist das nicht dieser Literat, der da irgendwo in Sassenholz wohnt?», das war das einzige, was den Herren einfiel, wenn sie seinen Namen hörten. Seinen letzten Bauantrag hatten sie vier Wochen liegenlassen, seinen Antrag auf Genehmigung eines stromerzeugenden Windrads abgelehnt, und in dem Bildband «900 Jahre Kreuzthal» waren zwar sämtliche Hobbytöpferinnen und Heidemaler der Börde genannt – von Sowtschick fand sich keine Spur in dem mit Steuermitteln geförderten buntbebilderten Werk.

Schuhgeschäfte, ein «Dit und Dat»-Laden mit Strohblumen,

Holzkummen und Glasvögeln, die mit roter Flüssigkeit gefüllt waren und sich bewegten, wenn sie in die Sonne gestellt wurden. Chinesische, griechische und jugoslawische Gaststätten; eine Fußgängerzone mit Pflanzenkübeln und Bänken, auf denen Asylanten rasteten und Schwerbehinderte aus «Siloah», der nahen Anstalt der Inneren Mission, von fröhlichen Zivildienstleistenden betreut.

Beim Fotografen im Fenster hingen die neuesten Brautpaarfotos, dicke Bräute mit körpersattem Grinsen, und dünne, zersorgte Bräutigame. Hier gab Sowtschick die belichteten Filme des Vortages ab und deckte sich mit neuem Rohmaterial ein.

Während er im Musteralbum blätterte, in dem Soldaten der Königlich Niederländischen Armee posierten und ganze Familien einschließlich Hund, empfahl ihm die Fotografin, eine dunkle Dame mit zusammengewachsenen Augenbrauen und Damenbart, deren Spezialität Aufnahmen von Heidekaten im Winter war, ein spezielles Objektiv für seine Minolta, mit dem man sowohl Mikro- als auch Makroaufnahmen machen könnte. Sowtschick blieb zurückhaltend, weil er bereits sechs verschiedene Objektive besaß und doch nur immer ein und dasselbe verwendete.

In der appetitlich riechenden Bäckerei kaufte Sowtschick ein noch warmes Weißbrot und «Heidesand», dieses Gebäck, das zwar auf der Zunge zergeht, aber bei ihm gewöhnlich Magenkatastrophen auslöste, da es offenbar mit modernen Treibmitteln und anderen chemischen Zusätzen versehen war. Die Verkäuferin sagte zu einer Hausfrau, die sich nach Frauenart vordrängte: «Ich glaub, jetzt kommt erst mal Herr Zoffscheck dran ...», was diesen, der schon aufbrausen wollte, in milde Stimmung versetzte.

Dann ging er in die zwölf Meter lange Fußgängerzone und kaufte in der Rats-Apotheke das von Dr. Schmauser verordnete Schlafmittel. Ob er nicht gleich eine Großpackung bekommen könne, fragte er den Apotheker. Der bedauerte, bei aller Liebe, nein, und: Wo kommen wir da hin? Sowtschick nahm aus dem Ständer eine Packung USTINEX-Unkrautvertilgungsmittel und wollte wissen, ob er damit seine Frau vergiften könne?

Dazu möchte er sich nicht äußern, sagte der Apotheker nun ganz zugeknöpft: Über so was scherzt man nicht.

Danach machte Sowtschick einen Rundgang durch das Eisenwarengeschäft. Hier standen bedächtige Bauern, die sich fragten, ob sie lieber diese Zange oder jene kaufen sollten? Beile, Sägen und Messer gab es hier in jeder Größe.

Dieses Geschäft hält die Wirtschaft in Gang, dachte Sowtschick. Er stellte sich vor, was hier ein auf stockende Versorgung angewiesener DDR-Bürger alles einkaufen würde. Allein die Auswahl an Schrauben und Nägeln! Vorhängeschlössern! Eisenketten!

Einem braungebrannten Verkäufer in grünem Lagerkittel, der herbeieilte, erzählte er, daß er für seine Person in diesem Jahr keinen Urlaub mache. Er persönlich habe vom letzten Jahr die Nase noch voll. Frankreich! Wenn er daran noch denke! Allen Skulpturen die Köpfe abgeschlagen und in den Hotels kein Wort Deutsch!

Nein, sagte der Verkäufer, das könne er nicht sagen, auf dem Campingplatz, letztes Jahr, da wären auch Franzosen gewesen, mit denen hätten sie am Feuer gesessen und gesungen. Denen hätte das deutsche Bier gut geschmeckt und «Schnaps» hätten sie gar nicht gekannt.

Der Witz von «Bad Meingarten» wurde gemacht und durch «Balkonien» gekontert und dann wurde über den Faradayschen Käfig gesprochen, und Sowtschick ließ sich schwerste Türriegel für seine Fluchtburg empfehlen und fragte, ob es nicht noch schwerere gibt. An einem Regal sah er Kälberstricke hängen, sie kosteten eine Mark das Stück. Vielleicht könnte Erika ja einen solchen Strick als Sprungseil benutzen? dachte Sowtschick und kaufte einen.

Beim Hinausgehen traf er den Kommissar, der ihn von seiner Gattin grüßte, obwohl die doch gar nicht wissen konnte, daß er Sowtschick treffen würde. Es sei festgestellt worden, daß die Ohltrop-Mörder schon in andere alleinstehende Häuser einzudringen versucht hätten, in Hohldorf, Brockhausen und Zetel, Kratzspuren an den Türschlössern! Sowtschick sollte mal seine Türen untersuchen. Er wolle ja nicht unken, aber im Fernsehen und in den Zeitungen immer diese Fotos von seinem Haus und von all den Reichtümern und Rar-i-e-täten...

«Wir müssen uns mal alle treffen», sagte der Kommissar in den Lärm vorbeibrüllender Laster hinein, «der ganze Kreis, in Ihrem schönen Garten, das wär doch i-de-ahl.»

«Ja», sagte Sowtschick, «wir lassen das an uns herankommen», so was müsse in aller Ruhe auskalfatert werden, das könne man nicht übers Knie brechen. Im Augenblick habe er leider Besuch aus Fernost, da gehe es nicht, aber vielleicht im Herbst? Und er winkte dem Polizisten mit dem Strick zum Abschied zu.

In der Schlachterei lagen abgehackte Schweinefüße in einer Reihe wie beim Gemüsehändler der Sellerie. Sauber herauspräparierte Leberstücke, in Würstchen gekuttertes Hack und unter einem Glastresen Unmengen von verschiedenartigem Aufschnitt. Hier war zwar das Griebenschmalz unter aller Würde, aber die Blutwurst konnte sich sehen lassen: fast schwarz, mit weißen Speckstückchen, äußerst appetitlich riechend und sagenhaft im Geschmack. Sowtschick mußte plötzlich an Marianne denken, wie sie Filets in die Pfanne legt, den vierten und den fünften Finger eingerollt, und dann kam ihm Haiti in den Sinn, das Mädchen, dem sie das linke Bein und den rechten Arm abgeschnitten hatten, wegen der Bettelei, und er sah die abgeschnittenen Gliedmaßen vor sich, das saftige, noch junge Fleisch.

«Ich wäre Vegetarier, wenn Fleisch nicht so gut schmeckte», pflegte er zu sagen.

Ein Antiquitätengeschäft gab es in Kreuzthal nicht, dafür aber einen Dritte-Welt-Laden mit Kinderzeichnungen an der Wand und extra schlecht getischlerten Regalen, den Sowtschick gern betrat, weil hier eine junge Frau bediente, die ihn immer so belustigt ansah: Was er, ausgerechnet *er*, in ihrem Laden zu suchen hat, wo er sich doch weder um El Salvador noch um Nicaragua kümmert! (Daß sie ihn unterderhand ein liberales Schwein nannte, war anzunehmen.) Wegen der natursüßen, also sauren Marmelade und der verschiedensten Müslimischungen betrat Sowtschick diesen Laden nicht; auch nicht wegen des Honigs, den kaufte er lieber im Reformhaus, guten deutschen Imkerhonig mit grüner Banderole, kein mexikanisches Zeugs. Ihm gefiel der Geruch und die primitive Ausstattung des Ladens mit seinen Emanzipations- und Gesundheitsschriften, der selbstgefärbten Wolle und dem Nachrichtenbrett für jedermann:

Täglich frische Schafsmilch (Stallhaltung)

Wir lösen einen biologisch angelegten
Kräutergarten auf.

Verschenke an schwangere Frauen Lindenblüten.

Auch Sowtschick verhielt sich belustigt, schob die politischen Gesundheitsbücher mit dem Zeigefinger hin und her und fragte, ob der Schirmständer ebenfalls zu verkaufen ist. Er sog den Geruch der verschiedenen Tees und Käsesorten ein und sah sich das Frauchen an. Sie trug einen faltenreichen lila Rock und eine bestickte Russenbluse, und daß sie bereits Mutter zweier Kinder war, konnte man einfach nicht glauben.

Heute nun begann er mit ihr ein Gespräch: Was sie von Indien hält, Bhopal – und so weiter. Und daß er im Augenblick das ganze Haus voll Inder hat...

Das Frauchen dachte, Sowtschicks fernöstlicher Besuch habe tatsächlich was mit Bhopal zu tun, und nahm einen bekümmerten Ausdruck an, und es machte sich irgendwie gut, daß aus der Hinterstube eines ihrer Kinder kam und sich in ihrem Rock barg.

Was sie meint, was Inder essen? fragte Sowtschick ratlos tuend.

Auch die Frau war ratlos. Schließlich fragte sie aber doch: «Bohnen...?» Und Sowtschick kaufte zwei Tüten voll, eine mit sehr roten, die andere mit sehr schwarzen Bohnen.

Schließlich fragte er die Dritte-Welt-Frau, ob es vielleicht unschädliches Unkraut-Ex gebe. Auf seiner Allee brächen immer wieder Disteln durch. Er holte aus seiner Tasche die Apotheken-Packung heraus, USTINEX, das sei ihm doch ein bißchen zu gewaltsam, er suche was Sanftes, Naturschonendes gegen die Disteln und das andere Unkraut alles.

«Unkraut?» fragte die Frau, die sich schon vorgenommen hatte, ihrem Mann, der gerade ein Fahrrad durch den Laden schob, mitzuteilen, daß Sowtschick gar nicht so wär. «Unkraut? Sie meinen wohl Wildpflanzen?», und Sowtschick geriet erneut in Verschiß, «Disteln sind doch kein Unkraut, die sind doch wunderschön!» Sie habe sich extra ein Distelbeet angelegt in ihrem Garten...

Garten, dachte Sowtschick, was für ein Wort. Und damit war dann der Besuch beendet.

Eigentlich hatte Sowtschick vorgehabt, sich noch ein wenig in die Eisdiele zu setzen. Doch hier empfing ihn laute Musik, und der Holländer, der die Eisdiele betrieb, war nicht gewillt, sie leise zu drehen, geschweige denn sie abzustellen. Als Sowtschick diesen Wunsch äußerte, machte dieser Mensch mitten in Deutschland eine sonderbare Bemerkung in seiner unverständlichen Sprache, die von einigen Gästen sogar verstanden und belacht wurde. Also würde in Zukunft auch alles Holländische zu meiden sein. Schade eigentlich, das Völkchen war doch sonst ganz originell. Aber: Gurken und Tomaten mit Plutonium bestrahlen, Flüssigeiaffären anzetteln, die Nordsee ausfischen mit zu engmaschigen Netzen und womöglich jedem, der's haben oder nicht haben will, Rauschgift in die Hand drücken? Und nun hier noch dumme Bemerkungen machen? Schade, wirklich schade, aber nicht zu ändern.

Sowtschick fuhr mit seinem großen Wagen greisenhaft langsam nach Hause. Hinter ihm stauten sich Autos wie hinter einem Mähdrescher, und er freute sich über die Ungeduld des Fahrers hinter ihm. Es war ein Holländer! Nun betätigte der gar die Lichthupe, ob Sowtschick hier einschläft, oder was?

Sowtschick ließ sich nicht beirren, er als Deutscher konnte auf einer deutschen Bundesstraße so langsam fahren, wie er wollte, und als jener an der allerungeeignetsten Stelle zum Überholen ansetzte, legte er sacht einen Zahn zu.

Der Inder empfing ihn aufgeräumt. Er nahm die Bohnen in Empfang und sagte: Mit so was fütterten sie in Indien die Affen. Es sei eine Schulklasse aus Holzminden dagewesen, per Rad, die hätten ihn sprechen wollen, süße «Mädschen» darunter, und die Lehrerinnen hätten gebettelt, ob sie das Haus nicht mal sehen dürften, sie seien extra wegen Herrn Sowtschick aus Holzminden gekommen und sie wären schon einmal vergeblich dagewesen...

und da hätte er nicht widerstehen können und hätte ihnen alles gezeigt.

Na, das war ja ein Ding. Süße Mädchen? Sowtschick lief durch alle Zimmer, ob sich nicht doch noch irgendwo eins versteckt hat. Vom Dachboden aus suchte er mit dem Nachtglas den Horizont ab, vielleicht erwischte er ja noch einen Zipfel. Einen Augenblick erwog er sogar, ob er nicht mit dem Auto hinterherfahren sollte.

Gut, daß der Flügel offenstand: Das hatte gewiß Eindruck gemacht. Und die Unmenge von Post, die vielen Briefe und Päckchen.

Im Schwimmbad übrigens waren sie auch gewesen, die Spritzer an den Fenstern wegzubringen, würde Arbeit machen.

Sowtschick kontrollierte zunächst einmal die Türen, ob sich da Kratzspuren von potentiellen Einbrechern finden ließen, wie Kommissar Wagner gesagt hatte, an der Alleetür war ihm so, als ob da jemand dran herumgefummelt hätte.

Den Rest des Vormittags verbrachte er damit, an seinem Text zu feilen. Um ihn dem Inder möglichst makellos darbieten zu können, ging er ihn Satz für Satz noch einmal durch. Was ihm auffiel, war, daß in seinem Roman noch immer keine Menschen vorkamen. Außer Fingerling und seiner blonden Antiquitäten-Freundin keine Menschen.

Sowtschick sah in sich hinein, ob in den winterlichen Gassen seiner Vorstellung nicht irgendwas Lebendiges zu entdecken wäre, aber da waren nur einige, das Haupt verhüllende Schemen. Statt dessen glitt sein inneres Auge über sommerlich glitzerndes Meer. Wellen stürmten über Felsklippen, der Schaum flockte. Und das gehörte nicht zur Sache. Mit dem Gebirge hatte er es zu tun, im Winter, nicht mit dem Meer im Sommer.

Out! Out! Tausendmal out!

Sowtschick stand auf, zog die Hose hoch und setzte sich wieder: Er mußte sich auf Fingerling konzentrieren, auf den Winter und aufs Gebirge. Er schloß die Augen und ließ die Bilder kommen, und nach einer Weile sah er auch ganz richtig den einsamen Gottfried Fingerling vor dem Antiquitätengeschäft stehen, einen Fuß auf der Treppe. Befremdlicherweise in Havelock und Schlapphut und mit einem Bart wie Napoleon III. Sehr sonderbar.

Die Straße verwandelte sich in die Straße einer französischen Kleinstadt, der Laden war ein Hutgeschäft, im ersten Stock saß die vertrocknete Leiche einer Frau, und der Hutmacher war Michel Ferrault...

«Die Fantome des Hutmachers», hieß der Film, der sich statt eigener, aus der Tiefe der Seele aufsteigender Bilder in Sowtschicks Innerm abspulte. Interessant, aber für Sowtschick nicht zu brauchen. Wieder schloß er die Augen und ließ Bilder kommen. Diesmal war es tatsächlich Hochgebirge, im Schneesturm. Aber in dem Film wurde geschossen, und ein Soldat robbte durch den Stacheldraht, sehr vorsichtig, damit ihn die Blechbüchsen am Draht nicht verrieten. «Standschütze Bruggler» hieß der Film, in den Sowtschick nun geraten war. Also wischte er alles fort und konzentrierte sich auf Fingerling und auf die Stadt im Gebirge. Aber da rührte sich nichts. Da war alles zu. Sowtschick gab auf. «Dann eben nicht», sagte er und ging an den Schrank mit den Videobändern, um den Chabrol-Film herauszusuchen, der sich da eben in seine Phantasie gedrängt hatte. Während er das tat, fiel ihm auf, daß die Kassetten unordentlich beschriftet waren. Er holte Klebebänder und einen lichtechten Filzstift und machte alles neu.

Er hatte viel Zeit dazu, denn das Essen gab es erst um halb vier. Spät, aber erstklassig: eine Suppe, danach Kartoffeln, die wie Gemüse angemacht waren, geschmortes Rindfleisch, kleine kloßartige Teigbällchen und dazu eine äußerst süße Konfitüre.

Das Tischgespräch wurde zunächst von Sowtschick geführt. Er kam auf das Buch zu sprechen, das er grade las, «Unternehmen Cerberus», der Gewaltmarsch der prachtvollen deutschen Schlachtschiffe und die kümmerlichen Gegenmaßnahmen der Briten...

Dies hörte der Inder gern, und es stellte sich heraus, daß er spezielle Kenntnisse über die deutsche Marine hatte. Wie denn die

Schlachtschiffe geheißen hätten? Aha! «Scharnhorst», «Gneisenau»? Na, das wundere ihn nicht. Die Engländer seien eben schon immer etwas hinter dem Mond gewesen. Allein schon der Marschtritt, wie sonderbar, den Schritt immer so zu verhalten ... Da wär der deutsche Parademarsch schon was anderes! Ob Sowtschick den noch könne? fragte er.

«Aber sicher!» rief Sowtschick und legte die Serviette auf den Tisch. Und dann ließ er sich dazu hinreißen, großdeutschen Paradeschritt hinzulegen, daß die Gläser zitterten. Darüber hinaus holte er aus der Garderobe einen Regenschirm und machte dem Inder vor, wie man das Gewehr präsentiert.

Dem Inder gefiel das alles sehr. Als Sowtschick merkte, was er getan hatte, korrigierte er das Bild, das sein Gast nun wohl von ihm haben mochte. Über seine Vergangenheit sprach er, der beschissene Krieg, die ekelerregende Gefangenschaft, die Flucht der Eltern. Alles im Stich lassen von heut auf morgen, der Alte Herr nicht gut zu Fuß ...

Da er merkte, daß dies seinen Gast nicht interessierte, kam er wieder auf die Engländer zurück und gab, vor guter Laune sprühend, die «donkey»-Affäre zum besten. Daß hier mitten in der Nacht – «Ich denk, mich trifft der Schlag» – ein englisches Ehepaar aufgetaucht sei, um Benzin zu schnorren, und daß er aus Versehen «donkey» gesagt habe, statt «key». Sie solle mal gucken, was das für ein schöner «donkey» sei, habe er zu der Frau gesagt, die müßte ihn ja für «balla-balla» gehalten haben, für «behämmert» und absolut «plem-plem».

Engländer? fragte der Sikh. Denen hätte *er* aber kein Benzin gegeben. Und dann begann er Grausamkeiten zu beschreiben, die die Briten in seinem Vaterland begangen hatten, Auspeitschungen, In-die-Menge-Schießen, alte Männer vor Kanonen binden. Mit Messer und Gabel gestikulierte er, und er wurde immer lauter.

Aus europäischer Kollegialität versuchte Sowtschick etwas gegenzuhalten. Die Engländer seien weiß Gott keine Waisenknaben, in Palästina, die Juden nicht an Land gelassen, Männer, Frauen und Kinder. Greise! Die Wlassow-Truppen ausgeliefert und Harris mit seinen Bombern ... Aber die Deutschen! Oh, die Deutschen! Und er zählte die großen Schreckenstaten auf und nannte kolossale Zahlen. Daß die Deutschen enorm grausam seien, sagte er, so grausam wie wohl kein Volk auf der ganzen Erde. Aber damit kam er nicht durch. Das wär doch gut! rief der Inder. Die Deutschen seien es gewesen, die seinem Vaterland die Freiheit beschert hätten, immerhin! Die Freiheit. Und das Gespräch wurde zu einem Monolog des Fremdlings über die Geschichte des Pandschab. Millionen von Flüchtlingen und Hunderttausende von Toten! Alles Schuld der Briten. – Nein, wenn er im Zweiten Weltkrieg schon gelebt hätte, dann wäre er freiwillig der Indischen Legion beigetreten.

Schließlich drehte sich das Gespräch um Männer-«Froidschifft» und ums Kämpferische. Daß die Sikhs sich das Haar nicht scheren und so weiter. Hier gestattete Sowtschick sich die Frage nach dem Schwert. Haar lang tragen, Armreif und *Schwert*: Wo war es?

Nun, in diesen modernen Zeiten konnte auch der strenggläubigste Sikh nicht mehr mit einem Schwert herumlaufen, das war einzusehen, die langen Haare waren schon beschwerlich genug: Apahasi zeigte seinem Gastgeber die winzige Nachbildung eines Schwertes, die er sich an den Turban gesteckt hatte.

Das war bei Gott praktisch. Wie Sowtschick sah, hatte auch dieses Volk sich mit seinen Traditionen arrangiert.

Nach dem Essen bei Kaffee und kleinem Gebäck im warmen Innenhof konnte Sowtschick nichts aus seinem Werk zum besten geben, obwohl es bereits in Sichtweite lag, denn Apahasi setzte seinen Monolog fort. Der Pandschab sei geteilt worden wie Deutschland, nur noch viel schlimmer. Mittendurch! Ohne Rücksicht auf gewachsene Strukturen.

Dann sprach er von Wiedergeburt und Lebenskreislauf, wobei er übrigens die Füße hochgelegt hatte, und zwar auf die Zeitschrift «Form».

Das einzige, was Sowtschick blieb, war mit einer Fliegenklatsche umherzugehen und zum Takt der Marschmusikplatte, die Apahasi aufgelegt hatte, den Fliegen nachzustellen.

«Die Türen und Fenster, lieber Apahasi, müssen stets geschlossen bleiben, sonst haben wir hier alles voller Fliegen», sagte er und fügte hinzu, bei ihm gäb's für Fliegen nur die Todesstrafe.

Die Unterhaltung wurde beendet durch den Tiefflug zweier Düsenjäger, die immer wieder herangerast kamen: Engländer übrigens. Nun ja, benehmen sich wie die Axt im Walde.

Der Rest des Tages verging, ohne daß sich der Exote noch hätte blicken lassen. Er bestieg das Motorrad und fuhr ins Dorf und um das Dorf herum. Er sammelte die Mofa-Jugend ein, um sich mit ihr in die Kurve zu legen. Dem blubbernden Donner seiner Supermaschine gesellte sich das altbekannte Simmen zu. Vom ersten Stock aus beobachtete Sowtschick mit seinem Feldstecher, wie Apahasi sich von der Dorfjugend eskortieren ließ, links und rechts, wie zu einem Staatsbesuch.

Sowtschick sah sich in seinem Tagesrhythmus gestört, die einzige Rettung in dieser Situation war «Post machen». Mechanisch schlitzte er Briefe auf und beantwortete sie mit Floskeln, die sich in Kürze und Prägnanz bewährt hatten, wobei ein gewisser Brief vom «Globus» von links nach rechts geschoben wurde. Die Parteiensache! «Ich werd 'n Deibel tun!» Wie auch immer er sich äußern würde, mit vierzig Prozent seiner Leser würde er es sich jedesmal verderben.

Sowtschick packte Pakete mit Büchern, die ihm zum Signieren geschickt worden waren und entledigte sich lästiger Rechnungen. Er telefonierte mit dem Handwerker, der ihm den Faradayschen Käfig bauen sollte, und der versprach vorbeizukommen. Von Dornhagen war beim Zahnarzt, und Carola Schade nahm wieder mal nicht ab.

Gewisse lila Briefe mit grüner Schrift legte Sowtschick auf einen besonderen Haufen, die würde er lesen, wenn er ganz zur Ruhe gekommen war. Dabei drehte er, wie Pferde das tun, ständig ein Ohr in Richtung Dorf, ob sich das Motorrad nähert oder entfernt. Mal neugierig war Sowtschick, ob es an diesem Abend mit dem vereinbarten Lebensstil klappte, ob der junge Herr es kapiert hatte, daß hier auch Abendbrot zu machen sei.

Auch beim Abendschwimmen, den Gang hinauf-hinunter, war er ganz Ohr – er reckte seinen Kopf aus dem Wasser, damit er es mitkriegte, wenn der Fremdling sich wieder in seine Gesellschaft begab und seine Arbeit täte, wie es ausgemacht war. Ein langes schwarzes Haar schlang sich beim Schwimmen um seine Finger. Das war aber auch alles.

Vielleicht, dachte er, wäre die Juristin doch die bessere Lösung gewesen. Ein kühles, zunächst unnahbares Geschöpf, gertenschlank, das sich seinen Pflichten nicht entzogen hätte, von Berufs wegen zur Korrektheit verpflichtet.

Beim Schwimmen dachte er auch an die Schulklasse, mit der das Wasser in Berührung gekommen war. Er stellte sich die mageren Körper vor, wie sie dahinsprudelten. Kraulen – das hatte er nie hingekriegt.

Als er eben aus dem Wasser gestiegen war, klingelte das Telefon. Zwei junge Mädchen waren am Apparat, die wollten Apahasi sprechen, ob der da wär? Das wär so schick gewesen, daß er ihnen das ganze Haus gezeigt hätte... Marita habe ihr Armband liegengelassen, ob er ihr das wohl nachschickte? Nach Holzminden? Vom Dichter war nicht die Rede.

Nachdem Sowtschick längst sein improvisiertes Abendbrot zu sich genommen hatte, auch mit den Hunden gegangen war und im Fernsehen von Gewerkschaftssachen Kenntnis genommen hatte sowie vom Hürdenlauf der Damen auf dem Sportfest in Hannover, als er bereits am Klavier saß und halbwegs befriedet seine Abendmusik machte, von Rubinstein kopfnickend ermuntert, erschien der Inder, ein Schmalzbrot in der Hand. So plötzlich stand er hinter dem träumenden Sowtschick, daß der zusammenfuhr. In tadellosem Deutsch fragte er in die «Jagdsonate» hinein, ob Sowtschick viel Klavier spiele, in Indien würde ganz andere Musik gemacht, diese hier käme ihm recht barbarisch vor.

Nun, dies war nicht die Ansicht von Sowtschick. Barbarisch? Wie sollte man das denn verstehen? Auch wenn jener, einem anderen Kulturkreis zugehörige Mensch die Musik nicht mochte, ablehnte sogar, so war «barbarisch» jedenfalls das falsche Wort.

Als Hausherr hat man das Recht, auch mal was zu sagen. In den Redefluß des Fremdlings hinein, der ihm den Zusammenhang von Kampf und Musik erklären wollte, sprach Sowtschick vom Quintenzirkel, wie raffiniert der sei, wie genial, wie unglaublich großartig. Nach Klavierstimmerart schlug er Quinten und Quarten an, wies auf die Verwandtschaft zwischen Es-Dur und c-Moll hin und sprach von Paralleltonarten und Dominantseptakkorden. Je länger Sowtschick das tat, desto weiter weg schien der Inder zu sein, wobei er physisch immer näher rückte, so daß Sowtschick das kaneelartige Aroma dieses andersartigen Menschenkörpers in die Nase stieg. Apahasi Singh lehnte abendländische Musik ab, soviel war zu hören. Er lächelte verständnislos und lief schließlich davon.

Sowtschick klappte das Klavier zu – sechsunddreißig schwarze und zweiundfünfzig weiße Tasten – und gleichzeitig klappte er damit die Werke Bachs, Beethovens und Mozarts zu; Präludien, Fugen und Sonaten, begraben für alle Zeit.

Er kehrte an den Fernsehapparat zurück, wo um diese Zeit ein englischer Kriminalfilm kommen sollte, «Die teuflische Falle», auf den er sich schon lange gefreut hatte.

Kaum saß er vor dem Gerät, da stand der Inder schon wieder hinter ihm. Er hatte eine Flöte in der Hand, ein kleines Rohr mit sieben Löchern, und begann ohne weiteres, den Rücken zum Bildschirm, liturgisch-strenge Intervalle zu blasen. Die Hunde kamen gelaufen und machten auf eine Weise Männchen, wie sie es bei Sowtschicks abendländischer Musik nie taten. Während der kostbare Krimi lief und «weglief» sozusagen, mußte Sowtschick allerhand indische Grundsatzurteile zur Kenntnis nehmen. Von der Musik ging's wieder ins Kämpferische. Der Stärkere siegt, und wer siegt, ist Herr über die Welt, und nur wer Herr ist über die Welt, kann das Gute durchsetzen durch Tat, und nun wurde es plötzlich hochpolitisch – Hitler, nicht wahr? Dieser Mann werde in Indien als Held verehrt. Was der wohl alles durchgesetzt hätte an Segensreichem, nach einem gewonnenen Krieg!

Durch diese Rede wurde Sowtschick in größte Konflikte gestürzt. Gern hätte er allem zugestimmt, du hast recht, und ich hab meine Ruhe, so in diesem Stil. Gegen die jetzt geäußerten Ansichten sah er sich aber doch gezwungen, Front zu machen. Alles mußte er zusammenraffen, was aufzubieten war: Millionen Tote, Terror in jeder Form... vergeblich! Der Inder lächelte höhnisch und griff Melodien auf seiner Flöte.

Selbst der Bildband über den Zweiten Weltkrieg, den Sowtschick zur Verdeutlichung herbeiholte, machte keinen Eindruck auf den Hausgenossen. Während Sowtschick ihm schreckliche Fotos hinhielt, sah der Inder sich «Die teuflische Falle» an. Dort füllte der Mörder gerade Säure in die Badewanne, in der sich das Opfer, mit Messer und Säge zerstückelt, auflösen sollte: typisch englische Phantasie.

Sowtschick stand da mit seinem Bildband, ihm war es, als müsse er eine Prüfung ablegen, und er wußte, daß er diese Prüfung nicht bestehen würde. Nein, sagte der Inder, und er wies darauf hin, daß die Auflösung des britischen Kolonialreichs allein Hitler zu danken sei. Wenn Hitler (den er als preußischen Feldherrn bezeichnete) nicht gekommen wäre, dann wäre er, Apahasi Singh, jetzt in irgendein Tretrad gesperrt, zur Bewässerung der Felder, oder er müsse einer hochmütigen, nichtstuerischen Lady den Kaffee reichen.

Spät in der Nacht, unter dem Tschingderassa von Marschplatten, trennten sich die beiden Männer, voll süßer geistiger Getränke. Sowtschick entfernte die Hundehaufen, die ihm die Tiere aus Protest wegen der Nichtbeachtung oder aus Gründen innerer Not in die Halle gesetzt hatten, und zog sich in seine Fluchtburg zurück. Er war ganz durcheinander. Den wohlwollenden Bemerkungen über den Exoten setzte er in seinem Tagebuch zunächst kritische, dann wütende Kommentare hinzu. Rein ab, rein ab bis auf den Grund! Und während ein sonderbares Rumpsen das Haus erschütterte, was von meditativen Sprüngen des jungen Mannes rührte, faßte Sowtschick den Entschluß: Diese Sache hier mußte beendet werden, und zwar schleunigst. Dieses Maß war voll. Er war nicht gesonnen, sich seine kostbaren Sommertage durch Geschwätz ruinieren zu lassen. O Gott! Wer hätte das gedacht?

Der nächste Tag verlief recht verworren. Im Morgengrauen klingelte der Postbote. Er brachte einen Brief mit Zustellungsurkunde: Ein junger Mann wollte seine Gedichte wiederhaben, ein Manuskript, das Sowtschick längst in den Papierkorb geworfen hatte. Hier würde hinhaltender Widerstand zu leisten sein, mit Hessenberg winken, auf den abschieben die Sache, der hatte ein breites Kreuz. «Ich habe Ihre Gedichte meinem Verleger gesandt, weil ich sie für vorzüglich halte...», so in diesem Stil. Und dann: Wenn er sich aber so benehme, mit «Zustellungsurkunde» und «Rücklieferungsschein» drohe oder wie oder was, dann allerdings sehe er schwarz, dann werde er natürlich sein durchaus positives Votum sofort zurückziehen.

Der Postbote brachte auch was für den Inder, Ansichtskarten, auf denen junge Menschen sich bei Apahasi bedankten, für die «Schloß»-Führung, wie sie schrieben.

Mürrisch aß Sowtschick sein Frühstücksbrot, und als der Inder gegen Mittag aus dem Schwimmbad herauspatschte, unter der winzigen Schwimmhose deutlich ein riesiges Geschlecht, und sich, am ganzen Leibe tropfend, die Fotos auf dem Schreibtisch anschaute – ob dies seine Frau sei?–, sagte Sowtschick ganz ohne Einleitung: Es tue ihm leid, plötzlich habe sich da was ergeben, Bonn, die Parlamentarische Gesellschaft und danach Garmisch, ein Treffen mit Übersetzern... Leider, leider müsse die Zweisamkeit ein vorschnelles Ende finden, also heute noch, und zwar augenblicklich. Weil er, Sowtschick, wegmüsse, müsse er, Apahasi Singh, auch weg. Punkt.

Der kampfesmutige Exote ließ das Handtuch fallen, mit dem er sich die schlanken, feinen Hände trocknete. Er war mit allem einverstanden. Sowtschick gab ihm mehr Geld, als er eigentlich vorgehabt hatte, und zog sich zurück.

Apahasi aß sich erst mal richtig voll, dann scharrte er hier und polterte dort. Nach zwei Stunden stöberte er den kummervollen Sowtschick in seiner Fluchtburg auf, Helm unterm Arm, und bedankte sich herzlich für die «Gassfroidschiff». – Daß hier oben *noch* ein Zimmer sei, das wunderte ihn und dafür lobte er Sowtschick sehr.

Sowtschick habe doch irgendwelche Bücher geschrieben, fragte er zum Schluß, ob's da nicht so Freiexemplare gebe?

Auch das ließ sich machen. Sowtschick suchte zwei Taschenbücher heraus, «Kaum einen Finger breit» und «Malchus lebt», ein Buch, für das die Kritik nur wenig Lob übriggehabt hatte – die Wörter «kühn» und «gewagt» waren in den Besprechungen nicht vorgekommen –, und er signierte sie sogar, und zwar freundlicher als nötig.

Ob er ihm nicht eine indische Münze besorgen könnte? fragte er noch, von dem Drang beseelt, auch etwas zu behalten von diesem Gast.

Das versprach der junge Mann, bestieg das Motorrad und brauste ohne weiteres davon. Die Mofa-Jugend des Dorfes gab ihm freundlich-schneidiges Geleit. Sowtschick jedoch standen Glückstränen in den Augen: Endlich allein, und zwar klüger als zuvor.

Er schloß die Pforte und ging von den Hunden begleitet ins Haus. Hier stellte er die Kaffeemaschine wieder auf das Fensterbrett, den Kartoffelkorb darunter. Dann zertrümmerte er die Marschplatten, die er vor Jahren für ein Hörspiel angeschafft hatte, und trug sie zum Mülleimer. Er winkte den Sozialfall herbei, der sich hinter einem Baum bereithielt, spendierte ihm eine Fanta und spielte sodann Verstecken, was damit endete, daß die beiden rücklings auf ein Sofa fielen.

Sowtschick saß da mit seinem Talent. Nun bedauerte er es, daß er der Scherenschleiferin keinen Zettel zugesteckt hatte: «Ruf mich an» oder so ähnlich. Er hätte sie von ihrem Macho abbringen können und hier in aller Freiheit halten wie einen Bambusbären. Tagsüber hätte sie auf der Mauer gesessen und sich eine Zigarette gedreht, oder sie hätte sich in der Laube die Nägel poliert. Diener spielen und ihr Orangensaft in den Garten bringen oder sie am Herd stehen und für ihn brutzeln lassen. Am rohen Küchentisch sitzen und Rotwein aus Pappbechern trinken. – Sie würde beim Kochen rauchen, das stellte er sich vor, er *sah* es ganz genau. Und er sah auch ihren bloßen Leib, die verkorkste Nacktheit unter der Schürze ...

Nachts ging er die Reihe seiner Freunde durch, die er besuchen könnte oder die zu ihm kommen würden, wenn er sie riefe. Aber da war nicht viel. Was irgend Kopf und Beine hatte, strebte zu dieser Jahreszeit nach Sylt oder nach Griechenland. Und was erreichbar war, nahm sich bei näherem Zusehen nicht gerade vorteilhaft aus. Der immer so sehr laut sprechende Hinze, ungeschlacht und besitzergreifend, oder Michael Hartlieb, der Musiker, der ungebeten schwerverständliche Beethoven-Sonaten spielte, die er als trocken bezeichnete. Hartlieb kam außerdem stets mit der ganzen Familie, mit schlecht erzogenen Kindern also, die dazwischensprachen oder Mariannes Sweetmeats anfaßten, und mit einer Frau, die vor zwanzig Jahren Sowtschick gefragt hatte, ob er *Taschen*bücher schreibe und seitdem in Verschiß war, was sie auch wußte.

Engelbert von Dornhagen war der einzige, den er hätte dahaben mögen. Der wäre auch sofort gekommen. Aber dann? Was dann? Über Napoleon sprechen? Oder über Fingerling?

Sowtschick war sich nicht recht klar darüber, wie der Mensch hätte beschaffen sein sollen, den er gerne bei sich gehabt hätte: Eine glutvolle Frau mit einem nordischen Ehemann, ganz erfüllt von seinen Werken, aber schweigsam, und der Mann wohlhabend, in künstlerischen Bereichen eher unbedarft, aber dafür unglaublich großzügig. Mit Haus auf den Balearen und mit Geschick, Geschenke zu machen, eine silberne Schale vielleicht, mit Achatkugeln gefüllt, oder ein Gemälde der Jahrhundertwende? Sowtschick stellte sich das Gemälde vor... Nette Menschen hätte er gern bei sich gehabt, die überraschend kämen, allerhand schenkten und schnell wieder abführen, die hätte er gern in seinem Haus begrüßt. Aber die gab's auf der ganzen Welt nicht. So würde man denn nun die Juristin engagieren müssen. Da ging kein Weg dran vorbei. Wenn das bloß gutginge! Eine Frau mit Prinzipien? Kühl, logisch und natürlich humorlos?

Nach einem Tag des Wartens und Hinundhertelefonierens, den er im wesentlichen händeringend verbrachte – in der Nacht saß er vorm Fernsehapparat und zum Schlafen nahm er die Hunde mit nach oben –, stellte sich heraus, daß die Juristin bereits vergeben war. Eine Medizinstudentin stand jedoch zu Diensten. Ja, sie hätte Zeit, sagte sie am Telefon, aber da sei ein Haken. Das traue sie sich gar nicht zu sagen, Bezahlung und so weiter, davon wollte sie nicht reden, aber da sei ein Haken...

Aha! dachte Sowtschick: Ein Macker, so einer in Jeans, mit Schlüsselbund draußen dran. Das hatte ihm noch gefehlt.

Aber es war nicht so: Kein «Macker» mit sich abzeichnendem Geschlechtsteil in zu knapp sitzender Hose. Der Haken betraf ihre Schwester, die wär total down, heule echt den ganzen Tag. Nach Frankreich habe sie trampen wollen, und zwar nach Taizé in dies religiöse Camp, und das wär ins Wasser gefallen, weil sie sich mit Ralli, ihrem Freund, zerstritten habe. Sie könne ihre Schwester jetzt nicht allein lassen, die müsse sie mitbringen nach Sassenholz, ob das wohl ginge? Vielleicht könnte die sich ja auch ein wenig nützlich machen? Sei im Deutsch-Leistungskurs und habe möglicherweise schon was von ihm gelesen. Ohne ihre Schwester könne sie nicht kommen, das wär absolut nicht drin.

Nun, hier zögerte Sowtschick nicht lange. «Aber natürlich bringen Sie Ihre Schwester mit!» rief er ins Telefon, «das Haus ist doch groß genug!» Und er fügte hinzu, daß man in seinem Haus eine ganze Kompanie Soldaten unterbringen könnte, was ihn sofort reute. «Kompanie Soldaten», dieser Ausdruck war doch ganz untypisch für ihn, und er konnte überhaupt nicht begreifen, warum er einen so monströsen Vergleich anstellte, wo er – gebranntes Kind scheut's Feuer – mit Militärischem doch gar nichts am Hut hatte.

Die Ankunft wurde etwas vage auf nachmittags «zum Kaffee» festgelegt. Sowtschick rasierte sich und wusch sich mit «Schauma Babymild» das Haar. Dann ging er im Haus umher, kämmte die Hunde und ordnete die ausgestellten Antiquitäten mal so und mal so, und während er das tat, gingen Ströme von seinen beiden Gehirnhälften aus, ein regelmäßiger Strom von Denkmolekülen wie unsichtbare Lichtstrahlen, die ihn allmählich ausleerten. Nicht eine einzelne weibliche Person würde ihm den Hausstand führen, ein Mensch, der plötzlich in Hitze verfiele, sondern *zwei* würden das tun. Zwei Mädchen, die vielleicht auch in Hitze verfielen, aber sich gegenseitig im Wege stünden dann. Gegen *zwei* würde Marianne nichts einzuwenden haben, diese Lösung war genial.

Ob sie vielleicht riesengroß sind? dachte Sowtschick, während er im Schwimmgang auf und ab schwamm, das kühle Wasser an seine Stirn schwappen ließ, in der Hoffnung, daß die Ströme seines

Gehirns aufhören würden zu fließen, Mädchen mit überlangen Gliedmaßen? Sehr große Menschen, das hatte er schon mitgekriegt, rochen oft nach Schweiß wegen der Überlastung ihrer Füße. Riesengroß oder, was schlimmer wäre: dick? Mädchen von taktlosem Leibesumfang? Mit nie gesehenen Gesäßmassen? Die Schenkel X-beinig aneinanderschrapend beim Gehen? Akne würde er aushalten können und Busenlosigkeit auch. Die Stimme des Mädchens am Telefon war sympathisch gewesen. Das stand schon mal fest.

Ehe Sowtschick es sich versah, war er weg von Gedanken an dicke und übergroße Mädchen. An pockennarbige, busenlose Nymphen dachte er, mit denen er durchs Wasser zischen würde, von beiden pfeilschnell umspielt. Durchs Wasser zischen oder durch das Korn schweifen – die Freude über den zu erwartenden Besuch fiel breit ein in seine Seele und machte ihn heiter.

«Kaufen wir die Katzen im Sack!» sagte Sowtschick. Notfalls würde er schon Wege finden, die beiden «Tussis» wieder loszuwerden, die Parlamentarische Gesellschaft in Bonn oder das Treffen mit den Übersetzern ... Das hatte er mit dem Inder ja auch geschafft.

Es war Mittag, Zeit, zu Tisch zu gehen. Um sich auf die Jugend vorzubereiten, suchte er in seiner Bibliothek ein Handbuch der «Szene» heraus: «Ohne Dings kein Bums» hieß es. Was die Jugend für einen tollen Wortschatz hat, stand da drin, «ächz», «stöhn» und wie bereichernd sich der auf die deutsche Sprache auswirkt.

Er steckte das Buch ein und ging in das Gasthaus «Zur Linde», um an Stelle von gesottenen Bananenscheiben mal wieder was Herzhaftes «reinzuschmeißen» oder zu «inhalieren», wie man früher gesagt hätte.

Unterwegs traf er Erika, den grinsenden Sozialfall, die ihn nach Art der Debilen sogleich freundlich umhalste und tänzelnd begleitete. Wenn Autos kamen, drängte Sowtschick sie ein wenig zur Straße hin, wie das wohl knackt, wenn sie überfahren wird, dafür erhielt er Boxhiebe auf den Oberarm.

Auf vereinfachte Weise berichtete er ihr von seinen Schwierigkeiten mit dem Inder, daß er nun niemand mehr hat, der für ihn sorgt ... Und Erika verstand das sogar irgendwie. «Ick kam do di!» sagte sie, und dafür wurde sie von Sowtschick herzlich gedrückt.

Gleichzeitig teilte er ihr mit, daß das gar nicht nötig sei, denn er habe zwei Mädchen engagiert, was den Sozialfall nicht sehr freute.

Im Gasthaus «Zur Linde» existierte ein Erker, den der Wirt auf Anregung Sowtschicks zu einer Dichterklause ausgestaltet hatte. Von allein wäre dieser Mann auf so etwas nicht gekommen. Sowtschick hatte ihm erzählt, daß das Dichten gar nicht so einfach sei. Man könne einen Schriftsteller mit einem Kapitän vergleichen, der müsse auch ein Allroundtyp sein. Kurshalten müsse er können, genügend Ladung haben, ausreichend Treibstoff und so weiter, und er hatte ihm für diesen Erker «einen Satz» geschenkt, also von jedem seiner Bücher ein Exemplar, einen abschließbaren Glasschrank dazu und ein gerahmtes Foto von sich, mit eigenhändiger, allmählich verblassender Unterschrift.

«Traditionen wollen gegründet sein!» sagte Sowtschick. Im stillen sah er in diesem Erker, in dem leider auch Pokale des Fußballklubs und die Fahne des Schützenvereins untergebracht waren, dreißig Jahre später einen Kranz hängen, ihn betreffend, mit Schleife, und er hörte den Wirt seinen Gästen erklären, daß der Dichter hier auf diesem Platz gesessen habe, Tag für Tag, Abend für Abend, den heißgeliebten «Schoppen» vor sich, was absolut nicht stimmte. Nur gelegentlich saß er hier, und wenn er es tat, dann trank er höchstens mal ein Bier. Schnaps trank er selten dazu, denn der war hier von einer Sorte, wie es den nur in Sassenholz gab. Man mußte ihn runterkippen und dazu sagen: «Der hebt einem ja die Fußnägel.»

Sowtschick schenkte der nervös tänzelnden, an ihm klettenden Erika ein Eis, jagte sie fort, setzte sich unter sein eigenes Großfoto und bestellte ein Filetsteak mit Gemüse und Kartoffeln. Er vertiefte sich in das Handbuch der Jugendszene, was ein «Wuschermann» ist und eine «Knalltüte», aber er konnte das nicht in Ruhe studieren, der Wirt mit seinen großen Füßen wollte nämlich wissen, was Gandhi mache, wie's dem geht?

Sowtschick begriff zuerst nicht, wer damit gemeint sei, bis ihm der Inder einfiel. Gut gehe es dem, sehr gut, der sei aber schon wieder fort, jetzt erwarte er ein ganzes Schock junger Mädchen, die ihm bei seiner schriftstellerischen Arbeit helfen wollten. Eine solche Aufklärung war nötig, um das Dorfgerede, das zweifellos entstehen würde, gleich in richtige Bahnen zu lenken. Marianne sollte nicht eines Tages beim Kaufmann Informationen bekommen, die zu Mißstimmungen führen würden! «Sowtschick hett 'n ganzen Hoopen Görls bi sick...» Der Wirt sollte Sowtschicks Version im Dorf verbreiten, und das Wort «Praktikum» konnte dabei gute Dienste leisten.

Während Sowtschick von Fliegen umschwirrt auf sein Filetsteak wartete, die in eine Bratpfanne montierte Wanduhr zeigte bereits auf halb zwei, blätterte er im Handbuch der Jugendszene. Er entnahm dem Buch, daß er selbst ein «Hirni» sei, möglicherweise sogar ein «Geili», was ihn erheiterte. Ein «Geili»? Aufsteigende Hitze bei sich selbst würde er zu ersticken wissen. Ein «Geili» war er nicht, ein «Hirni» schon eher, oder ein «Softi». Hier fiel ihm sein Name ein: Soft-schick, so könnte man ihn lesen: Sanft und nicht ganz unflott.

Während er darüber nachdachte, sah er draußen das Mädchen Erika auf dem Zaun sitzen. Der Hund des Wirtes begeilte sich an ihr, was sie sich, am Eise schleckend, amüsiert gefallen ließ.

«De Düwel in den Föör un annere Vertellsel», der Schulmeister fiel Sowtschick ein. Dem würde doch wohl die Gebrechlichkeit seiner Frau ein gebieterisches Halt im Falle von Gelüsten entgegensetzen? Würde er sie aus dem Bett zerren, die Hustende und Spuckende? Der Sohn würde sich vermutlich wie Frankenstein brummend dazwischenwerfen.

Solche Gedanken hatte Sowtschick und noch viel schlimmere! Das blutige Filetsteak, als er es schnitt, ließ ihn an das Gesäß eines Mädchens denken, und als er dann die Bissen kaute, überlegte er, welch anderen Körperteil man sich braten lassen könnte, wenn man ein abartiger Mensch sei und Gelegenheit dazu hätte.

Während Sowtschick Brot zerpflückte und in die Fettsauce tunkte, wichen die wollüstigen Bilder. Statt ihrer stellten sich gräßliche ein: Ohltrop – das mit Blut besudelte Bett, der Leichnam und in der Küche vielleicht noch die Schnapsflaschen auf dem Tisch? Die Banditen hatten *nach* der Tat die Hausbar des Arztes inspiziert, das war ermittelt worden. Vielleicht hatten sie beim

Bechern die Röchellaute des Opfers nachgeahmt, zur gegenseitigen Erheiterung, und waren wieder und wieder nach oben gestiegen, um dem Toten Fußtritte zu verpassen?

Beim Pudding mußte Sowtschick an Marat denken, an das Bild, wie der da mit einer Leinenbinde um die Stirn halb aus dem Zuber hängt, von Frauenhand gemeuchelt. Merkwürdiger Gedanke... Wollüstiges und Schreckliches mischte sich in Sowtschicks Hirn. Judith mit dem Haupt des Holofernes und die Notiz in der Börde-Zeitung, daß ein weiblicher Schlachterlehrling die Gesellenprüfung bestanden hat.

Sowtschick wischte sich den Mund, zahlte und ging, wobei er den Hofausgang nahm, um sich von dem Sozialfall zu befreien.

Vor der Pforte seines Hauses standen Handwerker in blauen Anzügen. Sie hatten eine Werkbank aufgestellt. Sauerstoffflaschen mit Gummischlauch und Manometer: Der Faradaysche Käfig sollte hier jetzt fabriziert werden. Sehr gut.

Sowtschick ging mit ihnen ins Haus, um ihnen die Fenster zu zeigen, an denen Gitter anzubringen seien, wobei er sich gezwungen sah, den Männern eine Hausführung zu bieten. Er zeigte auf die Einrichtung und sagte, das sei alles nicht viel wert, der Leuchter zum Beispiel sei eine Kopie – «Zünden Sie den auch mal an?» –, die Truhe vom Holzwurm zerfressen.

Die Handwerker erfüllten das Haus mit Zigarettenrauch. Sie maßen die Fenster der Fluchtburg sorgfältig aus und trugen die Zahlen in einen kleinen schmierigen Block ein. Sie wurden wieder hinausgeleitet und bekamen Bier hingestellt, weil sie die «trockene Luft» zünftig monierten.

Sowtschick ging nach oben. Das Filetsteak und die fette Sauce: Der Leib war ihm schwer, ihn verlangte nach Ruhe. Er warf sich auf das Bett wie Ohltrop, der Unglückliche, gelegen haben mochte, las ein paar Seiten im «Cerberus» und schlief fast augenblicklich ein, obwohl von draußen Schlagermusik heraufdrang. Es wurde gehämmert, und der Schweißapparat zischte, und Sowtschick schlief. Erst als die Männer aufhörten mit ihrem Rumoren, erwachte er ruckartig. Er ging hinunter, um ihnen weiteres Bier hinzustellen gegen die trockne Luft, und da sah er gerade noch, wie sie davonfuhren. Die rostige Werkbank blieb zurück, die Hunde hoben an ihr das Bein. Diese Leute ließen ihn also jetzt im Stich. Merkwürdig. Als ob es etwas Wichtigeres gebe als seinen Käfig!

Den Nachmittag verbrachte Sowtschick zunächst damit, den Kaffeetisch zu decken: Die Mädchen sollten «schnaffte» oder «heiß» empfangen werden. Er holte das Siebenhundertachtzig-Mark-Geschirr und das gute Silber und deckte im Teepavillon, der dem Bibliotheksgang vorgelagert war und bauchig in den Garten hineinragte. Das Silber hatte Marianne mit in die Ehe gebracht, merkwürdigerweise hatten die Teelöffel mehrmals nachgekauft werden müssen...

Als er alles stehen hatte, drei Gedecke, mit Blumen und aufgeschnittenem Topfkuchen, noch von Marianne gebacken – *Liebster Mann* –, bemerkte er, daß man von hier aus genau auf die Werkbank blickte. Und außerdem war es im Pavillon zu heiß. Also alles in den Innenhof schaffen, den Brunnen anstellen, nicht so heftig, nur eben so ein bißchen: «Sowtschick, Sowtschick, Sowtschick...»

Dann inspizierte er die beiden Fremdenzimmer, ob sie sich auch vorteilhaft darböten.

Im ehemaligen Zimmer seiner Tochter, mit dem provozierenden Satz: «Endlich raus!» an der Tür und einer nie benutzten Marionette auf dem Sofa, hatten sich eine Menge Fliegen gefangen. Die waren gegen die Fenster gestürmt und dort verendet. Sowtschick räumte die Leichen mit einem Handfeger fort. Dann warf er frisches Bettzeug auf das Bett und inspizierte das andere Fremdenzimmer. Es war die Bude seines Sohnes, in dem der Inder geschlafen hatte. Ein typisches Sohn-Zimmer, mit einem Bukowski-Plakat an der Wand, zerbeulten Radkappen, einem Nummernschild aus Nebraska und dem unverständlichen Ausruf: «Themroc» auf einem Pappschild. Problematisch waren die Panzermodelle, die hier auf einem Bord nebeneinander aufgereiht waren, die stellte man jetzt besser fort. Auf Apahasi hatten sie offensichtlich anregend gewirkt, die Mädchen würden Anstoß daran nehmen. Jugend war allergisch gegen so was, das war zu erwarten.

Mittlerweile war es vier Uhr geworden. Höchste Zeit, das Kaffeewasser aufzusetzen. Oder besser Tee? Nein, Kaffee. So war es

Brauch in diesem Haus, und daran sollte nichts geändert werden. Sowtschick nahm sich vor, von vornherein unverrückbare Regeln einzuführen: neun Uhr Frühstück, zwölf Uhr Mittag und um sieben Uhr das Abendessen. Jugend braucht eine feste Hand. Indische Wirtschaft würde nicht geduldet werden. Dann Grenzen im Haus festlegen, innerhalb deren sich die «Tussis» würden frei bewegen können. Sein «Studio» zur unbetretbaren Zone erklären. Im Studio würde er an seinem Winterroman arbeiten, zwei Tage waren bereits vergangen ohne eine Zeile! Da konnte er kein Mädchen gebrauchen.

Eine andere Entscheidung war noch zu fällen: Wo sollte er sich aufhalten, wenn die beiden ankämen, in ihrer knatternden Ente? In der Bibliothek, den Zeigefinger zwischen den Seiten eines Buches? Oder im Garten, weißgekleidet, mit Sonnenbrille und vom Sommerwind zerzaustem Haar?

Sowtschick ging in den heißen Garten hinaus. Hier schlenderte er, von den Hunden begleitet, zunächst die Allee ein paarmal auf und ab, von einer Distel zur nächsten: Mit dem Hacken drehte er sich darauf – für Fremde gewiß ein sonderbarer Anblick –, um sie auf natürliche Weise zu vernichten, dann schlug er das Wasser ab, wobei ihm die Hunde zuschauten, akurat an der dafür vorgesehenen Stelle, jeden Tag einen Meter weiter: Harnsäure, Phosphor, Kalzium... Wenn er das weiterhin so konsequent täte, würde der Garten aufblühen inmitten der ruinierten Natur. Vom Hubschrauber aus wäre er landwirtschaftlichen Eleven als positives Beispiel ökologischer Gartenpflege zu zeigen, dem «Jeden-Tag-eine-Seite» des Schriftstellers vergleichbar oder volkstümlich: Viele Wenig ergeben ein Viel. Das Gesicht wandte Sowtschick mit geschlossenen Augen der Sonne zu: Ein bißchen mehr Bräune könnte nicht schaden.

Eine Horde Mofas fuhr vorüber. Rüde Burschen, die extra Lärm machten, um ihn zu ärgern. Sowtschick verbarg sich hinter einem Busch, und als sie fort waren, setzte er sich auf die Mußebank, von der aus er sein Haus liegen sah, und er stellte sich vor, wie es wohl auf jemanden wirken würde, der es noch nie gesehen hat. Halb fünf war es inzwischen geworden, eigentlich schon ein bißchen spät.

«Kaffee», das war doch wohl halb vier? Nun ja, Jugend nimmt's nicht so genau.

Als er da auf seiner Mußebank saß, hörte er Pferdegetrappel, und ziemlich gleichzeitig rannten die Hunde zur hinteren Pforte. Wie Sowtschick zwischen den Büschen hindurch wahrnehmen konnte, waren es die Pferdemädchen. Das schwarzhaarige Mädchen ritt, das blonde fuhr auf dem Fahrrad hinterher.

Ach, dachte Sowtschick, mutwill'ge Sommervögel... Es gibt so viel Schönes auf der Welt... Und er winkte den Mädchen zu. Die Schwarzhaarige lenkte das sich aufbäumende Tier an den Zaun. Sehr kurze Shorts trug sie und ein rotes Tuch um die Brustknubbel.

«Ihr seid also die Pferdemädchen», sagte Sowtschick zu den beiden, die von grünschillernden Fliegen umschwirrt wurden, wobei er zunächst nur die Blonde ansprach, die auf dem Fahrrad saß. Er fürchtete sich, die andere allzu gierig zu fixieren. «Wie heißt ihr eigentlich? Seid ihr schon mal runtergefallen von dem Tier?» Er habe sie schon öfter mal gesehen, vom Fenster aus, aber runterfallen noch nicht. Reiten, das wär nichts für ihn, da tue einem doch der Hintern weh?

Sowtschick wurde nach dem Inder gefragt, ob der noch da ist, und dann sagten die beiden, daß sie ihn im Fernsehen gesehen hätten, und sie fragten, ob er alle Bücher mit der Hand schreibt. Das Pony gab sich ziemlich wild, es ging vorne und hinten hoch, und die Schwarze zügelte es derb.

Jaja, sagte Sowtschick, er schreibe die Bücher absolut mit der Hand, und er schickte sich an, ihnen einen Vortrag zu halten über den mühsamen Weg, den ein Schriftsteller zu gehen habe, bis er das fertige Manuskript abliefern kann. Sie müßten sich gelegentlich mal seine «Werkstatt» ansehen...

Leider ertönte jetzt in der Ferne ein Pfiff. Sofort zogen beide ab. Sowtschick ärgerte sich, daß er das Wort «Exzerpieren» gebraucht hatte bei seinen Erklärungen. Dieses Wort würde die beiden Kinder davon abhalten, noch einmal bei ihm einzukehren. Er schämte sich auch ein bißchen: «Die Werkstatt ansehen» – das hatte so kupplerisch geklungen, als ob er sie zu irgendwas verführen wollte. Ein Geili, dachte er, ich bin für sie ein Geili, das ist klar...

Gleichzeitig wanderte das Bild der beiden Mädchen, die Rita und Sabine hießen, an dieselbe, gutdurchblutete Stelle seines Gehirns, wo so manches andere abgelegt war und pulsend Reize aussendete.

Von Herzen erwärmt ging er dem Hause zu, wobei er intensiv an das Unternehmen «Cerberus» denken mußte, an die auf die Meerenge zustampfenden Kolosse. Dahlien und Phloxe, Rittersporn und Fingerhut: Durchs Korn würde er schon noch schweifen, da war ihm nicht bange.

Im ZDF lief zu diesem Zeitpunkt eine Schülersendung mit einer pludrig angezogenen Moderatorin, die den Jugendlichen die Frage stellte, ob sie die Atombombe mögen. Da waren Tom & Jerry im Ersten schon reizvoller: Die Hausfrau, von der man nur die Beine sah, verprügelte den Kater mit dem Besen. Hetzjagden durch die Küche, die ganze Wohnung geht zu Bruch. Das nahm Sowtschick mit dem Recorder auf, wenn man mal alles satt hat, dann sieht man sich Tom & Jerry an. Vier Trickfilmkassetten besaß er schon.

Vielleicht sollte man den Körper nochmals gründlich entleeren? dachte Sowtschick. Und als er sich im Klaustrum aufhielt, klingelte es natürlich, und so sehr er sich auch beeilte, es klingelte ein zweites Mal, und Sowtschick war gezwungen, die beiden Mädchen, die vor dem Tor standen, mit feuchten Händen zu empfangen, Adelheid und Gabriele. Sie waren weder zu dick noch zu groß, auch Magersucht war nicht festzustellen, geschweige denn Popolosigkeit. Sowtschick fing blitzschnell ihr Aussehen ein, und er tat es ein für allemal: Es war langmähniges, blondes Mittelmaß, die eine kräftig, die andere zart, weiße Leinenshorts, T-Shirts in Pink und Apricot, dazu gleichfarbige Espandrillos. Das Auto war keine knallende Ente, sondern ein ganz normaler Polo der Mitfahrerzentrale, «Borkum grüßt den Rest der Welt!», aus dem die beiden bereits ihre Seesäcke herausgehoben hatten. Ein junger Mann saß am Steuer und winkte ihnen zu. «Hey!» riefen sie und «ciao!», und dann fuhr er endlich ab.

Seesäcke und Koffer wurden ins Haus geschafft, die Hunde sprangen umeinander, und irgendwo knallte eine Tür. Es war inzwischen schon deutlich fünf geworden, für eine Kaffeestunde reichlich spät. Das gab dem Hausherrn jedoch Gelegenheit, Lebensart zu demonstrieren. Er komplimentierte die Mädchen in den Innenhof und schenkte ihnen unter den fächernden Kübelpalmen Kaffee in die goldrandigen Tassen und nötigte sie, vom Topfkuchen zu essen.

Die Mädchen redeten in Maßen so, wie es im Handbuch der Jugendszene stand. «Echt Spitze!» sagten sie. «Total ätzend» und «irre». Ohne Dings kein Bums: Wahrscheinlich besaßen sie das Buch ebenfalls.

«Diese Hitze!» sagten sie und wedelten sich Luft zu. Ob das Wasser trinkbar ist, was da aus dem Brunnen tröpfelt? Das pinkelt ja so! Pladdert, als ob man pinkelt!

Diese Natürlichkeit des Ausdrucks nahm Sowtschick beim Schopf, er duzte die beiden ohne weiteres. In Rocksendungen, die er im Fernsehen gelegentlich streifte, duzten sich die Leute ja auch, und beim Sport und auf der Universität, also warum nicht gleich Schranken niederlegen, bevor sie zementiert sind? Also «Adelheid» – «was für ein schöner Name» – und «Gabriele» und «du» und «ihr beiden».

«Ich darf doch *du* sagen?» schob er nach, und die beiden Schwestern, die jede in ihrem Gesichtsschnitt einige Grade von einem theoretischen Mittelmaß abwichen, *deutlich* Schwestern waren also, nickten, blieben ihrerseits jedoch beim «Sie» und sagten: «Sie haben es ja super hier.» Sowtschick seinerseits referierte die Kaufstory des Brunnens, der sei nicht etwa aus Beton gegossen, den habe er in Italien gekauft, in einer Seitenstraße eines kleinen Städtchens: ein richtiger Steinmetz, mit der Hand, tick-tick-tick. Und daß der Transport mehr gekostet habe als der ganze Appandrillo, und sie sollten mal hören, der könne sprechen! Der flüstere delphische Orakel in die Gegend. Wenn sie lange genug hier wären, könnten sie ihn verstehen.

Daß sie jetzt bei einem richtigen Schriftsteller Kaffee tränken, sei «scharf», sagten die Mädchen, was Mama für Augen gemacht habe!

«Was? Zu Sowtschick?» habe die gefragt. Sie selbst hätten, ehrlich gesagt, noch nie was von ihm gehört... Bücher schreiben, das stellten sie sich unheimlich schwierig vor...

Sie habe auch mal Schriftstellerin werden wollen, sagte Adelheid, einen Internatsroman habe sie mal angefangen, mit unheimlich viel Pferden, und das eine Mädchen riß dann aus.

Dies fand Sowtschick unglaublich interessant, und warum nicht ausführen einen solchen Plan, was man sich vorgenommen hat, das sollte man auch ausführen, er für seine Person zum Beispiel...

Gabriele sagte: Romane schreiben, das wär nicht ihr Fall. Eher Gedichte, sie habe schon 'ne ganze Masse... Sie wär gern Perlentaucherin geworden, Südsee und so weiter.

Sowtschick riß die Augenbrauen hoch und sagte: «So?» Perlentauchen und Gedichte schreiben, das sei ja nicht sehr weit voneinander entfernt. Sonst fiel ihm aber nicht das geringste ein, das er der Sache hätte beifügen können. Das war auch gar nicht nötig, denn die Mädchen standen auf, um «ihre Klamotten zu verstauen», zu duschen und so weiter. Sie reckten sich und fragten, ob sie mal telefonieren dürften, daß sie hier sicher gelandet sind, sonst dächten «Papa und Mama» noch, sie wären verschüttgegangen?

Ja, aber auf den schwarzen Knopf drücken, sonst funktioniert's nicht.

Sie nahmen das Kaffeegeschirr mit hinaus, was Sowtschick positiv vermerkte, und verschwanden. Der Brunnen flüsterte laut und deutlich: «Schatzi, Schmaratzi...» oder so was Ähnliches.

Sowtschick achtete nicht darauf. Die Moleküle seines Leibes legten sich aufeinander und machten ihn schwer und unbeweglich, seine Seele war jedoch hell, und sein Gehirn war frei, an Milchlämmer dachte er, an junge Katzen, die sich übereinanderkugeln, und an sein Bankkonto, das stabil genug war, um ihm die ungewöhnlichsten Unternehmungen zu ermöglichen. Wie gut, daß er sich ein großes Haus gebaut hatte, und nicht womöglich zwei kleine, eins hier, das andere in Portugal, wie sonst hätte er sich zwei so angenehme menschliche Wesen in seine Nähe schaffen können. Wesen, die Männer in seinem Alter gewöhnlich nur durch ein Fernglas zu sehen kriegten? Und er dachte an die Zeit, in der seine Kinder in dem Alter gewesen waren. «Schatzi, Schmaratzi...»

Das frische, klare Wasser im Brunnen, die warme Sonne... Sowtschick ging mit der Fliegenklatsche wedelnd in sein «Studio». Er setzte sich an seinen Renaissance-Schreibtisch. Während er den Finger an dem geschnitzten Knorpelwerk der Tischkante entlanggleiten ließ (nackte Menschen, die aus Pflanzen herauswuchsen), lauschte er dem lauten Juchzen in der Dusche, und er mußte an rinnendes Wasser denken, wie es auf braune Haut auftrifft, in Mäandern über den schwellenden Körper läuft und in Ausbuchtungen verschwindet... In den Ganglien seines Gehirns war erheblicher Aufruhr, die neuen Eindrücke trafen auf allzu ausgeruhtes Gedankengut, er hatte Mühe, sich auf dem schwankenden Brett zu halten. Zuerst die beiden Pferdemädchen aus allernächster Nähe, und nun zwei sogenannte Tussis, die in seinem Haus einen «Shower» nahmen?

Von Arbeit an der «Winterreise» konnte jetzt keine Rede sein. Aber Sowtschick wußte sich zu nehmen. «Immer mit der Ruhe», sagte er, dachte an gotische Kathedralen und setzte sich wieder an die Post: Während er aus dem bedrohlich angewachsenen Briefberg sich aufs Geratewohl ein Häufchen herauszupfte, in dem sich auch zwei Postkarten an den Inder befanden, von einer gewissen «Marita» ungelenk geschrieben, horchte er mit halbem Ohr ins Haus hinein, wo das Juchzen fortdauerte.

Sowtschick schrieb Autogramme auf vorbereitete Karten, er nahm zur Kenntnis, daß eine Frau Dr. Langenfeld aus Bad Homburg früher einmal in seiner Heimatstadt zur Schule gegangen sei und seinen Schulweg gekreuzt habe (schwarze Zöpfe und im Winter einen braunen Mantel), zerriß Briefe, in denen ihm Gedichte angekündigt wurden, die im Freundeskreis der Einsender bereits beträchtliches Echo ausgelöst hätten, während er also «Post machte», wobei ihm der Floskel- und Phrasenspeicher seiner Olivetti gute Dienste leistete, hörte er die Mädchen mal weiter hinten, mal weiter vorn rumoren. Doch dann wurde es still. Als es *ganz* still war, legte Sowtschick den Brief an Frau Dr. Langenfeld zur Seite (...daß es ja sehr schön sei, daß sie ihm geschrieben hat, und er freue sich, daß es ihr gutgeht...), und lauschte. Aus der plötzlich eingetretenen Stille war zu entnehmen, daß die beiden sich, sauber gewaschen und frisch gebürstet, genauer umsahen im Haus, quasi auf Zehenspitzen, sorgsam den Glöckchen ausweichend: «Huch, was ist denn dies...», ein wenig Kirchenehrfurcht im Blick. Die Halle mit den alten Schränken und dem flandrischen Leuchter, Porzellanfiguren und dann: die Ritterburg neben dem Kamin, mit Kerzen von innen zu erleuchten. Die Karaffensammlung auf dem Fensterbrett des Teepavillons, geschliffene und farbige Glaskännchen voll süßer geistiger Getränke. Sowtschick konnte hören, wie die Stöpsel aus den Karaffen herausgezogen und schabend wieder hineingesteckt wurden. Er wußte, daß die Mädchen nun in den Bibliotheksgang guckten. Um ihnen Mut zu machen, pfiff er leise: «Hier bin ich? Hallo!», was Kichern auslöste und sodann mutiges Voranschreiten.

Sowtschick stand auf und kam ihnen breit entgegen: «Da staunt ihr, was?» sagte er, und er nannte sein Haus ein Chalet, was doch wohl ein wenig übertrieben war. Er habe immer gedacht, es sei falsch gewesen, sich ein Chalet zu bauen, aber nun dächte er doch, es sei richtig, er wohne sozusagen in seinem Geld, könne sich täglich dran freuen. Im übrigen sei das Ganze gar nicht so teuer gewesen. Um ihnen die Befangenheit zu nehmen, sagte er, daß das Bauland hier nur eine Mark und fünfzig gekostet habe, außerdem sei das Haus so halb und halb aus Holz gebaut, unheimlich preiswert, und dann erzählte er Antiquitäten-Stories, wie und wo er was erworben hatte, unerhört billig, für einen Pappenstiel, daß «in dieser Truhe hier» mal ein Kind erstickt sei, was gar nicht stimmte, und daß er jenen Meißner Teller in Einbeck von einer Leserin geschenkt bekommen habe. Er wies auch auf kleine Mängel hin: auf nicht in die Zeit gehörige Beschläge oder auf den großen Schlüssel, den «donkey» also, den er erst kürzlich auf einem Flohmarkt gekauft hatte. Er minderte den Wert seiner Besitztümer, erhöhte ihn gleich darauf wieder, indem er den beiden blonden Mädchen, die zu seiner Freude jetzt Röcke statt Hosen trugen, erzählte, wer alles ihm diese Möbel bereits habe abschnacken wollen und für wieviel. Um dahinterzukommen, *wie* raffiniert alte Möbelstücke gearbeitet sind, müsse man ihnen mit dem Stifte nachsinnen, sagte er, und er empfahl den beiden, das Schnitzwerk abzuzeichnen.

Auf den Truhen stand altes Zinngerät, dem Frau Schmidt einmal mit «Meister Propper» zu Leibe gerückt war, was Sowtschick seinerzeit zu gröbsten Ausdrücken provoziert hatte, überlaut in die Gegend geschrien. Das erzählte Sowtschick den Mädchen, die sich unterdessen dem Flügel zugewandt hatten – «Oh! Ein Flügel» –, und er sagte, daß er ja flachgelegen habe vor Wut, der Schlag habe ihn getroffen und, quasi dolmetschend, benutzte er sogar die Wörter «ausgeflippt» und «ausgerastet». Im übrigen hier dieses Paar Schuhe ... nicht sehr elegant, was? Das stamme noch aus russischer Kriegsgefangenschaft ... Sie könnten sich denken, daß er nicht immer auf Rosen gebettet gewesen sei.

Die Mädchen sagten, ihr Opa sei auch in Kriegsgefangenschaft gewesen bei den Franzosen, ein Bein habe der verloren und ein Auge. Der sehe sich immer diese Kriegsfilme an, könne sich da unglaublich für begeistern ... Ob er es sei, der in diesem Hause *Flügel* spiele? fragte Gabriele, und er antwortete: Ja, er sei es, der hier *Klavier* spielt, und zwar manchmal drei und manchmal sogar fünf Stunden pro Tag, den täglichen Ärger hinunterzuspülen oder Frustrationen zu beseitigen, wenn's beim Schreiben einmal nicht so flutscht. Denn so leicht sollten sie sich das Schreiben nicht vorstellen, er sitze manchen Tag seine sechs, acht Stunden ab.

Weil sie den Flügel so bewunderten, konnte er nicht widerstehen, er setzte sich und begann einen Schlager aus den dreißiger Jahren hinzulegen: «In meiner Badewanne bin ich Kapitän ...» Er konnte dieses Stück wie Peter Kreuder spielen. Wenn er Gäste hatte, abends, und wenn «die Wogen hochgingen», spielte er es und sang wie Peter Igelhoff dazu.

Die Mädchen standen links und rechts von ihm, intensiv nach Sandelholzseife duftend. Sie fänden es «ätzend», wenn sich einer so ganz «cool» ans Klavier setzt und alte Schlager spielt, sagten sie und hörten ihm zu, und zwar genau acht Takte lang, dann drehten sie schon mal die Augen zur Seite, nahmen die Hand vom Notenständer und wendeten sich zunächst langsam, dann getrost ab, um sich all das andere anzusehen, was hier sonst noch so herumstand: das Bild von Michael, zum Beispiel, braungebrannt und ganz in Weiß, auf einem Segelboot fotografiert.

«Das ist mein Sohn!» rief Sowtschick und hörte auf zu spielen. Daß der bereits verheiratet sei, Arzt in Stuttgart, fügte er hinzu, und deshalb als Kavalier für sie nicht mehr in Frage komme. «Da müßt ihr schon mit mir vorliebnehmen» ... was er sofort bereute. Nun bin ich also doch ein Geili für sie, dachte er, aber sie schienen das nicht zu beachten. Sie traten an den Schreibtisch. «Das ist Ihr Schreibtisch?» Der sei ja so ordentlich! Sie hätten sich vorgestellt, daß es auf dem Schreibtisch eines Schriftstellers wie Kraut und Rüben durcheinandergeht.

Dann wurden die Wiener Bronzen betrachtet, ein Hahn und zwei Hennen, das Briefmesser mit dem Jadegriff aus Bristol und natürlich auch die anderen Fotos, Susi mit Huhn unter dem Arm und Marianne.

«Das ist wohl Ihre Frau?»

Sowtschick sah sich die Fotos an, als habe er sie noch nie gesehen, und sagte: Ja. Und dann verkündete er, daß seine Frau Marianne heiße und nicht nur schön sei, sondern auch klug *und* lieb.

Warum er nicht mit seiner Frau in Urlaub fahre? wollten sie sodann wissen.

Urlaub? Etwa nach Italien, zu den Operetten-Clowns dort? Sich das Auto aufbrechen lassen? Und sich noch 'n Vogel zeigen lassen, weil er Deutscher ist? Oder nach Dänemark? «Adgang forbud»? – Frankreich, letztes Jahr, romanische Kirchen! Alle Skulpturen geköpft und dauernd Regen. Oder etwa die Karibik? Verhungerte Kinder mit großen Augen, die Ärmchen wie Erdnußaffen nach einer Münze ausgestreckt?

Sowtschick schüttelte den Kopf und fuhr sich durch das Haar wie ein einsamer, von der Welt enttäuschter Mensch. Nein, sagte er, er mache nie Urlaub, er arbeite unausgesetzt, und zwar zwölf Stunden täglich.

Dann war der Postberg an der Reihe, die Mädchen entdeckten

ihn, während er sich über Holland ausließ, ein Land, das für Urlaub auch nicht in Frage komme, die atombestrahlten Tomaten dort und die engmaschigen Netze der Fischer. Die Air-Mail-Letters erregten Interesse – «oh, Ägypten» –, die Drucksachen und die geheimnisvollen lila Briefe mit der grünen Tinte. Sowtschick ließ die Postsachen kartentrickartig durch die Hände gleiten. Die Post treibe ihn noch in den Wahnsinn, sagte er, obwohl er vielleicht eher wahnsinnig geworden wäre, wenn er plötzlich keine Briefe mehr gekriegt hätte. Jeden Tag zehn, zwanzig Briefe? Und keine Menschenseele, die ihm dabei hilft, sie zu beantworten?

Von draußen sah die Kuh Bianca zu, wie er da agierte.

«Oh! Kühe», sagten die Mädchen, «die kommen hier ja fast ins Haus...» Ob die Aussicht nicht vielleicht zugebaut wird, eines Tages?

«Nein, bestimmt nicht», sagte er, und zwar aus dem sehr einfachen Grund, weil *ihm* das nämlich alles gehöre. Im übrigen sei das nächste Kernkraftwerk hundertdreißig Kilometer weit entfernt, auch von daher drohe keine Gefahr.

Er tippte auf das Manuskript seines Winterromans und sagte leichthin: «Daran arbeite ich momentan...», und dann zeigte er auf den dazugehörigen Zettelkasten, sagte: «Zehntausend Zettel für ein Buch, unter dem fange ich gar nicht erst an», obwohl es in Wahrheit nur knapp tausend waren, und er ließ sie in den Notizen zu Fingerlings Leben herumfummeln, wobei die Rubrik «Frauen» die beiden besonders interessierte. Schließlich sagte die Ältere, die eine so kräftige Statur hatte, zu der Jüngeren: «Komm, laß das, das gehört sich nicht!»

Auf einem speziellen Regal neben dem Schreibtisch standen alle von Sowtschick geschriebenen Bücher samt ihren Übersetzungen. «Kaum einen Finger breit», «Herzschlag in Andante», «Kosel», «Wolkenjagd» ... absolut vollständig bis auf «Harvest on Sea».

Ob er die Übersetzungen alle gelesen habe? fragten die Mädchen.

«Könnt ihr das lesen?» sagte er und hielt ihnen eine japanische Ausgabe hin, und dann erklärte er den beiden, daß man beim Schreiben ein Schiffskapitän sei, der genug Treibstoff einnehmen muß und ausreichend Ladung. «Mit Kompaß und Karte muß man umgehen können und mit der Mannschaft...» Zum Beispiel Admiral Ciliax, der die deutsche Flotte unter den Augen der Briten durch den Kanal manövriert habe...

Die Mädchen wandten sich den Preisen und Andenken zu, die in einem Glasschrank standen. Ein Kölner Dom mit Spielwerk, die verschiedensten Medaillen und das Bambi, von dem naive Besucher annahmen, es bestehe aus purem Gold. Zu jedem Stück wußte Sowtschick eine Geschichte: Zu dem vierblättrigen Kleeblatt, zum Beispiel, das ihm ein kleines Mädchen geschickt hatte, das an Blutkrebs litt – «So was wirft man nicht weg» –, zur Fulbright-Krawatte – «Gott, waren wir voll!» – und zu der Blechstraßenbahn aus San Francisco: Dieses Dings diente Sowtschick dazu, auf seine Amerika-Zeit hinzuweisen, auf das fabelhafte Speiseeis, die dahinschleichenden Autos und den wildschäumenden Pazifik mit Möwen, die *so* groß sind, wobei es ihn nicht wenig störte, daß Adelheid sagte, sie sei ebenfalls ein Jahr in den USA gewesen, mit Youth for Understanding, und da habe sie natürlich auch einen Trip nach San Francisco gemacht, «das gehört dann ja dazu...».

Dies sollte vermutlich dazu dienen, Gemeinsamkeiten festzustellen, eine erste zaghafte Annäherung, die gut und gerne in ein Gespräch hätte münden können, in dem man weitere Gemeinsamkeiten festgestellt hätte, ja eine Verwandtschaft des Urteils über «die Staaten», die nur Kundige gewinnen können, zu denen übrigens Gabriele, die jüngere, zierlichere Schwester nicht gehörte, denn die hatte sich damals aus Gründen des Heimwehs geweigert, nach drüben zu gehen, was sie jetzt bedauerte.

Sowtschick brach das Gespräch ab, er hatte keine Lust, sich jetzt über die USA zu unterhalten, ein Land, an das er übrigens nicht nur wegen des tadellosen Speiseeises gern dachte. Er hatte Erinnerungen an ein Mädchen namens Freddy, die zu den kostbarsten gehörten in seinem Gehirn.

«Wenn die Amerikaner nicht wären, dann wären wir hier längst alle russisch», pflegte er zu sagen. Dies also sagte er nun nicht, sondern er sagte: «Und seht mal hier», und zeigte auf eine sogenannte Klappe, die er bei den Dreharbeiten zu «Kaum einen Fingerbreit» hatte mitgehen lassen. «Dreharbeiten», dieses Wort brachte die Dinge wieder ins Lot. Er habe ja öfter mit Filmleuten zu tun, vielleicht, warum nicht, könne er den beiden mal eine kleine Rolle zuschanzen? Sonja Schönboom in Baden-Baden, Erwin Roggenkamp in Barcelona...

Als Gabriele auf den kleinen goldenen Anker wies, den er am Hals hängen hatte, und fragte: «Was ist denn das?», lenkte er ab. Dies waren Dinge, die man nicht am 25. Juli erörtern konnte, um 17.45 Uhr. Dies war etwas, über das er jetzt nicht sprechen wollte.

Um davon abzulenken und um die letzte Sensation seines Hauses wirkungsvoll auszuspielen, stellte er sich vor die Tür, die zum Schwimmgang führte. Er ließ die Mädchen raten, was sich dahinter befände. Sie tippten auf «Freizeitraum» und «Hobbykeller», ja sogar auf «Safe».

Als Sowtschick die Tür schließlich öffnete, waren sie dann aber doch baff: Ein Gang mit einem Wasserlauf? Links und rechts Blattpflanzen, hochrankend oder herunterhängend, der kreisrunde «Rest-Room» mit Pettigrohr-Liegen, Fitneß-Maschinen und einem Eisbärfell. Die antiken Skulpturen – das war zuviel: «Ich glaub' ich krieg' 'n Föhn!»

Sie fanden das also «echt Spitze» und «fetzig» und zeigten größte Lust, sich sofort «in die Fluten zu stürzen», wie Adelheid sagte. Sie versprachen, sich jedesmal zu duschen, bevor sie ins Wasser stiegen, um einer Vertalgung der Anlage vorzubeugen.

Ob es in diesem großen Haus, bei all den vielen Zimmern, auch eine Gummizelle gäbe? fragten sie dann noch.

Siehe da! dachte Sowtschick, sie sind nicht nur hübsch, sondern auch originell. Laut sagte er: «Ich weiß schon, was ich mit euch mache, wenn ihr nicht spurt.»

Sowtschick war gerührt, er war den Tränen nahe. Die nervliche Anspannung der letzten Tage begann sich zu lösen. Gerettet, dachte er, ich bin gerettet, und laut sagte er: «Wißt ihr was? Jetzt machen wir erst mal Abendbrot.» Und er ging mit ihnen den Bibliotheksgang hinunter in die Halle hinüber, und er hätte sie ohne weiteres links und rechts umfassen können, seine «Mädels», die das nun schon waren, aber dann hätte er Ekel vor sich empfunden.

Ein geiler Bock..., dachte er, ... ich bin ein geiler Bock.

Schrecklich der Gedanke: *Sie* hätten das denken können, und daß sie das gedacht hätten, wäre sehr wahrscheinlich gewesen.

Sowtschick hätte sie gern mal hochgehoben, wie früher Susi und Michael, hochgeworfen und wieder aufgefangen. Er hätte gern gewußt, ob sie wohl schwer sind, und *wie* schwer, und er stellte sich vor, daß sie «federleicht» seien. Sie sind gewiß leicht wie der Sommer, dachte er. Sein Totenbett sah er vor sich und links und rechts die beiden Schwestern. Nun war er auch in dieser Hinsicht etwas weitergekommen.

Nachdem er den Mädchen die Funktion der Hängeglöckchen erklärt hatte, daß sie sie immer leicht antippen sollten, damit er weiß, was in seinem Haus vor sich geht, und ihnen auch mit Kreide Grenzstriche gezogen hatte, die sie von vier bis sechs Uhr nicht überschreiten dürften, «und die roten Markierungen auf der Bodentreppe sind dazu da, daß man sie beim Hinaufgehen benutzt, damit die Treppe nicht knarrt...», lieferte er sie in der Küche ab: «Hier hängen die Aufwischlappen...»

Sowtschick ging in den Garten, marschierte die Allee auf und ab, Disteln zertretend. Er hätte gern einen Luftsprung gemacht vor Freude, ...die Hunde hätschelte er auf eine Weise, daß sie lautes Wehgeheul von sich gaben. Er rief sich den Ablauf des Nachmittags noch einmal ins Gedächtnis, Bild für Bild: Es war eine Einholung gewesen, so konnte man sagen, problemloser als gedacht, wie eine Rückkehr längst bekannter Menschen. Heimat! Hier, sein Sassenholz, war Heimat für verwandte Seelen.

Während er sich die einzelnen Stationen der Einholung vergegenwärtigte, dachte er immerzu: Aber da war doch noch etwas? Da war doch noch was anderes in sein Leben getreten, an diesem besonderen Tag, etwas Herz und Blutkreislauf Anfeuerndes? Irgendwas Neues, Sensationelles?

Erst als er die Schafe umpflockte, fiel ihm dieses andere Anfeuernde ein, die Pferdemädchen waren es, mit denen es einen ersten Kontakt gegeben hatte, das hätte er ja beinahe vergessen. Er trat an den Zaun, genau an die Stelle, an der er mit den beiden ins Gespräch gekommen war. Vielleicht sollte man sich ein Pferd anschaffen, dachte er, und dann mit den beiden durch den Wald streifen...

Aber nein, kein Pferd, das kriegte dann womöglich Koliken. Und: Was hätte er dann mit Adelheid und Gabriele tun sollen? Die hätten dann ja mit dem Fahrrad hinterherstrampeln müssen. Nein, wenn schon Pferde, dann vier oder fünf. Also dann lieber keins. Oder?

Heiß war es in Sassenholz. «Schwefelsäure pur», wie es die kleine Gesellschaft nannte. Aus dem Kühlschrank hatten die Mädchen die verschimmelten Linsengerichte und die bereits in Verwesung übergegangenen Frikadellen entfernt, vor denen sich selbst die Hunde ekelten: «Addie und Gabü», wie Sowtschick sie jetzt nannte, seine «Kanalschwimmerin» und «das singende, springende Löwenheckerchen», kurz: sein Gespann. Es war ihm, der sich schon zum Schrankfresser entwickelt hatte, unbeschreiblich angenehm, am Tisch zu sitzen, links die flinke Gabriele, die ihm den Tee einschenkte, rechts die mit den Augen rollende, kräftige Adelheid, und sich ihre Geschichten anzuhören. Der Internatsroman, die Sache mit der Perlentaucherei ... Alles wurde mehrmals erzählt, und Sowtschick hörte geduldig zu. Gurken, Radieschen und Tomate: Fünferlei verschiedenes Geschirr hatte er ihnen bereits abgewöhnen können; Pfanni-Knödel, Scheibletten, Fischstäbchen und Majala-Traumkrem: Im Prinzip herrschten Eiergerichte vor, Rührei, Omelette, Bauernfrühstück – Spiegelei und Senfeier nicht zu vergessen. Adelheid hatte einen gesegneten Appetit, während das Löwenheckerchen nur mal eben ein bißchen hier und da schnibbelte und naschte. Gern hörten sie dem Schriftsteller zu, mit wem der alles schon zusammengetroffen war. Mit Schauspielern jede Menge – «die sind oft ganz dusselig» – und natürlich mit Autoren, deren Namen in ihrem Deutschunterricht vorgekommen waren.

Dafür lernte Sowtschick auf medizinischem Gebiet einiges dazu: Wenn Adelheid vom Toast abbiß, dann rutschte dieser Happen ihren Ösophagus hinunter (wie sie auf Sowtschicks Bitten hin repetierte), plumpste in den Ventriculus und gelangte von dort, wenn es an der Zeit war, durch den Pyorus portionsweise in das Duodenum und so weiter.

Gabriele beklagte sich über den Deutschunterricht, Schiller, immer diese bescheuerten Frauengestalten: «Amalie rannte wider die Bäume», das sei doch unglaublich beknackt. Außerdem erzählte sie von Freundinnen, die gesagt hatten: «Was, zu Sowtschick, diesem Miesling, fährst du?» Die fänden seine Bücher öde, was doch gar nicht der Fall sei. Zum Beispiel dieses eine da, wie heiße es noch, das sei doch ganz ordentlich?

Natürlich wurde Sowtschick von den Mädchen gefragt, ob er alles mit der Hand schreibt und warum Bücher so teuer sind, da wartet man doch besser, bis sie als Taschenbuch erscheinen? Auf diese Fragen, die ihn sonst auf die Palme brachten, antwortete er betont gelassen und so, als ob er es zum ersten Mal täte. Gegen Taschenbücher habe er nichts, sagte er, aber er signiere sie nicht.

Im übrigen zeigte er ihnen die Hornhautstellen an den Schreibfingern, und hierbei fielen ihm die tiefen Falten um seine Fingergelenke auf, die dicken Adern und die Altersflecken. Die Hände der Mädchen dagegen lang, schmal, blaugeädert unter brauner Haut. Ach, und das silberne Kettchen, das das Löwenheckerchen ums Handgelenk trug, den Verschluß meist obenauf ...

Liebend gern gingen sie mit Sowtschick die Post durch. Ansichtspostkarten mit blauem Himmel nahmen zu. Sie waren meistens an Apahasi Singh adressiert: Es sei hier wunderschön, stand da drauf, und was er so macht, ob es ihm gutgeht? Unterschrift: Ulrike. Auch Sowtschick wurde mit Ansichtskarten bedacht, von einem «Harry» beispielsweise, und dann konnte Sowtschick sich den Kopf zerbrechen, wer dieser Harry war. Sowtschick erlaubte es den beiden, daß sie ihm seine Post vorlasen. – Aus dem Brief einer alten Dame, die ihm Apfelessig empfahl für seinen schwachen Magen, machte er sich eine Papiermütze, was nicht sehr lustig war, aber die Mädchen krümmten sich doch. Traurig machend war der Brief einer Freifrau von Bodenhagen: Sie sei neulich in Sassenholz gewesen, um ihren beiden reitlustigen Töchtern (sechzehn und achtzehn) ihren Lieblingsschriftsteller zu zeigen. Sie hätten im Gasthaus gesessen und den Wirt um Vermittlung gebeten, nur eben mal reinschauen zu dürfen. Sowtschick erinnerte sich genau daran, wie er aus dem Mittagsschlaf gerissen worden war und: «Nein!» ins Telefon geschrien hatte. Er sei für niemanden zu sprechen. Und das war in den Tagen seiner äußersten Einsamkeit gewesen! Reitlustige Töchter! Es gibt Dinge, über die man sich schwarz ärgern kann.

Um die Mädchen zu unterhalten, las er ihnen aus einem Aktenordner, auf dem «Kurioses» stand, sonderbare Briefe vor, von verwirrten Menschen, Anbiederungen, Beschimpfungen und Vorschlägen zur Welterneuerung. Es verging kaum eine Woche, in der er nicht Angebote zur Zusammenarbeit bekam, auf der Basis fifty-fifty: «*Ich* habe eine Menge erlebt, und *Sie* können gut schreiben, machen wir doch fifty-fifty ...»

«O Gott, sind die alle fertig», riefen die Mädchen und langten sich den Ordner und fingen selbst an, darin zu lesen.

«Werdet ihr mir denn auch mal schreiben?» fragte Sowtschick.

«Wir werden uns hüten», riefen die Mädchen. Wer könne denn wissen, wer dann diese Briefe vorliest?

Für sie kam selten etwas. Adelheid erhielt mal eine grüne Behördensache, und beide bekamen Karten von den Eltern: «Viele Grüße aus Badgastein». Ob es ihnen gutgeht, wurde gefragt und: «Was macht der Dichter?»

Einmal kriegte das Löwenheckerchen einen französisch frankierten Brief, der wurde mitnichten vorgelesen bei Tisch, mit dem wurde türenschlagend nach oben gerast.

Als Sowtschick am nächsten Tag, wie er es gelegentlich tat, die Zimmer revidierte, sah er, daß in Gabrieles sich allmählich dem Chaos annähernden Zimmer das Foto eines schwarzlockigen, unrasierten Jünglings stand. Es war ein Schnappschuß, der den Liebsten vor einer Kathedrale zeigte, schräg von unten aufgenommen, mit Tauben im Hintergrund. – Den Brief selbst konnte Sowtschick trotz vorsichtigen Anhebens von allerhand Papieren nicht ausmachen.

Gern saßen die drei auch in der Laube. Hier machte sich der leiseste Windhauch angenehm bemerkbar.

Vom Haus her waren knallende Geräusche zu hören, da arbeiteten die beiden jungen Schlosser, braungebrannt, muskulös. Der eine sang gern; sein liebstes Lied (mit allen Strophen) war: «Üb' immer Treu und Redlichkeit». Der andere war mehr fürs Radio, der stellte die schlimmsten Schlager ein. Wenn das geschah, dann mußte Adelheid in den Keller gehen, zwei Flaschen Bier heraufholen und sie bei den Leuten gegen das Abdrehen des Radios eintauschen.

Adelheid las gewöhnlich in der «Physiologischen Chemie» oder in einem Kochbuch, und Gabriele strickte. Beide machten sich Zöpfe, weil Sowtschick Zöpfe mit fünfzig Pfennig honorierte pro Tag: Und ewig währen die Tage der Liebe.

Die Hunde lagen meistens neben der Laube, sie hatten ein Auge auf die Kaninchenterritorien, aber da rührte sich selten was. Wahrscheinlich wurde in den feucht-finsteren Katakomben mal wieder Nachkommenschaft geworfen oder gezeugt. Oder beides gleichzeitig. Bussard und Fuchs warteten schon.

Einmal pro Tag erschienen die Pferdemädchen mit ihrem Pony. Sie abzupassen war gar nicht so einfach, denn sie hielten sich an keinerlei Zeiten, und Sowtschick ärgerte sich, wenn es ihm nicht gelang, schnell genug an die Pforte zu kommen. Sowtschick nannte sie seine «Raubritter». Er bedauerte das Tier, was die Mädchen darauf brachte, ihm zu zeigen, was es alles aushält. Einig war man sich in der Beurteilung des Jägers Budweis. Der hatte den Mädchen schon mehrmals verboten, durch den Wald zu reiten. Richtig unheimlich sei er ihnen, sagten sie, und sie überlegten, ob sie ihm nicht mal irgendeinen Streich spielen könnten.

Wenn Sowtschick so über die Brombeerhecke zu ihnen sprach, dann war ihm das eigentlich ziemlich lästig, die stechende Sonne und jede Menge Wespen, und er dachte immer: Wie schön wäre es, wenn ich jetzt in Ruhe bei den großen Mädchen in der Laube säße. Aber wenn er bei den Großen saß, dachte er, wenn doch die beiden Raubritter mal wieder kämen.

Auch Erika war immer irgendwie da. Meistens saß sie in der alten Kinderhöhle von Michael und Susi, oder sie kletterte auf Bäume. Manchmal machte sie auch den Clown, ließ sich auf alle viere nieder und spielte Schafbock mit den Schafen. Dies tat sie aber nur, wenn ihr jemand dabei zusah. Sie hatte sich im Laufe der Zeit die Höhle urtümlich eingerichtet, mit alten Decken und Stroh. Am liebsten hätte sie es gehabt, wenn die anderen, also vor allem Sowtschick, sie dort mal besucht hätten. «Wann kommst du tau mi?» fragte sie, und sie puffte Sowtschick in die Seite, weil der sie allzu auffällig vertröstete.

Sowtschick in der sommerlichen Laube, die Hände behaart, das Kettchen um den Hals: Er sah sich Gabrieles Strickmuster-Skizzen an, mit den Kreuzen und Punkten, und er dachte an seinen Roman, das heißt daran, daß er an ihn denken müßte. Doch der Besänftiger in ihm lieferte ausreichend Argumente fürs Nichtstun. Auch der regsamste Geist bedarf der Ruhe, und wenn er jetzt mit Marianne in Frankreich säße, dann könnte von Arbeit ja auch keine Rede sein.

Sowtschick freute sich an den Mädchen: braungebrannt mit dunkleren Sommersprossen, und wie beschreibt man dieses Haar? Warum es beschreiben? ... Es reicht, daß es sich in Sowtschicks Laube befand, auf Sowtschicks Grundstück, und zu Zöpfen geflochten, zu fünfzig Pfennig pro Tag.

Es behagte Sowtschick, daß die Mädchen sich darüber amüsierten, daß seine Hemdsärmel hochgenäht waren – seine Einlegesohlen erregten krümmende Heiterkeit. Warum er denn immer in Weiß herumlaufe, fragten sie ihn, dunkel stünde ihm doch viel besser, und wenn er sich dann ein schwarzes Hemd anzog, dann sagten sie: So dunkel nun auch wieder nicht.

Sein starker Bartwuchs und die behaarten Arme rissen manches heraus.

Morgens früh joggten sie durch den Garten, das Löwenheckerchen konnte wahnsinnig schnell rennen, die Hunde liefen voraus, und die Kaninchen kollerten, zu Tode erschrocken, um die Ecke. Fast hätte Sowtschick sich sogar mal daran beteiligt. Hiervon hielt ihn das Foto vom strauchelnden Präsidenten Carter ab.

Danach gingen sie dann schwimmen. Gabriele war beim Laufen vornean, Adelheid beim Schwimmen. Daß sie sich vorher nicht duschten, war anzunehmen, und daß sie hinterher den Rest-Room nicht aufräumten, war die Regel. Die feuchten Laken über die wertvollen Knoll-Sessel hängen, das hatte Sowtschick nicht so gern.

Sie liefen, sie schwammen, sie lagerten unter den Bäumen, bissen in Äpfel und lasen, oder sie saßen, wenn es draußen zu heiß war, in der Bibliothek auf dem Teppich mit untergeschlagenen Beinen: mitunter direkt auf dem Kreidestrich, der Sowtschicks Reich von dem «des Pöbels» abgrenzte.

Milch holen beim Bauern, und «popofrische» Eier, mit dem Auto natürlich, obwohl es mit dem Fahrrad genauso ging – was die so fragen, und der Briefträger ist nicht so leicht abzuwimmeln, besonders, wenn ihm im Bikini die Tür geöffnet wird: Tempotaschentücher in der Waschmaschine geben lustigen Effekt, und wer die Küchenfenster offenstehen läßt, muß sich nicht wundern, wenn die Katze den Schinken holt.

Sie standen übrigens auch bei den Schlossern, die beiden Mädchen, es mußte ja furchtbar sein, in dieser Hitze zu arbeiten. Auch wenn sie wegen der Schweißblitze woanders hingucken mußten, so nahmen sie doch das durch und durch Männliche in dieser Tätigkeit wahr.

Das Zusammensein mit den Mädchen hatte nicht nur angenehme Seiten. Aus der Zeitschrift «Form» hatten sie Bilder ausgeschnitten, Sowtschicks Handbuch der Ikonographie, von Adelheid nachts im Garten liegengelassen, konnte weggeworfen werden (neunundvierzig Mark und achtzig), und die beiden Biedermeiergläser, die in die Spülmaschine geschichtet waren und für immer erblindeten, ließ man besser verschwinden (zweihundertfünfzig Mark), das hätte Marianne nie verwunden.

Die Halle mußte auch mal wieder gesaugt werden und gewischt. Das taten die Mädchen, wenn Sowtschick es ihnen dreimal sagte. Den Staubsauger und den Eimer mit dem Schmutzwasser ließen sie dann allerdings stehen, den konnte man ja ein andermal wegstellen.

Jedes Mädchen hatte sich in dem Haus «Mäusenester» angelegt, mit Strickzeug, Bonbonpapier und Schreibkram und anderen aus den entlegensten Winkeln zusammengesuchten Gebrauchsgegenständen, wie zum Beispiel Mariannes elfenbeinernes Stopfei. Die chinaroten Jugendstilstühle des Teezimmers, extravagant und zerbrechlich, hatten sie vor den backofenartigen Rustikal-Kamin gestellt, und Sowtschicks Schallplatten, sonst nach Hörvorlieben geordnet, lagen auf dem Flügel übereinander, zum Teil ohne Hülle! Und ob das wirklich gut ist für die Hi-Fi-Anlage, wenn sie die ganze Nacht über angelassen wird und laut und lauter vor sich hin brummt, ist eben doch die Frage.

Warum er denn eigentlich keinen CD-Spieler hat, wurde er gefragt. Auf den Dingern könne man rumtrampeln, ohne daß die kaputtgehen.

Fremdartig mutete Alexander auch sein Badezimmer an. Obwohl er deutlich gesagt hatte: «Das da drüben ist euer Badezimmer, dieses hier ist meins», fand er seine Zahnpastatube anders ausgedrückt als gewöhnlich (vorn, statt hinten), der Rasierpinsel stand auf dem Rand der Badewanne. Mit seiner Dauerrasierklinge, dies war herauszubringen, hatte sich Gabriele die Achselhaare ausrasiert. Gesichtswasser mit schmutzigen Wattepads, Shampoo und eine Seifenschale voll Haarspangen und Gummibändern.

«Kann mir mal einer sagen, was dieser Pullover im Kühlschrank zu suchen hat?»

Um das Chaos nicht ausufern zu lassen, «zur Aufrechterhaltung der Ordnung», wie Sowtschick sagte, wurden ab und zu Hausbegehungen veranstaltet. Die Mädchen mußten einen Wäschekorb hinter ihm hertragen, und dahinein tat Sowtschick alles, was umherlag. Ursprünglich hatte er vorgehabt, das Zeugs dann wegzuschließen, aber daran hinderte ihn das Löwenheckerchen mit ihrem festen Kindergriff. Nein, die Kassette mit den «Summer-Hits» gab sie nicht her.

Im übrigen hoben die Hausbegehungen die Stimmung eher, als daß sie sie dämpften. Sie werden nach Hause schreiben, er ist gar nicht so, dachte Sowtschick, und tatsächlich, den herumliegenden Tagebüchern und Briefen konnte er entnehmen, daß sie zufrieden waren mit ihm. Als «flockig» bezeichneten sie ihn, und das war ja wohl positiv zu bewerten. Etwas enttäuscht war er, daß das Haus mit all dem raffinierten Komfort in diesen Aufzeichnungen keine größere Rolle spielte. Das Haus sei echt toll, war zwar zu lesen, das Schwimmbad total ätzend, aber sonst war viel von Ralli die Rede, «der ja so gemein ist», und daß die beiden, wenn das hier vorbei ist, noch zehn Tage Juist dranhängen wollten.

Noch zehn Tage Juist dranhängen? Das verletzte Sowtschick.

Wie konnte man in diesem Haus und in seiner Gegenwart an etwas anderes denken als an das erregende Heute?

Die Mädchen nahmen die Vorhaltungen, in die sich Sowtschick, wenn er sich nicht in acht nahm, hineinsteigerte, ungerührt entgegen, das tropfte an ihnen ab. Sie ließen sich gern an ihre Pflichten erinnern, und ab und zu richteten sie sich sogar danach. Regelmäßige Gespräche und regelmäßige «In-Ruhe-Lassungen» sorgten dafür, daß Vergleiche, die die Mädchen zwischen ihren Eltern und Sowtschick anstellten, für den Hausherrn positiv ausfielen.

Beunruhigend war es, daß das singende, springende Löwenhekkerchen Gedichte schrieb. Der Schreibblock fand sich tagsüber wie unabsichtlich abgelegt auf Sowtschicks Flügel, ob das was ist, sollte er wohl prüfen. Es war ein Stenoblock, die Seiten mit einem roten Strich geteilt. In diesen Gedichten tropfte eisige Zeit ins Meer der acrylfarbenen Schwermut, und abgestandene Sonne hing über dem Schilfrohr erdfarbener Ewigkeit. Auch saurer Regen kam reichlich darin vor, und Strontium.

Dieses Hobby würde ihm noch zu schaffen machen, das war Sowtschick klar, aber er beschloß, sich einstweilen nichts anmerken zu lassen. Wenn sie ihn direkt um ein Urteil angehen würde, dann würde er sagen, daß der rote Strich auf dem Stenoblock eine Herausforderung sei. Sie sollte versuchen, «Nebengedichte» zu schreiben, von der linken auf die rechte Seite überzuwechseln. Irgendwie. (Dergleichen könnte man vielleicht selbst mal versuchen.)

Was die praktische Adelheid betraf, so fand Sowtschick jetzt des öfteren sein Bett frisch bezogen oder gar dreieckig aufgedeckt. Manchmal war ein Lolli auf dem Kopfkissen deponiert oder gar ein Zettel: Ich mag dich.

Gelegentlich war sie in der Speisekammer aufzuspüren, wo sie mit ihren festen Fingern Heringe aus der Dose aß. Manchmal saß sie auf dem Rasen und zeichnete die grüne Laube ab mit ihren weißen Sprossen, den hellroten, daran aufkletternden Rosen und der schwarzen Omorika dahinter, unschuldig-einfach. Sowtschick sah ihr dabei zu. Sie saßen dann nebeneinander, Sowtschick eine Blume hinterm Ohr und Adelheid mit aufflauschendem Rock. Er schaute ihr zu und tippte auf ihren Zeigefinger und rieb ein wenig daran, und sie zog ihn *nicht* fort, sondern hielt gegen, weshalb Sowtschick ihr denn auch eines schönen Tages im Weggehen einen leichten Kuß auf das Haar drückte.

Die Fotos von dem Inder waren so gut geglückt, daß die Mädchen ebenfalls fotografiert werden wollten. Das ließ Sowtschick sich nicht zweimal sagen. Er kaufte Filme, und dann spielte er «Blow up» mit Mikro- und mit Makroobjektiv, schräg von unten oder auch mal mit den Schafen im Hintergrund. Ganz nah ging er ran: ein Ohr mit goldenen Löckchen, eine entblößte Schulter oder auch, mit Teleobjektiv, Körperteile, die mit Porträtfotografie nicht eben viel zu tun haben.

Bei dieser Arbeit konnte viel «du» gesagt werden, es kam zu Körperkontakten, und weil alles so gut gelang, nahm Sowtschick die beiden auch mal in den Arm, was sie nicht von sich wiesen. Einzig störend war bei diesen Unternehmungen das Mädchen Erika, das mit einem Gummiband Haselnüsse verschoß.

Die Dorfjugend – «total bematscht» – sprach von Sowtschicks «Harem». Ab und zu ein helles Lachen der von Gott geschaffenen Mädchen, das war alles, was sie vom Zaun aus mitkriegte. Deshalb mußten «die Idis» schon *sehr* peilen, was darin gipfelte, daß sie die Mofas laufen ließen und auf Sowtschicks schönen Zaun stiegen.

«Ist was?» rief er den jungen Burschen zu, die «Watt schall sin?» zurückriefen und nur widerwillig abstiegen von ihren Aussichtsposten.

Dieser geile Bock, mochten sie denken, uns läßt er nicht einmal schnubbern . . ., und mit ihren Bierdosen machten sie Zielwerfen nach den Gartenlampen.

Ansonsten hatten alle etwas davon, daß in Sowtschicks Haus Jugend eingezogen war, die Hunde, die das Fragende in ihrem Blick verloren hatten: jeden Tag wurden sie gebürstet, und ein rotes beziehungsweise blaues Schleifchen trugen sie, die Schafe, die regelmäßig umgepflockt und mit frischem Wasser versorgt wurden (die dankbaren Tiere bekamen sogar einen Sonnenschirm hingestellt), und der Klavierstimmer: Dieser Mann, der auch in den heißesten Tagen ganz in Schwarz ging und ein Schappiskäppchen auf der Glatze trug, konnte es wieder einmal loswerden, daß auf jeder der zweihundertdreißig Saiten neunzig Kilo Spannung lasten (eine Information, die Sowtschick nicht mehr hören wollte).

Sogar Hessenberg, am Telefon, nahm auf seine Weise Notiz von den Veränderungen im Haus seines Autors. Ob Frau Sowtschick bald wiederkommt, wollte er von Gabriele wissen.

Die drei rauften sich zusammen, wie Sowtschick in sein Tagebuch schrieb: «Wir haben uns zusammengerauft.» Wenn er Klavier spielte, dachte er nicht mehr daran, ob ihnen das gefällt, was er da spielt, und den beiden Mädchen verschmolz der silberne Klang des Instruments mit dem Plätschern des Brunnens und dem Tuckern eines fernen Treckers. Sie schwammen den Schwimmgang hinaufhinunter, sahen Fernsehfilme oder saßen in der Laube und sprachen über Gott und die Welt, das heißt über Schule und Elternhaus und über Amerika, wo die Leute statt «Goddam» «Gosh danged» sagten, und statt «fuck» «fudge». Gabriele strickend, Adelheid lesend. Das blonde Haar: Am schönsten war es, wenn es etwas fettig war, goldenhell, Bosnien-Herzegowina, Salz und Brot.

Dieser einzige Sommer, dachte Sowtschick und nahm die Zeitung auf. Ich werde an ihn zurückdenken und werde sagen: Ich bin sehr glücklich gewesen.

Sie machten ihm in der Tat zu schaffen, die Gedichte. Wenn Sowtschick morgens, als «Frühstückskönig», wie ihn die Mädchen schon sehr bald nannten, friedlich seine Zeitung las, dann näherte sich das Löwenheckerchen bereits mit einem geweihten Blatt Papier in den Händen. So wie die Pferdemädchen einen großen Kreis um Sowtschicks Haus herum beschrieben, so umkreiste Gabriele ihn im Hause selbst, erheblich enger und in entgegengesetzter Richtung und ohne mit den Hängeglöckchen zu klingeln. Sowtschick wußte: Es ist sinnlos, sich zu verstecken. Ich werde sie empfangen müssen und mir ihren Quark ansehen.

In jedem Film wären aus so einer Szene Funken zu schlagen: Der alternde Schriftsteller, mit halber Brille auf der Nase, und Deutschlands Jugend in braungebrannter blonder Sportlichkeit davor, stehend, in einem weißen Leinenkleid mit himmelblauen Punkten? – In der Realität sah das aber anders aus. Es war kostbare Dichterzeit, die hier vertan wurde. Sowtschick, der sich darauf vorbereitet hatte, weißes Papier zu befruchten, damit sich das große hölzerne Rad der abendländischen Kultur knarrend weiterdreht, mußte seine auf das Höchste gerichteten Energien an Niederes vergeuden.

«Nun?» fragte er das Mädchen, nach einer Zehntelsekunde des Zögerns und sich älter gebend und fremd.

«Ich hab hier mal 'ne Frage», wurde ihm geantwortet, und dann reichte sie ihm das Papier, und er mußte das durchlesen, was ihr wieder mal «so zugeflogen» war.

Meistens kam er damit durch, daß er sagte: «Aha» und «gar nicht schlecht». Aber: «Samendes All...?» Ein solcher Ausdruck wäre vielleicht doch etwas gewagt, dächte er. Aber nein, eigentlich doch nicht so schlecht. Sogar gut irgendwie. Dann sprang das Löwenheckerchen fröhlich davon, an alle Glocken stoßend, um weitere Zeilen aus Worten zusammenzufügen, was gewöhnlich etwa zwanzig Minuten dauerte. Dann näherte sie sich wiederum vorsichtig, und Sowtschick konnte die Ohren spitzen wie er wollte, er nahm sie erst wahr, wenn sie hinter ihm stand.

Schließlich fiel ihm einiges ein, um sie dauerhafter von sich fernzuhalten. Er drückte ihr Gedichtbände in die Hand, Arno Holz und Majakowski, und ersuchte sie um Interpretation «heut abend», oder er schickte sie nach oben, die Entwürfe ihrer Gedichte holen, die natürlich gar nicht existierten, da alles, was sie schuf, «aus einem Guß» war, wie sie sagte.

Die Sache mit den Nebengedichten hatte nur ein einziges Mal funktioniert. Wie über einem Kreuzworträtsel hatte sie gesessen und ein doppeltes Gedicht produziert, eine Art Negativ zum Positiv. Das sei so, als ob man einen andern Gang einlegt, hatte sie gesagt, und Sowtschick erfand in der sich daran anschließenden Besprechung zum Unterbewußtsein noch ein «Nebenbewußtsein» und daß das Unterbewußtsein vom Nebenbewußtsein aus gesehen wie eine Hauptbühne wirke, die sich der Autor selbst vom Zuschauerraum aus mit Handlung füllt. Wundervoll! Doch schon am nächsten Tag war das Heckerchen zur erdigen Ewigkeit zurückgekehrt und zum samenden All, was Alexander nicht wenig verdroß.

Um endlich Ruhe zu haben, faßte Sowtschick die Sache am dritten Tag grundsätzlicher an. Sobald sie auftauchte, sagte er: «Ah, Gabriele, da bist du ja!» Er drückte ihr eine Polaroidkamera in die Hand und gab ihr den Auftrag, die windschiefen Hütten zu fotografieren, die in der Sassenholzer Börde auf allen Wiesen standen, zum Schutz für das Vieh, wenn's regnet; romantisch und phantasieanregend. Immer schon hatte ihn daran das Verwilderte, halb Zerstörte gereizt und, warum denn nicht, vielleicht könnte man ja einen Bildband davon machen, gemeinsam, fifty-fifty sozusagen, «Behausungen», das wäre doch ein guter Titel? Oder: «Windschutz».

Um sie nicht so bald wiederzusehen, gab er ihr gleichzeitig den Auftrag, die Bilder mit einem Spezialkleber auf Karton zu kleben und kurze Texte darunter zu schreiben. Hierfür gab er ihr den Wehrle-Eggers, und er legte ein Lesezeichen ein zum Wortfeld «Haus». Mal von Grund auf die Sache angehen, Haus, Hütte, Katen, Bude, den Unterschied mal abschmecken. Vom Bild und von der Sprache her alles ausloten und das dann komponieren und komprimieren und zum Gedicht erhöhen mit An-, Auf-, Hinter- und Nebenbewußtsein.

Gabriele rannte wie rasend nach oben, zog sich stilgerecht an und brauste ab in die flimmernde Natur. Daß recht viele Viehunterstände bereits morsch seien, hoffte sie, je mehr in sich zusammenfällt, desto interessanter fürs Dichten. Mit heiler Welt läßt sich nicht viel anfangen.

Sowtschick setzte sich in den Innenhof und freute sich: Mindestens zwei Stunden Ruhe waren ihm geschenkt. Nächste Woche könnten Hochspannungsmasten folgen und übernächste Woche Zäune. «Kalatschnikoff, Kladatschnikoff», sagte der sibyllinische Brunnen.

Die Kanalschwimmerin machte keine Gedichte. Sie stand gern bei den muskulösen Schlossern und ließ sich erklären, wie man schweißt. Die Schlosser arbeiteten in dieser Hitze mit bloßem Oberkörper, ölig, ein bißchen so wie Body-Leute: Daß das prima

Typen wären, sagte sie zu Sowtschick, der eine besonders, Egon heiße der. Daß er sich so viel Zeit nimmt für sie und ihr alles erklärt! «Man nimmt den Schweißdraht in die Linke...», sagte sie und versuchte, Sowtschick das beizubringen, was sie grade eben gelernt hatte. Oben bei Michael fand sich ein Lötkolben, ein fehlgegangenes Weihnachtsgeschenk aus alten Tagen. Den überreichte er ihr. Da aber das Lötzinn fehlte und die ganze Sache auch nicht funktionierte, blieb es beim Theoretisieren.

«Gehn wir ein Stück», sagte Sowtschick und ließ seinen Roman im Stich. «Mens sana in Campari-Soda... Ich muß sowieso gehen, und dir tut das auch mal gut.»

Sie machten zunächst ein paar Runden durch den Garten, und er zeigte ihr die größten Maulwurfshaufen Europas und machte ihr vor, wie wundervoll es ist, die Disteln auf dem Weg mit den Hacken auszutreten. Und dann wies er auf die Stelle, wo später einmal das Mausoleum hinkommt, der sechseckige Grabpavillon mit den «Bronzereliefs», auf denen sein Werdegang visualisiert werde, so ähnlich wie der Krieg '70/71 auf dem Sockel der Siegessäule in Berlin.

Sie verließen das Grundstück, von Hunden umsprungen, und gingen in den Wald, jeder einen Zweig als Fliegenklatsche flagellantisch in der Hand.

Daß sie ihm dann später mal eine Wetterfahnenkonstruktion für das Mausoleum schweißen müsse, sagte er, und zwar dächte er sich das so, daß zwei Fahnen übereinanderstehen, die sich mittels eines originellen Mechanismus immer gegeneinanderwenden, Natur und Geist darstellend, die ja leider, leider immer Gegensätze sind. Auch im Menschen! Das Fleisch, das nicht willig sei, zum Beispiel, oder doch, grade, das pulsend nach anderem Fleisch verlange, und der Geist müsse dann sagen: Nein, sei vernünftig, laß das, das führt zu nichts.

Die Hunde liefen mal vor und mal zurück, die hatten keine solchen Probleme, lebendige Kreaturen, lebenslustig und gesund. Obschon, Geist? So ganz dußlig waren sie auch nicht.

Im Wald war es, wie immer, menschenleer. Und das hätte für einen Film auch eine interessante, den Zuschauer erwärmende

Einstellung abgegeben, die hohen steilen Bäume, elastisch sich wiegend, und die beiden Menschenkinder, klein dazwischen hinschlendernd. Nur, daß in der Realität alles noch viel schöner war, abgesehen von der Hitze und den Fliegen.

Sie erzählten sich gegenseitig, wie sehr sie die Natur lieben, und wie gemein es ist, Füchse zu vergasen, und dieselben Leute, die das tun, beklagten sich hinterher, daß es zuviel Kaninchen gibt. Sowtschick hatte schon mal einen Dachs gesehen. Er wußte, wieviel Gramm Insekten eine Blaumeise mittags um elf Uhr gefressen haben muß, sonst geht sie zugrunde, und daß die Kaninchen sogar im schwangeren Zustand noch empfangen können. Er sei mal neugierig, wann die ersten Waschbären hier auftauchen, von irgendeinem Idioten ausgesetzt, in Hessen. Dann ade, ihr Waldvöglein.

Adelheid repetierte, daß Schweine dem Menschen näher verwandt sind als Kühe.

Das merke man irgendwie, sagte Sowtschick, die rosa Haut und die blauen Augen ...

Ein Bauer begegnete ihnen auf dem Trecker, der fuhr mit einem ziemlichen Tempo dahin, tippte an die Mütze und machte auch sonst irgendwelche Zeichen, die von den beiden jedoch nicht weiter beachtet wurden.

Kurz darauf kamen die Pferdemädchen daher. Sabine ritt, Rita strampelte. Daß ihnen hier der Dichter über den Weg lief, war eine gute Gelegenheit, das Pony sich bäumen zu lassen.

Daß es mächtig heiß ist, wurde gesagt, und ob er mal reiten will?

Sowtschick lehnte ab, er wolle nicht den Rest seines Lebens an Krücken gehen! Dafür schwang sich Adelheid auf das Tier, der mollige Po, und sie ritt ein Stück in rappelndem Trapp, wendete und kam wieder zurück. «Herrlich! So warm und so lebendig!» sagte sie, und dann wurde das Pro und Contra eines Pferdekaufs erörtert, während die Pferdemädchen sich davonmachten.

An der Schneise nach Hamersiek, wo eine Eichenschonung angelegt worden war von Leuten, die Kiefern satt haben, kletterten sie auf einen Anstand. Sowtschick war in Sorge, was Budweis, der Jäger, wohl dazu sagen würde, wenn er hier jetzt vorbeiginge. «Was denken Sie sich eigentlich...», hörte er ihn sagen, «wie kommen Sie eigentlich dazu, hier auf meinen Hochsitz zu klettern?»

Die Hunde legten sich in den Schatten und jappten.

Da oben wehte ein frischer Wind. Eigentlich gemein so ein Anstand, früher die Neandertaler, die seien dem Wild noch mit der bloßen Faust entgegengetreten! Darüber sprachen sie. Aber deshalb seien sie vermutlich auch ausgestorben...

Und Adelheid erzählte von ihrem Lieblingsschlosser, daß der so gern in die Disko geht und sie bereits gefragt hat, ob sie mal mitkommt. Aber sie habe eigentlich keine Lust. Sie sei auch schon ein bißchen aus dem Alter raus. Ohne Gabi gehe sie jedenfalls nicht.

Sowtschick stand auf dem Anstand wie ein Kapitän auf der Kommandobrücke. Er blähte die Nasenflügel, um etwas von dem ätherischen Aroma des Forstes mitzukriegen und von der speziellen seifigen Frische des jungen Körpers neben sich. Daß der Wind ihren Rock an seine Waden schlug, war eine elektrisierende Sensation.

Sowtschick wollte gerade wieder davon anfangen, wie schlimm es ist, daß Natur und Geist so auseinanderklaffen, da standen die Hunde plötzlich auf. Es war kein Reh, das sie auffahren ließ, es war mehr so, als bekämen sie Angst. Sie winselten und verdrückten sich. Budweis, der Jäger? Nein. Aus dem Dickicht brach ein großer, schwerer Mann hervor in Trainingsanzug mit verdrehten Augen, Zweige und Geäst beiseite schaufelnd. Der hirngeschädigte Sohn des Schulmeisters war es! Mitten auf dem Weg blieb er stehen, direkt unter dem Anstand, er schnubberte, wußte wohl nicht weiter. Dann quetschte er sonderbar brummelnde, quietschende Laute aus seiner Kehle und schnaufte. Offenbar hatte er sich befreien können aus seiner Gruft, war aus dem Haus entwichen, an diesem schönen Tag, und in den Wald gerannt. Vermutlich suchte man ihn schon überall.

Sowtschick duckte sich rasch hinter die Brüstung und zog auch das Mädchen zu sich herunter. Durch ein Astloch beobachtete er den Mann, den er hier zum ersten Mal zu sehen bekam, leider in freier Wildbahn!

Flüsternd informierte er das erstarrte Mädchen, daß dies an sich ein harmloser Mensch sei, aber man kann ja nie wissen... Er hielt sie nieder in der Hocke und ließ seine Hand auf ihrer Schulter liegen, damit sie nur ja keine unvorsichtige Bewegung macht. Beide beobachteten durch Ritzen zwischen den Schalbrettern hindurch, was nun weiter geschehen würde.

Der Mensch da unten «verhoffte», so muß man es wohl ausdrükken, er mochte seine Flucht bereits bedauern, falls sein geschädigtes Hirn solche Regungen zuließ. Nun sah er den Hochsitz, und er taumelte darauflos. Adelheid barg sich an Sowtschick, der sie gleichzeitig an sich heranzog, dem war auch nicht so ganz wohl.

Das Ungetüm packte die Leiter und schickte sich an, hinaufzuklettern. Da konnte Adelheid nicht anders, sie schrie auf! Das verdutzte den da unten, oh! Was ist denn das! Er hielt einen Augenblick inne, um sich dann zu sputen und desto schneller die Sprossen zu nehmen. Ein freudig-gieriger Ausdruck spiegelte sich auf seinem fleischigen Gesicht. «Ich komme schon!» schien er rufen zu wollen, und er mochte meinen, daß er da oben hochwillkommen sei.

Sowtschick drückte die Leiter mit dem Fuß ab. Er hielt sich an einem Pfosten fest und gab dann der Leiter mit dem darauf emporkletternden Fleischhaufen einen Schubs. Sie kippte nach hinten weg, und der Mensch fiel ins Gebüsch und blieb dort klagend liegen. Klagend: nicht, weil er sich weh getan hätte, sondern weil er wieder einmal zurückgestoßen worden war von blonder braungebrannter Sportlichkeit.

Im Gebüsch lag er als großer schwarzer Klumpen, und er schnaufte. Dies Schnaufen schien einen Augenblick schwächer zu werden, doch dann intensivierte es sich rhythmisch. Es war deutlich zu sehen – das war es, was Sowtschick an Robby, dem Rüden, so haßte –, daß in dieser Kreatur das Fleischliche noch sehr lebendig war und nun Oberhand gewann, und Adelheid bemerkte das auch, und sie bekam, obwohl sie doch Medizin studierte, einen roten Kopf.

Ehe noch die Dinge sich zuspitzten, kam der Trecker zurück, mit dem Bauern, dem sie schon begegnet waren. Er hatte den Schulmeister geholt, der hinter ihm stand im Führerhaus und sich festhielt. Nun sprang er ab und hieb auf seinen Sohn ein. Der erhob sich weinend und umarmte den Vater, der jedoch weiter auf ihn einprügelte. Endlich fuhr die Gesellschaft davon.

Gott des Himmels und der Erden! Du bist unsere Zuflucht für und für... Gerettet! Aber noch nicht ganz! Die Leiter lag im Gebüsch.

Nun wollte Sowtschick zeigen, daß er beim Militär was gelernt hat, er begann hinunterzuklettern, das heißt, er tastete mit seinem Fuß unterhalb der Kanzel nach einem Halt. Das aber duldete Adelheid, die auf ihn herabblickte, nicht, runterklettern, das konnte sie schließlich auch, und sie schaffte es, rutschte den Ständer hinunter und stellte die Leiter an für Sowtschick, der sich nun «trockenen Fußes», wie er sagte, in Sicherheit bringen konnte. Daß Adelheid sich die Haut abgeschürft hatte, war irgendwie selbstverständlich. Die Hautabschürfung wurde besichtigt, und dann machten sie, daß sie nach Hause kamen, irgendwie reicher als zuvor. Unterwegs stellten sich auch die Hunde wieder ein, freudig, wie immer.

Die Schlosser machten grade Mittag, die monierten die trockene Luft, wofür sie von Adelheid einen Korb von Sowtschicks Bier bekamen.

Ob sie schon gehört hätten, daß der Schulmeistersohn sich losgerissen hat? wurden sie gefragt. – Nein, das hatten sie nicht, sagten sie, und sie fanden das sehr interessant.

Drinnen war bereits Gabriele vorhanden, die die beiden fremd anguckte, als sie ihr das schreckliche Erlebnis erzählten. Was ist das, was man ihr da erzählt? Solche Gruseldinge, wo sie sich schließlich mit Geistigem auseinandersetzt? So war das ja immer, für das, was sie macht, interessiert sich ja kein Mensch.

Essen? Ach ja. Sie kommt gleich, sie muß eben noch die Fotos aufziehen.

Bei gummiartigen Spiegeleiern, auf verbranntem Speck, beugten sich die drei dann über die Fotos der verschiedenen Katen, windschief, bemoost, von Brennesseln umwachsen.

Das Dach wünscht sich
Menschen,

die es in seinem Leib
bergen kann

hatte das Löwenheckerchen unter eines der Bilder geschrieben. Das wurde als das beste Ergebnis gekürt und an die Küchentür geheftet. Nachdem das geschehen war, fragte sie: «Und was war das, was ihr da erlebt habt im Wald?»

Die beiden Mädchen wollten in die Disko, das war offensichtlich. Das Gespräch beim Abendessen war fröhlicher als nötig. Und als der Tisch abgeräumt war, wurde Sowtschick gefragt, ob er heut nicht fernsehen will? Da gibt's doch bestimmt einen tollen Film nach dem andern? Freitags? «Gefahr aus dem All», wär das nicht was? Und außerdem im Dritten die Talk-Show mit Evamaria Deutsch? Sie schlugen ihm die Rundfunkzeitung auf und fragten, ob sie ihm das Schöne mal alles anstreichen sollen? Sie klopften ihm auch die Kissen auf in seiner Lotterecke – ein bißchen war es so, als ob sie ihn töpfen wollten –, stellten ihm Gin Tonic hin und eine Tüte mit Chips und fragten ihn, ob er sonst noch irgend etwas braucht?

«Ja», sagte Sowtschick, «ein Sabberlätzchen bitte noch vorbinden.»

Dann zogen sie sich diskogerecht an. Ein Auto fuhr vor, und in die Halle drangen männliche Stimmen ein. Die beiden Schlosser waren es, die nun hier in Sowtschicks Haus als Kavaliere einen anderen Status einnahmen. Alles ging sehr schnell, Türenschlagen, lauter als nötig, das Abfahren eines Autos, und dann kam Stille angewabert, glitt von einem Zimmer ins andere und trennte Sowtschick von der Welt.

Sowtschick saß und starrte vor sich hin. So war das also, so schnell ging das! Abgemeldet war er, abgestellt, abgelegt... Aus einem Blatt Papier kniffte er ein Flugzeug und ließ es in die Gegend gleiten. Noch eins und noch eins. Und während er die Papierflugzeuge fliegen ließ, versuchte er sich vorzustellen, was jetzt in der

Disko geschah: von allen Seiten Autos mit jungen Leuten und mit Mädchen aus der Stadt und vom Acker, an der Kasse wird ihnen die Hand gestempelt und drinnen der tosende, stampfende Lärm mit der tosenden, stampfenden Jugend.

«Sollt ich das nicht!» sagte Sowtschick und ließ wieder ein Papierflugzeug in die Gegend zischen. Er stellte sich vor, er hätte die Mädchen begleiten müssen, die befremdeten Blicke: «Na, Opa?» Aus und vorbei.

Andererseits – Disko? Ein bißchen mehr Geschmack hätte er den Mädchen schon zugetraut. In dem Alter! Sie wollten mal alles vergessen! hatten sie gesagt. Was denn vergessen? Wenn er an sich dachte, da waren Kontinente, die er gern überflutet hätte. Und doch – vergessen? Nein. Im Erinnern lag es, da war Reichtum.

Eigentlich war es auch mal ganz schön, allein zu sein. Die lastende Stille wurde zur köstlichen Ruhe, geschenkte Zeit! Sein schönes Haus!

Sowtschick sammelte die Papierflugzeuge ein und ging den Bibliotheksgang auf und ab, treulich an die Glöckchen stoßend ... Und er dachte, wie schön es ist, hier auf und ab zu gehen und an die Glöckchen zu stoßen, und wie schade, daß kein Biograph es überliefern würde, daß er hier, statt sich zu grämen über die Zurücksetzung, die er von der Jugend erfahren hat (Schlosser zog man ihm vor!), auf und ab geht in kontemplativer Beschaulichkeit. «In den langen, einsamen Nächten ging der Dichter in seinem Haus auf und ab und überdachte seine kostbaren Geschichten ...»

Plötzlich schrak er zusammen. Eine Idee schlug auf ihn nieder! Er rannte den Gang hinunter und stürzte an den Schreibtisch! Ja! Richtig! Hier lag die Chance eines neuen Romans, einer entzückenden Caprice! Sich selbst als Maler darstellen, mit großem schwarzen Hut und zwei Mädchen, äußerst schlank, die um ihn herumstreichen wie Leoparden-Weibchen, durch das Atelier schnurrend – er hatte mal einen Film über Salvador Dalí gesehen –, und er, der Künstler, ein großes Werk vollbringend, ein Werk, das alles vorher Gemalte kümmerlich erscheinen ließ.

Sowtschick schrieb einen Bogen nach dem andern voll und schlug zwischendurch auf den Schreibtisch! Ja! Und lachte. Hier würde ein großer Stoff zu gestalten sein, ein Selbstbildnis von außergewöhnlicher Dichte!

Das Rasende seines Schreibens legte sich allmählich, der Fluß der Gedanken und Bilder ließ sich eindämmen und zur Ruhe bringen. Schließlich stockte Sowtschick, ging ans Klavier und spielte ein paar Takte, unterbrach, schrieb noch ein paar Wörter und stieß dann die Bogen auf. Ja, hier lag etwas Großes! Aber zuvor würde der Winterroman zu beenden sein, und dann die «Unheilvolle Nacht». Nur nichts überstürzen. Immer schön eins nach dem andern.

Er schob die Blätter in einen grünen Aktendeckel und verwahrte die Sache im Schreibtisch: «Projekt III» schrieb er drauf. Ab heute würde er sehr genau die Mädchen beobachten müssen, alles aufschreiben. Aber der Haken war, daß die Mädchen, die er beim Kunstmaler sah, zwei gänzlich andere waren. Bei denen handelte es sich eher um mondäne Geschöpfe, nicht um Jugend im eigentlichen Sinne, kein Löwenheckerchen und keine Kanalschwimmerin mit Pferdeschwanz oder Zöpfchen, Mädchen, die mit jeweils einem Ohrring zufrieden waren und sich auf die Disko freuten. Und außerdem lag das Haus des Künstlers nicht in Norddeutschland, sondern in Kalabrien.

Gleichviel, Sowtschick reckte sich und stöhnte auf! Was für ein herrliches Leben! Reichtum? Er würde, was seine Bücher anging, nicht auf die Abschilderung von Plutoniumfässern verfallen müssen, um seine Leser zu halten. Und ewig währen die Tage der Liebe: Er würde die uralten Themen der Menschheit ventilieren, und die Menschheit würde ihm das danken!

Er ging in die Fernsehecke, wo bereits die Hunde auf ihn warteten, und guckte sich den Schocker an, den ihm die Mädchen empfohlen hatten. Nur noch hin und wieder kam ihm der schöne Stoff in den Sinn, der ihn nach der «Winterreise» beschäftigen würde. Erst die «Winterreise» zu Ende schreiben, dann die «Unheilvolle Nacht» und dann den großen Stoff, den Stoff aller Stoffe. Er würde nicht in ein Schaffensloch fallen, das stand fest. Und es stand außerdem wohl jetzt schon fest, daß das ein großer Erfolg werden würde. Die Menschheit lechzte ja nach so was!

Den Schocker sah sich Sowtschick an, ohne im geringsten geschockt zu sein. Um eine Frau ging es, die telefonisch auf ihren Tod hingewiesen wird und diesem Tod im allerletzten Moment entgeht. Danach nahm er Anteil an der Talk-Show, in der Evamaria Deutsch und Hinrich Tengelmann, Chefredakteur des «Boulevard», zwei Dirnen interviewten: Daß das doch unglaublich schade ist, Aids, daß ihnen durch die beschissenen Maßnahmen der Scheiß-Regierung die ganze Existenz vermasselt wird, sagten die leichten Damen. Es saßen auch zwei wortkarge Catcher dabei, mit denen war schwer ins Gespräch zu kommen.

Wenn diese Fleischkolosse von den tödlichen Viren befallen werden, wie die dann wohl zusammenfallen! dachte Sowtschick, als er die da so sitzen sah.

Als Überraschungskandidat wurde der kleinen Runde der Schriftsteller Arnim Fischer präsentiert, den Sowtschick kannte. In den Sechzigern hatte dieser sich jetzt so feinsinnig gebärdende Mensch marschliedmäßige Kampflyrik verfaßt, in der zur Zerstampfung anderer Menschen aufgerufen wurde, die, wie Sowtschick, mit ruhig Blut das Ihre taten. Sowtschick erinnerte sich noch gut an diesen damals noch jungen Mann, der sich extra Löcher in die Jeans gerissen hatte, um den von ihm verherrlichten Arbeitern auch äußerlich recht nahezukommen. Nun lebte er auf einem Chalet in Südfrankreich mit Pferden und Hunden und verkündete, daß nur das Ich zählt, sonst nichts. Im übrigen könne er nur unter Franzosen leben, alles Deutsche sei ihm verhaßt. Und das wurde ihm hoch angerechnet.

Zur musikalischen Umrahmung der Talk-Show hatte man drei querschnittsgelähmte Jünglinge aufgetrieben, die auf Mandolinen selbstgedichtete Optimuslieder darboten.

Plötzlich ging das Licht aus, klack! Das Fernsehbild entschwand, im ganzen Haus war es stockfinster. Sowtschick blieb erst einmal, wo er war, hier saß er gut und trocken. Stille und Dunkelheit taten ihm wohl. An die Nacht-Silvesters mußte er denken, die nun, unter der Führung des Kecksten, die Kellertreppe hinaufgeklettert kämen.

Nachdem er eine Weile gesessen hatte, ohne sich zu rühren, stellte er fest, daß es keinesfalls stockfinster war. Von den Fenstern her schimmerte es mattgrau. Einzelne Gegenstände, der Tisch, Sessel und ein Spiegel waren deutlich auszumachen. Sowtschick erhob sich vorsichtig. Bloß jetzt nichts umstoßen! Er setzte sich ans Klavier. Mal sehen, ob er den Prokofjew ohne Noten spielen könnte: Es war ihm schon aufgefallen, daß er beim Spielen zwar die Noten stehen hatte, daß er aber gar nicht richtig hinsah. Und so war es denn auch, Rubinstein und die Klavierlehrerin kamen aus dem Staunen nicht heraus, daß er es vollbrachte. Er scheiterte erst, als er merkte: Gleich bin ich durch.

Nun mußte aber doch wohl Licht gemacht werden. Sowtschick ging nach vorn und entnahm der Handschuhkommode eine Taschenlampe. Die Batterie «ging noch», was er laut als ein Wunder bezeichnete. Wo der Sicherungskasten saß, wußte er, er öffnete ihn und leuchtete die mechanischen Sicherungen ab. Alles in Ordnung. Nun, das war sonderbar. Dann handelte es sich also um eine größere Sache, eine Art Blackout. Sowtschick ging vor die Tür, und da sah er, daß das ganze Dorf im Finstern lag. Folglich handelte es sich um einen Defekt des Überlandwerks. Vermutlich brauchte dort nur ein großer Hebel umgelegt zu werden, dann war alles wieder gut. Dies geschah jedoch nicht, und Sowtschick setzte sich, da es offensichtlich länger dauern würde, auf die Bank vorm Haus, die er zu seinem sechzigsten Geburtstag geschenkt bekommen hatte. Den Hunden, die sich neben ihn setzten, legte er die Hand auf den Kopf.

Es liegt Segen über dem Land, dachte er und atmete die Abendluft tief ein. Mal eine Handvoll Erde aufnehmen und daran schnubbern? Lieber nicht! Mit dem würzigen Erdgeruch würde man auch Pestizide einatmen, die dann die Nasenschleimhaut angriffen, wie bei einem Kokainschnupfer, oder die Lunge zerfräßen.

Wahrscheinlich gibt es in meinem Körper schon Ablagerungen, dachte Sowtschick, und er stellte sich vor, daß beispielsweise in den Poren seines Fersenbeines sich Quecksilberkügelchen eingenistet hätten. Aus dem urwüchsigen Afrika sich Erde schicken lassen, um daran zu schnubbern. Doch weh! Da unten hatten die Entwicklungshelfer ja schon für Ordnung gesorgt.

Es war nicht so, daß er sich in dieser stillen Stunde den Weltuntergang vorgestellt hätte, die Rückkehr jener Zustände, die in der Bibel als «wüst und leer» beschrieben sind. Er hatte aber doch das Bild versteppter Kontinente vor Augen, zusammenstürzende Hochhäuser, und daß Ratten über die Trümmer huschten. Und er sah sich selbst als letzten Menschen altersschwarze Ikonen aus einem halbzerstörten Laden herausholen und in seine Höhle tragen.

Es ist ein Schnitter, heißt der Tod...

Er dachte auch an die Jugend, die eben noch in der Disko getanzt hatte, und an die heulenden Lautsprecherbatterien. Der Tanz der Hetären in Herculaneum, bevor Feuer vom Himmel fällt. Strawinsky, die Psalmensymphonie.

Während er sich den näherliegenden Betrachtungen hingab, was das für ein Leben sein würde, ohne Strom und womöglich ohne Wasser, daß es vielleicht gut sei, Reservekanister mit frischem Wasser zu füllen, solange es noch Zeit ist, und daß die «Aktion Eichhörnchen» eigentlich gar nicht so unsinnig gewesen war, da ging das Licht schon wieder an, klick! Der Kühlschrank fing an zu bollern, das Fernsehbild kam wieder herangeschwebt, und die Nacht-Silvesters verschwanden einander überpurzelnd im Keller.

Was für ein sonderbares Erlebnis, dachte Sowtschick. So was könnten sie ruhig öfter mal machen, den Strom abschalten, von Amts wegen, als Gottesdienstersatz, um die Menschheit zur Besinnung zu bringen. Er setzte sich wieder in seine Lotterecke und hörte den Catchern zu, wie die sich über Frauen ausließen – als magere Hühnchen bezeichneten sie sie –, und dann tat er das, was auf der ganzen Welt niemand erfahren durfte, am allerwenigsten Engelbert von Dornhagen als zukünftiger Biograph: Er schob «Die Feuerzangenbowle» in den Videorecorder und gab sich seinen Erinnerungen hin. Jugendzeit brachte der Film zurück, wie Jugendzeit nie gewesen war. Aber doch schön, irgendwie. Manche Dialogstellen kannte er auswendig.

«Kann ich mal das Badezimmer sehn?»

«Badezimmer? Ich habe da eine Zinkwanne...»

Der letzte Heimaturlaub, kurz vor der Gefangenschaft. Das Haus in der Orleansstraße war noch heil gewesen, und die Eltern hatten im Erker gestanden und gewinkt. Und Christa als Nachrichtenhelferin, im Café Klüser. Er hatte sie nie wiedergesehen.

Schließlich schlief er ein. Er träumte von muskulös-glatten Delphinen, die sich im Meer tummeln. Gegen Morgen wurde der rauschende Fernsehapparat abgestellt, die Mädchen waren wieder da. Zu Fuß hatten sie nach Hause laufen müssen! Die betrunkenen Schlosser waren zudringlich geworden, im Auto. Gabriele war es gewesen, die den Wagen durch Umdrehen des Zündschlüssels zum Halten gebracht hatte, und dann waren sie rausgesprungen, von den Flüchen der jungen Leute verfolgt.

Schlosser? Das war eben doch eine ganz andere Welt. Schwierig, die auf den Trichter zu kriegen.

Am Sonntag standen Dahliensträuße in Sowtschicks Haus – ach, ihr gebrochenen Blumen! –, rostrot, weiß und gelb, und die Wege im Garten waren geharkt. Zum Frühstück hatten die Mädchen dem Hausherrn allerdings einen zerbeulten Blechbecher hingestellt, mit heißem Wasser drin, als Löffel sollte eine Suppenkelle dienen. Zur «Atzung» lag ein Stück Wurstpelle auf dem Teller, daneben ein Bolken Brot.

Obwohl Sowtschick schockiert war von diesem Scherz, ein direkter Draht aus seinem jetzigen Dasein führte noch immer in die Zeiten der Gefangenschaft, tat er ihnen den Gefallen, entrüstete sich, ja er spielte «Iwan der Schreckliche» und jagte die Mädchen durch das ganze Haus. Zum guten Ende wurde ihm Mariannes Pavillon aufgeschlossen, wo für den Frühstückskönig ein hochsommerlicher Bescherungstisch bereitstand mit einer Ananas und mit Trauben als Krönung. Links und rechts setzten sich die Mädchen neben ihn und sahen ihm zu, ob's ihm schmeckt. Er tat ihnen den Gefallen, und es schmeckte ihm, und er kramte Stories aus seiner Kindheit hervor, vom Geburtstagskuchen und vom Vater, der einen goldenen Zwicker getragen und ihm Geschichten von den Spartanern erzählt hatte, mit kaltem Wasser waschen und so weiter, und von seiner Mutter, wie sie ihm das Glaubensbekenntnis abhörte samt Erklärungen: «Necht, Mecht, Knagd und alles, was sein ist...»

Nach der Devise: Wenn schon Dorf, dann auch richtig, fuhren die Mädchen mit Sowtschick in die Kirche. Sie kamen ein paar Minuten zu spät, der Schulmeister präludierte bereits auf der Orgel, und die Gemeinde begann schwerfällig ihr «Allein Gott in der Höh' sei Ehr'», was sie nicht hinderte, sich umzugucken: Wer da jetzt noch kommt, Gottsdonner, das ist ja Zowscheck mit seine Görls. Das alte Gestühl, die Grafenkapelle mit den Reliefs der sieben Märtyrer und vorn der in knalligen Farben renovierte barockartige Kanzelaltar. Im Kruzifix hatte man beim Restaurieren einen Fingerknöchel gefunden, der dann im Zeichen ökumenischer Bruderliebe der katholischen Nachbargemeinde in einem Pappschächtelchen übergeben worden war.

Pastor Sehgras stand in dem Kanzelaltar ein bißchen wie ein Kasperle. Er hielt eine Predigt, in der neben Südafrika, Nicaragua und Tschernobyl auch der liebe Gott vorkam – Afghanistan nicht, denn die Sache mit Afghanistan liege ja ganz anders –, und seine Frau, das kleine Trotzköpfchen in der ersten Reihe, nickte dazu. Während er den Bauern erklärte, was das für eine Schweinerei ist, für Futtermittel so wenig Geld zu bezahlen, damit ruiniert man ganz Afrika, kniff er seine kurzsichtigen Augen zusammen, die Dunkelheit zu durchdringen: Unter der Orgelempore zeigte sich Weißes, was dort sonst nicht zu sehen war: In der Tat, es handelte sich um Sowtschick und seine Mädchen. Vielleicht könnte man die kleine Truppe für den Nachmittag zum Kaffee einladen? überlegte er, während es weiterhin aus ihm herausredete, dumm nur, daß grade die Schwiegereltern da waren...

Sowtschick pries Gott, daß er kein Pfarrer geworden war. Es hatte eine Zeit gegeben, in der es erwogen worden war, Theologie, ob das nicht was für ihn wär. Letztlich war er davon abgekommen, weil ihn die Kirche in Zeiten höchster Not mit fünf Mark abgespeist hatte und mit einer alten Jacke.

Sowtschick ließ die Gedanken schweifen, so wie es die Mädchen taten und die Bauern. Und diese Gedanken stiegen gebündelt gen Himmel. Ein Segelflugzeug hätte sie als Thermik zu spüren bekommen. Als Sowtschicks Blick auf die Reliefs der sieben Märtyrer fiel, dachte er: Kopf abschlagen, das könnt ich aushalten, oder aufhängen, womit die ersten beiden Bilder abgetan waren. Da war das Rösten schon ein anderer Schnack. Beim Grillen die Brandstriche auf dem Fleisch... Er dachte auch an Ohltrop und seine Mörder, und er stellte sich das Verbrechen recht drastisch vor. – Linsen mit Lungwurst müßte man auch mal wieder essen, das fiel ihm ein, und er beschloß, mit den Mädchen heute nach Kreuzthal zum Essen zu fahren.

Wie gut es sei, verkündete Sehgras zum Schluß der Predigt und wich damit von seinem Konzept ein wenig ab, daß die Literatur der Be-Er-De jetzt allmählich aufwacht und ihren Platz als Vorkämpfer gegen das sich ausbreitende Elend tapfer einnimmt...

Lied, Gebet, Lied, und dann traten vier unterschiedlich große, schäbig gekleidete Konfirmanden vor den Altar und riefen aufrüttelnde Sprüche in die Gemeinde, während vier andere mit Klingelbeutel von Bank zu Bank gingen und Pfennige abkassierten. Sowtschick verteilte ein paar Groschen an seine Begleiterinnen und freute sich, daß er so weit hinten saß. Das erleichterte das Wegkommen.

So schnell Pastor Sehgras nach dem Schlußgebet auch um die Kirche herum zum Ausgang eilte, Sowtschick doch noch zu erwischen und ihn und die Seinen zum Nachmittag auf ein Kaffeestündchen einzuladen – eine Händeschüttelung fand nicht statt, Sowtschick und die Mädchen saßen schon im Auto und brausten davon.

Sehr traurig war auch der Schulmeister, der hätte den beiden «sauberen Deerns» gern die Orgel erklärt, mit all den verschiedenen Stöpseln, die man raus- und reinschieben kann. Diese sauberen Deerns waren so ganz anders als die verrohte Dorfjugend, der man mal mit dem Knüppel kommen müßte. Warum nur, warum war sein einziger Sohn ein solches Monstrum? Womit hatte er das verdient? Und Haß regte sich in ihm auf all die schönen, lieben Menschen, die in hellen Kleidern fröhlich durch die Welt spazierten, womöglich Hand in Hand.

Der Pastor sei an und für sich ganz in Ordnung, sagte Sowtschick zu den Mädchen. Da drüben das «Fron-Hus», zum Beispiel, das wiederherzustellen, da wär der Pfarrer mächtig am Agieren. Die Bauern seien bereits aufgewacht, die wollten das Haus jetzt restaurieren in Eigenarbeit, den Putz abklopfen vom Fachwerk, die morschen Balken ersetzen! Im Wald gäb's ein Hünengrab, zehntausend Jahre alt, «Fron-Hus» und Hünengrab, diese beiden Relikte alter und ältester Zeit könnten eines Tages die Klammern sein, die das ganze Dorf zusammenhalten.

Sowtschick fuhr auf den Hof von Jan Burmeester, und da stand es, das stattliche «Fron-Hus», etwas abseits, so als gehöre es nicht zum Hof, eine große Linde davor, gewiß schon über hundert Jahre alt: nicht gerade Knochenhauer-Amtshaus, aber doch so ähnlich: Der spitze Giebel ragte in übereinanderkragenden Etagen vor, und das Fachwerk war mit allegorischen, aber auch sehr realistischen Schnitzereien versehen.

In früheren Jahrhunderten waren in dieser riesengroßen Scheune die Naturalabgaben der Bauern gesammelt worden. Nach dem Untergang des Grafengeschlechts hatte der Urahn des jetzigen Hofbesitzers sie billig erwerben können. Und nun stand sie noch immer da, etwas seitab, das Schnitzwerk zehnfach mit Farbe überkleistert, das Reetdach mit Eternitplatten ausgebessert, aber nach wie vor majestätisch, so könne man sagen, und etwas etepetete. Das Freilichtmuseum Ippelhörn fragte immer wieder an, ob man das Haus nicht abbrechen und dort wieder aufbauen könnte, was einen Schrei der Entrüstung ausgelöst hatte.

Der Hof war jetzt am Sonntag sauber gefegt. Hühner und Enten watschelten herum, Elstern schossen darüberhin. Ein debiler Knecht, gebückt und ausgelaugt, schlurfte zum Kuhstall.

Sie wollten sich mal eben das «Fron-Hus» ansehen! rief Sowtschick hinüber, in großer Sorge, daß dieses Menschenwrack womöglich näher kommen und unästhetisch grinsen könnte, vielleicht speicheln oder gar rotzen?

Das Menschenwrack zeigte keine Neigung, sich zu äußern, es verschwand, wie es sich das vorgenommen hatte, im Kuhstall.

Improvisierend erklärte Sowtschick den Mädchen die ganze Anlage, das Prinzip des Fachwerkhauses, die westfälischen Einflüsse und das «Städtische» daran, den mit einem kleinen Dach versehenen

Brunnen, der ursprünglich ein Ziehbrunnen gewesen war, und den Eichenwald hinter dem Haus, in dem Schweine lagen, daß der dazugehört.

Der Figurenschmuck des Giebels war originell, derbe Kobolde, die das Maul aufrissen, die Zunge zeigten oder den Hintern.

Do du dat dine,
Gott deiht dat sine

stand über dem Tor.

Im Innern der Scheune war die Eichenbalkenkonstruktion zu bewundern, von sachlicher, ja geradezu logischer Schönheit. Wie in einer Kirche sahen die Mädchen hinauf bis in den First: Dieses Bild würden sie nie vergessen, das versicherten sie einander immer wieder.

Einen Teil des «Fron-Hus» hatte der Bauer zum Schweinestall umgebaut, das war weniger erfreulich. Im Augenblick waren die Schweine draußen, außer einer Sau mit elf, zwölf, dreizehn Ferkeln, die Adelheid süß fand. Sie griff sich eins, nahm es auf den Arm und küßte es. Das kleine Tier schaute sie aufmerksam an mit seinen klaren Augen. Ihm mochte etwas dämmern von der Kraft menschlicher Liebe. Wie gut, daß die Mädchen den debilen Knecht nicht sahen, der im Geräteteil stand und sie durch die Bretterwand beobachtete.

Sowtschick fuhr mit seinen beiden Freundinnen, die sich wunderten, daß es vor so langer Zeit schon ein «Frauen-Hus» gegeben habe, noch ein wenig durch die Gegend. So war es ja nicht, daß hier nichts losgewesen wäre. Die Wassermühle am leider versumpften Bach, mit bunten Plastikstühlen für Ausflügler, die Reste des Hünengrabes mit dem Schild: «Hünengrab», das im vorigen Jahrhundert bereits zur Gewinnung von Steinen für den Straßenbau in die Luft gesprengt worden war. –

Das Löwenheckerchen ergänzte die Besichtigungstour durch ihre Kenntnis von Katen und Schuppen aller Art. Immer wieder mußte Sowtschick anhalten, und Gabriele erläuterte dann, wieso der windschiefe Schuppen da drüben so extrem schön sei.

Auch nach Hamersiek fuhr Sowtschick die Mädchen, an fahlgelben erntereifen Feldern vorüber. Hier eine abgewrackte Windmühle, der sie die Flügel ausgerissen hatten, dort eine Eichenallee mit weißen Strichen am Stamm, damit die betrunkenen Bauern nicht dagegenfahren, zerrissene Plastikplane im Graben. Statt eines Gebirges standen die wunderbarsten Quellwolken über dem Land.

Das Haus des hingemeuchelten Zahnarztes war verlassen. Die Fenster geschlossen, die Rollos heruntergezogen, am Zaun hing ein Schild

Immobilien-ZELK
Tel.: Kreuzthal 758

Die Tochter hatte damals auf Susi herabgesehen, in der «Ori», doch das war lange her. Einen Augenblick überlegte Sowtschick, ob er mit den Mädchen, die es schauderte, ins Haus einsteigen sollte, wie die Mörder es getan hatten? Er hatte schon die Pforte geöffnet, doch er ließ es lieber. Vermutlich war hier alles noch versiegelt? Oder? Eben mal hinters Haus gucken? Die Terrassentür: Da sind sie eingestiegen! – Die drei sahen in die Fenster hinein, drinnen war alles leer. Dies war ein Mörderhaus, und es sah aus wie alle andern.

In der Nachbarschaft bewegten sich die Gardinen, als Sowtschick um das Haus herumging: Das waren die Menschen, die damals in der schrecklichen Nacht so fest geschlafen hatten.

Von Hamersiek aus fuhr Sowtschick nach Kreuzthal: die Klosterkirche besichtigen. Die verwaschenen Fresken an den Pfeilern, die Fünte aus dem dreizehnten Jahrhundert, der Kreuzgang, die Zellen in Sargform, die Reste des von den Franzosen mutwillig zerstörten Beinhauses.

Das hätten sie nicht ausgehalten, in so einem Kloster zu sitzen, sagten die Mädchen, und daß die Nonnen nur dreißig Jahre alt wurden, durchschnittlich? – Sie nahmen Ansichtskarten aus dem Ständer und steckten das Geld dafür in den Schlitz. Die Heilsschriften – «Auch du brauchst Jesus» – ließen sie stehen.

Danach fuhren sie ins Parkhotel, wo es nach gebratenem Geflügel roch. Ziemlich zu gleicher Zeit traf eine Hochzeitsgesellschaft ein. Das war ja nun ein seltsamer Anblick, die kleine Braut ganz im alten Stil, und der Bräutigam mit Gipsbein! Und dann all die nicht zueinanderpassenden, aufgetakelten Verwandten in Roben oder schlechtsitzenden Anzügen.

Zwei kleine Mädchen gingen vorneweg, die leeren Blumenkörbchen im Arm, das war noch das Netteste.

Sowtschick rechnete sich diesen Aufzug als Verdienst an, er freute sich, daß er den Mädchen etwas bieten konnte: Das «Fron-Hus», die Ohltrop-Villa und nun noch eine ländliche Hochzeit? Er hatte keine sündigen Gedanken, als er die Braut sah, aber er mußte an das Laken denken, das im Mittelalter den Gästen vorgezeigt wurde. «Three Coins in the Fountain...» Und dann kam ihm das Bild einer Beerdigung, die Leiche ganz in Weiß...

Der mit Aquarien umgebene Ecktisch war noch frei. Sowtschick warf seine Jacke auf das Sofa, damit sich nicht im letzten Moment noch jemand dorthin setzte. Das Essen wurde noch halb im Stehen bestellt, sonst müßte man womöglich warten, bis die Hochzeitsleute ausgegessen haben. Störend war es, daß Dr. Schmauser am Nebentisch saß mit den Seinen. Ignorieren? Hinlaufen? Am besten: Gute Erziehung demonstrieren, den Oberkörper nach Art von Korpsstudenten einknicken und dann woanders hingucken, eine ganze Stunde lang. Wie gut, daß man nicht Arzt war, da würden einem jetzt die Dreckwürstchen einfallen, die man den Bauern aus den Ohren spült.

Die Lungwurst war großartig, das Gespräch, in dem die Schlosser schwerstens angeklagt wurden, lebhaft, und der Mittagsschlaf tief, Sowtschick konnte gar nicht wieder wach werden.

Am Nachmittag, während die Mädchen mit Michaels Luftgewehr auf Blechbüchsen schossen, setzte sich Sowtschick an seinen Roman. Er nahm das Manuskript zur Hand und blätterte darin. Wie sich alles zum Ganzen fügt, dachte er, wie sie sich die goldenen Eimer reichen...

Do du dat dine,
Gott deiht dat sine.

Ja, er mußte Fleiß und Ausdauer aufbringen, dann würde der liebe Gott auch nicht aufhören, ihm Ideen zu senden.

Beim Antiquitätenhändler war er stehengeblieben, die blonde Verkäuferin, die sich ins Schaufenster beugt und Bleisoldaten auf die Burg stellt. Er sah Fingerling eintreten in den kleinen Laden, er hörte das Tür-Glockenspiel und das polternde Ausklopfen der schweren Schuhe, unter denen sich Schnee festgesetzt hat: Fingerling hat sich bereits angefreundet mit der Frau, er genießt Sonderrechte. Im Hinterzimmer sitzt er auf einem Louis-seize-Sessel, und die junge Frau sitzt daneben mit Pulswärmern um die kräftigen Handgelenke, dunkelblond, voll innerer Heiterkeit... Und Fingerling sieht sich und sie in einem goldgerahmten Spiegel, der an der Wand lehnt: kleine indische Holzfiguren und verschiedenfarbige Glaskugeln in Gläsern, ringsum zur Dekoration.

Sowtschick sagte laut: «Ja! So ist es gut!» Und er schrieb das alles, ohne lange zu fackeln, nieder: Das gibt mindestens zwei Druckseiten, dachte er und geriet nebenbei ein wenig ins Träumen, daß Fingerling vielleicht das eine oder andere billiger würde erwerben können, wenn er auf vertrautem Fuß mit der jungen Frau stünde.

Zwei Druckseiten. Das war mehr, als man erwarten konnte. Obwohl die Sache, das wußte Sowtschick natürlich, noch auf eine höhere Ebene gehoben werden mußte, schärfer eingestellt, ins Psychologisch-Allgemeingültige einmündend oder, besser gesagt, einrastend. Den Zeitbezug, der hier noch fehlte, von der Welt sehnlichst erwartet, die Erwähnung von Asylanten zum Beispiel, würde er schon noch einarbeiten. Das wäre noch das wenigste. Und was das Dichterische anging: Die Sache mit dem Spiegel, daß sich die beiden plötzlich im Spiegel sehen – Pulswärmer um kräftige Handgelenke –, wahrscheinlich saß da der sogenannte Hammer.

Daß die Stadt in seiner Vorstellung noch immer menschenleer war, störte ihn nicht. Ihm war so, als existiere hinter dem Antiquitätenkabinett, in dem Fingerling mit der jungen Frau jetzt Kaffee trank, zwei, drei Stufen abwärts, eine kryptenhafte Angelegenheit, voll Urväterhausrat und sakraler Kostbarkeiten, Altarfiguren, romanischer Kapitelle, alles über- und untereinander. Und hinter dieser Krypta weitere Krypten und Gelasse, die ganze Stadt von Katakomben unterhöhlt, von einem Saal zum andern führend, voll herrlichster Antiquitäten, die Sowtschick allesamt hätte haben mögen.

«Vergiß das beste nicht!» sagte Sowtschick laut. Er dachte an das dreizehnte Zimmer im Märchen. Das durfte er nicht betreten, das würde ihn vernichten. Und doch – wenn er es nicht beträte, würde dieses Buch kein sogenannter «Knüller», also kein Welterfolg, durch den sich das hölzerne Rad der Kultur knarrend einen Zahn weiterdreht.

Als er gerade seine Arbeit beendet hatte, tauchte vor seinem Fenster eine Teufelsmaske aus Papier auf. Erika erlaubte sich wieder mal einen ihrer Scherze. Eine Weile war das zu ignorieren, dann stand Sowtschick seufzend auf und jagte sie ums Haus. Zum Ritus gehörte es, daß er sie als Iwan der Schreckliche verfolgte, bis sie in ihrer Höhle verschwand: «Schließ zu, schließ zu, zehntausend Eisentüren, schließ zu!» rief sie nach Kinderart, um ihn zu locken. Sowtschick packte sie am Fußgelenk, zog sie heraus und kitzelte sie durch.

Nachdem auch das vollbracht war, sah er zum Haus hinüber, ob ihn die Mädchen nicht vielleicht dabei beobachtet hätten. Das war nicht der Fall, Gott sei Dank. Wie ein aufgekratzter Hahn wäre er sich vorgekommen, der einer Henne nachrennt. Die Mädchen schossen weiterhin auf Blechbüchsen, und sie schossen nicht schlecht. Sowtschick holte die Kamera und setzte ihnen das Bundeswehrkäppi seines Sohnes auf. Er machte ziemlich viele Aufnahmen.

Zum Abendbrot, bei dem noch einmal festgestellt wurde, daß die Schlosser ja so gemein sind – es gab Rührei mit Pilzen –, hatten sich die beiden Mädchen als Damen verkleidet, mehr oder minder geschminkt, in lang, mit Mariannes Stöckelschuhen. Sowtschick klatschte Beifall, als sie erschienen, und sprach Französisch, jedenfalls soweit seine Vokabeln reichten. Eine Flasche Wein wurde aufgemacht, und Sowtschick guckte über sein Glas hinweg und wunderte sich darüber, wie perfekt sie ihre Rolle spielten. Die Konversation wurde launig der Maskerade angepaßt, es wurde angestoßen und Sowtschick war ganz Hausherr und er bedauerte es, daß er sich seinen Smoking nicht angezogen hatte.

Nach dem Essen legte Sowtschick einen langsamen Walzer auf – «Illusion» –, steckte Kerzen an und tanzte mal mit der einen und mal mit der anderen, Walzer mit Zwischenschritt und Linksdrehung, das konnte er noch: Seine Haltung war tadellos, sie wurde von den Mädchen sehr gelobt. Sie sollten mal selbst sagen, das sei doch ganz was anderes, als dieses Diskogestampfe, sagte Sowtschick, und die Mädchen gaben das zu, ja, sie verständen es auch nicht, was die Jugend daran findet.

Dann zog die ganze Mannschaft in die Fernsehecke, ein Tablett voll klingender Gläser, Fruchtsaft, Selterswasser und Gin. Sowtschick holte die hellblaugestreifte Weste aus dem Kleiderschrank und machte jetzt den Diener. Er reichte seinen Damen die Getränke, holte dänisches Lakritzkonfekt und fragte, ob die Damen sonst noch Wünsche hätten? Und die sahen ihn verachtungsvoll an, weil sie annahmen, daß Damen so gucken. Genug des grausamen Spiels, die Damen hatten keine Wünsche mehr, sie schleuderten ihre Schuhe fort, schüttelten die Frisuren auf und machten es sich auf dem Lottersofa bequem.

Es gab einen unglücklich ausgehenden Liebesfilm. Wegen der ins Fenster einfallenden Nachtkühle saßen die drei ziemlich dicht beieinander, in Kissen und in Mariannes Kaschmirdecke gehüllt. Je weiter die Nacht fortschritt, desto mehr Kissen und Decken wurden geholt. Als dann die unglückselige Affäre – man hatte es kommen sehen – durch Schüsse endigte, standen die beiden Mädchen seufzend auf, erst die ältere, dann die jüngere, sie reckten sich und gingen zu Bett.

«Nacht, Kinder!» rief Alexander, so wie er es früher bei Schitti und Klößchen gerufen hatte. Gern hätte er ihnen einen sanften Stirnkuß hingehaucht oder gar einen empfangen. Er wußte, wenn er lange genug darauf verzichten würde, dann bekäme er ihn eines Tages ganz von selber. Das Ferkel im «Fron-Hus» hatte schließlich auch einen Kuß bekommen. Er würde zwischen den Mädchen sitzen, auf dem Sofa, in jedem Arm eine, und ihnen die Ohrläppchen reiben.

Man muß nur ein wenig Geduld haben, sie kommen lassen und nicht hinter ihnen herschmieren, dachte Sowtschick. Je länger er warten würde, desto wüster würde dann das Ende sein. So war es jedenfalls in Santa Barbara gewesen bei Freddy, dem wilden Mädchen.

Eine Weile saß Sowtschick noch da und lauschte den Duschgeräuschen und dem Türenknallen. Schließlich trat Ruhe ein. Er ließ die Hunde kurz raus, räumte die Gläser weg, an denen Fingerabdrücke und Lippenspuren auszumachen waren, faltete die noch körperwarmen Decken zusammen und schlug die Kissen auf (das würde man den beiden schon noch beibringen, daß sie nicht alles herumliegen ließen). In der Küche war die Spülmaschine einzuräumen – kein Problem. Standuhr aufziehen, lüften. Aus.

Sowtschick stieg hinauf in die Fluchtburg, pedantisch alle Glöckchen schüttelnd, die in seinem Weg hingen, um den Mädchen in ihren Zimmern zu zeigen, wie man das eigentlich machen muß, das Klingeln, damit es auch Zweck hat. Er murkste noch ein wenig herum in seinem Kabuff. Vor sich hin redend packte er zwei Ölgemälde aus, winzige Formate, Landschaften, Pendants, schon vor Wochen gekauft, Sommer und Winter darstellend – vielleicht würde er auch noch den Frühling irgendwo ergattern?

«Der Herbst kommt von selber.»

Es war noch Tagebuch zu schreiben. «An Marianne gedacht.» Die Sache mit den Euro-Schecks, in der Familie «Unsro»-Schecks genannt, daß sie das ziemlich schnell mitgekriegt hatte, wie man diese Dinger einsetzt, trotz oft beklagter Lebensfremdheit. Doch ihre partielle Bescheidenheit war erhalten geblieben, Gott sei Dank.

Sowtschick ging hinüber ins Schrankzimmer und öffnete Mariannes Abteilung. Grüne Anti-Motten-Faltblätter hingen über den Kleidungsstücken guter und schlechter Tage. Etwas leichenhaft war das alles. Blusen mit Blümchen versehen, gepunktet und uni, jede Menge Röcke, meist erfreulich eng, an speziellen Bügeln aufgehängt, dann die Kleider, angoraartige Strickangelegenheiten, weniger von Interesse, eine durchbrochene Sache, mit der Aufsehen erregt worden war, Indisches und allerhand Labberiges. Daneben hing noch immer jener Mantel von 1946 mit den großen Holzknöpfen, der getragen worden war, damals, auf dem Hauptbahnhof, als er da angereist kam mit nichts in der Tasche als ein paar Machorka-Krümeln.

Unsere Liebe ist ewig, dachte Sowtschick, und eine Dankesträne trübte seinen Blick.

Er setzte sich wieder an sein Tagebuch. Nun mußte auch etwas über die Mädchen eingetragen werden. Am besten sachlich bleiben: «Mit Adelheid und Gabriele warm geworden.»

Das singende, springende Löwenheckerchen und die Kanalschwimmerin ... Wie schön wäre es, wenn jetzt eines der Mädchen hier bei ihm läge, ihren Kopf auf seiner Schulter. – Vielleicht könnte man die knappen Eintragungen in den nächsten Tagen ein wenig anheben, ins Herzliche zunächst, sodann jedoch ins Irre oder Wüste!

«Dem soll der Zahn noch triefen ...», sagte Sowtschick, und er dachte an seinen Freund von Dornhagen, der als biographischer Nachlaßverwalter all dies durchblättern würde, eines Tages, zunächst rasch und immer rascher, dann zusammenzuckend und zweimal lesend.

«Dem soll der Zahn noch triefen», sagte er nochmals laut, er lachte und rieb sich die Hände.

Um zur Ruhe zu kommen, wusch er sich die Füße. Danach betrachtete er sein Gesicht im Rasierspiegel. Leicht gebräunt, und die Zähne, obwohl durch Brücken ergänzt, trotz Krieg und Gefangenschaft noch ganz passabel. Von rechts sah er besser aus als von links, das hatte er schon mitgekriegt, und der Schnurrbart stand ihm nicht schlecht, Marianne hatte ihm das oft genug bestätigt. Die weißen Stellen darin, winzige Entsprechungen zu den weißen Strähnen in ihrem Haar, wirkten direkt charaktervoll.

Auf seinem Nachtschrank, das sah er jetzt, standen zwei gekniffte Zettel, der eine von Adelheid geschrieben, kurz und knapp: «Schlaf gut und träum schön!» Der andere in Versform, ein sich nicht reimendes Gedicht vom Löwenheckerchen: Funken, die in das samende Weltall hineinsprühen, auf Gestirne treffen und in stählerner Schwärze verglimmen.

Sowtschick legte sich auf das Bett. An den Parteien-Artikel für den «Globus» mußte er denken, den er auf keinen Fall schreiben würde, und an den jungen Mann, der ihm Gedichte geschickt hatte, die jetzt unauffindbar waren. O Gott! Womöglich käme der hier eines Tages an, wie der Student Sand bei Kotzebue, ein Messer hinter dem Rücken: «Wo sind meine Gedichte!?» Auch an die Jury-Sitzung des Barthold-Hinrich-Brockes-Preises mußte er denken, die vor der Tür stand: Und er hatte noch nichts gelesen...

Um sich abzulenken, nahm er das «Unternehmen Cerberus» zur Hand. Die Schlachtschiffe hatten bereits den Hafen verlassen, unentdeckt von dem britischen U-Boot, das auf Reede lag und dies eigentlich melden sollte. In der mondlosen Nacht dampften sie mit Höchstgeschwindigkeit dahin, von einem Kordon kleinerer Schiffe umschwärmt. Wenn das man gutgeht, mochten alle Beteiligten denken.

Sowtschicks Blick glitt über den Text dahin... Die Pferdemädchen! Ein sich bäumendes Pferd kam ihm in den Sinn, unter einer kleinen Reiterin, und er erinnerte sich daran, wie sein Vater ihn mal auf die Schultern genommen hatte: eine Militärkapelle war vorübermarschiert, der Schellenbaum, die große Tuba. Der Mann an der großen Trommel hatte einen blutigen Daumen gehabt.

Dann dachte er an eine weiße Cordhose. Die Scherenschleiferin? Nie würde er diese Frau wiedersehen. Wie sonderbar, daß er sie nicht vergessen konnte. Der rotierende Schleifstein und das große Messer, das sie auf den Stein preßte, den kleinen Finger abgespreizt, das lag glühend unter dem Humus seiner Seele.

Out! Alles out, dachte Sowtschick.

Witzig war es zu denken, daß da oben über den Astknorrenbrettern ein Menschenkörper atmete, der saubere Luft einsog und verbrauchte ausstieß und sich von kruden, sich jagenden Bildern im Gehirn getrieben wälzte! Merkwürdig, daß er, Sowtschick, diesem

Körper da oben nicht näher käme, selbst wenn er sich in seinem Zimmer nach Art schwebender Jungfrauen bis unter die Decke heben würde.

Sowtschick taxierte die Stelle ab, wo denn nun über ihm die Füße des Mädchens lägen und wo der Kopf zu suchen sei. Adelheid, genannt Addi, die Kanalschwimmerin. In München hatte er Jungschweine in einem Schaufenster hängen sehen, enthäutete... Er sah sich über den nackten Mädchenkörper gebeugt, das enthäutete Gesäß vor sich, wie in einem Anatomiemodell, die säuberlich freigelegten Rundungen, blutig, beefsteakartig.

Um die Nacht ganz zu der seinen zu machen, schob er eine Musikkassette in den Recorder, das Doppelkonzert von Bach, von den beiden Oistrachs gespielt, fünf Mark achtzig, auf dem Grabbeltisch bei Schleiter & Greif in der Mönckebergstraße.

«Dir wird der Zahn noch triefen», sagte er, während die Musik bereits zu exerzieren begann.

Die Oistrachs hatten es ihm angetan, besonders der ältere. «Diese zur Einsamkeit entschlossene Tapferkeit», sagte Sowtschick. Seitdem er erfahren hatte, daß dieser Mann in einem Moskauer Hochhaus gelebt hatte, wo er natürlich nur an bestimmten Tageszeiten hatte üben können, von unten durch Klopfen gestört, ging er für ihn durchs Feuer. Und wenn jene Oistrach-Stellen kamen, Stellen mit «Schmelz», wie oberflächliche Menschen sagten, diese unfaßbar zarten Anstriche oder dies zögernd-liebliche Verweilen, das, wie Sowtschick es immer wieder gern ausdrückte, von einer zur Einsamkeit entschlossenen Tapferkeit zeugte, dann ruckte es in seiner Brust, was zur Folge hatte, daß ihm kurz darauf Tränen in die Augen stiegen. Er dachte dann: Der arme, arme Mann, sah ihn im unwirtlichen Moskau in einer Käuferschlange stehen, barsch zurechtgewiesen von brutalen Verkäuferinnen, ein Viertelpfund Speck nach Hause tragen, den er sich in seiner Kochecke hinter einem geblümten Plastikvorhang ausbriet.

Den aus dem Recorder kommenden, tapfer dahinschmelzenden Tönen dieser Rede und Gegenrede würde man noch in hundert Jahren lauschen können, so wie man seine Bücher noch in hundert Jahren würde lesen können, wenn man's wollte. Vielleicht würde in hundert Jahren ein straffporiges Mädchen eines seiner Bücher lesen und denken: Sowtschick ... was für ein tapferer, einsamer Mensch!

Eben begann der langsame Satz des Violinkonzerts, Sowtschick hatte die Eulenburgsche Partitur vor die Augen genommen, um die Baßpartie mitzusingen, wie er es gerne tat, weil er sich dann einbezogen sah in das Gespräch der beiden Oistrachs, ja in den Kreis der Musikanten, deren beifällige Blicke für sein Singen er über die Geigenbäuche hinweg zu spüren meinte: Auch Rubinstein nickte ihm zu, von fern, ein Herz und eine Seele. In Sowtschick wollte schon die Erschütterung aufrucken, da war in seinem Haus ein Klagelaut zu vernehmen, ein langgezogener, äolsharfenartiger Klagelaut. Solche Art Laute waren zu hören, wenn Utze, der Nachbarhund, sich nach den Sowtschick-Hunden sehnte, und solche Herzensschreie hatte Marianne hervorgebracht, als der Kater Maxi, eine zugeschnürte Schlinge um den Leib, vor der Haustür verendete.

Die Laute kamen aus Susis Zimmer. Im Recorder dahinschmelzende Töne, hervorgebracht von einem zur Einsamkeit tapfer entschlossenen Künstler; und irgendwo im Haus Urgeräusche aus den Tiefen einer offenbar leidenden Seele kommend. Wer seinen Kummer für sich behalten will, weint leise. Laute Töne sind Signal – das verstand Sowtschick. Hier wurde «geheult», damit es gehört würde.

Sowtschick zog seinen weinroten Schlafrock an und stieg den Klagelauten nach. Gabriele war es, also «Gabü», die da so laut weinte.

Sowtschick stand eine Weile vor der Tür, dann klopfte er und trat ein. Das Zimmer war vom Mondlicht matt erhellt. Im Bett, das war zu erkennen, lag das Löwenheckerchen bäuchlings unter der dünnen Bettdecke, das blonde Haar herunterfallend, und es schluchzte unvermindert.

Einmal im Leben so weinen können, dachte Sowtschick und trat näher und setzte sich auf den Bettrand, wodurch sich das klagende Schluchzen womöglich noch verstärkte. Dies war kein Aufzucken eines unter Verschluß gehaltenen seelischen Konflikts, hier hatte sich der Schmerz bereits Bahn gebrochen und schoß schäumend zu Tal.

Sowtschick war ratlos. Erst mal Ordnung schaffen, dachte er und packte die Masse des herunterhängenden blonden Haares und legte es ordnungsgemäß auf die Bettdecke. Auf dem Fußboden war der Seesack zu erkennen, aus dem Wäsche quoll. Auch hier hätte Ordnung geschaffen werden können, was sich aber von selbst verbot.

Sowtschick lauschte der Musik, die gottlob laut genug aus seinem Zimmer drang. Der langsame Satz näherte sich dem Ende, und Sowtschick dachte an Erziehungsliteratur, Worte wie «Verständnis« und «immer für dich dasein» glitten durch sein Gehirn, und er klopfte dem zuckenden Mädchen leicht auf die übrigens schwitzige Schulter, und er sagte irgendwie: «Wird schon werden» oder so was.

War es der unglücklich ausgehende Liebesfilm, der sie so erschütterte? Oder gar die zunehmend ruppige Art, mit der er ihren dichterischen Versuchen begegnete? Den kubischen Gräsern auf der silbernen Wiese des Grauens? Nein. Das Mädchen weinte ganz offensichtlich um Ralli, den verlorenen Liebsten, der ohne sie nach Frankreich getrampt war, der dort Pommes frites und Baguette aß und in Taizé christliche Gemeinschaft mit anderen Mädchen haben würde. Auf dem Nachtschrank stand sein Foto, ein schwarzhaariger Typ mit gleichgültigen Augen. Neben dem Foto lag der Stenoblock mit neuesten Gedichten, daneben ein Stoß Papiertaschentücher als Vorrat für die Tränen.

Die Minuten tickten dahin, und das überlaute Schluchzen dauerte an, es wurde Sowtschick, ehrlich gesagt, ein wenig langweilig. Daß Adelheid sich nicht rührte, die mußte das doch auch hören? Er sah sich um im Zimmer, an der Tür das «Endlich raus!» seiner Tochter und an der Heizung die nie benutzte Marionette. Auf dem Fußboden der aufgeplatzte Seesack mit «Dessous».

Sowtschick entschloß sich zu einer Geste, er legte sich vorsichtig, vorsichtig neben das lebendige Mädchen – es mochte sein wie es wolle –, und er freute sich darüber, daß sie sich nicht abwandte von ihm oder womöglich auffuhr, ihn einen Geili oder gar einen Pimmelträger nannte, sondern im Gegenteil ein wenig zur Seite rückte und ziemlich sofort ruhiger wurde, aufschmatzend wie ein milchsattes Kind.

Ich bin nicht nur ein Mensch, der Bücher schreibt, die von der Welt angenommen werden, dachte Sowtschick, ich kann außerdem noch Klavier spielen und habe ein gewisses Geschick, mit jungen Menschen umzugehen. Junge Menschen haben Vertrauen zu mir, sie kommen mühselig und beladen, und ich erquicke sie... Der Herr bereitet vor mir einen Tisch im Angesicht meiner Feinde... Er sah diesen Tisch am Waldrand stehen, weißgedeckt mit weißen Tellern, und aus den Wiesen stieg weißer Nebel wunderbar.

Zwei Stunden später wachte Sowtschick auf, neben sich, zusammengerollt, das tief atmende Mädchen. Das ist ja 'n Ding, dachte Alexander und lachte vor sich hin. Das würde er Marianne erzählen müssen, gleich als erstes, oder vielleicht doch lieber nicht? Lieber nicht erzählen und nicht ins Tagebuch schreiben diese Sache, die mußte zwischen ihm und Gabriele bleiben, fest versiegelt, auf immer und ewig.

Sowtschick ging hinüber in sein Schlafzimmer, stellte den warm gewordenen, brummenden Recorder ab und machte sich lang. Erst jetzt kam ihm die Idee, daß er sich ja dem Mädchen hätte nähern können, und er fragte sich, weshalb ihm in dieser Situation die Idee dazu nicht gekommen war. Vielleicht, weil die Gefühle dieses Menschenkindes allzusehr in eine andere Richtung liefen? Vielleicht auch, weil sie bäuchlings dalag. Einem bäuchlings daliegenden Mädchen ist schwer beizukommen.

«Was für ein wahnsinniger Tag», sagte er abschließend, und: «Wie gut, daß ich die Tür hinter mir zumachen kann.» Und: «Unglaublich, was man alles erlebt?» Und: «Was wohl noch alles kommt?»

Sowtschick lag im Bett und zählte nach, wieviel gute und wieviel schlechte Sommer es in den letzten Jahren gegeben hatte. Dieser Sommer würde ein guter werden, gleichgültig, ob die Hitze noch anhielte oder nicht, und das war den Mädchen zu danken. Sie waren schon eine ganze Woche da, das mußte gefeiert werden, doch die Frage war: Wie?

Ein Sommerfest, dachte Sowtschick, mit Bowle, Lampions und Kanonsingen, und er stellte sich eine Nacht vor, ganz ohne Mücken und Motten, in der es weder zu kalt noch zu warm war, mit Geruch nach Kamille und Korn.

Vielleicht sollte man lieber noch eine Weile warten, dachte Sowtschick dann aber doch, in einer Woche kann viel passieren... Und er stellte sich vor, daß die Mädchen vielleicht patzig werden würden, oder, was schlimmer wäre, ihn mit progressiven Gesprächen elenden: Wozu die Bundesrepublik überhaupt Raketen braucht, also jene simplifizierenden Ansichten herauskehrten, die ein älterer Mensch nicht passieren lassen kann, ohne sich Vorschläge zur Abschattierung und Differenzierung verkneifen zu können, eherne Erfahrung also gegen kecken Vorwitz setzen, den Eisenbahnwaggon voll Argumente, hin und her, gegen ihre Papierflugzeuge zu schieben, von Hand und ganz allein.

Vor dem Haus machten sich die Handwerker zu schaffen. Die Schlagermusik aus deren Radio drang zwar nur sehr leise, aber doch infernalisch zu ihm hinauf. Auf ihre Streckbank hatten sie Eisenstangen eingespannt, sie sägten quietschend daraus gleichmäßige Stücke: Gitterstäbe, die Sowtschick für seine Fluchtburg bestellt hatte. Ob er nicht welche aus Schmiedeeisen haben will, war er von den Leuten gefragt worden, gedreht und unten geschwungen? Dieser Vorschlag kam offenbar von den Mädchen, das hatten die wohl angeregt zu Zeiten, als noch Begeisterung füreinander vorherrschte. Wahrscheinlich hatten sie an ein spanisches Fenster gedacht, hinter dem eine ringellöckige Señorita sitzt, von einem Gitarren-Caballero angesungen.

Nein, kein spanisches Schmiedeeisen, einfache Gitterstäbe wie im Gefängnis. Sowtschick wollte die Situation, in die er durch die liberalistische Gesellschaft geraten war – Einbrecher laufenzulassen anstatt sie einzubuchten! Mörder nicht zu kriegen!–, nicht kaschieren, sondern es aller Welt sichtbar machen, daß in dieser Gesellschaft, die auf Geist angewiesen ist, eben dieser nicht in Ruhe gelassen wird. Hier kamen nur Gefängnis-Gitterstäbe in Frage, keinerlei dekorativer Mumpitz. Wie er die Tür seiner Fluchtburg gestalten sollte, das würde ihm schon noch einfallen. Bisher war ihm ja noch immer was eingefallen. Er dachte da an etwas ganz Besonderes...

Swotschick konnte sich nicht entschließen aufzustehen. An den Sozialfall dachte er, den er würde zurückdrängen müssen, an die beiden Pferdemädchen, die heranzuziehen wären, und an Addie und Gabü, die sich in seinem Haus eingenistet hatten in verblüffender Selbstverständlichkeit: Das mußte gefeiert werden, unbedingt, aber erst in der nächsten Woche.

Der Kleineren war er nun schon nähergekommen, «im Schoß der Nacht». Er hatte ihr Haar geordnet, sie getröstet, ja, neben ihr gelegen... Was die Große anging, das würde sich zeigen. Beide aus einem Stall und doch so verschieden. Ich werde mich in ein Wägelchen setzen, und mich von ihnen durch das Dorf ziehen lassen, einmal rundherum, mit klingelnden Schellen und Blumen bekränzt..., dachte er. Über diese Vorstellung mußte er lachen. Er schlug die Bettdecke zur Seite und stand auf. Er erschrak ein wenig vor seinem Spiegelbild, das Haar wirr, das Nachthemd zerknüllt und die behaarten Beine dürr. Sein Gesicht, daran bestand kein Zweifel, war das Gesicht eines Sechzigjährigen. Man sah es: Dieser Mensch ist sechzig. Aber, und das sah man auch, er war noch «voll da», wie es die Jugendszene ausgedrückt hätte, Skilehrer sahen so aus, Skilehrer außer Dienst oder Bergführer, wettergegerbt, nach jahrzehntelangem Einsatz für die Menschheit. Sowtschick führte das Voll-da-Sein auf seine Art zu leben zurück. Nicht rauchen, kaum trinken, wenig essen und keinerlei Ausschweifungen. In stillen Stunden verglich er sich mit einem Baum, den er mal in einem Fotoband gesehen hatte, am Abhang eines Berges stehend, die Krone in jede Richtung voll ausgebildet, ein Bild schöner, gottähnlicher Harmonie.

Das Bild, das der eben aus dem Bett gestiegene Sowtschick im

Spiegel bot, hatte von gottähnlicher Harmonie so gut wie nichts an sich. Selbst ein Yellow-Press-Fotograf würde sich geweigert haben, ihn in diesem Zustand aufzunehmen.

Er ging ins Badezimmer und suchte mit dem Fernglas den Horizont nach den Pferdemädchen ab, wie Admiral Ciliax die Dunkelheit nach wegweisenden Lichtzeichen. Die triumphierende Jugend! Der Schlängelweg, die Tannen... Nichts. Wozu in die Ferne schweifen? dachte er. Schönheit und Jugend brauchte er nicht mit dem Glas zu suchen, die waren in seinem Haus vorhanden.

Er ging hinunter in den Schwimmgang und schwamm unter den Hängepflanzen hindurch, an den antiken Amphoren vorüber auf und ab. Nach jeder Runde, oder besser gesagt, Wegstrecke, machte er mit dem nassen Finger auf den Solnhofener Platten einen Strich. Zehn nahm er sich vor, und die absolvierte er spielend.

Danach fuhr er auf seinem Standrad ein paar Kilometer. Vor sich auf dem Lenker hatte er wie ein Militärmusiker eine Haltevorrichtung aus Draht mit einem aufgeschlagenen Gedichtband:

Siehe! Da weinen die Götter
es weinen die Göttinnen alle,
Daß das Schöne vergeht,
daß das Vollkommene stirbt...

Jeweils drei Tage vertiefte er sich strampelnd in dasselbe Gedicht. Er hoffte, daß eine intensive Bemühung um Lyrik die Auswaschungen in seinem Gehirn stabilisieren würde. Zur planmäßigen Einverleibung von Musik, die eher harmonisierend abrundende Ergebnisse zeitigen würde, käme Dichtung in ihrer genauesten Form.

Zum Kaffee, nachmittags, vertiefte er sich gern in Kunstbände, und er freute sich, daß er Namen wie Mondrian, Uecker oder Blechen exakt den richtigen Bildern zuordnen konnte.

Auch ein Klaglied zu sein
im Mund der Geliebten, ist herrlich...

Im Augenblick war es Schiller, den er sich freudig einverleibte, ein Dichter, der sonst nicht sein Fall war.

Im Schrankzimmer waren sodann die weißen Hosen zu zählen, es waren noch vier. Die ließ Sowtschick liegen aus Reservegründen. Er stieg in die «Verführungshose». Es waren die einzigen Jeans, die er je gekauft hatte, sie saßen extrem gut und waren auf kostbare Weise abgenutzt, hellblau, an Rilkes Hortensien erinnernd. Er durfte sie nicht tragen, wenn Marianne da war. Solche Hosen würden einem vorgerechnet werden, wenn es einmal hart auf hart ginge: «Ehen vor Gericht». Ob er als Jeans-Opa in die Geschichte einzugehen gedächte, hatte Marianne ihn gefragt, und das war die Ursache dafür, daß die Hose noch immer existierte.

Ein weißes Hemd zog er über, das ihm wegen seiner Enge das Gefühl einer breiten Brust gab, zwei Knöpfe offen, Haare kämmen und wieder in den Spiegel schauen.

Die feine goldene Brille im gebräunten Gesicht, das Haar von wenigen grauen Fäden durchzogen, leicht gewellt, in Kräusellokken endend, ein goldenes Kettchen um den Hals mit einem Anker dran: Nun kam das mit der gottähnlichen Harmonie schon eher hin.

Im Innenhof schwätzte der Brunnen: «Bitt' schön, bitt' schön, bitt' schön ...» Der Frühstückstisch war in den Schatten gerückt und bot einen Anblick, wie man ihn aus Filmen kennt, Feldblumenstrauß, gekochtes Ei, Brot in Scheiben, dazu Honig und die verschiedensten Marmeladen. Auf das Vorhandensein von mehreren Marmeladensorten und Gelees legte Sowtschick größten Wert, obgleich er fast nur Orangenmarmelade aß, die seinem Magen guttat. Sie war nicht so tückisch wie das feurige Johannisbeergelee, das zwar unvergleichlich schmeckte, dessen Säure sich jedoch gelegentlich unter seine große Krone, rechts unten, zwängte und schlagartig Schmerzen erzeugte, die erst nach Stunden abebbten.

Auf dem Teller lag ein mit Blümchen verzierter Brief: «Holder Dichter!» stand darauf, ihnen wär es unbegreiflich, daß er es schon eine ganze Woche mit ihnen ausgehalten habe, sieben Tage, also 168 Stunden gleich 10080 Minuten oder 604800 Sekunden! – Wahrscheinlich hatten sie seinen Taschenrechner entdeckt und damit herumgespielt.

Das Frühstück? Tischleindeckdich! Hier war Lust und Liebe am

Werk gewesen, und Sowtschick beschloß, die Mädchen am Ende ihres Aufenthalts reich zu belohnen. Er wollte sie schon noch stumm machen vor Freude! Wenn er in Urlaub gefahren wäre mit Marianne: Abend für Abend teure Restaurants, Taxifahrten, Souvenirs... Der Hunderter, den er den Mädchen zusätzlich aussetzen würde, wäre ja ein Klacks dagegen. Er würde ihn wie ein Lesezeichen in ein handsigniertes Buch legen, das nahm er sich vor.

Im übrigen war von den Mädchen nichts zu sehen. Haus und Garten lagen still und verlassen da, sie gingen offensichtlich mit den Hunden.

Die laufen mir nicht weg, dachte Sowtschick. Er faltete die Zeitung auf, um sich unter den Klängen eines Streichquartetts als Informationssammler zu betätigen: Zum Ohltrop-Mord nichts Neues. Nach einem roten Opel wurde gefahndet, der in Kreuzthal als gestohlen gemeldet worden war. Die Täter seien wahrscheinlich im St.-Pauli-Umfeld zu suchen, hieß es, an heißen Spuren fehle es nicht. Ein deutsches Touristenehepaar, das war ferner zu lesen, hatte in Italien eine Ausraubung vorgetäuscht, um die Versicherung zu betrügen. Eindämmung des Asylantenstroms, jahreszeitlich bedingte Minderung der Arbeitslosenzahl um 0,1 Prozent, zunehmende Versalzung der Werra. Mal neugierig, wann das Salz knapp wird, dachte Sowtschick, und er stellte sich vor, daß kommende Generationen den Mißbrauch von «Salzstöcken» als Abfallhöhlen verfluchen würden... Und dann las Sowtschick, daß sich ein Walfisch in die Elbmündung verirrt hat und Zelluloseabfällen und warmen Abwässern entgegenschwimmt. Tierschützer versuchten vergeblich, ihn hinauszudrängen.

Dies alles las Sowtschick. Die Informationen sanken als Bilder in die Tiefen seines Gehirns ab, wie im Herbstwald die Blätter: einige für immer verloren, andere sich mit toten Insekten und anderen Substanzen mischend, um als Humus geheimnisvolle Kräfte zu entfalten. Andere der aufgenommenen Bilder, ganz konkret, warteten, quasi aufgespießt auf direkte Verwendung.

Als Sowtschick seinen Tee getrunken hatte, klingelte es. Einer der Schlosser stand vor der Tür. Da wären zwei Mädchen, sagte er, an Sowtschick vorbei ins Haus blickend, die trauten sich nicht, hier zu klingeln. Und da trat sie auch schon aus dem Gebüsch, die triumphierende Jugend, die Pferdemädchen waren es, Rita und Sabine. Ob sie Fango auf dem Rasen weiden lassen könnten? wollten sie wissen.

Das war eine Frage! Selbstverständlich konnten sie das, auf alle viere hätte er sich niedergelassen und mitgeweidet, wenn sie es von ihm verlangt hätten.

Klar wie Klärchen sei das, sagte Sowtschick und ging mit den beiden in den Garten, klar wie Klärchen. Von hier bis hier könnte das Tier sich ohne weiteres aufhalten, die Schafe würden sich schon nicht daran stoßen.

«Seht ihr!» rief einer der Schlosser: «Herr Zoffscheck beißt nicht, fragen kost' nix...»

Sowtschick beachtete die Schlosser nicht weiter, er sah streng über sie hinweg, die Disko-Affäre mußte geahndet werden. Er ging mit den Mädchen ins Haus und zeigte ihnen Zimmer für Zimmer. Die beiden strichen an der Wand entlang, wichen den Glöckchen aus und tippten stumm auf dies und das, sagten, daß sie zu Hause auch einen Sessel hätten, und fragten, warum er sich kein Pferd anschafft?

Ein gewisses zur Schau getragenes Desinteresse an seinen Kostbarkeiten irritierte Sowtschick: Er würde sie schon noch zum Staunen bringen, noch war der Schwimmgang zu entdecken. Er stellte sich also vor die Tür, was sie meinten, was dahinter verborgen wäre? Tresor oder was?

«Das Schwimmbad», sagten sie, denn ihr Vater hatte daran mitgebaut und es seinerzeit als etwas zu doll empfunden. «Oh, oh, oh, wenn datt man gut geiht...», hatte er gesagt.

Als sie dann aber vor dem künstlichen Flüßchen standen, rissen sich die Mädchen sofort die Hemden vom Leib und sprangen hinein.

Sowtschick sah ihnen zu, wie sie da hin- und hertobten. Die Sache mit der Vertalgung der Anlage mußte man ja nicht unbedingt in der ersten Minute bekanntgeben, die Dusche würde man den Kindern auch später noch erklären können. Es war eine gute Idee gewesen, ein Schwimmbad zu bauen mit allem Drum und Dran, wenn auch der Rest-Room etwas zu dekorationsmäßig ausgefallen war, mit Knoll-Sesseln, Standrad, Rudermaschine und weißen Korbtischen. An der Wand weißgerahmte Aquarelle?

Sowtschick mixte sich eine Orangeade und legte sich in einen der Knoll-Sessel. Er beobachtete die beiden Ratten. Ein Fernglas fehlte: Es war nicht recht auszumachen, was sie da hinten trieben.

Als sie endlich genug hatten, stiegen sie aus dem Bach und kamen triefend näher, Wasserperlen auf der von der Kühle gehärteten Haut. Sowtschick blieb in seinem Stuhl liegen und sah sie sich an. Sie standen auf dem Flokati-Flausch-Teppich, und wußten nicht so recht, was sie nun tun sollten. Schließlich erhob er sich, gab ihnen Handtüchter und half wohl auch ein bißchen Abrubbeln. Dann zeigte er ihnen sein festmontiertes Gesundheitsrad, daß der rote Zeiger hochgeht, wenn man entsprechend kräftig tritt. Das wurde eine Weile gemacht, und Sowtschick stand ganz in der Nähe der beiden Kinder, und wie in Gedanken nahm er die klatschnasse strähnige blonde Mähne der einen und «faßte sie zusammen», was sie ohne weiteres geschehen ließ.

Interessanter noch als das Standrad und die Rudermaschine war der alte Flipper aus den fünfziger Jahren, der normalerweise wegen seines beträchtlichen Wertes nicht benutzt werden durfte. Nun also wurde die Stahlfeder wieder und wieder betätigt, und die blanke Kugel rief Lichtreflexe und Geklingel hervor. Wenn etwas kaputtginge in dem Mechanismus, dann könnte das ja vielleicht doch noch repariert werden.

Es mochte sein, wie es wolle, die Arbeit rief. Sowtschick weihte die beiden in die Bedienung des Videorecorders ein, Tom & Jerry, ja, das wollten sie sehen, und er schritt, eine Fliegenklatsche in der Hand und die Ohren nach hinten gelegt, ob die zwei auch ja nicht fortgingen, hinüber ins Studio: Da lag das Manuskript, nun schon von mutmachendem Umfang, im Ansatz das Ganze erkennen lassend: Fingerling in einem Antiquitätenladen auf einem Louis-seize-Sessel sitzend und Elisabeth von Kahlen-Wottrich ihm Kaffee einschenkend. Sehr sympathisch. Das konnte so bleiben. Beim nächsten Durchgang könnte vielleicht auf das Abreißen alter Häuser eingegangen werden, wie schade das ist. Aber man kann allerhand erben, wenn man aufpaßt. Schöne Türen oder Fassadenplastiken jeder Größe. Vielleicht könnte man Fingerling und seine Freundin – aus sprachlichen Gründen – wegen des «Stapfens» im Schnee, das er schon ein bißchen zu oft verwendet hatte, Krapfen essen lassen? Das würde dem ganzen sprachlich zu Gleichgewicht verhelfen.

Während die Mädchen drüben in der «Glotze» mitansahen, wie Katz und Maus miteinander Katz und Maus spielten, nahm Sowtschick ein neues Blatt. Er überließ die Situation in dem Antiquitätengeschäft sich selbst und begann einen zweiten Erzählstrang: Altjahrsabend. Sein Dichter-Kollege besucht ein Kirchenkonzert. Das verschneite Städtchen, das hell erleuchtete Kirchlein, mit Eiszapfen an der Dachrinne, von überall her Menschen, die herbei-«stapften», um sich von den ewigen Kompositionen des fünften Evangelisten erbauen zu lassen. Menschen, Menschen, Menschen – da waren sie plötzlich zwar stumm und auch gesichtslos, aber vorhanden, und zwar in großer Zahl: Fingerling sitzt neben einem Pfeiler, läßt die Blicke schweifen über die Musikanten und Chorsänger hinweg zum vergoldeten Klappaltar mit vergoldeten Heiligen, jeder in einer Nische ganz für sich. Und nun beginnt die Musik die ersten Takte der Eingangs-Sinfonie zu zelebrieren in gleichmäßigem Viervierteltakt. Geigen, Holzbläser und Celli, ja sogar ein Kontrabaß ... Sehr junge und sehr alte Musikanten, «Lehrerinnen und Schüler gleichermaßen vereint», so schrieb Sowtschick. Und unter ihnen ein schwarzhaariges Mädchen, mit Kranz um den Kopf, eine Geigerin.

Sowtschick rieb sich die Hände: Das würde sich ausweiten lassen: Fingerling und *zwei* Frauen? Wunderbar. Eine blonde Mitdreißigerin und eine junge Schwarze, das ließe sich vom Leser gut auseinanderhalten: Die eine jung und schwarzhaarig mit Geige und die andere etwas älter schon und blond, rote Pulswärmer ums Handgelenk: Das waren auch für den ungeübten Leser Orientierungshilfen übergenug.

Sowtschick schrieb von der Kantate, wie sie sich in den Instrumenten vorbereitet und im Chor entfaltet: Und er folgte dabei seiner Vorstellung, die ihm ähnlich wie die Kamera in Musiksendungen des Fernsehens pausbäckige Engel am Orgelprospekt vorführte, den Organisten auch, vom Notenlämpchen geheimnisvoll beleuchtet. Und natürlich beschrieb er auch das schwarzhaarige Mädchen – Ulrike könnte es heißen –, das da inmitten anderer Instrumentalisten auf seiner Geige herumstreicht, und daß sie das sachlich tut, ja kühl, mit einer zur Einsamkeit entschlossenen Tapferkeit, und der Organist betrachtet das Mädchen durch den Spiegel. Das alles «sah» Sowtschick, und er hatte den Einfall, daß das eine wunderbare Gelegenheit wäre, hier ein Selbstporträt auszuführen. Er, Sowtschick, als Organist in einem Konzert, das Fingerling besucht!

Während Sowtschick dies schrieb, dachte er gleichzeitig an eine mögliche Verfilmung seines Romans, und er stellte sich vor, daß Fingerling, die Musik noch im Ohr, an einer Kneipe vorübergeht, in der Betrunkene grölen. Die Bachsche Kantate müßte über dieser Szene liegen, von Silvestergeschrei überlagert und vom Craquelé der ersten, brutal explodierenden Feuerwerksraketen durchschnitten.

Nachdem er dies alles niedergeschrieben hatte (auch an die Kritiker dachte er dabei, die das Buch eines Tages zu beurteilen hätten, und er sah sie nicken oder den Kopf schütteln), fiel ihm der Walfisch ein, der sich in die Elbe verirrt hat. Wie, wenn er in den Winterroman die Geschichte dieses Tieres collagierte? Walfisch gleich Fingerling? Verirrt sich in fremde Gewässer und findet am Ende doch noch glücklich heim? Mit anderen Drucktypen könnte hier gearbeitet werden, um dadurch bei den Lesern einen schon beim ersten Durchblättern wahrnehmbaren progressiven Eindruck zu erwecken.

Nun, dies brauchte jetzt nicht entschieden zu werden. Das könnte man ja jederzeit noch einmontieren, dann nämlich, wenn Not am Mann wäre, wenn das gesamte Vorhaben den von Hessenberg gewünschten Zweihundertachtundvierzig-Seiten-Mindestumfang nicht erreichte.

In diesem Augenblick kam Sabine, das dunkelhaarige Pferdemädchen, ob er den Apparat etwas lauter stellen kann und: «Was schreibst du da?» Kam näher und fragte, ob das ein Buch wird, und ob er ihr was vorlesen kann?

Nun, das ging natürlich nicht, die Beschreibung eines Kirchenkonzerts würde dieses Mädchen nicht fesseln, und daß sie nun auch noch zu blättern begann in seinem «Fuchsbau» und die kostbaren Wiener Bronzen in die Hand nahm, den Hahn und die beiden Hennen, und womöglich fallen ließ? Das gefiel ihm nicht so sehr. Also, am besten, bevor noch wirklich Unmut sich einstellte, aufstehen und kameradschaftlich tun, den Arm auf ihre mageren Schultern legen, na ja, und mit ihr hinübergehen und den Apparat einen Tick lauter stellen.

Die zwei verlangten nun, er solle auch mitgucken, sie hatten es sich auf seinem Sofa bequem gemacht, die langen Schenkel hochgestellt. Er mußte sich zwischen sie setzen und die Klamaukfilme mitansehen, die er schon oft hatte angucken müssen, auf Silvesterpartys nach Mitternacht. Während Katze und Maus einander jagten, waren seine Gedanken noch bei Fingerling, dann aber ließen die Energien nach, und er ward sich des jungen Fleisches bewußt, das da ziemlich dicht neben ihm in abgewetzten Leinenshorts duftende Wärme ausstrahlte. Auch er stellte die Schenkel hoch – seine verwaschene Verführungshose –, und es gefiel ihm, die beiden sacht, wie unabsichtlich zu berühren.

Schneller Fuß und Pfeilmädchen, an Jugendbücher mußte er denken, an junge derbe Körper, die in wenigen Monaten sich wandeln würden, von Lebenskräften plangemäß gebrochen, um ihrer höchsten Blüte entgegen, in Schönheit hineinzuwachsen. Das, was jetzt so wild-jungenhaft war, würde sich zurückziehen und langweiliger Zahmheit weichen oder gar – was schlimmer wäre – ins Zänkische transponieren.

Auch die Mädchen berührten ihn, sie schaukelten ihre Schenkel mit seinen gemeinsam – doch plötzlich riß es sie hoch: «Wie spät? Was, schon zwölf? Nun aber ab die Post!»

Sie liefen davon. Sowtschick blieb noch eine Weile liegen. Das Gerät hätten sie zumindest ausschalten können, und die Kissen auf dem Lottersofa wieder richtig hinlegen. Und daß sie von seinem kostbaren Lakritzkonfekt gegessen hatten, war auch nicht so ganz in Ordnung...

Sowtschick lauschte in das Haus hinein. Merkwürdig, von Addie und Gabü keine Spur, auch von den Hunden nicht. Von draußen war die Schlagermusik der Schlosser zu hören: Das würde abzustellen sein.

Er trug sein Frühstücksgeschirr in die Küche, die nicht gerade glänzte. «Oh, Ordnung, sel'ge Himmelstochter», sagte er und räumte die Spülmaschine leer. Die Speisekammertür stand offen – die Fliegen mußten einzeln herausgebeten werden. Eben noch die Tische abwischen und den Kartoffelkorb wegstellen.

Sowtschick sah im Garten nach, ob sich die Mädchen da vielleicht sonnten. Er pflockte die Schafe um – «So'n Viehzeug bringt viel Arbeit!» riefen die Schlosser, die sich anscheinend wegen der Disko-Sache bei ihm anbiedern wollten –, trat Disteln mit dem Hacken aus und schlug das Wasser ab, an der dafür vorgesehenen Stelle. Erikas Höhle war leer, wie ein Urmensch hatte sie es sich hier eingerichtet, ein alter Teppich hing vor dem Eingangsloch und innen drin lag Stroh. Wo mochte sie sein? Vermutlich streifte sie im Wald umher, wie sie es öfter tat.

Sowtschick stieg in die Dachkammer seiner Frau hinauf. Vielleicht konnte er vom «Unterm Dachjuchhe» die Schwestern ausmachen? Er spähte durch das Nachtglas, Wald und Feld lagen in der Mittagshitze friedlich da, ermattet ruhn der Hirt und seine Schafe, nichts war zu entdecken. Auch der Ausblick zum Dorf hin brachte keinen Aufschluß. Der Tatbestand blieb bestehen: halb eins und kein Essen auf dem Tisch.

Die Schlosser, die inzwischen in ihrem Auto saßen und Brotzeit machten, konnten mit keiner Auskunft dienen. Welche Mädchen? Ach so, die... Die wären irgendwie weggegangen mit den Hunden, Richtung Wald.

«Ziemlich trockne Luft hier, nich?»

«Nun, da werde ich die Herrschaften eben suchen», sagte Sowtschick. Er reichte ihnen eine Schachtel Zigaretten und zwei Flaschen Bier. «Es wäre nett, wenn Sie die Musik ausmachten oder wenigstens leiser stellten», sagte er, und er erklärte ihnen, wieso er dadurch gestört würde beim Arbeiten. Daß er dann nämlich, wenn er solche Musik hört, nicht die Bilder seiner Vorstellung ins Wort erlösen kann.

Er öffnete das weiße Tor und fuhr durch hochstehende Kornfelder dem Walde zu. Dort hielt er an, ob er es vielleicht bellen hört, und pfiff, aber alles blieb still. Nur die Föhren rauschten, und der obligate Eichelhäher «strich krächzend ab», wie man sagt.

An der Kiesgrube hielt Sowtschick an. Er stieg aus und fragte die Dorfkinder, die hier herumtobten und schon Reißaus nehmen wollten, ob sie die Mädchen gesehen hätten.

Jawoll, das hatten sie, zwei Mädchen und drei Hunde, und sie zeigten die Richtung an: zum Moor hin, nach Hamersiek rüber.

Zum Moor? In früheren Zeiten wäre eine solche Mitteilung alarmierend gewesen, der Knabe im Moor, Menschen, die sich verirren und, allmählich versinkend, um Hilfe schreien ... Doch das Moor existierte nicht mehr, es war trockengelegt, knochentrokken: Tiefe, in die jahrtausendealte Vegetation eingeschnittene Gräben führten auch noch den letzten Tropfen Flüssigkeit fort.

Sowtschick fuhr auf dem Sandweg vorsichtig dahin, ab und zu schrammte es unter der Bodenwanne. Ein Rehbock stand am Weg, der dachte gar nicht daran wegzulaufen – also waren keine Hunde in der Nähe.

> Hier wird Torf abgebaut. Wir haben uns verpflichtet, das Gelände nach der Torfentnahme
> wieder zu rekultivieren.
> Gottfried Senneschalk GmbH & Co. KG.

Urplötzlich trat der Schulmeister aus dem Gebüsch. Er wies drohend auf den Torfabbau: Unerhört, dieser Naturfrevel, nicht? In Jahrtausenden gewachsen – pro Jahrhundert ein Zentimeter – und nun zu Blumentopferde degradiert! Mit seinem Spazierstock beschrieb er einen weiten Bogen: «Und die Erde war wüst und leer! Man müßte», sagte er, «also man müßte wahrhaftig ...», und er rüttelte an dem Schildpfosten der Firma Senneschalk, aber der war sehr massiv, der gab nicht nach. Dann sprach er von Moorleichen, von Menschen, die vor Urzeiten hinterrücks ins Moor gestoßen worden waren und mit einem Stock niedergehalten. Nicht Mörder übrigens, sondern Jungfrauen, rein und unbescholten, als Opfer, um die Götter zu versöhnen.

Die Mädchen hatte er nicht gesehen.

Es interessierte ihn, daß Sowtschick sich einen Faradayschen Käfig bauen lassen wollte, darauf kam er unvermittelt zu sprechen. Er war von seinem Schwager, dem Kommissar, davon informiert worden, und nun lechzte er nach weiteren Auskünften. Ob er denn konkrete Vermutungen habe, was die Einbrüche in dieser Gegend angehe? Ob er meine, daß auch hier die Asozialen sich breitmachten? Dieses Geschmeiß? Wenn *er* hier noch was zu sagen hätte! sagte er und ließ seinen Spazierstock durch die Luft sausen.

Sowtschick hatte keine Lust, das Gespräch mit dem radikalen Herrn fortzusetzen, er drehte die Scheibe seines Wagens hoch und fuhr weiter.

Unmittelbar hinter dem Schild dehnte sich die kahle Fläche bis an den Horizont, von Entwässerungsgräben und Torfreihen kariert. Für Hobby-Fotografen ein gefundenes Fressen. Zwischen den fast zwei Meter tiefen Gräben und den Torfreihen lagen Schienen, und in der Ferne stand ein großes eisernes Gerät, eine Art Bagger, still und unbeweglich. Sowtschick hatte das Dings noch nie in Tätigkeit gesehen, er hatte auch noch niemals einen Arbeiter hier beobachtet. Von Absatzschwierigkeiten wurde gemunkelt, von eingestellten Zahlungen und ähnlichem. Da Sowtschick auf seinen seltenen Spaziergängen dieses Gebiet eigentlich nie berührte, kümmerte ihn die Wüstenei nicht sehr. Kälberkropf und Wasserschierling, Birkhuhn und Schafstelze, alles schön und gut: «Ich schreibe meine Bücher», sagte er, «andere mögen auf die Natur achtgeben.» Aber Fingerling – vielleicht sollte man in dem Winterroman etwas anklingen lassen von diesen Öko-Sachen, dem gestreßten Wald, dem sinkenden Grundwasserspiegel, der Verminderung der Artenvielfalt? Vielleicht könne sich Fingerling ja mit der schwarzhaarigen Geigerin darüber unterhalten?

Nun kam er an eine Weggabelung. Hier betätigte er sich als Fährtensucher. Tatsächlich waren im Sand des Weges Hundespuren auszumachen, und zwar auf einem Weg, der, wie Sowtschick wußte, überhaupt nirgends hinführte als zu einem Schuppen in der Ferne neben jenem Eisenungetüm. Dort mußten die Mädchen sein. Sowtschick schaltete den Warnblinker ein, um zu signalisieren:

Hilfe kommt! Und er fuhr den Weg mit mäßiger Geschwindigkeit dahin. Hauptsache, ich kann dort auch wenden, dachte er.

In diesem Moment wußten die Mädchen, wie sie später sagten, daß sie gerettet waren: Das mußte Sowtschick sein, der da «angebrettert» kam, und er war es auch.

Die Mädchen waren ziemlich aufgelöst. Dieser Spaziergang war ein totaler Sockenschuß gewesen! Mit roten Köpfen und verschwitzten Haaren saßen sie in der Tür der Baracke.

Zum Spaß legte Sowtschick den Rückwärtsgang ein und tat so, als wollte er wieder wegfahren...

«Kinder, wie seht ihr aus?» rief er und wehrte die Hunde ab, die augenblicklich ans Auto gesprungen kamen und ihn umwieselten. Sie wußten, daß er sie nach Hause bringen würde, kühlem klaren Wasser entgegen.

Nun gab es Szenen aus dem Film «Durst». Sowtschick schleppte «Gabü» wie ein Wüstenopfer auf den Vordersitz, und sie tat ihm den Gefallen, sie mimte die Verschmachtende. Dann kam Adelheid an die Reihe. Sie kroch auf allen vieren zum Wagen und nahm dann seine Hand.

In der Arbeiterbaracke übrigens stellte Sowtschick fremdartige Benutzungsspuren fest: Auf dem wackligen Tisch stand ein Blechteller mit Suppenresten unter handhohem Schimmelwuchs und eine Konservendose mit Kippen. Auf dem Boden waren zwei Lagerstätten hergerichtet aus Torfmull. Anscheinend hatten hier Penner gehaust, robinsonartig. Ganz romantisch.

Mit einem Stöckchen zerstörte Sowtschick die Lagerstätten, und dann purrte er in dem Regal herum, das an der Wand hing, es löste sich und fiel krachend und staubend auf den Boden, Teller und Gläser zerbrachen. Einem momentanen Zerstörungstrieb nachgebend, schlug Sowtschick alles kaputt, was er fand, ja er zertrümmerte sogar die Fensterscheiben.

Auf der Rückfahrt erzählten die Mädchen, wie es gekommen war, das Malheur: Sie hätten gedacht, der Weg durch den Torfabbau wäre eine Abkürzung, und das war natürlich Schwachsinn gewesen, damit hätten sie sich total in die Socken geschossen.

Jockel war in einen der Entwässerungsgräben gefallen, und sie hatten überhaupt nicht gewußt, wie sie ihn wieder herausbringen sollten, die Wände zwei Meter tief, glipschig, und ganz unten das Wasser... Schließlich hatten sie Torf hineingeworfen, eine Sode nach der andern, und Gabriele war hinuntergestiegen und hatte Jockel herausgeholt.

«Na, Kinder», sagte Sowtschick, «das war ja ein richtiges Abenteuer.»

Der Rest des Tages wurde im Schwimmgang verbracht, und abends fuhren sie nach Kreuzthal zum Chinesen. Das Restaurant befand sich in einem alten Bauernhaus, bunte Glühbirnen hingen in den Fenstern. Frühlingsrolle wurde bestellt, süßsaures Schweinefleisch, gebratene Entenbrust mit Sojakeimen und Krupuks, diese Knack-Angelegenheiten.

Über die Kerze hinweg sahen sich die drei an, und Sowtschick empfing das Kompliment, daß er so ganz anders sei als ihr Vater, kein Mensch glaube, daß er schon sechzig sei.

«Sag mir, wo die Blumen sind» – das war das Wunderbare, daß das Leben immer noch so okayhafte Überraschungen bereithielt. Hier jetzt mit zwei richtigen Sweeties zu chinesischer Musik die vertrauten Köstlichkeiten aus Fernost zu genießen? Und darüber hinaus noch liebliche Gedanken hegen an die nassen kleinen Raubritter, Rita und Sabine, an ein Kapitel, das sich noch nicht erledigt hatte?

In der Frühlingsrolle und in dem süßsauren Schweinefleisch, den Nummern 21 und 103 der Speisekarte, wär jede Menge Glutamat, referierte Adelheid jetzt – das töte graue Hirnzellen.

Nun ja, einmal im Jahr, dachte Sowtschick, das würde das Gehirn schon noch mitmachen. Fünfzig Prozent wurden ja sowieso nicht gebraucht. Ein schrittweiser Abbau von Unterleibspotenzen würde schwerer wiegen.

Was er denn für eine hübsche Hose anhat, wurde auch gefragt. Unten mit Schlag. Die sei wohl noch von vor dem Krieg?

Die Sonne stand hoch über Sassenholz, Sowtschick fühlte sich jung und voller Tatenkraft. Wie die Hunde, so war auch er frisch gebürstet, wenn er auch kein blaues Schleifchen trug: Ein Kettchen trug er um den Hals, mit einem Anker dran. Er hatte sich diese Kette mit dem Anhänger vor vielen Jahren gekauft, um sich bei Anfechtungen, die sich außerhalb der Ehe ab und zu näherten, daran zu erinnern, daß er bereits vor Anker gegangen war – was ihn leider nicht vor Unregelmäßigkeiten bewahrte. Die Hotel-Sache mit Carola Schade zum Beispiel, diese irgendwie mißglückte Angelegenheit. Als sie in dem geblümten Hotelzimmer endlich zusammengefunden hatten und heftig atmend die entblößten Oberkörper einander näherten, war es Carolas übergroße Neugier gewesen, die das Treffen mißglücken ließ. Mit dem Finger hatte sie den Anker angeschubst, obwohl er mehrmals warnte: «Laß das bitte.»

Die Pferdemädchen lagen Tag für Tag mit hochgestellten Schenkeln vor dem Videoapparat und sahen Trickfilme. Sowtschick mußte sich jedesmal dazulegen, das verlangten die Mädchen. Er nannte sie seine beiden Raubritter, und sie neckten ihn ein bißchen, nahmen ihm die Brille ab und faßten mit den Fingern aufs Glas – kurz, alles Unternehmungen, die Sowtschick sich gefallen ließ, Schneeweißchen und Rosenrot: harmlose Scherze. Sie spielten mit dem Feuer, die beiden, ohne zu ahnen, worum es sich dabei handelt. Und Sowtschick, der sich mit dem Feuer auskannte, ließ während der Rangelei flink die Augen schweifen, ob nicht vielleicht Erika auf die Idee käme, ihm wieder mal die Teufelsmaske zu zeigen, oder ob Gabi ohne zu klingeln den Büchergang herunterschliche, um zu fragen, ob dies Gedicht hier, was sie hier eben so in einem Zug hingeschrieben hat, nicht unheimlich in Ordnung wär. Auch hätte die Möglichkeit bestanden, daß die Schlosser ins Haus eingedrungen wären mit der Frage, wo denn nun eigentlich die Gitter anzubringen sind. Deshalb also spitzte Sowtschick die Ohren und ließ die Augen schweifen, während die Mädchen sich anschickten, ihn mit ihrem Pony zu verwechseln. Schließlich hielt Sowtschick es aber doch für besser, die Angelegenheit hier abzubrechen, er wurde «ernst», und er schüttelte die beiden ab.

Er ging hinaus zu den Schlossern, handelte für eine Schachtel

Zigaretten das Abstellen der Schlagermusik ein und setzte sich an den Schreibtisch, das Kettchen um den Hals: Zeile um Zeile schrieb er, zunächst noch heftig atmend, dann ruhiger werdend, «flott» war kein Ausdruck. Die Stadt im Gebirge, Schnee, der Louis-seize-Sessel, Elisabeth von Kahlen-Wottrich und Ulrike, die Geigerin – immer tiefer drang Sowtschick in seine Geschichte ein, er schwelgte in Beschreibungen von Antiquitäten, beziehungsvoll, metaphernreich. Er war nun auch schon ganz zu Hause bei Ulrike, der kleinen Geigerin mit dem Kranz um den Kopf: Was Anthroposophisches schwebte ihm vor, Geigenspiel und Hagebuttenmarmelade, ein verwilderter Garten. Und während sich die Pferdemädchen an Tom & Jerry ergötzten, hatte Sowtschick plötzlich eine Idee: Fingerling war doch Schriftsteller, er müßte ebenfalls etwas schreiben, und zwar eine Erzählung, in der er die Antithese zu Sowtschicks Problemen lieferte.

Gerade als er auf diesen Punkt gekommen war – es rieselte ihm den Rücken hinunter, wie immer in großen Momenten –, an einem Vormittag um Viertel vor elf, als er sich eben überlegte, es wäre doch originell, wenn sich Fingerling im tiefsten Winter ausgerechnet eine Geschichte ausdenkt, die im heißesten Sommer spielt, vielleicht an der See irgendwo, am Meer, unter gischtenden Wogen, als er nach dem Tagebuch griff, um es einzutragen, das große Ereignis: «Weiterbringenden Einfall gehabt...» – da klingelte das Telefon. Der «Linden»-Wirt war am Apparat: Da seien ein paar Senioren, die hätten in der Dichterecke seine Bücher gesehen und sein Foto, ob die nicht eben mal das Haus besichtigen dürften?

Sowtschick schrie nicht «Nein!» wie er es neulich getan hatte, wodurch ihm die Freifrau von Bodenhagen durch die Lappen gegangen war, mit ihren reitlustigen Töchtern. Er sagte: «Wenn's unbedingt sein muß» oder so was Ähnliches. «Aber dann bitte sofort.» Er stellte es sich interessant vor, ältere Herrschaften zu empfangen, Studienräte vielleicht, mit gediegener Bildung und goldener Brille, ihn von seinen beiden «Grazien» Portwein einschenken zu lassen, über Literatur zu plaudern, Goethe, Keller, Rilke. Siehe, da weinen die Götter, es weinen die Göttinnen alle, und dann natürlich über seine Romane zu sprechen: Wie schwierig es ist, Melodie, Harmonie, Polyphonie und Dynamik beim Schreiben gleichzeitig im Auge zu behalten, einem Kapitän auf großer Fahrt vergleichbar, der auch über simultane Fähigkeiten verfügen muß. Und dann einfließen lassen, daß er grade an einem Roman sitzt, in dem ein Schriftsteller im *Winter* einen *Sommerroman* schreibt.

Er sagt also: «Meinetwegen ... Aber bitte sofort.»

Er schrieb den Satz, an dem er knobelte, noch eben zu Ende und notierte sich, wie's weitergeht: «Flut» wäre ein guter Titel für Fingerlings Sommerroman, und «Annemarie» könnte die Frau heißen, die da irgendwo am Meer sitzt und gedankenverloren in die Wellen blickt.

Als er dies eben aufgeschrieben hatte und sich dem befriedigenden Gefühl hingeben wollte, wieder einmal einen Balken über den Sumpf des Amorphen gelegt zu haben, und zwar für allezeit!, klingelte es auch schon an der Pforte. Sowtschick erhob sich – schnell noch mal in den Spiegel schauen und einen aufgeschlagenen Lyrikband schräg auf den Tisch legen – und schritt auf die Haustür zu, um die Pforte aufschnarren zu lassen.

Was hier nun auf ihn zukam, war nicht zu erwarten gewesen. Draußen standen drei Reisebusse, denen unendliche Massen von Greisen und Greisinnen entströmten, die Männer in Grün mit Hosen bis unter die Brustwarzen und mit Halshaut über dem Schlips, die Frauen in Beige, Schuppenfrisur unter pilzartigem Hut, mit Stützstrümpfen und fluoreszierender Brosche auf der Synthetikbluse. Wankend und schwankend fluteten sie an den verblüfften Schlossern und den herbeieilenden Mädchen vorbei auf Sowtschick zu, der den Fehler machte, dem ersten, der da angeschlurft kam, die Hand zu reichen.

«Mach die Alleetür auf!» raunte er Adelheid zu, um freien Fluß zu garantieren.

Drei Busse à achtzig sogenannter Senioren, zweihundertvierzig Hände zu drücken, trocken-schuppige, zitternd-schlappe und leider auch solche, die Feuchtigkeitsspuren aufwiesen vom Naseabwischen. Allen die Rechte geben und sie mit der Linken ins Haus schieben, das von plattdeutschem Lärm mehr und mehr erfüllt wurde, und sofort sehen, daß es sich um Landbevölkerung handelt, die höchstens mal einen Heft-Roman kauft und Groschenblätter liest.

«Ich hab Sie im Fernsehen gesehen ...»

Draußen brüllten die Kühe.

Während er die Hände schüttelte – einzelne Frauen machten sogar einen Knicks –, mußte er an einen Viehumtrieb denken, und er dankte Gott, daß es in diesem Haus einen Hinterausgang gab zur Allee hin, durch den er die Menschheit wieder loswerden konnte. Er horchte, ob in seinem Haus irgend etwas zu Bruch geht oder ob einzelne Besucher vielleicht vom Schlag gerührt auf den Fliesen der Halle ihr Leben ausröcheln: Feuerlöscher hatte er in seinem Haus, aber keine Tragbahren.

Die Schlosser, deren Arbeitsstunden Sowtschick bezahlen mußte, beteiligten sich an der Besichtigung, obwohl sie das Haus doch kannten und obwohl sie von den Mädchen spitz gefragt wurden, ob sie nichts Besseres zu tun hätten, als hier rumzuglotzen und alles anzutatschen?

Ob er nicht 'n Buch für ihn hat, fragte der eine in das Gewühl hinein, seine Mutter würde sich so furchtbar über ein Buch freuen. Ja? Habe er ein Buch für ihn? Wo steht's? Er sucht es sich selbst heraus? Der andere kitzelte die Pferdemädchen durch, was zusätzliches Spektakel machte.

Auch Erika, das Höhlenmädchen, war mit hereingeschlüpft. Um zu zeigen, auf wie vertrautem Fuß sie mit Sowtschick steht, setzte sie sich auf den Flügel und zerpflückte dort eine von Sowtschicks schönsten Dahlien.

Angenehm berührte es Sowtschick, daß Adelheid und Gabriele nicht das Weite suchten, wie die Hunde es taten, und nicht zusätzliche Unruhe erzeugten wie die Pferdemädchen, sondern sich, der Menschenflut entgegenrudernd, krankenschwesterartig der Leute annahmen. Das Löwenheckerchen, das einen äußerst knappen Badeanzug trug, geleitete die Alten durch das Haus und rief über deren Köpfe hinweg Erklärungen im Stil einer Museumsführung: Daß das Bambi keinesfalls aus purem Gold bestände und daß der flandrische Kronleuchter tatsächlich angezündet wird zu besonderen Anlässen, jawohl.

«Treten Sie mal bitte hierherüber...»

Dies sei eine Truhe aus dem siebzehnten Jahrhundert, und in der sei einmal ein kleines Kind erstickt.

«Hier links sehen Sie den Schreibtisch des Autors.»

Während Sowtschick noch immer Hände schüttelte – ein Bus war erst durch – und gleichzeitig beobachtete, daß die ersten «Omas» bereits durch seinen Garten schlurften: Wieso er hier das Franzosenkraut so ungehindert wachsen läßt?, hörte er die Stimme des Goldkindes in seinem Studio Erklärungen abgeben, die von ziemlich weitgehender Identifikation zeugten.

Daß das Schreiben eines Buches mit der Tätigkeit eines Kapitäns zu vergleichen sei, hörte er sie ausrufen, Tiefgang, Kurs und Treibstoff, und die Senioren schmatzten mit den Lippen, an denen braune Kaffeespuren zu sehen waren. Alles mit der Hand zu schreiben, kam ihnen kolossal vor.

«Und wie wird das Haus geheizt?» fragte ein Mann, der, wie man so sagt, schon den zweiten Gummi am Handstock hatte. «Hoffentlich wird die Aussicht nicht mal zugebaut, eines Tages...»

Gabrieles Antwort konnte niemand verstehen, weil ausgerechnet jetzt zwei Düsenjäger angedonnert kamen, die sich gegenseitig jagten.

«Haben Sie keine Angst vor Einbrechern?»

Die kräftige Adelheid stand an der Alleetür und sorgte dafür, daß der Ausgang nicht verstopfte: Wer draußen war, kam nicht wieder herein.

Aus dem Haus herausfließend, ergoß sich die Menschenflut in den Garten, die Allee hinab und in die Laube. Wie große geflügelte Ameisen wimmelten die Menschen durch den Park, und immer noch schüttelte Sowtschick Hände, während die Busfahrer aufs Pedal drückten und große blaue Dieselwolken ausstießen.

Spaniens Gitarren begleiten
die Liebe seit uralten Zeiten...

Die Mofa-Jugend kam knatternd herbei, und Landwirte stolperten über die Äcker: Das geht aber nicht, die schweren Busse, dafür ist die Straße nicht fest genug!

Zu allem Überfluß klingelte noch das Telefon, ein Herr von der Landesregierung wollte wissen, ob Sowtschick eine chinesische Schriftstellerdelegation empfangen würde?

«Chinesen? Immer. Aber keine Japaner, diese Walfischabschlachter!» ließ Sowtschick bestellen.

Bring all things to completely standstill, dachte er und drückte restliche Hände.

Allmählich nahm der Lärm ab, draußen unter freiem Himmel verloren sich die Stimmen. Die letzten Greise wurden instruiert, daß der Dichter alles mit der Hand schreibt und daß das Bauland hier nur eine Mark und fünfzig kostet. Adelheid schob auch die allerletzten in den Garten, wo sie herumstanden und auf eine Brotvermehrung warteten.

Grade wollte Adelheid die Alleetür abschließen, da schwabbte der Menschenstrom wieder zurück. Zwei übereifrige Landfrauen führten die Menge an. Wie in den «Webern» kamen sie auf breiter Front herbei und quetschten sich, Knöpfe lassend, in das Haus hinein. Sie hätten sich ja noch gar nicht verabschiedet, sagten sie, und ob Sowtschick als Dichter nicht mal eine Probe seines Schaffens zum besten geben könnte?

«Wo kann man Ihre Sachen buchmäßig erwerben?»

Die Menschheit floß ins Studio zurück, drehte die Hörgeräte auf und sah den Dichter erwartungsvoll an, und der Menschensohn stand unter ihnen. Er war ratlos, er konnte diesen Leuten doch nicht gut davon berichten, daß er jetzt im heißen *Sommer* an einem *Winter*roman schreibt... Schiefgewickelt, dachte er, ich bin schiefgewickelt, ich kann mich aufhängen mit meinem Roman, niemand wird ihn lesen, niemand braucht ihn. Es ist alles aus.

Da hatte er eine Idee. Er setzte sich ans Klavier, so wie er es sonst nur tat, wenn er Freunde zu Gast hatte, nachts, wenn die Wogen hochgingen. Er begann zu spielen, nicht den Schlager von dem Kapitän in der Badewanne, sondern das schöne Volkslied: «Am Brunnen vor dem Tore...» Die Alten mit ihren beigen und grünen Jacken, oh, die kannten das. Die sangen mit. Zunächst zaghaft, dann kreischend sangen die Frauen dieses Lied, das sie in einer Dorfschule gelernt haben mochten, und die Männer brummten dazu aus Herzensgrund. Sechs Strophen hat das schöne Lied, und die kannten sie alle.

Sowtschick war ein guter Begleiter, er gab das letzte her, er fühlte sich angerührt von den singenden Großvätern und Großmüttern: «Ich träumt in seinem Schatten so manchen süßen Traum...» Es ruckte in seiner Brust, so wie es immer ruckte in heroischen Momenten, wenn er riesige Hochspannungsmasten sah, zum Beispiel, oder in der «Kunst der Fuge», wenn da die Musik plötzlich abbricht.

Wer weiß, wie lange sie noch so gesungen hätten, am Ende gar das Deutschlandlied, wenn die Busfahrer nicht gekommen wären: Das geht aber nicht, hier stundenlang singen, nun mal fixing! Hopp-hopp-hopp! Das Hünengrab stand doch noch auf dem Programm, das «Fron-Hus» und der Torfabbau der Firma Senneschalk.

So nahm Sowtschick denn Abschied von den Leuten, die ihm nun liebenswerter erschienen, einem nach dem andern die Hand drükkend. Ungeduldig wurde er erst wieder, als eine alte Dame das Defilee behinderte, indem sie ihm erzählte, sie stamme aus Preußisch-Eylau, ob sie ihm mal ihre Fluchterlebnisse schildern dürfe? Davon könne er dann ja ein Buch schreiben und am Ende sogar einen Film machen?

Und vollends ungehalten war er, als einer der Schlosser nochmals an ihn herantrat, und zwar der ruchlosere von den beiden, und sagte: «Also, wie ist das nun mit dem Buch?» Wenn er kein Buch mitbringt, dann kriegt er von seiner Mutter Ausschimpfe.

Sowtschick ging an ein Schränkchen, von dem er wußte, daß es absolut leer war, öffnete es und sagte: «Schade! Grade keins mehr da!»

Als alles vorüber war, als die abgerissenen Glocken wieder an ihrer Stelle hingen und auch der letzte Greis aufgestöbert worden war – die Hunde eilten überfreundlich herbei –, sank sich die kleine Mannschaft in die Arme: «Das glaubt ja kein Mensch.» Erika sprang auf Sowtschicks Schoß, begann mit ihm in einer momentanen Verwirrung zu schmusen, und Adelheid erzählte, daß sie sogar welche von der Treppe hatte herunterziehen müssen – «ich dacht, ich krieg 'n Föhn!» –, die hatten auch «die oberen Gemächer» sehen wollen, wie sie sich ausdrückten. Wo denn die Frau stecke, war gefragt worden, und ob sie Sowtschicks Töchter seien?

«Will hei sick 'n Bort wassen laten?»

Und ob das stimmt, daß Sowtschick Millionär ist?

Die Fenster wurden geöffnet, um Zigarren- und Schweißgeruch hinauszulassen, dann wurde überlegt, wie man Sowtschicks Existenz kommerziell nutzen könnte, wenn er einmal tot sei: Ansichtskarten drucken, das Stück für fünfzig Pfennig, und «Die Hände des Dichters», ein Gipsmodell in Serie, Pantoffeln ausgeben, damit die Fliesen geschont werden. Ein Café eröffnen, warum nicht, mit Hawaii-Toast und Strammem Max.

«Und dann einen Ponyhof...», sagten die Pferdemädchen. «Die Stunde zehn Mark...»

Noch lange lag ein Schwall von verbrauchtem Dieselkraftstoff über dem Anwesen, von den Omnibussen gegen das Haus geblasen, die Fenster mußten offenstehen, um die atmosphärischen Rückstände der Menschen herauszulassen, die sonst in den Ritzen der Holztäfelung haftengeblieben wären. Bedauerlich war es, daß der große Schlüssel verschwunden war, den hatten die Senioren anscheinend mitgehen heißen, der «donkey» also. Nun, nicht weiter schlimm, auf dem nächsten Flohmarkt würde man Ersatz beschaffen.

Das Schwimmbad als Jungbrunnen, schade, daß sich das Alter nicht wie ein kalbender Gletscher ins Wasser stürzen ließe, eins zu werden mit dem kühlen Element und wieder daraus aufzusteigen, jung, glatt und schier...

Was seinen Tod anging, die Aufbahrung im Studio, das wußte Sowtschick nun, daß es nicht nur zwei Mädchen sein würden, die neben seiner Bahre stünden, hier wären auch die Pferdemädchen einzusetzen. Zwei zu meinen Häupten, zwei zu meinen Füßen..., dachte er. Erika nicht, die würde auszusondern sein. Dieses Kind paßte irgendwie nicht ins Bild.

Hochsommer: «Das Land ächzt unter einer Hitzewelle», lautete die Schlagzeile des «Kreuzthaler Tageblattes», man solle Wasser sparen, und vom Verkehr wurde gesagt, daß er zusammenbricht, da sämtliche Urlauber gleichzeitig starten, und zwar im Morgengrauen, weil alle denken, alle fahren nachts.

Marianne hingegen schrieb, daß es auf der Isle de Camps recht einsam sei und daß es schon seit Tagen regne, und sie wisse nicht, was sie da soll, eigentlich wär es doch ganz unnatürlich, sich zu trennen, wer weiß, wie lange man sich noch hat... Wie gut, daß sie sich was zu lesen mitgenommen habe... Das Buch von Holderbusch fände sie ganz gut. Und: Sie verstünde gar nicht, was Alexander gegen ihn hat?

Holderbusch? Nun, dieser Mann hatte Sowtschick einen konservativen Sack genannt, mit dem er sich nie an einen Tisch setzen würde, das war es, was Alexander gegen ihn hatte.

Sowtschick zog in seinem Haus die Vorhänge zu. Er saß am Schreibtisch, ganz in Weiß, und mit der Fliegenklatsche wedelte er sich Luft zu. Gash danged! Diese Temperaturen machten ihm zu schaffen, sein Körper reagierte mit Übelkeit und Atemnot. In der sich steigernden Hitze kamen ihm Visionen des Abdrehens: sich plötzlich ans Herz greifen, vom Stuhl rutschen und wie mit dem Dimmer das Leben endigen: Es reißt dich noch einmal empor, und dann sinkst du in Spiralen zu Boden.

Es half ja nichts, er mußte weiterarbeiten. Soviel Geld er auch verdiente, aus tausend undichten Stellen rieselte es heraus: Die Sicherung seiner Fluchtburg, Mariannes Reise nach Jott-weh-deh, Susis Unterhalt, die Stuttgarter Schuldentilgung – gegen all das konnte er wahrhaftig nicht anverdienen: Sein Konto bei der Bank hatte die peinliche Tendenz, ins Minus zu rutschen, sooft er es auch auffüllte.

Sowtschick dachte an die Sommerprosa, die sein Schriftstellerdouble im kalten Hochgebirge schreibt: «Flut». Eine Frau bricht zur Selbstfindung in den sonnigen Süden auf. Selbstfindung? Eher das Wegschwimmen von Fellen fand hier wohl statt, das Abdriften des Lebensfloßes, dem Katarakt entgegen. Doch diese Vorstellungen drängte Sowtschick zurück. Er dachte an Brandung, die ans

Ufer schlägt, und an das turnusmäßige Abschwellen und Ansteigen des Ozeans.

Bis zum Hals steht's ihr, dachte er dann aber doch.

Er nahm eine Schachtel mit Buntstiften, spannte einen weißen Bogen auf das Schreibbrett und entwarf den Schutzumschlag von Fingerlings Erzählung. Er zeichnete eine Frau von hinten, die auf einem Felsen steht und aufs Meer hinausschaut.

Gottfried Fingerling FLUT   Asche-Verlag

schrieb er mit Druckbuchstaben so halb auf die Zeichnung drauf. «Flut...» Dann zeichnete er noch Quellwolken in den Himmel mit einer Sonne dahinter: Drohend geriet ihm das Ganze.

Nachdem er den Umschlag entworfen hatte, begann er aus Studiengründen sogar den Anfang des ersten Kapitels zu schreiben: «Es war an einem warmen Sommertag, Annemarie stand auf den Klippen des Meeres, hoch über den schäumenden Wogen...» So schrieb er, und dann erzählte er von lauem Wind, der ihr das Haar nach hinten wirft, Segelboote in der Ferne... Und während er das schrieb, verschob sich das Bild ein wenig, und das Mädchen Freddy war es, das da auf den Klippen des Meeres steht, ihm zuwinkt und ins Wasser springt, die Arme wie ein Vogel ausbreitet, die muskulösen Beine stramm zusammen, und greisenhaft kam er sich vor, vor soviel Jugend.

Zurück zu Annemarie – Alexander mußte sich zur Ordnung rufen –, daß sie die schäumenden Wogen betrachtet, soweit war er bereits. Vielleicht steht jemand in der Ferne und beobachtet sie mit einem Fernglas? Ein Mann, der ihr nachsteigt, schon seit Tagen?

Die Sache rundete sich. So wie ihm heute Ideen gekommen waren, so würden ihm auch fernerhin welche kommen – und das würde auch nötig sein.

Nachdem er Weiteres skizziert hatte, war es aus mit seiner Inspiration. Das plastische Vorstellungsvermögen flachte ab, die Farben verblaßten und verschwammen im Grau. Seufzend zählte Sowtschick die Seiten seines Manuskripts, und er kam auf einundsiebzig.

«Ganz schön», sagte er, «Hessenberg wird sich freuen.»

Doch was nun? Gebadet hatte er schon. Im Fernsehen standen Testbilder, von Pfeiftönen unterlegt. Klavierspielen mochte er nicht, und vom Bücherlesen befürchtete er Abnutzungen des Sehnervs. So gut konnte Literatur gar nicht sein, daß er Blindheit dafür riskierte.

Sowtschick stand mitten im Studio: in saecula saeculorum. So sehr sein Haus auch einem Kloster glich – der Büchergang als Kreuzgang –, aber da war kein Halt. Das Ewige fehlte. Wenn es gelänge, ein Symbol für das Ewige zu finden, dann wäre alles gut.

Obwohl Sowtschick überlegte, er fand jetzt auf die Schnelle kein Symbol für das Ewige, dem er einen Altar hätte errichten können. Die Standuhr aufziehen und die Blumen gießen, das blieb ihm. Und zu den Mädchen gehen: Wo steckten sie?

Sowtschick ging hinaus in die knallende Sonne: Notizen machen für Fingerlings Flutroman. Wie war eigentlich Sommer? Was heißt Hitze?

Es war so heiß draußen, daß er zurückprallte. «Schwefelsäure pur» war gar kein Ausdruck. Sein kleiner Park, mit Mariannes Öko-Ecke und der grünen, von Rosen umrankten Laube lag im weißen Licht der stechenden Sonne, als ob er einen Schlag erwartete. Die Hunde hechelten im Gebüsch, und die Mädchen ruhten, Sowtschicks Hüte auf dem Kopf, unter dem roten Sonnenschirm auf dem verbrannten Gras, von den Schafen bei strammgezogener Kette unverwandt betrachtet. Auf der Allee trippelte eine ermattete Taube unschlüssig hin und her.

Sowtschick stellte sich zu den Mädchen, die auf dem Bauch lagen, und zwar ohne Oberteil, die eine mit mehr, die andere mit weniger, und Sowtschick richtete freundliche Worte an sie: Daß er soeben unglaublich toll gearbeitet habe, sagte er, man glaubt ja gar nicht, was einem so alles einfällt. Im Winterroman eine Sommererzählung! Und er hielt ihnen den Entwurf des Titelblattes hin – FLUT – und erzählte ihnen von Annemarie, der einsamen Frau am Meer, daß sie auf den Klippen steht und sozusagen ihre Felle wegschwimmen sieht, und er sagte, daß er noch Notizen machen muß für Fingerlings Sommererzählung, Sommer, wie ist eigentlich heißer Sommer? Was fällt einem ein, wenn man schwitzt?

Die Mädchen hoben kaum den Kopf. Irgendwie kriegten sie alles durcheinander. Zuerst war die Rede gewesen von einer Antiquitätenhändlerin? Dann von einer Geigerin, mit Kranz um den Kopf? Und nun auf einmal von einer Frau, namens Annemarie? Sommer oder Winter, das Meer oder das Hochgebirge. Was denn nun?

Da müsse er aber noch 'ne Menge dran tun, sagte Gabriele, wogegen Adelheid als Mutter Vernünftig vorschlug, er solle ihnen einmal alles vorlesen, von vorn bis hinten, und zwar bei Gelegenheit, dann kriegten sie das besser auf die Reihe. «Fingerling», der Name gefalle ihr nicht, warum nicht Martens? Oder Berding?

Hier war er nicht gefragt, das merkte Sowtschick. Fudge! Und er zog weiter. Ein bißchen ärgerte er sich darüber, daß Gabriele «Die Regensauerei» von Holderbusch neben sich liegen hatte. Saurer Regen hin, saurer Regen her: Holderbusch! Dieser linke Windbeutel! Hier in Sassenholz, wo die Luft von Ideen geschwängert war, sollten die Mädchen lieber *seine* Werke studieren, an ihrem Ursprungsort, sie vergleichen in ihren ersten, zweiten und dritten Fassungen und sich mit ihm, dem Autor, über schöpferische Prozesse unterhalten, Erfindungsreichtum und Motivverknüpfungen. Was für eine einzigartige Gelegenheit, einen Schriftsteller beim Notizenmachen zu beobachten! Und später dann herausbringen, welche der Notizen er verwendet hat und in welchem Zusammenhang. Deutsch-Leistungskurs: Für eine Jahresabschlußarbeit hätte er, Sowtschick, dann zu Diensten gestanden. Er hätte ihr die Disposition gemacht, ihr von seinen Ideen erzählt, mißglückte Entwürfe gezeigt und graphische Skizzen mit Spannungsbögen versehen.

Was den sauren Regen anging, den hatte Holderbusch doch schließlich nicht gepachtet. Den würde er in seinem neuen Buch auch schon noch unterbringen. Von der Atomsache ganz zu schweigen.

Sowtschick steckte das Notizbuch ein und gab den Schafen ostentativ frisches Wasser. Daran denkt hier ja keiner. Und als er das tat, sah er, wie einer der Schlosser, von Gebüsch zu Gebüsch Deckung suchend, sich fortmachte. Er hatte sich wohl auch für die Mädchen interessiert.

Sowtschick ging die Allee hinauf und hinunter und drehte den Hacken auf den Disteln, so wie er es den Mädchen vorgemacht hatte, daß sie es tun sollten. Er winkte der Kuh Bianca zu, holte sogar den Salzstein – doch Bianca wandte sich ab. Hier mußte verdaut werden, da war für Liebe kein Platz.

In der Ferne schaukelte Erika auf einem Ast. Sie sah ihn wohl, reagierte jedoch nicht. Die hat heut ihren einsamen Tag, dachte Sowtschick. Wie ich.

Zu allem Überfluß kam die Nachbarkatze des Weges und präsentierte ihm eine gefangene Maus, die sie wie einen Schnurrbart im Maul hielt. Sofort wurde sie weggejagt. Übelste Bilder mußten aus dem Gehirn gewischt werden.

Vom Haus her war zu hören, wie die Schlosser Gitter schweißten, Zischen und Knallen, und jetzt wurde Schlagermusik angedreht, extra laut wegen der trocknen Luft. Vor dem Haus, unter der Eiche, hatten sich die Pferdemädchen eingenistet, das Pony machte sich an Sowtschicks Edelbüschen zu schaffen. Sie waren in ihr Spiel vertieft. Sowtschick setzte sich zu ihnen. Soviel kriegte er mit, daß sich die beiden in einer Art Spieltrance befanden. Ein bißchen Muppet-Show, ein bißchen Kinderstunde war in ihre Spielwelt eingegangen, mit Petrapuppen faßten sie alles zusammen, was sie bewegte, in ihrem eigenen Reich. Von einem «Feldmannschar» redeten sie, womit ein Wurzelstock-Dämon gemeint war, dem die Puppen zu seiner Erheiterung beigegeben waren: zwei links, zwei rechts und eine hinter dem Thron.

So müßte ich meine Bücher schreiben, dachte Sowtschick, als er sie da spielen sah, ganz ohne auf Leuchtzeichen zu achten, keine

Bilder ins Wort erlösen, keine Bedeutung anheben unter die Decke der Erscheinungen.

Die Mädchen erwachten aus ihrem Spiel. Sowtschick sehen und ans Fernsehen denken, das war eins. Ob sie sich eine Kassette ansehen dürften? fragten sie.

«Nachher», sagte Sowtschick.

Er schleppte sich ins Haus und holte die Minolta. Diesem Tag mußte doch noch etwas abzuzwingen sein? Und dann machte er stehend, kniend, liegend von den Pferdemädchen und ihrem «Feldmannschar» eine Aufnahme nach der andern, und er dachte dabei, wie schön es sein würde, wenn er sich die Fotos eines Tages in seiner Fluchtburg ansieht: Dieses Hocken, zum Beispiel: die hochgestellten Schenkel und die krummen Rücken, die unter den Shorts hervorlugenden Höschen, der aufgegangene Zopf, schmutzige Hände. Als Kind hatte er eine Freundin gehabt, ein Nachbarskind, namens Elke. Daran dachte er jetzt, und er sagte laut: «Schade.» Während er da so kniete und durchs Objektiv peilte, guckten die Schlosser um die Ecke.

«Na, fotografieren?» sagten sie.

Nachdem er alle Filme verknipst hatte, holte er den Schlossern Bier und handelte dafür das Abschalten des Radios ein. Er schickte die Mädchen ins Haus, Fernsehen gucken, und setzte sich in die Laube. Von hier aus konnte er Bemerkungen von Vorübergehenden aufschnappen, von Leuten, die stehenblieben und sich gegenseitig erklärten, was Sowtschick für ein Mensch ist. «Eene Milljon hätt' hei all full!», so in diesem Stil, oder: «Hei hett'n Vagel.»

Heute kam jedoch kein interessierter Passant vorbei. Ein Lkw der Bundeswehr hielt, Wehrpflichtige sprangen von der Ladefläche, um «auszutreten», und zwar an seinem Zaun.

Mit Schrecken dachte er daran, daß am nächsten Tag die Barthold-Hinrich-Brockes-Jury tagte, und er hatte noch immer nichts gelesen. Lustlos blätterte er in den Büchern von Autoren, die ihm von der Jury zugesendet worden waren: «Ebenheiten» und «Tiefenrausch», so hießen die Bücher, und sie handelten davon, daß einer schreiben will und nicht kann, und daß er dieses Nicht-Können beschreibt, was ihm gottlob mißlingt, weil das Nicht-

Können eine höhere Qualität ist als das Schreiben-Können. – Andre Autoren litten an den gängigen Problemfeldern und wieder andere schachtelten sich die Schweinereien der Nazis zu grotesken Unmöglichkeiten zurecht. Nazis? Damit konnte er dienen. Tief lag es verborgen in der Brust, beharrlich sich jeder Auswaschung widersetzend. Sosehr er auch sein Kaleidoskop schüttelte, die häßlichen Steinchen zwischen den blau-gelb-roten fielen nicht heraus. Vielleicht könnte man einiges davon Fingerling unterschieben? Und damit loswerden, für immer? Das mußte dahingestellt bleiben. Das konnte nicht an einem Tag wie diesem entschieden werden. Auf dem Tisch lagen die zum Teil noch eingeschweißten Absonderungen von jungen Leuten. Morgen mußte er sich der Jury stellen, und er konnte sich auch jetzt nicht zur Lektüre dieser «Halbsachen», wie er sagte, zwingen. Ausbrennen würde er diesen Auswuchs von Literatur, das nahm er sich vor, weil er von jungen Menschen stammte, die nichts erlebt hatten, sondern Neorichtungen anhingen und vor sich hin faselten und ihn darüber hinaus noch einen konservativen Sack nannten.

Stipendien, Förderpreise, Studienaufenthalte? Hatte ihm damals einer geholfen? Als er angefangen hatte, «seine Visionen ins Wort zu erlösen», hatte er tagsüber bei Buchhändler Röwekamp Bücher abstauben dürfen. Marianne war es gewesen, der er den Anfang zu danken hatte, einzig und allein.

Trotz der Hitze fand sich der Sozialfall ein. Erika hatte genug geschaukelt, war ausreichend lange einsam gewesen und nahm sich jetzt den Alten aufs Korn. Durch «Wegjagungen» gewitzt, näherte sie sich von unerwarteter Seite, bog die Zweige auseinander und stand plötzlich neben ihm, und als sie erst mal da war, wurde er das nach Zwiebeln riechende Kind nicht wieder los. Sie stellte sich hinter ihn und stieß ihm die Brille an den Bügeln nach vorn, löste ihm die Schnürsenkel, all diese herrlichen Sachen.

Ob wieder Busse mit Opas kämen, wollte sie wissen, und dann mußte er sich bereits auf die Brille fassen und vom Stuhl drängen lassen.

Die Pferdemädchen hatten keine Gemeinschaft mit Erika, die war für sie ein «Idi». Und die beiden Großen, die schon mal einen ganzen Tag an sie gewandt hatten, mit den idealsten pädagogischen Bemühungen (es müsse doch gelacht sein, wenn sie die nicht wieder hinkriegten), rührten sich nicht, wenn sie erschien. So blieb die Sache auch diesmal wieder an Sowtschick hängen. In der Laube saßen sie beide am runden Tisch, er, der Verfasser der «Wolkenjagd», die Fliegenklatsche in der Hand, und das ewig grinsende Mädchen, gerupftes Haar, Brille und inwendig herzkrank, ihn vom Stuhl drängend.

Er nahm die leere Minolta vors Auge und tat so, als ob er sie fotografierte, mal von links, mal von rechts, und ihr gefiel das sehr. Durch die Kamera sah das Mädchen älter und herber aus, fast wie ein Junge. Sowtschick bedauerte es, daß er keinen Film mehr hatte. In amerikanischen Fotobüchern waren solche Menschenkinder zu sehen, im Mittleren Westen. Indian Summer, verwahrloste Holzhäuser, Kinder, die in einem Autowrack spielen... Nächste Woche unbedingt das Mädchen knipsen – merkwürdig kam es ihm vor, daß er erst jetzt daran dachte.

Ob er sie mal wieder in den Keller sperren soll? fragte er. Eine Matratze hätte er schon hineingelegt, Brot und Wasser? Sie hinunterstoßen, in eine Ecke schmeißen und einschließen? – Alle möglichen Torturen malte er dem Kinde aus, diesmal würde er sie nicht so schnell wieder herauslassen! Und er tat das mit freundlichem Gesicht, so daß die beiden Großen da hinten, unter ihrem Sonnenschirm, sich schon wundern mußten, wie pädagogisch er ist.

Erika grinste, weil sie das immer tat. Trotz ihrer Blödigkeit hielt sie aber doch «gegen», erfand allerhand Rettungsaktionen und Gegenaktivitäten.

«Smitt di eenfach hän...», sagte sie, «hal mi een Steen un balle di an'n Kopp...»

Sowtschick stand auf und sagte: «Komm mal mit!» Er packte sie im Nacken und schob sie in den hinteren Teil des Gartens. Dort zeigte er ihr einen Haselnußstrauch und wies auf eine Gerte. Die werde er abschneiden, wenn es soweit sei, und damit werde er sie prügeln.

Das Mädchen sagte: «Datt schaffs du ja doch näch...», machte sich los und rupfte Kirschen vom Baum. Sowtschicks schöne Kirschen! Ja, sie kletterte sogar in den Baum hinein und spuckte ihm Kerne ins Gesicht. Sowtschick griff nach ihren nackten, geschundenen Füßen und zog sie herunter. Es gab eine Balgerei, bei der sie plötzlich nach seiner Halskette griff und sie abriß. «Datt beholl ick!» rief sie und lief davon.

Sowtschick saß im Gras und war verdutzt. Seine Hände waren klebrig von der Fußberührung, und auf dem Hemd hatte er blaurote Kirschsaftspritzer. Im Gras saß er, und die Sonne knallte herab.

Dort, wo die Kette gesessen hatte, brannte die Haut. Na, laß sie, dachte er, das Ding krieg ich schon wieder.

Er ging ins Haus. Dort saßen die Pferdemädchen mit glühendem Kopf vor einer Bunny-Kassette. Aus dem Schwimmgang hörte er Kreischen, das waren die beiden Großen. Nun, baden, das war eine gute Idee! Sowtschick duschte sich überpedantisch (um zu zeigen, wie man das macht), und dann stieg er zu ihnen in den künstlichen Bach hinein. Die Mädchen nahmen zunächst Reißaus, so als habe er vorgehabt, sie zu verfolgen, dann kehrten sie um und machten mit Pingpongbällen, die aus Gründen der Dekoration auf dem Wasser schwammen, Zielwerfen nach seinem Kopf. Er spielte Walroß, tauchte sie an und griff nach ihren Beinen, was wiederum Kreischen auslöste und allerhand Geplansche.

Es dauerte nicht lange, und auch die Pferdemädchen kamen angelaufen und sprangen ins Wasser. Der Lärm war unbeschreiblich.

Die Enge des Schwimmgangs brachte manche Berührung mit sich, zunächst unabsichtlich, dann kalkuliert, es gab Verfolgungen, und Sowtschick hatte viel zu erdulden. Besonders die Pferdemädchen hatten es auf ihn abgesehen. Sie wollten unbedingt auf seine Schultern steigen.

Plötzlich stand Herr Rademacher, ihr Vater, am Rand des Bekkens. Grade hatte Sowtschick sich die kleine schwarze Sabine aufgeladen, da stand dieser Mann, der von der Arbeit kam, unvermittelt und ziemlich humorlos da. Ohne guten Tag zu sagen, verkündete er, daß das hier ja ein kurioser Zirkus sei, und wenn die beiden nicht sofort mit nach Hause kämen, kriegten sie was «hintere Löffels».

«Datt is hier ja 'n kuriosen Zirkus.»

Dies war ein Mißklang, und Sowtschicks Laune schlug um. An seine «Abrackerungen» dachte er, Tag für Tag, an die Löcher im Gefäß seiner Einkünfte, und daran, wie gut er es meint mit der Jugend, daß er sie fernsehen läßt und baden, ohne daß sie vorher duscht, was zu Vertalgungen der Anlage führen würde, wie ihm der Schwimmbad-Vertreter wieder und wieder erklärt hatte.

Zum Abendbrot gab es Rührei mit frischer Gurke. Sowtschick war schweigsam, ja gereizt. Er brummte vor sich hin, daß das nun schon das siebte Rührei sei, das sie ihm hier bieten, und daß er aufgekochte Milch nicht leiden kann. Die Gurke, in Folie eingeschweißt, bezeichnete er als ungenießbar, weil sie vermutlich atombestrahlt sei, die Holländer, das weiß man ja: Fischen die Nordsee leer mit engmaschigen Netzen, und dann die Sache mit dem Flüssigei ...

Und: «Ist es denn nun wirklich zuviel verlangt, wenn ich euch bitte, die Allee ein paarmal rauf und runter zu gehen und die Disteln auszutreten? Ist das wirklich zuviel verlangt?» Sie hätten es wohl lieber, wenn er den ganzen Garten mit USTINEX vergifte, was?

Sowtschick verzog sich in sein abgedunkeltes Studio. In dem Röntgenstrahlen aussendenden Fernsehempfänger – «entspricht der RÖV» – gab es ein Fußballspiel zu sehen, das die Deutschen gegen brutal-clevere Italiener verloren. Der belgische Unparteiische pfiff parteiisch, und die italienischen Zuschauer johlten, wenn die Deutschen einen Konter starteten. Also auch keine Italiener mehr ins Haus lassen und keine Belgier, das schwor sich Sowtschick, Holländer sowieso nicht. Nie! Dann schon eher Chinesen, die waren wenigstens höflich.

Ein albernes amerikanisches Musical folgte, in dem die Leute mitten in der Unterhaltung aufsprangen und steppten, und während er es sah, ging das Telefon, was der Parteien-Aufsatz macht, wollte der Redakteur vom «Globus» wissen, ob er schon angefangen hat damit? Sowtschick mußte sich sehr winden.

Dann lief im ZDF ein deutscher Krimi. Ein reicher Unternehmer tötet einen armen Fixer, ausgerechnet in dem Augenblick, wo der zum ersten Mal clean ist und ein neues Leben anfangen will.

In den Spätnachrichten, als Sowtschick schon ganz zusammengesackt war, Bilder von Autoschlangen, Staus in Dreierreihen, und in Berlin, am Kurfürstendamm, junges Volk, das sich im Europa-Brunnen die Füße wäscht. Die Macker mit ihren Tussis wurden interviewt, ob sie an Gott glauben oder nicht. «Immer!» war die Antwort, und: «Ürgendwie.» Die aseptische Ruine der Gedächtniskirche im Hintergrund.

«Fortbestand des hochsommerlichen Wetters.»

Die Nacht brachte keine Erfrischung. Sowtschick lag auf seinem Bett unter einem Leinentuch und rieb sich die brennende Strieme am Hals. Im «Unternehmen Cerberus» stampften die Kolosse dahin, ein braver englischer Soldat sieht sie als «Blipps» auf seinem Radarschirm, wird aber die Meldung nicht los, weil der Diensthabende gerade einen Tag Urlaub hat.

Sowtschick legte das Buch zur Seite. Februar 1942 ... Der Vater war nach Hause gekommen, und die Mutter hatte zu ihm gesagt: War das richtig? – Nichts wußten die jungen Leute vom Dritten Reich. Im Café Rüther hatte er gesessen, als die Sache mit Stalingrad herauskam, Roggenmehltorte. Und Kamerad Lehmann? Immer so freundlich gelächelt, und er hatte sich benommen wie ein Schwein. Ich bin ein Schwein, dachte Sowtschick. Er starrte die Astknorren an und wartete darauf, daß die Moleküle seines Leibes und seiner Seele sich beruhigten. Über sich hörte er es knarren, da warf sich die Kanalschwimmerin von einer Seite auf die andere, und durch die verdunkelten Fenster wetterleuchtete es.

An die Balgerei im Schwimmgang mußte Sowtschick denken, wie die kleine magere Geschichte auf seinen Schultern gesessen hatte, Adelheids nasse Haare, «Gabüs» schwarzer, am Körper klebender Bikini: Das waren Bilder, die sich in Sowtschicks Hirn bereits festgesetzt hatten. Auch die schmuddelige Cordhose war noch da und das Mädchen Freddy aus Santa Barbara – Balsam-Bilder, die über finsteren Schemen lagen.

Flut. Er dachte an die einsame Frau am Meer. Die Wellen, die an den Strand schlagen, vertrocknende Quallen. Und dann kam ihm die Erinnerung an einen Unterwasserfilm mit bunten Fischen in Korallenwäldern. Plankton. In jedem Tropfen kleine Welten, einander verschlingende Monaden, Schneekristalle aus warmem Fleisch...

Sowtschick war eingeschlafen, und er schlief irgendwie unbedingt, wie das so seine Art war. Nachtmörder hätten an sein Bett treten können und Meinungen austauschen über die sicherste Art, ihn um die Ecke zu bringen. Sich auf ihn werfen und würgen, das würde in Frage kommen, die Hände fest um seinen Hals gekrallt, zudrücken und nicht lockerlassen...

Sowtschick wachte davon auf, daß Regen auf die Velux-Fenster prasselte. Blitze zuckten und Donner krachte. Sturmwind rüttelte an den Dachziegeln: Feuerschiff Elbe I!

Zwischen zwei Blitzen öffnete sich die Tür zu seinem Zimmer, die Mädchen kamen herein. Ob das Haus einen Blitzableiter hat, wollten sie wissen, und er sagte ohne weiteres: «Kommt her, Kinder, kommt, hier seid ihr sicher.» Alle drei lagen sie dann nebeneinander und lauschten dem Regen, und sie hofften inständig, daß der Blitz, der sich da eben entladen hatte, der letzte gewesen ist. Sowtschick fühlte, wie die beiden zitterten, und er zitterte auch, und ganz von selbst kam es, daß sie sich ein wenig aneinanderdrängten: Den Kopf legten die Mädchen beherzt auf seine Schultern. Die kühlen, sich allmählich wärmenden Mädchenkörper, Apfel-Shampoo, Nivea-Milch. Hier flirrte ein kleiner Finger, dort ein großer Zeh.

Sowtschick versuchte, die Mädchen abzulenken von dem Gekrache, indem er von Petrus sprach, der wieder mal kegelt, und er deklamierte Arno Holz: «Een Boot is noch buten». Er nahm sich vor, ihnen morgen die «Pastorale» vorzuspielen und zu interpretieren. Das würde nach diesen Eindrücken auf fruchtbaren Boden fallen. In all dem Gekrach und den Regen-Trommel-Wirbeln bedauerte er es, daß in seinem Schlafzimmer immer noch Möbel der Erstausstattung standen. Die geflammte Frisiertoilette war ja direkt peinlich. Wie schade, daß die Tür zu seinem Kabinett nicht offenstand, so mußte man den Raum dort für das halten, was er ursprünglich gewesen war: für eine Wäschekammer und nicht für ein Refugium mit seltenen Schätzen.

Krach! Bruch! Donner, donner, donner...

Hinauslauschend in die Naturgewalten erzählten die drei einander Kindheitserinnerungen von Gewittern, die auch alle sehr barbarisch gewesen waren.

«Vor den Eichen sollst du weichen.»

Sowtschick bot die Story von dem Mädchen Freddy dar, mit dem er am Strand gesessen hatte, der plötzlich aufkommende Orkan, weit draußen Ölbohrinseln und Tanker, und die gemeinsame Flucht in einen Bootsschuppen; «lonesome», das Wort war ihm haftengeblieben.

Er nahm je ein Ohrläppchen der Mädchen und rieb daran, so wie es früher sein Zahnarzt mit dem Amalgam-Zäpfchen getan hatte.

«Freddy?» fragten die Mädchen, er habe wohl an jedem Finger eine, was?

«Im Augenblick ja», sagte Sowtschick und fuhr fort, an ihren Ohrläppchen zu reiben, und die Mädchen freuten sich, daß er so schlagfertig ist.

Sowtschick dämpfte seine Stimme und sprach von dunkeln Gestalten, die nachts um sein Haus herumschleichen, mit Messer in der Hand, und daß es schon gang und gäbe wär, in dieser Gegend, daß Mörder in Häuser eindringen und die Insassen abschlachten und daß das Blut die Treppenstufen hinuntertropft.

Dies jagte Schauerstürme durch die Mädchenkörper, und als er dann noch seine Stimme ins Grauenhafte verstellte und ihnen an die Hälse griff, schrien sie auf.

Schließlich fragten sie aber doch: Das Glas Wasser auf dem Nachttisch, ob er da sonst sein Gebiß immer reintut? Und schon mußten sie wieder still sein, denn wieder krachte es: und zwar unmäßig. Das mußte ganz in der Nähe gewesen sein.

Auch die Hunde kamen nun herauf, Stufe für Stufe, sie machten Anstalten, ebenfalls in Sowtschicks Bett zu springen. Nun, das gab Anlaß zum Lachen. Die drei hüllten sich in Bademäntel und stiegen die Treppe hinauf, unters Dach, und von dort aus gab es ein Schauspiel zu sehen, das als «fetzig» bezeichnet wurde. Zuckende

Blitzgeäste erhellten für Zehntelsekunden den Garten. Die Schafe standen gottergeben unter der Trauerweide, sie hielten den Kopf gesenkt. Die Regentropfen fielen nicht einfach vom Himmel, sondern sie schossen herunter, in Schwällen sich steigernd als sogenannte Bindfäden. Zwischendurch wurde das Geprassel schwächer, so als habe einer den Hahn abgestellt, und dann ging's wieder von vorne los. So sehr die drei gehofft hatten, daß das Unwetter endlich vorübergeht – vor diesem grandiosen Schauspiel hofften sie, daß es noch recht lange dauert.

Leider wurde in den Blitzsekunden sichtbar, daß die Sitzpolster der Gartenstühle nicht hereingeholt worden waren: Sie würden sich nun voll Wasser saugen. Der Sonnenschirm war umgefallen und spießte seine Gräten durch die rote Leinwand.

Das sind eben Sachen, die nicht passieren, wenn Marianne da ist, dachte Sowtschick.

Als sie da so am Fenster standen, zusammenschauernd im frischnassen Luftzug (die Mädchen ließen es zu, daß er seine Arme um sie legte), ging plötzlich die Sirene. Gleichzeitig läutete die Kirchenglocke: Feuer. Die drei wetzten von einem Fenster zum anderen, bis sie vom Dorf her einen rötlichen Schein wahrnahmen. Sie rissen sich unter dem wilden Lärm der irritierten Hunde Hosen und Pullis an den Leib und strampelten mit den Gesundheitsrädern los, das Löwenheckerchen auf Mariannes Rad und Adelheid bei Sowtschick auf der Querstange. Schon lange war er nicht mehr Rad gefahren, aber nun tat er es feurig.

Aus allen Häusern kamen Leute gelaufen. Licht wurde gemacht. Der Name des Bauern, bei dem es brannte, wurde laut in die Gegend gerufen: «Bi Jan-sin», was auf hochdeutsch heißt: «Bei Jan», und was bedeutete, daß es «dat Fron-Hus» war, dessen letzte Stunde nun geschlagen hatte. Die Flammen fauchten bereits aus dem riesigen Dach des Fachwerkgebäudes, wild um sich greifend: Da oben lagerte Heu, und darin saß die Glut.

Bauer Jan und seine Frau Elise waren nicht zu Hause, sie waren nach Köln zur Silberhochzeit eines Schwagers gefahren. Nur die Oma und der schwachsinnige Knecht rannten auf dem Hof herum. Sie öffneten das Tor der Scheune, und Schweine kamen quiekend herausgerannt, was «Hallo!» auslöste, «Bravo!» und Beifall-Klatschen. Nachbarn fingen die Tiere ein und brachten sie in ihren eigenen Stallungen unter.

Ziemlich zugleich mit Sowtschick und seinem Anhang traf die freiwillige Feuerwehr an der Brandstelle ein. Die Männer hebelten die Schlauchtrommeln vom Wagen, von fachmännischen Kommandos angetrieben. Die Pumpen sprangen an, «Wasser marsch!» wurde gerufen, und Wasser strahlte in die Glut.

Auch aus anderen Orten kamen Feuerwehren und halfen, aber die Flammen ließen sich nicht beirren, die Eternitplatten, mit denen das Dach gedeckt war, knallten, und wildbewegt schlugen die Flammen daraus hervor. Die Feuerwehrleute richteten ihre Schläuche mal hierhin und mal dorthin, bis ein höherer Beamter in einem roten Volkswagen erschien, mit silbernen Tressen an der Uniform. Er erklärte das «Fron-Hus» mit seiner geschnitzten Fachwerkfassade für verloren: Das danebenliegende Wohnhaus galt es zu retten, in dem sich übrigens schon Leute zu schaffen machten: Eine gute Gelegenheit, mal rumzuschnüffeln, was Elise in ihren Schränken hat.

In sonderbarem Kontrast zu dem sich überschlagenden Eifer der Feuerwehrleute, die über ausgelegte Schlauchleitungen stolperten, stand die müßiggängerische Neugier der Bevölkerung, die, auf Fahrräder gestützt, flackernd rot beleuchtet, sich die Feuersbrunst besah: der Fernfahrer Lohmeier, ein Mann namens «Klaussi», in Pantoffeln, Tante Hertha, die Zeitungsfrau, und der vierschrötige Schulmeister, der jedem sagte, daß er untröstlich sei, weil es sich bei dem «Fron-Hus» um unwiederbringliches Kulturgut handelt, das hier zugrunde geht.

«Soweit haben sie's gebracht!» sagte er anklagend, ohne daß jemand zu sagen gewußt hätte, wen er damit meinte.

Das ganze Dorf versammelte sich nach und nach, auch die Mofa-Jünglinge erschienen, die Pferdemädchen und der Pastor mit seiner Frau, dem es vor der Gewalt der Elemente grausen mochte. Auch von «Klaussi» war zu erfahren, daß der Blitz eingeschlagen hat, und daß Jan nicht zu Hause ist. Ein zahnloser Mensch gab immer wieder bekannt, er hätte gleich «zu seine Frau» gesagt: «Mensch, wenn dat man nicht inslah'n hätt.»

Die Oma und der malle Knecht liefen drei Schritte nach rechts, drei nach links. Der Knecht versuchte, der schweigenden, in Rot getauchten Menge zu erklären, daß er nichts dafür kann, daß das hier brennt, aber die Menge ließ ihn ungetröstet. Jan, ein wie guter Bauer er auch sein mochte, pflegte ihn von Zeit zu Zeit zu verprügeln, und das war es, was in den nächsten Tagen auf ihn zukommen würde.

Nun erschien auch der Bankleiter aus Kreuzthal mit seiner Gattin, die tatsächlich einen Hut auf dem Kopf hatte, und zwar mit einer Feder dran.

Das kommt davon, wenn man keinen Blitzableiter hat, sagte der Mann, und ob es mit der Feuerversicherung gut stehe, wisse er nicht so genau. In diesen Angelegenheiten dürfe man nicht den lieben Gott einen guten Mann sein lassen, fügte er noch hinzu, und das war eine Redensart, zu der der Pfarrer sich nicht äußern mochte.

Im übrigen war er nicht der Ansicht, daß mit dem «Fron-Hus» die Seele des Dorfes verbrenne. Der «Kasten» wär sowieso nicht mehr zu retten gewesen. Was da die Gemeinde noch hätte blechen müssen, da wär das Ende von weg. Seine Gattin war derselben Meinung.

Sowtschick stellte seine beiden Mädchen vor, «Eene Milljon hätt hei all full», dieser Spruch stand leuchtend über seinem Haupt. Er freute sich, daß er in der Woche zuvor durch eine größere Überweisung sein laufendes Konto wieder einmal ausgeglichen hatte. Er stellte sich vor, wie der Bankleiter seiner Frau das Kontoblatt zeigt und «alle Achtung» sagt oder so was Ähnliches, und daß er das als Kampf bezeichnete: «Sowtschick kämpft ganz schön.»

Trotz des feurigen Wütens wurden Fragen nach dem gegenseitigen Befinden gestellt, die Hautevolee des Dorfes interessiere sich dafür, wie's Michael geht und was Susi macht. «Hat sie denn schon mal ein Bild verkauft?»

Der Bankleiter wollte wissen, wie es Sowtschicks Frau gehe.

Was, die sei überhaupt nicht da? sagte er, obwohl er das doch wußte. Ganz allein nach Frankreich gefahren? «Was, Schatzi, das wär nichts für dich, wie?»

Die Gattin mit der Feder am Hut bezeichnete die Konstellation in Sowtschicks Haus als «ja» sehr modern. Frau fährt weg, Mann bleibt hier. «Und ihr zwei beiden helft unserm Dichter schön?» Ob sie schon in Ausbildung seien und so weiter.

Der Pastor teilte mit, daß er eine Nichte hat, die im Diakonischen Werk tätig ist, als Ärztin. In Kenia, Namibia, und wie das alles heißt, da sei sie schon überall gewesen. Gutes tun, Menschenleben retten, Zerstörung der Natur Einhalt gebieten. Donnerstag abend um zwanzig Uhr sei im Gemeindesaal ein Lichtbildervortrag über die Dritte Welt, er lade dazu herzlich ein. Dann berechnete er, wieviel Sauerstoff das brennende «Fron-Hus» aus der Luft nimmt, in Brasilien das Abholzen des Urwaldes und die Zerstörung des Planktons in den Weltmeeren durch auslaufendes Öl: Das Weltenende komme wahrscheinlich in Form des Erstickungstodes, wenn nicht durch eine Atomkatastrophe. «... Und der Himmel wird wegrollen wie ein Buch ...» Daß das Löschwasser übrigens *Trink*wasser sei, schon bald nicht mehr mit Gold aufzuwiegen, fügte er hinzu.

Der Bankleiter lachte sein geringschätzigstes Lächeln und sagte nur: «Theorie!» Das sei alles Theorie. Ob ihm das mal einer verklickern kann: Einerseits wird gesagt, die kriegen zuviel Kinder da unten, andererseits schicken sie Ärzte hin, um die Kindersterblichkeit abzuschaffen. Entwicklungshilfe! Daß er nicht lache ...

Sowtschick war traurig, daß das schöne Haus dahinsank. Die derben Schnitzereien am Giebel, nackte Gestalten, die dem Betrachter Fratzen schnitten oder gar das Hinterteil wiesen, jetzt wurden sie von den Flammen erreicht, und niemand hatte sie je fotografiert. Wie gut hätte diese Volkskunst, die im Kunstführer des Landes als originell eingestuft wurde, in seine Bibliothek gepaßt. Er beobachtete den Feuerfraß, vielleicht würde sich die Katastrophe ja auswerten lassen? In der «Winterreise» – Feuer als Schluß?

Ob er selbst nach einer solchen Verheerung, wenn also sein

eigenes Haus abbrenne, mit dem zweiundzwanzig Meter langen Büchergang und dem Studio, ob er dann noch einmal ganz von vorne anfange? fragte er sich. Alles wieder aufbauen? Taschentücher kaufen, Teppiche, Tassen und Teller? Achttausend Bücher?

Nein. Er würde nach Portugal ausweichen zu den singenden Fischern am Meer. Jedenfalls würden vermutlich doppelt so viele Zuschauer kommen und dreimal soviel Feuerwehren und ein Feuerwehrhauptmann mit goldenen Tressen. Ganz zu schweigen von Fernsehteams und Journalisten, die über die Zäune steigen und ein Stück Regenrinne abbrechen, zur Erinnerung, und ihn fragen, was er in diesem Augenblick empfindet.

Der Schulmeister bahnte sich den Weg durch die Mofa-Horde und begrüßte die großen Herrschaften mit aufgenötigtem Händedruck und fragte, ob Sowtschick sich durch diese Flammen hier zu neuem dichterischen Tun anregen lasse? Von sich selbst könne er das wohl sagen! «Wir zwei müssen uns mal zusammensetzen und die Beobachtungen austauschen...» Wie's Michael geht und was Susi macht – «Gott, ich seh sie noch mit ihrer Pudelmütze» – und: «Was haben Sie denn hier?», das fragte er auch, und er guckte die beiden Mädchen an und reckte sich ein wenig. Daß er gleich sieht, wie gut erzogen die sind, sagte er, saubere Deerns!, nicht wie die hiesigen Halbstarken, verwahrlost und am Volkskörper schmarotzend. Maulschellen müsse man denen verpassen, und Hausaufgaben müßten sie aufkriegen, daß denen Hören und Sehen vergeht. Oder so wie damals, Arbeitsdienst! Dann wollte er wissen, ob Sowtschick wieder einmal ein Buch schreibt, und meinte, sie müßten sich mal ihre Sachen gegenseitig vorlesen, seine Schwägerin hinzuziehen, den Lesekreis und vielleicht noch Edmund Ballon vom «Kreuzthaler Tageblatt»? Der sei auch ganz in Ordnung, und dann einen Wörkschopp gründen, ganz regulär.

Er hatte die Hände in den Taschen seiner schwarzen Satinjacke und klimperte mit Schlüsseln. Mit seinen Nußknackerzähnen kaute er auf einem Streichholz, das hielt er wohl für progressiv. Während waghalsige Männer allerhand Maschinen aus dem Gebäude zogen, referierte er, wann und wo in diesem Dorf schon unersetzliches Kulturgut durch Flammen vernichtet worden sei: die Windmühle, und dann 1935 der herrliche Hof von Wilhelms sin Willi. *Das* wär ein Hof gewesen. «Ich kann Ihnen sagen.» Und dann diese Zigeuner-Sache? Der Zigeunerdiebstahl? Am hellichten Tag? «Sintis» hießen die ja jetzt und wären die ehrlichsten Menschen von der Welt. Den Blick fest auf die Flammen gerichtet, äußerte er in das Krachen der Balken hinein die Frage, ob Bauer Jan wohl all seine Schweine wiedersähe? Bei dem Brand anno '78 hätten soundso viele Schweine gefehlt. Oh, und dann fiel ihm ein, wie in Weitmoor mal das ganze Vieh verbrannt war, bei lebendigem Leibe. Daß das an den Ketten gerissen hätte und gestampft und gebrüllt. Und dann kam er, sich zeitlich zurücktastend, auf das Kriegsende zu sprechen, der ganze Himmel rot, und dann die Engländer mit ihrem schönen Weißbrot. Daß sie das Dorf schon *gehabt* hätten, unversehrt, und dann wär SS gekommen und hätt hier noch Krieg gespielt. Er habe sich die Milchgesichter angeguckt: Manch einer hätt noch ins Gras beißen müssen.

Ob sie nicht, das fiel ihm ein, gemeinsam eine Geschichte dieses Dorfes schreiben wollten, als Pendant zu seinem Sagen-Werk, eine Chronik von Sassenholz, ganz regulär? Er schob das Streichholz von einem Mundwinkel in den andern, pochte Sowtschick an die Brust und stellte sich rücklings vor das Feuerpanorama, dem sich der große Kollege eigentlich in Ruhe widmen wollte. Von einem kulturellen Resümee sprach er, das sie ziehen müßten, ehe es zu spät sei, und er redete sich in Hitze.

Rettung kam von Erika. Das Mädchen war auf einen Apfelbaum geklettert, um von dort aus alles zu überblicken. Obwohl das niemandem schadete, wurde dies von dem Schulmeister mit Erbitterung vermerkt. Das sei ein Deutscher Winterapfel, auf dem das Mädchen da sitze, diese gute alte deutsche Sorte, von der es nur noch wenige Exemplare in der Börde gebe.

«Willst du wohl sofort da runterkommen!» rief er und drohte dem Mädchen mit seinem Spazierstock. Das hätte sich früher mal einer wagen sollen, rief er Sowtschick zu, und da ihm das Mädchen die Zunge rausstreckte, machte er Miene, sie vom Baum zu schütteln. Da glitt sie denn doch herunter, schrie: «Opa, Opa!» und zog ab.

«Das ist doch unverschämt!» rief der Schulmeister und schickte sich an, sie zu verfolgen, und alle schienen ihm recht zu geben, und: So was gehört eingesperrt, und zwar ins Erziehungsheim ...

Sowtschick griff sich an den Hals. Da hatte die Kette gehangen mit dem Anhänger, den jetzt das Mädchen Erika besaß. Nun, dieser Streich würde sie für eine Zeit fernhalten von ihm: Am besten gar nicht drum kümmern, dann würde sie das Kettchen schon noch bringen.

Inzwischen hatte der Feuerwehrhauptmann das Retten von Maschinen gestoppt. Noch einmal in den Stall hineinzulaufen, sei «Sülwsmoor»*.

Eine gewisse Ruhe kehrte ein, dem Feuerwerk folgte die Wasserkunst. Sechs «Rohre», wie das fachmännisch genannt wurde, waren springbrunnenartig auf das Wohnhaus gerichtet. Die Feuerwehrleute saßen auf ihren Leitern und hielten den Strahl nach Gutdünken mal auf diese Stelle, mal auf jene, im Rinnstein lief gurgelnd das Wasser ab, mit Häckselstückchen vermischt.

Die Mofa-Jünglinge schmissen unterdessen mit Steinen die noch heilen Fenster der Scheune ein. Nun krachte es, und Funkenschauer stoben aus dem «Fron-Hus» hervor, die Zwischendecke fiel herunter, was Rufe des Erstaunens bei den Zuschauern auslöste. Die Flammen schlugen hoch hinauf in den finsteren Himmel. «Ein Fanal», sagte die Pastorenfrau.

Von der Autobahn kamen Touristen-Autos mit Sack und Pack, durch den Feuerschein angelockt. Für die war das eine willkommene Urlaubssensation: Feuer im Dorf! Wie in alten Zeiten. Wann kriegt man so etwas schon mal zu sehen! In den abenteuerlichsten Dialekten erzählten sie einander, daß der Blitz hier eingeschlagen hat und daß der Bauer nicht zu Hause ist.

Sowtschick und seine Mädchen erregten Aufmerksamkeit, man flüsterte den Fremden zu, dies sei der Schriftsteller Sowtschick, der öfter mal im Fernsehen zu sehen ist, und die Leute kamen und peilten ihn an. Eine aufs äußerste enthusiasmierte Frau drängte sich an ihn und sagte: «Das darf doch nicht wahr sein.» Sie hätte alle

* Selbstmord

seine Bücher gelesen, aber, ehrlich gesagt, sie hätt ihn sich größer vorgestellt... Ob die Frau Bankleiter seine Frau sei, mochte sie sich fragen, und wie sie selbst ihn umsorgen würde, stellte sie sich vor.

Die große Menge peilte mehr die beiden «Görls» an, die in ihren Pullis, rot und grün, recht fesch aussahen.

Die Mädchen waren sichtlich stolz, daß Sowtschick hier von fremden Menschen und bei Nacht erkannt wurde. Ob der Bauer nun ganz arm wird, wollten sie wissen. Hier konnte sich der Schulmeister einschalten. Er wies auf Männer hin, die mit langen Stangen eine Wand einstießen: «Das machen die wegen der Schadensfeststellung», sagte er. Für jede stehengebliebene Wand zögen die Versicherungsmenschen nämlich Prozente ab. Deshalb stoppe er auch nicht das Fenstereinschmeißen durch die Jungs. Er machte ein schlaues Gesicht und fragte die Mädchen, ob sie wüßten, was «warm abbrechen» bedeutet, und er lachte dazu und stieß dem Bankleiter in die Seite. Das gebe es auch, daß ein Bauer, wenn ihm die Schulden über den Kopf wachsen, sein Gehöft «warm abbricht», und wieder stieß er den Bankleiter an, was dem nicht recht war.

Der Pastor kraulte sich seinen blonden Mosesbart und sagte: Das traue er niemandem zu, daß er sein Haus selbst anzündet. Gott lasse sein nicht spotten. Zehn oder zwanzig Jahre nach einem solchen Betrug passiere dann irgend etwas, der Sohn verunfalle oder die Tochter gehe an Krebs zugrunde – und das würden sich die Eheleute, die so etwas täten, ihr Haus anzünden, dann zum Skrupel machen.

In diesem Augenblick platzte der Putz vom Giebel: Ein Bild der Jungfrau Maria wurde freigelegt. Alle riefen: Ah! Doch schon Sekunden später krachte der Giebel zusammen. Die Schönheit war für immer dahin.

Es hatte wieder angefangen zu regnen, es war ein sanfter Regen, so als wollte sich das Wetter für sein Wüten entschuldigen. Ein Teil der Dörfler verzog sich ins Wirtshaus, die erzählten einander, daß sie das gleich im Urin gehabt hätten, daß das hier einschlägt. Und in Rußland 1942, wie die Dörfer da gebrannt hatten, daran dachten die älteren Männer vielleicht.

Auch Sowtschick machte Anstalten, das Feld zu räumen, den Mädchen war's recht, hier war nun nichts mehr zu erwarten. Sie bezeichneten die ganze Angelegenheit als echt «fetzig», ja als «flockig», und bestiegen die Räder. Diesmal nahm das singende, springende Löwenheckerchen auf Sowtschicks Querstange Platz, und der freute sich darüber und beschloß, seine Nase in ihr Haar zu stecken.

Leider hatten sie denselben Weg wie der Schulmeister, und da der zu Fuß gekommen war, mußten sie sofort wieder absteigen. Über den Bordstein stolpernd redete der Schulmeister von der großen Eiche an der alten Mühle, daß da der Blitz schon dreimal und in die alte Mühle selbst schon viermal eingeschlagen habe, und von Wilhelm sin Willi, dessen herrlichen Hof, und daß nun mit dem Brand des «Fron-Hus» dem Dorf das Herz aus dem Leib gerissen sei.

Sie näherten sich der Schule, und es war klar, daß er Sowtschick und die Seinen mit hineinziehen wollte in sein Haus, zu seiner Dreschflegel-Sammlung, zu übersüßem Sanddornsaft und zu Lotte, seiner kranken Frau. Er versperrte Sowtschick den Weg, stellte sich quer, so wie beim Viehtreiben, und sagte: «Na, wie wär's? Kommen Sie noch auf einen Sprung mit rein?»

Jetzt kamen die Mofa-Jünglinge angerast. Sie fuhren auf den Schulmeister los, so, als ob sie ihn übersegeln wollten. Und dabei hupten sie und machten den Mädchen ordinäre Zeichen. Sie wendeten und kamen wieder angerast, ja sie kreisten die vier regelrecht ein. Wieder und wieder stießen sie zu, und beim Wenden passierte es dann, daß einer ausrutschte mit seiner Maschine und bös hinfiel.

«Da habt ihr's!» rief der Schulmeister, «geschieht euch recht!»

Auch Sowtschick rief irgend etwas in die Gegend: «Was soll das auch!» oder so was, und die Mädchen – wer den Schaden hat, braucht für den Spott nicht zu sorgen – krümmten sich, weil es so komisch aussah, wie der da unter seiner Maschine lag.

«Na also, wie wär's?» sagte der Schulmeister ultimativ.

Sowtschick wollte schon nachdrücklich auf die Uhr gucken und sagen: «Aber, mein lieber Mann, *ich* kenne einen, der sich jetzt schlafen legt.» Womöglich mußte er an das Bett der Frau treten und ihr die Hand drücken? Es war schon genug, daß man zu deren Beerdigung würde gehen müssen, eines Tages. Da die Mofa-Jünglinge jedoch zu neuem Ansturm ansetzten, sagte er: «Na gut», obwohl Adelheid ihn angstverzerrt ansah wegen des unholdigen Sohns.

Der Schulmeister rannte vor, kam zurück und rannte wieder vor, schloß die Tür auf wie ein Gefängniswärter und ließ die drei eintreten: «Wenn ich bitten darf!» Eine Katze huschte hinaus – es roch intensiv nach dicker Luft –, und dann saßen sie in dem düsteren Wohnzimmer und mußten erleben, daß der Schulmeister goldhamsterartig hin und her lief, hier Licht machte und dort, ob's so besser sei oder *so*?

Er schloß die angrenzenden Türen ziemlich sofort und nachdrücklich und lief in die Küche, holte Gläser und eine Flasche von dem bekannten ungenießbaren Sanddornsaft. Sowtschick bedeckte mit der Hand das Glas, aber den Mädchen blieb das Zeug nicht erspart: «Kein Gefasel! Hier wird pariert!»

Nun turnte der Schulmeister an seinem Bücherbord herum, das die Wand bedeckte, um den Gästen den «Pädagogischen Wegweiser» von 1951 zu zeigen, in dem er als neuer Schulmeister von Sassenholz aufgeführt war, und das Börde-Wanderbuch «Mit Rucksack und Fiedel», das ein Gedicht von ihm enthielt: «Schüttle ab der Wege Staub...» Und sie saßen vor seinem Schreibtisch wie beim Rechtsanwalt.

Größte Sorge hatte der Schulmeister, daß sie sich mit Fragen oder Einwürfen zwischen seine Ausführungen drängen könnten, denn das wollte er: Das Heft in der Hand behalten. Er turnte also, unentwegt redend, am Bücherbord herum. Dann kroch er unter den Schreibtisch und kramte sein Lebenswerk aus einem Karton: «De Düwel in de Föör». Er schenkte den Mädchen, die sich ängstlich zueinander hielten, ein Exemplar der vor zwanzig Jahren erschienenen Broschüre, schrieb mit einem Kopierstift unauslöschlich seinen Namen hinein und warf sie den Mädchen hin. Dann kramte er Abschriften von Chroniken aus der Schublade und zeigte Fotos von der alten Mühle, von Wilhelm sin Willis Hof und von dem «Fron-Hus». Gleichzeitig ließ er eine Tonbandkassette ablaufen mit seltsam quärrig gesungenen Volksweisen, die er in der Sassenholzer Börde aufgenommen hatte.

Er überlegte ernstlich, ob er jetzt nicht wegziehe von hier, jetzt, wo dem Dorf das Herz ausgerissen sei. Aber wenn das «Fron-Hus» Jugendzentrum geworden wäre, das wär ja auch nicht gutgegangen. «Das kennt man ja, die pinkeln überallhin...»

Sowtschick musterte die Einrichtung der Schulmeister-Studierstube: Kissen überall, sogar auf dem Büfett, in dem Kristall aufgestellt war. Ein Tisch, von dem die Fransen einer Häkeldecke herunterhingen, eine schaumgummigepolsterte Couch mit Fettschatten an der Stelle, wo der Schulmeister beim Mittagsschlaf sein Haupt hinlegte. Auf dem Tischchen neben der Couch stand ein Teller mit Käsebroten und in der Ecke stand der schönste Dreschflegel der Sammlung, mit geschnitztem Griff.

Die Bilder an der Wand zeigten Hirschberg, die Geburtsstadt des Gastgebers, von vorn und von hinten, meistens aber den Marktplatz, auf dem er als kleiner Junge umhergelaufen war.

Ob er über seine Heimat schon mal was geschrieben habe, fragte Sowtschick in eine Atempause hinein. Er könne sich denken, Schlesien vor sechzig Jahren, eine traulich-sonnige Kindheit, dann Russen und Polen, Flucht, Vertreibung und so weiter? Das dürfe man doch nicht auf sich beruhen lassen? Da habe man doch eine Verpflichtung?

Hier sah ihn der Schulmeister zum ersten Mal an, fast verwundert. Das sei ein Kapitel, an das er noch nicht rankönne, sagte er und lenkte ab. «Das war alles nicht so rosig, Kindheit...», und Sowtschick überkam die Ahnung, daß hier etwas Schlimmes saß, ein brutaler Vater vielleicht, und Prügel jeden Tag. Und in der Tat, es kamen ein paar Geschichten heraus, die alles andere als herzerwärmend waren.

Die Mädchen dachten an ihren Ingenieur-Vater, mit Ferienwohnung in Badgastein, an weiße Kleider, und die Mutter braungebrannt, und wie wundervoll es wäre, wenn sie nun bereits im Bett lägen und hier wegkämen, aus diesem unheimlichen Haus.

Und da geschah es auch schon: Hinter der linken Tür wurde es lebendig. Das konnte nicht die Frau sein, die da rumorte – gequetschte Laute aus beengter Kehle waren zu hören und ein Wälzen sonderbarster Art. Sofort sprang der Schulmeister auf, aber es war schon zu spät, die Tür öffnete sich und heraus trat, nein tastete ein dicker Mann in Trainingsanzug. Die Mädchen schrien auf und bargen sich hinter Sowtschick, der sich selbst gern in Sicherheit gebracht hätte. Der Mann hatte die Augen nach oben gedreht und mümmelte Unverständliches. Es war der irre Sohn des Schulmeisters, den niemand sonst zu sehen kriegte: Hier war er eingesperrt, halb blind und sich beschmutzend, Tag für Tag.

Der Vater wollte den Sohn abdrängen, doch dieser strebte ziemlich entschlossen den Mädchen zu, die erotische Restsubstanzen in seiner Seele aufgerührt haben mochten. Das war eine schlimme Geschichte. Die Gäste mußten mitansehen, wie die beiden Männer miteinander rangen, und daß das so bald kein Ende nehmen würde, war zu erwarten.

Die drei aus der Welt kommenden Menschen, Sowtschick mit seinen beiden Schutzbefohlenen, suchten das Weite. Bloß raus hier! Und wenn sie erwartet hatten bei ihrem Eintreten, daß sie dieses Haus vor Lachen prustend wieder verlassen würden, so waren sie denn doch jetzt sehr bedrückt. Dies war weder flockig noch fetzig, hier versagte das Lexikon der Jugendszene seinen Dienst.

Am nächsten Tag mußte Sowtschick nach Hamburg fahren. Die Barthold-Hinrich-Brockes-Jury tagte am Abend. Als er beim Rasieren die Strieme betrachtete, die ihm die Kette gerissen hatte, entdeckte Sowtschick einen Eiterpickel am rechten Nasenflügel.

«Dieser Eiterpickel hat keine symbolische Bedeutung», sagte er zu sich und drückte ihn aus. «Er wird nicht eingehen in die Weltliteratur.»

Er zog seine sandfarbene Hose an, dazu ein weißes Hemd und ein Leinenjackett. In die Brusttasche steckte er die Sonnenbrille, und die Pillen vergaß er auch nicht. Der kleine Taschenspiegel in Schlangenleder ließ sich nicht finden, wo der wieder steckte?

Den Mädchen stellte er einen Zettel in die Küche: «Bin nach Hamburg gefahren», und: «Immer alle Türen abschließen!» Dann verabschiedete er sich von den Hunden, die bei dieser Hitze froh waren, daß sie dableiben durften, setzte sich in seinen dunkelblauen Wagen und fuhr über den Kiesweg knirschend hinaus.

«Wie geht's?» rief er den Schlossern zu, die an seinem Käfig bastelten.

Daß das hier verdammt trockne Luft ist, wollten sie ihm mitteilen, aber da fuhr er bereits die Pappelallee entlang und durch das Dorf, in dem wegen des Brandes eine gewisse Unordnung herrschte. Fremde Autos standen umher, und Schlauchleitungen lagen auf der Straße. Er fuhr einmal um die Brandstelle herum und winkte der Feuerwache zu, zwei Männern, die auf einer Mauer saßen und Zigaretten rauchten.

Sowtschick legte eine Kassette in den Recorder ein – Telemann: «Hamburger Ebb und Fluth» –, die war an diesem Tag dran. Über vier Lautsprecher wurde ihm das sublimierte Naturschauspiel in die Ohren geblasen, besonders das Gurgeln der an- und abschwellenden Flut machte Sowtschick Spaß. Er fuhr fröhlich dahin: Als er an die Mädchen dachte, mußte er laut lachen, so laut wie Gabü geweint hatte.

Auf der Autobahn hatte sich um diese Tageszeit der Berufsverkehr bereits verlaufen. Da fuhren Vertreter und andere vernünftige Menschen stetig dahin, ohne durch plötzliches Beschleunigen oder unvermitteltes Stoppen Sowtschicks dahinperlende Gedankenketten zu stören.

Lediglich die Ausländer mit ihren gelben und schwarzen Nummernschildern fegten auf der Überholspur vorüber, in ihrem Heimatland daran gehindert. Sowtschick hätte sie mit seinen 136 PS beschämen können, aber das tat er nicht. «Ich kann es mir leisten, mit meinem großen Wagen langsam zu fahren», sagte er, und er sah diese Leute aus Aarhus oder aus Lyon schon als Blechklumpen an einem Brückenpfeiler kleben, mit Rädern, die sich noch drehen.

Das Autobahnfahren machte Alexander Sowtschick Spaß, wenn es nicht über zwei Stunden dauerte und flott voranging. Große Laster sanft zu überholen – BRUMMI WILL AUCH LEBEN –, sie nicht zu schnell zu überholen, damit man die Fahrer nicht zum Klassenhaß aufstachelt. Das elegant-flüssige Einordnen danach, das Platzmachen, wenn ein Porsche die Einfahrt hereingeschossen kommt, der dann taktloserweise sofort überholt ... Warum hatten diese Leute nicht grün aufblinkende Signale mit «Danke!» hintendran? Wenn es solche Signale gebe und wenn er einen Porsche hätte, dann würde er sich jedenfalls ein solches Schild angeschafft haben. Unverständlich auch, daß die Polizei nicht so was einführte: kurz mal «gut gemacht!» herüberblinken, statt immer nur Knöllchen zu verteilen.

Sowtschick liebte den sanften Schwung der Straßenführung und die sich in die Landschaft einfügenden Brücken, an denen leider ab und zu politische Parolen standen, die ihn ärgerten. Er fühlte sich durch sie belästigt. Er dachte immer, man könnte die Brücken vielleicht von Amts wegen dazu verwenden, den Autofahrern Gedichte einzuprägen.

Füllest wieder Busch und Tal ...

auf der ersten Brücke, und auf der nächsten:

... still mit Nebelglanz ...

Zwischen Bremen und Hamburg also: «An den Mond» und für die Rückreise Mörike: «Du bist Orplid, mein Land, das ferne leuchtet». So was müßte der Verkehrsminister einführen, um zivilisatorische und kulturelle Leistungen miteinander zu verbinden. Wer das in sich aufnahm, würde doch auch politisch richtig handeln.

Denken ließen sich für die Autobahnen auch künstliche Aufrauhungen des Straßenbelags, die bei richtiger Geschwindigkeit

Rhythmen hören ließen: Walzer oder Tangos, was gut gegen Ermüdungserscheinungen wäre.

Leider bedrängte ihn kurz vor Hamburg, als er sich der schönen Aussicht hingeben wollte, ein X-beiniger Mercedes mit Friedenstaube an der Scheibe, überholte ihn und stoppte ihn danach durch extrem langsames Fahren. Menschen saßen drin, die ihn durch Gesten fragten, ob er hier einschläft? Wohl völlig bescheuert?

Dann geriet er in einen Pulk von Lastwagen, Leiter unter der Ladefläche und Ketten und Eimer, die den Ehrgeiz hatten, obwohl es leicht bergan ging, einander brüllend zu überholen. Er kam sich zwischen diesen Riesen wie ein Zwerg vor. Vielleicht, dachte Sowtschick, unterhalten sich diese Kerle jetzt miteinander und amüsieren sich über dich? Er machte diesem Spuk durch starkes Beschleunigen ein Ende.

Ein Hubschrauber mit POLIZEI stand über dem Maschener Kreuz. Wenn alles vorüber ist, dachte Sowtschick, dann werden die Autobahnkreuze von unserem Leben zeugen, wie die Cheopspyramiden. Und dann stellte sich die Vision ein, daß Gras den Asphalt gesprengt hat, die Verkehrsschilder von Ackerwinde umrankt: In der Ferne die ausgeglühte Stadt mit Alsterdampfern, die vor sich hin rosten. Seinen großen Kollegen aus Bargfeld sah er mit einem Fahrradanhänger auf der Autobahn dahinstrampeln, und er sagte laut: «Jawohl, so wird es kommen.» Und gegen das, was kommen würde, wäre das brennende «Fron-Hus» nichts.

Unter solchen Gedanken gelangte er nach Hamburg. Für bedauerlich hielt er es, daß bei der Einfahrt keine mautartige Waschanlage installiert war. Er hätte sich gern präpariert auf diese Stadt, denn er liebte sie. Er zog die Krawatte fest, um die Strieme an seinem Hals zu verdecken, und er freute sich für die Kaufleute, bei denen er jetzt das eine oder andere kaufen würde. Menschen, die dann vielleicht am Weihnachtsabend ihrer Gattin ein Buch von ihm unter den Baum legten.

Sowtschick stellte den Wagen in einem nach Urin riechenden Parkhaus ab und ging in die City, in der zu dieser Tageszeit nicht allzuviel los war, von einzelnen Skandinaviern mal abgesehen, die vor Spirituosenläden standen und ihr Geld zählten. «Alexander!»

hörte er es über die Straße rufen: «Alexander!» Aber er achtete nicht darauf, das kannte er schon, es war wieder mal seine Mutter, die ihn rief, und die war ja schon lange tot.

Auf dem durch postmoderne Glasbauten verunstalteten Rathausmarkt betätigte sich ein vom Senat angestellter junger Mann als Pantomime, der sollte wohl die Innenstadt beleben. Wie man Johannisbeeren ißt, führte er vor, diese alte Geschichte.

«Alexander!»

Der Rathausmarkt: Zwanzig Jahre war es her, daß man ihn hier ausgepfiffen hatte. WERKTAG UND LITERATUR. Er sah die verhetzte Jugend noch vor sich, am Schlips hatten sie ihn gerissen! Und Holderbusch hatte ihm mit erhobener Faust signalisiert, daß jetzt andere Zeiten nahen, in denen kein Platz mehr ist für Typen wie ihn.

Sowtschick ließ sich treiben in Richtung Jungfernstieg. «Alexander!» An den Fußgängerampeln bei Rot erlebte er es zu seiner Freude, daß die Leute, die auf der gegenüberliegenden Straßenseite auf Grün warteten, seinen Namen mit den Lippen formten: «Da drüben steht *Sowtschick* ...»

So bin ich denn also doch noch nicht abgemeldet, dachte er, und er gab sich ein unbekümmertes Aussehen: «Es mag sein, wie es will, Sowtschick läßt sich nicht unterkriegen ...», sollten die Leute denken, «solange wir Sowtschick haben, ist noch nicht alles verloren.»

Unter den Alsterarkaden gab es ein Spielwarengeschäft, «Kinderparadies» genannt, in dem kaufte er die Schlachtschiffe «Scharnhorst» und «Gneisenau» sowie den schweren Kreuzer «Prinz Eugen». Das Unternehmen «Cerberus»: In eine Vitrine würde er sie stellen, indirekt beleuchtet. Die Verkäuferin, es war eine ältere Dame, kannte sich zwischen all den Kriegsschiffen sehr gut aus. «Hier kommen öfter ältere Herren», sagte sie.

Dann sah er sich Automodelle an, sogenannte Oldies, die in seiner Kindheit als hochmoderne Fahrzeuge bestaunt worden waren. Immer hatte er vor, sich eine kleine Sammlung davon anzulegen, den weißen Vorkriegshorch, zum Beispiel, den sein Onkel in Berlin besessen hatte (Ferien in Ahrenshoop). Seitdem es Oldie-

Sammlungen jedoch en bloc zu kaufen gab, in Koffern zum Herumzeigen, hatte er davon abgelassen.

Out! Out!
Alles vorbei ...

Irgendwann einmal würde er eine Mini-Trix kaufen, diese winzige, streichholzschachtelgroße elektrische Eisenbahn: Hierin kulminiert unser Zeitalter, dachte er, das wird es in einigen Jahren, wenn die große Not hereinbricht, nicht mehr geben.

Was die «große Not» betraf, so erinnerte an sie eine junge Frau, die vor dem Alsterhaus saß und bettelte:

ICH HABE HUNGER

Männer, nun, die sah man häufiger betteln, entlassene Strafgefangene oder Obdachlose. Aber eine junge deutsche Frau von gar nicht so unproperem Aussehen? Die Frau erinnerte ihn an jemand, er wußte nicht, wo er sie hinstecken sollte. Zwei Mark gab er ihr – sie schaute kaum auf.

An einem der zahlreichen, um diese Tageszeit meist verschlossenen Verkaufsstände kaufte er dann noch zwei rosa Plastik-Schäfchen, die mit dem Schwanz wackelten, wenn man den Sockel bewegte. Irgend etwas mußte er seinen Mädchen mitbringen, und da war Mumpitz grade das richtige. Bei ernsthafteren Objekten hätte er zuviel Geld ausgeben müssen.

Dann betrat er die Buchhandlung Kindermann & Jacobs. Nachdem er vorne auf dem Neuheitentisch mit raschem Blick die Anthologie «Große Erzähler der Gegenwart» bemerkt hatte, in der er selbst nicht vertreten war, sah er sich in der forensischen Abteilung den Mord-Atlas an. Neuerdings gab es den in Farbe. Erstochene und Erhängte waren darin zu sehen, zerfleischte Frauen, fingierte und tatsächliche Selbstmorde mit Erklärungen. Ein Betrunkener, der mit dem Hals in die Lattengabel eines Jägerzauns gefallen ist und sich erdrosselt hat.

Ein Tod war in diesem Buch beschrieben, der Sowtschick zu schaffen machte, der Tod eines Mannes, der in die Kellerluke kriecht, weil er seinen Haustürschlüssel vergessen hat, und steckenbleibt. Niemand hört, wie er schreit, fleht und ächzt, und so stirbt er, halb drinnen, halb draußen. Diese Sache war Sowtschick wegen der Einengung so unangenehm, die erinnerte ihn an seinen Kriechtraum.

Vom Ohltrop-Mord stand natürlich nichts in diesem Werk, der würde auch in eine spätere Auflage nicht aufgenommen werden. Der Ohltrop-Mord war für die Wissenschaftler ganz uninteressant.

Sowtschick überlegte, ob er sich den Atlas kaufen sollte, vierhundertachtzig Mark – er hätte sich sogar von der Steuer absetzen lassen. Jungen Autoren hätte er damit zeigen können, um was man sich alles kümmern muß, wenn man einen Roman schreibt: Mord-Atlanten kaufen und Schlachtschiffe – das war noch das mindeste.

Während er noch überlegte, näherte sich ihm eine schwarzhaarige Buchhändlerin, randlose Brille, mit Goldbügeln, und fragte, ob sie sich irrt, und ob er vielleicht der Herr Sowtschick ist?

«Jawohl», sagte Sowtschick, «ich bin's», und klappte den Mord-Atlas zu.

Die junge Dame war hocherfreut, und sie sagte, daß ihre alte Tante eine große Verehrerin seiner Romane sei. Sie elende die ganze Familie mit Sowtschicks Büchern, das wär schon nicht mehr zum Aushalten. Fürchterlich! Irgendwie habe Sowtschick vermutlich den Ton der älteren Generation getroffen. Ob er nicht mal etwas Zeitgemäßes schreiben wolle? Es gebe doch weiß Gott Themen genug, die einem auf den Nägeln brennen? Vielleicht einen Arbeitslosenroman? Ob ihn das nicht reize?

Nun kam der Buchhändler aus seinem Hinterstübchen, von Naßrasuren verunstaltet, Goldzähne und Tweedjackett, der hatte mitgekriegt, daß hier was vor sich ging.

«Ah! Großer Meister!» rief er, packte Sowtschick mit der Linken am Oberarm und schüttelte ihm die Hand. «Was kann ich für Sie tun, großer Meister?» Anstatt ihn danach freizugeben, hielt er ihn weiter gepackt und sah sich um, ob nicht ein Kunde im Laden sieht, wie intim er mit Alexander Sowtschick ist. Am Tresen stehend und am Arm gepackt, mußte Sowtschick sich anhören, daß der Buchhändler vor einundzwanzig Jahren sein allererstes Buch *verschlungen* habe, «Handbreit vom Wege», eine ganze Nacht durchgelesen und *dausendmal* verkauft. So etwas solle er mal wieder schreiben, so in dieser Art. Er habe damals zu seiner Frau gesagt: «Genau so ist es gewesen!» Im Grunde genommen hätte *er* das Buch *auch* schreiben können, wenn er hätte schreiben können.

«Haben Sie mal wieder was in der Mache, großer Meister?»

Noch ehe Sowtschick davon reden konnte, daß er jetzt im Hochsommer eine Geschichte schreibt, die von eisiger Kälte handelt, sagte Herr Kindermann, dessen Zahnbrücken ganz offensichtlich von den verschiedensten Ärzten zu unterschiedlichsten Zeiten gemacht worden waren, daß neulich Holderbusch dagewesen sei, «ein wunderlicher Mann, aber doch wohl der beste Erzähler, den wir momentan haben ...». Der habe einen breitkrempigen Hut getragen und wissenschaftliche Bücher über Atomreaktoren verlangt. «Ich kann an nichts anderes mehr denken als an Halbwertzeiten», habe er gesagt.

Es sei doch gut, daß es ihn gibt.

In diesem Augenblick klingelte das Telefon, der Buchhändler ließ Sowtschick endlich los und erbat zähnefletschend Dispens, und da die Buchhändlerin damit beschäftigt war, einer älteren Dame den Falk-Plan von Lübeck zu verkaufen, schob sich Sowtschick an einem überlangen Azubi vorüber ins Freie. Der junge Mann hatte die Haare kurz geschoren, und im linken Ohr trug er einen silbernen Ring. Vermutlich ein Zivildienst-Mensch, dachte Sowtschick und übersah es, daß dieser mit ihm sprechen wollte. Als Sowtschick nicht reagierte, kam der junge Mann hinter ihm hergelaufen, es sei ihm peinlich, aber er habe hier was aufgeschrieben, ob Sowtschick wohl mal prüft, ob das was ist?

Sowtschick gab sich mürrisch, steckte die Papiere ein und machte sich davon. Das hatte er längst gelernt, daß auch ein noch so herzliches Gespräch mit Buchhändlern den Absatz der Bücher nicht hebt.

Sowtschick setzte sich an die Alster und sah den Seglern zu, den Paddlern und den Ruderern.

Holderbusch! Eine hämische Kritik hatte dieser Mensch in einer extremen Zeitschrift losgelassen, in der war das Wort «bumsen» vorgekommen, Sowtschick habe wohl zuviel gebumst, das merke man seinem neuesten «Erzeugnis» an. Das war nun schon über fünfzehn Jahre her, und Sowtschick konnte es nicht vergessen. Das zahle ich dir heim, dachte er, wart nur ab, die Gelegenheit kommt schon noch.

Ein Vierer pullte vorüber, und dann kam ein Tretboot mit einem sehr gerade sitzenden Papa und seiner kleinen Tochter, «Ehen vor Gericht»: Vermutlich ein geschiedener Mann, der hier seinen ihm zugebilligten Sprechtag mit der Tochter runterriß, eine Zeremonie, die wahrscheinlich beiden zum Halse raushing.

Daß man ihm das Handwerk legen wollte, hatte Holderbusch geschrieben; in einer neu formierten Gesellschaft sei für Sowtschick kein Platz, da werde man ihn hinwegfegen.

Das bunte, in der Sonne blinkernde Treiben sah Sowtschick, und er stellte sich die modrige, finstere Wassertiefe unter dieser sonnigen Oberwelt vor, in der einzelne verschreckte Fische in dem von Infusorien getrübten Schlammwäldern ihresgleichen suchen. Die junge bettelnde Frau ging ihm nicht aus dem Kopf, wo mochte er ihr schon mal begegnet sein? Vielleicht hätte er ihr doch besser fünf statt zwei Mark geben sollen?

Sowtschick musterte die Vorübergehenden: blonde Schülerinnen – Gesellschaft für Sport und Technik –, eine schwarzhaarige Exotin mit zwei schwarzhaarigen Kindern, ein Liebespaar, ineinander verschlungen wie zwei kopulierende Nacktschnecken, und drei uniformierte hanseatische Herren, graue Hose, blauen Blazer, wunderlicherweise Eis aus der Hand schleckend: Wirtschaft aktuell.

Das alles plätscherte so an ihm vorüber, und als er genug davon hatte, trieb es ihn in die Lange Reihe, eine Straße mit Trödlern, Kneipen, Ramschläden, Spielhallen und einem TAUSEND-TÖPFE-Geschäft, in der sich ein leistungsfähiger Porno-Shop befand. Hier kaufte er sich ab und zu Broschüren, die ihn in stillen Stunden erfrischten. Er kaufte übrigens nie jene Glanzschriften in Vierfarbdruck, in denen ohne Phantasie viel Fleisch in akrobatischer Aktion gezeigt wurde, dem anatomischen Mord-Atlas von Kindermann & Jacobs nicht unähnlich, sondern sehr Spezielles, das es auch hier leider nur selten zu kaufen gab. Er neigte, was Sexuelles anging, Gewaltsamem zu oder dessen Gegenteil.

An diesem Tag war der Laden leer, am Eingang saß ein junger Mann, der Kleingeld zählte. Über ihm ein runder Spiegel, in dem er die Käufer beobachten konnte, in diesem Falle also Sowtschick, wie er hinter schwarzen Höschen und abnormen Sexualprothesen in Anregungsschriften blätterte. Die Tür stand offen, und von draußen aus der heißen Straße drang das Geschrei zweier Jungen herein sowie das An- und Abbrummen eines schweren Müllasters.

Als Sowtschick an die Kasse trat, ein unscheinbares Heft in der Hand mit einer einzigen Zeichnung darin, die irgendwie erwähnenswert war, guckte ihn der junge Mann scharf an. Ob er sich irrt, oder ob er vielleicht der Herr Sowtschick ist? Er habe schon gedacht: Das ist doch der Herr Sowtschick? Er sei nämlich Student der Germanistik und habe alle seine Bücher gelesen, «Malchus lebt», «Kosel» – er zählte sie an den Fingern her – und vor allem das letzte, «Hetzjagd in Andante». Er sei sogar soweit gegangen, das Nocturne nachzuspielen, das in dem Buch erwähnt wird, und ihm sei infolgedessen nicht entgangen, daß die «Hetzjagd» nach den Modulationen dieses Klavierstücks gearbeitet sei. Ob Sowtschick öfter mal komme, dann müsse er ihm seine Bücher signieren, schon ganz schön zerfleddert, alle. Seine Freundin sei auch schon angetörnt.

Dies war nun nicht sehr angenehm, und als Sowtschick gar eine Tasse Kaffee angeboten bekam in dem nach Sperma riechenden Laden, machte er, daß er wegkam. Er stotterte was von «Studien treiben» und «Recherchen für neuen Roman» und steckte das Heft zu dem Manuskript des Azubis in die Innentasche seines Leinenjacketts, nahm eine Taxe und fuhr an die Elbe, wo Carola Schade wohnte.

Das hatte ihm noch gefehlt, daß dieser junge Mensch in der Hochschule verbreitete, Sowtschick kauft Pornos. An dem Erzähler Holderbusch hätte das niemand bemerkenswert gefunden, der hatte sich selbst als einen Zuhälter bezeichnet und Boxen als Hobby angegeben, ohne daß ihm das geschadet hätte. Wie sollte Sowtschick je den Ludwig-Tieck-Preis bekommen, wenn es ruchbar würde, «dieser Mann geht in Porno-Shops».

Hoffentlich ist sie nicht da, dachte Sowtschick, als ein Skeptiker, der sich gern angenehm enttäuschen läßt. Sie war aber doch da, seine Freundin Carola Schade, sie kam ihm in Ibiza-Haltung entgegen: «Wie ham wer's denn?» und begrüßte ihn mit einem nach Puder schmeckenden Kuß, Chanel No 5, wobei sie hinter ihn guckte, ob nicht vielleicht noch jemand mitgekommen ist.

Die sechsunddreißigjährige Carola Schade, in khakifarbenem Hosenrock und Ledersandalen – rissige Fersen und je drei krallige Zehen, rotlackiert –, war mit einem mediokren Mann verheiratet gewesen, Pilot oder Schiffsoffizier, von dem sie sich rasch hatte scheiden lassen. Trotz besten Aussehens hatte er sich im Bett als unfähig erwiesen, wie Carola lachend immer wieder erzählte, und zwar jedem, der es hören wollte, was ihr andere Männer vom Leib hielt. Für die kurze Zeit des Zusammenlebens mußte er noch immer zahlen. Manchmal fuhr er, wie beobachtet worden war, an Carolas Haus vorüber, schleichend langsam. Und einmal hatte er sogar an ihrer Tür geklingelt.

Wohnen tat sie verwunschen. Das kleine, von der Baubehörde niemals genehmigte Haus war ursprünglich ein Gartenhäuschen gewesen, zum Kaffeetrinken Sonntag nachmittags. Die Eltern hatten es sich nach ihrer Ausbombung zunächst provisorisch, dann komfortabler ausgebaut: Wasser, Licht und Gas. Und nun wohnte Carola Schade an der Elbe, und alle Leute sagten: «Wie hast du es hier schön!»

Am Fenster des kleinen, kajütenartig anmutenden Wohnraums, in dem es ein wenig nach Teer roch, saßen die beiden dann vor der Fototapete «Herbstwald mit Sonnenstrahl» zu Jacques Loussiers Bachgeklimper und aßen Brote mit «Du darfst»-Marmelade und Fedecocagua-Honig aus Guatemala: «Naturbelassen – kaltgeschleudert». Die Sträucher des ungepflegten Gartens, in denen fahle Plastikfetzen und Stroh vom letzten Hochwasser hingen, verdeckten die Fenster, nicht aber die Aussicht auf die graue, in der Sonne silbrig blinkende Elbe.

Carola kochte einen ganz ausgezeichneten Kaffee, nächste Stufe Liebigs Fleischextrakt. Auch der Cognac war gut, der stammte allerdings aus einer Flasche, die Sowtschick selbst hier deponiert hatte.

Während sich der goldene Nektar aus der Aktion Dritte-Welt-Handel auf das Butterbrot ringelte, erzählte Sowtschick seiner Freundin, daß er jetzt im Hochsommer an einem Buch sitzt, in dem es einem Schriftsteller einfällt, im tiefsten Winter eine Sommererzählung zu schreiben.

Carola sagte Aha! und spielte mit ihren englischen Vorsteckringen, und dann fiel es ihr ein, von einer Freundin zu berichten, bei der man eine Zyste am Eierstock diagnostiziert habe: daß Eiter ausfließt und daß man es riecht.

Sowtschick wies auf die Schwierigkeiten hin, die das Schreiben von Büchern bereitet. Den Autor könne man sich als einen Kapitän vorstellen, der für Ladung, Treibstoff und Verpflegung sorgt, die Maschine muß funktionieren, und mit dem Sextanten kommt auch nicht jeder klar. Er lese grade ein Buch, das heiße «Unternehmen Cerberus» ...

Bevor er von den stählernen Kolossen berichten konnte, die mit 160000 PS auf die Meerenge von Calais zustampfen, griff Carola sich an die linke Brust und sagte, sie habe das Gefühl, daß hier ein Knoten wär... Und Kaffee – vielleicht sollte man lieber nur Tee trinken? Bei jedem Schluck Kaffee habe sie den Eindruck, daß sich Teerstoffe in ihrer Magenwand festkrallten.

«Wie wär's, wenn wir das Thema wechselten?» fragte Sowtschick und lachte, und Carola lachte auch.

Er holte die drei länglichen Päckchen mit den Kriegsschiffen aus der Tasche, in denen Carola goldene Armbänder vermuten mochte, packte sie aus, stellte sie aufs Fensterbrett und erklärte ihr, wo bei der «Scharnhorst» die Kanonen sitzen und was das für eine Wucht sei, wenn so ein Kriegsschiff seine drei Geschütztürme gleichzeitig abfeuert.

Carola schenkte inzwischen Kaffee nach.

Der Inder, die beiden Mädchen und die Senioren: der Strom der in Beige und Grün gekleideten Menschen, der sich in sein Haus und durch es hindurch ergossen hatte, und zwischen den Menschen hindurchrudernd die beiden spärlich bekleideten Mädchen.

Von Apahasi Singh zeigte Sowtschick Fotos, und er berichtete von dessen Nahrungs- und Lebensgewohnheiten: *kein* Vegetarier, Turban, Haare lang und Schwert. Huhn mit gebratener Banane, geröstete Erdnüsse, Reis. Dann machte er vor, wie der Inder, die Füße auf der Zeitschrift «Form», süße geistige Getränke zu sich genommen hatte. Er wundere sich, sagte er, daß er bei so was nicht gleich mit der Faust auf den Tisch schlägt, sondern einem solchen Menschen sogar noch nach dem Munde redet. Das sei wieder mal typisch für ihn, er neige eben zur Kapitulanz, gebe immer gleich auf, anstatt sich durchzusetzen. Das wär sein Fehler.

Die Erwähnung des Inders brachte Carola zunächst auf Dieter, ihren ehemaligen Mann, daß der die Inder als «klebrig» bezeichnet hatte. Dann kam sie darauf, ihre chinesische Heilgymnastik vorzuführen. «Auf dem Pferd sitzen und mit Pfeil und Bogen die Wildgans schießen.» Sie stellte sich mitten in das kleine Zimmer und wedelte mit den Armen. Dann legte sie Hand an Sowtschick, um ihm spezielle aus dem fünften Jahrhundert nach Christus stammende Tricks zur Gesunderhaltung der Muskulatur zu zeigen. Sowtschick hatte Mühe, sie von den fernöstlichen Bewegungsweisheiten abzubringen.

Nun war er wieder an der Reihe: die beiden Mädchen, unverschämt jung! Die seien natürlich völlig auf ihn fixiert. Die Fernsehabende und das Gewitter mit dem anschließenden «Nachtlager zu Granada».

Er erging sich in Andeutungen über Tolles, das er da täglich erlebe, gash danged. Das heißt nicht Tolles, sondern unendlich Zartes. All das, was er noch zu erleben hoffte, malte er seiner Freundin aus, und die war baff...

«Aber dauernd Eier!» sagte er und biß in das Honigbrot. «Senfeier, Spiegeleier, Omelette... Man möchte doch gern mal ein Steak zwischen die Zähne kriegen oder wenigstens 'ne Frikadelle...»

Bei der Erwähnung von Fleisch kamen in Carola quälende Erinnerungen an einen Schlachtergesellen hoch, der ihr als Kind warme, noch dampfende Eingeweide unter die Nase gehalten hatte, zu Hause, wo ansonsten alles so schön gewesen war. Hand in Hand sei sie mit ihrer Schwester über eine blumige Wiese gelaufen, da habe plötzlich der Schlachtergeselle vor ihnen gestanden mit noch warmen, dampfenden Eingeweiden in der Hand.

Sowtschick verkniff sich einen Hinweis auf den Mord-Atlas. Er überlegte bereits, wie er es anstellen könnte, daß sie hier zur Sache kämen: Vielleicht würde es ja diesmal klappen.

Nach Honigbroten, Kaffee und Cognac wurde das Geschirr in die «Kombüse» geräumt und sogleich gespült, weil Carola es gern ordentlich hatte. Sowtschick übernahm hierbei das Abtrocknen, wobei er seiner Freundin vor Augen führte, wie schädlich das Spülmittel sei, das ins Grundwasser sickere, und in zehn Jahren ist alles im Eimer.

Das fand Carola, die Öko-Sachen nur dann kaufte, wenn ihre eigene Gesundheit davon abhing, nun gar nicht. Mit irgendwas muß man ja spülen, und wenn das so schädlich wär, dann hätte man das doch längst verboten – wo die doch jetzt so aufpassen!

In der engen Kombüse kam es dann zu Wegschubsungen. Mit den Hüften stießen sie aneinander, und Sowtschick drückte sie in die Ecke.

«Wenn du nicht gleich damit aufhörst, mach ich dir einen Fettfleck aufs Hemd», sagte Carola, wodurch erst mal wieder Ruhe eintrat.

Das Geschirr wurde weggeräumt, und dann kam die Streitpatience an die Reihe, die Sowtschick haßte. Draußen blitzten die Schweißapparate, da glitten kantige Containerschiffe auf der Kloaken-Elbe dahin, von kundigen Lotsen durch die Fahrrinne bugsiert, und drinnen spielten die beiden Streitpatience, und Sowtschick verlor, wie immer. Beide gerieten über diesem Spiel in Hitze, was in eine kleine Rangelei ausartete. Als Sowtschick seine Freundin wie zum Spaß auf die Couch werfen wollte, damit er seinem Ziele näherkäme, kehrte Carola jedoch Unnahbarkeit heraus und redete von «Großreinemachen», womit sie auf einen speziellen Zustand ihres Unterleibs anspielte.

Fudge! dachte Sowtschick und zog die Krawatte fest. Ernüchterung trat ein.

Carola konstatierte, sich das Haar richtend, daß Sowtschick lange nicht im Fernsehen zu sehen gewesen sei – «Wo hast du denn die Kette mit dem Ankerchen?» – und fragte, ob er die Zügel schleifen und die Dinge etwa treiben läßt? Neulich hätte sie eine Freundin getroffen, die habe noch nie etwas von ihm gehört, geschweige denn gelesen.

Du bist eine dumme Kuh, dachte Sowtschick ziemlich laut, und es stand für ihn fest, daß sie sein nächstes Buch auf keinen Fall kriegen würde.

Er ging auf die Toilette. Auf dem Spülbecken stand ein desinfizierter Trichter, den sollte Sowtschick beim Pinkeln benutzen, damit das Becken nicht so vollspritzt. Das tat er natürlich nicht, sondern er trieb mit dem Dings allerhand Jokus. Tagcreme und Nachtcreme, Wimperntusche und die verschiedensten Sprays in den unterschiedlichsten Größen – dieser Frau war nicht beizukommen. Im Spiegel betrachtete er die Strieme am Hals, dunkelrot, fast blau. Dies ist ein Mal, dachte er, Kain, wo ist dein Bruder Abel?

Durch das kleine vergitterte Fenster konnte er auf den Elbwanderweg sehen, auf dem sich ein Strom von Touristen vorüberschob, Menschen, die auch alle den silbrig blinkenden Kloaken-Fluß betrachten wollten und die Containerschiffe: ganze Familien mit Oma und Hund, sowie zur Gesundheit entschlossene Radfahrer, die sich klingelnd durch die im Kurschritt dahinschlurfende Menge schlängelten.

Während Sowtschick durch das kleine vergitterte Klofenster blickte, blätterte drinnen Carola in ihrem roten Adreßbuch und überlegte, wen sie anrufen kann, wenn Sowtschick gegangen ist. Klaus Issen war wieder mal dran, mit dem könnte sie vielleicht heut abend das Serenadenkonzert im Rathaus besuchen. Ja, Klaus Issen, das wär nicht schlecht.

Nachdem sich Sowtschick lange genug die Menschen angesehen hatte, ging er wieder hinein, und während Carola sagte, sie habe schon gedacht, er sei ins Klo gefallen, und weitere Menschen aufzählte, die noch nie etwas von ihm gehört, geschweige denn gelesen hätten, und ihm den Autor Holderbusch empfahl, jetzt in aller Munde, weil das einer sei, der mitten im Leben steht und Stellung bezieht zu den Dingen, die uns alle angehen, suchte er das winzige Bücherbord, von dem ein Trockenblumengesteck herunterhing, mit Gewürznelken, Zierpfeffer und winzigen silbernen Perlen, nach den Büchern ab, die er ihr geschenkt hatte. Da standen sie zwischen Solschenizyn und Theodor Storm mit handgeschriebenen, allmählich kürzer werdenden Widmungen, und sie sahen verdammt ungelesen aus.

Während des sich dahinschleppenden Gesprächs – «hast du was?» – fiel es Carola ein, fortwährend aufzustehen und im Zimmer umherzugehen, so daß Sowtschick sich zu einer Musterung ihres Körpers herausgefordert sah. Vorhin war ihm das Bübische reizvoll erschienen, nun, da er sie von hinten sah, bemerkte er den unentschlossenen Herrenschnitt ihrer Frisur und, aus der dunkelblauen Polobluse hervorstehend, ein Wäscheetikett. Jahrelang hatte sie sich einen Bandwurm gehalten, um recht viel essen zu können, das fiel Sowtschick in diesem Augenblick ein.

Im Grunde gut, daß es zu nichts gekommen ist, dachte er. Er hatte Lust, sie zu treten, wie die wohl in die Ecke flöge, dachte er. Er würde sie beim Haar packen und ihr als Iwan der Schreckliche den Kopf auf die Dielen stoßen, immer wieder. Schließlich sah er sich gar auf dem Gipfel eines Berges stehen, die Zappelnde über sich gestemmt, um sie King-Kong-artig in den Abgrund zu schleudern.

«Was sagst du, Liebes?»

Es war erst halb vier, noch konnte er sich nicht entfernen. Da ist guter Rat teuer, dachte er, und er hatte keine Ahnung, was nun werden sollte.

Ob die Baupolizei nicht doch noch eines Tages nach der Baugenehmigung fragt? Und dann wird hier womöglich alles abgerissen? Dies wurde erörtert, und dann folgte die Beschreibung einer Kollision auf dem Parkplatz von KARSTADT, daß sie beim Zurücksetzen ein Auto gestreift habe und daß sie kurz entschlossen weggefahren sei. Ob so was bestraft wird? Fahrerflucht?

Sowtschick sagte: «Da hätten die viel zu tun.» Wenn man kleine Kinder überfährt, das sei was anderes, aber eine Schramme? Ob die Schramme groß gewesen und ob nicht vielleicht noch mehr kaputtgegangen sei? fragte er. Worauf Carola «jein» sagte. Möglicherweise habe es auch eine Beule gegeben, aber nur eine ganz kleine...

Wann denn das gewesen sei? Schon vier Wochen her. Nein, da

könne sie ganz ruhig sein, da komme nichts mehr. «Da hätten die viel zu tun.»

Sowtschick wunderte sich, daß sie in einem Warenhaus kaufte, das hätte er nicht von ihr gedacht. Wo man da doch so saumäßig bedient wird, und außerdem machten die Warenhäuser alle kleinen Läden kaputt? Dort kaufe sie wohl die Spülmittel fürs Geschirr und die Sprays, die auf dem Klo stehen? Ob sie schon mal an die Ozonschicht gedacht habe? Sie müsse sich nicht wundern, wenn die Elbe eines Tages über die Deiche flute wegen Abschmelzung der Polkappen...

Er griff in die Innentasche seiner Jacke, wo der Porno steckte, und zog das Manuskript des Azubis heraus: «Ich will dir mal was Lustiges vorlesen», sagte er und nannte den Text einen «Quark», den er natürlich sofort wegschmeiße – von so was werde er überschwemmt. Und er fing an, mit launiger Betonung die Prosa des jungen Mannes vorzulesen, die Geschichte einer Vorstadt-Kneipen-Liebe, die keineswegs lustig war, im Gegenteil. Carola brauchte gar nicht erst zu sagen: «Na, hör mal, das ist aber doch ganz gut...?» Das merkte er selbst, und Neid und Bewunderung keimten in ihm auf, und er hatte zu tun, das Manuskript verschwinden zu lassen. Rasch redete er wieder von seinen beiden Mädchen, was die für tolle Körper hätten, das Löwenheckerchen zart, die andere voller und kräftig wie eine Kanalschwimmerin. Ihm fiel auch Erika ein, und er erzählte vom Herumbalgen und daß dieses etwas dämliche Kind sonderbarerweise auch seine Reize habe. Wie ein herumstrolchendes amerikanisches Farmerkind sehe es aus...

«Und deine Frau, wie geht's der?» fragte daraufhin Carola und verwies es ihm, von «Sozialfall» zu reden, und damit war dann der Besuch beendet.

«Bis in Bälde!» Das war die Grußformel, die Sowtschick zum Abschluß wählte, und der Kuß roch diesmal wie ein lange nicht gewechselter, eitriger Verband.

Sowtschick reihte sich in den Touristenstrom ein und ging an der Elbe entlang. Er stieß wilde Verwünschungen aus, Worte von einer Derbheit, wie sie ihm keine seiner Leserinnen zugetraut hätte. Nie wieder! schwor er sich, werde er diese dumme Kuh besuchen, nie!

Und er fragte sich, wieso es ihm nicht gelang, im Großraum Hamburg jemanden zu finden, mit dem er sich ohne Skrupel über seine Bücher unterhalten könnte, und wenn es Zeit wäre, zu den Dingen der Liebe übergehen, ohne mit Nachrichten über «Großreinemachen» gestoppt zu werden.

In Sassenholz verhandelte zu dieser Zeit Adelheid mit einem jungen Mann, der seine Gedichte wiederhaben wollte. Schon zwei Monate lägen die bei Sowtschick, der rühre sich überhaupt nicht. Es gelang ihr, ihn milde zu stimmen. Bei Kaffee und Kuchen erzählte er ihr, wie schwierig das Dichten sei, und er verstehe das nicht, ihm komme das irgendwie von selbst.

Das Löwenheckerchen telefonierte zu diesem Zeitpunkt schon eine ganze Stunde lang mit ihrem Freund im fernen Frankreich, und es war nicht das erste Mal, daß sie das tat, auf Sowtschicks Kosten: Wie gut, daß er das nicht ahnte, seine Wut hätte keine Grenzen gekannt.

Sowtschick fuhr in die Stadt zurück, die sich belebte. «Alexander!» rief seine Mutter. – «Ist ja gut, ist ja gut...», murmelte er und ging zum Friseur, wo ihm ein dickes Mädchen herrlich den Kopf massierte.

«Ist es so angenehm, oder mach ich zu doll?»

Danach holte er sich dreihundert Mark von der Bank, wobei er an die Quecksilbersäule seines Kontos denken mußte, daß sie nun drei Strich fallen würde. Er sah den Bankleiter in Kreuzthal sein Kontoblatt betrachten und hörte ihn sagen: «Der Sowtschick, der Sowtschick, was macht er nur, was macht er nur?» Für eine Hochschnellung seines Kontostandes ins strahlende Haben mußte er sorgen, ein Brief an Hessenberg war fällig. Auch nicht grade angenehm.

Von einem Teil des Geldes kaufte Sowtschick sich ein Oberhemd mit Klett-Verschluß. Es war verwaschen grün und hatte Netzärmel und allerlei aufgenähte Taschen: «Ich gehe meilenweit für eine Camel!», so in diesem Stil, und konnte als Uniform für progressive Schriftsteller angesehen werden. (Holderbusch trug neuerdings Krawatten.)

Ihm fiel die junge Bettlerin wieder ein: ICH HABE HUNGER, und er kam darauf, daß es die Scherenschleiferin gewesen sein mußte. Wie hatte er das nur vergessen können ... Die Scherenschleiferin mit der weißen Cordhose, die Sklavin, die ihm mit abgespreiztem kleinen Finger seine Küchenmesser ruiniert hatte. Sowtschick beschleunigte den Schritt: Vielleicht war sie ja noch da.

Durch den Hauptbahnhof ging er, in dem mit Preßluftbohrern gearbeitet wurde, die Mönckebergstraße hinunter, über den Rathausmarkt, «Alexander!» Statt des einen Johannisbeeren essenden Pantomimen sorgten hier inzwischen Straßenmusiker für Unterhaltung, meist mit Gitarre, Rock-Idole nachahmend, aber auch Musikstudenten mit Geige oder Flöte Klassisches versuchend: Junge Menschen in tapferer Einsamkeit. Sie ließen das Gute, Edle über die Touristen-Kretins dahinwehen, ohne in ihnen eine Ahnung des Göttlichen zu wecken.

«Alexander!» hörte Sowtschick es wieder und wieder rufen.

«Jaja», sagte Sowtschick laut. «Nun gib doch endlich Ruhe.»

Unter dem Barlach-Denkmal – «Vierzigtausend Söhne unserer Stadt...» – agierte eine romantische Folklore-Band aus Südamerika: Flöten, Gitarren, eine Trommel und ein junger Mann, der mit Muscheln an einer Schnur effektvoll rasselte. Sechs Musiker waren es, Leute, deren Sippe von Landspekulanten mit Dynamitstäben beworfen worden waren. Hinter ihnen, auf einer steinernen Brüstung, saßen, wie es sich gehört, die Ehefrauen der Musiker, mit Männerhüten auf dem Kopf und Kindern zwischen den Beinen. Hierfür hatte Sowtschick nur einen kurzen Blick, er suchte die Bettlerin, und die war leider nicht mehr da.

Die Jury des Barthold-Hinrich-Brockes-Preises tagte im Evangelischen Hospiz, fünfzehntausend Mark hatte der Senat von den zweihundert Millionen des Kulturetats für Literatur abgezweigt, die waren jährlich an Nachwuchs zu vergeben, aber auch an «gestandene» Talente; zur Ermutigung also diente dieser Preis und zur Anerkennung des Bewährten. Diese Doppelaufgabe war es, die im Kreise der Juroren Jahr für Jahr für Zündstoff sorgte.

Der hamburgische Autor Neelsen, ein mit Schuppen bedeckter Greis, dem aus Nase und Ohren Haare sprossen, war der Meinung, daß man jungen Dachsen, die eben aus dem Ei gekrochen sind, kein Geld in den Schnabel schmeißen soll. Er war zweiundachtzig Jahre alt und hatte es in seinem Leben schwer gehabt.

Der extra aus München angereiste Kritiker Achilles hingegen, ein dicker, fleischiger Mann mit herunterhängender Unterlippe, eben aus den USA kommend und morgen nach Buda«pescht» weiterreisend, der das hochsommerliche Wetter «verblödend» fand, blauer Himmel gefährde die Potenz, protegierte gern junge Leute, insbesondere weiblichen Geschlechts, wozu er reichlich Gelegenheit hatte, denn er war Mitglied von dreizehn Literatur-Jurys. Den alten Neelsen hatte er einmal einen Verfasser von Grüß-Gott-Büchern genannt, seitdem war Feindschaft zwischen beiden, obwohl sie sich beim Votieren meistens einig waren.

Neelsen und Achilles standen auf der einen Seite, auf der anderen standen Sowtschick und sein Freund von Dornhagen, einander herzlich zugetan. Ein wenig wie Schiller und Goethe vor dem Theater in Weimar standen sie gern da. Von Dornhagen mit Spitzbart und wollüstigem Haarschopf, Sowtschick hinter goldener Brille die Augen eng beieinander. Sie waren gegen Neelsen wegen dessen Kleinbürgerlichkeit und taktlosen Alters und gegen Achilles, weil keiner der beiden Freunde je einen Preis bekommen hatte, in dessen Jury der saß. Was die zu prämierenden Autoren anging, verständigten sich die beiden schon vorher. Still schoben sie ihren Favoriten nach vorn, wobei von Dornhagen die strengeren Maßstäbe anlegte. Sowtschick, der selten die Bücher der Aspiranten las, war eher laxer. Ihm genügte es, wenn sein Freund argumentierte.

Zwischen diesen beiden Fronten saß wie ein Häufchen Unglück Helga Klincke, ein liebes kleines Frauchen, eine unkündbare Rundfunkredakteurin, scheinbar vor sich hin dämmernd. Man hatte sie aus Alibi-Gründen in die Jury geholt und schätzte an ihr das unverzagte Schweigen, wobei es sich jedesmal herausstellte, daß mit ihr trotz allem zu rechnen war. An entscheidendem Punkt der Debatte sagte sie irgend etwas Wichtiges, etwas, das sie in ihrem Herzen lange hin- und hergewandt haben mochte.

Auch Prack gehörte zu der Brockes-Jury, der weltbekannte Groß-Autor, Verfasser von Romanen, die, obwohl sie nur mit höhnischen Verrissen bedacht wurden, um den ganzen Erdball gingen. Prack wurde nur der Form halber eingeladen, der kam nie. «Er hat es nicht mehr nötig», wurde gesagt, «wo ist denn unser lieber Abwesender?» Im Augenblick hielt sich Prack, der gern das linke Entrüstungsmäntelchen trug, in Mittelamerika auf, um dort nach dem Rechten zu sehen, eine Tatsache, die regelmäßig von den Medien bekanntgegeben wurde. Deshalb bedurfte es auch keines Entschuldigungsschreibens, was der nicht stimmberechtigte Senatsbeamte Schubert bedauerte, denn der betrachtete die hingehauenen Schriftzüge des berühmten Autors als an sich gerichtet. Jede Jury-Sitzung bedeutete Zuwachs für seine Autographensammlung: Voten, Notizzettel, bekritzelte Bierbricken, heimlich gemopst.

Die Jury tagte in einem schlecht beleuchteten Konferenzzimmer an einem überlangen Tisch, der für eine Hochzeitsgesellschaft bereits mit weißen Tischdecken versehen war, ungemütlich und unerträglich, wenn nicht dann und wann ein äußerst hübsches Serviermädchen erschienen wäre und sich nach den Wünschen der Runde erkundigt hätte. Neelsen und von Dornhagen bestellten Tee, Schubert Gin Tonic «auf D-3 verdünnt», wie er sagte, Frau Klincke eine Citrone nature und Sowtschick Bier.

Achilles schrie nach Whisky und, weil er Kettenraucher war und einen Aschenbecher vermißte, nach einem «Eschenbacher», was die Servierhilfe irritierte. Dieses Mädchen sei bestimmt keine einfache Kellnerin, das sei eine Volontärin, aus gutem Haus, wurde gesagt. Das merke man gleich, daß die aus gutem Hause sei, die gehe wahrscheinlich eines Tages in die Schweiz. Von der Pieke auf müsse man das Hotelfach lernen, und daß es auf diesem Sektor Arbeit genug gebe, für all die Arbeitslosen. Aber morgens um fünf Uhr aufstehen und nach Mitternacht ins Bett, das sei eben auch nicht jedermanns Sache...

Schubert, der an diesem Tage wegen der Hitze einen hellen Anzug trug – «Na, heute ganz auf Afrika?» –, hatte die in Frage kommenden Bücher auf einen Nebentisch gestapelt, und zwar in drei Haufen, in Voll- und Halbfavoriten und in diejenigen, die seiner Ansicht nach völlig indiskutabel waren: irgendwelche Neosachen oder «verkrampfte Avantgarde von gestern». Niemand in diesem Raum wußte, wie die Auswahl zustande kam, es gab sicher sehr viel Besseres, es gab aber natürlich auch sehr viel Schlechteres als das, was hier nun zu begutachten war. Irgendwo, ganz unten, in der Tiefe, ruhte glühend und unerkannt das Juwel aller Juwele. Und in hundert Jahren würde es heißen: Keiner hat es zur Kenntnis genommen!

Die Sitzung begann damit, daß Schubert auf die drei Stapel wies und einen kurzen Vortrag hielt, in dem die Ausdrücke «lesenswert», «hat Aufsehen erregt» und «das liegt so auf der Linie von ...» vorkamen. Nach und nach mischten sich die Autoren ein, sie bezeichneten die Bücher als «abgehangen» (Achilles) oder als «weltliterarisch hochinteressant» (Neelsen). In manchem wurde ein federndes Element gerühmt, in anderen allzuviel Schicksal getadelt.

Großgebärdig machten sich die Herren am Büchertisch zu schaffen. Sie hoben einzelne Exemplare rühmend in die Höhe, schoben andere mäkelnd zur Seite – «Äch! Nazizeit!» –, und der Senatsbeamte hatte zu tun, daß die von ihm erarbeitete Grobeinteilung nicht durcheinandergeriet. Außerdem paßte er auf, daß keiner ein Buch einsteckte. Der Bestand mußte stimmen, denn die Einsendungen sollten satzungsgemäß öffentlichen Bibliotheken zugeführt werden.

Die Herren also wühlten in den Büchern, wobei es sogar zu Wegstoßungen kam. Der alte Herr Neelsen – «Mit dem Fahrrad um die Welt» –, ein Schreiber von eigenen Gnaden, wie er sich nannte, stieß an eine Wandleuchte, so daß seine Brillantinehaare hinten hochstanden.

Schließlich hatte jeder vor sich einen Stapel Bücher, vom Büchertisch genommen oder aus der Aktentasche gezogen, gespannt, was sich nun ereignen werde. Auf keinen Fall als erster was sagen. Das war die Devise.

Frau Klincke hatte ein geschmackvoll aufgemachtes karges Bändchen vor sich liegen. Es waren die gesammelten Gedichte von Adolf Schätzing: «Definitionen I», einem unrasierten Mann, der erst kürzlich aus der DDR in die «Be-Er-De» übergesiedelt war. «Vom Zuchthaus sei er ins Irrenhaus geraten», hatte er bekanntgegeben. In einer Berliner Hinterhauswohnung, unweit des KaDeWe, lebte er in Gesellschaft von sechs Katzen und zwei Frauen, tagsüber damit beschäftigt zu brutzeln. Kleine kostbar-schöne Vierzeiler schrieb er zwischen Küchenherd und Bett, die anders waren als alles, was sonst so «auf dem Markt» war, wie es der Senatsbeamte ausdrückte.

Achilles zog sein eigenes Exemplar der «Definitionen I» hervor und wedelte damit herum: «Interessant, interessant!» rief er, und auch Neelsen äußerte sich positiv, der fand das durchaus lesenswert. Die Sachen seien irgendwie «schenial», sagte er sogar. In den zwanziger Jahren habe er einen Freund gehabt, der habe damals so ähnlich geschrieben, an den erinnerten ihn die Gedichte irgendwie.

Engelbert von Dornhagen, der sein Pfeifenetui vor sich ausgebreitet hatte, in dem, wie in einem Klappaltar, sechs Pfeifen staken, drei zur Rechten, drei zur Linken, sowie Reiniger, Streichhölzer und ein gelbes Staubtuch, strich sich den Bart. Er war auch der Meinung, daß die Gedichtsammlung «Definitionen I» mit Abstand das Beste sei, was er seit langem gelesen, er rühmte den hohen Ton, den der Autor angeschlagen habe, die Durchlässigkeit der Schichten ...

«Aber» – und dieses «aber» wurde allseits vernommen (wie sehr man auch durcheinanderredete) – seines Wissens habe Schätzing schon tausend Preise bekommen, und von daher, meine er, solle man doch ein wenig Zurückhaltung üben.

Sowtschick pflichtete seinem Freund bei. Im Grunde war ihm dieser Aspekt egal, was gut ist, soll ruhig öfter mal belohnt werden, dachte er, und wenn sich die Ansicht seines Freundes durchsetzte, würde er niemals wieder einen Preis bekommen, also keine dieser schönen runden Summen, die, wenn die Laudatio entsprechend abgefaßt war, nicht versteuert zu werden brauchten. Nein, ihn störte etwas anderes, etwas, das in dieser Runde und auch sonstwo keinesfalls ausgesprochen werden durfte: daß Schätzing aus der DDR kam. Er hatte nichts gegen «die Brüder und Schwestern jenseits des Eisernen Vorhangs», aber es war, wie ihm schien, schon ziemlich Mode geworden, die Leute von drüben mit Preisen zu überhäufen.

Da Adolf Schätzing nun erst einmal abgetan war, und um auch einen Beitrag zu leisten, zog Sowtschick aufs Geratewohl einen fesch eingebundenen Band lyrischer Prosa aus seinem Stapel und warf ihn wie Pik-As auf den Tisch. Die Verfasserin hieß Ellen Butt-Prömse. Vor Jahren hatte sie sich mit Pferdelyrik befaßt, jetzt war sie eher bekannt aus grünalternativen Emanzipationsveranstaltungen. Erst kürzlich hatte sie behauptet, ihren Geschlechtsgenossinnen seien von den Modemachern nur deshalb hochhackige Schuhe zudiktiert worden, damit sie vor gierigen Machos nicht so schnell flüchten könnten.

Ellen Butt-Prömse? «Abrichtungen»? Dieser Vorschlag verdutzte die Runde.

Von Dornhagen legte den Kopf schief und stopfte den angerauchten Tabak mit dem Stopfer fest, und der Senatsbeamte machte ein Gesicht, das jederzeit in Begeisterung oder Indignation changieren konnte, je nachdem, in welche Richtung sich die Mehrheit bewegen würde. Frau Klincke schwieg.

Sowtschick hatte nur einmal kurz in dem Band geblättert, und zwar unmittelbar bevor er seinen Vorschlag machte. Er habe gefunden, daß dieses Buch nicht nur äußerlich gut aufgemacht sei, sagte er, sondern auch mit erhaltenswerten Drucktypen gedruckt, «ganz offensichtlich Handsatz, oder?» sagte er zu seinem Freund gewandt, der das ja auch nicht wußte.

«Interessant, interessant», sagte Achilles, in das großäugige Porträt der jungen Dichterin vertieft. Mitunter votierte er nur deshalb für eine Autorin, weil er hoffte, er würde beim Verleihungsfestmahl neben ihr zu sitzen kommen.

Hier war es nun der alte Neelsen, der alle Träume auf rasche Entscheidung vereitelte. Er öffnete das Büchlein roh, kratzte mit seinem gespaltenen Zeigefingernagel darin herum und begann die lyrische Prosa von Frau Butt-Prömse speichelnd zu zerpflücken. «Schlachtefest» nannte er das.

Ihm sei völlig unbegreiflich, sagte er, die Runde durch seine ungeputzte Brille musternd, wie in dieser Jury ein solcher Vorschlag möglich sei. Die Dame, wie heiße sie noch?, sei gewiß ein verdienstvolles Mädchen, aber bei diesem Geschreibsel brauche man doch nur die linke Seite zu lesen, um zu wissen, was auf der rechten steht: Das Machwerk einer frustrierten Soziologiestudentin mit Torschlußpanik. In den zwanziger Jahren hätten sie so was «Vielleicht-geht's-durch-Lyrik» genannt. – Dieses Buch verschwände eines Tages, lande im Ramsch, wo es auch hingehört. Wie gesagt, ihm sei absolut unverständlich, daß in *dieser* Runde ein *solcher* Vorschlag ... Und er guckte Sowtschick ernst an.

Das brachte Sowtschick auf die Palme. Hitze schoß ihm in den Kopf. Er kannte zwar weder Autorin noch Buch, aber das konnte Neelsen doch gar nicht wissen. Dies war ein Angriff auf ihn! Der Mißachtungs-Ausfall eines kleinkarierten Greises. Er zitterte am ganzen Körper, und das Blut wich ihm aus dem Kopf, in den es eben grade erst hineingeschossen war. Er sah sich bereits wieder als King-Kong über dem Abgrund stehen, um den zappelnden Neelsen hinabzuschleudern – in dem Augenblick öffnete sich die Tür. Die ansprechende Serviererin trat ein, und das erregte die Aufmerksamkeit aller Herren. Es war aber auch allerliebst, wie sie, eine große Schleife am Podex, das Tablett hereinbalancierte und die Tür mit dem Fuß zustieß.

«Wer bekam den Gin Tonic?» fragte sie, und alle Herren halfen ihr beim Verteilen der verschieden großen Gläser verschiedenen Formats.

Man dürfe ihr nachher auf gar keinen Fall ein Trinkgeld geben, wurde gesagt, da sie vermutlich aus gutem Hause sei.

Als sie wieder draußen war, schlug Achilles dem verdutzten Sowtschick auf die Schulter und meinte, es sei ihm so, als habe das Mädchen ihn erkannt. Was? «Romanautor müßte man sein!» Diese Zuwendung ließ Sowtschick aufblühen. Vielleicht bedeutete die Leutseligkeit des Groß-Kritikers, daß er sich, was ihn und seine Produktion betraf, umorientiert hatte? Vielleicht war ja von dieser Seite doch noch mal eine wohlwollende Kritik zu erwarten? Die «Winterreise» würde es gebrauchen können.

Nach allgemeinem Gegluckse dezentrierte sich die Sache. Sowtschicks Vorschlag war vergessen. Achilles schlug die theoretische

Arbeit eines Exil-Tschechen als preiswürdig vor – «Parteiungen in der Veröffentlichungspraxis der dreißiger Jahre». Man habe diesen Mann mit einer ABM-Stelle nach VGR abgespeist, dem würde etwas PR guttun, abgesehen von den fünfzehntausend Mark.

Hier teilte der Senatsbeamte mit, daß er dem Mann das Geld durchaus gönne, hundertprozentig, aber das Werk sei schon einmal eingereicht worden. Satzungsgemäß verentfalle es diesmal.

Neelsen, der früher einmal Geige gespielt hatte, votierte für das Oratorium eines Chilenen. Er hob eine Kassette in die Höhe und wedelte damit herum. Das provozierte den fleischigen Achilles: «Ein Oratorium? Da frage ich mich denn doch...», und Sowtschick hieb eine meckernde Lache in die Gegend. Gern hätte er dem Mann die Zunge herausgestreckt und sich mit zwei Fingern Häschenohren an den Kopf gemacht.

Von Dornhagen sprach für einen Band fiktiver Tagebuchaufzeichnungen, in denen ein Mann namens Lechner einen Spaziergang zu Schauplätzen beschriebe, die Brockes zu seinen Gedichten inspiriert hätten. Gleichzeitig interpretiere der Autor die Gedichte und führe an Brockes Werk eine Art Gottesbeweis, und zwar auf hohem, der Lyrik angenähertem Niveau.

Achilles kannte das Buch. Er bemäkelte, daß der Verfasser, der ein kreuzbraver sein mochte, von Brockes «unendlich kleinen Füßen» gesprochen habe – und damit war der Mann erledigt.

Die Serviererin erschien wieder und wieder, es ging auf acht, Zeit, diese Sache hier zu «verabschlussen», wie Schubert mahnte. Alles wandte sich der stillen Frau Klincke zu, die, in sich versunken, vor ihrer Zitronenlimonade saß: Die «Definitionen I» standen noch zur Entscheidung an. Gegen die hatte sich so recht niemand geäußert.

«Wären Sie denn bereit, liebste Frau Klincke, die Laudatio zu halten?» wurde gefragt, «für den Fall, daß...?»

Ihr kaum merkliches Kopfnicken zeigte an, wer das Rennen gemacht hatte. Eine Probeabstimmung brachte Einstimmigkeit zutage. Applaus! Gott sei Dank, das Kind war geboren, der Brokkes-Preis würde dem unrasierten Schätzing zufallen, einem Autor, der die Bundesrepublik ein Irrenhaus genannt hatte, und diese Entscheidung würde keine Entrüstungsstürme hervorrufen, eher

Beifall, und zwar aus unterschiedlichsten Gründen, sowohl von links als auch von rechts.

Schubert stand auf und sagte: «Ja, meine Herren, dann will ich ihn mal fragen! Drücken Sie mir die Daumen!» Er ging hinaus, um sich zu erkundigen, ob der junge Dichter in seiner Berliner Hinterhaus-Wohnung die fünfzehntausend Mark auch annimmt. – Irgendwann in der Geschichte des Brockes-Preises war es passiert, daß bei der Verleihungszeremonie ein Dichter den Scheck zerrissen hatte und mit unflätigen Ausdrücken aus dem Saal gestürmt war. Damit das nicht wieder passierte, und um es zu «verschriftlichen», wie Schubert es ausdrückte, fragte man lieber vorher an.

Während Schubert am Münzfernsprecher den Autor Adolf Schätzing anflehte, den Preis anzunehmen, löste sich die Runde auf. Die Herren schaufelten, die Gelegenheit nutzend, jede Menge Bücher in die Aktentasche und erkundigten sich gegenseitig, wie's denn so gehe und was die Kunst mache. Sowtschick fragte seinen Freund flüsternd, ob er nicht der Meinung sei, Neelsen wär ein Vollidiot? Was dieser so nicht gelten lassen wollte.

«Wer weiß, wie wir dastehen, wenn wir achtzig sind ...», sagte er freundlich.

Sie gingen auch rasch noch einmal «für kleine Maulwürfe», wobei es Sowtschick auf der Treppe passierte, daß er von einem wildfremden Mann gefragt wurde, ob er ebenfalls von SCHARNOW sei?

An der Pinkelrinne wollte Achilles, den niemand auf der ganzen Welt gefragt hätte, ob er auch von SCHARNOW sei, von den links und rechts stehenden Kollegen wissen, woran sie denn momentan schrieben.

Sowtschick, durch die freundlichen Worte des Kritikers ermutigt, sagte, es sei eigentlich rasend komisch, aber er schreibe jetzt in dieser Hitze einen Roman über einen Autor, der im Winter an einem Sommerroman sitzt, und in diesem Sommerroman kommt eine Frau vor, die – und das fiel ihm in diesem Augenblick ein – ein Gedicht mit dem Titel «Frost» verfaßt.

Achilles beendete seine Entleerung und sagte so laut, daß es die ganze Pinkelbesatzung hören mußte: «Interessant, interessant... Aber, mein Guter, wozu der Umweg, warum schreiben Sie denn nicht *gleich* das Gedicht?» Und dann lachte er, und die anderen Herren lachten auch.

Dahin, dahin möcht' ich mit dir, o meine Freundin, zieh'n... Sowtschick verwandelte sich augenblicklich in einen Schuljungen, mit Ranzen auf dem Rücken, aus dem der Tafellappen heraushängt. Aus. So war denn jede Aussicht auf eine günstige Aufnahme der «Winterreise» dahin. Katz und Maus hatte Achilles mit ihm gespielt, das war offenbar.

Ich werde mich rächen, du verdammtes Schwein, dachte Sowtschick, und er überlegte, ob er ihm nicht Drohbriefe schreiben könnte, anonym, und nachts anrufen: Wie der dann wohl im Nachthemd aus dem Bett stürzte, eine Fangschaltung für sein Telefon beantragte und sich unter Polizeischutz stellte... Aber vielleicht hatte er die Fangschaltung ja schon... Also lieber lassen, diese Sache. Am besten, alle Autoren, die von ihm einmal mies behandelt worden waren, zu einer Darstellung von dessen Gemeinheiten veranlassen und sie in einer Anthologie zusammenfassen – aber das kannte man schon: All die lieben Kollegen schimpften über Achilles, aber wenn's zum Schwur kam, kniffen sie.

Engelbert von Dornhagen hatte nicht gelacht. Auf der Treppe, die die beiden hinaufschritten, als seien das die Stufen zum Kapitol, flüsterte er Sowtschick sogar ins Ohr: «Unerträglich vulgär, dieser Mensch...» Worauf Alexander sagte: «Ja, ein richtiger Drecksack!»

Oben segelte ihnen der Senatsbeamte entgegen, freudig bewegt; er habe *persönlich* mit Herrn Schätzing gesprochen, *eigenhändig*, und Adolf Schätzing habe «ja» gesagt, und er lasse die Herren grüßen, was gar nicht stimmte.

Allgemeines Händegereibe. Wundervoll, herrlich, die Kuh war also vom Eis.

Gleich noch ein Telefongespräch mit dem Senator – «DDR? Ah, gut!» – und eins mit der Presse, die sich nach Hintergründen erkundigte.

Dann hatte Schubert zu tun, die übriggebliebenen Belegstücke einzusammeln. Auch nahm er den Bierbricken an sich, den Achilles bekritzelt hatte: Von den benutzten Pfeifenreinigern von Engelbert von Dornhagen schreckte er denn doch zurück, obwohl dieser immerhin plus minus achtzehn Bücher geschrieben hatte.

Ob die Herren noch eine halbe Sekunde Zeit hätten, fragte Schubert, die Fahrtkosten! – Jeder mußte ein kompliziertes Formular ausfüllen, in dem ihm eintausend Mark für die Sitzung avisiert wurden, «plus Erstattung der Fahrtkosten», was den hamburgischen Herrn Neelsen dazu brachte, zu sagen: Er komme dabei am schlechtesten weg, ob er die S-Bahn auch mit aufschreiben darf?

Dann gingen alle an der nach irischem Frühling riechenden Servierhilfe mehr oder minder keck vorüber, dem Festmahl entgegen. Neelsen rechnete nach, daß die Jury-Runde für Spesen aller Art im laufenden Jahr mehr verbraucht, als der Preisträger kriegt, aber das wollte keiner so recht hören. Man soll schlafende Hunde nicht wecken, hieß es. Wenn sie auf das Geld verzichteten, dann würde der Brockes-Preis trotzdem nicht höher dotiert werden, weil das nämlich anders verbucht wird.

«Das kennt man ja, wie das dann läuft.»

Spät würde es noch werden, das war allen klar, und das wollten sie auch so, denn der Austausch von literarischem Klatsch war es, auf den sie nicht verzichten konnten. Es war doch wahnsinnig interessant, daß Lucinde Pechel, die in den frühen Siebzigern gute alte Weihnachtslieder in kommunistische Propagandasongs umgedichtet hatte:

O Kapital, o Kapital,
wie heiß sind deine Aktien ...

daß diese Frau jüngst Redakteurin im konservativen «Globus» geworden war: Man würde ihr das genausowenig ankreiden wie Holderbusch die Sache mit der Zuhälterei. Holderbusch, dieser Schafskopf? «Die Regensauerei»? Wie kann man ein Buch unter einem solchen Titel schreiben? Und dann noch dies Dings über die Atomsache? «Strahlende Zeit» ... Das sei ja auf eine Weise fatal, daß es einem die Schuhe ausziehe!

«Was er danach wohl macht? Vielleicht Gastarbeiter?»

«Hat er ja schon.»

«Und wenn er wenigstens schreiben könnte...»

«Sagen Sie das nicht...»

Als Sowtschick grade eben die gewalttätigen Erfahrungen zum besten geben wollte, die er mit Holderbusch gemacht hatte, kam ein gewandter Oberkellner mit den in Leder gebundenen riesigen Speisekarten und begrüßte die bedeutsame Runde: «Wünschen die Herrschaften einen Aperitif?» Er brachte auch einen «Eschenbacher» für Achilles, der laut in die Gegend schrie, daß er zwei Berufe habe, einen zum Geldverdienen und einen zum Geldausgeben, und schon bald schmausten die Herrschaften behaglich und erzählten sich, daß Holderbusch vor Jahren mal einen Roman über die rote Weltrevolution geschrieben habe, «Der Trommler», den kein Mensch kenne und der nirgendwo besprochen worden sei. In diesem Roman stünden Sachen drin... Also... das sei selbst der DDR zu stark gewesen. Er habe ihm neulich bei einer Lesung das Dings zum Signieren hingeschoben, erzählte von Dornhagen, und da sei Holderbusch erbleicht!

Dann kam Prack an die Reihe. Der habe sein Geld in Marmeladenaktien angelegt, wurde gesagt, und Rogalla, dieser fünfundvierzigjährige Jüngling, lebe mit einer dicken alten Frau zusammen: Mutterkomplex, weil schwul, irgendwie so.

Neelsen beschwerte sich über den Sprachverfall, den die Jugend ausgelöst habe, «ätzend», «echt toll» und ähnliches. Das konnten die anderen nun wieder nicht verstehen, im Gegenteil, «jemandem in die Socken schießen», zum Beispiel, dieser Ausdruck sei doch eine ausgesprochene Bereicherung der deutschen Sprache? Im neuen Duden, das könne er ja mal nachlesen, da stünde sogar «Jippi» drin, ein Ausdruck, den man übrigens mit «Yuppie» nicht verwechseln dürfe.

Alle erzählten von ihren Söhnen und Töchtern, was die für eine flotte Sprache am Leib hätten.

«Ohne Dings kein Bums», sagte Sowtschick und erntete damit den Lacherfolg des Tages.

Achilles, der dreimal verheiratet gewesen war und eine unübersichtliche Nachkommenschaft in die Welt gesetzt hatte, bezeichnete den Norden Europas als eine uninteressante Tundra, er begreife nicht, daß sein Sohn Karsten freiwillig nach Hamburg gegangen sei, hier sei doch literarisch überhaupt nichts los.

Dies brachte die gesamte Mannschaft gegen ihn auf, besonders Neelsen – «Mit dem Fahrrad um die Welt» –, wie anregend allein die Existenz des Hamburger Hafens sei, sagte er, dieses weltoffen Hanseatische. Und dann zählte er alle möglichen Zeitungen auf, die in der Stadt erschienen. Dagegen sei München doch eine publizistische Wüste...

«Ohne Dings kein Bums.» Von seinem Heiterkeitserfolg angestachelt, beteiligte sich Sowtschick nun eifriger am Gespräch, er hatte es wohl gesehen, daß auch Achilles darüber gelacht und anerkennend um sich geblickt hatte. Vielleicht war dessen Flapsigkeit an der Pinkelrinne doch nicht so ernst gemeint gewesen, vielleicht war der Herr doch noch herüberzuziehen? Leider machte Sowtschick nun den Fehler, durch Neelsens Hamburg-Rühmung dazu angeregt, das Romaneschreiben groß und breit mit der Seefahrt zu vergleichen: Tiefgang müsse das Schiff haben, der Kapitän müsse Kurs halten können, und der Treibstoff dürfe auch nicht fehlen.

Hier lachte Achilles laut, und es gelang ihm, die Runde mitzureißen: «Treibstoff?» rief er und prostete Sowtschick fröhlich zu: «Ohne Dings kein Bums! Was?»

Sowtschick verfluchte sich. Das Romanschreiben mit der Seefahrt zu vergleichen! Diesen blöden Einfall, der bei minderen Gesprächspartnern sonst immer so gut zog, würde Achilles nie vergessen. Und wenn die «Winterreise» eines Tages in den Schaufenstern läge, würde Achilles todsicher Sowtschicks Seefahrtsvergleich in seine Rezension einarbeiten. Sowtschick verfluchte sich: Wie hatte er so leichtsinnig sein können. Er mußte doch wissen, daß Achilles auf der Lauer lag, immer wach, immer gemein!

Der Senatsbeamte hatte ein wenig zu laut gelacht über Achilles. Das würde ihm heimzuzahlen sein, eines Tages.

Frau Klincke, die neben Sowtschick saß, wachte auf aus ihrer Selbstversunkenheit. Sie sagte klar und deutlich: Wieso? Der Vergleich sei doch gar nicht so schlecht? Ein Ozeandampfer? Mit diesen verschiedenen Zwischendecken – sie als Feuilletonistin beneide seit langem die Arbeit der Romanautoren – diese Vielschichtigkeit ... Und dann sagte sie, daß sie Sowtschick bewundere, wie sicher er in seinen Romanen die Fabel vorantreibe, ohne auch nur ein einziges Motiv zu vergessen. Die Ökonomie seiner Erzählungsweise sei bestechend und das Gespür, mit dem er die zur Zeit vorherrschenden Neoströmungen meide, staunenswert.

Nun, da mußte die Runde passen. Keiner außer von Dornhagen und Frau Klincke hatte je etwas von Sowtschick gelesen, und außerdem dachte jeder an seine eigenen Sachen und stellte sich die Frage, ob Frau Klincke die wohl auch gut findet?

Sowtschick aber strömte über. So war denn doch noch nicht alles verloren, es gab noch Menschen, die zu ihm hielten. Achilles würde schon noch einen Fehler machen, irgendwann, und dann gnade ihm Gott. Er versuchte das Lob zurückzugeben an Frau Klincke. Ihm gehe es genau umgekehrt, sagte er. Er seinerseits bewundere die Feuilletonisten, er sei immer ganz ratlos, wenn er einen theoretischen Aufsatz verfassen müsse, dieses erbarmungslose Geradeaus, dieses Folgern ... Das habe er schon als Pennäler nicht gekonnt. Und dabei fiel ihm siedendheiß der Parteien-Aufsatz für den «Globus» ein: Noch kein einziges Wort hatte er notiert! Und auch nicht abgesagt die Sache! Eine leere Seite würden die Leute mit seinem Namen bedrucken und da drunter: Sowtschick hat sich gedrückt!

In diesem Augenblick erinnerte sich die Runde daran, daß Frau Klincke für Rundfunksendungen zuständig war, die gut honoriert wurden. Man nahm die unkündbare Redakteurin in die Mitte, beglückwünschte sie zu dem Riecher, den sie immer wieder unter Beweis stelle, «Definitionen I», und verabredete mit ihr Lesungen.

Neelsen, der Geld nötig hatte, schlug sogar eine literarische Gesprächsrunde vor, jeden Dienstagabend, in der man sich die Bälle immer so zuwerfe ...

Sowtschick trank in großen Schlucken Rotwein: Nach all den gutgemeinten Eierspeisen in Sassenholz schlug er sich hier jetzt anständig voll: Markklößchenbouillon, Steinbuttcreme und Kalbsbries.

«Wie schmeckt's?»

«Prima!»

Bei Mirabellensorbet dachte er an seinen Winterroman, alles noch mal von vorne durchgehen, den Text unangreifbar machen, Wort für Wort, wie ein Uhrmacher, der sich jedes Rädchen unter einer Lupe anguckt... Es wäre doch gelacht, wenn er die Kritik diesmal nicht auf seine Seite bekäme. Was für ein Glück, daß er schon Literaturpreise erhalten hatte! «Schmonzes!» Wenn dieses Wort fallen würde, dann könnte er mit diesen Preisen auftrumpfen wie mit einem Ausweis. Im Gegensatz zu Holderbusch hatte er es schriftlich, daß seine «Produktion» was taugte.

Inzwischen verfiel das Gespräch. Der Senatsbeamte erzählte, daß seine Tochter in die Orientierungsstufe gekommen sei, wo sie dauernd Tests schreiben muß, und Neelsen berichtete von seinen neuen Gummistrümpfen, daß ihm die wegen seiner Krampfadern verordnet worden sind. Achilles sprach von «Tannengrün» und «Lohnhäuser» und machte verschiedene Dirigenten nach, das peinliche Kopfgeschüttel Furtwänglers, Karajan mit seinen Gichthänden, und Gulda am Klavier – Darbietungen, bei denen der Kellner ruhig weiterservierte. Die Runde aber lag quasi flach vor Lachen. Auch Sowtschick lachte über Achilles' Darbietungen, am besten so tun, als ob man nichts gemerkt hat, dachte er. Gern hätte er eine chinesische No-Oper nachgemacht, damit hatte er anderswo schon Erfolge errungen, aber er traute sich nicht. Er lachte mit den andern so herzlich er konnte. Als der Senatsbeamte jedoch die letzte «Vorsicht-Kamera»-Sendung referieren wollte, versteinerte er. Diesem Menschen brauchte er nicht entgegenzukommen, da von dem nichts zu erwarten war.

Gegen Mitternacht erhob sich Sowtschick. Er verabschiedete sich in abgestufter Herzlichkeit, Frau Klincke nahm er gar ein wenig in den Arm. Der alte Neelsen, der das Taxigeld sparen wollte, brach ebenfalls auf. Sowtschick wußte schon, daß er seinetwegen einen Umweg in die Außenbezirke machen mußte. Und so war es denn auch. Er sei zwar noch gut zu Fuß unter der Nase, sagte Neelsen, aber bis nach Volksdorf sei es doch ein bißchen weit...

«Und Sie schreiben an einem Seefahrtsroman?» fragte der Alte, der die Arme versehentlich unter den Sicherheitsgurt geklemmt hatte. Er erinnere sich noch gut, Seefahrt! Wie er sich als Heizer auf einem Seelenverkäufer die Überfahrt nach Amerika verdient hatte. «Haben Sie mein Fahrradbuch mal gelesen?» Die Sache mit dem Seelenverkäufer werde dort im siebten Kapitel ab Seite zweihundertvier geschildert. Als junger Mann müsse man sich den Wind um die Nase wehen lassen, er jedenfalls sei kein Kind von Traurigkeit gewesen. «Das können Sie mir glauben.»

Als der «Autor von eigenen Gnaden» in einer Schrebergartengegend endlich ausstieg, einen faden Geruch nach unausgelüftetem Anzug zurücklassend, murmelte Sowtschick: «Fahr zur Hölle!» Den Namen dieses Mannes würde an der Fußgängerampel niemand mit den Lippen formen.

Sowtschick fuhr laut singend nach Hause. Zur nächsten Sitzung der Brockes-Jury würde er ein Buch von Holderbusch vorschlagen, das nahm er sich vor. Und dem schon vorher signalisieren: «Sie bekommen den Preis, dafür werde ich sorgen.» Und wenn der dann durchfällt mit Pauken und Trompeten, so ganz einfältig: «Schade» sagen. «Das tut mir aber leid ...» – Das nahm sich Sowtschick fest vor, aber er wußte schon jetzt, daß er das dann doch nicht tun würde. Für Rache-Dinge war er nicht gebaut.

Auf der Autobahn war nichts mehr los. Er beschleunigte und genoß es, mit seinen 136 PS verlorene Zeit wiedereinzuholen, wenn es sich auch nur um Minuten handelte.

> Rausche, Fluß, das Tal entlang
> ohne Rast und Ruh,
> rausche, flüstere meinem Sang
> Melodien zu ...

Ob er auch von SCHARNOW sei, war er gefragt worden. Nein, er war keinesfalls von SCHARNOW, auch er war ein Autor von eigenen Gnaden, weiß Gott, sechzig Jahre alt, Hebbel-Preisträger, Hausbesitzer... Und imstande, die «Jagdsonate» von Mozart zu spielen. Welchem Schriftsteller war es gegeben, von zwei blonden Mädchen erwartet zu werden, denen jederzeit das Ohrläppchen gerieben werden durfte?

Er trat das Gaspedal «durch», der Tachometer-Zeiger pendelte sich bei 180 ein. Wenn nun ein «Falschrichtungsfahrer», also ein Geisterfahrer ihm begegnete? Mit ausgeschaltetem Scheinwerfer? Albert Camus, Ödön von Horváth, James Dean und die Duncan – er würde in den Olymp verunglückter Künstler eingehen: Ein interessanter Aspekt für den Nekrolog: «... Was er wohl noch alles geschrieben hätte...» würde es heißen, und man würde ihn vermissen.

Zu Hause wurde er von den Hunden begrüßt, und dann sah er auf dem Fußboden einen Zettel liegen:

Erika tot!
Polizei war da.

Am selbstgedeckten Frühstückstisch – warum soll man sein Frühstück nicht mal selber machen?–, ohne Ei und ohne Brötchen – müssen es denn immer Brötchen sein, wo schließlich die ganze Dritte Welt hungert, und das Weizenmehl ist gar nicht gesund? – am Frühstückstisch, bei weggeschmolzener Butter und angetrockneter Marmelade, und aus der Teekanne kriecht ein Ohrenkneifer, da empfing der Frühstückskönig die Neuigkeit brühwarm: In grün- und rotseidenen Boxershorts, an der Seite aufgeschlitzt, standen die Mädchen neben ihm und erzählten, einander ins Wort fallend, Erika seit tot, möglicherweise verunglückt, wahrscheinlich sogar ermordet! Im Torfabbaugebiet der Firma Senneschalk habe man sie gefunden, in einem Wassergraben liegend.

Wie immer in solchen Fällen wurde überlegt, wann man die Tote zuletzt lebend gesehen hat. Beim Brand des «Fron-Hus» hatte sie im Apfelbaum gesessen und den Schulmeister ausgeätscht. Aber, ermordet! Und ausgerechnet Erika?

Was den Wassergraben anging, da erinnerte man sich an das eigene Abenteuer im Moor, wie Doris in den Graben gefallen war und wie verflixt schwer es ist, aus so einem Graben wieder herauszukommen.

Es wurde auch gesagt: Schade! Und die Mühe wurde hervorgehoben, die Sowtschick sich mit dem Kind gegeben hatte. «Ich seh sie noch durch den Garten eiern...»

Und Polizei hatte sich angesagt? Vielleicht mutmaßten diese Leute, daß er vom Dachfenster aus etwas beobachtet hätte? Jemanden vorbeigehen sehen, oder Schreie gehört? Aber dafür war das Moor doch viel zu weit entfernt...

Nun, wie auch immer, man würde die Dinge an sich herankommen lassen.

Im Lokalteil der Zeitung stand es dick gedruckt: «In Sassenholz Mädchen ermordet». Und: «Die Polizei steht vor einem Rätsel!» Die Meldung war lakonisch, offensichtlich kurz vor Redaktionsschluß hereingegeben, wahrscheinlich hatte man die «Einkaufstips für die Hausfrau» deswegen zusammengestrichen.

Gegen zehn Uhr, als Sowtschick eben sein Frühstücksgeschirr in die übervolle Küche trug – warum soll man das nicht mal selber machen, ist ein Mann etwa was Besonderes? –, knirschte draußen ein Auto über den Kies. Aha, da sind sie, dachte Sowtschick, die Hüter des Gesetzes, und er knöpfte das Hemd zu. Aber es war nicht die Mordkommission mit Indizienkoffer, Blitzlicht und Markierkreide, es war Ewald Hoenisch, ein kleiner drahtiger Fernsehmensch, happy go lucky, der, wie hatte man das vergessen können!, heute kommen wollte, um mit Sowtschick zusammen an einem Fernsehkrimi zu schreiben. Um Gottes willen! Da wäre man ja um ein Haar nicht dagewesen! So was passiert eben, wenn man nicht dauernd in den Terminkalender guckt.

In Begleitung einer jungen Frau, die eine pludrige Bluse und pludrige schwarze Hosen trug, dazu mittelamerikanische Sandalen aus Autoreifen, trat der stark behaarte Hoenisch in die Halle, nahm Sowtschick nach Russenart in die Arme und sagte schlicht: «Ich grüße dich. Wie geht es dir?»

Danach redeten beide gleichzeitig. Sowtschick sagte, daß hier ein Mord passiert sei, und Hoenisch erklärte, daß er schon seit vierzehn Tagen nicht mehr raucht, er fühle sich ganz anders. Und: Ein Mord? Richtig mit –? (Er schnitt sich mit dem Finger die Gurgel durch.)

«Ertränkt! Ein Mädchen! Du kennst sie! Erinnere dich, die ist uns Pfingsten doch immer so auf den Wecker gegangen...»

Dem Regisseur dämmerte es. Das kleine X-beinige Ding mit der Brille? Ja, natürlich, ja, richtig. Der «Sozialfall»... Immer so rumgequakt und ans Fenster geklopft!

«Sozialfall?» fragte die pludrige Begleiterin, die Anita Läuffer hieß, «wie soll ich das verstehn?»

Ihr wurde erklärt, daß Sowtschick dieses Mädchen «Sozialfall» genannt habe, obwohl das eigentlich nicht geht, aber irgendwie doch, dadurch würden nämlich ganz makaber die beschissenen Verhältnisse aufgezeigt, in denen diese Leute in der Bundesrepublik leben müssen, Almosen kriegen von Spießern, herumgestoßen, diskriminiert und so weiter...

Hoenisch hatte es ebenfalls schon erlebt, daß in seiner näheren Umgebung jemand ermordet worden war. Eine Boutiquen-Besitzerin, mit einem Hammer, schrecklich. Und merkwürdigerweise hinterher noch vergewaltigt oder mißbraucht, wie man wohl besser sagen mußte, obwohl über siebzig und in totem Zustand.

Nachdem Sowtschick auch noch den Ohltrop-Mord referiert hatte, war diese Art Themen erst mal ausgeschöpft. Dann kam das «Fron-Hus» an die Reihe, dessen Brand noch gar nichts war, wenn man an die unverantwortlichen Amerikaner denkt, die im Krieg die Städte bombardiert haben, ein Feuermeer nach dem andern, und an die beknackten Bürokraten, wie die die bundesdeutschen Städte *nach* dem Krieg zugerichtet haben! Das Haus, in dem Heinrich Heine mal abgestiegen ist, abzureißen! «Baufällig?», was soll das denn heißen? Die Frage der Rekonstruktion, wie sie das in der DDR so phantastisch machen, die Semper-Oper in Dresden, die Zille-Kneipe in Berlin. Wo gäb's denn bei uns in der BRD so was, daß sie 'ne ganze Häuserreihe wiederaufbauten? Hier kennten sie ja nur die Abrißbirne. Und: Wie schwierig ist es, sich das Rauchen abzugewöhnen, ohne gleichzeitig an Gewicht zuzunehmen. Am besten gleich mal ein paar Kniebeugen machen.

Bevor mit der Arbeit begonnen wurde, ging Hoenisch mit Frau Läuffer durch alle Zimmer. Er bewegte sich, als ob er hier zu Hause sei – «locker vom Hocker» sei besser als «hektisch übern Ecktisch» –, und er machte seine Begleiterin auf die Truhe aufmerksam, auf das Bild vom Schafbock und auf die «Quadropeden», die

Hunde also, die ihm kreuz und quer vor die Füße liefen. Ob die Hunde ganz viel gelogen hätten, wollte er wissen, weil die doch so kurze Beine haben... Dann rief er: «Was sehen meine entzündeten Augen!» und nahm Sowtschicks frischgekaufte Schlachtschiffe in die Hand, wovon er eins fallen ließ.

«Sind Sie denn für die Hochrüstung?» fragte die junge Frau, die Unmut in sich aufspeicherte über die üppigen Verhältnisse, in denen der Herr Sowtschick hier lebte.

Nein, *natürlich* nicht, antwortete Sowtschick. Ein Environment sei geplant, aquariumartig, aber ohne Wasser, den Durchbruch der deutschen Flotte durch den Kanal betreffend, 1942, das muß man sich mal vorstellen, drei riesige Schiffe unter einem Schirm von zweihundert Jagdflugzeugen, unter den Augen der Briten durch den Channel preschend... Daß dieses Ereignis mit Krieg nichts zu tun habe, einfach eine Art Happening sei, ein ungeheuerlicher Vorgang, ein Sport, «verstehen Sie?».

Und Hoenisch erklärte ihr, daß Sowtschick drei makabre Jahre Sibirien hinter sich habe und schon von daher zum Friedenslager hin tendierte. «Was meinst du wohl, Anita, was der Schafbock soll? In *goldenem* Rahmen! Schaf oder Friedenstaube, das hängt doch alles irgendwie zusammen...» Und dann sagte er, daß Sowtschick ein berühmter Mann sei, Verfasser von «Kaum einen Finger breit», einem Buch, das von antifaschistischem Widerstand handle, also sehr aktuell, von Hannes Leiter übrigens verfilmt, Goldene Kamera, Prix Italia, Bambi und so weiter.

«Guck ihn dir gut an, Anita...», sagte er zu der aufmuckenden Frau, so, als sei Sowtschick nur noch heute zu besichtigen. – «Du vergammelst hier so richtig schön», sagte er auch und pickte ein paar Fliegenleichen mit den Fingern auf. «Aber das gefällt mir. Alle fünfe grad sein lassen...»

Nachdem alles besichtigt war, wobei die verschiedenartigen Hänge-Glöckchen geläutet wurden, gingen die drei in den Innenhof, wo Hoenisch auf die beiden Schwestern traf. «Hallöchen!» rief er, «wen haben wir denn hier?»

Sowtschick sagte, das seien seine beiden Vizetöchter, mutwillige Sommervögel, und zu den Mädchen sagte er, daß dies der bekannte

Fernsehregisseur Hoenisch sei, «guckt ihn euch gut an!», die dreiteilige Gulbransson-Verfilmung vom letzten Jahr mit der längsten Überblendung der deutschen Fernsehgeschichte. «Die habt ihr doch gesehen, oder?»

Ja, sagten die Mädchen, und sie kriegten sonderbarerweise einen roten Kopf, sie könnten sich irgendwie erinnern, käm darin nicht eine Wiese vor mit einem Rüsselkäfer, der da stundenlang in einer Blüte herumkriecht?

«Ja, natürlich», rief Hoenisch, «das habt ihr euch gemerkt...?» Der Streifen habe unglaubliche Meckerorgien ausgelöst in der Presse. Wenn ein einziger der Rezensenten sich mal klargemacht hätte, was in so einem Film für Arbeit steckt! Er sähe den Kameramann noch auf dem Bauch liegen, Stunde um Stunde, um den Rüsselkäfer aufs Zelluloid zu bannen, und zwei Mann hinter ihm, dauernd die Fliegen wegscheuchen! Auf dem Rüsselkäfer habe der Autor bestanden, der habe irgendeine makabre Bedeutung gehabt.

Während sie so redeten, sah Hoenisch sich die gewaltigen Kakteen an, die neben dem Brunnen standen, kugelig oder in die Höhe geschossen. Auf denen wollte er, wie er scherzte, nicht gern zu sitzen kommen, «guck mal, Anita, wie alt die wohl sind!» Die hätten gewiß ein Vermögen gekostet! Und ob die auch blühten...? Ob er wisse, fragte er Sowtschick, daß man Kakteen nicht wässern darf, wenn sie blühen sollen? «Angstblüten» nenne man das, er habe mal einen Film darüber gemacht, in der Reihe «Hobby-Lobby». Er lief in die Küche, kam mit Pergamentpapier zurück und einer Schere, und dann sagte er, man müsse, soweit er sich erinnere, die Kakteen irgendwie hinter Pergamentpapier verbergen, das tue ihnen gut, und dann formte er Tüten aus Pergamentpapier und setzte sie den Kakteen auf, und die Mädchen sagten, sie könnten überhaupt nicht begreifen, wieso Sowtschick das nicht schon längst gemacht hat.

Als Gastgeschenk hatte Hoenisch eine Schellackplatte mitgebracht vom Flohmarkt: «Ich brech' die Herzen der stolzesten Frau'n...» Er hatte sie mitgebracht, weil er selbst Schellackplatten sammelte: Rudi Schurike und solche Sachen. Von der Rühmann-Piece hatte er sich gewiß nur getrennt, weil er sie doppelt besaß.

Nun gut. Hoenisch nahm Sowtschick beiseite und machte ihn darauf aufmerksam, daß er hier aber zwei verdammt reizende Geschöpfe aufgegabelt habe. Ob er das wisse? Und zu den beiden gewendet: Ob sie Lust hätten, mal eine kleine Rolle zu übernehmen, das wär doch 'ne tolle Sache... Und dann machte er die bekannte Bildausschnittbewegung mit Daumen und Zeigefinger.

«Und fotogen sind sie auch noch!»

In dem Augenblick klingelte es schon wieder. Sowtschick ging nach vorn, weil er annahm, das sei die Polizei. Sie war es nicht. Es waren die Pferdemädchen, die Tom und Jerry sehen wollten. Ohne Umstände gingen sie in die Küche, versorgten sich mit Orangensaft. Dann nahmen sie aus Sowtschicks Videowand eine Kassette, schoben sie in den Recorder, schalteten das Gerät ein und machten es sich bequem.

Die sind gelehriger als Affen! dachte Sowtschick. Einen Augenblick wallte Wollust in ihm auf, als er die beiden jungen Körper auf dem Sofa liegen sah, mit hochgestellten Schenkeln, strenger Geruch nach herben Gräsern, aber die verging ihm, weil Hoenisch dazutrat und sich wunderte: «Mensch, da sind ja noch zwei Krabben.» Sowtschick habe hier ja einen richtigen Harem in Gang... Wie alt, Schule und so weiter, und ob sie Lust hätten, mal eine kleine Rolle zu übernehmen? Bildausschnittbewegung. Das wär doch 'ne fabelhafte Sache? Zu Sowtschick sagte er (er nahm ihn dazu beiseite), ob das gehe, so viele Mädchen im Haus, ob er dadurch nicht in ein schiefes Licht gerate? Und Sowtschick nahm seinerseits Hoenisch beiseite und erklärte ihm, daß er ein Buch darüber schreiben wolle, Jugend, wie sie sich benimmt, wenn sie auf einen alternden Künstler trifft. «Ohne Dings kein Bums.» Mal ausloten das ganze Problem, ob die demokratische Erziehung schon Wurzeln geschlagen hat.

Dann kam man zur Sache, das Drehbuch wartete, um die zwölfte Folge der Reihe «Polizeirevier Eichenstraße» ging es, die diesmal Sowtschick schreiben sollte. Sowtschick traute sich das zu, weil auch Holderbusch eine Folge geschrieben hatte, und weil Hoenisch ihn dabei unterstützen wollte. «Zehn» sollte es dafür geben, und das war mitzunehmen. Die Notizen zu dem Film lagen auf dem Schreibtisch, und als Sowtschick sie holte, winkte er seinen Mädchen: «Ihr braucht nicht zu kochen, wir gehen in die Linde, ja? Und achtet aufs Telefon, daß wir hier nicht gestört werden ... und bringt uns was zu trinken!»

Daß sie das auch gar nicht vorgehabt hätten, zu kochen, sagte Adelheid, und das gab Sowtschick einen Stich. Das nichtgemachte Frühstück, die unaufgeräumte Küche, Fliegenleichen auf den Fensterbänken, und nicht kochen *wollen*? Das war gegen die Spielregeln. Das Schöne dieser Welt hab ich genossen ..., dachte er. Out, alles out. Und: Das würde sich auf die Endabrechnung auswirken ...

Sowtschick hatte Mühe, sich zu beruhigen. Als er dann aber im sonnigen Innenhof saß, bei plätscherndem Brunnen – «bitt' schön, bitt' schön, bitt' schön ...» – die Beine hochgelegt, wurde ihm wieder wohler. Er diktierte dem «Fräulein Anita», wie er die emanzipierte Dame unvorsichtigerweise nannte und dafür «Muckschungen» kassierte, den Fortgang der Handlung: Es ging um den Giftmord eines homosexuellen Anwalts an einer maskulinen Schriftstellerin, und zwar aus «Scheiden-Neid».

Sowtschick skizzierte die Handlung, von gelegentlichen Bravorufen des drahtigen Regisseurs unterbrochen – «Wir kriegen da Stil rein!» –, der aus Mangel an Beschäftigung Kniebeugen und Liegestütze machte. Er warf Ingredienzen in die Debatte, mit denen Sowtschick, wollte er das Wohlwollen des Fernsehmenschen sich nicht verscherzen, seinen Fall garnieren mußte: Eine türkische Aufwartefrau – «da nehmen wir natürlich 'ne echte!» –, einen querschnittsgelähmten Raketengegner, der in Verdacht gerät – «das kann Petrik Fenske mit seinen Pockennarben machen» –, und als Background Schiebereien der pechschwarzen Stadtverwaltung um irgendwelche Grundstücke eines Fabrikanten, der dauernd Giftfässer vergräbt.

Sowtschick war gerade dabei, die Tote zu beschreiben: Wie sie auf dem Sofa sitzt, alle viere von sich gestreckt, so halb runter gerutscht, die Zunge draußen – er hielt sich an ein Foto, das er in dem Mord-Atlas gesehen hatte –, und er demonstrierte das, um auch ja keinen Fehler bei der Beschreibung zu machen, als plötzlich

Kommissar Wagner vor ihm stand und ihn da so hingestreckt sah, mit Zunge raus.

«Darf man stören?»

Sowtschick rappelte sich auf. Zuerst dachte er, der Mann wollte schon wieder was signiert haben für seine Gattin, aber dann kriegte er schnell mit, daß es sich um was Amtliches, also um etwas Unangenehmes handelte. Gleichzeitig war er erleichtert. Nicht irgendein fremder, undurchdringlicher Mensch brach in seine Sphäre ein, völlig in Unkenntnis über seine gesellschaftliche Bedeutung: PEN-Club, Hebbel-Preis, Brockes-Jury und diverse Verfilmungen – sondern Wagner, der Schwager des kollegialen Schulmeisters.

Der Kommissar hatte eine Aktentasche unter dem Arm.

Die Herrschaften wurden einander vorgestellt – «Ah! Vom Fernsehen!» – und begannen sofort über die Realitätsferne von Kriminalfilmen zu streiten, eine Debatte, die über Sowtschicks Kopf hinweg geführt wurde. Das dauerte eine Weile, bis endlich der Kommissar sich des Hausherrn erinnerte. Er entschuldigte sich bei Hoenisch, vielleicht sähen sie sich ja nachher noch? Und dann begehrte er Sowtschick *allein* zu sprechen. «Wo sind wir hier ungestört?»

Die Herren gingen hinein und setzten sich ins Mahagonizimmer. Die Anoraks der Mädchen mußten allerdings zuvor von den Dakkelbeinstühlen geräumt werden und die Tennisschuhe vom Sofa sowie ein klebriger Joghurt-Becher der Firma «Irmi». Sowtschick nahm auch das Sexualheft vom Tisch, das er am Abend mit dem Manuskript des Azubis zusammen aus der Tasche gezogen hatte, eine in schwarzes, glänzendes Leder gekleidete, über und über gefesselte Dirne war auf dem Umschlag zu sehen, und das nahm sich in diesem Zimmer, in dem die zierlichsten Porzellanfigürchen standen, sehr sonderbar aus. Er sagte «Dreharbeiten» und steckte das Ding weg.

«Bim-bim/bim» machte die Bronzeuhr unter dem Glassturz, und Wagner legte seine große Tasche auf den spiegelblank polierten, ausgebuchteten Mahagonitisch, sagte: «Ja», und: «Viel heiß, heute», und wischte sich die vom Mützetragen eingekerbte Stirn.

Um Erika ging's. Wann er Erika Witschorek zum letzten Mal gesehen habe?

Sowtschick sagte, daß er dem Mädchen zuletzt vor zwei Tagen begegnet sei, und zwar in der Nacht während des Feuers, hier im Dorf. «Das Fron-Hus, Sie erinnern sich.» Und er fügte hinzu, daß er dort mit dem Pastor, dem Bankleiter und dem Schulmeister zusammengestanden habe, an der Ecke, da, wo der Obstgarten in spitzem Winkel an die Straße stößt, und daß das Mädchen im Apfelbaum gesessen und den Schulmeister ausgeätscht habe. Und während er das sagte, fiel ihm die Symbolik des Vorfalls auf.

«Und vorher?»

«Am selben Tag, nachmittags, hier im Garten.»

«Hier im Garten?»

«Ja. Im Garten», sagte Sowtschick, und er dachte daran, daß das Mädchen ihn mit Kirschkernen bespuckt hatte, von oben aus dem Baum.

Der Beamte wollte wissen, was das Mädchen in Sowtschicks Garten zu suchen gehabt habe.

«Gespielt, rumgetobt...»

«Mit wem?»

Nun, da mußte Sowtschick etwas weiter ausholen. Er erzählte von den beschämend schlechten sozialen Verhältnissen, in denen das arme Kind lebte – *«gelebt habe»*, wie der Beamte pedantisch ergänzte –, und von Marianne, die die ganze Familie unter ihre Fittiche genommen hat...

«Unter was?»

Die sich um die Familie kümmere, also aushelfe, wenn Not am Mann sei, mit Geld und diesem und jenem. «Was wir da schon reingebuttert haben, da ist das Ende von weg...» Und er zählte es an den Fingern her, Bügeleisen, Schultasche, Anorak, Moped...

Seine Frau sei der Ansicht, sagte Sowtschick, daß es richtiger sei, der Verelendung der Outcasts vor der Tür zu wehren als das Geld nach Mittelamerika zu schicken, weil sich das dort natürlich irgendwelche korrupten Leute in die Tasche stecken. «Das weiß man ja, wie das denn läuft», und er dachte an einen wahnsinnig heißen Nachmittag in Rio, an dem ihn ein Konsulatsbeamter durch das

Millionärsviertel gefahren hatte und gleich darauf zu den menschlichen Schutthalden auf der anderen Seite der Stadt. Da war Hopfen und Malz verloren.

«Mit wem hat das Mädchen herumgetobt?» fragte Wagner.

Daß er selbst sich mit Erika abgegeben habe, sagte Sowtschick frei heraus, hin und wieder habe er das getan, also mit ihr gesprochen, ihr was vorgelesen und auch mal rumgerangelt. Erika sei hier ja aus und ein gegangen wie ein eigenes Kind, ein halber Junge übrigens.

Das alles schrieb Wagner sich auf.

Im Innenhof hatten sich inzwischen Adelheid und das singende, springende Löwenheckerchen um den drahtigen Regisseur geschart, der sie mit lustigen Geschichten zum Lachen brachte. Er war früher mal beim Zirkus gewesen: Jetzt eben nahm er seine getönte Brille ab und machte Handstand, wobei er sich selbst Beifall mit den Beinen zuklatschte, schließlich stand er sogar auf *einer* Hand. Diese Darbietung fesselte auch die beiden Männer, die das durchs Fenster hindurch beobachteten und weiß Gott was anderes zu tun hatten.

«Was sind das für Mädchen, Herr Sowtschick?»

Während Ewald Hoenisch draußen dazu überging, den Mädchen, die ebenfalls Handstand zu machen versuchten, die Beine zu halten, kehrten die beiden drinnen zu ihrem Amtsgeschäft zurück.

Die Mädchen wären eher zufällig hier, sagte Sowtschick, für den Haushalt engagiert. Er habe zuerst einen Inder dagehabt, «aber nee, wissen Sie ... Diese Art Leute sind einem doch sehr fremd ...»

Während sich Sowtschick über die Karmalehre ausließ, von der Reinigung durch Seelenwanderung, und daß die Inder irgendwie tatsächlich rein körperlich ein anderer Schnack sind als durchschnittliche Mitteleuropäer ... Er habe in Indien Mädchen gesehen, also: atemberaubend! Während er das alles sagte, kramte Wagner in seiner Aktentasche. Er kriegte Fotos von der Leiche heraus, auf denen Erika ganz ähnlich aussah wie Sowtschick zuvor im Innenhof, und legte sie auf den Tisch. Sowtschick nahm sie in die Hand, drehte sie links- und rechtsrum, und während er das tat, erfuhr er, daß das Kind in einem Entwässerungsgraben ertrunken sei. Vielleicht hineingestoßen, vielleicht hineingeraten, habe dann um sich geschlagen, an der glatten Ausschachtungswand Halt gesucht, sei abgeglitten... Unter den Fingernägeln Torfsubstanzen... Eine Astgabel habe in der Nähe gelegen, mit der sei das Kind möglicherweise niedergehalten worden. Ein Akt von unfaßbarer Roheit.

Sowtschick sah die Fotos an: Die Augen hatte die Tote offen, sie waren deutlich «gebrochen»: So etwas Ähnliches gab es auch im Mord-Atlas zu sehen.

Im Innenhof wurden die Mädchen inzwischen hochgestemmt – «Hepp!» –: Hoenisch demonstrierte, daß er immer noch voll auf dem Dampfer war, er erlaubte den beiden blonden Schwestern, die ihn vermutlich für einen Ätztypen hielten, sich ihm auf je eine Schulter zu setzen, und er erhob sich mit ihnen, stand auf einem Bein, das andere «flieger»artig nach hinten gestreckt, und dann drehte er sich sogar im Kreis! Dies lockte auch die beiden Pferdemädchen herbei. Braungebrannt, in Lederhose mit «Sugar» auf dem T-Shirt. Ewald Hoenisch drehte sich und drehte sich und kam dabei den Kakteen sehr nahe, und nein, das wird hier doch zu eng.

Alle stürmten nach draußen auf die Wiese, um dort womöglich noch heftigere Hebeübungen zu veranstalten.

Anita Läuffer beteiligte sich nicht an diesem Sport, sie schenkte sich Kaffee ein und betrachtete nägelkauend die Dose mit der Orangenmarmelade: «Made in South Africa» und schüttelte den Kopf: Also doch. Das hatte sie sich doch gleich gedacht, daß sie sich hier bei einem erzkonservativen Schwein befindet.

Was hab' ich dir getan,
oh mein Volk,
und womit hab' ich dich
beleidigt?

Dem Polizisten blieb der Mund offenstehen: «Sind das nicht die Töchter von Rademacher? Was tun die denn hier?»

Das war wieder mal 'n Ding. Zwei plus zwei sind vier. «Dann haben Sie hier also lauter Mädchen um sich rum? Is das nicht 'n bißchen doll?» Kopfschüttelnd wandte er sich seinen Akten zu.

Wo war man stehengeblieben? Ach ja … Er hätte sich ja gar nicht herbemüht, sagte er, wenn da nicht die Sache mit der Kette wäre.

«Kette?» fragte Sowtschick.

Ja, man habe eine goldene Kette samt Anhänger bei der Toten gefunden, einen Anker mit «A. S.» drauf. Der Verschluß sei gewaltsam geöffnet, das heißt, die Kette sei dem Eigentümer ebendieser Kette vom Hals gerissen worden.

Der Kommissar kramte aus seiner Aktentasche eine Cellophantüte hervor mit Sowtschicks Kette drin. Er hielt sie ihm hin, ohne sie herzugeben: Ob Sowtschick diese Kette kenne?

Natürlich kannte Sowtschick sie: Herz geht vor Anker, in der jungen Ehe, als die ersten Anfechtungen angeschwebt kamen, habe er sich das Dings gekauft …

«Anfechtungen?»

«Nun ja, mal hinterhergeguckt, jungen Mädchen, und dann nach Lesungen, der eine oder andere junge Mensch …»

«Soso. Und wie kommt die Kette in den Besitz der Toten?»

Da erzählte Sowtschick, daß ihn das Kind in einem Anfall von Übermut mit Kirschkernen bespuckt habe, das Hemd müsse noch im Wäschekorb liegen, «meine Frau ist ja nicht da …», und daß es bei der Gelegenheit zu einer kleinen Rangelei gekommen sei, bei der ihm dann das Mädchen, dieser halbe Junge, die Kette vom Hals gerissen habe.

«Hier sehen Sie», sagte er, «die Strieme ist noch zu sehen.»

«Und Sie haben sich die Kette nicht wieder aushändigen lassen?»

«Nein, das Mädchen ist ja weggelaufen.»

Das kam dem Polizeibeamten merkwürdig vor, die Kette sei doch schließlich aus – «Moment mal …» – *achthunderter* Gold, so was läßt man doch nicht einfach sausen … Und er mochte denken, daß es Sowtschick gewesen sei, der das Kind in den Graben gestoßen hatte, nachdem er es «mißbraucht» oder mindestens unsittlich berührt habe, und daß es ihm in seiner Todesangst dies Kettchen vom Hals gerissen hat.

Das alles dachte Wagner, und Sowtschick wußte, daß er es dachte. Aber der Haken an der Sache war, daß das Mädchen nicht «mißbraucht» worden war und daß es das Kettchen nicht in der Hand gehabt hatte. Es war in seiner Hosentasche gefunden worden.

«Wir müssen nun sehen, was wir weiter herausbringen», sagte der Beamte, dem das auch klar sein mochte, und sammelte die Tatortfotos ein wie tote Fische in einen Korb. Dann fragte er, ob Sowtschick ganz allein hier wohne in dem großen Haus, obwohl er das doch wußte... Wie gut, daß Sowtschick ein Geschwister*paar* engagiert habe, da sei dieser Teil seiner Weste jedenfalls schneeweiß.

«Das ist *sehr* gut», sagte Wagner. «Hören Sie, das ist *sehr* gut. Und die beiden Rademachers sind ja wohl auch nicht jeden Tag da, was?»

Fürs erste war genug ermittelt. Das Wort «halber Junge» notierte sich Wagner noch, sowie anderes, zur Sache Gehöriges. Gern hätte er noch gefragt, wo Sowtschick am Vortage, also zur Tatzeit, gewesen sei, aber das brauchte er nicht zu fragen, das hatte er schon von Adelheid und Gabriele erfahren. Beim Hinausgehen sagte Sowtschick: Daß er die Jugend hier zu Studienzwecken versammelt habe, er wolle mal herausbekommen, wie Jugend so denkt, ob die nur genußsüchtig ist oder auch mal kräftig zupackt ... und daß er das eventuell in einem Roman verarbeite, der Anfang sei schon gemacht.

«Wie gut, daß ich gestern in Hamburg war, und zwar den ganzen Tag, und daß ich das auch beweisen kann. Sonst käm ich womöglich noch in Verdacht!»

Der Beamte sah ihn länger an, als zu rechtfertigen war, doch dann wurde sein Blick weich, und er sagte: «Wunderbar haben Sie's hier...», und: «Hoffentlich kriegen wir den Kerl bald, der das arme Mädel...» Er lobte die fortgeschrittenen Eingitterungsmaßnahmen, rüttelte an den Stäben und grüßte die Handwerker, die mit offenem Munde dastanden und endlich ihre Arbeit wiederaufnahmen.

Es schloß sich noch ein kurzer Gang in den Garten an, in dem Hoenisch damit beschäftigt war, menschliche Pyramiden zu bauen. Wagner wollte die Stelle sehen, wo Sowtschick sich mit Erika gebalgt hatte. Es folgte eine Besichtigung der Höhle, der Sack, der vor dem Eingang hing, wurde beiseite gerafft, da der Kommissar jedoch seine Taschenlampe im Wagen gelassen hatte, wurde sie auf einen späteren Zeitpunkt verschoben.

«Bitte nichts anrühren ...»

Sowtschick machte dem Polizeibeamten vor, wie er, um nicht das gefährliche USTINEX benutzen zu müssen, die Disteln auf der Allee austritt, und er sagte, daß er am liebsten alles wild wachsen lassen würde, aus Liebe zur Natur. Am Auto stehend erzählte Sowtschick dem Kommissar noch, daß er sich neulich die Moorhütte angesehen habe, draußen bei Senneschalk, da hätten offensichtlich noch vor ganz kurzer Zeit Penner gehaust. Vielleicht hätten *die* ja den Mord begangen. Oder die Ohltrop-Mörder? Ob er mal an die gedacht hat? «Wie kommt das eigentlich, daß die noch immer nicht gefaßt sind?» Was den Workshop betreffe, «die gemeinsame Lesung mit Ihrem Schwager, Herr Kommissar», da meine er, sollte man vielleicht doch schon im Spätsommer drauf zugehen... «Man soll das Eisen schmieden, solange es heiß ist.»

An der Hecke stand das Pony der Pferdemädchen. Das ließ ab vom Rupfen und kam herangeschritten.

«Wir müssen sehen, wie wir weiterkommen», sagte der Polizist und klopfte dem Tier aufs Hinterteil. Er denke eben, ob er die Strieme am Halse Sowtschicks mal fotografieren dürfe? Ja? Und er nahm einen Fotoapparat vom Beifahrersitz, an dem die Schutzkappe touristenartig herabhing, und vollbrachte es recht umständlich. Dann startete er den Motor und fuhr ab.

Im Garten war man vom Bau menschlicher Pyramiden abgekommen. Man vergnügte sich an einer Art verknäueltem Judo: Die Schafe waren bis in den äußersten Winkel der Wiese zurückgewichen, und die Hunde umsprangen das menschliche Gewühle. Die Kaninchen in ihren unterirdischen Territorien dachten gewiß, die Welt geht unter. Sowtschick wurde aufgefordert, sich an dem Gewühl zu beteiligen, sich also auch mal umschmeißen zu lassen, die Mädchen wären nicht untalentiert.

«... sei kein Frosch ...»

«O ja!» riefen die Pferdemädchen und rannten auf ihn los. Er aber lehnte ab. Nicht auszudenken, wenn Wagner zurückgekommen wäre und ihn womöglich bei solchem Sport ertappt hätte.

«Kinder», sagte er, «was ich eben erlebt habe, das glaubt ja kein Mensch.» Er sei ganz regulär verhört worden! Erst, als er es aussprach, wurde ihm das bewußt.

«Was?» sagte Hoenisch, «verhört?» Das sei ja makaber. Er fühle sich direkt an die Gestapo erinnert... Er selbst sei mal wegen Überfahrens der weißen Mittellinie gestoppt worden, «also, das hätt' ich euch gegönnt. Nun ja, die Bundesrepublik. Bei Gott ein Scheißstaat.»

Das Selbstverteidigungstraining wurde beendet, die Hunde ins Haus gesperrt, die Pferdemädchen fortgeschickt. Mit zwei Wagen fuhr die Gesellschaft ins Gasthaus zum Essen. Vor der alten Schule stand das Polizistenauto. Kommissar Wagner wollte bei seinem Schwager wohl noch weitere Informationen einholen.

In der «Linde» angekommen, weigerte sich Frau Läuffer, das Auto zu verlassen. Sie habe Brote mit, sagte sie, und daß sie mit Sowtschick, diesem Reaktionär, der ein Schwimmbad ganz für sich allein hat, nicht an einem Tisch sitzen wollte, war klar. «Sozialfall», Kriegsschiffe, Marmelade aus Südafrika: Das reichte. Außerdem: Wer konnte denn wissen, ob an den Beschuldigungen der Polizei nicht doch was dran war? Wer konnte das denn wissen? Ins Bild paßte das jedenfalls. Sie blieb also im Auto sitzen, obwohl es knallheiß war darin, und es nützte auch nichts, daß Hoenisch «Bitte-bitte» machte. Nein, sie säße absolut bequem in dem Auto, sie fühlt sich da mausewohl. Nun – «helf' er was» –, dann eben nicht.

Die vier gingen ins Gasthaus und setzten sich in die Dichterecke. Die Mädchen bekamen eine Cola, und die Männer tranken den Sassenholzer Spezialschnaps. «Der hebt einem ja die Fußnägel», sagte Sowtschick nach alter Gewohnheit. Draußen hatte der malle Schäferhund seine Tatzen aufs Autofenster gestellt, der studierte, wie Frau Läuffer ihr Brot ißt.

Filetsteak mit Erbsen und Wurzeln: Die kleine Gesellschaft wurde nicht allein vom Wirt bedient, sondern auch von dessen Frau. Die Tür der Küche stand offen, und die Küchenhilfe guckte unverwandt in Richtung Dichterecke. Der Wirt und seine Frau blieben nach dem Servieren am Tisch stehen: So also sieht ein Mörder aus? mochten sie denken.

Ewald Hoenisch, der sich als frischgebackener Nichtraucher doch noch eine «klitzekleine» Zigarette genehmigt hatte, die er nach drei Zügen und einem vierten allerdings wieder ausmachte, erzählte von einem Bekannten, der einen amtlichen Verdacht, allerdings terroristischer Natur, also ganz anders gelagert, obwohl unbegründet, nie wieder losgeworden sei.

«An jeder Grenze winken sie den raus.»

Auch an diesem krausen Tag hatte das Land «unter der Hitze geächzt», wie es im Wetterbericht geheißen hatte. Nun war es dunkel, ein lauer Nachtwind umspülte das Haus, und die großen Bäume schüttelten ihre Kronen.

Was für ein verrückter Tag! dachte Sowtschick, als er im Bett lag. Er schob die Schlummerrolle in den Nacken, nahm das Tagebuch vor und schrieb es ein: «Was für ein verrückter Tag!»

Nachdem er Empörtes eingetragen hatte in sein Tagebuch über Wagner, den Polizisten, Trauriges über das Verhalten der Mädchen und Befriedigendes über Hoenisch: «Weitergekommen», blätterte er noch ein wenig in dem vier Monate alten Heft. Wer das wohl später mal lesen würde: «Handwerker dagewesen, mit Hessenberg telefoniert.» Für Germanisten eine Fundgrube? Was würde die Wissenschaft daraus entnehmen, daß er schon wieder einen ganzen Sack Hundefutter gekauft hat, und wer würde sich interessieren für die daraus gewonnenen Entdeckungen und Erkenntnisse der Wissenschaftler? Farbiger würde er schreiben müssen, das nahm er sich vor: auf Tagesereignisse bezogen. «Unglaubliche Sauerei!», so in diesem Stil, daß die Aidskranken registriert und unter Quarantäne gestellt werden sollen: «Typisch BRD», und vielleicht Fotos einkleben von verhungernden Äthiopiern. «Der Dichter hat seine Epoche mit Engagement begleitet...» Dieser Satz mußte in seiner Biographie auftauchen, unbedingt. Und außerdem: Scharfe Seitenhiebe gegen Kollegen anbringen, dem Literaturbetrieb Futter hinwerfen: Holderbusch, dieser Idiot, und daß Lucinde Pechel zum «Globus» gegangen ist, obwohl sie in ihrer wilden Zeit Weihnachtsgedichte verhunzt hat.

> Vom Bankhaus hoch, da komm' ich her,
> ich bring' euch neue Aktien schwer...

Merkwürdig, diese Leute konnten sich alles erlauben, ohne daß man ihnen das moralisch vorgerechnet hätte. Doch mit ihm, dem an sich doch liberalen und im ganzen harmlosen Menschen, wollten gewisse Leute nicht an einem Tisch sitzen, wie ihm hinterbracht worden war: «Von dem nehmen wir kein Stück Brot.» Hatte er nicht in umfangreichen Romanen Vergangenheit aufgearbeitet? Hatte er nicht Mißstände aufgedeckt, Biedermännern die Larve vom Gesicht gerissen? Und trotzdem war er abgestempelt als Eckensteher, als Bewohner eines Elfenbeinturms. Das waren Mechanismen, die er nie begreifen würde.

Achilles? Der Haken war, daß Sowtschick ihn an sich ganz gerne mochte. Er schätzte dessen analytische Kraft, und herrlich war es, wenn er Kollegen verriß. Das tat er nämlich auf eine Weise, die ihm so leicht keiner nachmachte. Tief im Inneren regte sich Sympathie mit diesem Mann, er hätte ihn ermorden können, aber im Dahinsinken hätte er ihn geküßt.

Daß das sehr gut sei, daß er *vier* Mädchen im Haus «herumzulaufen habe», hatte Wagner gesagt. Gut? Wieso *sehr* gut? Inwiefern war das im kriminaltechnischen Zusammenhang positiv zu werten? «Ich vergewaltige sie der Reihe nach, jeden Tag», hätte er sagen sollen. Oder: «Verlassen Sie sofort mein Haus! Auf der Stelle!» So in dieser Art hätte er reagieren müssen, wie Holderbusch das getan hätte, ein Autor, der Interviews ablehnte, und wenn er mal eins gab, sich als «Zuhälter» bezeichnete, ohne daß ihm das schadete. Wer oder was hatte ihn geritten, sich von Kommissar Wagner darüber hinaus noch fotografieren zu lassen, die Strieme am Hals, das war ja nun wirklich das Letzte... In Sowtschick keimte der Verdacht, daß sich hier wieder einmal das Kapitulantenhafte in ihm gerührt hatte, das, was Marianne «das Ostische» nannte, und er nahm sich vor, ab morgen ganz anderen ostischen Eigenschaften freie Bahn zu geben: Jähzorn und Brutalität. Die Antwort der Mädchen: «...Hatten wir auch gar nicht vorgehabt zu kochen...» Das hätte er sofort mit Rausschmiß ahnden sollen: «Augenblicklich raus!»

Mit Brutalität würde er dienen können.

Nachdem er sich dergestalt in Wut geredet hatte, nahm er das «Unternehmen Cerberus» zur Hand. Von den ineffektiven Gegenmaßnahmen der Briten gegen die auf den Pas de Calais zustampfende deutsche Schlachtflotte las er, verirrte Flugzeugpatrouillen, defekte Radaranlagen, Kompetenzstreitigkeiten und Ignoranzen, umständliche Vorkehrungen gegen das von einem einzigen zielbewußten Wollen beseelte Wahnsinnsunternehmen: Das alles war im Prinzip recht angenehm zu lesen, und Sowtschick nahm sich vor, für den Fall, daß er mal wieder beim Verleger etwas durchzusetzen hätte, dem eigenen Wollen ähnlich zielbewußt Geltung zu verschaffen, wie Admiral Ciliax und die Seinen es getan hatten.

Er bemühte sich zu lesen, doch sein Auge glitt über das Buch ins Leere, ihm fielen noch einmal Wagners sonderbare Andeutungen ein, und obwohl er es doch wußte, daß er Erika nicht ermordet hatte, zählte er an den Fingern her, was alles gegen seine Täterschaft sprach, das todsichere Alibi und daß das Kind die Kette nicht in der Hand gehalten, sondern in der Hosentasche verwahrt hatte. Er sah die Tatortfotos vor sich, «smitt di eenfach hän», den kühlen Torfgraben, das braune Wasser. Armes Kind, dachte er, nie wieder Schubkarre fahren! Sich selbst sah er unter einer windzerfetzten Kiefer stehen, das Haar zerzaust, «Wuthering Heights», das Buch mußte er auch mal wieder lesen...

Wer mochte der Täter sein. Oder waren es mehrere gewesen? Dieselben Rohlinge, die Dr. Ohltrop die Kehle durchgesäbelt hatten? Oder die unsteten Bewohner der Senneschalk-Baracke? Oder vielleicht die Mofa-Jünglinge? Hatten das Mädchen aus Spaß auf dem Soziussitz mitgenommen, dann abgesetzt und über Stock und Stein gejagt, in den glipschigen Graben gestoßen und die Gurgelnde mit einem Ast niedergehalten, mit einer Ast*gabel* genauer gesagt, so wie man es mit Schlangen macht?

Sowtschick stellte sich eine «Mißbrauchung» vor. Vielleicht hatten sie das Mädchen vorher zu dritt mißbraucht? Den Leibriemen geöffnet und das jugendliche, von Nahrungsüberschüssen geweckte und geschwollene Dings herausgeholt und in die Widerstrebende, wahrscheinlich «Eng»gebaute, hineingesteckt?

Sowtschick stieg aus dem Bett und holte das Pornoheft, das er in Hamburg gekauft hatte. Er blätterte in dem Heft, bis er auf die Zeichnung stieß, derentwegen er das Heft gekauft hatte, aber er fühlte sich nicht erwärmt; der Reiz hatte sich verflüchtigt. Alles vorbei, dachte er, und warf das Heft auf den Fußboden.

Er dachte auch an die Scherenschleiferin, und er bezeichnete sie als «Hindin», worunter er sich eine Art wildes jedoch zahmes Tier vorstellte, das in seinem Garten ein scheu-aggressives Dasein führte, von ihm gejagt mit Netz und Dreizack. Schade, dachte er, daß diese Sache sich nicht entwickelt hatte, aber gut. Gut und schade zu gleicher Zeit.

Und wieder fiel ihm die Enttäuschung ein, die ihm sein Zweigespann bereitet hatte. Sie hätten auch gar nicht vorgehabt, zu kochen ... So etwas zu sagen, ihm ins Gesicht! Das war ein Stilbruch gewesen. Eine solche Keßheit kam aus einem Triumphdenken jugendlicher Hirne über sein Altern.

Hoenisch mit seinen Hebeübungen: Sport war auch eine Möglichkeit, sich jungen Menschen zu nähern, für ihn kam das nicht in Frage. Er mußte es auf die sanfte Tour versuchen, «soft», wie sein Name es ihm vorgab, und das wurde eben leicht mißverstanden, falsch gedeutet. Sanftheit forderte kesse Reaktionen heraus, und die mußte man aushalten können.

Sowtschick legte sein Ohr an den Dachbalken, um zu hören, was sie da oben machte, Adelheid, die vielleicht doch Annehmbarere von beiden. Ob sie schon schlief? Mit bettheißem Gesicht und milchsattem Mund? Wahrscheinlich lag sie mit offenen Augen im Bett und dachte an Hebeübungen und an eine rauhrasierte Wange, die ihren Schenkel streift. Vielleicht hatte sie jetzt ebenfalls ganz wie er das Ohr an den Balken gelegt, um zu hören, was er da noch zu rascheln hat? Vielleicht war es ihr ja eingefallen, daß das nicht gegangen war, zu sagen, sie hätten auch gar nicht vorgehabt, zu kochen?

Er hatte Erika mal mit Pfennigen beworfen vom Fenster aus, und sie hatte so in die Gegend geguckt: Woher das kommt und wer da nach ihr wirft. Das nasse Hemd auf den kleinen Brüsten: Arme Erika, dachte er, und er bedauerte es, daß er dieses Kind nicht mehr durchs Haus würde jagen können, wenn's ihm danach war, oder auf das Sofa werfen als «Iwan der Schreckliche».

Und die Beerdigung? Irgendwann würden die sterblichen Reste des Falles «freigegeben», das war zu erwarten. Wenn man das Körperchen vorn und hinten, oben und unten fotografiert und betastet und beknetet haben würde, auch wie ein Hühnchen aufgeschnitten mit Tranchierscheren und in seine Bestandteile zerlegt (das kleine Hirn in Formalin, mit all den schönen Bildern von Schubkarrefahren und Hetzjagd durchs Haus), daß man das Körperchen dann zur Bestattung freigeben würde, dem Wurmfraß also, Staub zu Staub, Asche zu Asche. Wehe, wenn bis dahin der Mörder nicht gefunden war! Obwohl er doch von Kopf bis Fuß unschuldig war, würde die Beerdigung mit Dorfbevölkerung, Eltern, tuschelnden Pferdemädchen und mit Pastor Sehgras für ihn eine schreckliche Belastungsprobe werden. Sowtschick standen die Haare zu Berge. Er stellte sich vor, daß das Dorf, wenn er die drei Händevoll Erde polternd auf den Sarg werfen würde, mit Äxten und Knüppeln gelaufen käme und wie ein Mann: «Mörder!» rufen und daß man ihn prügeln und in die Grube stoßen würde. Lynchjustiz in Sassenholz stellte er sich vor, mit Leuten, die Güllewagen vor seiner Tür ausleeren oder Schrot gegen die Fensterscheiben schießen.

Vielleicht war es doch gut gewesen, daß er den Polizeibeamten Wagner nicht hinausgeworfen hatte – «Was bilden Sie sich eigentlich ein?» –, sondern im Gegenteil ihn zum baldigen Gartentreffen eingeladen, mit Gattin und dem Schulmeister. Das hatte er doch getan? Oder nicht?

Flucht? In den Wald fliehen, im Flakbunker unterkriechen, und: Horch! Ein Pfiff! Die Mädchen bringen Brot und Suppe. Sich verbergen, bis eines Tages die Schuldlosigkeit feststeht. Und dann kommen sie mit Tuten und Stöcken und suchen ihn, und er zieht sich immer weiter in seine Höhle zurück.

Oder zu Marianne fahren, ins ferne Frankreich, den Kopf an den ihren lehnen, *liebster Mann*. Das hatte sie noch immer getan, ihm kompromißlos zur Seite gestanden bei Angriffen des Tages. Sie war oft kompromißloser gewesen als er selbst. Alles aufgeben und in Frankreich angesichts des Meeres die letzten schönen Jahre dahingleiten lassen...

Sowtschick zog die Nachtschrankschublade seiner Frau auf. Da roch es medizinisch, Brandgel und Aspirin, Valium, gebrauchtes Ohropax und eine Dose Nivea-Creme.

An dieser Schublade hatten die Kinder gestanden, Michael mit blutendem Finger... Susi hatte er mal eine Spelze aus dem Hals entfernt mit einer Pinzette.

Er sah seine Frau im Bett liegen, den Zopf neben sich auf dem Kissen deponiert. Die Sache mit der ehelichen Gemeinschaft ging ihm durch den Kopf. Er freute sich, es rechtzeitig vermieden zu haben, daß das Mechanische des Aktes ins Mechanistische überging, daß sich Zuneigung in Abscheu umpolte. Nun war es trotz getrennter Betten immer noch möglich, sich von Zeit zu Zeit in die Arme zu schließen oder die Köpfe aneinanderzulehnen, und zwar aus freien Stücken, und ohne daß daraus ein wollüstiges Gerangel wurde, mit all den automatischen Konsequenzen.

Sowtschick öffnete die Wäscheschränke. Die Handtücher sauber zusammengefaltet, eins auf dem andern, Seife dazwischen, die Waschlappen, die Laken – dünn geworden in vierzig Jahren Ehe. Er dachte an Mariannes feine Hände, mit denen sie die Stapel von Zeit zu Zeit durchmusterte, und ihn kam Rührung an vor dieser Ordnung. Er beschloß, wenn sie wieder da wäre, sie an sich zu ziehen und ihr freundliche Worte zu geben.

Auf dem Fußboden lag das Pornoheft. Da gehörte es auch hin. Sowtschick suchte unter den Büchern, mit denen er Mariannes Bett belegt hatte, andere Animations-Schriften heraus und beschloß, sie zu vernichten. Ein Akt der Reinigung war fällig. Er blätterte das Zeug nicht noch einmal durch, die Gefahr wäre zu groß gewesen, daß er sich besonnen hätte, sondern steckte es in ein Kuvert. Wohin damit? Der Kamin in der Halle fiel ihm ein. Er zog seinen Schlafrock an und ging nach unten in die von Mondlicht erleuchtete Halle. Neben dem Kamin stand sonderbarerweise ein Fahrrad.

Adelheid hatte begonnen, es zu flicken, und hatte es dann sein lassen.

Sowtschick tätschelte die Hunde, die von den Sesseln sprangen: Was nun schon wieder los ist?, trug Holz heran und setzte sich mit einer Flasche Bier vor das prasselnde Feuer. Und als es so recht munter in Gang war, öffnete er den Umschlag und übergab ein Heft nach dem andern gewissermaßen feierlich den Flammen.

Ben zi bena,
bluot zi bluoda ...

ungeschehen machen, diese Verirrungen, und wenn Marianne wiederkam, den Kopf an ihren lehnen ...

«War das nötig?» hatte die Mutter gesagt, als der Vater nach Hause kam, und der hatte sich an den Schreibtisch gesetzt und den Kopf in die Hände vergraben.

Vielleicht stand draußen vor dem Tor jetzt ein Polizist, der aufpaßte, was er hier macht? Zu so später Stunde? – Nachts aus dem Bett zu steigen und den Kamin anmachen, das konnte ihm niemand verbieten. Die Mädchen da oben, in Tiefschlaf versunken, würden, falls sie erwachten und ihn rumoren hörten, an künstlerische Unrast denken. Sie würden erzählen: «Mitten in der Nacht pflegte er aufzustehen und zu schreiben ...» Und, wer konnte es denn wissen, vielleicht könnte er ja tatsächlich noch etwas zustande bringen in einer Nacht wie dieser. Wo war er stehengeblieben mit dem Kollegen Fingerling – Gott, wie weit war das schon wieder weg ...

lid zi geliden,
sose gelimida sin!

Dahin sanken all die Hochglanzhefte mit den Über- und Unterliegereien, mit den Verknäuelungen und artistischen Verrenkungen, Begattungsakrobatik, die alternden Menschen keine Lehre mehr sein kann und zur Fortpflanzung nicht taugt. An jedes Heft knüpften sich Erwerbungsstorys, und in jedem waren Reizungen enthalten, die andere und wieder andere Ebenen der Empfänglichkeit in Sowtschick angesprochen hatten, solange sie neu gewesen waren.

Aus dem Schornstein flogen die schwülen Erzeugnisse davon: Nie wieder! schwor sich Sowtschick, würde er so was kaufen. Dieses Gelübde legte er ab.

Das allerletzte Heft steckte Sowtschick allerdings in die Tasche seines Schlafrocks, von dem mochte er sich denn nun doch nicht trennen. Statt dessen nahm er die Schulmeisterbroschüre «De Düwel in de Föör», riß sie in Fetzen und schob sie in die Flammen: Die würde ihn nie wieder ärgern.

Zum Schluß zerstocherte und zerstampfte er mit dem vom Architekten gestifteten Kamingerät die verkohlten Papiere. Er stand einen Augenblick unschlüssig oder besser gesagt selbstverloren unter dem flandrischen Kronleuchter. Ihm fiel Erika ein, die in die große Messingkugel Fratzen geschnitten hatte. Erika.

Sowtschick nahm die große Taschenlampe und ging, von den aufseufzenden Hunden gefolgt, in den Garten: die Höhle, wie sonderbar, daß er sich die noch niemals angesehen hatte.

Die Höhle befand sich im hinteren Teil des Gartens unter einer Trauerweide, die als Begräbnisplatz für Wellensittiche, totgeflogene Vögel und für Hussa, den heißgeliebten Schnauzer, gedient hatte. Er sah die Kinder vor sich, Klößchen und Schitti, wie sie die Tiere, in einen Pappkarton gebettet, prozessionsartig zu Grabe trugen.

Die Höhle war mit einem alten Läufer und mit Säcken verhangen. Sowtschick schlug sie zur Seite und leuchtete sie aus. Stroh lag auf dem Boden, ein Schemel, eine Kiste als Tisch. Sowtschick bückte sich und setzte sich auf den Schemel. Fast andächtig saß er da. Und nun entdeckte er ein Kistenbrett, an das Fotos von ihm geheftet waren, aus der Zeitung herausgerissen. Rührend! Traurig! Auf dem Tisch stand ein Karton mit geklauten Kleinigkeiten: der schlangenlederbezogene Taschenspiegel, das indische Kugelspiel vom Fernseher, zwei silberne Teelöffel und ... der «donkey». Da hatte er die Senioren zu Unrecht verdächtigt, und dieses kleine Aas ...

Sowtschick wollte das alles schon an sich nehmen, da besann er sich und legte die Sachen wieder zurück. Dieser Ort war unantastbar. Ein Bann lag darauf, und außerdem hatte Wagner ja gesagt, er solle nichts anfassen. Vielleicht später einmal eine Art Mausoleum daraus machen, von Efeu überwachsen.

Sowtschick knipste die Taschenlampe aus und «trat unter den unendlichen Himmel», wie er es bei sich formulierte. Man sah es ihm nicht an, daß sich dessen Ozonschicht von Tag zu Tag verdünnisierte, und daß er mit den Trümmern von tausend Fernsehsatelliten verunreinigt war.

Die Fernsehbilder von den Monden des Uranus, von den Ringen des Saturn, das waren Sensationen gewesen, und als Armstrong aus der Mondkapsel stieg: «Dies ist ein großer Schritt für die Menschheit ...» Da hatte es in ihm heroisch aufgeruckt, aber über Sterne Gedichte zu schreiben, das konnte nur Schwachsinnigen einfallen, erdfarbene Ewigkeit, samendes All. Was da oben unter den blasierten Sternen geschah, konnte niemand ins Wort erlösen, das lachte stählern über Wie-Vergleiche.

Sowtschick ging in das Haus, entzündete Kerzen in einem silbernen Kandelaber – eine fehlte, Gabriele hatte sie zu sich nach oben genommen – und spielte ein Nocturne von Chopin, eines von der langsamsten Sorte.

> Stiller Freund der vielen Fernen, fühle
> wie dein Atem noch den Raum vermehrt ...

Rubinstein stand hinter ihm und legte ihm die gichtverknotete Hand auf die Schulter, er mochte an ein Austernfrühstück denken, und der Vater ließ die «Ilias» sinken und nahm den Zwicker ab und nickte ihm ernst und nachdenklich zu: Was in ewigen Büchern geschrieben stand, das wehte ihm aus dieser Musik zu, und zwar in komprimierter Form.

Als Sowtschick in äußerstem Piano endete, «Chopin» ist gar kein Ausdruck, wurde vom Bibliotheksgang aus Beifall geklatscht. Die Mädchen waren es, die das «ürsinnig toll» fanden, daß er da so sitzt bei Kerzenlicht und Klavier spielt. Adelheid holte ihren Fotoapparat und bat Sowtschick, er möge sich doch noch einmal so hinsetzen, und das tat er, und er wurde mehrmals abgelichtet.

Nachdem das geschehen, nahm Sowtschick den Kandelaber und hielt ihn in die Höhe – das gab lange Schatten. Wallenstein in der

Nacht vor seiner Ermordung. «Wo seid ihr, Geister!» rief er mit hohler Stimme und leuchtete in die Ecken und gebärdete sich theatralisch. Die Mädchen lachten zunächst. Als er dann aber plötzlich «Iwan der Schreckliche» spielte, wie er es mit Erika so gern getan hatte, seine Stimme verstellte und brummelnd auf sie losging, schrien sie auf. Er jagte die Mädchen durch das Haus, bis er sie hinter der Bodentreppe stellte. Mit fürchterlicher Stimme rief er: «Hab ich euch endlich, ihr Gesindel! Nun werdet ihr geschlachtet...», und er würgte sie zum Spaß, ließ sie entkommen, und weiter ging die Jagd.

Schließlich rief er sie herbei und fragte sie, ob sie die Nacht-Silvesters schon kennten? Nein? Nun, das mußte nachgeholt werden, jetzt sofort.

Hoch hob er den Kandelaber, und wie in ein unterirdisches Verlies stiegen sie hinab in den Keller, Stufe für Stufe, mit gesträubten Nackenhaaren. Vielleicht, wenn sie äußerst leise wären, gelänge es ihnen ja, das huschende Volk zu überraschen? Sowtschick stieß die Kellertür auf und leuchtete wie ein Kastellan hinein in den finsteren Raum, in dem es nach Wein roch und nach Kartoffeln. Die Mädchen bargen sich hinter ihm, und da – ein Rascheln zwischen den Strohhülsen der Flaschen –, eine Maus lief die Regale entlang.

Nun, so war es auch diesmal wieder nichts mit den Silvesters. Als sich die Mädchen beruhigt hatten, zeigte er ihnen den schwarzen Fleck auf dem Fußboden, in den sich das Zwergenvolk keckernd zurückzuziehen pflegte.

«Sie sind schneller als wir», sagte er. «Schade, daß sie uns nicht aufnehmen in ihre Gesellschaft.»

Sie sahen sich den Fleck eine Weile an, dann stiegen sie hinauf und setzten sich in das Liegesofa vor den Kamin. Sowtschick plazierte sich zwischen sie und zupfte sie wechselseitig am Ohrläppchen. Er sprach es aus, daß ihn die Sache mit dem Mord schockiert habe, das arme Mädchen, und daß ausgerechnet *er* in Verdacht geraten sei, wo er sich doch immer so stark gemacht habe für Erika, von Marianne ganz zu schweigen...

«Seh ich aus wie 'n Mörder?» sagte er und sah sie brüsk an.

Aber nun war das ja gottlob ausgestanden. Und er zählte das

Entlastende noch einmal auf: Erstens hatte das Mädchen die Kette *nicht* in der Hand gehalten, und: Hamburg, daß er ja Gott sei Dank in Hamburg gewesen sei, bei den Brockes-Leuten, dafür gebe es ja tausend Zeugen.

Sie rätselten herum, wer der Täter gewesen sein könnte. Als Sowtschick von der Baracke im Torfabbaugebiet sprach, von der sonderbaren Lagerstätte, die sie dort gesehen hatten, erschraken die Mädchen. Nicht auszudenken, wenn damals in der Baracke Unholde auf sie gewartet hätten! Sie wären da ahnungslos anmarschiert gekommen, sechs Kilometer immer geradeaus und die Mörder hätten schon die Messer gewetzt? – Sie rutschten noch ein bißchen näher an Sowtschick heran, und der massierte verstärkt ihre Ohrläppchen.

Er sei traurig, sagte er, daß sie ihm heute, gerade heute eine so patzige Antwort gegeben hätten: Die Sache mit dem Essenmachen, daß sie das auch gar nicht vorgehabt hätten, Essen zu machen und so weiter... Und die beiden wurden ganz weich, so hätten sie das nicht gemeint, und vielleicht könnten sie morgen ja mal Filetsteaks braten?

Selig, wer sich ohne Haß
vor der Welt verschließt...

Ganz weich wurden die drei, und sie rutschten allmählich ins Liegen hinein, und Sowtschick freute sich, daß er in dieser Nacht den mattgelben Pyjama mit den braunen Streifen trug, der so gut zu seinem Schlafrock paßte.

Auch von Hoenisch redeten sie noch eine Weile, was das für ein toller Mann sei, schon über sechzig und noch derart gut beisammen.

«Ob er was mit der Läuffer hat?»

Seine Zirkus-Vergangenheit wurde erörtert und daß er bei der SS gewesen war, und da sei's bei Gott nicht zimperlich zugegangen.

Die brennenden Scheite im Kamin... Sowtschick mußte an Rußland denken: Die Frauen hatten sich auf die Knie geworfen, als das Dorf angezündet wurde. Die Läuse und Wanzen waren mitverbrannt...

Sie deckten Schaffelle über sich und legten die Beine auf eine Bank. Auch die Hunde sprangen dazu, eng lagen sie beieinander und sahen ins Feuer. Unheimlich war ihnen zumute, und sie reichten einander die Hand, und so schliefen sie ein.

Die Sache war noch nicht vom Tisch. Als Sowtschick sich am nächsten Morgen am glühenden Rot des Johannisbeergelees erquicken wollte und sich innerlich einstellte auf den Winterroman – die «Flut»-Novelle mußte weitergeführt, das «Frost»-Gedicht gedichtet werden –, kamen allerlei Anfragen. In das Sextett von Dvořák hinein schrillte das Telefon und eine sehr amtliche Stimme, offenbar die eines höheren Polizeibeamten, stellte Fragen, die eigentlich so recht keinen Sinn hatten. Sowtschick mußte Auskünfte erteilen, die die Sache nicht weiterbrachten und für ihn weder be- noch entlastend waren, lediglich aufstörend. So wollte der Beamte unbedingt wissen, wo Sowtschick die Kette gekauft hat. Datum, und wieso einen Anker? Vielleicht existiere da ja noch eine Quittung? Auch mußte er «der Ordnung halber» exakt angeben, von wann bis wann er was an dem fraglichen Tag in Hamburg gemacht habe. Spielzeugladen, wieso? Buchhandlung, warum? Porno-Shop, aha!

Die Adresse von Carola Schade mußte er beibringen, höchst prekär! Was sollte Carola von einer polizeilichen Nachfrage halten? Das Haus ohne rechte Genehmigung gebaut, und dann die Sache mit der Fahrerflucht?

Die amtlichen Störungen wurden noch übertroffen von einer männlichen Stimme am Telefon, heiser verstellt, die ihn bellend einen Mörder nannte. Die Kreatur stellte die Frage, ob es Spaß gemacht habe, das Mädchen zu vögeln? Ja? Und er solle bloß aufpassen, ihm, Sowtschick, würde der Schwanz schon noch abgeschnitten werden, und zwar mit einem Rasenmäher!

Sehr unangenehm war die Berichterstattung über den Sassenholzer Mordfall im «Kreuzthaler Tageblatt». Ermittlungen waren da skizziert in Fettdruck. In diesen Meldungen, die allesamt der

Journalist «E. B.» verfaßt hatte, wurde auch Sowtschick erwähnt, mit Bild und vollem Namen. Im «Globus» schrieb Lucinde Pechel, der er vor Jahren einmal ein Interview für die Zeitschrift «Rote Faust» verweigert hatte, über Biedermänner, die ein bewegteres Privatleben haben, als man denkt. Von dieser Zeitung bekam er auch die Mitteilung, er solle sich mit dem Parteien-Artikel ruhig Zeit lassen. Eigentlich brauchten sie den überhaupt nicht mehr...

Das Telefon klingelte den ganzen Tag. Die City-Buchhandlung sagte seine Lesung «einstweilen» ab, Hessenberg, gar nicht vergnüglich, wollte wissen, was ihm denn um Gottes willen einfalle, einen solchen Verdacht zu provozieren, das sei ja gespenstisch! Michael in Stuttgart, eben aus Kenia zurück, fragte an, ob er kommen soll? Susi in Bieseritz hingegen bat um das Kästchen im rechten Schrank, oben links, ob er ihr das schicken könne? Die hatte keine Ahnung von den Schwierigkeiten ihres Vaters.

Dauernd läutete das Telefon, Adelheid und Gabriele hatten alle Hände voll zu tun, die Leute von der Yellow-Press abzuwimmeln.

«Nein, Interviews werden keine gegeben, Herr Sowtschick ist überhaupt nicht da.»

Das Wort «Zicken-Machen» fiel, sie sollten mal keine Zicken machen, und Sowtschick wurde ein «Macker» genannt. Sie sollten ihrem Macker bestellen, sie kämen mal rum!

Eine weinerliche Teilzeit-Journalistin – geschieden, zwei Kinder, krebskranke Mutter – heulte, sie hätte jetzt eine Chance, wenn sie einen Bericht über Sowtschick liefere, dann werde sie ins Angestelltenverhältnis übernommen.

Die Illustrierte «Boulevard» erbat sogar Exklusivrechte, sie würden ihm «hundert» zahlen, wenn er unschuldig und «zweihundert», wenn er schuldig wär.

Auch im Dorf veränderte sich manches. Die Kaufmannsfrau, sonst nicht zu sehen im Laden, kam extra nach vorn, um die Mädchen in Augenschein zu nehmen. «Ihr armen Dinger.» Ob sie Hunger hätten, ja? «Kriegt ihr überhaupt was zu essen bei dem Kerl?»

Die Mülleimerleute klingelten an der Tür, obwohl der Eimer doch groß und breit an der Straße stand. Sie guckten an Adelheid vorbei in die Halle hinein, als ob da geschlachtete Menschen hingen. Der Vater von Erika, der Jahr für Jahr mit Hosen, Mützen und sogar einem Moped versorgt worden war, drohte mit der Axt in Richtung Sowtschick. Über eine geöffnete Bierflasche hinweg stieß er Flüche aus, daß Sowtschick eine Drecksau ist.

Die Mofa-Jünglinge lungerten, um etliche Typen vermehrt, stundenlang vor dem Tor herum, ohne die Maschinen abzustellen. Mit leeren Bierdosen warfen sie nach den Gartenleuchten, und keiner mochte hinausgehen und ihnen das verbieten.

Die Pferdemädchen kamen nicht mehr, um sich mit hochgestellten Schenkeln in die Lotterecke zu fläzen und sich Videos anzusehen. Denen hatte man das um Gottes willen untersagt. Der Vater wußte von Schwimmbadorgien zu berichten!

Als Sowtschick am Nachmittag die Allee auf und ab ging, kam der Jäger Budweis geschritten, mit einem Gewehr, und schoß ein harmloses Kaninchen tot, das auf Sowtschicks Grund und Boden Sowtschicks Löwenzahn schmauste.

Bin ich denn vogelfrei? dachte Alexander, als der Mann, ohne zu grüßen, über den Zaun stieg, sich die Beute holte, dem noch zappelnden Tier einen Handkantenschlag in den Nacken gab, ausspuckte und davonging.

Die Mädchen hielten treu zu ihm. Sie packten die Telefone unter Kissen und zogen die Rollos herunter. Sie räumten auch ein wenig auf, brachten Grund in die Sache: das Fahrrad in der Halle, die Schallplatten in der Küche, und wie war das eigentlich mit den auf den Sesseln herumliegenden Hunden? Mußten die nicht auch mal wieder gefüttert werden?

Sowtschick hatte an all dem keinen Anteil. Er setzte sich in die Fluchtburg, die nun bereits zur Hälfte mit Gittern gesichert war. Eben wollte er am Barock-Sekretär den Kopf in den Händen vergraben, da erschien einer der Schlosser draußen am Fenster und brachte ein weiteres Gitter an.

Auch hier wird keine Rast geschenkt, dachte Sowtschick und stieg hinauf in das Zimmer seiner Frau. Hier würde er nicht gestört werden, hier waren keine Gitter anzubringen, hier gab es auch kein Telefon.

Er legte sich auf das frauliche Bett. Marianne – wo mochte sie stecken? – Isle de Camps? Wie komisch, daß man sie überhaupt nicht erreichen konnte. Auf Mariannes Nachtschrank stand sein eigenes Foto, den Mantelkragen hochgestellt. Es war dasselbe Foto, das sich auch in Erikas Höhle befand. Er sah darauf so aus, wie Marianne wollte, daß er aussah, Ski und Rodeln gut. Der Fünfziger-Jahre-Wecker stand auf halb sieben und ein Korallenarmband lag daneben.

Der Schmuck! Alexander nahm das Schmuckkästchen auf die Knie und öffnete es andächtig. Die große Bernsteinkette lag obenauf, von Parfum ruiniert. Ahrenshoop, da war es wieder, Heidehonig auf Bauernbrot. Die Mutter hatte Angst gehabt, daß er zu weit hinausruderte auf die See, die gleichgültig winzigste Wellen an den Strand sendete.

Die Flußperlenkette, die Silber-Angelegenheit aus Mexiko, die Blumengemme, die keine Gemme war, sondern eine Kamee. In den Schlitzen einer mit Samt überzogenen Pappe steckten die Ringe, ein kleiner Brillant, zwei englische Vorsteckringe und der Mondsteinring. Zu jedem Stück gab es eine Geschichte, und Sowtschick repetierte die Stories wie ein Lochkartenband in der Karussellorgel. Das Armband, das auf dem Bootssteg *nicht* in die Ritze gefallen war, das Tütchen mit den Black-Stars, in Indien gekauft, und zwar in einem Hinterzimmer. Felsenfest waren sie davon überzeugt gewesen, daß der Inder sie betrog, aber nein, sie hatten sich getäuscht. Im Gegenteil! Der Juwelier in Bremen hatte die Brauen hochgezogen und gefragt, ob sie bald mal wieder nach Indien führen?

Ganz unten in dem Schmuckkästchen lag ein Armband, das Sowtschick gut kannte, es schnitt ihm ins Herz! Eine unsymmetrische Emaillearbeit auf versilbertem Metall. Da war es wieder, Hamburg, das erste Jahr, der Ofen mit den Holzscheiten drauf, das Sirupbrot. Tief atmete Sowtschick ein, und es ruckte in seiner Brust. Wenn die Sache hier vorbei wär, das gelobte er in diesem Augenblick, dann würde er Marianne nie mehr allein wegfahren lassen. Nie!

Schließlich stellte sich Sowtschick an das Fenster und spähte durch das Hapag-Fernglas, ob er die Pferdemädchen zu sehen kriegt. Er sah statt ihrer den Schulmeister, über Stoppelfelder stolpernd, eine Gruppe Neugieriger anführen. «De Düwel in de Föör!» Der wies mit dem Spazierstock auf das Haus des mutmaßlichen Mörders. Die Leute mochten denken: Merkwürdig, ein ganz harmloses Haus, und darin wohnt ein Mörder?

Nun kam vom Dorf her ein Wohnmobil angeschaukelt, das hielt direkt vor seinem Haus. Eine englische Nummer. Der «Petrol»-Mann war es, mit seiner Frau, die hatten sich Hamburg angeguckt, Hagenbeck, die Michaeliskirche und die Reeperbahn und fuhren nun nach Haus. Wollten sich vielleicht das Spiegelei abholen, das er ihnen offeriert hatte, und den Steinhäger.

Die Mofa-Fahrer johlten und erzählten dem Mann und seiner aus dem Autofenster herauslehnenden strähnigen Frau, was Sowtschick für ein Drecksack ist, ein Mörder durch und durch, und sie warfen mit Bierdosen nach den Gartenleuchten, um dem Ausländer zu zeigen, daß man das hier ohne weiteres darf. Als auch noch der Schulmeister herbeikam, mit seiner Gruppe, und alles bestätigte, machten sie, daß sie wegkamen.

«Diese Deutschen sind ja ganz verflixte Leute. Also stimmt das doch, was man sich von ihnen erzählt...»

Sowtschicks Freundlichkeiten in jener Nacht erschienen den beiden jetzt in einem anderen Licht.

Am Abend genehmigte sich Sowtschick eine Fernsehorgie. Er nahm in sich auf, was aus allen Richtungen des Äthers in seinem Apparat gebündelt wurde. Ein Vortrag über Aids zum Beispiel, daß das gar nicht so schlimm ist, man soll nur Vertrauen zueinander haben und immer schön lieb sein, dann geht das schon vorüber.

Waldbrände in Südfrankreich, Langschwanzaffen am Orinoco, Volkslieder vom Niederrhein.

Als segensreich erwies sich die Sendung «Sport extra», Leichtathletikwettbewerb in Stuttgart: die Damen, wie sie auf der Marathonstrecke dahintraben, sehr kleine Damen und sehr große mit rassigem Pferdeschwanz, siebzehn Jahre «jung», wie der Sprecher sagte, vom Hubschrauber aus gefilmt oder vom Auto. Winkende Passanten, und dann die nachdenklichen Mienen der Läuferinnen, wie's mit den Kräften steht, ob sie wohl noch um diese Kurve da herumkommen? Herderstraße, Bebelstraße, Schloßstraße. Und immer schön vorsichtig, daß man nicht in die Straßenbahngleise tritt. Rätselhaft war es, daß es den Autos und Motorrädern der Veranstalter und Betreuer gestattet war, unmittelbar vor ihnen herzufahren. Die Auspuffgase mußten doch lästig sein? Lustig die Passanten, die ein Stück mitliefen. Und die Klos an der Straße: Wie sportlich man sich auch gab, hier mußte verschwunden werden.

Die Weltrekordhalterin Marlitt Becker sei gesperrt worden wegen Medikamentenmißbrauchs, teilte der Sprecher mit, weswegen nun wohl die sehr männlich wirkende Tamara Sichowa aus Kiew als erste durchs Ziel gehen würde.

Es wäre vielleicht doch ratsam, sich eine Parabolantenne aufs Dach montieren zu lassen, dachte Sowtschick. Die Programme dieser verschiedenen «Sat»- und «Plus»-Dinger wollten schließlich auch unter Kontrolle gehalten sein.

Die Mädchen kamen und stellten sich hinter seinen Fernsehstuhl. Sie hatten Post bekommen von ihren Eltern aus Badgastein, ob das wohl richtig ist, bei Sowtschick sich aufzuhalten, und er in seiner Angst, daß sie ihn womöglich allein ließen und nach Hamburg zurückfuhren, riß sich los von der Mattscheibe und gab sich unbekümmert, ja er erheiterte sie, indem er die Hitze dieses Tages als verblödend bezeichnete und Dirigenten nachahmte: Furtwängler mit diesem sonderbaren Kopfgeschüttle oder den Mann vom Don-Kosaken-Chor: «Zieht euch warm an!», der ja wohl kaum die Finger bewegte.

Als die Stimmung sich steigerte, fragte er sie nach den Judo-Griffen, die hätten sie gewiß längst vergessen? Und er genoß es, von den beiden wechselseitig auf den Teppich geworfen zu werden, was ihnen allerdings nur gelang, weil er sich kaum wehrte.

Als Sowtschick sich eben seinem Schreibtisch nähern und dem, wie es schien, gealterten Manuskript zuwenden wollte, klingelte das Telefon, deutlich hörbar unter den Kissen. Sowtschick nahm ganz automatisch ab: Eine Mädchenstimme meldete sich, Petra mit Namen, eine Nichte. Sie mache gerade eine Radtour mit ihrer Schwester Laura, ob sie mal reingucken könnten?

«Wo seid ihr denn?»

«Nun, hier im Dorf.»

«Das war aber sehr unvorsichtig von euch, hierherzukommen. Ihr wußtet doch gar nicht, ob ich da bin?»

«Wir haben doch geschrieben...»

Petra und Laura – Sowtschick erinnerte sich an sie. Das berühmte Foto am Waldrand, weiße Kleider, um das sich die Agenturen seinerzeit gerissen hatten und das neuerdings im Zusammenhang mit dem Mord an Erika wieder hervorgeholt wurde von der Presse. In Heidelberg waren sie zu Hause, der Stadt mit der unanständigen Postleitzahl.

Sowtschick beschrieb den beiden Mädchen genauestens den hinteren Eingang, wie sie sich dem Haus nähern könnten, ohne aufzufallen, und kurz darauf brachte Gabriele die beiden Geschöpfe vorwurfsvoll herein. Was das nun wieder soll? Zwei zusätzliche Fresser? Hatte man nicht schon genug zu tun?

Die beiden waren absolut nicht halbwüchsig, sondern siebzehn und achtzehn, Petra ein wenig Pippi Langstrumpf, pummelig, mit Pickeln im Gesicht, lila und gelb gestreifte Punkerhosen an, Laura, wohl nach dem Vater geraten, ein dunkles, semitisches Geschöpf mit stillem unverwandtem Silberblick hinter einer schlechtsitzenden Nickelbrille.

Während das Löwenheckerchen irgendwo im Haus Türen schmiß, soweit kommt das noch, daß man diese Gören hier auch noch versorgen muß, nahm Sowtschick seine Nichten in Empfang, wie sein Großvater es am Familientag mit den Enkelkindern getan hatte, 1934.

«Soso, du bist also Petra, von dir hab ich schon viel gehört», was gar nicht stimmte, «und du bist Laura? Dich werden wir Rebecca nennen.» Sie sähe ja aus wie eine Militärpolizistin, die in der Negev-Wüste Lastwagen anhält...

Dann fragte er sie, wie's den Eltern geht, Eckart und Luise, was die Schule macht und ob sie ihm mal den Unterschied zwischen Orangen und Apfelsinen erklären könnten? Sie als israelische Polizistin müsse das doch wissen! sagte er zu Laura, der es gefiel, Rebecca genannt zu werden.

Die Mädchen hatten schon einiges zu staunen gehabt, als sie von dem muckschen Löwenheckerchen durch das Haus geführt wurden, aber hier im Studio waren sie baff, so baff wie das englische Ehepaar es gewesen war, das sich jetzt glücklich pries, dem Waldhaus entronnen zu sein, und baff wie die Hundertschaften der Senioren, die nun wohl auch was zu erzählen wußten.

So viel Platz für einen einzigen Menschen? fragten die Mädchen, die auf entzückende Weise babbelten. Sie hatten auf der Radtour keine Zeitung gelesen, und so war die Mord-Sache, die er ihnen jetzt berichtete, ohne rechte Pointe. Die Postmassen, die noch immer auf dem Fußboden verstreut lagen, interessierten sie: Sie krochen auf allen vieren unter den Flügel und: Da lag er ja, der Brief, lila und mit grüner Tinte, mit dem sie sich angekündigt hatten, vor vier Wochen, und noch nicht einmal geöffnet!

«Sucht euch einen Platz, wo ihr schlafen könnt», sagte Sowtschick und setzte sich an den Schreibtisch, und während die Nichten glöckchenklingelnd abzogen und sich Nester bauten in seinem Haus, in denen sie Toffees lutschen und Werner-Comics lesen konnten, arbeitete er ganz einfach an seinem Werk weiter. Wie er da unrasiert am Schreibtisch saß, mit brennenden Augen, das würde später in seiner Biographie stehen: «Selbst unter härtester Belastung produzierte er seine wunderbaren Geschichten ...»

Sowtschick zog Nutzen aus der Erika-Affäre. Er konnte die Antiquitätenhändlerin nun ermorden lassen. Seine jüngsten Erfahrungen mit der Polizei gaben ihm sicheres Fachwissen. Fingerling gerät in Verdacht, ist es aber natürlich nicht gewesen, obwohl irgendwas bei ihm gefunden wird, eine goldene Medaille vielleicht oder eine wertvolle Zinnfigur. Obwohl er in einen ungerechtfertigten Verdacht gerät, trotz der enormen seelischen Belastung also – schließlich hat er die Tote ja geliebt – gelingt es Fingerling, an seiner Novelle «Flut» zu arbeiten. Und Sowtschick, dem es ja genauso erging wie seinem Kollegen, setzte sich daran, die Novelle auszuarbeiten. Er sah die einsame Annemarie vor sich, wie sie auf dem Steg des ins Wasser hineingebauten Häuschens liegt, unter sich das Tosen der Wellen. Sie denkt an den Mann, den sie verlassen hat, einen Künstler, vielleicht Geiger oder besser noch Cellisten, der nichts verstand außer seiner Musik, der weltfremd tat, wenn er das Licht anknipsen sollte, und doch, alles in allem, recht gut Bescheid wußte, wie sich beim Scheidungsrichter später herausstellte. In der Einsamkeit, die sie wie ein tönender Hohlraum umgibt, tastet sie sich zurück in die frühen Jahre der Liebe, er hoch oben auf dem Podium, angestrahlt von Scheinwerfern, sie tief unten im schwarzen Zuschauerraum. Und als sie an die schönen Jahre denkt, weint sie. Die Tränen laufen ihr die Wangen herunter, und dasselbe tun sie auch bei Fingerling, als der das schreibt und bei Sowtschick, der schrieb, daß der das schreibt. Er sah diese Frau in der Sonne liegen, über dem glitzernden Meer, und schließlich sah er sie auch das Gedicht ausbrüten, «Frost», das er nun für Fingerling erfinden mußte.

Die Winternebel knistern aus Kristallen,
die sich an Draht und Ästen spießen,
die Kälte läßt die Tropfen hallen ...

So fing das Gedicht an, das die einsame Frau sich ausdenkt, das Sowtschick also nun machte, und zwar «extra schlecht» oder «extrem ungekonnt», weil die Frau dort an der Küste ja keine Dichterin ist. Und während er schon wieder an den Fernsehapparat dachte, ob er nicht vielleicht lieber doch noch ein wenig «Sport extra» sehen sollte, Hürdenlauf oder Speerwurf oder Startvorbereitungen zum Hundert-Meter-Lauf? Wenn sich die muskulösen Damen an den Startblock hocken, ob's *so* richtig ist oder *so* ... suchte er nach einem Reim auf «spießen». Fließen, sprießen?

... die Kälte läßt die Tropfen hallen,
in Nächten, die sich nie erschließen ...

Das mochte fürs erste hingehn. Es kam ihm die Gewißheit, daß die Einführung des Gedichtes «Frost» in der Novelle «Flut» das Zentrum der Fingerlingschen Dichtung und damit auch der seinen sei. Deshalb würde dieses Gedicht nur fürs erste so stehenbleiben können. Später mußte er etwas machen, das mit der gesamten zeitgenössischen Lyrik Schritt halten könnte, ja diese in den Schatten stellte.

Sowtschick tastete sich zu seinem Kollegen in die Winterstadt zurück und sah ihn im Hotel sitzen, eingeschneit, und das Annemarie-Gedicht ersinnen, das er soeben für ihn gemacht hatte, und die Polizei beschließt in demselben Augenblick, ihm einen Besuch abzustatten, wegen des Mordes an der Antiquitätenhändlerin, ihn in die Zange zu nehmen also, ihn, der eben erst unendlich Zartes von sich gegeben hat.

Sowtschick ging in die Küche und steckte seine Finger in ein Gurkenglas. Wie ordentlich sah es jetzt hier aus. Alles blank: Die Nichten hatten sich gut eingeführt, sie hatten abgewaschen und aufgeräumt, wie sie es zu Hause gewiß nie taten. Nun polterten sie die Treppe herunter, wo man sich hier duschen kann, wollten sie wissen.

Da kamen auch die Schwestern ernsteren Schritts. Was? So toll aufgeräumt? Also, da war man ja sprachlos! Diese Aktivität stimmte sie milde. Ehrlich gesagt, das hätten sie nicht gedacht. Und dann standen sie schon beieinander und sprachen von Klassenfahrten nach Berlin, sie hätten sich echt tierisch abgerollt bei dieser total schwachsinnigen Museums-Sache, voll unmöglich sei das gewesen. Und dann wurden schon Hosen ausprobiert, echt steil: «. . . leihst du mir deine mal?»

Sowtschick setzte sich an den Küchentisch und versammelte die Mädchen um sich und sprach von «verschworener Gemeinschaft» und von «Zusammenhalten», und dann las er ihnen das Gedicht vor: «Frost». Die Blicke, die er dafür empfing, waren anerkennend.

Die Nichten hatten inzwischen kapiert, daß ihr Onkel ein berühmter Mann war, sie guckten ihn durchdringend an. «Rebecca» tat's mehr von ferne. Ihr semitischer Silberblick, der wie aus dem Dunkel eines orientalischen Bazars zu ihm drang, zog Kraft von ihm ab, saugte ihn an, wohingegen die rundlich-gutmütige «Pippi» mit den pickligen Pausbacken seine Nähe suchte und ihn mit ihrer warmen Ausstrahlung weiblich umgab. Berühmt plus Mord? Also, das war mehr, als man erwarten konnte.

Die Winternebel knistern aus Kristallen ...

Gabriele war freudig erregt von dem Gedicht, das sie da eben gehört hatte. Ob sie mal schnell nach oben laufen soll? Sie habe ein ganz ähnliches Gedicht gemacht vor einigen Tagen, ja? Solle sie mal eben schnell nach oben laufen? Dies konnte abgewehrt werden. Sie könne es ihm ja auf den Schreibtisch legen, sagte der Schriftsteller, da liest er es dann, wenn er Zeit hat. So was kann man nicht zwischen Tür und Angel machen.

Adelheid stand ruhig und gefaßt hinter dem Dichter. Sie hatte eine Hand auf seine Schulter gelegt. Kameradschaft und Liebe sind so weit entfernt nicht voneinander...

Als Sowtschick im Bett lag, war er tiefinnerlich nachdenklich. So einen Sommer hatte er noch nicht erlebt. Vier Mädchen im Haus und das herrlichste Wetter! Grotesk! Und er schrieb die Wunderbarkeiten dieser Tage haarklein in sein Tagebuch. Er schrieb auch das Schlimme ein, das sich ereignet hatte, mit fragendem Unterton; zuerst die «Fron-Hus»-Sache und dann den Tod von Erika. Er wäre direkt neugierig, schrieb er, was als drittes Unheil passiere. Er fühle es bereits nahen! Eine solche Prophezeiung war risikolos dem Tagebuch anzuvertrauen: Für den Fall, daß in den nächsten Tagen tatsächlich noch etwas passierte, könnten die Forscher, die sich irgendwann einmal mit den Tagebüchern beschäftigten, denken, daß ihm die Gabe der Prophetie gegeben sei, falls *nicht*, dann würde man die Prophezeiung rasch vergessen.

Aber irgend etwas würde sich schon noch ereignen, damit konnte man rechnen.

Der nächste Tag verlief verworren, aber der Abend brachte eine angenehme Überraschung. Wie alle Welt, so hatte auch von Dornhagen in der Zeitung gelesen, daß Alexander Sowtschick (60), der bekannte, mit mehreren Literaturpreisen ausgezeichnete Verfasser des Buches «Wolkenjagd», das die Liebe eines alten Mannes zu einer Halbwüchsigen zum Inhalt hat – «siehe Kasten»–, mit einer gewaltsamen Sache in Verbindung gebracht wurde. Von «unfaßbarer Brutalität» war die Rede, und das Wort «viehisch» tauchte auf. Sofort setzte sich von Dornhagen ans Telefon und rief in Sassenholz an. Ein Mädchen, dem man anmerkte, daß es ihn abwimmeln wollte, wisperte, Sowtschick fühle sich nicht wohl und sei auch irgendwie gar nicht da. Von Dornhagen wurde energischer und konnte hören, daß die Sprechmuschel mit der Hand zugehalten wurde. Gleich darauf gab's Luft, o ja? Moment! Und: «Engelbert, bist du es?», die vertraute Stimme seines Freundes. Und dann kam ein Katarakt von Mitteilungen, bei dem sich von Dornhagen, den Hörer zwischen Wange und Schulter geklemmt, seine schwarzen Lackstiefeletten anzog. Er schloß auch die Hose, die er wegen der Hitze offenstehen hatte.

«Ich komme natürlich sofort», sagte er.

Er ließ den Aufsatz über Roustam, den Mamelucken Napoleons, liegen, wo er lag, und flog in seinem braunmetallicfarbenen Renault über die Autobahn dem Freund entgegen. Mehrmals guckte er auf die Uhr, ob er diese Strecke, für die er gewöhnlich fünfzig Minuten brauchte, nicht ausnahmsweise in fünfundvierzig schaffte.

In Sassenholz schnarrte das Tor. Die Hunde sprangen ihm entgegen, danach die Mädchen, eines nach dem andern, von deren Liebreiz er zwar nicht gerade eine «Zahntriefung» bekam, deren Anzahl und Aussehen ihn aber doch in Staunen setzte. Schließlich kam Sowtschick aus den Tiefen des Hauses, vorsichtig sichernd, ob kein Fremder in der Nähe ist, der ihn fragen will, ob *er* das gottsverfluchte Schwein ist, das das arme Kind abgemurkst hat.

Ach, wie herzlich lagen sich die Freunde in den Armen! Über die Mädchen hinweg riefen die beiden Geistesriesen einander tröstliche Worte zu. Während sie in das Haus traten, mußte sich von Dornhagen alles anhören, vom Kettchen die Geschichte, daß die unglückselige Erika es *nicht* in der Hand gehabt habe, sondern in der Hosentasche, und daß er, Sowtschick, am fraglichen Tag gar nicht in Sassenholz, sondern bekanntlich in Hamburg gewesen war, es also auch aus diesem Grunde gar nicht gewesen sein *könne*...

Und außerdem – das Mädchen Erika, X-beinig, mit struppigem Haar – «ich bitte dich» –, Brille und ewig grinsend? Ein Lustmord? Ob er, Sowtschick, an Geschmacksverirrung leide?

Von Dornhagen sagte: Und wenn! Wenn man bedenke, wie Napoleon die Menschen geopfert habe, einzeln, den Herzog von Enghien und den Buchhändler Palm, oder zu Hekatomben auf den Schlachtfeldern Europas. Bei seinen Recherchen über Roustam stoße er immer wieder auf Grauenhaftes. Und er zupfte sich am Bart.

Daß er es gar nicht gewesen sein *könne*, sagte Sowtschick, morgens sei er schon in aller Frühe abgedampft, spätestens um neun, wahrscheinlich schon früher, und der Mord sei nach allen kriminaltechnischen Erkenntnissen erst gegen zehn begangen worden. Dann kam er auf die Meldungen in der Presse zu sprechen, und er wollte wissen, was von Dornhagen dazu sagte.

«Ja», sagte von Dornhagen, über die Presse wundere er sich schon längst nicht mehr. So etwas von Sumpf sei unvorstellbar. Und dieses Vokabular! Aber er, von Dornhagen, habe sich sofort an die Strippe gehängt und habe diesen Leuten die Meinung gegeigt. (Er benutzte das Wort «schnöde», und Sowtschick überlegte, ob er dieses Wort in seinen Büchern schon jemals verwendet hätte.)

Die Einigkeit der beiden wurde beeinträchtigt durch Sowtschicks Bemühungen, mit seinem Freund den Büchergang auf und ab zu wandeln. So lang der auch war, und so schön die Glöckchen klangen (durchaus in den Intervallen des Gesprächs), hier mußte alle zweiundzwanzig Meter umgedreht werden, und das war nicht so ganz das Richtige. Schade, daß der Gang nicht in die Landschaft hineingebaut war, dann wären sie immerfort dahingeschritten. So gingen sie statt dessen von einem Zimmer ins andere, Sowtschick als Hausherr, der sich das alles hart erarbeitet hat und es immerfort erhalten muß, was kostspieliger ist, als man sich das so vorstellt, von Dornhagen den Kopf leicht gesenkt, jedoch mit rollenden Augen: Die Chinavase dort unten links hatte voriges Mal noch nicht dort gestanden. Kopie oder Original, das war die Frage. Sowtschick nannte sie die Idiotenvase, weil sie ihn an die Vase erinnerte, die der epileptische Fürst Myschkin bei Dostojewski zertrümmert.

Zu den Klängen der «Egmont»-Ouvertüre schritten sie dann zu Tisch – «Stell das mal 'n bißchen leiser» –, an die Schmalseiten des ausgezogenen Tisches setzten sich die beiden Freunde, an die Längsseiten links und rechts je zwei Mädchen, deren Eigenunterhaltungen über Schuldinge rasch unterbunden werden konnten.

An diesem Abend war Omelett an der Reihe, mit Pilzen. Gabriele servierte es, mit weißer Schürze, und Sowtschick nannte sie sein singendes, springendes Löwenheckerchen. Da hellte sich von Dornhagens Miene auf! Es heiße zwar nicht «Löwenheckerchen», sondern «Löweneckerchen», gleichviel – Grimms Märchen! Was für ein schöner Gedanke. Er greife immer wieder danach, urdeutsch, obwohl eigentlich französisch. «Min Swester de Marleeniken, söcht alle mine Beeniken ...», das Märchen vom Machandelboom, diese Geschichte, in der der Vater sein eigenes Kind auffrißt.

«Min Moder de mi slacht't, min Vader, de mi att»: Daß die Mädchen das nicht kannten, wunderte von Dornhagen, und er zählte andere Märchen auf, in denen Blutrünstiges vorkam, «von den Kindern, die Schlachtens miteinander gespielt haben», zum Beispiel, und er referierte die grausamen Strafen, die bei Grimm die Stiefmütter erleiden. In ein mit Nägeln ausgeschlagenes Faß gesteckt und den Berg hinuntergerollt zu werden, das müsse auch nicht gerade feierlich sein.

Ob Jugend heutzutage Märchen überhaupt noch kenne, fragten die beiden Herren sich, und sie warfen einander – «Falada, da du hangest» – edle Bruchstücke zu. Wer Märchen nicht kenne, könne die gesamte mitteleuropäische Literatur nicht verstehen.

Die Mädchen zerkrümelten verwundert ihr Brot. Schneewittchen hatten sie als Eisrevue gesehen und Rotkäppchen via Kassette gehört, aber sonst? Daß man so klug sein kann und so belesen, das war ihnen neu. Sie versuchten sich zwischen das Bildungstennis der beiden Herren zu zwängen: Gabriele stellte die Frage, ob Märchen für Kinder nicht zu grausam sind («I wo!»), und dann interessierte sie sich für von Dornhagens Napoleon-Bücher, einige Titel ließ sie sogar einfließen ins Gespräch, Sowtschick hatte sie ihr kurz zuvor genannt.

Engelbert riß die Brauen hoch, das hatte er nicht erwartet, daß sich Jugend für seine Sachen interessiert. Er hatte sie schon verlorengeben wollen. Nun streute er sich Pfeffer auf das Eiergericht und erzählte von dem Mamelucken Napoleons, Roustam, den der Korse in Ägypten aufgelesen habe, und dann ließ er die schönsten Geschichten aus seinem Fundus folgen, blutrünstige und galante. Die Liebesabenteuer Napoleons wurden ausgemalt, und der Ausdruck «tête-à-tête» ist doch sehr sonderbar.

Gabriele fand das alles fetzig. Sie warf das blonde Haar hinter sich und drang nervös in den Napoleon-Forscher, noch immer mehr und mehr zu erzählen, und auch die beiden Nichten waren ganz Ohr. Das Lied von der «Lammer-Lammer-Straat» kannten sie von einer Klassenfahrt, daß das nun was mit Napoleon zu tun hat... Das war doch alles sehr merkwürdig.

Adelheid saß auf dem Platz der Hausfrau. Auch sie hatte gehört, daß Napoleon der Hafen war, den von Dornhagen nur allzugern anlief. Und weil das jetzt in vollem Gange war, zwinkerte sie Sowtschick zu, und dieser, von zunehmendem Wohlbehagen erfüllt, griff ihre Hand und spielte ein wenig damit, was von Dornhagen nachdenklich und die Nichten neugierig registrierten.

Marschall Ney, Schwarzenberg, Blücher – von Dornhagen kannte sich in der Ära der Befreiungskriege aus. Außerdem war er noch abergläubisch, ja er neigte zu Hokuspokus. So behauptete er zum Beispiel, er könne keine Uhr am Körper tragen, die bleibe sofort stehen. Ohne weiteres glaubte er auch die Geschichte von den Nacht-Silvesters, die ihm, als er mit Gabriele in den Weinkeller stieg, um eine Flasche Wein heraufzuholen, geoffenbart wurde. Daß sie in den schwarzen Fleck verschwänden, war doch sonnenklar!

Von Dornhagen hatte einen Loire-Wein ausgesucht, der ganz einfach «L» hieß und aus Hessenbergschen Weihnachtsschenkungen stammte. Sowtschick ließ sich die Flasche zeigen und war gespannt auf von Dornhagens Urteil. Man roch am Korken und naschte ein paar Tropfen und einigte sich zunächst auf «trinkbar». Schon bald mußte eine weitere Flasche geholt werden, und das Urteil erfuhr eine Verbesserung. Ziemlich gut sei dieser

Wein, sagte von Dornhagen, *recht* gut sogar, und die anderen waren derselben Meinung.

Die rasch angesäuselten Nichten warfen abwechselnd ihre Gläser um, und zwar aus unterschiedlichen Gründen: Rebecca aus naturbedingter introvertierter Abwesenheit, die pausbäckige «Pippi», weil sie ein Trampel war. Sowtschick schlug ihnen vor, den Wein am besten gleich aufs Tischtuch zu gießen. Aufstehen, Lappen holen, dabei mit dem Kopf an den Kronleuchter stoßen, daß es brennende Kerzen auf die Tafel regnete.

«Die beiden sind an sich ganz in Ordnung», sagte Sowtschick zu seinem Freund und tat so, als seien sie taub, «stürmisch» seien sie, leidenschaftlich... Jeden Morgen begrüßten sie ihn mit einem Kuß! «Ist das nicht nett?»

Die Nichten sagten: Davon wüßten sie nichts. Wenn er sich mal ordentlich rasiere, dann vielleicht... Rebecca, die an diesem Abend eine fahlgelbe Gesichtsfarbe hatte, trug einen winzigen Dutt, oben auf dem Kopf. Sowtschick stellte sie seinem Freund als eine kleine Jüdin vor, die schon mal als Hilfspolizistin in der Negev-Wüste eingesetzt worden sei. Dieser Spaß, von dem Sowtschick annahm, daß er sofort durchschaut würde, wurde für Ernst genommen, er löste größte Überraschungen aus. Von Dornhagen stellte eine Frage nach der anderen, und Rebecca, der ihre neue Identität mehr und mehr gefiel, antwortete phantasiereich. Sie fand es schick, daran zu glauben, daß sie jetzt Rebecca sei, die kleine Militärpolizistin aus der Negev-Wüste.

Nach dem Obstsalat, der mit Rum angemacht war, gingen alle hinüber ins Studio. Die großen Mädchen nahmen ihr Strickzeug – zwei kraus, zwei schlicht – und setzten sich ins Sofa. Die Nichten hockten sich zu den Hunden auf den Fußboden. Von Dornhagen erzählte von berühmten Juden, die zur Goethe-Zeit unglaublich großartigen Einfluß gehabt hätten, Rahel Levin in ihrer Berliner Dachstube, *auch* eine phantastisch schöne *und* kluge Frau. Und Napoleon? Was meinten sie wohl, weshalb Heine ihn so vergöttert habe? Er öffnete seinen Tabakspfeifen-Klappaltar und blies in jede der sechs Pfeifen einmal kurz hinein, bis er sich für Nr. 2 entschied, ein Instrument aus Meerschaum, das er lang und breit wie den

«Zerbrochnen Krug» erklärte. Der Geruch, der sich verbreitete, war honigsatt.

Sowtschick setzte sich ans Klavier und spielte die «Moments Musicaux». Adelheid hatte sich in die Sängerbucht gestellt und lauschte besonders aufmerksam.

Dämmerung fiel ein, sie senkte sich auf das Haus, und Sowtschick spielte fort und fort.

Als erste stand das Löwenheckerchen auf und reckte sich, zehn Uhr schlug es von drüben. Sodann erhob sich von Dornhagen mit seinen wollüstigen Haaren, den Kopf ein wenig geneigt. Beide gingen hinaus auf die Terrasse, wie in einem Stück von Tschechow, und besichtigten die aufziehende Nacht, die ihnen mehr und mehr Sterne bescherte und jetzt sogar eine Sternschnuppe und da! noch eine. Das über das Firmament ziehende Licht – war's ein Flugzeug oder gar ein Satellit? Wie schade, daß Sowtschicks Wiese kein See war, sonst hätte sich all das noch verdoppelt. Sie lauschten dem heiter-nachdenklichen Schubert, den Sowtschick da drinnen einsam-tapfer produzierte. Nun gab er einen traurigen Chopin dazu, der die Mädchen dazu brachte, tief aufzuseufzen.

Inzwischen waren die Hunde unruhig geworden, Percy mit seiner grauen Schnauze stieß Petra an: Nun war es genug mit dem Kraulen, nun los! Nun spazierengehen! Die Nichten verschwanden also, von den Hunden umsprungen, und Sowtschick blieb zurück mit Adelheid, die sich hinter ihn stellte und beim Umblättern half, wobei sie sich sehr geschickt anstellte. Während sie das tat, hatte sie noch Zeit, sich im Fenster zu besehen, schwarz die Nacht da draußen, das feingestreifte Seidenkleid und das offene Haar, mit Spangen gehalten, und neben sich den Träger des Hebbel-Preises, dessen Bücher von den Lesern angenommen wurden.

Sowtschick, der von Vollständigkeitsstreben erfüllt war, also gern alles spielte, was er irgend konnte, sagte: «Bitte!» wenn's mit dem Umblättern Zeit wurde. Kein Rubinstein hörte ihm an diesem Abend zu, und auch die Klavierlehrerin nicht, ein warmer Körper stand neben ihm, Puls achtzig, Blutdruck hundert, dessen Rundungen vom Crêpe de Chine egalisiert und dessen Seele durch die mit dem Trommelfell aufgenommenen und über die Gehörknöchelchen ins Gehirn übertragenen griffigen Harmonien in einen gestriegelten Aggregatzustand versetzt wurde. Parallelität der Herzen stellte sich ein, und trotz des Klavierspiels war es ganz still.

In diesem Augenblick wurde ein alter Latschen ans Fenster geworfen, und man hörte jemanden raschelnd fortlaufen. Die beiden stillen Menschen fuhren zusammen! Bargen sich hinter dem Vorhang! Alles, was in ihnen sich irgend zur Ruhe gelegt hatte, richtete sich auf! Die Parallelität zerkräuselte!

Als jedoch nichts weiter erfolgte, ließ die Spannung rasch nach, Adelheid weinte – und dieses Weinen war anders als das laute Schluchzen Gabrieles, es war mehr ein Flennen, und Sowtschick hätte es auch so genannt, wenn er nicht an anderes hätte denken müssen. Hier stand er in seinem Studio, ein junges blühendes Mädchen im Arm, neben dem Flügel, dessen Mechanik eben noch kosmischen Wohlklang von sich gegeben hatte, unweit des Schreibtisches, von dem aus er seine Geschichten in die Welt hinaussandte: Nichts von Vätern, die ihre Kinder essen, stand in ihnen zu lesen, und doch hätte ihr Autor gern hineingebissen in den jungen appetitlichen Nacken, der sich ihm mit seinen goldenen Härchen darbot.

Adelheid beruhigte sich allmählich, sie traten schließlich gemeinsam, leicht umfangen, nun schon wieder ganz Tschechow, nach draußen auf die Terrasse, zu Engelbert und Gabriele: Alexander von Humboldt bei der Betrachtung eines Sternschnuppenschwarms. Die beiden waren in ein Gespräch vertieft, an dem teilzunehmen ihnen nicht gerade leicht gemacht wurde.

Das Löwenheckerchen hatte dem bartzupfenden von Dornhagen Ewigkeitsgedichte aus ihrer laufenden Produktion vorgelesen, und Engelbert war nun dabei, die Verse eindringlich zu interpretieren. Die junge Dichterin war völlig platt: Daß da so viel drinsteckte, hatte sie ja gar nicht geahnt! Die eisige Zeit in der erdfarbenen Ewigkeit? Und daß das darüber hinaus noch «repräsentativ» sei? Dann war das also gut?

Von der Latschen-Attacke auf das Studio-Fenster hatten sie nichts mitgekriegt, das heißt, sie hatten wahrgenommen, daß da was war, aber sie hatten gedacht, ein scheues Reh vom goldenen Licht der Lampe angelockt oder so was. Die Nichten allerdings, die kurz darauf mit den Hunden ziemlich außer Atem ebenfalls zu der Runde stießen, wußten von zwei Männern zu berichten, die aus dem Dunkel getreten waren. Nun, da ging man vielleicht doch besser wieder hinein ins Haus? Die Vorhänge wurden zugezogen und eine dritte Flasche «L» wurde geleert, die nun schon das Prädikat «ausgezeichnet» bekam. Dann kam man auf den Mord zurück. Wo genau es passiert sei, wollte von Dornhagen wissen, und ob das Mädchen erstochen, erwürgt oder erschlagen worden sei? Von Winckelmann erzählte er, in Italien, daß man den Wissenschaftler wegen ein paar Goldstücken ermordet habe!

«Na ja, die Italiener...»

Ehe von Dornhagen noch ins altvertraute Fahrwasser glitt, von Gabriele dazu ermuntert, lenkte Sowtschick, der sich bereits wieder an den Flügel gesetzt hatte und in den Mozart-Sonaten blätterte, das Gespräch noch einmal auf das jüngste Opfer menschlicher Brutalität, auf Erika. Nun wollte auch er wissen, *wo* es eigentlich passiert war, und da die Mädchen die Stelle kannten, setzten sie sich dicht an dicht ins Auto und fuhren in den Wald, an der im Mondlicht weiß daliegenden Kiesgrube vorüber zum Torfabbaugebiet der Firma Senneschalk. Hier mußten sie aussteigen. Paarweise gingen sie ins Moor, wo die Entwässerungsgräben im Licht des Mondes silbern das Land karierten. Von Dornhagen mit Gabriele, Sowtschick mit Adelheid, und die leicht beschwipsten Nichten einander: «ba!!» erschreckend.

Gabriele wußte es genau, der erste Graben, direkt neben dem Weg zur Arbeiterhütte, da war es gewesen. Schade, daß sie keine Taschenlampe mitgenommen hatten. Sie beugten sich gemeinsam über den Grabenrand – «Um Gottes willen, vorsichtig» –, wobei die beiden Männer jeweils eines der Mädchen hielten, die Nichten sich jedoch gegenseitig an den Rand des Grabens schubsten. Nein, trotz des Mondlichts war nichts auszumachen.

Da flammte plötzlich der Scheinwerfer eines Autos auf, der geblendeten Gesellschaft wurde lauthals ein guter Abend gewünscht. Wie sich herausstellte, hatte der Linden-Wirt der Neugier eines späten Gastes Rechnung getragen, ein Mord? So was passierte doch nicht alle Tage... Er war gerade dabeigewesen, dem Mann – es war ein Vertreter der Firma Martini – Griffspuren an der steilen glipschigen Grabenwand zu zeigen, als er Sowtschicks Auto kommen sah. Nun also leuchtete der Wirt seinen Zuschauern die Stelle aus, an der seiner Meinung nach das arme Mädchen Halt gesucht hatte, von ihrem Mörder erbarmungslos zurückgestoßen, ja vielleicht sogar mit einem Knüppel auf die Finger geschlagen und mit einer Astgabel unter Wasser gedrückt, bis nichts mehr übrigblieb von der Lebenskraft des kleinen, armseligen Geschöpfes.

«Und hier», sagte der Linden-Wirt, «hier hat er sie wohl runtergemacht...», und er leuchtete mit seiner Taschenlampe einen Torfhaufen an, der da zum Trocknen aufgehäufelt war. Die Verwendung des Wörtchens «er» tat Sowtschick unaussprechlich wohl. Damit mußte dann ja wohl ein anderer gemeint sein.

Der Wirt hatte es offensichtlich darauf angelegt, Sowtschick seine Loyalität zu beweisen. Zunächst hatte er vielleicht erwogen, die Dichterecke in seinem Lokal aufzulösen und sie dem Schützenverein zugänglich zu machen, nun fragte er in die Gegend, was das wohl für ein Vieh gewesen sei! Sich hier zu vergreifen an einem kleinen Mädchen! Das komme eben davon, daß hier so viel Gesindel rumläuft, die Arbeiter der Torffabrik, alles Ausländer, die hätten in seinem Lokal schon Hausverbot.

«Diesem Schwein müßte man mit einem Rasenmäher...», rief er in die Gegend, vollendete aber nicht, was er hatte sagen wollen, sondern verstummte ziemlich plötzlich.

Während sich die Gesellschaft hinhockte, um den Dingen auf den Grund zu gehen, erklärte der Linden-Wirt, der keinesfalls Latschen trug, sondern ganz normale Schuhe, dem Martini-Vertreter, wer das da drüben ist: Das sei Sowtschick, der berühmte Schriftsteller, dem man den Mord hier in die Schuhe schieben wolle, *Alexander* Sowtschick, hundertmal im Fernsehen gesehen, den kenne er doch, was? Und er sagte das so laut, als ob Sowtschick schwerhörig sei.

«Haben Sie nicht diese Bücher da geschrieben?» fragte der Vertreter über den Graben hinweg, er glaube, sagte er, daß seine Frau ihm davon erzählt hat. Und dann wollte er wissen, ob Sowtschick alle Bücher mit der Hand schreibt und ob er zu Haus nicht irgendwelche Freiexemplare für Kunden lagern hat, so wie er Probierfläschchen? Dann vertrat er die These, es müsse dahin kommen, daß jeder Deutsche pro Tag zwei Martinis trinkt, dann sei *ihm* geholfen. Er ging ans Auto, öffnete die Tür seines Fords und holte eine Art Pilotenkoffer heraus, entnahm ihm zwei Probefläschchen und händigte sie Sowtschick aus, der sie sofort den Nichten gab. «Süß»! riefen die, schraubten sie auf, setzten an und tranken sie aus, auf einen Zug. Und da der Vertreter nochmals nach Freiexemplaren fragte, lud Sowtschick ihn zu einer Hausbesichtigung ein.

«Ja!» riefen die Nichten, «und bring deinen Koffer mit!» Die Gesellschaft verfrachtete sich in die Autos, ohne Engelbert von Dornhagen allerdings, der Gabriele den brillantenen Sternenhimmel zeigen wollte. «Wir kommen zu Fuß nach!» sagte er, und das Löwenheckerchen sagte: «Wir sind in 'ner Viertelstunde da.»

Die Halle, der Büchergang und das Studio. Und: «Raten Sie mal, was sich hinter dieser Tür befindet?» Das Bad mit den Hängepflanzen: «Donnerwetter.»

Und während die Nichten auf Standfahrrad und Rudermaschine ihre Kräfte reduzierten, empfahl der Vertreter dem Hausherrn, eine Art Allianz signalisierend zwischen Künstler und Unternehmer, im Rest-Room, wo er doch bestimmt häufiger mit berühmten Kollegen, Filmschauspielern und Journalisten sitze, verschiedenartige Martini-Flaschen aufzubauen, auf Borde an der Wand in unterschiedlichen Farben und Größen. Das sei sehr dekorativ. Er werde eine «Kollexion» senden. Freuen würd er sich, wenn er als Gegenleistung irgendwelche Freiexemplare kriegen könnte, die Sowtschick als Schriftsteller doch sicher vorrätig habe.

Nun kriegten ihn die Nichten zu fassen und setzten ihn auf die Rudermaschine, wo er den Zeiger des Kraftmessers dem roten Strich annähern mußte. Und als der leicht übergewichtige Mann das nicht schaffte, trieb ihn Rebecca mit einer Fliegenklatsche an. Sie gab Kommandos auf hebräisch, das heißt, sie redete so, wie sie annahm, daß Hebräisch sich anhört.

Der Linden-Wirt gab sich in Sowtschicks Haus ziemlich ungeniert, mit seinen großen Füßen ging er umher. Der kannte das alles, schließlich hatte er hier ja neulich erst den Seniorenklub Alt-Wesermünde eingeschleust, der sich hinterher anerkennend geäußert hatte.

«Schreiben Sie mal wieder ein Buch?» fragte er, und damit fand diese Sache hier ein Ende. Sowtschick begleitete die beiden neuen Freunde, mit Freiexemplaren reich bedacht, hinaus. Ob das eine «Irische Wolfsmilch», sei, fragte der Vertreter noch, als er die Corgies sah, was die Nichten «total ätzend» fanden.

Die Männer stiegen in ihr Auto, die Nichten schoben es jubelnd an. Und als das geschehen war, wußte Sowtschick, daß sich das Blättchen gewendet hatte. Der Linden-Wirt hatte sein Ohr am Volk: Die Ohltrop-Mörder oder die Torfarbeiter hatten das Mädchen vermutlich auf dem Gewissen.

Draußen vor dem Tor waren inzwischen von Dornhagen und Gabriele eingetroffen. Das Löwenheckerchen hatte einen schwärmerischen Zug um die Augen, Engelbert war ernst. Nur zögernd kamen sie herein, wie fremd tasteten sie sich in die Halle: Was war anhängig? Worum ging es?

Voll von Wundern war ihnen die Welt, ein Reh hatten sie gesehen! So was gibt's ja überhaupt nicht mehr! Mit großen Augen hatte es auf dem Weg gestanden, und eine Eule war über die Schneise gestrichen.

Der kleinen Gesellschaft stellte sich nun die Frage, was mit «dem angebrochenen Nachmittag» anzufangen wäre. Von Dornhagen wußte genau, was er wollte. Er fahre nach Hamburg zurück, sagte er, die Lage habe sich hier ja jetzt entspannt.

Gabriele sagte: Hamburg? Sie müsse auch nach Hamburg. Material besorgen für eine Jahresarbeit über einen modernen Schriftsteller, sie habe das schon viel zu lange hinausgezögert. Und sie denke eben, ob sie nicht über ihn ...?

«Wissen Sie was?» sagte von Dornhagen, «ich nehme Sie einfach mit. Jetzt sofort! Nein, keine Widerrede! Wir können im Wagen unser Gespräch fortsetzen, und morgen früh gehen wir in Ruhe Ihre Arbeit durch ...» Übermorgen habe er nämlich schon keine

Zeit mehr für Hilfestellungen, da müsse er einen wichtigen Termin wahrnehmen, einen Essay für den «Globus» schreiben über die verschiedenen Parteien, und nächste Woche fahre er nach Mainz wegen der Revolutionsakten von 1792.

Das war ja praktisch. «Gabriela», wie Engelbert von Dornhagen das Löwenheckerchen nannte, sprang rasch in ihr Zimmer und holte den Kulturbeutel, eine letzte Umarmung der beiden Freunde – «Halt dich wacker» –, dann winkten die Zurückbleibenden den roten Rücklichtern nach.

Die Nichten, nunmehr fast volltrunken, hatten Swingplatten der dreißiger Jahre aufgelegt und tobten durch das Haus. Rebecca schoß mit einer Spielzeugpistole in die Gegend, einer nach dem andern mußte tot umfallen.

Petra hatte einen Beutel mit bunten Steinen gefunden, für eine Mark und fünfzig in Idar-Oberstein gekauft, die säte sie draußen auf dem Kies aus: Was da die Leute wohl für ein Gesicht machen, wenn sie das entdecken? Dann umhalsten die Nichten ihren Onkel und benäßten seine Wangen mit feuchten Küssen und gingen trällernd zu Bett.

Adelheid stieg nach oben auf den Boden, um ihre Kammer zu lüften. Sowtschick hingegen zählte unten im Keller, von den Nacht-Silvesters beobachtet, wieviel Flaschen «L» noch übrig waren. Die würde er für sich reservieren, ein fabelhaftes Getränk.

Dann kam es zu einem Ortswechsel. Sowtschick suchte die Fluchtburg auf, um Tagebuch zu führen: «Von Dornhagen dagewesen, netter Kerl, Gabriele irgendwie enttäuschend ... will Jahresarbeit über Dornhagen schreiben!», Adelheid hingegen brachte ihre Wäsche in den Keller und tat sie in die Waschmaschine.

Sowtschick legte sich, so wie er war, aufs Bett und versuchte, in seinem «Cerberus»-Buch zu lesen, die deutschen Schiffe erreichten gerade den engsten Teil des Kanals, durch den sie sich nun hindurchzwängen mußten. Adelheid machte sich, wie er hörte, in der Küche ein Brot. Sie stieß die Besteckschublade mit dem Bauch zu und packte die Spülmaschine voll.

Sowtschick legte das Buch fort. Nein, er war sich noch ein Abendlied schuldig, sich, dem Haus und den Hunden; und dem

Mädchen Adelheid, das ihn so liebevoll betreute. Er stiefelte also noch einmal hinunter, an der Toilette vorüber, in der sich die beiden Nichten geräuschvoll erbrachen, und er sah voll Freude, daß Adelheid auf ihn zu warten schien.

Wie ist die Welt so stille
und in der Dämmerung Hülle
so traulich und so hold...

Während er das schöne Lied vom guten alten Claudius mit größtmöglichem Ausdruck spielte, kam sie herbei und löschte im Hintergrund ein Licht nach dem andern.

Verschon' uns Gott mit Strafen
und laß uns ruhig schlafen
und unsern kranken Nachbarn auch.

Es folgte die «Mondscheinsonate», langsam ist gar kein Ausdruck, und in der «Apassionata» gibt es ein paar sehr schöne Stellen. Ganz ohne Rubinstein wurde das alles dargeboten, auch der Vater mit dem goldenen Zwicker trat nicht in Erscheinung, die pulsende Nähe eines jungen Menschen weiblichen Geschlechts, der ihm tatsächlich die Hand auf die Schulter legte und mit dem Daumen den Nacken rieb, herrschte vor.

Schließlich wurde der Flügel zugeklappt, und Sowtschick fragte Adelheid, ob sie eigentlich schon mal seine Fluchtburg gesehen hat?

Fluchtburg? Nein, keine Ahnung. Diese kuriose Sache da oben mit all den mysteriösen Schätzen wollte sie denn nun doch gern mal in Augenschein nehmen, und so stiegen sie gemeinsam hinauf – von den Nichten war nichts mehr zu vernehmen.

Die Fluchtburg: An den nagelneuen Fenstergittern ließ sich rütteln, und der phantastische, brillantene Sternenhimmel war mal wieder ungeheuerlich. Wie Kamerad Lehmann in der russischen Gefangenschaft, erklärte Sowtschick dem Mädchen die Sterne, und er tat das nicht weniger kundig als Engelbert von Dornhagen.

Nach der Besichtigung des gestirnten Himmels zeigte Sowtschick seine Münzen. Er improvisierte eine Geschichte um eines der unscheinbarsten Stücke, und das gelang ganz ausgezeichnet. Theodora kam darin vor, die Zirkusreiterin, die zur Kaiserin avancierte.

Alexander hatte die Füße auf die Klappe des barocken Sekretärs gelegt und erzählte seiner Kanalschwimmerin, wie sich Theodora unerschrocken dem Pöbel entgegenstellt und dadurch ihrem verweichlichten Mann den Thron rettet.

Adelheid saß in der Fensternische. Wenn ihr Geschichtsunterricht nur *einmal* so interessant gewesen wäre! sagte sie. Immer nur die KZ-Sachen. Morgens, mittags und abends, und was die Kommunisten für herrliche Menschen sind.

Daß ihn die Russen zunächst ganz gut behandelt hätten, sagte Sowtschick, bei der Gefangennahme, «Frietz...», ganz verdutzt seien sie gewesen. Das dicke Ende sei dann noch gekommen, oh! oh! oh! Aber daß er gewußt habe, daß er das alles übersteht, die Zwangsarbeit mit all der Hungerei. Er habe immer *gewußt*, daß er das überstehen würde, genauso, wie er wisse, daß er achtzig Jahre alt werde und noch drei Bücher schreibe.

Danach wurde über von Dornhagen und dessen «Hühnerglauben» gesprochen: Salz umschütten, Katze übern Weg, Spiegel kaputtschmeißen. Ein wunderbarer Mensch, aber eine kleine Macke habe er auch. Er ticke irgendwie nicht richtig, oder? Der Linden-Wirt mit seinen großen Füßen, die Senioren, Hoenisch mit seinen Hebeübungen und die Nichten – wahnsinnig nett, aber doch auch sehr sonderbar.

«Ich meine, wenn sie wissen, daß sie nichts vertragen, warum trinken sie dann so viel?»

«Und Gabriele – eine Jahresarbeit über Dornhagen schreiben, wo sie hier gewissermaßen an der Quelle sitzt...»

Ja. Und was für Mühe sich Alexander mit ihr gegeben habe... Sämtliche Gedichte durchgelesen und die Fotos alle...

Übrigens Fotos. Sowtschick entnahm dem Schrank einen Stoß Fotoalben und blätterte sie dem Mädchen, das hinzutrat, auf.

Alexander in den Uffizien – weißer Anzug und Strohhut – und als ganz kleiner Junge an der Hand der Mutter: «Alexander!» Lang, lang ist's her. Die Mutter, die ihn immer dann vom Spielen wegrief, wenn's grade am schönsten war: «Alexander!» Kakao und Schmalzbrote. Nase putzen. Und dann die Nachkriegszeit: In Hamburg mit Marianne in einem Hinterzimmer gewohnt, am qualmenden Ofen Sirupbrote gegessen.

Adelheid hatte ebenfalls Fotos in ihrem Zimmer, die wollte sie schnell holen, aber da kann man ja gleich mitgehen, das ist dann ja ein Abwasch. In der Dachkammer wurde das Radio angestellt, auf Kurzwelle gibt's manchmal ganz originelle Sendungen, Sekten-Sachen, russische Propaganda, oder, wie jetzt, Rockmusik von der einschmeichelnden Sorte.

Du bist mein ganzes Herz
du bist mein Reim auf «Schmerz»...

Es war kein richtiger Stuhl vorhanden, und wenn das so ist, dann setzt man sich eben aufs Bett. Ob er nicht hört, daß es donnert? wollte Adelheid wissen. Und Sowtschick fragte, was denn ihr Ohrläppchen macht? Und dann war es soweit. Das Mädchen hatte gerade die richtige Größe für den Mann, sie lag neben ihm mit rasendem Herzen, und er hielt sie fest.

«Daß du schon sechzig bist...», sagte sie, und im Radio war «Schwund», da piepten Morsezeichen über sie hinweg.

Der Wind hatte gedreht, aber er drehte nochmals. Den Kriminalisten war es nämlich gelungen, die Barackenpenner der Firma Senneschalk zu fassen, zwei nichtseßhafte, in der ganzen Börde bekannte ältere Männer, Hans und Franz genannt, die gelegentlich wohl mal was mitgehen hießen, als potentielle Mörder jedoch kaum in Betracht kamen. Außerdem war ihr Alibi hieb- und stichfest. Und das Alibi von Sowtschick war es eben nicht, denn Herr Kindermann, der Buchhändler, hatte bei seiner Vernehmung zähnefletschend von *mittags* und Carola Schade hatte von *nachmittags* gesprochen: «Mit Sicherheit nachmittags» sei Sowtschick bei ihr gewesen. Für den Vormittag konnte Sowtschick nicht das geringste nachweisen.

«Wir glauben Ihnen ja, aber wir müssen es wissen.»

Sowtschick wurde also nach Kreuzthal geladen, und zwar zu acht Uhr dreißig. Seine Personalien wurden dort aufgenommen von einer Polizistin, die sich seinen Namen buchstabieren ließ und ihn fragte, ob er sich einen Bart stehenlassen will. Dann hieß es: «Nehmen Sie bitte Platz», und er mußte in einem Durchgangszimmer warten. Die Polizeiuniform ist ja ganz kleidsam, und wenn sie von einer jungen Frau getragen wird, erst recht. «Kaum einen Finger breit», an die Verfilmung mußte Sowtschick denken, an Sonja Schönboom, wie sie den Widerstandskämpfer verhört. Bei den Dreharbeiten hatte sie sich dauernd entschuldigt, daß sie den da so anschreien und prügeln muß.

Lange war es her, daß Sowtschick mal hatte warten müssen, bei Dr. Schmauser, in dessen gebremstem Praxisbetrieb wurde er gewöhnlich hintenrum reingelassen, und auf den Flughäfen konnte er es sich als VIP in der Lounge bequem machen, wo man umsonst mit Honolulu telefonieren darf und von Stewardessen umsorgt wird, die die Fluggäste behandeln, als seien sie schwerkranke Kinder. Warten, das schmeckt... Er mußte an all die verlorenen Lebenstage denken, als Kind die Spaziergänge mit den Eltern am Bahndamm entlang – «Alexan-der!» Der Vater im Cheviotmantel geräuschvoll gute Luft einatmend, die Mutter mit Feder am Hut, ich seh, ich seh, was du nicht siehst. An die Langeweile der Soldatenzeit dachte er, die Hälfte seines Lebens wartet der Soldat vergebens, das Herumgesitze auf Bahnhöfen, Fliegeralarm, Siebzehnundvier und später auf den Lesereisen die endlosen Nachmittage in fremden Städten, im Café sitzen und in der Tasse rühren, im Hotelzimmer kein Fernsehapparat und nirgendwo eine Enddreißigerin in Sicht, der man den Mann von Welt vorspielen kann. Damals Carola, in Würzburg, im Air-France-Büro, die Sache hatte sich gut angelassen und war dann so wahnsinnig baden gegangen... Out. Alles out.

Und nun saß er hier in einem Polizeibüro und *mußte* warten. Weggehen wär nicht gegangen. Gerade keimte Unmut in ihm auf, da surrte das Telefon. Die schnuckelige Polizistin zeigte ihm den Weg in das Vernehmungszimmer, in dem er wiederum «Platz nehmen» durfte, zwei leere Schreibtische, an der Wand eine Uhr und eine Landkarte des Kreises Kreuzthal mit signalroten Markierungen.

Ein blasser Beamter, der Steguweit hieß, kam herein, blaßgrauer Anzug mit blaßlila Krawatte, schütteres Haar, vermutlich magenkrank. Er drehte den blechernen Verstellkalender der Firma Senneschalk an einem Schräubchen auf Mittwoch, den 29. Juli, und begann ein wohlwollendes Gespräch mit Sowtschick, wobei er seine gelben Vorderzähne kaninchenartig entblößte. Das sei also der berühmte Herr Sowtschick, sagte er, und spielte Windmühle mit seinen Daumen. Ob er bequem sitzt? Ob er raucht?

«Soll ich uns einen Kaffee bringen lassen?»

Wie fühle man sich denn so als Bestsellerautor? Werde man erkannt auf der Straße? – Er habe damals den Film «Kaum einen Finger breit» gesehen mit der Schönboom in der Hauptrolle. Die Nichte seiner Schwägerin habe in der Statisterie mitgewirkt, die wär ganz begeistert gewesen. Und dann beschrieb er dem verwunderten Sowtschick, was alles dazugehört, wenn man einen Film macht. Er selber sei jetzt von Sechsfach-Zoom, 395 000 Punkt Auflösungsvermögen und einer Lichtstärke von 1:1,2, Super 8 auf Video umgestiegen. Letztes Jahr in Dubrovnik habe er sogar Nachtaufnahmen gemacht!

Sowtschick fragte sich, warum er sich nicht doch mit seiner Frau zusammen ins Auto gesetzt hatte, als es noch Zeit war, ins ferne Frankreich zu fahren. Isle de Camps, dann hätte er sich die Belehrungen dieses blassen Herrn hier nicht anzuhören brauchen. Doch da stellte Herr Steguweit seine Daumenmühle plötzlich ab. Um zur Sache zu kommen: Hier gehe es jetzt um Erika Witschorek – er guckte auf eine Karteikarte, ob er den Namen richtig ausspricht –, Erika Witschorek, wohnhaft in Sassenholz, leblos aufgefunden von Budweis, dem Jäger, in einem Entwässerungsgraben. Besagte Erika Witschorek sei übrigens an Herzschlag gestorben und nicht ertrunken, das habe man festgestellt. Sie sei hineingestoßen worden in den Graben und sofort verstorben, aus Schreck vermutlich. Mord scheide aber keinesfalls aus! Der Täter, von dem das Kind in den Graben gestoßen worden sei, habe nämlich den Tod billigend in Kauf genommen. Möglicherweise habe er von dem Herzfehler gewußt und darauf spekuliert, daß es einen Schlag kriegt? Von einer Tötungsabsicht könne man jedenfalls mit einer an Sicherheit grenzenden Wahrscheinlichkeit ausgehen.

«Was machen Sie eigentlich den ganzen Tag, Herr Sowtschick? Schreiben, einfach so?» Ob er sich an den Schreibtisch setze und einfach so loslege? Das würde ihn mal interessieren.

«Ja!» rief Sowtschick: «Und zwar mit der Hand!»

«Und wieviel Bücher haben Sie auf diese Weise zusammengetragen?»

Sowtschick zählte es an den Fingern her: «Acht.»

Der Beamte holte das Buch «Wolkenjagd» aus der leeren Schublade, in der ein Bleistift hin und her rollte, es handelte sich um das Exemplar, das Herr Wagner sich von Alexander auf der Gartenbank hatte signieren lassen. Es wies auf dem Innentitel Sowtschicks Namenszug auf, einschließlich I-Punkt. Steguweit las seinem Gast ein paar Stellen vor, die angestrichen waren. Um einen alternden Mann ging es in dem Buch, der sich mit einem Kinde beschäftigt, einem Mädchen, genauer gesagt, und Stellen waren das, die bis an die Grenze dessen gingen, was Mittelstand sich bieten läßt.

Sowtschick hatte sich diese Stellen noch nie vorlesen lassen. Den metallenen Verstellkalender der Firma Senneschalk vor Augen, hörte er sich die delikaten Besonderheiten seiner Prosa an, und es war ihm unbehaglich dabei: So delikat, wie er gedacht hatte, waren diese Passagen gar nicht. Er mußte an die 34000 Leser denken, die das Buch gekauft hatten, und stellte sich vor, daß sie alle gleichzeitig auf eine solche Stelle treffen und sich entrüstet abwenden von Buch und Autor, also von ihm. Peinlich! Wie gut, daß die Polizistin draußen geblieben war, die hätte ihn jetzt gewiß abschätzig gemustert. Aber: Weshalb hatte nie ein Leser diese Stellen moniert? Am Ende diente die «Wolkenjagd» seinen männlichen Lesern zu ganz anderen Zwecken, als man annehmen konnte.

Ob ihm Erlebnisse dieser Art aus der Feder flössen oder ob er dafür «Studien» treiben müsse? fragte Steguweit. Er selbst sei ja ganz dumm, aber er stelle sich vor, daß man für so was Studien treiben müsse? Die Phantasie allein gebe das doch nicht her? Oder? Und er las noch eine «Stelle» vor.

«Nein», sagte Sowtschick, der die Landkarte zu studieren begonnen hatte, die hinter Steguweit an der Wand hing, die Kreiskarte mit den signalroten Markierungen und fettigen Flecken vom Drauffassen: Wo, zum Teufel, lag Sassenholz? «Nein, keine Studien. Kombinationen von Gesehenem, Gehörtem und Erlebtem.»

An den Steinbruch seiner Erinnerungen mußte er denken, an Elke, das Nachbarkind, und an das muskulöse Mädchen Freddy im fernen Kalifornien, wie sie in die Wellen gesprungen war, die Arme wie zum Fliegen gespreizt... Aber mit dem Steinbruch seiner Erinnerungen durfte er dem Herrn Steguweit nicht kommen, das packt der nicht, dachte Sowtschick, das kriegt der nicht auf die Reihe. «Ohne Dings kein Bums»: Wie Jugend sich wohl bei so einem Verhör verhalten würde? Jugend wäre bestimmt gleich rausgerannt. Jugend wäre allerdings gar nicht erst in einen solchen Verdacht geraten.

Es handele sich beim Schreibprozeß um Kombinationen verschiedener, zeitlich und räumlich weit auseinanderliegender Erlebnisse, sagte er. Auch Lektüre spiele dabei eine Rolle, Bücher, Zeitungen, Träume... «Und außerdem hat man ja im Fernsehen genug Anschauung jeden Tag», sagte Sowtschick, den Vorgang seiner Inspiration vereinfachend.

«Und das kombinieren Sie? Also, da Hut ab», sagte Steguweit, das würd er nicht hinkriegen, aber irgend etwas müsse ein Schriftsteller anderen Menschen ja auch voraushaben, wie könne er denn sonst so viel Geld verdienen? «Sie verdienen doch tüchtig, oder?» Könne er sich zum Beispiel eine Segeljacht leisten? In einer Kabine sei doch sehr viel Platz... Er könne sich vorstellen, daß das ganz gemütlich sei, mit Sekretärin vielleicht? Verdiene ein Zahnarzt eigentlich mehr als ein Autor? Das nehme sich wohl nicht viel? Sein Zahnarzt habe ihm neulich für eine Krone sage und schreibe eintausendfünfhundert Mark berechnet, hinten links.

Jetzt reißt er gleich den Mund auf, dachte Sowtschick, und zeigt mir seinen Backenzahn...

Apropos Fernsehen, fuhr Steguweit fort, Videofilme zum Beispiel, ob es stimme, daß Sowtschick sich am hellichten Tag, wenn normale Bürger arbeiten, Videofilme ansehe, in denen es Halbwüchsige miteinander treiben? Und ob es zutreffe, daß er in Hamburg teure Pornohefte kaufe, Exemplare der abseitigsten Art?

Nun trat die Polizistin ein, ihr Slip zeichnete sich unter der khakifarbenen, sauber gebügelten Hose deutlich ab. Sie brachte dem Polizeibeamten eine Tasse Kaffee und stellte ein Tonbandgerät auf. Das Mikrophon rückte sie in Sowtschicks Nähe und drückte auf den roten Knopf, damit auch keines von Sowtschicks kostbaren Worten verlorengeht.

Dieses Tonband kann ich später in mein Archiv aufnehmen, dachte Sowtschick, und er bedauerte, daß die Polizistin das Koppel mit der Pistole draußen gelassen hatte. Auch ärgerte er sich wieder einmal, daß er seine Gespräche mit von Dornhagen nie aufzeichnete. Wenn er das all die Jahre über getan hätte! Was das für ein Schatz wäre! Den hätte Marianne verkaufen können eines Tages, nach seinem Tode ... Für eintausend Mark das Band, oder mehr...

Die Tür öffnete sich noch einmal, und der schwergewichtige Wagner kam herein, Schweißperlen auf Stirn und Nase. Sowtschick wollte ihm freudig zunicken und ihm vorschlagen, daß er recht bald mit seiner Gattin nach Sassenholz kommen sollte, im Garten sitzen, schön behaglich bei Kaffee und Kuchen, seinen Schwager, den Schulmeister, mitbringen und Egon Ballon und dann über das Schriftstellern plaudern? Aber Wagner hatte ganz offensichtlich schwerste Ermittlungen hinter sich, dem durfte man jetzt mit so was nicht kommen. Er legte erschöpft einen Stoß Akten auf den Tisch, nickte Sowtschick fremd zu und flüsterte mit seinem Kollegen auf ungehörige Art, und beide sahen Sowtschick ernst an. Das Telefon klingelte, es wurde «aha» gesagt und wieder wurde geflüstert.

Die Polizistin war es, die in diesem Raum für Atmosphäre sorgte. Sie stellte einen kleinen Ventilator aus Plastik auf den Tisch und sah Sowtschick freundlich an.

Wagner setzte sich ans Fenster, so daß er sowohl hinaussehen konnte und beobachten, was auf dem Gefängnishof geschieht, daß da Häftlinge Schutt auf einen Lastwagen laden und sich absolut nicht beeilen damit, als auch Sowtschick betrachten, der eine äußerst elegante weiße Baumwollhose trug und hellbraune, durchbrochene Schuhe, die gewiß dreihundert Mark gekostet hatten.

«Es stimmt doch, daß Sie sich Pornos kaufen? Wozu eigentlich?» fragte Steguweit. Zum Recherchieren brauche er diesen Schweinkram ja wohl nicht, was? Das sei wohl mehr eine Triebsache, oder? Und die Polizistin, die Inge mit Vornamen hieß, achtete auf den Apparat, ob der Zeiger auch nicht zu doll ausschlägt, und richtete den Ventilator auf Sowtschick, der lebhaft an die Rasenmäherfolter denken mußte.

Arbeiter, sagte Wagner, hätten gesehen, daß Sowtschick in seinem Garten halbnackte Mädchen fotografiert habe, tagelang, von allen Seiten, von oben und unten. Ob er das mal eben ein bißchen erklären könne?

«Arbeiter?» fragte Sowtschick, «was für Arbeiter?»

«Die Schlosser, die bei Ihnen die Fenstersicherung einbauen.» Hier seien übrigens die Fotos, ob er sich jetzt erinnere?

Die Bilder, die auf dem Tisch lagen und von allen in der kleinen Vernehmungsstube versammelten Menschen betrachtet wurden, zeigten die Pferdemädchen, auf dem Erdboden hockend und auf dem Pferd, und die Schwestern, das Haar offen, im Gegenlicht: Es waren ausgezeichnete Aufnahmen (die Polizistin guckte irgendwie neugierig, die hätte vielleicht auch mal so fotografiert werden wollen). Einige dieser Fotos hatte Sowtschick noch gar nicht zu Gesicht bekommen: Die Fotografin hatte sie ganz offensichtlich weitergegeben. Aus dem Negativmaterial was für sich kopiert und sofort bei der Polizei abgeliefert. Bei dieser sauberen Dame, die an sich ganz nett war, würde er nie wieder eines dieser teuren Objektive kaufen, die sie ihm jedesmal aufschwatzte, das nahm Sowtschick sich fest vor.

Er verfüge in seinem Archiv über Tausende von Fotos, sagte Sowtschick: Bettler in Indien, Straßenmusikanten in Rio, Fassadenplastiken, Abrißhäuser und eben auch Mädchen. Ob es verboten sei, Mädchen zu fotografieren? Er beabsichtige, einen Fotoband zu machen, später, wenn ihm mal nichts mehr einfalle. Eine Publikation, die hoffentlich gutgehe, damit er Steuern zahlen kann für den Staat und seine Polizeibeamten.

«Soso», sagte Steguweit, vielleicht wäre er so freundlich und lasse sie mal Einblick nehmen in diese Sammlung, das könne ja vielleicht ganz interessant sein. Ob er auch von Erika Fotos gemacht habe? Wie das überhaupt gewesen sei, er, Sowtschick, habe gesagt, daß er sich mit Erika *gebalgt* habe. Wieso *gebalgt*? Ob er das mal ganz genau beschreiben könne? Herumgewälzt? Ob es bei diesem «Balgen» zu Körperkontakten mit der Zwölfjährigen gekommen sei? Habe er den Körper der Halbwüchsigen in Brusthöhe umklammert oder weiter unten, womöglich in Gesäßnähe? Hätte noch gefehlt, daß er das demonstrieren mußte, an einer Schaufensterpuppe oder womöglich an der Polizistin.

Mofa-Jünglinge wurden zitiert, die ausgesagt hatten, daß Sowtschick sich mehr und mehr in die Tiefe des Gartens zurückgezogen hätte, *mit* den Mädchen, und da irgendwelche Sachen gemacht, das Kreischen sei ja bis auf die Straße zu hören gewesen. Judoartiges Gebalge... (Die Arbeiter hatten das bestätigt.)

Weit ist der Weg ins teure Heimatland: Nein, er hatte Erika nicht fotografiert, und das tat ihm leid. Das «Farmerbild» hätte gut in seine Sammlung gepaßt, ein Autowrack im Hintergrund oder ausgediente landwirtschaftliche Maschinen unter welkem Herbstlaub, ein Lokomobil, verrostet, urtümlich, wie es bei seinem Onkel in Haffenstein herumgestanden hatte. Indian Summer oder Herbst... Er kannte diese Art Fotos, in Fotobänden gab es sie, wie sie bei Kindermann & Jacobs auf dem Grabbeltisch lagen, mehrmals im Preis herabgesetzt. Gern blätterte er sie durch, und nie kaufte er einen. Auf immer hatten sich ihm diese Fotos eingeprägt, genauso wie die ins Wasser hechtende Freddy, und Elke, das Nachbarkind im Stroh. Die Scherenschleiferin nicht zu vergessen.

«Sie haben sich in Hamburg Videobänder gekauft...», wurde er nun gefragt, und es wurde wiederum hervorgehoben, daß Sowtschick sich diese Art Streifen am hellichten Tag ansähe, während andere Leute arbeiteten.

Nun, hier konnte Sowtschick die Gegenfrage stellen, ob es verboten sei, sich Videos zu kaufen? Im übrigen habe er in Hamburg keine Videos gekauft, er nehme gelegentlich den einen oder anderen Film des öffentlich-rechtlichen Fernsehens auf Band,

Hitchcock oder die Franzosen. Er besitze keine Hamburger Videos des in Frage stehenden Genres, auf das die Herren ganz offensichtlich anspielten. Plötzlich erinnerte er sich an den Besuch Wagners, und daß der Fernsehapparat angeschaltet war, als Wagner sich das Buch hatte signieren lassen.

«Die Phantasie ist mit Ihnen durchgegangen, mein Herr», sagte er daher zu Wagner... «Es war die Kinderstunde, die ich mir damals angesehen habe.»

«Aber Pornohefte haben Sie gekauft. Das können Sie nicht bestreiten, Pornos abartigsten Inhalts.»

Auch die Buchhändler-Auskunft wurde herangezogen, daß er sich einen forensischen Atlas angesehen habe, und das querformatige Buch wurde auf den Tisch gelegt, vermutlich auf Staatskosten gekauft, und Wagner und Steguweit sahen sich die Fotos an: Eine Seite mit recht drastischen Vergewaltigungsfotos ließen sie aufgeklappt liegen. Inge, die Polizistin, hätte sich den Atlas auch gern angesehen, doch sie mußte auf den Zeiger des Tonbandgeräts gucken, ob er auch richtig ausschlägt. Vielleicht doch lieber das Mikrophon etwas näher an Sowtschick ranstellen?

Dann wurde Sowtschicks Alibi durchgegangen, das taten die Beamten für ihn, während Sowtschick auf der speckigen Kreiskarte weiterhin Sassenholz suchte. Er kniff die Augen zusammen: Das Sassenholzer Moor mit den Entwässerungsgräben war deutlich zu erkennen, da steckte an einer bestimmten Stelle ein signalrotes Papierfähnchen – aber wo war Sassenholz? Wo war die Pappelallee mit seinem schönen Haus? Mit den Mädchen, die da ein und aus gingen, ein Tablett voll Kuchen in der Hand?

Blumenmuskel, der der Anemone, Wiesenmorgen nach und nach erschließt?... An den Artikel für den «Globus» mußte er denken, über die verschiedenen Parteien, und welcher er den Vorzug gibt. Herrlich, daß er den nicht mehr zu schreiben brauchte!

Erika sei *nach* neun Uhr nicht mehr gesehen worden, ihr Tod sei gegen neun Uhr dreißig eingetreten, und Sowtschicks Hamburg-Aufenthalt sei erst ab dreizehn Uhr belegt, großzügig gerechnet... Sowtschicks Mädchen hätten angegeben, daß er nicht früher als neun Uhr und nicht später als elf Uhr das Haus verlassen habe. Ja?

Komme das hin? Da fehle also, wiederum großzügig gerechnet, eine Spanne von zwei vollen Stunden, mindestens, die nicht belegbar seien.

«In zwei Stunden kann man 'ne Menge anstellen, finden Sie nicht auch?» Ob Sowtschick ihnen mal verraten könne, woher die Torfspuren in seinem Auto kämen? Er habe doch gesagt, er hasse die Natur und gehe nie spazieren? Außer in seinem eigenen Garten? Wo seine Frau stecke, wollten sie sodann wissen, und wie es mit der ehelichen Gemeinschaft stehe?

Daß Sowtschick absolut nicht wußte, wo sich seine Frau aufhielt, kam den Beamten merkwürdig vor. Am Meer? Am Atlantik? Der Atlantik sei groß, ob seine Gattin aus freien Stücken nach Frankreich gefahren sei? Oder ob er sie listigerweise weggeschickt habe, um freie Bahn zu haben für all seine Abartigkeiten?

Die Vernehmung – den Ausdruck «Verhör» verbat sich Steguweit – hatte ganz den Charakter eines Schlagabtausches angenommen. Wie Riesen standen sie einander gegenüber, die sich über öde Zwischenräume hinweg was zurufen. Sowtschick sah mit Verwunderung, wie sich das Netz zusammenzog. Er, Erika zu Tode bringen? Da waren seine Sehnsüchte anderer Art. Eher umgekehrt, dachte er, eher sich dem Sanften beugen, als es zu zerstören ...

«*Herr* Sowtschick!» sagte Wagner. Ob er ihm mal verraten könne, zu welchem Zweck er in Kreuzthal einen Strick gekauft habe? Bitte schön? Diesen Kälberstrick da? Letzte Woche? Und ob es stimme, daß er in der Apotheke laut verkündet habe, er brauche Unkrautgift, um seine Frau umzubringen? Wie solle man das bitte verstehen? Er selbst sei ein einfacher Mann, aber soviel könne er sich doch zusammenreimen, daß da was nicht stimmt.

Sowtschick fragte, ob Erika denn nun aufgehängt, vergiftet oder ertränkt worden sei? Ob man nicht besser zur Sache komme?

«Bitte schön!» sagte Steguweit und räusperte sich: Er wolle jetzt mal ganz konkret werden und Nägel mit Köpfen machen: Ob er dem Herrn Schriftsteller mal den Tathergang erzählen dürfe, ja? Schlicht und ergreifend? Seiner Meinung nach, und da stimme Wagner mit ihm überein, habe es sich folgendermaßen zugetragen: «Sie haben sich in Ihrem Garten dem Mädchen wiederholt genähert, das ist bezeugt. Sie haben sich gebalgt mit ihm, es in den Keller gesperrt.» Er habe es berührt bei diesen Aktivitäten, es umschlungen, umarmungsartig, aus der Grätschhaltung heraus, rittlings oder in Vorhalte, und sich mit ihm am Boden gewälzt. Wahrscheinlich wär er bei diesem Herumgewälze irgendwann einmal zu weit gegangen, und da sei das Mädchen, aus was für Gründen auch immer, auf die Idee gekommen, ihn zu erpressen. Zuerst spaßhaft geäußert: Das melde ich! Wie Schulkinder es tun, dann die Drohung öfter wiederholt: Das sag ich meinem Vater. Ein solcher intensiver Körperkontakt zwischen ihm als VIP und einer Halbwüchsigen, auch wenn der Wahrheitsgehalt von niemandem hätte überprüft werden können, wenn der bekanntgeworden wäre, das hätte doch fatale Folgen für Sowtschick haben müssen! Die Öffentlichkeit, die Leser. «Wie da wohl die Presse angerauscht gekommen wäre!» Oder? Mit kleinen Mädchen sich abgeben? Als erwachsener Mann? Hätte das fatale Folgen gehabt? Ja oder nein? All die Geschenke, der kleine Spiegel in echt Schlangenleder, das indische Kugelspiel, der große Schlüssel, das Moped! Man verschenkt doch nicht einfach ein Moped aus purer Nächstenliebe? Mit dem Moped habe wahrscheinlich der Vater prophylaktisch mundtot gemacht werden sollen?

Das Mädchen habe ihn also erpreßt, schlicht und ergreifend, das sei doch sonnenklar, wie anders könne Sowtschick es denn sonst erklären, daß er dem Mädchen dauernd Eis spendiert habe?

«Sie sind beobachtet worden», sagte Steguweit, stand auf und zog die Hose hoch, «wie Sie die Dorfstraße entlanggegangen sind und den Arm um das Mädchen zu legen versucht haben. Das Mädchen hat sich angeekelt losgemacht und ist dabei fast unter ein Auto gekommen» – dies habe ein Gewährsmann ausgesagt – «und bald darauf ist es mit einem Eis der höheren Preisklasse aus dem Wirtshaus herausgetreten.» Kurz gesagt: Erika Witschorek habe ihn erpreßt, und er habe das Kind zunächst mit kleinen Geschenken zu beschwichtigen gesucht, und als das nichts nützte, es ins Auto gelockt, in den Wald gefahren, morgens früh um neun Uhr, wo niemand sich dort sehen läßt, und es in den Graben gestoßen!

«In Ihrem Auto haben sich Torfsubstanzen nachweisen lassen,

und Reifenspuren Ihres Wagens im Moor sind sichergestellt worden.»

Die Reifenspuren stammten von der nächtlichen Besichtigungstour mit von Dornhagen, das wußten die Polizisten genau. In das feine Netz, das sie webten, paßten diese Spuren aber gut hinein, auf die konnten sie nicht verzichten. Die beiden hatten lange um Durchblick gerungen, nun hatten sie alles «auf die Reihe» gekriegt, endlich, und sie genossen es, den Mann, den sie sonst nur im Fernsehen zu sehen kriegten, in die Ecke zu treiben.

«Herr Sowtschick», sagte Wagner treuherzig, und auch Steguweit und die Polizistin Inge sahen ihn freundlich an, «nun mal Hand aufs Herz, Ihnen tut das alles bestimmt längst leid... Erika war an sich doch ein ganz nettes Kind... Weshalb sind Sie denn sonst mitten in der Nacht in ihre Höhle gekrochen? Ihnen tut es leid... Aber da müssen Sie nun durch. Am besten ist es, Sie machen Nägel mit Köpfen und geben alles zu.»

Nun, da sich die Dinge soweit entwickelt hatten, war es an der Zeit, einen Anwalt zu rufen. Auf dem Gang hing ein Münzfernsprecher. Die Polizistin wechselte dem Autor Sowtschick aus der Kaffeekasse zehn Mark. Sie blieb in der Nähe stehn, um zu hören, was er da eigentlich zu reden hat.

Dr. Kunstmann, der Anwalt, mit dem er sonst gern Hasenrücken in Weinschaum aß – er hatte bei den Filmverträgen phantastische Prozente herausgeholt –, war nicht zu erreichen. Der hatte sich bei der Gartenarbeit einen Bandscheibenvorfall zugezogen und hütete das Bett. Doch keine Angst! Dr. Gildemeister, sein freundlicher Sozius, der sich in dem Konsortium mit den härteren Sachen befaßte: Bestechung, Mord und Terroristen, war zur Stelle. Der lachte sehr über den Verdacht, dem Sowtschick ausgesetzt war. Das stehe ja auch bereits in jeder Zeitung, unglaublich komisch! Der Hebbel-Preisträger Sowtschick, Autor von -zig Romanen und Filmen, ein Puddelspieler und Mörder! Das sei ja ein Witz der Weltgeschichte... Obzwar sein ganzer Schreibtisch voll Akten liege und obwohl er heute morgen schon drei Stunden auf dem Gericht habe herumsitzen müssen, werfe er sich jetzt natürlich unverzüglich in sein Auto und hole ihn raus aus der Patsche.

«Sie meinen also, das kriegen wir hin?» fragte Sowtschick. «Die stecken mich hier womöglich noch ins Gefängnis!»

Da lachte Dr. Gildemeister sehr und fragte: «Wo leben wir denn?» Es freue ihn, Sowtschick bei der Gelegenheit einmal kennenzulernen. Ob er eigentlich alles mit der Hand schreibe? Seine Frau sei eine eifrige Sowtschick-Leserin, zitiere ihn seitenlang, er selbst habe damals leider nur den Film gesehen, wie habe der noch geheißen, «Finger ab!» oder so ähnlich? Na, darüber könnten sie sich denn ja mal in Ruhe unterhalten, wenn Sowtschick wieder in seinem Haus säße, von dem man ja Wunderdinge höre.

Sohn Michael war nicht zu erreichen. Das Telefon war auf Praxis gestellt, und da nahm zunächst niemand ab. Die Helferin, die sich dann doch meldete, sagte, es täte ihr leid, Herr Dr. Sowtschick mache grade Hausbesuche, und danach wolle er nach Sassenholz fahren: «wegen dem Mord».

«Also, hören Sie, bestellen Sie meinem Sohn, er soll das nicht tun! Er soll zu Hause bleiben! Nach Sassenholz zu kommen, das ist völlig unnötig. Hören Sie? Unsinn ist das. Er soll *nicht* kommen!»

Er hatte eine Heidenangst, daß sein Sohn bei der Gelegenheit einen seiner kostbaren Patienten verlöre. Und außerdem war es ihm peinlich, Hilfestellungen annehmen zu müssen, für die er sich hernach tausendmal zu bedanken hätte.

Da war das mit Susi was anderes. Susi hätte er gern dagehabt. Er rief sie an, sagte, er habe momentan ziemliche Schwierigkeiten, und er nannte sie Klößchen. Er wär in eine komische Sache verwickelt, irgendwie irre, das hänge mit Erika zusammen...

Susi hatte das inzwischen mitgekriegt und antwortete schlicht: «Ich weiß, das steht ja in der Zeitung.» Sie wollte Näheres wissen, dies und das, wie Erika ausgesehen habe als Leiche, und wer wohl der Mörder gewesen sein könnte. Und: Sie sehe Sowtschick noch, wie er ihr damals Wasser über den Kopf geschüttet habe... Das Angebot, nach Sassenholz zu kommen, machte sie leider nicht.

Nachdem er nun also ausgiebig telefoniert hatte – der Verleger war wieder einmal «nicht ahnwehßent» –, wurde Sowtschick von den Polizisten zum Essen beurlaubt. Im Parkhotel trat ihm der Wirt entgegen, und es schien einen Augenblick so, als wolle er Sowtschick den Eintritt verwehren. Der Mann besann sich dann aber und wies ihm die Aquariumsecke an.

Sowtschick bestellte Zanderfilet in Mandeln. Nach all den Rühreiern und Bratkartoffeln eine angenehme Abwechslung. Er mußte lange warten und blätterte daher in einer Illustrierten, und: Da! Sein Foto, durch Büsche hindurch, wie er, ganz in Weiß, auf der Terrasse mit Adelheid spricht, offensichtlich von der Straße aus geknipst. SCHWERWIEGENDER VERDACHT.

Darunter ein paar seiner Indien-Fotos, Bombay, die Girl-Street, er selbst, von Marianne aufgenommen, mit kleinen Mädchen, die sich um ihn drängen und ihm die dünnen Ärmchen entgegenstrekken wie Erdnußäffchen im Zoo, und er, der große Welt-Autor, füttert sie mit Münzen ...

Auf der nächsten Seite das Uraltbild, diese alte Kamelle, wie er da am Waldrand sitzt mit Petra und Laura links und rechts, eine Aufnahme, die beweisen sollte, daß er es immer schon wüst getrieben hat.

Sowtschick sah sich die Aquarien an. Forellen, die sich an der Frischluftdüse drängten, und Hummer, denen man die Scheren mit Tesafilm zusammengebunden hatte: Tiere, die in diesem Lokal lebendfrisch serviert wurden.

Endlich brachte man ihm den Zander, ob er sonst noch was wünscht, wurde er gefragt.

Nein, er wünsche nichts. «Doch, ein Bier, und hinterher den Obstsalat hier, bitte.»

Als er sich gerade über den Zander hermachte, öffnete sich die Schwingtür und das junge Frauchen des Dritte-Welt-Ladens kam herein, ein Kind auf der Hüfte, eins an der Hand, mit stark sächsischsprechenden alten Leuten. Also Besuch aus der DDR, dem im Parkhotel – Müsli hin, Müsli her – etwas Handfestes geboten werden sollte. Bevor sich die guten Leute setzten, warf das Frauchen einen schnellen Blick in Sowtschicks Aquariumsecke: Daß sie ihren Verwandten aus der DDR zusätzlich zur Putenkeule auch noch einen frei herumlaufenden Sexo bieten konnte, war für sie von Bedeutung.

Sowtschick blätterte, während er den Fisch aß, in der Illustrierten «Boulevard», in der es einen Fotobericht über Terroristen zu sehen gab, die eine Schule in die Luft gesprengt hatten. Sechzehn Tote. Komisch, wenn bei dem Öko-Frauchen Terroristen ans Fenster klopfen würden, nachts, dann würde sie vermutlich die Tür öffnen. Bei ihm, dem zu Unrecht Verdächtigten, riefe sie gewiß sofort die Polizei.

An diesem Tag wurde das sonst nur schwach frequentierte Lokal voll und immer voller: Der Apotheker erschien mit seiner Frau im weißen Kittel, die Besitzerin des Sanitätshauses, bei der Sowtschick sich seine Einlegesohlen machen ließ, der holländische Eisdielenbesitzer und die Fotografin. Und all diese Leute starrten Sowtschick unausgesetzt an, außer dem Apotheker, dem stand ein Wandspiegel zur Verfügung. Die Fische allein, in ihren matt erhellten Glaskästen, waren gleichgültig gegen die Menschen, die hatten ihre eigenen Probleme.

Endlich kam Dr. Gildemeister in das Restaurant gestürmt. Er trug eine gepunktete Fliege und eine altmodische, also sehr moderne Brille. Die Kreuzthaler Hautevolee machte große Augen, die ließ ihr Besteck sinken und hörte auf zu kauen. Daß dieser Mensch, der da mit Schwung ins Restaurant hineinschritt, etwas Besonderes war, das sah ein jeder.

Laut lachend trat er an Sowtschicks Tisch. «Da ist ja unser Schwerverbrecher!» rief er und ließ sich ohne weiteres an Sowtschicks Seite nieder, dessen Ansehen dadurch eine Hebung erfuhr. Der Wirt sah sich triumphierend um. Wie recht hatte er daran getan, dem Herrn Sowtschick nicht das Lokal zu verbieten. Nun sah doch jeder, daß es hier mit rechten Dingen zuging. Daß der gutgelaunte Fremde, der draußen einen Mercedes 230 abgestellt hatte, in süddeutschem Dialekt einen Pernod bestellte in diesem Lokal, in dem sonst nur Bommerlunder getrunken wurde, war die Spitze.

«Gott sei Dank, daß Sie da sind», sagte Sowtschick. Er sei sich ja schon wie ein Outcast vorgekommen, ein Gezeichneter...

Vor Lachen prustend packte Dr. Gildemeister zunächst mal Zeitungen neuesten Datums aus, mit diversen Schlagzeilen. Dann allerhand Papiere, die Sowtschick unterschreiben mußte. «Wir werden das Kind schon schaukeln!» sagte er. Aber – und plötzlich ernst: Bevor er hier was unternähme, müsse Sowtschick ihm klar und deutlich sagen ... Er hoffe, er nähme es ihm nicht übel, auf Ehre und Gewissen: «War'n Sie's oder waren Sie's nicht?» Er meine, es wäre doch durchaus denkbar, daß Sowtschick das Mädchen *aus Spaß* in den Graben geschubst habe, Herzschlag bums, aus? Panik? Also, wenn es sich so verhielte, wie er eben gesagt habe, dann handele es sich um eine Bagatell-Sache, einen Unfall, weiter nichts, das könne man der Polizei gegenüber dann ohne weiteres zugeben.

Sowtschick guckte so bieder wie irgend möglich und sagte: Nein! Er habe es gar nicht gewesen sein können, weil er ja nach Hamburg gefahren sei.

Da lachte Dr. Gildemeister sehr herzlich und rief: «Um so besser! Um so besser!»

«Lassen Sie mich bloß nicht im Stich!» sagte Sowtschick. Sein Haus in Sassenholz werde regelrecht belagert, aber die Mädchen dort seien sehr tapfer.

«Mädchen?» fragte Dr. Gildemeister, hätte nicht viel gefehlt und er hätte mit dem Finger gedroht. «Was für Mädchen?» Wo denn seine Frau stecke?

«Keine Ahnung», sagte Sowtschick. «Die ist irgendwo in Frankreich», Isle de Camps heiße die Insel, und er erzählte dem Anwalt, daß sie Sendepause ausgemacht hätten nach all den verkorksten Urlauben. Außerdem lese seine Frau nie Zeitung. Daß er jetzt den Stall voll Mädchen habe, aus mehr oder minder Zufall, Teenager, die alle vorgäben, ihm den Hausstand zu führen, das sei fürchterlich! Und er beschrieb dem lustigen Dr. Gildemeister all die schrecklichen Sachen, die er da täglich erlebte, und er tat das so temperamentvoll, daß auch das Dritte-Welt-Frauchen mit ihrer Verwandtschaft was davon mitkriegte.

So. Nun mal zur Sache kommen. Das Alibi durchgehen. Dr. Gildemeister holte einen Bogen Papier hervor, schnallte ihn auf ein

Klemmbrett und versah ihn mit Linien. Um neun Uhr losgefahren? Bestimmt? Diese frühe Abfahrt müsse unbedingt durch Fakten untermauert werden. Wie würde man das beweisen können? Im Dorf irgendwas gesehen? Wann kommt der Postbote? Milchmann, Bäcker?

Sowtschick befragte seine Erinnerung. Er ging dabei vor, wie er es beim Dichten tat, zählte die Bilder her, die ihm kamen – sie lagen obenauf: Schläuche über der Straße, Feuerwehrleute, Schlosser mit Schweißapparat. Dann die Autobahn, irgendwelche Arbeiter, die da Ritzen zugossen mit Teer... In Hamburg, das Parkhaus... Ihm fiel der Parkschein ein: «Zahlen Sie am Automat», *der Parkschein*! Auf dem Schein mußte die Uhrzeit vermerkt sein! Automatisch eingedruckt, da gab's kein Rütteln oder Deuteln!

«Na also!» rief der Rechtsanwalt, «wo steckt das Dings?»

In irgendeinem Jackett stecke es oder in der braunen Aktentasche... Ja, in der Aktentasche, die müsse im Studio stehen, «links an den Schreibtisch gelehnt». Vielleicht liege der Parkschein auch schon in dem Umschlag, den der Steuerberater jeden Monat kriegt.

Dr. Gildemeister schrieb alles auf. Wundervoll! Er fahre persönlich nach Sassenholz, er werde alles eigenhändig durchsuchen. Den Parkschein werde er finden, da sei er hundertprozentig sicher. Und sonst? Sonst noch was? Wenn er den Parkschein nicht fände ... gäbe es sonst noch was? Sowtschick solle mal in Ruhe überlegen, ob er nicht doch irgend jemanden gesehen habe, in Hamburg. Oder umgekehrt, ob *ihn* nicht jemand gesehen habe... Es sei schon absurd, daß sie sich hier den Kopf zerbrächen über so einem Kram.

«Wie im Polizeirevier Eichenstraße», sagte Sowtschick, und er dachte an Hoenisch und an den Film, den er jetzt durch Anschauung würde untermauern können.

«Ja, es ist alles wirklich sehr komisch.»

In Hamburg sei er zunächst spazierengegangen, sagte Sowtschick, in der City, das mache er immer, er habe in die verschiedensten Schaufenster geguckt, ein Lederwarengeschäft, mit Sätteln zum Beispiel, Reitgerten und Zaumzeug. Zwei kleine Schafe habe er gekauft, aus Plastik, die mit Kopf und Schwanz wackelten, wenn man den Sockel bewegt. Fünfundachtzig Pfennig das Stück und die

Schlachtschiffe «Scharnhorst» und «Gneisenau», im «Kinderparadies».

«Schlachtschiffe?» fragte Dr. Gildemeister, «wozu denn das?»

Sowtschick repetierte in aller Kürze den Inhalt des «Cerberus»-Buches, daß die Schiffe zwar durchgekommen seien in die Heimat, aber dann sowieso versenkt wurden, kurze Zeit später.

Dr. Gildemeister notierte sich alles, sah auf die Armbanduhr und sagte, er werde noch heute mit dem «Kinderparadies» telefonieren... Weiter: Was habe Sowtschick sonst noch gemacht? Die Buchhandlung: gegen halb elf, also lange vorm Mittagessen, der Mord-Atlas... Aber diese Leute konnten sich eben nicht mehr an die Uhrzeit erinnern, das hatte der Kommissar ja schon herausgefunden, halb elf *oder* halb zwölf hatten die gesagt. *Oder.*

Schade.

Nun fiel Sowtschick der Porno-Shop ein. Daß er ein Pornoheft gekauft hatte, war den Leuten ja auch bekannt. Der Verkäufer dort, ein Student...

«Ich weiß nicht, ob ich es Ihnen zumuten kann», sagte Sowtschick, «in der Langen Reihe, der Porno-Shop, gegenüber von dem Tausend-Töpfe-Geschäft... Ein Student, netter freundlicher Mensch...» Vielleicht könne der ja bestätigen, daß er dort *vor* Mittag gewesen sei. Das müßte der Student bestätigen können. Aber vielleicht doch erst gegen halb zwölf... Man könne dem Jungen ja vielleicht die Sache etwas in den Mund legen... Könne man das?

«Und wo haben Sie zu Mittag gegessen?»

«Überhaupt nicht», sagte Sowtschick, er sei umhergebummelt, habe eine Fleischbrühe getrunken im Café Hübner und sei dann zu Carola Schade gefahren, seiner Freundin.

Das half alles nicht weiter. Am Buchhändler lag es, halb elf oder halb zwölf. *Oder.* Hätte dieser Mensch nun nicht das «oder» weglassen können? Bei dem würde er nie wieder ein Buch kaufen, kein einziges, schwor Sowtschick in diesem Augenblick, obwohl er dort nie was gekauft hatte, auch nicht das Fotobuch «Indian Summer» mit Farmerkindern auf ausrangierten Landmaschinen.

Einziger Trost: der Parkschein. Vielleicht fände sich der Parkschein ja noch?

«Bestimmt!» rief Dr. Gildemeister und schloß den Aktenkoffer. Er verabschiedete sich breit lachend von Sowtschick, der in dem ungastlichen Parkhotel zurückblieb und unter den Augen der Kreuzthaler Hautevolee ein Kreuzworträtsel zu lösen versuchte, ab und zu von Menschen beäugt, die dringend auf die Toilette mußten.

Dr. Gildemeister setzte sich in seinen 230er Mercedes, der ganz weich war vor Hitze und nach verdorbenem Eiweiß roch, und fuhr nach Sassenholz. Er war sehr neugierig, wie der Dichter lebte.

Die Mädchen hatten die Telefone leiser gestellt und unter Kissen begraben, das Tor geschlossen, die Klingel abgeschaltet. Mit den Ferngläsern konnten sie beobachten, daß Journalisten und Fotografen um das Grundstück herumschlichen, zwei, drei Kameras auf dem Bauch mit armlangen Teleobjektiven. Einer hackte Äste eines Edelbusches ab, um besser zum Schuß zu kommen, ein anderer versuchte, über den Zaun zu klettern, der hatte sich Zweige an die Mütze gesteckt, vielleicht war der mal bei den Pfadfindern gewesen. Rebecca holte das Luftgewehr aus Michaels Dachkammer, Anni get your gun, und zeigte sich damit: Für alle Fälle. Ansonsten saßen die Mädchen in Sowtschicks Fernsehecke, dicht aneinandergeschmiegt, sehr nah am Wasser gebaut.

Petra wagte es schließlich, ins Dorf zu fahren und einzukaufen. Damit sie das ungestört tun konnte, lenkte Rebecca die Journalisten ab. Während Petra sich über die Allee davonmachte, stellte sie sich mit ihrem irritierenden Silberblick den Fotografen. Sie wurde gefragt, wie Sowtschick denn so sei und ob sie glaubt, daß er es gewesen ist, der das arme Mädchen vergewohltätigt hat, und dann spielten sie, ganz wie Sowtschick es getan hatte, «Blow up» mit diesem Mädchen, das in der Tat das gewisse Etwas hatte. Sie setzten ihr verschiedene Hüte auf, steckten ihr eine Blume hinter das Ohr: Daß sie jüdisch sei, verlieh der ganzen Sache noch mehr Pfeffer, Rebecca? Militärpolizei?

Ihnen geht das immer noch nach, sagten die Fotografen, was die Deutschen mit den Juden gemacht haben... Ob sie sehr darunter leide? Und daß Sowtschick sich ihrer annimmt – vermutlich doch wohl Vollwaise – sei eigentlich anzuerkennen... Visitenkarten bekam sie zugesteckt, wenn sie mal in Hamburg ist...

Petra berichtete, daß man sie beim Kaufmann teils mitleidsvoll, teils haßerfüllt angesehen habe, so als ob sie eine Bhagwan-Tante sei. Und: Was? Anschreiben lassen? Das geht ja nun nicht. Aus dem Fahrrad hatte man ihr die Luft rausgelassen.

Am Nachmittag, als Sowtschick bereits wieder im Polizeibüro saß und Auskunft über seine Geldverhältnisse gab, ob nicht vielleicht regelmäßige Zahlungen an Witschorek geleistet worden sind, fünfzig oder hundert Mark pro Monat, Woche oder Tag?, kam das Löwenheckerchen aus Hamburg zurück, noch ganz erfüllt von den Freundlichkeiten des Autors Engelbert von Dornhagen. Sie nahm das Telefonat von Dr. Gildemeister auf, weil sie gedacht hatte, es sei Engelbert, der ihr noch mal so richtig auf Wiedersehen sagen will, und da war der fröhliche Dr. Gildemeister am Apparat und sagte ihr ganz genau, wann er kommt. Und mit Hilfe der Mädchen schaffte er es dann, mit dem Wagen unbehelligt auf das Grundstück zu rollen: Die automatischen Kameras der Journalisten schnarrten sehr.

Gildemeister betrat die kühle Halle und sagte zu den Mädchen, die mit den Hunden aus allen Türen auf ihn zugeströmt kamen, gar nicht lachend: «Ihr armen Mädchen, jetzt müssen wir mal sehr auf Draht sein.» Und dann begann er mit ihrer Hilfe den Parkschein zu suchen. Zunächst sahen sie auf dem Schreibtisch nach, dann in den Aktentaschen (Sowtschick hatte vier) und in allen Jacken: *Liebster Mann*, das Kärtchen fanden sie – den Parkschein fanden sie nicht.

Bei einem Glas Apfelsaft wurden die Belege durchgesehen, die Sowtschick für den Steuerberater gesammelt hatte: Rechnungen von Restaurants, Feinkostgeschäften – «Ein ganzes Pfund Salami? Donnerwetter!» – und Buchhandlungen, Quittungen für sechs Rhododendren, zweitausend Briefumschläge und «Postwertzeichen», aber kein Parkzettel... Es war alles umsonst. Auch unter der Post, unter all den gelben, grünen, lila Umschlägen fand sich nichts. Alle Zimmer wurden durchstöbert, schließlich wagte sich die Truppe sogar in Sowtschicks heilige Fluchtburg. Auf dem Ehebett die Schlachtschiff-Literatur, Baudelaire, das «Kloster Maulbronn». Im Kabinett wußte Adelheid recht gut Bescheid, und was Petra in den Schubladen des Barock-Sekretärs zu suchen hatte, war nicht recht einzusehen. Alles fanden die Mädchen, nur nicht den Parkschein. Sie guckten schließlich aus dem Fenster, von wo aus sie die Pferdemädchen sahen, wie sie herüberspähten: Dr. Gildemeister war ratlos, und die Mädchen begannen still zu weinen.

Um auf andere Gedanken zu kommen, ließ sich der Anwalt einen Kaffee machen und ging in Sowtschicks Büchergang auf und ab. Das muschelförmige Handwaschbecken mit dem vergoldeten Wasserhahn, ein Geschenk des Verlegers, der Schafbock über dem Sofa – er tippte an die Glöckchen und zog hier und da ein Buch heraus. Wenn man hier was mitnähme, das würde niemandem auffallen ... Nachdem er genug auf und ab gegangen war, setzte er sich in den Rest-Room. Den Schwimmgang hatten die Mädchen aus Gründen des Anstandes an diesem Tag nicht benutzt. Wenn der Hausherr im Gefängnis saß, dann konnten sie nicht gut den Schwimmgang auf und ab kraulen. Gildemeister schüttelte den Kopf. Die Hängepflanzen und die antiken Vasen: So was rächt sich, dachte er, der Anwalt, der auch Terroristen verteidigte. Er nahm eine Zigarette aus dem silbernen Kasten, der auf dem weißen Rest-Room-Tisch stand – mit dem eingravierten Namenszug eines Filmproduzenten obendrauf –, und ging wieder hinüber ins Studio. Hier sah er sich die großformatigen Fotos der Mädchen an, die überall herumlagen. Wer so fotografierte, mußte ein besonderes Verhältnis zu weiblichen Proportionen haben ... Etwas wie Neid kam in ihm auf, wenn er an die eigene Ehefrau dachte, im Wohnzimmer sitzend und auf die Uhr guckend, ob das auch stimmt, daß er noch einen Termin hat. Er setzte sich an Sowtschicks Schreibtisch und überlegte, das heißt, er tat so, als überlege er, in Wirklichkeit döste er vor sich hin. Ganz schön hat er sich hier eingepuppt, dachte er und betrachtete das Paperweight aus Bristol und die Wiener Bronzen. Er blätterte auch in Sowtschicks Manuskript und las von Fingerling, dem

Dichter und von der ermordeten Antiquitätenhändlerin. Daß die Diebe ihr den Schädel eingeschlagen hätten wie einem Ei die Schale.

Eine sonderbare Phantasie war das, aber plausibel. Gildemeister selbst hatte auch manchmal sonderbare Gedanken, das mußte er zugeben, seine Frau, die Sache mit dem Fahrstuhlschacht ... aber er stand nicht unter Mordverdacht!

Die Mädchen saßen auf Sowtschicks Spezialsesseln und auf dem Fußboden, wobei Petra, ungeachtet des Ernstes der Stunde, mit den Hunden spielte. Die waren ganz wild auf das pummelige Mädchen.

«Wie isser denn so?» fragte Gildemeister, und die Mädchen erzählten, daß Sowtschick unheimlich ordentlich sei, sich mit seinen Schallplatten wer weiß wie hat, und die Stühle darf man nicht verrücken. Unheimlich ordentlich, aber auch lustig – und dann kamen Stories, die ganz unterhaltsam waren: Daß er manchmal mit steifem Bein herumläuft, obwohl alles in Ordnung ist, und die Sache mit dem Handbuch der Ikonographie, Gott, das Theater! ... Den Imperfekt benutzten sie, und das hörte sich an, als sei Alexander schon viele Jahre tot.

«Ist er euch ... Ihr müßt das richtig verstehen ... Ist er euch mal irgendwie zu nahe getreten?«

Zu nahe getreten? Wie er das denn meine. Lustig sei er gewesen, cool, aber sonst? Das sagten die Mädchen, und jedes dachte an ein bestimmtes herzerwärmendes kleines Vorkommnis, jedes für sich allein.

Daß Petra und Rebecca aus Heidelberg kamen, gab ebenfalls Gesprächsstoff ab. Die Sache mit der Negev-Wüste, daß Rebecca da dauernd die Lastwagen umgeleitet hat, erzählten die Mädchen und kicherten ein wenig dabei.

Das müßten sie aber nicht tun, darüber lachen, sagte Dr. Gildemeister. Die Juden hätten ja unglaublich was mitgemacht, in der Schule höre man darüber wohl nichts mehr, was? Aber die Palästinenser auch. Die hätten auch was mitgemacht! Und er sah Rebecca ernst an. Ob sie wisse, wieviel Leid die Juden über die Palästinenser gebracht haben?

Nun weitersuchen. Dr. Gildemeister nahm die Notizen vor, die er sich im Parkhotel gemacht hatte, bei Zanderfilet in Mandelsauce.

Die Schlosser mußten telefonisch ausgefragt werden, die hatten ihre Werkbank bereits abgeräumt, weil sie fertig waren mit ihrer Arbeit. Sie müßten doch noch wissen, wann Sowtschick das Haus verlassen hat: «Nein», sagten sie, das merken sie sich nicht, wenn da so eine Sau an ihnen vorüberfährt. Auch die Nachbarn in Sassenholz hatten nichts gesehen und nichts gehört. Die erzählten alles mögliche am Telefon, aber nichts über die Uhrzeit. «Der Krug geht so lange zu Wasser, bis er bricht», das war der Tenor aller Aussagen.

Der Student im Porno-Shop war nicht zu erreichen. Aber die alte Verkäuferin im «Kinderparadies» war sofort am Apparat, und die sagte: Ja! Natürlich erinnere sie sich an Herrn Sowtschick, der habe doch die ganzen Schlachtschiffe gekauft... Um Punkt acht Uhr dreißig habe er den Laden betreten, direkt nach dem Aufschließen der Tür. Ein wahnsinnig netter Mann, der sich lange mit ihr unterhalten habe, amüsant und gebildet. Ihre Nichte habe ihre Examensarbeit über ihn geschrieben...

Acht Uhr dreißig? Mit so einer gutwilligen Aussage war auch nichts anzufangen.

Dr. Gildemeister setzte sich ans Klavier und klimperte ein wenig die Noten ab, die da standen. Prokofjew? Das war ja ziemlich haarig! Im Regal lag ein Volksliederbuch, das war schon eher was. «Die Blümelein, sie schlafen...» Oder dies hier: «Im schönsten Wiesengrunde». Gildemeister ließ das Pedal liegen, während er spielte, und freute sich, daß er dem Instrument sinnvolle Töne entlocken konnte, und er dachte auch ein wenig an die Mädchen, wie die sich wohl wunderten, daß er nicht nur Terroristen verteidigt und Mörder aus dem Schlamassel holt, sondern auch Klavier spielen kann.

Die Mädchen kamen mit Kaffee, und dann saß er als «Hahn im Korbe» zwischen den vieren, und er dachte: Wie verschieden hat der liebe Gott die Menschen geschaffen. Er verglich die beiden blonden Schwestern miteinander, die eine kräftig, die andere zart, und die beiden «Kleinen», dies entzückende dunkle Kind mit dem tiefblauen Silberblick... und das andere mit dem struven Haar und den Pickeln im Gesicht... Ehrlich gesagt, die war die reizvollste, die hatte «Sex-Appeal», wie man früher sagte. Er komme ab und zu nach Heidelberg, sagte er, da müßten sie (Plural!) sich mal in einem Café treffen: «Und dann machen wir 'ne Spritztour», und er sah sich am Waldrand liegen, mit den beiden Schwestern links und rechts. Rebecca würde zu anstrengend sein, esoterisch überkandidelt in jeder Hinsicht. Mit der anderen hingegen würde man bald zur Sache kommen, oder? Die in ihrer Pickeligkeit müßte doch dankbar sein, daß man sich ihrer annimmt? Die Existenz eines Vaterkomplexes ist ja für ältere Herren ein Segen.

Während Sowtschick in Kreuzthal inzwischen sogar von drei Beamten vernommen wurde und immer noch rätselte, wieso er Sassenholz auf der Kreiskarte nicht finden kann, erzählte Gildemeister den sich lagernden Mädchen einige Fälle aus seiner Praxis, die auch alle ganz verzwickt gewesen waren, und die er mit Hilfe von Intuition doch noch habe aufklären können. Terroristen-Sachen, zum Beispiel, ein erschossener Polizist. Daß der wahrscheinlich von den eigenen Leuten umgeballert worden war... Und dann beschrieb er ein Treffen in einer konspirativen Wohnung, wo er gedacht hatte, hier kommst du nie wieder lebend raus. Alles prima, ganz normale Kerle, aber natürlich wahnsinnig verrückt, absolut irre, so wie wir alle, wir seien ja auch alle irgendwie verrückt. Ob sie auch schon mal demonstriert hätten gegen diese beknackte Regierung? Nein? Na, dann müßten sie sich nicht wundern, eines Tages, sie würden dann schon sehen, was dann eines Tages... Sie sollten dann an seine Worte denken.

Die Mädchen reagierten anders darauf, als er erwartet hatte. Terroristen, das seien doch Verbrecher, sagten sie, was gäb's denn da groß zu verteidigen? Zack, Rübe ab!

Was denn ihr Vater von Beruf sei? fragte Gildemeister.

«Ingenieur!»

«Na, dann wundere ich mich über gar nichts.»

Doch, nun weitersuchen, oi, joi, joi! Das ging ja schon auf sechs! Als sich Gildemeister eben anschickte, Sowtschicks Aussagen nochmals der Reihe nach durchzugehen, erschien draußen vor dem Fenster ein bekanntes Gesicht. Die Mädchen kamen jubelnd herbeigeeilt, happy go lucky! Es war der Fernsehmann Ewald Hoenisch. Der hatte sich an den Journalisten vorbeigeschlichen, das Terrain geschickt ausnutzend. Ein Fenster wurde geöffnet, und er wurde hereingezogen: drei Kniebeugen machen: gerettet! – Hoenisch! Na so was! Noch drei Kniebeugen und Umarmungen, Beine ausschütteln, Genick lockern...

«Diese Hitze! So was hat es ja noch nie gegeben!»

Die Herren wurden einander vorgestellt. Hier der berühmte Terroristen-Anwalt, der sich ständig mit obskuren Leuten trifft in Hinterhausabsteigen und nun den armen Sowtschick rauspauken will, und da der Fernsehmensch, seit vierzehn Tagen Nichtraucher, auf dessen Konto die längste Überblendung der Fernsehgeschichte geht, der gekommen ist, weil ihn der Intendant persönlich darum gebeten hat. Er wolle exklusiv über diese makabre Sache berichten, sagte Hoenisch, natürlich nur, wenn Sowtschick tatsächlich das arme Mädchen in den Graben gestoßen hat, also wenn er schuldig ist. Sei damit zu rechnen, daß Sowtschick überführt wird? Oder sei damit nicht zu rechnen? Und ob Sowtschick nach einem eventuellen Geständnis noch mal nach Sassenholz zurückkommt, Sachen holen? «Oder wird er gleich abserviert?» Nach seinen Informationen sei er noch nicht ins Bezirksgefängnis übergeführt worden.

Nun, Gildemeister mochte den drahtigen Herrn nicht sofort enttäuschen, bisher sehe es black aus, sagte er, das Alibi stehe nicht. Aber im Prinzip, Sowtschick ein Mädchenmörder?

«Wir müssen mal in Ruhe darüber reden», sagte Hoenisch und zog seine Leute einzeln durchs Fenster herein, den Kameramann mit farbigem Assistenten, Beleuchter, Ton, eine Unmenge Leute, alle auf sehr spezielle Weise gekleidet, die sich mit ihren Apparaten sofort ins Haus ergossen und Möbel hin und her rückten: So sehe es doch viel besser aus... Nur Anita Läuffer blieb draußen, das war in ihrem Einstellungsvertrag nicht vereinbart worden, daß sie hier durchs Fenster einsteigen muß. Ein zweites Team, das schon seit Stunden wartete und sich damit beschäftigte, Mofa-Jünglinge zu interviewen, ob Sowtschick wirklich so eine vergreiste Sau ist? Ja, das isser... Dieses andere Team versuchte hinterherzuklettern, das wurde aber, wie bei der Belagerung von Malepartus, zurückgestoßen.

Hoenisch setzte sich mit dem Anwalt in den Rest-Room, der als einziges Zimmer im Haus keine Fenster hatte, von der Straße aus also nicht eingesehen werden konnte. Er setzte sich auf das Strampelrad und zählte im Rhythmus seines Tretens dem Anwalt alle Verdachtsmomente her, wie er sie sich per Zeitschriftenausschnittsdienst zusammengeleimt hatte. Und dann listete er die Vorteile auf, die ein exklusiver Vertrag für «unsern Klienten» habe, schließlich koste ein Prozeß ja einiges, und er, Hoenisch, könne seine Rechte mit denen des «Boulevard» kombinieren.

«Sie meinen also», sagte Gildemeister und setzte den kostbaren Flipper in Gang, dies Museumsstück, das Sowtschick für teures Geld erstanden hatte, in dem das Wort RISIKO aufleuchtete, «daß wir uns verbünden sollten?»

Die Mädchen brachten Drinks.

«Was seid ihr denn für welche?» fragte Hoenisch die Heidelberger Mädchen, «euch hab ich ja noch gar nicht gesehen...»

Daß das eine Jüdin aus der Negev-Wüste sei, wurde ihm erzählt, und allmählich glaubte Laura das selber (sie hatte schon mal die Bibliothek durchgemustert nach Büchern über Israel, daß die Fahne blau-weiß ist, hatte sie bereits mitgekriegt). Bildausschnittbewegung mit Daumen und Zeigefinger: Ob sie nicht mal 'ne Rolle übernehmen will?

Die beiden Herren bauten, an Eiswasser nippend, Luftschlösser aus Sowtschicks Unglück; enorme Zahlen schwirrten durch den Raum. Hoenisch überlegte gerade, wie er sein Team, das inzwischen Markstücke an die Wand im Studio rollen ließ, schon mal einsetzen könnte, ausleuchten das ganze Haus und die Mädchen sich vornehmen, einzeln und in Gruppen, Aufnahmen, die man als Zwischenschnitte würde verwenden können, als Beweisstücke für Sowtschicks Unmoral. Oder: Im Dorf Umfragen veranstalten...

Schlau, diese Pergamentschirme auf den Kakteen? Was? ... In dem Moment ließ Dr. Gildemeister den Flipper fahren und sagte: «Mir fällt noch was ein ...», und er ging hinüber ins Studio, von Hoenisch gefolgt.

Die Feuerwehr! Sowtschick hatte von zwei Feuerwehrleuten gesprochen, die auf der Mauer gesessen und Brandwache gehalten hatten. Das fiel ihm plötzlich ein. «Brandwache» stand in seinem Notizbuch. Vielleicht hatten die ja zufällig auf die Uhr geguckt, als Sowtschick in Richtung Autobahn an ihnen vorbeifuhr?

Er rief den Feuerwehrhauptmann an, ob er ihm die Namen der beiden Männer nennen könnte, die am Soundsovielten Brandwache in Sassenholz gehalten hätten?

«Männer?» sagte der Beamte, «Sie meinen wohl ‹Mann›.» Brandwache halte nur einer, und das sei bis neun Uhr Ehlers gewesen, und ab neun Paetow.

«Mein Mandant sagt aber, er habe *zwei* Männern zugewunken, die hätten auf der Mauer gesessen und Zigaretten geraucht.»

«Unmöglich – oder ...», und nun wurde der Mann eifrig, «oder dat möt just Klock neegen weh'n sin ... Bi de Aflösung.»

«Was?» fragte Dr. Gildemeister, weil Hoenisch seine nach After Shave riechende Wange an die Hörmuschel zu drängen versuchte und weil er das Platt nicht verstand.

Das müsse bei der Ablösung gewesen sein, neun Uhr, als Willi Ehlers von Heinzi Paetow abgelöst worden sei, wiederholte der brave Mann auf hochdeutsch, alle zwei Stunden werde die Brandwache abgelöst – neun, elf, dreizehn Uhr und so weiter, und das war dann die Rettung für Sowtschick.

Während Hoenisch zurücksank und die Mädchen angelaufen kamen und sich neben den sie herbeiwinkenden Anwalt stellten, wurde wie rasend telefoniert, und schließlich kam es heraus, jawohl, Paetow hatte um Punkt neun Uhr seinen Kameraden abgelöst, um «Neegen» also, nachzulesen im Wachbuch, und da hätten die beiden noch einen Klönschnack veranstaltet auf Zigarettenlänge. Die beiden hatten also Schlag neun auf der Mauer gesessen und Zigaretten geraucht, und sie hatten Sowtschicks Auto gesehen, in Richtung Autobahn rollend. Ganz genau. «Mag fünf nach neun gewesen sein», sagte Paetow, und Willy Ehlers, der ein ordentlicher Mann war, bestätigte das: «Sowtschick hat uns ja noch zugewinkt.»

Die Mädchen klatschten in die Hände vor Freude. Ewald Hoenisch dagegen rief: «Aus! Alles aus! Abbau! Schluß!» Es war Sense, alles weitere pure Zeitverschwendung. «Aus!» Er winkte den Fotografen durch das Fenster zu: «Aus! Alles aus!» Den Mofa-Jünglingen, die gerade von sexuellen Orgien erzählten, die vermutlich in den nichteinzusehenden Stellen des Gartens stattgefunden hatten, wurde es auch mitgeteilt: Das Alibi stand, daran war nicht zu rütteln, und obwohl daran nicht zu rütteln war, machte sich die Dorfjugend mit dem dumpfen Gefühl davon, daß es hier wieder einmal einem großen Herrn gelungen sei, sich aus der Schlinge zu ziehen. Und ihnen kürzte man die Arbeitslosenunterstützung!

Anita Läuffer, die «Skript-Frau», mußte erst noch gesucht werden, die war damit beschäftigt, den Kies vor dem Haus nach köstlichen Steinen abzusuchen. Wie ein Huhn pickte sie Sowtschicks Idar-Oberstein-Souvenirs auf, und was sie fand, tat sie schnell in die Hosentasche: Hoffentlich hat's keiner gesehen.

Das weitere ging dann schnell. Kommissar Wagner, der sich den kleinen Ventilator gegriffen hatte und wie einen Elektrorasierer um seine Wangen kreisen ließ, sagte gerade zu Sowtschick, er solle doch vernünftig sein, er müsse doch einsehen, daß das keinen Zweck hat, hier Schutzbehauptungen vom Stapel zu lassen, eine nach der anderen. Ob er nicht mal Nägel mit Köpfen machen will und einfach zugeben, daß er dieses bockbeinige halb bescheuerte Kind ein wenig geschubst hat, wobei es versehentlich in den Graben gerutscht sei und vor Schreck – das kalte Wasser! – einen Herzschlag bekommen hat, dann könne er, und hier waren sich die Beamten einig, «ßoffort» nach Hause gehen ...

In dem Augenblick klingelte das Telefon. Ihnen wurde zunächst mitgeteilt, daß der Parkschein sich leider nicht finden läßt, was die Stimmung der Polizisten verbesserte: Bedeutsam-freudig sahen sie sich an, und Inge, die Polizistin, reckte sich und richtete aufatmend das Haar.

«Na also, wer sagt's denn?»

Sowtschick aber spitzte traurig die Ohren, obwohl er nicht recht mitkriegte, um was es sich handelte. Ein wehes Gefühl durchzog seine Brust. So gibst du nun mein Jesu gute Nacht. Dann aber schob Dr. Gildemeister die Sache mit der Brandwache nach, und zwar bedächtig, Wort für Wort. Daß das «Fron-Hus» bekanntlich am Vortage abgebrannt sei, sagte er, und daß die Brandwachen am nächsten Morgen seinen Mandanten gesehen hätten, zur fraglichen Zeit, mit eignen Augen, und daß die das beeiden könnten: «Ja, meine Herren, Punkt neun Uhr, die Aussage steht.»

Das war ein Schlag ins Kontor! Gerenne entstand, raus und rein, Tonband abschalten, und dann wurde auch Sowtschick mitgeteilt, daß sonderbarerweise ein Alibi vorhanden sei, aus heiterem Himmel. Irgendwelche Menschen hatten irgendwas gesehn.

Der freundliche Herr Wagner gratulierte ihm und sagte, er sei direkt erleichtert! Er würde ihn persönlich in seinem eigenen Wagen «gern» nach Hause fahren. Ja? solle er ihn nach Hause fahren? Sowtschick lehnte ab, sein eigenes Auto stand ja vor der Tür. Etwas anderes erbat er sich: Auf dem Hof, da ständen doch die Türen des abgerissenen Gefängnistrakts. Ob er nicht eine dieser fabelhaften Türen haben könne? Für seine Fluchtburg?

«Aber natürlich», sagte Wagner, «nicht wahr, Herr Kollege?» Und auch Steguweit, der gerade eine Magenpille nahm, war damit einverstanden, mit dem Baudezernenten kriege er das schon hin.

Während die Polizistin das Tonbandgerät einpackte und die Blumen goß, ging man zu dritt auf den Hof, wo ein paar Häftlinge gerade Schutt auf einen Lastwagen luden. Sie wurden herbeigerufen, suchten die beste Tür aus und legten sie zur Seite. «Ahoi!» sagten sie, und Sowtschick gab ihnen zehn Mark. Er setzte sich in seinen blauen Wagen und fuhr in aller Ruhe nach Haus, die altbekannte Chaussee. Während er chinesischen No-Opern-Gesang in Vollendung nachmachte, fiel in seine spezielle Gehirnablage ein sich abzeichnender Slip ein, zu anderen Unersetzlichkeiten, die von Auswaschungen nichts zu befürchten hatten.

Im Handschuhfach, das zeigte sich dann, lag der Parkschein mit Datum und Uhrzeit, wohlbehalten und absolut unversehrt. Sowtschick beschloß, ihn wegzuwerfen, wegen Dr. Gildemeister, der sich seinen Einsatz dann ja hätte sparen können.

In Sassenholz bestand kein Anlaß, einzelnen Fotografen, die immer noch am Tor ausharrten, auszuweichen. Die Mädchen wurden herbeigerufen, Sowtschick nahm sie demonstrativ in den Arm und stellte sich mit ihnen an sein weißes Gartentor, zwei links, zwei rechts, und ließ sich ablichten, und dabei gab er es der Meute nochmals bekannt: Außer Spesen nichts gewesen, ein Alibi sei vorhanden, und Dr. Gildemeister, der sich dazustellen durfte, holte seine Notizen heraus und las es ihnen fröhlich vor. Im Haus wurden die Rollos hochgezogen, die Telefone ausgepackt.

Out! Out? Alles out.
Kannst alles vergessen.

Vor aller Augen wurde ein Tisch auf der Terrasse gedeckt mit Kuchen und Honigbroten: Sofort eine Flasche «L» aus dem Keller holen, das mußte gefeiert werden.

Wer eigentlich das Anwaltshonorar bezahlen müsse, fragte Sowtschick, das wollte er denn nun doch ganz gerne wissen.

Am nächsten Morgen schlief Alexander lange. Als er endlich aufwachte, nicht auf Stroh und nicht in Ketten, sondern in seinem eigenen Haus und in seinem eigenen Bett, mit Büchern und einem Radio zur Seite, aus dem Musik des frühen Mittelalters quäkte, eine Geschmackssache, wie Sowtschick fand, der er sich jedoch aussetzte aus jenem freudigen Pflichtgefühl der Kultur gegenüber, das ihn schon so manches hatte ertragen lassen. Bilder aus der Manessischen Liederhandschrift kamen ihm in den Sinn: Minnedienst? fragte er sich, das ist doch irgendwie ganz anders, als man sich das so vorstellt.

Ihm war in dem von Sonnenlicht erfüllten Zimmer recht behaglich zumute. Er drehte sich noch einmal um und döste ein wenig, Heiterkeit erfüllte seine Seele. Ihm kam die Erinnerung an die Lösung seiner Probleme, das Zu-ihm-Halten der großen und der kleinen Welt. Neben der lauten Begrüßung durch die Hunde hatte es eine stille, feine gegeben, und in der Nacht war er dann noch einmal begrüßt worden. Der frische junge Körper magnetisch an ihn geschmiegt, und das Aufsteigen großer, schon nicht mehr vermuteter Energien, die sich wohltuend ergossen hatten, als die Gefühle «at its highest» waren, wie es Sowtschick bei sich ausdrückte.

Mein Herz und dein Herz
sind zusammengeschlossen ...

Sowtschick lag also heiter in seinem eigenen Bett, und diese Heiterkeit verließ ihn auch nicht, als er unter der Dusche stand und rein und immer reiner wurde.

... Schlüssel, der's auftut
ist *abgebrossen* ...

sang er, gewaltsam reimend. Er stieg in die Hose, griff nach dem Hapag-Glas und suchte die Feldwege und den Waldrand ab nach den Pferdemädchen. Ganz automatisch tat er das, und er wunderte sich überhaupt nicht darüber, daß er sie auch ziemlich sofort entdeckte. Sie standen neben dem Pony und schienen sich zu streiten, wer denn nun dran ist: Die Schwarze setzte sich durch.

Die laufen mir nicht weg, dachte Sowtschick, die kommen schon noch wieder. Er hoffte, daß sie *bald* wiederkämen und sich auf seinem Sofa herumlotterten mit hochgestellten Schenkeln. Er dachte aber auch daran, daß sie ebensogut wegbleiben könnten. Die knochige Härte unter der Zartheit ihrer nach Heidschnucken riechenden Mädchenglieder, auch das war in seinem Gehirn abgelegt und machte sich dort hin und wieder bemerkbar.

Alexander zog seinen feinen Schlafrock an und ging hinunter in den Schwimmgang und frühstückte dort. Er beobachtete die Wasseroberfläche, die noch leicht schwabbte von der Aufwühlung durch die Mädchen. Die Pflanzen hingen herab, ganz wie die Natur es gefügt hatte, den harten Eingriff des Gärtners vom Frühjahr sanft korrigierend. Hinten links gehörte noch ein antikes Weinfaß hin, das würde zu besorgen sein als Belohnung für den Schrecken, den er in den vergangenen Tagen hatte aushalten müssen. Durch das

Fenster schien die Sonne, und Bianca, die Kuh, war auch schon aufgestanden.

Alexanders Laune verbesserte sich noch, als der Briefträger ein Paket brachte, mit alten Büchern, es handelte sich um sechzehn Bände der kleinformatigen Reihe «Die Bibliothek der Unterhaltung und des Wissens», rot eingebunden im reichen Goldschmuck der Jahrhundertwende, offensichtlich nie gelesen. Einer der Senioren hatte ihm das Werk geschickt: «Sie können mehr damit anfangen als ich.» Er hatte es vermutlich auf dem Dachboden gefunden und sich's vom Herzen gerissen. Sowtschick nahm einen Band und blätterte darin: Der Ausbruch des Stromboli, und wie es kommt, daß sich die unterirdischen Kräfte zunächst ruhig verhalten und dann explosionsartig Luft verschaffen.

Sowtschick erhob sich und setzte sich auf das Fitneß-Rad.

> Einmal nur erweichte die Liebe den Schattenbeherrscher,
> und an der Schwelle noch, streng, rief er zurück sein
> Geschenk.

So war man denn nun verhört worden, ganz regulär. Eine solche Erfahrung war nicht mit Gold aufzuwiegen. Ein Geschenk des Himmels. Polizei! Er! Was wohl von Dornhagen dazu sagte, und Marianne... Den beiden Feuerwehrleuten würde eine reiche Belohnung zuteil werden, das stand fest. Wenn sie schon denken: Er hat uns vergessen – jedem tausend Mark geben, in kleinen Scheinen, das würde sie stumm machen vor Glück.

Sowtschick fuhr ein Stück auf dem Standrad dahin und las das Schillergedicht, das immer noch auf dem Lenker angebracht war. Dann setzte er sich auf die Rudermaschine und zog die Riemen ein paarmal kräftig durch. Er guckte dabei zwangsläufig an die Wand, wo ein weißes Aquarell hing in weißem Rahmen. Hier könnte eine computergesteuerte Mattscheibe angebracht werden, ein Simulator mit einem Flußlauf, auf dem er dann mit seiner Rudermaschine dahinführe, Vogelsingen dazu und die Landschaft austauschbar: englische Kleinkanäle oder auch mal ein Wildwasser.

In den Zeitungen, die mit der Post gekommen waren, stand es schwarz auf weiß: Der Verdacht gegen den Schriftsteller Sowtschick habe sich als unbegründet erwiesen. Das Groschenblatt «Blitz» verkündete: «Rätsel um Moor-Mord an Mädchen – Türken belastet». Der «Globus» brachte es würdiger. Darin war von Konsequenzen die Rede, die man ziehen muß, um Polizisten, die von allen guten Geistern verlassen sind, an der Verfolgung Unschuldiger zu hindern. Es wäre besser, diese Leute kümmerten sich um vermummte Demonstranten, als daß sie einen wahrlich unbescholtenen Mann zum Hundsfott machten. Ein solcher Vorgang wäre in England oder in Frankreich undenkbar gewesen: gezeichnet E. v. D.

Gern hätte Sowtschick jetzt Gesellschaft gehabt. Die beiden Nichten schliefen noch, aber Adelheid und das Löwenheckerchen waren aufzustöbern. Sie setzten sich zu ihm an den Frühstückstisch und bedauerten, daß alles vorhanden war, Honig und Orangenmarmelade – sie wären gern wieder und wieder in die Küche gelaufen und hätten ihm was geholt. Und am Abend kochen, natürlich sowieso! Gern!

Sowtschick gab sich zunächst leidend, dann nahm er still und dankbar je eine Hand und erzählte einige Stories aus seinem Leben, schlimme, die aber alle gut ausgegangen waren. Von seinen gestrigen Erlebnissen sprach er nicht, obwohl die Mädchen gern gewußt hätten, ob er da irgendwie geschlagen worden war. Deutsche Polizei, die ist ja berüchtigt in der ganzen Welt... Er sprach verallgemeinernd über seine Erlebnisse, von höherer Warte aus, daß man die Polizeibeamten auch verstehen muß, die hätten auch nur ihre Pflicht getan. Er wollte, daß man von ihm eines Tages sagen würde: Sowtschick war ein Mensch, der was wegstecken konnte, der selbst in extremsten Situationen souverän den Überblick behielt. Er kam auch gar nicht dazu, seine Leiden aufzuzählen, denn trotz aller Neugier schalteten sich die Mädchen schon bald selber ein und schilderten die Erlebnisse des Vortags recht drastisch: daß der Parkschein nicht aufzufinden gewesen war, das vergebliche Suchen in den Anzugtaschen und Schubladen, und daß Dr. Gildemeister – eine ulkige Nudel und gar nicht ohne – sich schließlich, als schon alles verloren zu sein schien, an die Brandwache erinnert hatte.

Ja, sagte Sowtschick, die beiden Feuerwehrmänner seien ein gutes Beispiel für die prachtvolle norddeutsche Bevölkerung. Er habe sich schon was ausgedacht, die beiden würden sich wundern. Was sie meinten, ob die sich über fünfhundert Mark wohl freuen würden?

Tief innen zuckte er zusammen: Was hatte er da gehört? Anzugtaschen? Sie hatten die Anzugtaschen durchsucht? Da hatten sie also auch den Porno entdeckt, das war anzunehmen. Wie sie wohl die Sanftheit seines Wesens mit dem Gewaltsamen «auf die Reihe gekriegt» hatten. Wahrscheinlich dachten sie jetzt in diesem Augenblick daran, genauso wie auch er daran denken mußte. Wie Röntgenfilme schoben sich die Bilder aufeinander, seine und ihre.

Es war nun so, daß er jederzeit Küsse und Liebkosungen einholen konnte, wie Kirschen vom Baum, ohne daß man ihn mit Kernen bespuckt hätte. Und so tat er es denn nicht, ja, er ließ sogar die Hände der Mädchen los, der wahre Grund dafür war allerdings, daß er ein Brötchen essen wollte.

«Wollen wir nicht mal das ganze Haus aufräumen?» sagte er, und wies auf dieses und jenes hin, was «doch nicht so schön» sei. Und er dachte gleichzeitig an Marianne, seine klare, reine Frau, mit den Perlen am Ohr, und daß er bei sich selbst auch würde aufräumen müssen, den dubiosen Hängepartien ein Ende machen, möglichst bald.

Er telefonierte ein wenig, zunächst mit Hessenberg, daß man die Polizei auch verstehen muß, die tut ja nur ihre Pflicht, dann mit Engelbert von Dornhagen, dem zu sagen war, daß er der einzige gewesen sei, der zu ihm gehalten hat. Carola Schade nahm ihr Bein unter sich und fragte, warum sie sich eigentlich nicht häufiger sähen, sie dächte ab und zu an damals ... Übrigens sei auch sie von Polizei belästigt worden, und nicht zu knapp! Die hätten ihr die Bude eingerannt.

Alle Menschen, die Sowtschick an diesem Vormittag anrief, waren anwesend. Es schien fast so, als warteten sie darauf, endlich mit ihm sprechen zu können. Darüber hinaus rief der Chefredakteur vom «Globus» an, die Parteiensache sei ja nun gestorben, aber wie wär's denn mit Thailand? Habe er nicht mal Lust, nach

Thailand zu fliegen? Mit Gattin und erster Klasse natürlich sowieso? In Thailand sei die Welt ja noch ziemlich in Ordnung.

Sowtschick sagte nicht ja und nicht nein. Er langte sich dann aber doch den Lexikon-Band «Sue – Tuo» und las, daß Thailand an Birma, Laos und Kambodscha grenzt und ein Waldland ist. Die Savannen seien anthropogenen Ursprungs. Also auch hier Kahlschläge, nun, selber schuld... Keine schlechte Idee, mit Marianne in Thailand auf Elefanten zu reiten, quasi als Belohnung für all die Maleschen, die man hatte ausstehen müssen.

Ein anderes, sehr gut dotiertes Angebot war schroff abzulehnen. Die Zeitschrift «Pique» wollte eine Art Confessio von ihm, wie er es mit Frauen am liebsten treibt, er habe doch, wie man höre, einschlägige Erfahrung? «Eine Confessio», so drückte sich der betreffende Redakteur aus, die witzig, spritzig und natürlich im ästhetischen Sinne einwandfrei sei?

Sowtschick spielte herrlich Klavier, und dann spazierte er im Garten auf und ab. Auf jeder Distel drehte er den Hacken, und das Wasser schlug er an der dafür vorgesehenen Stelle ab. Kopfschüttelnd betrachtete er den niedergetretenen Zaun und die Farbbeutelflecken an seinem schönen Haus. Hier war das Chaos über die Ufer geschwabbt: Eine Mauer würde in Auftrag zu geben sein, mit Stacheldraht obendrauf.

Von der Laube aus sah er, wie die Fenster aufgestoßen wurden. Ein Mop erschien und wurde ausgebeutelt. Staubsaugergeräusch drang bis zu ihm hin. Nun kam das Schlosserauto, die Zellentür wurde gebracht und ins Haus getragen: Fabelhaft! Wie das alles flutschte!

Als Sowtschick gegen Mittag das Haus wieder betrat, war alles in bester Ordnung. Sogar Blumensträuße standen herum, einer stammte von Carola Schade: Als Glückwunsch für die überstandenen Ängste. (*Sie* hätte auch 'n Haufen Schwierigkeiten gehabt!)

Sowtschick wollte gerade den Fotoapparat vor Augen nehmen und die Blumensträuße knipsen, als der Pastor erschien. Er trug ein verwaschenes Hemd unter einer verwaschenen Jeansjacke, als Ausweis für seine moderne Gesinnung. Bei einer Demonstration würde er den Talar angezogen haben. O Ewigkeit, du Donnerwort! Sehgras, der gewaltige Apostel mit dem blond-lockigen Mosesbart, kam breitlächelnd herein, offensichtlich um gut Wetter zu bitten, und das war klug von ihm, denn Sowtschick hatte dessen Aussage nicht vergessen, daß er Erika auf der Dorfstraße angetatscht und ihr Eis spendiert habe, und zwar ein Eis der höheren Preisklasse...

Während die Nichten im Studio, Marmeladenbrote in der Hand, unter dem Flügel sämtliche Briefe der Größe nach sortierten, nötigte Sowtschick seinen Gast in das grüne Sofa, direkt unter das Schafbock-Bild. Von hier aus würde er den Bibliotheksgang vor sich haben mit Adelheid, die die Blumen goß, und außerdem das Studio überblicken können mit den Nichten, die sich nun bereits balgten und konfettiartig mit den Briefen beschütteten, die sie gerade eben der Größe nach sortiert hatten. Während des einleitenden «Wie geht's, wie steht's» besah der Pastor die Porzellanfigur, die auf dem Tischchen stand: ein Jüngling in Bundhosen, einen Dreispitz auf dem Kopf, der zwei kleinen Mädchen ein Lied auf der Laute vorspielt.

Adelheid kam mit dem Blumengießen näher und näher (auch welke Blüten waren abzuknipsen), die Strecker und Heber ihres Oberarms spielten unter der zarten braunen, mit goldenen Härchen bedeckten Haut.

«Wo haben Sie bloß die schönen Sachen her?» fragte der Pastor, drehte die Figur und guckte unter den Sockel, ob da vielleicht «Meißen» steht. «Bei Ihnen sieht man immer wieder was Neues.» Er sei zwar für so was nicht, aber den Wert erkenne er durchaus!

Jetzt erschien auch das Löwenheckerchen, ein weißes Blüschen und dazu einen taubengrauen weiten Rock. Sie brachte den beiden Herren ein Tablett mit Orangeade. Sowtschick bedankte sich, indem er ihre Hand nahm und ulkend küßte.

Herr Witschorek sei da, der wollte den Zaun flicken, ob er das dürfe? sagte sie, und Sowtschick antwortete: «Heute nicht, er soll nächste Woche mal rumkommen.» Er sah es noch vor sich, wie dieser Mann mit der Axt gedroht hatte. Verständlich war's gewesen, aber doch ein bißchen arg. Dem konnte etwas Nachdenken nicht schaden: Mal 'ne Liste zusammenstellen von all den Sachen, die man dem schon geschenkt hatte.

Nachdem das Löwenheckerchen gegangen war, stellte Sehgras die Figur wieder an ihren Platz und sagte: «Ad rem!» Er freue sich, daß die leidige Sache an Sowtschick nun doch wohl vorübergegangen zu sein scheine. Die Untersuchungen würden von ihm abgezogen, wie er erfahren habe, wegen des sich angefunden habenden Alibis, daß also die Volksmeinung, die ja oft ganz grundlos einen Menschen an den Pranger zerre, erfreulicherweise ins Unrecht gesetzt worden sei. Aber – Sowtschick solle es ihm nicht übelnehmen, eine solche Beinahe-Katastrophe... In der Luftfahrt gäbe es Fast-Zusammenstöße... Eine solche persönliche Gefährdung käme nie von ungefähr? Er, selbst er habe sich gefragt, ob wir Männer nicht schuld seien, wenn die Allgemeinheit plötzlich zusammenfahre und auf einen schaue. So wie die Heizung, wenn die im Winter plötzlich ausfällt. Ob das Kalt- und Kälterwerden nicht dem Betroffenen zum Stutzen dienen könne?

Sowtschick hörte gar nicht recht hin. Er sah im Büchergang Gabriele und Adelheid, die einander die verschiedenen Blüten zeigten, wie schön die sind, und die Nichten sah er, die sich mit den Hunden beschäftigten, so wie er es gern gehabt hätte, daß sie sich mit ihm beschäftigten. Er hatte absolut nicht das Gefühl, daß die Heizung ausgefallen ist, ganz im Gegenteil.

«Das sind zwei Mädchen aus Heidelberg», sagte Sowtschick auf Petra und Rebecca zeigend, als sie mit den Hunden vorübertobten, «meine Nichten.»

«Soso, Ihre *Nichten*», sagte Sehgras und setzte behutsam an, ihm ins Gewissen zu reden, wegen all der Mädchen, die hier herumsprangen, wo doch seine Frau nicht da wär... Man könne des Guten auch zuviel tun. «Wer sich in Gefahr begibt, kommt darin um.»

Während Sowtschick sich die sonderbarsten Wörter anhören mußte, von «Sollbruchstellen des Herzens» und vom «Strahlenrisiko der Seele», überlegte er, ob er die Nichten in ihren Bermuda-Shorts nicht vielleicht unter den Ebereschen fotografieren könnte.

Sie fehlten ihm noch in seiner Sammlung, von Dahlien umgeben, als Blüten unter Blüten? Was würde bleiben, wenn sie ihn verließen?

Der Pastor entschuldigte sich, ohne deutlicher zu sagen, wofür. Es passiere ja leicht, daß man einem Menschen was unterstellt... Aber er merkte, daß Sowtschick ihm nicht zuhörte, er konnte den Kurs nicht halten, den er sich vorgenommen. Vielleicht deshalb nicht, weil er selbst auch abgelenkt war. Dies junge Volk war anders als die Konfirmandinnen des Dorfs, das erweckte in ihm Erinnerungen an Tübingen, an die Studentenzeit. Sehnsüchte keimten in ihm auf, für die der liebe Gott ja schließlich Entsprechungen geschaffen hatte: Grundgütig und weise. Er erwog, ob er den Mädchen nicht vielleicht eine Kirchenbesichtigung anbieten sollte, die kühle gräfliche Kapelle mit den Reliefs der sieben Märtyrer erklären: verbrannt, gerädert und gepfählt? Und hinterher die Erschauernden ins lichte Pfarrhaus bitten, ob sie Blockflöte spielen können und sie dann am Cembalo begleiten?

Nun war zu erörtern, wer wohl das Mädchen Erika in den Graben gestoßen hat. Möglicherweise sei es die Mofa-Jugend gewesen? Sie wurde schon verhört im Gasthaus: Mit Kommissar Wagner sei nicht gut Kirschen essen, oh, oh, der könne ganz schön ruppig sein. Aber, wenn man's recht überlege, die Mofa-Jugend? Nein, diese Jungs schmissen zwar mit Bierdosen, aber ein Mord war denen nicht zuzutrauen.

Auch von Ohltrop, dem Unglücklichen, war die Rede, daß die Frau jetzt nach Oberhausen gezogen ist, und das Haus will niemand kaufen.

Nun klingelte das Telefon. Marianne war am Apparat. Sie hatte von der ganzen Sache erfahren. Es tat ihr schrecklich leid, daß sie sich nicht gemeldet hatte aus Frankreich, das mache sie nie, nie wieder so allein, und sie komme natürlich sofort, obwohl sich das Wetter endlich gebessert hätte: drei Wochen Regen!

Sowtschick fragte seine Frau, ob sie raten könne, wer gerade hier sei? Die beiden Töchter von Eckart und Luise aus Heidelberg! Und dem Pastor teilte er mit, der nicht indiskret sein wollte und sich erhoben hatte, um die Bibliothek hinunterzuschreiten und bei der Gelegenheit zu gucken, was das für schöne Topfblumen sind, die sich die Mädchen da gerade ansehen, dem Pastor teilte er mit, daß es seine Frau ist, die ihn hier anruft, Marianne, von Frankreich aus, mit der er siebenunddreißig Jahre lang verheiratet sei, und die jetzt wissen will, wie die Sache ausgegangen ist, in die man ihn reingeritten hat. Den Hörer ab- und aufnehmend dolmetschte Sowtschick zwischen dem Pastor und Marianne, übermittelte Grüße und riet seiner Frau, sie solle ruhig noch etwas dort bleiben, denn jetzt sei die Sache hier ja erledigt.

Das Gespräch zog sich hin. Während Marianne von Geldausgaben redete, daß sie ein schlechtes Gewissen hat, es sei doch mehr geworden als zu erwarten gewesen war, stellte Sehgras sich zu den Mädchen und ließ sich die schönen Blumen erklären, mit Stempel, Narbe und so weiter.

Sowtschick beschrieb seiner Frau ziemlich laut, wie schofelig sich das Dorf benommen habe, die Sache mit dem Alibi. So mancher habe ihn arg enttäuscht in dieser Situation, was Marianne dazu brachte, zu sagen: Er solle nicht so schlecht von den Menschen reden.

Sehgras trat mit den Schwestern hinaus in den Garten, wo Rebecca, so alt sie auch war, inzwischen auf der Schaukel hin- und herwehte, von Petra angeschubst. Ihre Gesichtsfarbe spielte an diesem Tag, durchaus orientalisch, ins Grünliche, und ihr Haar war zum Pferdeschwanz zusammengefaßt.

Im Garten waren ebenfalls Blumen zu betrachten. Und: Warum sollte er nicht auch mal schaukeln? dachte der Pastor, dagegen war doch absolut nichts einzuwenden? Und er stoppte Rebecca und setzte sich mit seinen hundertachtzig Pfund in die Schaukel, die eigentlich für Kinder gemacht war.

Schlecht von den Menschen reden? sagte Sowtschick zu seiner Frau, und er beschrieb die Rolle des Pastors, daß der bei der Polizei ausgesagt habe, Erika sei quasi freigehalten worden von ihm, jede Menge Eis und so weiter. Er rede nicht schlecht von den Menschen, er registriere nur Tatsachen, und die hätten sich ihm eingebrannt auf ewig. Und dabei sah er hinaus in den Garten, wo der Apostel gerade die Schaukel in Gang setzte: Daß das Christsein auch immer eine Im-Leben-Stehung beinhalte, sollte das wohl bedeuten, und Sowtschick hatte Angst um die Haken, ob die den Riesenkerl auch aushielten.

«Laß dir ruhig Zeit, Liebes», sagte er, das Auflegen des Hörers einleitend, «und geh tüchtig essen!»

Sowtschick blieb noch einen Moment sitzen, er wunderte sich, daß es möglich gewesen war, er hier – sie dort, aus einer solchen Entfernung, über den Rhein hinweg, über Campingplätze und Städte, über romanische Kirchen mit geköpften Skulpturen mit seiner Frau zu sprechen. Und er war einen Augenblick versucht, irgendeine x-beliebige fünf Zentimeter lange Nummer in Bangkok anzurufen, zu warten, wer dort an den Apparat geht und durch das Rauschen des Äthers hindurch, das «Hallo? Ist da wer?» zu vernehmen: «Do you have any petrol?» müßte man den fragen, und der faßt sich dann an den Kopf, ob er noch normal ist. Das tat Alexander nun nicht, sondern er ging hinaus und stellte sich zu den Mädchen, die um den schaukelnden Seelsorger herumstanden. Unter dessen Gewicht ächzten die Haken.

«Wie weit er wohl fliegt, wenn der Haken bricht», flüsterte Sowtschick den Mädchen zu. «Meinen Sie wirklich, lieber Herr Pastor, daß die Schaukel das auf die Dauer aushält?» sagte er laut, und der Pastor hielt augenblicklich inne.

Eine Runde durch den Garten schloß sich an, die die Möglichkeit ergab, den Besuch des Pastors dadurch zu beenden, daß er ihn in die Nähe des Tores bugsierte. Die fetten, überdüngten Dahlien konnten besichtigt werden, von Bienen und Hummeln wie rasend besucht. Auch große braune Schmetterlinge mit Augen auf den Flügeln.

Schaurig der Gedanke, daß diese ganze schöne Natur nun mit Cäsium verstrahlt ist, sagte der Pastor. Er traue sich nicht einmal mehr an einer Blume zu riechen.

Die Disteln, auf denen Sowtschick ganz automatisch den Hacken drehte, verglich der Pastor mit der Dornenkrone, deren drei Ranken contritio, confessio und satisfactio bedeuteten. Er wollte überleiten auf die Schuldfrage, ob Sowtschick nicht mal eine Gewissenserforschung betreiben wolle, da zog ein kleiner himmelblauer Falter die Aufmerksamkeit beider auf sich. Pastor Sehgras wußte, daß das ein Bläuling ist, aber Sowtschick dachte: Nein. Das ist die kleine Erika, die uns einen letzten Gruß sendet.

Sowtschick setzte gerade an, dem Pastor mitzuteilen, daß er den beiden Feuerwehrleuten eine Belohnung von einhundert Mark zukommen zu lassen gedenke, ob das nicht über die Kirche zu machen geht, als Spende, damit er das von der Steuer absetzen kann, da geschah es: Pferdegetrappel war zu hören, Sabine, das schwarzhaarige Pferdemädchen kam angaloppiert. Sie rief schon von weitem und gestikulierte und zeigte zum Wald. Die beiden Männer hielten das für überschäumendes Temperament, aber dem war nicht so: «Im Wald!» schrie das Mädchen. «Er hat Rita! Er macht Rita tot!» Sie wendete das Tier Shilo-Ranch-artig, und schon war sie auf und davon in Richtung Dorf, und allen, denen sie begegnete, schrie sie zu: «Er macht Rita tot! Im Moor!»

Da kannten auch Sowtschick und sein Gast kein Halten mehr. Sie stürzten an die Straße, um dem Mädchen nachzusehen. Dann liefen sie, geführt von Sowtschick, zum Telefon. Die Nummer 110 wurde gewählt, und es meldete sich auch ziemlich sofort die Polizei.

«Wir sind schon unterwejens.»

Draußen knatterten Trecker mit Höchstgeschwindigkeit in Richtung Wald, von Sabine galoppierend angeführt, und Sowtschick und die Seinen sprangen in den obersten Stock, wo die Handwerker, die gerade die schwere Zellentür einbauten, bereits Ausschau hielten. Sie wurden vom Löwenheckerchen mit ernsten Gesten an die Arbeit geschickt: Die Sache mit der Disko war noch unvergessen.

In Gruppen postierten sich Sowtschick und der Pastor mit den vier Mädchen an den Fenstern, pro Gruppe ein Fernglas. Mit Sowtschick gemeinsam drückten sich Rebecca und Petra in die Dachschräge, drüben taten das der Pastor und die Schwestern. Sie suchten mit den Gläsern den Waldrand ab, und Sowtschick freute sich, daß sein Gast da drüben nun auch so angenehme Nähe zu spüren bekäme wie er, die sich jetzt sogar ein wenig an ihm rieb.

Sowtschick sah ihn zuerst, den Trecker mit dem Milchkannenanhänger, auf dem Schlängelweg vom Wald herkommend, von Sabine auf dem Pferd umtänzelt: «Hierher!» schrie Sowtschick aus seiner

Nische dem Pastor zu, der sofort gerannt kam mit den Schwestern, und abwechselnd sahen sie durchs Glas, mal der eine, mal der andere: «Ich sehe nichts!» Der Trecker kam näher, von anderen Treckern gefolgt – «da, da, da, da!» –, und auf dem Milchkannenanhänger war ein Mann zu erkennen – es war Klaussi –, der auf einen anderen unter ihm liegenden wieder und wieder einhieb.

Nun war die Polizeisirene zu hören, rasch näher kommend. Quietschend wurde bei den Treckern gehalten. Das Bündel Mensch wurde vom Milchkannenanhänger gestoßen: Das war also der Unhold, der sich an Mädchen vergriff, die harmlos im Wald spazierengingen. Einen Augenblick dachte, ja hoffte Sowtschick, daß es sich vielleicht um Budweis den Jäger handele, aber es war nicht Budweis, es war der Schulmeister, das konnte man jetzt erkennen, mit hochstehenden Haaren und aufgerissener Hemdbrust. Pensionär der Besoldungsgruppe A 13, Sammler von Dreschflegeln, Naturfreund und Verfasser des Buches: «De Düwel in de Föör un annere Vertellsel», von den Schulkindern «Schinder» genannt. Die Polizisten zerrten ihn ins Auto und rasten davon. Tatü! Nun hätten sie ja eigentlich auch langsamer fahren können.

Was war geschehen? Nach wenigen Minuten kam auch das andere Pferdemädchen in Sicht, Rita, bis zur Hälfte naß von Torfwasser. Sie taumelte, von einer Bauersfrau geleitet, weinend aus dem Wald: Sowtschick und die Seinen stürmten ihr entgegen und hörten sich an, was sie zu erzählen hatte: Der Schulmeister hatte sie gestoppt: was sie hier im Wald zu suchen hat!, und geifernd vom Rad gerissen und in den Torfgraben gestoßen, das war zu erfahren, in den nämlichen Torfgraben, in dem auch Erika zugrunde gegangen war. Der Haß auf Jugend hatte ihn hingerissen und die Liebe zur Natur!

Gut, daß Dr. Schmauser in diesem Augenblick des Weges kam. Er stieg aus seinem Golf heraus und fühlte dem Mädchen den Puls. Hier wäre eine Beruhigungsspritze wohl angebracht. Er nahm das Kind in sein Auto und fuhr es nach Hause. Die Zurückbleibenden diskutierten gestenreich: Der Schulmeister! Durchgedreht oder wie oder was? «Ungeheuerlich!», das war die Meinung aller Beobachter, und sie sagten: «Ungeheuerlich.» Daß dieser Mensch sich nicht schämt! Und: Daß man darauf nicht schon eher gekommen war... Der war doch dauernd durch den Wald gestreift, hatte die Kinder vom Baggersee weggejagt...

Die Handwerker legten eine Frühstückspause ein. Sie erzählten von dem «Schinder», daß der sie alle der Reihe nach jede Woche durchgeprügelt habe. Als ob er nicht alle Tassen im Schrank hat, so sei er ihnen vorgekommen. Sie hätten selbst die Haselnußgerten schneiden müssen, mit denen er ihnen dann vorzugsweise in die Kniekehlen geschlagen habe!

Hier wurde das strenge Löwenheckerchen weich, und auch in Adelheid keimte etwas wie Verständnis für die beiden Handwerker. Daß die so hatten leiden müssen! Und schon brachten sie ihnen Bier um Bier, was die angenehme Folge hatte, daß endlich die Schlager ausgestellt wurden.

Beruhigend war, daß ein Hubschrauber in Richtung Wald unterwegs war. Er mochte zwar mit der ganzen Sache nichts zu tun haben, aber es war wie eine Gotteshand, die alles wiedergutmacht.

Der Pastor aber eilte zu seiner Frau zurück: Wer konnte denn wissen, was noch alles passiert.

Hundstage – irgendwann gibt es in jedem Sommer diesen Tag, von dem man weiß, dies ist der Sommertag an sich, an den werde ich noch lange denken. Für die Hitze, die über den Feldern steht, hat man das Wörtchen «Glast» erfunden, in dem schwingt etwas von der Glut und von der Last heißer Tage. Auch von der lodernden Durchsichtigkeit der Atmosphäre ist etwas darin enthalten, von der man vielleicht nur in diesen Stunden begreift, daß auch sie aus Molekülen besteht, die nach physikalischen Gesetzen emporflimmern. Spinnweben ziehen über den Weg, und junge Schwalben sitzen auf den Drähten und ruhen sich aus.

Hundstage, das sind Tage, an denen das Leben stillzustehen scheint, in Schwerelosigkeit, wie die Schaukel, wenn sie ganz oben ist. Danach rasen die Tage dem Herbst zu, Wehmut stellt sich ein: Gedanken an Abschied und Tod.

An einem solchen Hundstag beschlossen die Mädchen, Lampions zu kaufen und den Garten zu illuminieren. Das war als Überraschung gedacht, weshalb denn auch Sowtschick so ziemlich alles mitkriegte. Rumoren im Haus, jugendlich zugeschlagene Türen, das Auto starten, daß der Kies spritzt, und wieder einfahren in die Garage. Und dann plötzlich Stille, was womöglich noch interessanter war.

Das Telefon klingelte. Sowtschick ging an den Apparat, weil es niemand anders tat. Ein Herr von der Landesregierung fragte, ob Herr Sowtschick zu sprechen wär. Dieser Beamte, dessen Dienstzeit sich vermutlich von halb zehn Uhr bis Viertel nach elf abspielte, beklagte sich, daß Sowtschick ewig nicht da sei ... Es handele sich um die Delegation aus der VR China, er wolle sich nur noch einmal vergewissern ..., worauf Sowtschick nochmals sagte: Chinesen jederzeit, aber keine Japaner, diese Walabschlachter. Gleich darauf klingelte es noch einmal – Herr Röwekamp, der aufgeregte Besitzer der City-Buchhandlung wollte wissen, ob Sowtschick nicht vielleicht *doch* kommen könnte, er habe den Abend ja leider abblasen müssen wegen der leidigen Mord-Affäre, aber diese Ablehnung könne er jederzeit wieder rückgängig machen. Zwei würde er sagen, *zwei*tausend, ja? – Und, solle er ihn abholen lassen? «Das tun wir gern.»

Sowtschick war versucht, sofort «nein!» zu rufen, eiskalt, wie er es bei der Freifrau von Bodenhagen getan hatte, wodurch ihm die reitlustigen Töchter entgangen waren. Er beherrschte sich. «Zwei» waren mitzunehmen, und außerdem interessierte ihn, wie sich die Leute ihm gegenüber verhalten würden jetzt, nach der Affäre. Bei der Gelegenheit würde er auch herausbringen, wie das Publikum auf die «Winterreise» reagierte. Vielleicht lehnten die Leser das Buch wegen allzugroßer biographischer Nähe ab? Fingerling mußte ja nicht unbedingt ein Dichter sein. Noch wäre es Zeit, auf Musiker oder Maler umzuschalten. Andererseits: Aufschlüsselbarkeit könnte ja auch Anlaß für heftige Zustimmung sein, Hintergründe, darauf waren Leser doch immer so scharf?

Weil an demselben Tag Schützenfestvorfeier in Sassenholz sein würde, mit Bums-Musik und Gegröle, sagte Sowtschick zu. Dieser

Unruhe könnte durch eine Fahrt nach Hamburg ausgewichen werden.

Normalerweise gab es um sieben Uhr Abendbrot. Daß es an diesem Überraschungstag zu indischen Verzögerungen kommen würde, war einzusehen. Die Mädchen tummelten sich in der Küche – «Dohona nohobis» – und tummelten sich im Garten: «Alles schweiget, Nachtigallen ...» Eine gute Gelegenheit für eine Durchschnüffelung ihrer Zimmer.

Beim Löwenheckerchen war Sowtschick schon mal gewesen. Im Schoß der Nacht hatte er auf ihrem Bett gesessen und das schluchzende Mädchen getröstet. Herunterfallende Haarmassen und in der Ferne das Doppelkonzert... Daß er das Beisammensein nicht «ausgenutzt» hatte, kam ihm noch immer nicht sonderbar vor. Auch im Wiederholungsfall hätte er sich nicht an ihr vergriffen. Wahrscheinlich stimmten ihre Gene nicht mit seinen überein, vermutlich waren sie von gegenläufiger Tendenz. Sowtschick saß auf ihrem Bett und sah sich um: Ihr Seesack war aufgequollen, der Fußboden bedeckt mit Tempotaschentüchern, Röcken, Hosen und gebrauchten Socken und natürlich auch mit gewissen winzigen Kleidungsstücken, die Sowtschick versucht war, mit zwei Fingern anzuheben.

Auf dem Nachttisch stand das Bild ihres ungetreuen Freundes Ralli. Daran war eine Ansichtskarte gestellt aus Bordeaux, der zu entnehmen war, daß Ralli sich über ein langes Telefongespräch gefreut hatte, von dem Sowtschick hoffte, daß es nicht von seinem Haus aus geführt worden war. Neben dem Bild lag ein Buch von Engelbert von Dornhagen: «Nabullione, die Kindheit des Korsen».

Für Gabriela zur Erinnerung an
unvergeßliche Stunden

lautete die Widmung, die der Verfasser hineingeschrieben hatte.

Die bin ich los, dachte Sowtschick, obwohl er sie ja noch gar nicht gehabt hatte. Die Gegenläufigkeit der Gene, eine bestimmte Art, das Haar nach hinten zu werfen und gleichzeitig gen Himmel zu blicken mit den etwas hervorquellenden Augen... Den Rest gab ihm das, was sie ihre «Lyrik» nannte, die erdfarbene Ewigkeit also und wie sie zu Papier gebracht wurde: mit heißer Feder, unbedingt in der Laube, und unbedingt so, daß man es sehen mußte: Hier wird erdfarbene Ewigkeit produziert, die keine Spur von all seinen Anregungen enthielt, von windschiefen Schuppen also oder von Zäunen. «Die Zäune der erdfarbenen Ewigkeit...» Eine solche Zeile wurde von dem Mädchen nicht zu Papier gebracht. Nein, unter dem All machte sie's nicht. Es hatte Momente gegeben, in denen Sowtschick schwankte, gemeinsam in einem Sportwagen dahinrasen, am Genfer See entlang, Brüderlein und Schwesterlein, ein Hotel des Fin de siècle, und die Leute raten lassen, was es mit ihnen auf sich hat.

Die bin ich los, dachte er, und er atmete auf.

Auch bei Adelheid war Sowtschick schon gewesen: das Unternehmen «Cerberus». Im Gegensatz zu Gabi war sie für extreme Ordnung: das Nachtwachenzimmer der Assistenzärzte. Auf dem Tisch stand eine Blumenvase mit einer einzigen weißen Chrysantheme drin, und auf dem Nachtschrank lag ein Buch aus der Schwarzen Reihe: «Physiologische Chemie». Jeden Tag dem Physikum einen Schritt näher, Schritt für Schritt, Muskeln, Drüsen, Sekrete. Neben dem Lehrbuch stand ordnungsgemäß eine Tüte mit Gummiteddys: grün, rot und wäßrig.

Sowtschick blätterte das Chemiebuch durch, die Formeln und Tabellen regten ihn an: Man müßte für Kriminalromane ein System von Formeln erfinden! dachte er. «Mörder plus Leiche gleich Verbrechen», irgendwie so. «Am bekanntesten wurde Alexander Sowtschick durch seine genialen Kriminalromanformeln», so würde es später heißen in einer mit Tabellen und Gleichungen angereicherten Biographie, und alle Welt würde sich wundern, daß sie nicht selbst auf diese Idee gekommen ist. «Außerdem hat der Autor noch eine Reihe von Romanen geschrieben, denen eine gewisse Breitenwirkung beschieden war.»

Sowtschick blätterte in dem Buch, da rutschte ein Foto heraus: Es war das Foto, das ihn selbst an der Hand seiner Mutter zeigte, lange vor dem Krieg. Das hatte dieses Mädchen also gemopst, neulich. Warum? Hatte er mütterliche Instinkte in der Zwanzigjährigen geweckt, er, der Sechziger? Sah sie sich am Ende an seinem Krankenlager stehen, ganz in Weiß, das Stethoskop in der Tasche? Und er, bärtig und mit Wundmalen an Händen und Füßen, ausgestreckt, die großen Zehen gen Himmel.

Sowtschick legte sich auf Adelheids Bett: «Zur Erinnerung an unvergeßliche Stunden...» Siehe! Da weinen die Götter, daß das Schöne vergeht. Sowtschick konnte es nicht lassen, er faltete Adelheids nach Nivea riechenden Pyjama auseinander und legte ihn sich aufs Gesicht. Auf dem Höhepunkt der Lustbarkeit hatte sie «o Gott...» gesagt. Er sah sie den Kopf nach links und rechts werfen, und er hörte sie «o Gott!» rufen. Und gleichzeitig sah er sie in reinlichem, straffgezogenem Weiß in einer Ärztekavalkade den spiegelblanken Klinikgang hinuntergehen, und sich sah er liegen mit ledriger Haut, ausgestreckt in einer Totenkammer.

Mit dem Nasenspiegel wird sie der Menschheit zu Leibe rücken, dachte Sowtschick. Wie ich es tue.

Out! Out!
Aus und vorbei...

In das Zimmer der Nichten warf er nur einen kurzen Blick. Geruch nach Zoo und auf dem Tisch der «Denise»-Roman, Band 92: «Du und ich und tausend Sterne». Daneben ein aufgeschlagenes Tagebuch. Sowtschick las von sich, daß er jugendlich wirke und «eigentlich doch ganz nett» sei. Daneben lag ein Portemonnaie, prallvoll mit Kassenbons, Zuckerstück-Umhüllungen und Kinokarten. In der Ecke stand ein Notenständer mit Geige dran. «Laura Bentwitz» stand auf den Noten, das «Laura» war durchgestrichen und durch «Rebecca» ersetzt.

Was wissen wir von der Jugend? Wir wissen nichts, dachte Sowtschick, aber sie weiß auch nichts von uns.

Er war sich über seine Gefühle nicht im klaren, vielleicht, weil die beiden Mädchen bei aller Verschiedenheit ihre eigene Art noch nicht endgültig ausgebildet hatten?

Die mollige Petra, bettheiße Erotik ausstrahlend trotz Pausbäkkigkeit und struvem Haar, Pippi Langstrumpf in älter, die Schenkel voll pulsender Sinnlichkeit, eher bedrohlich in ihrer Unersättlichkeit.

Rebecca sah er als Rächerin, ein Militärkäppi auf dem Kopf. Vielleicht war Rebecca die Reizvollste? Aber dann doch wieder nicht, ihre zitternde Indifferenz machte ihm angst.

Sowtschick stieg in die Fluchtburg hinunter. Die inzwischen angebrachte Zellentür mußte er aufschließen, massiv Eiche. Sehr originell. Sich wie Kolumbus in seinen Ketten begraben lassen, weil einem Unrecht geschehen ist... Von innen schob er die gewaltigen Riegel vor, und dann sah er in den großen Spiegel: Was weiß man denn von sich selbst?

Die Hoffnung, daß er sich selbst besser kennenlernen würde beim Schreiben des Winterromans, hatte getrogen. Er hatte Fingerling kennengelernt, nicht sich. Ausgegangen war er von gleicher Körpergröße und von gleichen Vorlieben. Nun war jener fünf Zentimeter kleiner und schwarzhaarig statt blond, trug lange Unterhosen und hatte Schinn auf dem Jackett. Er war nicht, wie Sowtschick hätte gern sein mögen, kraftvoll den Felsblock stemmend, oder vom Adler besucht, der an der Leber frißt, nein, er war introvertiert-nervös, eher zerstreut, ja irgendwie auch ein bißchen dumm. Zudem schien die Existenz dieses Mannes um hundert Jahre zurückverschoben, anachronistisch, nicht zu beziehen auf die brennenden Fragen heutiger Zeit. – Ohne Nabelschnur verlor er sich in der Menge. «Er ist mir verlorengegangen.» Ein unausgelüfteter Anzug, eine altmodische Taschenuhr, ein flatternder Havelock – das stand nun zu Buch... und, ja, und allerdings: jene Frau auf dem Fels am Meer, Annemarie, mit ihren vier Zeilen «Frost»... Aber, und das war die andere Seite, und die ward zur selben Zeit sichtbar: das Meer sandte in den gelblich schäumenden Wogen Plastikabfall ans Land.

Sowtschick zog sich um, er wählte eine nicht zu helle Hose und ein dunkleres Flanellhemd, dazu legte er sich einen weißen Pullover auf den Rücken, dessen Ärmel er als Schal um den Hals schlang. (Marianne hatte dafür achthundert Mark bezahlt.) Sandalen.

Um halb neun wurde er endlich zum Abendbrot auf die Terrasse gebeten. Es herrschten antike Impressionen vor: Die Mädchen trugen lange Gewänder aus verschiedenfarbigen Bettlaken, mit ein paar Stichen zusammengeheftet: Adelheid und Gabriele ganz in

Weiß, sie hatten sich Zöpfe geflochten. Die Nichten trugen blaßlila Gewänder und altdeutsche Schnecken auf jedem Ohr. Auch die Pferdemädchen waren gekommen, Sabine und Rita, die beiden Raubritter, in lichtem Grün, mit Kranz um den Kopf. Sie bekamen ein Küßchen auf ebendiesen Kopf. Es war eine überbordende Tafel angerichtet, Käsestücke mit blauen Weintrauben verziert, die verschiedensten Melonen, gelbe und grüne, mit und ohne Etikett. Ein Grill, auf dem Lausitzer Würstchen verkohlten. Links und rechts standen wie Leuchtschalen zwei Bowlen, eine grün und eine rot, mit Inhalt für je fünfundzwanzig Personen. In den Bäumen hingen Lampions, *neue* Lampions, obwohl im Keller noch von Silvester her eine große Kiste voll stand. Dem Dichter wurde die Krawatte festgezogen, und auf das Haupt bekam er einen Kranz von Malven. Er griff sich einen Apfel und setzte sich auf seinen Platz, der ebenfalls mit Malven geschmückt war: den Blick in den illuminierten Garten, aus dem die beiden Schafe unverwandt herüberblickten. Zu seinen Füßen die Hunde, sauber gebürstet und mit Schleifchen versehen: Eine Lyra fehlte ihm irgendwie, er sah sich danach um.

Schade, daß keiner der bewährten Freunde da war. Von Dornhagen hätte auf seiner Okarina blasen können, und Hoenisch hätte Handstand gemacht. Carola wäre vermutlich mit Hut erschienen, er hätte ihr die Hand geküßt. An Dornhagen dachte Alexander, an Hoenisch und an Carola. An Marianne dachte er nicht. Als Sowtschick eben, den Apfel in den Händen drehend, in Ruhe die Mädchen betrachten wollte, eines neben dem andern, wurde «Halt!» gerufen. Eben noch mal alle aufstehen, ein Foto machen, das Vergängliche, das schon in einer Viertelstunde nicht mehr wahr sein würde, unvergänglich machen, so daß man noch in fünfzig Jahren sagen kann: Wir waren glücklich in jener Nacht.

Dann schritt Rebecca über die Wiese und stellte sich unter die riesige serbische Kiefer, nahm die Geige unters Kinn und spielte eine Etüde von Sevcik, ein Unternehmen, dem Sowtschick wegen der Namensähnlichkeit größte Aufmerksamkeit schenkte. Danach folgte ein Solo-Stück von Bach, an das er allerfrüheste Erinnerungen hatte, die ihn also ins Mark trafen, irgendein Film spielte dabei eine Rolle, Friedemann Bach, eine Ufa-Sache. Ihn fröstelte, und Tränen stiegen in ihm auf: Ich bin einsam, dachte er, einsam und allein.

Während Rebecca der Geige inbrünstige Töne entzwang und dabei auf den Steg ihres Instrumentes guckte, als ob sie sich wundert, was da für Töne herauskommen: Sind die von mir? hielt Sowtschick mit allen Mädchen speziellen Kontakt: Die Schwestern Adelheid und Gabriele links und rechts hatten ihm die Hand gereicht. Mit den Füßen berührte er die funkensprühende Petra. Den Pferdemädchen zwinkerte er zu, und Rebecca lauschte er, wie Saul David gelauscht hatte. Sultan wider Willen, dachte er und sah sich in der Runde um: Ich bin der Sultan wider Willen. Er sah sein Anwesen als einen heiligen Hain, in dem die Mädchen für immer in Glückseligkeit umherlaufen würden. Sich selbst sah er als gütigen Patriarchen, eine Schale mit reinem Quellwasser zum Munde führend. Eine Religion müßte man stiften, dachte er. Aber was für eine?

Sechs Mädchen waren bei Sowtschick, und doch fehlte eines. Sosehr sie auch immer gestört hatte, die kleine Erika, wie oft sie auch weggejagt worden war, der kleine flatternde Bläuling – nun fehlte sie doch. Wie schön war es immer gewesen, wenn er Schubkarre mit ihr gespielt hatte... Wie erregend, sie zu würgen! Die letzte Balgerei unter dem Kirschbaum – er fühlte noch ihren klebrigen Fuß... Mit diesen Späßen war es nun vorbei. Im Mausoleum, auf einer der bronzenen Relieftafeln würde man irgendwo diesen kleinen Kobold unterbringen müssen, der nun als Seelchen wie ein Spinnenfaden vom Nachtwind dahergetrieben wurde.

Sowtschick, der den goldenen Anker wieder um den Hals trug, ließ die Hände der Schwestern los und löste den Fußkontakt zu Petra, der doch ein wenig zu gaspedalig geworden war. Er nahm einen Schluck Bowle: Dies tu ich für euch alle... Dem Polizisten Wagner würde er es schon noch zeigen, dessen Frau würde auf weitere Signaturen warten können, bis sie schwarz wird.

Auch Herr Ballon würde warten können. Der hatte, nachdem alles vorbei war, eine Betrachtung in der «Kreuzthaler Börde-Zeitung» veröffentlicht unter der Überschrift: «Übermut tut selten gut». Daß man sich Prüfungen als Lehre dienen lassen soll, hatte darin gestanden.

Inzwischen war Rebecca zum Ende gekommen. Sie kam über das Gras herbeigeschritten und ließ sich von Sowtschick die Fingerspitzen küssen.

Das Programm nahm seinen Fortgang. Adelheid ging ins Haus, und gleich darauf ertönte von drinnen das zauberhafteste Klavierspiel, Mendelssohn, der «Sommernachtstraum» – sie konnte also spielen, die böse Adelheid, und er, Sowtschick, hatte das nicht geahnt! Hatte renommiert als Virtuose vor diesem Mädchen, das, wie er jetzt hörte, ziemlich gut war. Die Mädchen schritten auf den Rasen und spielten, sich der Musik anpassend, unter den Lampions, von Wachsfackeln erleuchtet, die Titania-Szene des «Sommernachtstraums» mit viel Gewänderschwenken und Schreiten.

Gefällig seid und dienstbar diesem Herrn,
Hüpft, wo er geht, und gaukelt um ihn her...

Gabriele war die Titania, sie las den Text ab, was dem Ganzen etwas Heiter-Improvisiertes verlieh. Sie ließ sich dabei chorisch von den Pferdemädchen und den beiden Nichten umschreiten: Das schönere Paar waren die Pferdemädchen, deren spielerische Ausdrucksmöglichkeiten schienen unerschöpflich zu sein.

Die Hunde mißverstanden das Gewänderschwenken und mischten sich unter den Reigen.

Sucht Aprikos' ihm auf und Stachelbeer',
Maulbeeren gebt ihm, Feigen, Purpurtrauben...

Sowtschick, als Zettel, der Weber, hätte den Reigen gern mit seiner Videokamera aufgenommen, das Schöne dieser Welt hab ich genossen, es festhalten für immer und ewig. In den letzten Stunden des Lebens könnte man, wie Hughes der Milliardär, in seinem Hotelzimmer, von wenigen Getreuen umsorgt, den Film dann vor sich abflimmern lassen. Wie die Madonna am Giebel des «Fron-Hus» noch einmal kurz sichtbar geworden war, bevor alles in sich zusammenfiel, so kam ihm diese schöne, lauwarme Abendstunde jetzt vor.

Out! Out!
Alles vorbei ...

Er schob er sich Lachshappen in den Mund und hartgekochtes Ei. Der Lachs hatte schon ein wenig zu lange im Kühlschrank gelegen, der war klebrig, das Ei hingegen war in Ordnung, wie alle Eier es gewesen waren, die er hier in den letzten Wochen hatte essen müssen, in gekochtem, gebratenem und gebackenem Zustand.

Nun Elfen, huldigt ihm, und neigt euch fein.

Die Vorstellung war beendet, Sowtschick klatschte Beifall, die Hunde verschwanden unter dem Tisch, und die Mädchen setzten sich schwer atmend nieder. Auch Adelheid erschien, und Sowtschick drohte ihr mit dem Finger: «Du bist ein böses Mädchen», sagte er, angelte sich ihre Hand und küßte sie: «... kannst Klavier spielen und sagst es nicht. Ein sehr böses Mädchen bist du ...»

Technisch hatte sie besser gespielt, als er es je vermocht hätte, aber mit der Sensibilität, so schien es, haperte es doch erheblich.

Das Gespräch kam in Gang, alle Mädchen redeten gleichzeitig. Während Bowle eingeschenkt und nach Häppchen gegriffen wurde, sagte Adelheid, was sie für Lampenfieber gehabt hätte, und Gabi war beinah über ihr Gewand gestolpert.

Sodann war Thema eins zu erledigen: Rita, die ein Pflaster auf der linken Wange trug, erzählte wieder und wieder das Erlebnis ihres Lebens: Den Schulmeister machte sie nach, wie er sie in den Graben hatte stoßen wollen und dabei die Augen verdrehte und schnaufte.

«Und gespuckt hat er und geschimpft!»

Und wie schlau es von ihr gewesen war, das Fahrrad zwischen sich und den Rasenden zu halten, so sei er gar nicht recht an sie herangekommen.

Es wurde Bowle getrunken – Sowtschick hoffte nicht, daß womöglich sein guter Loire-Wein dazu hatte herhalten müssen –, und

Sabine erzählte, wie schnell sie geritten war und wie hart sie auf Fango hatte einschlagen müssen. Es sei fast so gewesen, als hätte das Tier begriffen, daß es um Leben und Tod geht.

Das Löwenheckerchen berichtete von Hamburg, wie unheimlich gut sie mit Engelbert (sie nannte ihn beim Vornamen) gegessen habe, am Hafen, in einem zum Edel-Freß-Schuppen umgebauten ehemaligen Speicher, und als Adelheid zu ihr «Gabi» sagte, bat sie darum, in Zukunft nur noch «Gabriela» gerufen zu werden.

Die Nichten hatten auch schon mal irgendwo wundervoll gegessen. Sie erzählten von ihren Eltern, von Eckart und Luise, und sie verstanden überhaupt nicht, wieso Alexander bei der weitverzweigten Familie als überkandidelt galt.

Es wurde lebhaft. Die pausbäckige Petra machte die Geschichte vom «Nikolausi» nach und deklamierte Werner-Comics.

«Werner, ich sach' noch, fahr' nich bei diesen Wedder...»

Das rote Beatles-Album wurde gehört:

> Yesterday –
> All my troubles seemed so far away...

Romantik stellte sich ein, Hand- und Fußkontakte wurden wiederhergestellt, es wurde still und stiller, und der Himmel wurde schwarz und schwärzer. Der ungeheuerliche Sternenhimmel zog auf. Direkt über der Laube stand die Venus. Daß Gabriela von den Tiefen des Weltalls sprach, diamanten oder erdig, wie man's nimmt, und daß der Große Bär andererseits von den Mädchen als «Ölkanne» bezeichnet wurde, störte kaum. Die ostereierfarbenen Lampions leuchteten, fetter Geruch von Phlox lag über der Runde – selig, wer sich vor der Welt ohne Haß verschließt: Der rechte Augenblick war gekommen für eine Darbietung des Hausherrn.

Gabriela, die grade überlegte, ob sie nicht ein paar Gedichte aus eigener Werkstatt vortragen sollte, wurde ins Studio geschickt, die «Winterreise» zu holen, alle setzten sich zurecht. In der Ferne ein Mähdrescher, zwei, drei Mofas – Sowtschick öffnete das Manuskript.

Die Sache sei die, sagte er und nahm einen Schluck Bowle, daß er in seinem Roman einen Schriftsteller schildere, der sich mitten im Winter einen Sommerroman ausdenkt, und dieser Sommerroman handele von einer Frau, die – und das finde er eben so wahnsinnig komisch – in brütender Hitze ein Gedicht schreibt, das den Titel «Frost» trägt.

Die Winternebel knistern in Kristallen,
die sich an Draht und Ästen spießen,
die Kälte läßt die Tropfen hallen
in Nächten, die sich nie erschließen ...

Gerade hatte Sowtschick sich eingelesen, der laue Nachtwind warf die Manuskriptseiten auf, da erhoben sich die Hunde ruckartig, sie stellten Schweif und Ohren in die Höhe und liefen laut bellend nach vorn: Anscheinend war jemand am Tor.

Adelheid ging öffnen. Sie kehrte mit einem schwarzhaarigen Jüngling zurück, dem das Löwenheckerchen – erdfarbene Ewigkeit hin, samendes All her – in die Arme flog. Es war ihr böser Freund Ralli! Nach Frankreich zu trampen, ohne sie! Jetzt war er zurückgekehrt nach Deutschland, müde und abgeschlafft, aus Anödungsgründen, wie er sagte, in Wirklichkeit jedoch, weil er sich nach seiner Freundin, die er Gab'l nannte, sehnte.

«Was ist denn hier los», sagte er und setzte sich, ohne den Hausherrn groß zu beachten, an den Tisch. «Habt ihr hier 'ne Fete am Laufen?» Er amüsierte sich über die altdeutschen Frisuren der Mädchen. Die Lampions erklärte er für kitschig. Er bedauerte, daß er keine Knarre hätte, womit er sie ausschießen kann. Dann ließ er sich's wohl sein, goß Bowle in sich hinein und schob Käsewürfel nach.

Ach, sei er fertig! sagte er, total fertig, zehn Stunden trampen mit so Idioten aus der freien Wirtschaft. Aktenkoffer mit Nummernschloß und: Ob er bei der Bundeswehr ist, hatten sie wissen wollen. Er! Sei er denn blöd? habe er zurückgefragt.

Die Aufmerksamkeiten der Mädchen, bezopft, beschneckt und mit Kranz um den Kopf, die zuvor einzig und allein Sowtschick gegolten hatten, konzentrierten sich jetzt ganz auf Ralli. Sie streiften die Gewänder ab und lösten die Frisuren und sahen dem Jüngling zu, wie er kaute und das zum besten gab, was er für seine Erlebnisse hielt.

Sowtschick spürte, wie die Hand- und Fußkontakte gelöst wurden, er ließ sachte den Malvenkranz verschwinden.

Out! Out!
Aus und vergessen...

Er zog sich zurück, ohne daß das groß auffiel. Er setzte sich in den Innenhof, wo der Brunnen ihn mit seinem «Sowtschick, Sowtschick...» vergebens zu trösten suchte: Zettel, der Weber, war er, mit Eselskopf aus Pappe, das wurde ihm plötzlich klar:

Doch, eh' ein Mensch vermag zu sagen: Schaut!
Schlingt gierig ihn die Finsternis hinab.

Er war abgemeldet, «out». Outer ging's gar nicht. Sein Haus mit Büchergang und Schwimmbad, mit Schafbock-Bild, Truhe und flandrischem Leuchter – alles sank dahin vor diesem Menschen, der auf Turnschuhen gekommen war und als einziges Gepäck eine Adidas-Tasche um seine Schulter trug.

Am nächsten Morgen ließ Alexander sich Zeit mit dem Aufwachen. Als er endlich wach war, hielt er die Augen immer noch geschlossen und rührte sich nicht. Seitlich des Magens, dort wo wahrscheinlich die Leber sitzt, spürte er einen harten Kloß. Das war der Ärger über den verpatzten Abend, Eifersucht auf den Adidas-Jüngling und Neid auf Jugend ganz allgemein. Sowtschick blieb liegen, ohne sich zu bewegen, damit die Verhärtungssubstanzen sich nicht lösten und metastasenartig den ganzen Körper überschwemmten, im Gehirn vielleicht sogar Aufruhr erregten, der dann Wutausbrüche verursachen würde.

Die Spatzen in der Dachrinne brachten Alexander auf das Nachbarskind Elke, mit dem er sich im Stroh gewälzt hatte, und gleich darauf präsentierte ihm die dafür zuständige Ganglie das Mädchen

Freddy in Santa Barbara: wie sie auf dem Bootssteg sitzt, die Arme um die Knie und ihn anblinzelt, ihn, ganz in Weiß, mit Panama-Hut auf dem Kopf.

Wer ist hier jung,
wer hat hier Schwung,
was Tolles mitzumachen?

Engelbert saß jetzt gewiß in seiner Veranda und dokterte an seinem Buch über Roustam herum. Carola lag vermutlich unter der Sonnenbank und ließ sich braunbrennen für sich selbst. Achilles in München, das war anzunehmen, diktierte einen wütenden Artikel über ein Buch, daß ihm mißfallen hatte. Warum eigentlich wütend? War er denn beleidigt worden? Die Scherenschleiferin sah Sowtschick in Eimsbüttel herumstreunen: Sie setzte sich in diesem Augenblick auf die Stufen eines Türken-Lokals und wurde weggejagt von einer dicken Frau. Er hätte sie jetzt hierhaben mögen, dort auf dem Altländer Stuhl, ihr lauwarme Milch einflößen und Zwieback zu essen geben. Und dann hätte er die Bettdecke zurückgeschlagen, und sie hätte sich zu ihm gelegt, zwei Bärenraupen unter dem Rhabarberblatt.

In seine Vorstellungen drängten sich nun die Ohltrop-Mörder, junge Leute, den Schlossern nicht unähnlich. Sie liefen in seiner Stube auf und ab und sprachen von dem Zahnarzt, wie der um sein Leben gebettelt hatte. Im Bett kniend, die Hände bittend erhoben!

Der eine der beiden Mörder, ein blonder Mensch mit rotem Schnurrbart, lag plötzlich, statt der Bärenraupe, neben Alexander. Jetzt schlang er seine Beine um ihn, die kratzige Wange, und unten irgendwo eine steife Sache.

Ich habe mich dem Tod vermählt, dachte Sowtschick und griff zum Tagebuch, um das einzutragen. «Tod, du des Schlafs Bruder.» Und er stellte Betrachtungen an über Altershomosexualität, daß der Körper sich von saugender Fraulichkeit abwendet und sich dem gebenden Mann ergibt.

Sowtschick sah zur Uhr, es war elf. Er stand leise auf und schob sich an die verschlossene, verriegelte Tür, legte das Ohr ans Schlüsselloch und horchte. Es war ihm, als ob unten irgendwo eine Tür ging. Im Ankleidespiegel konnte er sich selbst sehen, wie er da an der Zellentür stand und horchte, am Pyjama fehlte ein Knopf. Neugier und Bitterkeit mischten sich: In Sekunden hatten ihn die Mädchen entthront, sie hatten ihn sitzenlassen, und er hatte sich fortgeschlichen, er, der Autor des Buches «Hetzjagd in Andante»! Ob sie jetzt seinen Kaffee tranken, sein Brot aßen, seinen Honig? Seine Stühle nutzten sie ab, und die Abwasserrohre verstopften sie mit ihren hygienischen Geheimnissen. Daß sich innerhalb einer Mädchengruppe diese Angelegenheiten einander angleichen, daß bei allen der Körperrhythmus derselbe wird, hatte er mal gelesen, und gern hätte er gewußt, ob sie ihre Minis aus der Haushaltskasse bezahlten. Wie gut, daß er dem Portemonnaie gestern noch fünfzig Mark entnommen hatte, so würden sie kommen müssen und ihn um Geld bitten für die Steaks, die sie dem Jüngling gewiß brieten. Die nächste Telefonrechnung, das schwor er sich in diesem Augenblick, würde er sich sehr genau ansehen, und dann würde er sie ihnen unter die Nase halten: Ob sie ihm mal bitte erklären könnten, wieso er auf einmal siebenhundert Mark zahlen muß?

Nun ging unten ein Glöckchen im Büchergang, und kurz darauf wurde die Glocke in der Halle gerührt. Aha, es kam jemand die Treppe herauf. Sowtschick schob den Gucklochdeckel der Zellentür zur Seite, und nun konnte er sehen, daß Petra vor der Tür stand und in der Nase bohrte. Sie klopfte zunächst zaghaft, dann bestimmter.

Ja, klopf du man, dachte Sowtschick, «Pankraz der Schmoller», und tat nichts dergleichen. Wenn er sich jetzt nicht meldete, jetzt nicht und nachher nicht, nie, dann dachten sie gewiß: Er hat einen Herzinfarkt!

Er bedauerte es, daß die Türriegel innen saßen, er hätte sich gern vorgestellt, daß die Mädchen ihn gefangenhielten: die Durchsuchung der Zelle, ob er Waffen versteckt hat, an der Wand muß er stehen, die Hände über dem Kopf.

Petra wandte sich zum Gehen. Das konnte Sowtschick nicht zugeben, sie kam ihm unschuldig vor, weil er sie noch nicht begehrt hatte. Er hustete, öffnete die Zellenklappe und sagte zu ihr: «Das ist wundervoll, mein liebes Kind, daß du kommst, mir geht es heute gar nicht gut...», und er bat sie um etwas Toast, ein Glas Milch, Butter und Leberwurst.

Kaum war sie hinuntergegangen, zog er seine Verführungshose an. Das Haar kämmte er sich mit einer nassen Bürste, und dann setzte er sich auf das Bett. Es war ja eher umgekehrt: Er hielt die Welt gefangen, mit zwei Riegeln, wahrscheinlich sehnte sie sich danach, befreit zu werden. Sowtschick hatte sie ausgesperrt aus seinem Zauberreich. Die Zelle war der Mittelpunkt der Welt! Hier saß er in seinem verwunschenen Schloß, die Zugbrücke hochgezogen, als Schöpfer aller Dinge, und herrschte über Leben und Tod, jedenfalls in seinen Büchern. Wenn er sie nicht beschreiben würde, die verrückten Sommerwochen, wenn er sie nicht nachzeichnete, die Mädchen, dann existierten sie nicht und hätten nie gelebt.

Sowtschick stand auf und zog die Bettdecke glatt, und da war sie auch schon wieder, Petra. Sie klopfte, und er zählte bis zehn und ließ sie ein. Ihr rundes Pausbackengesicht mit den pockenartigen Narben, kleine abstehende Zöpfchen, gelb-lila gestreifte Hosen von glänzendem Stoff: An sich war Sowtschick nicht für volle Formen.

«Wo sind die andern?» fragte Sowtschick und dirigierte das Tablett in sein Kabinett.

Petra ging über diese Frage hinweg. Alle fänden es unglaublich bescheuert, babbelte sie in ihrer Heidelberger Aussprache, daß er sich hier so einschließt, und kein Mensch weiß, warum er das tut. Ralli habe sich schon nach ihm erkundigt, und sie wüßten gar nicht, was sie dem sagen sollten... Die andern trauten sich kaum an seiner Tür vorüber.

«Was? Sie trauen sich nicht an meiner Tür vorüber? Wieso denn nicht?» fragte Sowtschick, und ihn freute es, daß sie Angst vor ihm hatten.

Während er sein Brot mit Leberwurst bestrich, fragte er immer wieder und eindringlich, wieso man denn vor ihm, ausgerechnet vor ihm, Angst hätte! Er sei doch bei Gott der harmloseste Mensch, den man sich denken könne... Und gleichzeitig dachte er an Iwan den Schrecklichen, wie herrlich es immer gewesen war, die Mädchen durch das Haus zu jagen. Und dann hielt er Petra, die sich ins Fenster gesetzt hatte, einen kleinen Vortrag über Stimmungen und Launen. Er wundere sich darüber, sagte er, einen Schluck Kaffee nehmend, daß man den Großen der Vergangenheit Schrullen und Absonderlichkeiten zubilligt... Beethoven, wie der die Menschen behandelt hat! Geschrien und getobt! Und Goethe – mit eisigem Schweigen reagiert, wenn ihm was mißfiel.

«Oder nimm mal Bach, der hat den Leuten die Perücke nachgeworfen, oder Fontane, wochenlang im Bett gelegen und geweint, oder Wagner, das Geld aus dem Fenster geschmissen» – demgegenüber sei er doch hypernormal! ... Allen Künstlern billige man Allüren zu, aber ausgerechnet von ihm, der weiß Gott viel für die Menschheit geleistet hat und Ungeheuerliches aus seiner Vergangenheit *täglich* verdauen muß, ausgerechnet *er* soll immer geradeaus marschieren, und je normaler er ist, immer noch normaler sein. Ob ihm das mal einer erklären könne?

«Als Schitti, mein Sohn, den kennst du doch, als der mir die Laube in Brand gesetzt hat... Was meinst du wohl, was ich gemacht habe? Gelacht hab ich, weiter nichts. Und mit Klößchen die Sache? Die Meißner Vase? Na, gelacht! Was denn sonst?»

Aber, wenn er ein einziges Mal auch nur eine Unmutsfalte von sich gebe, dann, oh, dann! Dann heiße es: Er ist launisch. Die Sache mit Erika: stehend sei er durchs Ziel gerauscht!

Und dann kamen Uralt-Geschichten, wann, wo und wie er mal beleidigt worden war, oder gekränkt oder verletzt. Als Kind, sein Vater schon: die Lateinpräparation durchgestrichen und «noch mal» gesagt. Oder seine Mutter? Ihn aufs Land geschickt, vier volle Wochen, er solle sich mal gut erholen. Die ganzen Ferien im Eimer und von Flöhen aufgefressen... «Oder nimm die berühmten sechziger Jahre. Niedergebrüllt hat man mich, weil ich mich mit der Vergangenheit beschäftigte, niedergeschrien und an der Krawatte gezerrt...» Holderbusch wurde erwähnt, der sich als Zuhälter bezeichnete, ohne daß ihm das was schadete – mit der Faust habe der ihm gedroht! –, und Lucinde Pechel mit ihren Weihnachtsgedichten?

Höher die Aktien nie steigen,
als zu der Weihnachtszeit...

Natürlich habe er auch Glück gehabt, er wolle ja nicht undankbar sein, viel Glück in seinem Leben. Daß ihn Fleiß und Fortune hoch hinaufgetragen hätten, höher als zu erwarten gewesen war. Acht Bücher geschrieben und das neunte Buch, seine Neunte, hähähä, schon im Kommen... Das schöne Haus... Oder wenn er an den Moment seiner Gefangennahme denke...

Petra, die ihm schon längst den Rücken zugekehrt hatte und nach draußen guckte, fragte gradewegs und absolut normal dazwischen: Ob er noch was braucht. Sie möchte jetzt wieder zu den anderen runter, die fragten sonst, wo sie so lange abbleibt.

Das hatte Alexander nicht erwartet. Durch sein Gehirn schossen Rettungsaktionen, sie zu veranlassen, dazubleiben. Ohne Dings kein Bums – das Lexikon der Jugendszene konnte ihm jetzt auch nicht helfen. Schon war sie draußen, und ihm blieb es, die Fensternische zu betrachten, wo das blutvolle Kind gestanden hatte.

Wie dumm, so schnell das Weite zu suchen. Vielleicht hätte er ihr noch frühe Manuskripte gezeigt oder das verschnürte Päckchen in seinem Barock-Sekretär, das niemanden etwas anging. Das hatte sie sich nun verscherzt.

Andererseits auch gut. Wenn dieses Mädchen ihm hier oben in seiner Fluchtburg nur ein bißchen entgegengekommen wäre – wer weiß, was alles hätte passieren können. Eckart und Luise hätten todsicher davon erfahren. Die hätten das gerochen!

Als wieder Ruhe eingetreten war, stand er eine Weile unschlüssig in seinem Zimmer, dann stieg er hinauf zu Marianne, wobei er auf den Treppenstufen die roten Anti-Knarr-Markierungen benutzte, um sich nur ja nicht zu verraten, und spähte von dort aus in den verwüsteten Garten.

Die Mädchen zeigten dem Jüngling gerade auf alberne Weise, wie man Disteln durch Drehen des Hackens austritt – es schmeichelt einem, wenn man nachgeäfft wird, aber es darf nicht zu doll sein –, und dann stürmten sie auf die Wiese und brachten ihm Judogriffe bei. Sie überknäuelten den Jungen und ließen sich jagen. Auch zu

Hebeübungen kam es. Dazu gab es überlaute Schallplattenmusik, auf Tempo 78 gestellt, was sich wie ein Song von Gartenzwergen anhörte. Alle fanden das wahnsinnig irre, voll ätzend und unwahrscheinlich steil.

Sowtschick stand in seinen Verführungshosen hinter der Gardine. Er stellte Mariannes Opernglas scharf und besah sich die Quadrille zu sechst, die sich um den Jüngling herum abspielte, die Pferdemädchen, die Schwestern und die Nichten. Die Pferdemädchen waren am wildesten, die hätten am liebsten mit Gerten auf den armen Jungen eingeschlagen, wogegen die warm-weiche Petra die Balgerei ausnutzte für ihre Liebesbedürfnisse. Die andern zogen mal an einem Arm oder mal an einem Bein. Einzig das Löwenhekkerchen hielt gegen, die versuchte, ihrem Freund zu helfen, der seinerseits Kontakt zu der herben Rebecca aufnahm.

Adelheid war es, die sich ab und zu nach dem Haus umdrehte, das war zu bemerken.

Ja, guck du man, dachte Sowtschick und verbarg sich. Das nützt dir jetzt auch nichts mehr, meine Freundschaft hast du verspielt. Und er malte sich aus, was er alles unternommen hätte, um sie zu belohnen. «Eene Milljon hätt hei all full!» Warum nicht mal nach Bremen fahren und einen ausgedehnten Einkaufsbummel machen? Mit den entsprechenden «Unsro»-Schecks in der Tasche?

«Das hast du verspielt, du kleine Ziege», sagte er. Wie sie da unten in ihrer kräftigen Statur das Menschenknäuel hin und her schob, war sie ihm jetzt eigentlich ziemlich gleichgültig.

Erledigt war die Sache, irgendwie.

Inzwischen hatte sich das wüste Treiben da unten beruhigt. Man war aufgestanden und hatte die Hose hochgezogen. Nun wurde diese Frisby-Sache gespielt. Früher als Kind in Ahrenshoop hatte man einen Gummiring gehabt, den man sich zuwarf, das war auch gegangen, nun schwebte eine grüne Scheibe von einem zum andern. Elegant, zugegeben, aber auch ziemlich witzlos. Der junge Mann, der es immer deutlicher mit Rebecca hielt, mußte sich öfter mal recken, und Sowtschick wünschte inbrünstig, daß er in eines der Karnickellöcher treten würde und sich die Knochen brechen. Und tatsächlich! Kaum hatte er das gedacht, da strauchelte der «Typ», blieb am Boden sitzen und hielt sich den offenbar verknacksten Fuß, was, wie man weiß, nichts nützt. Sternartig liefen die Mädchen zu ihm hin, Sowtschick mußte das Opernglas immer wieder nachstellen, und nun sah er nur noch Schenkel, Pos und braune Rücken, und er dachte: Das müßte man fotografieren.

Es muß gesagt sein, daß Sowtschick in diesem Augenblick nicht frei war von Schadenfreude, sosehr in seinem Garten auch der Schmerz vorherrschte.

Um von den Mädchen, die ihn vermutlich gleich um Hilfe ansuchen würden, nicht am Dachbodenfenster erwischt zu werden, sprang er in seine Fluchtburg zurück: Riegel zuschmeißen und Buch vor die Nase nehmen. Und schon klopfte es an die Tür. Sowtschick meldete sich mürrisch wie von weit...

«Ja, was ist denn... Immer und immer wieder wird man gestört... Keine ruhige Minute...» Er öffnete die Klappe und empfing von den davorstehenden Mädchen (cremefarbene Masken von Ensor) quasi wie ein Kassierer chorisch die Mitteilung, daß Ralli ins Krankenhaus müsse, weil er in ein Kaninchenloch getreten ist und sich den Fuß gebrochen hat.

Sowtschick erzeugte in seinem Gesicht einen Ausdruck, der Bedauern bedeuten konnte. Krankenhaus? fragte er. Er habe hier in seiner Nachtschrankschublade essigsaure Tonerde und breite Stützbinden... ob sie nicht erst mal zu Dr. Schmauser fahren wollten, das sei doch ein tüchtiger Praktiker? (In russischer Gefangenschaft hätte man in einer solchen Situation weiterarbeiten müssen, bei halber Ration.)

Hier war es nun Adelheid als Medizinerin, die Sowtschick anguckte, ob er nun wohl völlig bescheuert ist, einen so dämlichen Vorschlag zu machen: Dr. Schmauser! Und in ihren Blick mischte sich Fremdheit, die die Restbestände von Vertrautheit abdriften ließ.

Sowtschick händigte den Mädchen also seinen Autoschlüssel aus und schloß die Klappe: Die Sache war damit für ihn erledigt. Nicht sagte er ihnen, daß nur noch wenige Tropfen Benzin im Tank sind, und er hoffte, daß der Wagen auf halber Strecke stehenbleiben würde.

Zwei Stunden später, als er gerade in der Küche stand und mürrisch eine Lauchsuppe von Lacroix löffelte, kam die Truppe zurück, ohne Ralli, der wegen des angebrochenen Fußes im Krankenhaus zurückgelassen worden war. (Das Benzin hatte offenbar gereicht.)

Ob er eigentlich versichert sei, Haftpflicht oder so? fragten ihn die Mädchen, an sich wär *er* ja verantwortlich für die Sache. Die Kaninchentunnel hätten doch längst beseitigt werden müssen! Ralli habe furchtbare Schmerzen!

«Ich hätte wohl ein Schild aufstellen sollen: Betreten des Rasens auf eigene Gefahr?» sagte er und sprach von Wehwehchen, die oftmals schneller vorübergingen, als man denkt. In russischer Gefangenschaft! Da hätten sie in einem solchen Fall noch wegen Sabotage eine Strafe dazugekriegt!

Gar zu gern hätte er gewußt, ob die Frage nach der Haftpflicht von den Mädchen kam oder von dem Fremdling ...

Es gehörte nicht viel Phantasie dazu, sich auszumalen, was die nächsten Tage bringen würden: ein ewiges Hinundhergefahre von Sassenholz nach Kreuzthal zum Krankenhaus, bei äußerster Vernachlässigung seiner Versorgung. Deshalb machte er es kurz, er leckte seinen Löffel ab und sagte spontan: «Kinder», und es sprach ganz ohne sein Zutun aus ihm heraus, «die Sache hier ist jetzt zu Ende.» Er müsse morgen nach Hamburg zu einer Lesung und nächste Woche zur Parlamentarischen Gesellschaft nach Bonn; das Treffen mit Übersetzern in Garmisch, die Sommerakademie in Dießen. Und Hamburg? Das wär doch wunderbar, da könne er sie gleich mitnehmen. Er fände es toll, daß sie ihn so gut versorgt hätten, primstens, es sei super gewesen, ja geradezu flockig – aber zu Ende nun. Vielleicht könnten sie sich ja mal wiedersehen? Im Herbst oder besser im Winter. Jetzt im Sommer abmachen, daß man sich im Winter wiedersieht und im Winter dann vom Frühling sprechen?

Die Mädchen waren überrascht. Das kam plötzlich. Eins zu null! Aber sie sahen es ein, Adelheid als Mutter Vernünftig insbesondere, so ein Sommer könne ja nicht ewig dauern, sagte sie, und dann überlegte sie, ob sie nicht noch zehn Tage Juist dranhängen sollte. Sich mal von Grund auf erholen von all den Strapazen hier.

Die Nichten, jede ein Brot mit Nutella in der Hand, sagten tapfer, sie hätten sowieso weggewollt, und tröstlich war es, daß Ralli schon morgen das Krankenhaus verlassen konnte, mit Gipsbein allerdings. Den würde man dann gleich mitnehmen können, nach Hamburg.

Während die Mädchen diese Nachricht noch bekakelten, ging Sowtschick ostentativ in den Garten. Unter dem Krach eines Mähdreschers, der das benachbarte Feld abräumte, pflückte er die welken Lampions aus den Bäumen und trug die umgeschmissenen Stühle zusammen, holte auch einen Besen, kehrte die Terrasse und wischte den Tisch ab.

Wenn die Kanalschwimmerin jetzt gekommen wäre und gesagt hätte, das könne *sie* doch machen, er solle sich doch nicht so anstrengen, dann hätte er «nein!» gesagt. «Ich brauche euch alle nicht, ich komme schon allein zurecht», das hätte er gesagt, und er hätte ihren Blick gemieden. Aber sie kam nicht. Und während er die Stühle ineinanderstellte, überschlug er, wieviel Stunden er noch mit den Mädchen zusammensein müßte, und er sehnte sich nach Einsamkeit. Alles aus! dachte er, und: Ich habe versagt.

Ja, das war es, er hatte versagt, er hatte das Feuer zwar entfachen, aber nicht in Gang halten können. Anstatt den Jüngling gewähren zu lassen und dann einzubinden in den Kreis der Jugend, hatte er sich wie ein Kind benommen. Zu schmollen, anstatt sich zu stellen! Die Flammenschale, so hoffnungsvoll entzündet, würde niemand mehr anlocken, würde nichts beweisen. Klägliche Trümmer lagen herum, leere Flaschen, und das Gras war niedergetreten.

Er ging hinein ins Studio, knipste den Fernseher aus, vor dem sich die Pferdemädchen aalten. Das Wohlgefallen, das sonst immer so warm in ihm aufstieg, wenn er sie sah, blieb diesmal aus.

«Ihr müßt hier jetzt sofort verschwinden!» sagte er. Und: «Wer hat euch eigentlich erlaubt, meine Lakritzbonbons zu essen? Wißt ihr überhaupt, wie teuer die sind? Eine Frage wär das doch wohl wert gewesen, was?»

Die Mädchen waren verdutzt, rappelten sich auf, und beim Rausgehen stießen sie mit dem Fuß gegen einen Stuhl.

«Laßt euch hier nicht wieder blicken!» rief er noch hinterher.

Mitten in seinem Studio stand er, zornig gereckt, die Vertreibung aus dem Paradies. – Nachdem die beiden gegangen waren, kam es ihm allerdings so vor, als habe er sich selbst vertrieben.

Er stieg wieder hinauf in die dumpfige Fluchtburg, warf die Tür ins Schloß und schmiß die Riegel vor: Leid tat es ihm, daß er so war, und trotzdem wünschte er ein schnelles Ende der ganzen Affäre herbei. Der Winterroman, wie sollte er ihn je vollenden, wenn nicht augenblicklich die viermal sechsunddreißig Grad Celsius aus seinem Haus verschwänden.

Er trat aber doch noch einmal an die Tür und lauschte: Hoffentlich waren sie jetzt recht ratlos. Wahrscheinlich stünden sie in der Küche beieinander und berieten sich?

Ach, Sowtschick konnte nicht ahnen, daß sie gar nicht an ihn dachten. «Was hat er nur?» sagten sie, im übrigen aber zogen sie, mit Kissen unter dem Arm, Sonnenbrille und Buch, in den Garten, um sich dort an windgeschützter Stelle zu sonnen.

Das Löwenheckerchen hatte es sich in Mariannes Pavillon gemütlich gemacht, die telefonierte schon seit einer halben Stunde mit ihrem Schatz, die Füße auf dem zierlichen Rüstertisch mit den Intarsien.

Wie gut, daß Sowtschick das alles nicht ahnte. Er hätte sich vor Wut «entäußert». Er hätte die Fenster geöffnet und ihre Seesäcke hinausgeworfen, samt Tagebüchern und Gummiteddys. Er lag auf dem Bett und merkte erst jetzt, daß er Kopfschmerzen hatte.

Den Rest des Tages verbrachte er vor seinen Münzen, wieviel wert die sind, rechnete er aus, und in der Nacht sah er sich die «Feuerzangenbowle» an.

> ... Wahr sind nur die Erinnerungen, die wir
> mit uns tragen, die Träume, die wir spinnen
> und die Sehnsüchte, die uns treiben. Damit
> wollen wir uns bescheiden ...

Als diese Sätze gesprochen wurden, bedeckte Sowtschick seine Augen und weinte.

Die Nichten verließen Sassenholz am nächsten Tag als erste. Ach, was war das für ein Abschied! Nicht von ihrem Onkel, nein, von den Schwestern. Sie umhalsten einander, als hätten sie Gott weiß was durchgestanden! Dem Onkel gaben sie die Hand, ohne daß sie sich groß bedankt hätten für die Sommertage, die ihnen wahrscheinlich noch ein Leben lang vor Augen stehen würden. «Damals in dem schönen Sommer, als wir bei Onkel Alexander waren...» Es entging ihm nicht, daß sich Rebecca noch schnell aus dem Kühlschrank versorgte: ein Stück Butter, Wurst und hartgekochte Eier. Und Petra war es, die zu ihrem Onkel sagte, sie kriege noch eine Mark und fünfzig, die habe sie beim Briefträger für ihn ausgelegt. Sowtschick freute sich: Es würde Marianne aufs Brot zu streichen sein, daß in ihrer Verwandtschaft doch viel Fremdes sei.

Als Sowtschick sie abfahren sah, nach Heidelberg, von den Hunden eine Zeitlang wild verfolgt, dachte er aber doch: Schade... Warum war er so ungeduldig und abrupt gewesen? Vielleicht hätte man sich arrangieren können und doch noch ein wenig Zuneigung abzweigen? Ralli war doch nicht alle Welt? Dahin, dahin! dachte er, als das Gezwerge davonradelte. Laura mit Geige auf dem Rücken. Recht volle Schenkel hatten sie, und kräftig traten sie in die Pedale.

Gegen Mittag war dann allgemeiner Aufbruch. Um progressiv zu wirken, rasierte sich Sowtschick nicht. Er zog das neue Hemd an, das mit den Taschen auf den Netzärmeln, ich gehe meilenweit für eine Camel, und schob das Kapitel der «Winterreise», das er in Hamburg vortragen wollte, in eine kleine schmale Spezialaktentasche, die er sich für öffentliche Auftritte gekauft hatte.

Hamburg! Es wäre doch gelacht, wenn es in dieser Stadt nichts «aufzureißen» gebe. Wie in Wuppertal im vorigen Jahr, die Zahnarzt-Gattin, mit der er dann noch in der Weltgeschichte herumgejukkelt war.

Zu Mittag gab es ein trockenes Bauernfrühstück, das letzte dieser Art, das sich Sowtschick stumm in den Mund schaufelte, von wo aus es den Ösophagus hinunterrutschte und in den Ventriculus plumpste und sich nicht mehr von der Stelle rührte.

Nach dem Essen bat er die Mädchen hinüber ins Arbeitszimmer, griff umständlich zur Geldtasche und, das hatte er sich so ausgedacht:

Er teilte Hundertmarkscheine aus, mehr als abgemacht! Er wollte die beiden Abtrünnigen zu Dank zwingen, sie beschämen und irgendwie erniedrigen: Seht ihr? Ich bin gut zu euch, und ihr seid böse ... Doch sie wandten sich ab. Mitten in seinem Studio stand er, an den Schreibtisch gelehnt, einen Fächer welker Hundertmarkscheine in der Hand. Er mußte an den Tag denken, an dem sie gekommen waren. Und da fiel es ihm ein: «Hallo! Hier bin ich», zu rufen, halblaut, so wie damals, als sie den Büchergang heruntergeschlichen kamen.

«Hallo, hier bin ich!» rief er, und das brach das Eis! In einer einzigen Sekunde schossen all die schönen Stunden zusammen wie zu einem Gewölbe des Glücks. Wollüstiger Schmerz wallte auf. Wehe Laute erklangen und rücklings fielen sie zusammen auf das Lotter-Sofa, und da lagen sie eine ganze Weile, ohne sich zu rühren. Schließlich rieb er sanft ihre Ohrläppchen und sagte: «Ich glaub, wir müssen wohl ...» Er nahm den kleinen Hahn vom Schreibtisch, eine der Wiener Bronzen, und schenkte ihnen den.

«Die Hennen bleiben hier, für immer.»

Die Mädchen verstauten ihre Seesäcke in den Kofferraum, die Hunde wurden in den Zwinger gesperrt, und dann ging's ab nach Kreuzthal, Ralli holen. Sanft fuhr der Wagen die Allee entlang, ein Stück eskortiert von den beiden Pferdemädchen, die eine auf Fango, die andere auf dem Fahrrad. Es wurde lange noch gewinkt.

So verrauschte Scherz und Kuß
und die Treue so.

Kaum waren sie auf der Bundesstraße, als der Wagen auch schon stehenblieb. Das Benzin war nun wirklich restlos alle. Aussteigen, nach Hause laufen und einen der verharzten Reservekanister holen? Meldet sich einer freiwillig? Schon nach wenigen Minuten hielt ein Auto mit gelbem Nummernschild, ein holländisches. Eine Art Rudi Carrell fragte in seiner merkwürdigen Sprache, ob er «die schöne Damens» irgendwie helfen kann? «Benzin? Wenn's weiter nix iss ...», und goß seinen Reservekanister in den Tank und wollte noch nicht einmal Geld dafür.

Ralli saß auf einer Bank vor dem Krankenhaus und winkte mit

einem Handstock. Auf dem Rasen hatte sich ein Posaunenchor gruppiert, der die Kranken an diesem Wochenende mit Chorälen erfreuen wollte. Ein Subbaß war dabei, der zog alle Blicke auf sich. Der Mann, der ihn blies, hatte einen roten Kopf. Das bin ich, dachte Sowtschick. Ich bin der Mann mit dem Subbaß.

Die Sonne schien so stark, daß sich die Kranken in den Schatten der großen Bäume zurückzogen. Ralli hatte sich der Sonne ausgesetzt, die Strahlen, die auf ihn fielen, mochten gut sein für seinen Fuß.

Als Mann durfte er dann im Auto vorn neben Sowtschick sitzen. Vielleicht mußte ja mal auf die Karte geguckt werden oder dieser oder jener Hebel umgelegt...

Er müsse sich klar darüber sein, daß er auf eigene Gefahr mitreise, sagte Sowtschick, er sei hinsichtlich von Mitfahrern nicht besonders versichert. Dies war die letzte Spitze, die er sich erlaubte.

Nachdem die Fußverknacksung ausführlich besprochen worden war, von Überdehnung der Sehnen war die Rede und von gequetschten Knorpeln, kam es zu einem Gespräch zwischen den Männern, das rasch an Schärfe verlor. Ihr wandelt droben im Licht, selige Genien... Die Idee mit den Gedichten auf den Autobahnbrücken fand Ralli super, wie er überhaupt viel weniger aggressiv war, als Alexander angenommen hatte. Im Gegenteil. Er entwickelte Sowtschicks Autobahn-Ideen weiter: Übergroße, aus Leichtmetall gefertigte Windräder nach Art von Kinderspielzeug, die der Autofahrer durch sein Vorbeisausen selbst in Gang setzt, und Kontaktleisten, in die Fahrbahn eingelassen, mit einem Zählwerk verbunden, auf denen deutlich lesbar dem Fahrer angezeigt wird, der wievielte er ist, der hier mit seinem Wagen diese Stelle jetzt passiert. So was könnte gemeinschaftsbildend wirken oder den Sinn wecken fürs Kolossale.

Sehr angenehm war es, daß er Sowtschicks Abneigung gegen Ausländer teilte. Frankreich war zwar wunderbar gewesen, aber die Franzosen! Fahren wie die Säue und tun so, als ob sie kein Deutsch verstehen...

Sowtschick sagte, er sähe diese eigenartigen Menschen schon als Blechklumpen am Brückenpfeiler kleben mit Rädern, die sich noch drehen, zerfetzt, zertrümmert, atomisiert. Und dann sprach er seine Lieblingsidee aus, die Sache von der Ver-Allung der ganzen Existenz. Wer das nachweisen könnte, sagte er, daß die Moleküle des Fleisches sich nach denselben Gesetzen umeinander drehten wie die Gestirne, dem würde die Krone der Wissenschaft gebühren.

Leider zerstörte der junge Mann, der ein paar Semester Physik studiert hatte, die globalen Träume Sowtschicks. Die kleinsten Teilchen verlören alle Eigenschaften der großen, beispielsweise die Farbe. Was sei Farbe? Unser blauer Planet zum Beispiel – es gebe kein Molekül, das blau ist.

Keine blauen Moleküle? keine roten, keine grünen? Das bedauerte Sowtschick, er fühlte sich heimatlos gemacht. «Aber es muß doch etwas geben, das uns alle verbindet mit allem?» sagte er, und er verfiel auf die Elemente, und das tröstete ihn wieder.

Daß sich ein Schriftsteller mit so was beschäftigte, gefiel dem jungen Mann. Er hätte immer gedacht, daß die älteren Herrschaften nur ans Geldverdienen denken. Es war bei ihm so etwas wie Respekt vorhanden vor dem erfahrenen Schriftsteller, und das rührte daher, daß er grade Sowtschicks «Kosel» las, diese Festungssache aus der Franzosenzeit, die eine Verkaufskatastrophe gewesen war. Das Gespräch hakte sich fest an diesem Buch, die Eingeschränktheit der Verteidiger, das Aquariumleben der Bürger, Herrschaftsstrukturen, bürgerliche Mechanismen, Außendruck und so weiter. Jetzt, wo er Sassenholz kennengelernt habe, das Haus in einer Art Verteidigungszustand, meine er fast, Sowtschick habe mit «Kosel» ein Selbstbildnis liefern wollen. Daß er einsam sei, trotz allen Aufwands, daß er sich von der Welt ausgestoßen fühle.

Dies gab Sowtschick einen Stich. Rasch ging er darüber hinweg. Nicht daran rühren! dachte er. Er sagte, daß er das Buch noch heute gern in die Hand nehme im Gegensatz zu andern Büchern, die er auf die Menschheit losgelassen habe, und er führte Beispiele an, für eine abgeschlossene Gesellschaft, Gefangenschaft zum Beispiel, einsame Inseln oder Polarforschungen, wenn die da monatelang im Packeis hocken. Oder: Wenn der Lift steckenbleibt. Zuerst sagen die Leute einander kaum guten Tag, und dann kommt es zu menschlichen Regungen, die man nicht für möglich gehalten hat. Unscheinbare

Existenzen, die nach nichts aussehen, werden zu Helden; Selbstlosigkeit stellt sich ein, aber auch Egoismus. Nicht umsonst gebe es haufenweise Filme über steckengebliebene Fahrstühle.

Er habe gehört, sagte Ralli, daß Sowtschick ebenfalls in Gefangenschaft gewesen sei, darüber würde er sich gern mal unterhalten mit ihm. Das müsse doch furchtbar sein! Gefangenschaft! Stacheldraht!

«Sind die Russen wirklich so brutal?» Er sei mal nach einer Demonstration zwei Stunden von der Polizei festgehalten worden, das habe ihm schon gereicht!

«Was meinst du, was Menschen aushalten können», sagte Sowtschick, aber obwohl die Russen sich wirklich viehisch benommen hatten, milderte er damals das, was er erlebt hatte, brachte allerhand Verständnisvolles vor, was ihn gut kleidete: Die Russen hätten es ja selbst nicht so besonders rosig gehabt. Was nichts zu tun hatte mit den Schikanen, die er hatte aushalten müssen. Einundzwanzig Tage bei Wasser und Brot in einem eiskalten Betonkeller?

Auch auf großen Schiffen gäb's so was, sagte er, «Klaustrophobie», auf Kriegsschiffen zum Beispiel, in U-Booten ja sowieso, aber auch auf Flugzeugträgern und Schlachtkreuzern. Ob Ralli sich vorstellen könne, was auf solchen Riesenschiffen los ist, fast zweitausend Mann Besatzung, eng aufeinander? Einer dem anderen sein Deibel? – «Unternehmen Cerberus», dieses Buch lese er gerade: Der Durchbruch der deutschen Flotte durch den Kanal, raffiniert, mutig, aber völlig nutz-, sinn-, zweck-, und überhaupt -los.

«Nach dem Durchbruch wurden die Schiffe sowieso alle versenkt.»

Ralli sagte, daß er sich wundere über diese Riesenschiffe, hundertachtzig Meter lang und so und so breit – er habe mal einen Flugzeugträger besichtigt –, daß diese gewaltigen Dinger von einem einzigen Menschen gelenkt werden, mit zwei Fingern an einem winzigen Steuerrad. Und wie das wohl vom Grund des Meeres aus aussieht, wenn da so plötzlich die Bäuche von Flugzeugträgern dahingleiten, wie Weltraumschiffe von einer Galaxis zur anderen... Ob er den Film «Star Wars» kenne? Diese vorübergleitenden Raumschiffe? Oder die Illustrationen von Chris Foss? Auf SF-Romanen vorne drauf?

Im übrigen erinnerte er sich daran, daß er in Nantes gewesen sei, schade, Brest! Wenn er das eher gewußt hätte, die Sache mit den deutschen Schlachtschiffen, dann wär er mal nach Brest gefahren und hätte sich die Hafenanlagen angeguckt.

Die Mädchen spitzten die Ohren, sie hatten Hochgefühle, weil die beiden Männer sich so gut verstanden. Sie glühten zu den beiden hin, und die Männer gingen auf in Gemeinsamkeit, die fast innig genannt werden konnte und immer inniger wurde, obwohl die Meinungen der beiden, als es erneut um Sowtschicks Bücher ging, verkehrtrum divergierten. Der Jüngling sprach *für* dessen Erzeugnisse, und Sowtschick hielt dagegen.

Das Glück war perfekt, als Sowtschick die «Bagage» absetzte am Berliner Tor.

«Kinder, beeilt euch, ich kann hier nicht ewig halten!»

Die Schwestern, die sich im Auto noch rasch den Pferdeschwanz zu Zöpfen umfrisiert hatten, wurden umarmt, die Kanalschwimmerin erheblicher als das singende, springende Löwenheckerchen, aber das Löwenheckerchen auch: Sie wünschten ihm Glück für die Lesung und für die Parlamentarische Gesellschaft und all das. Der Jüngling zog aus seinem «Mantelsack» das Buch «Kosel» und einen Kugelschreiber.

Er habe das Buch in Frankreich von einer Frau geschenkt bekommen, mit der er als Anhalter ein Stück gefahren sei. Eine besondere Frau, älter schon, aber noch gut beisammen, elegant und beeindruckend. Diese Frau habe ihm das Buch zum Abschied geschenkt. Ganz nett sei sie gewesen, irgendwie traurig und unheimlich großzügig, habe ihn mitnehmen wollen in ihr Ferienhaus am Meer. Abgesahnt habe er bei der, und zwar tüchtig, das tue ihm fast leid.

Sowtschick fügte seinem Namen eine freundliche Floskel hinzu: «Mit guten Wünschen», und machte einen Punkt hinter seinem Namen, was er sonst nie tat, und blätterte ein wenig, und dabei stieß er auf Unterstreichungen. Und das waren gerade die Stellen, die ihm besonders am Herzen lagen.

Er setzte sich hinters Steuer und rief: «Auf Wiedersehen! Ciao! Macht's gut.» Und: «Schönen Dank!» Und: «Laßt mal wieder was von euch hören!» Küßchen, Küßchen.

Er winkte aus dem Wagenfenster heraus der Jugend zu, dann fuhr er um die nächste Ecke, wie hab ich das gefühlt, was Abschied heißt, und parkte auf dem Parkplatz eines Möbelkaufhauses, aus dem junge Leute grotesk verpackte Stühle heraustrugen. «Aus, alles aus!» sagte er laut und schlug beide Fäuste auf das Lenkrad. «Der Traum dieses Sommers ist zu Ende.» Er mußte ans Fernsehen denken, an die klickernden Pappbälle des Lottozahlen-Apparats, die es nach unerforschlichen Gesetzen umeinandertreibt. Und es kam ihm so vor, als ob er nun die Altersklippen hinunterstürzte, wie Freddy in Santa Barbara, aber nicht freiwillig und wie ein kraftvoller Vogel, sondern taumelnd und mit gebrochenen Flügeln. Eine Steinwüste kam ihm in den Sinn, über die der Wind fegt: Am Ende dann, da hinten, ein einsames Grab, von Papierschnitzeln umwirbelt.

Sowtschick hatte im Hotel «Vier Jahreszeiten» das hübsche Zimmer vom letzten Jahr, etwas brokaten die Einrichtung, aber im ganzen anheimelnd. Auf dem Tisch Früchte und Sekt und ein Kärtchen mit persönlich gehaltenen Grüßen der Geschäftsleitung. Und aus dem Fenster ein wundervoller Blick über die Binnenalster mit Schwänen und mit Touristen, die sich ungläubig klarmachten: Wir sind jetzt tatsächlich in Hamburg, wir latschen in den Ansichtspostkarten herum, die es hier überall zu kaufen gibt.

Sowtschick machte es sich in seinem Stübchen gemütlich, legte also die Beine hoch. Er bestellte sich eine Fleischbrühe und saftige Sandwiches, die es in dieser Qualität nur im «Vier Jahreszeiten» gab. Er ging noch einmal den Text durch, den er am Abend lesen würde, und dann machte er sich auf dem Hotelpapier Notizen für seine nächsten Romane: die «Lange Nacht», den Mädchenroman, und für seine neueste Idee, «Die Drohnin».

Das Schmarotzerdasein Carolas mal aufs Korn nehmen. Das wäre ein schönes Thema: Die Sattheit der Bürger... Wenn er sich vorher ein Schema machte, mit dessen Hilfe er die Rasanz der Handlung optimal realisieren könnte, in dem auch die Problemfelder gleichmäßig verteilt wären, so daß er keines vergäße, dann würde man einen eventuellen Verriß durch Achilles, mit dem in diesem Fall allerdings wohl kaum gerechnet werden mußte, Punkt für Punkt kontern können, Plakate drucken lassen und es überall verkünden: Dieser Kritiker hat nicht aus sachlichen, sondern aus persönlichen Gründen das Werk zerpflückt. Und der stünde dann da wie ein begossener Pudel.

Diesmal aber schön den Mund halten, nicht zu früh alles ausposaunen, Hessenberg ruhig etwas zappeln lassen... Wunderbar, wie hier die goldenen Eimer wieder mal hin und her gereicht wurden...

Gegen halb acht Uhr verließ Sowtschick das Hotel, die schmale Spezialaktentasche mit dem Manuskript unter dem Arm. Prompt hörte er seine Mutter: «Alexan-der!» rufen, aber er achtete nicht darauf. Wie sie wohl meinen Tod herbeisehnt, damit sie endlich abtreten kann, dachte Sowtschick und atmete einmal tief durch. Er schlug einen Bogen und näherte sich der City-Buchhandlung von hinten. In dieser Buchhandlung hatte er nach dem Krieg, nach Gefangenschaft und Krankheit seinen Brotberuf erlernt. «...Und führen, wohin du nicht willst» – hier hatte er zwischen Gollwitzer, Stefan Andres, Hemingway und Camus zu sich selbst gefunden. Der alte Herr Röwekamp hatte sich seiner angenommen, gütig und verständnisvoll: Kriegsgefangenschaft? Das kannte der, 1916 hatte er bei den Franzosen im Bergwerk gearbeitet, und das war auch kein Zuckerschlecken gewesen.

Röwekamp war erfreulicherweise schon tot. Der war nämlich Zeuge eines Vorfalls gewesen, an den Sowtschick sich nicht gern erinnerte. Nie war die Sache zur Sprache gekommen, sie war ein Geheimnis geblieben zwischen ihm und dem weißhaarigen Mann, einen langen Blick hatte es gegeben, durch und durch, und das war alles gewesen. Dieser Vorfall war übrigens der Grund, weshalb Sowtschick, zumindest in seiner Familie, trotz gelegentlichen Jähzorns für gütig galt. Er ging über die Lebensstolperungen seiner Kinder hinweg, weil es ihm gegeben war, die eigenen nicht zu vergessen.

Als Sowtschick um die Ecke bog, schlug es drei Viertel acht von der Petrikirche, und was er hier zu sehen kriegte, erstaunte ihn. Er hatte zwar sein Publikum, Leser, die ihm treu blieben durch dick und dünn, weil er Bedeutsamkeit mit Sinnlichem interessant zu mischen verstand und überdies, was modische Strömungen anging, «auf dem Teppich blieb». Seine Lesungen waren immer gut besucht. Hier nun aber schlugen die Wogen hoch: Obwohl sich am Eingang bereits ratlose Menschen drängten, die nicht mehr hineinkamen, strömte aus allen Richtungen weiteres Publikum herbei, zum Teil ganze Familien, Eltern mit Großeltern und trotz der späten Stunde sogar mit Kindern.

Einen Augenblick dachte Sowtschick an einen Irrtum. Am Ende war er hier in eine andere Veranstaltung geraten, ein Jubiläum oder eine Protestversammlung zur Abschaffung von Kernkraftwerken, «AKW – nee...», aber nein, es gab keinen Zweifel, alle, alle kamen seinetwegen.

Sowtschick nahm eine freundlich-verwunderte Gesamthaltung ein, Leute, die ihn überholten, erkannten ihn nicht, und andere, die bereits Eintrittskarten in der Hand hielten und auf Freunde warteten, für die sie die Karten besorgt hatten, sahen über ihn hin. Die Autogrammjäger waren es, die ihn mit ihrem wachen Blick als erste wahrnahmen, sie klappten die Alben auf, sagten: «Bitte unten rechts!» und suchten, nachdem er sich verewigt hatte, augenblicklich das Weite.

Nun kam aus dem Innern des Ladens der junge, inzwischen auch schon über fünfzigjährige Herr Röwekamp hervor, sein fliehendes Kinn nahm das zurück, was die überlange Nase vorgab, die langen Seitenhaare hatte er über die Glatze gelegt, und er trug einen dunklen Anzug und ein hellblaues Hemd. Etwas derangiert sah er aus, mitgenommen von der Menschen-Fülle, die in seinen Laden drängte. Das hatte er nicht erwartet: Nun ja, ein neuer, noch unveröffentlichter Sowtschick und die Sache mit dem Mord? Das hätte man sich denken können. Zwei Lehrlinge wies er feldherrnartig an, aus der nahen Fischbratküche Stühle zu leihen.

Nun entdeckte er den Autor, und sofort fiel alles Niedere von ihm ab. In den Hausflur zog er seinen alten Freund, Lehrzeit, Buchhändlerschule und so mancher Jux, und er geleitete ihn – an allerlei Gerümpel vorüber – in sein Privatkontor, das gleichzeitig als Packraum diente.

Beide hatten sie einen grauen Kittel getragen und morgens die schweren Grabbelkisten auf die Straße gestellt: Wie geht's, wie steht's, wurde gefragt.

Röwekamp junior hatte die späten Folgen eines Skiunfalls zu beklagen, Sowtschick den jüngsten Skandal: Daß die Presse sich nicht schämt, einen unbescholtenen Mann auf einen vagen Verdacht der vollkommen bescheuerten Polizei hin so zu denunzieren! Im höchsten Grade schnöde sei das doch. Aber was soll die Polizei auch machen? Die tut ja auch nur ihre Pflicht.

Sowtschick wurde aufgefordert zu erzählen, wie die Sache eigentlich gekommen war, aber, wie das so ist, kaum hatte er begonnen, seine mit Ausschmückungen versehene Story auszuschmücken und leichthin vorzutragen, da kam schon eine äußerst hübsche Buchhändlerin herein, sehr jung wirkend, die aber, wie Sowtschick wußte, bereits zweiunddreißig Jahre alt war und mehrere Kinder in die Welt gesetzt hatte. Einen schwarzen Hosenanzug trug sie, dessen Jackett clownartig breite Revers aufwies. Der Zappen sei endgültig duster, sagte sie, was zuviel ist, ist zuviel. Das Bauamt hat doch ausdrücklich gesagt, auf der Empore dürften höchstens zwanzig Menschen sitzen, und nun sitzen da oben echt fünfzig, wenn nicht mehr!

Die Erbitterung, die diese Dame zur Schau stellte – sie nickte Sowtschick nur knapp zu –, war indessen nur umgepolte Freude, einen derartigen Auflauf hatte man hier ja noch nie erlebt.

Sowtschick saß dann alleine in dem Packraum, der auch als Privatkontor diente, mit der alten Rechenmaschine in der Ecke und dem nagelneuen Bildschirm für Katalogzwecke, den Broschürenstößen und antiquarischen Kostbarkeiten im Regal. Auf dem Tisch lagen zum Signieren vorbereitete Sowtschick-Bücher, für Leute aus Außenbezirken, die keine Zeit hatten, oder denen der Weg zu weit war, damit die auch was davon haben, daß der Verfasser des Buches «Kaum einen Finger breit» extra nach Hamburg kommt, um aus einem neuen, noch unveröffentlichten Werk zu lesen.

Über dem Schreibtisch hing eine Pinnwand mit Autorenfotos,

Prack noch mit Schlips, Skalweit mit Köter unter dem Arm. Auch seines war dabei, 1952, Herrgott, war das lange her!

Man konnte die Autoren mit einem Blick den verschiedenen Cliquen zuordnen, dem Münchner Kreis oder dem Achilles-Clan. Die Berliner Gruppe war noch die offenste, bei der waren Korrekturen möglich. Unsichtbare Fäden markierten die Angehörigen der verschiedenen Kraftfelder. Sowtschick als bête noire stand ziemlich sonderbar in der Gegend rum.

Auf dem Tisch stand das Bild des Seniorchefs, ein würdiger Herr mit unbeschnittenen, ausgewachsenen weißen Augenbrauen. Genauso hatte er geguckt, als diese dumme Sache passierte, damals, vor vielen hundert Jahren, einen tiefernsten und doch gütigen Blick hatte er ihm zugeworfen, den Sowtschick nie vergessen konnte.

Von draußen oder vielmehr drinnen brauste das Rabarbara des Publikums herein. Es wurde lauter und lauter. Jetzt kam Röwekamp zurück, sagte: «Fangen wir an?», und Sowtschick ging schnell noch einmal, wie er es immer vor Lesungen tat, auf die Toilette, um sich auch körperlich fit zu machen für die anderthalb Stunden, die er jetzt durchhalten mußte. Hier dachte er plötzlich an den jungen Mann, dessen Gedichte er weggeworfen hatte, Angst wallte in ihm auf. Geldstrafen in schwindelnder Höhe sah er auf sich zukommen, Gerichtsverhandlungen. Vielleicht hatte er sie ja gar nicht weggeworfen ... Noch mal alles durchsuchen ... Vielleicht waren sie ja noch da. Dann schritt er ohne weiteres in das nach Fischbratküche riechende Gewühl, drängte sich zwischen Globussen, Bestsellertürmen und «günstigen Angeboten» hindurch, stieg über Jünglinge hinweg und Schülerinnen, die auf dem Fußboden saßen, und grüßte nach links und rechts und nach oben in den ersten Stock, von dem aus die Menschen ihre Beine herunterbaumeln ließen. Der König kommt in niederen Hüllen, er naht sich huldvoll und siehe! er ist ein Sterblicher wie ihr.

Röwekamp junior war gezwungen, seinem Personal letzte Anweisungen zu geben, über die Köpfe der Zufriedenen hinweg, die einen Stuhl ergattert hatten, hin zu denen, die stehen mußten, an Säulen gelehnt und an den Blüthner in der Mitte des unteren

Geschosses, auf dem dekorative Bildbände mehr oder minder aufgeschlagen lagen: «Der Staudamm zu Assuan, ein Fanal.»

Applaus rauschte auf, als Sowtschick die Treppe hinaufstieg zum Treppenabsatz, von wo aus er lesen sollte. Kinder wurden angestoßen von ihren Eltern: Daß das der Herr Sowtschick ist, der all die schönen Bücher geschrieben hat, ältere Damen schnaubten ins Kölnisch-Wasser-Taschentuch, Herren strafften sich.

Sowtschick setzte sich an das Tischchen, und während Röwekamp das Publikum begrüßte, auf die Tradition des Hauses verwies und zum hundertsten Mal die Tatsache einflocht, daß Sowtschicks Karriere hier in diesen Räumen ihren Anfang genommen hätte – er erinnere nur an das unverschämt gute Buch «Kaum einen Finger breit» –, eine Carrière (er sprach das Wort sehr französisch aus), die trotz der jüngsten, sehr haarsträubenden Angriffe einer sich von Schwachsinnigem nährenden Presse noch lange, lange nicht beendet sei ... Während er dies tat und auch das Wort «hochkarätig» verwendete, goß Sowtschick sich sprudelndes Apollinaris ein und öffnete die Manuskriptmappe der «Winterreise». Er sah über die in Büchermassen eingekeilte Menge hin, aus der heraus ihn manch wohlwollender Blick traf, von Engelbert von Dornhagen, zum Beispiel, der dicht neben dem Eingang stand, von Carola Schade (eben doch ziemlich flott noch immer, man sollte es vielleicht ein letztes Mal versuchen), und sogar von Hessenberg, dem braungebrannten Verleger, der in einem Lehnstuhl saß und vergnüglich seine goldeingefaßten Zähne zeigte. Das war denn nun doch ... daß Hessenberg gekommen war? Höchstpersönlich? Der hatte eben Stil.

Es waren nicht nur wohlwollende Blicke, die ihn trafen. Aus dem Dunkel, im Hintergrund rechts, glühten die Augen von Jonathan Fabrizius, einem Autor, der vergeblich das zu vollbringen suchte, was Sowtschick mit plus minus Null gelang.

Nun hätte Sowtschick eigentlich drankommen müssen, Selters war eingeschüttet, Lampe an, Mikrophon funktionierte, aber Röwekamp redete noch immer. Er wies, was Sowtschick nicht gefiel, «bei dieser Gelegenheit» auf andere Autoren hin, die nächstens kämen, Lothar Resche, zum Beispiel, aus Zürich, dessen neues

Buch ja nun wirklich Furore mache, und die faszinierende Franziska Liebermut, einundzwanzig Jahre jung, die, wie ja nun wohl wirklich jeder wisse, in Linz jüngst bei der Autorenhinrichtung den ersten Preis für ihren zweiten Erzählband bekommen habe . . . Das ärgerte Sowtschick. Die Nennung dieser Namen zog etwas ab von ihm, nahm Kraft und Bedeutung fort, die er erst wieder würde zurückgewinnen müssen durch Leistung.

Die Fotografen blitzten noch ein paarmal, von links und von rechts, und drückten sich danach aus dem Laden. Dann trat Stille ein, nun war er an der Reihe, und nun war er wirklich ganz allein.

Sowtschick dankte für die Begrüßung und fürs Kommen, wies darauf hin, daß er selbst eine Lesung von Alexander Sowtschick nicht besucht haben würde, was erheiternd wirkte, ohne daß darüber jemand lachte, und gab der Freude Ausdruck, hier nicht mit Handschellen vorgeführt worden zu sein. Worte waren das, die das Publikum erwartete, und die es nun, da es sie bekommen hatte, in eine aufbereitete Stimmung versetzten. Ein letztes Räuspern, und dann begann Sowtschick zu lesen von Fingerling und seinen beiden Freundinnen, zwischen dem «Zauberberg» und den «Drei Männern im Schnee» dahinmanövrierend, und Sowtschick hörte sich, wie das immer so war, ohne eine Spur von Befangenheit, selbst zu. Ich habe mich entäußert, dachte er, und er sah sich an dem Tisch sitzen, das Manuskript umblättern, und er sah die Menschen ihm zuhören, den Kopf in die Hand gestützt, junge Menschen aneinandergelehnt, Kinder zwischen den Knien der Erwachsenen. Von draußen durch die Fensterscheibe guckten auch noch welche herein. Er sah das alles und dachte gleichzeitig an Urlaubsmenschen, die zu diesem Zeitpunkt nach Hause strebten, ein Auto hinter dem andern, in Autobahn-Raststätten Schnitzel essen oder in Staus eingeklemmt mit Hubschrauber obendrüber und in der Ferne ein Hügel mit Burg. An seinen Vater dachte er, der sich mit einem weißen Taschentuch die Stirn wischte, an die Klavierlehrerin – «dann hat er also doch Talent?» – und an Rubinstein, der die gichtigen Hände über die erloschenen Augen hielt und ihm ebenfalls zuhörte.

Von den Problemfeldern, die er sich notiert hatte, war, soweit er sehen konnte, nicht das geringste in seine Prosa eingegangen: weder die Asylantenfrage noch der Atomtod, kein Arbeitsloser war in Sicht und keine Öko-Sache. Das müssen wir noch nachholen, dachte er, irgendwie kriegen wir das schon hin, und er dachte an die Redstone-Kiefern im fernen Oregon, die Tag für Tag an seinem Haus vorübergefahren worden waren, damals vor sieben Jahren.

Als er dann von Fingerlings Sommer-Novelle las, die der in tiefstem Winter schreibt, von «Flut» also – «Nun kommt die Stelle, wo es nach Cis geht» –, vom Gischt, der um den Felsen schäumt, auf dem eine Frau sitzt, die in ihrer Sucht nach Einsamkeit den Drang zur Bindung an Altvertrautes neu kennenlernt, da dachte er auch an Marianne, an deren lieben runden Kopf, *Liebster Mann*, an den er den eigenen lehnen konnte in schweren Stunden. Wenn ihn nicht alles trog, würde er sie bald wiedersehen, und darauf freute er sich. Viel würde er ihr erzählen können, und lange würde er ihr zuhören müssen. Die «Winterreise» kam ihm recht schier vor, wie in seinem Schwimmgang schwabbelte die Sache zwar noch etwas, aber im ganzen war das alles recht erfreulich. Vergiß das Beste nicht! dachte er auch, und er sah sich in den Katakomben nach alten Schnitzereien wühlen, das dreizehnte Zimmer, wo war es? Er würde es finden müssen und betreten, sonst würde es wieder nichts sein mit dem «hölzernen Rad der Kultur». Das Wasser würde die Speichen hinabtriefen, ach, und das Rad würde sich nicht rühren.

So saß er da, und so las er, sah ab und zu aus den Textzeilen ein doppeltes «hatte» sich nähern, das seinem kritischen Blick bisher entgangen war, und dachte an die Sendung «Rock-Palast», in der Scheinwerfer über jubelnde Kindfrauen huschten, die auf den Schultern jubelnder Jünglinge saßen, an Ovationen also, die er mit seiner Winterprosa nie erregen würde.

Die Uhr näherte sich allmählich den vereinbarten fünfundvierzig Minuten. Sowtschick war gezwungen, etwas langsamer zu lesen, er mußte das zu kurz geratene Kapitel «strecken», denn es machte ihm bei Lesungen immer besonderes Vergnügen, auf die Minute genau zu enden. Auch die Zuhörer wußten, daß er pünktlich war, und hier und da gab's schon verstohlenes Uhrengezücke: Mal sehen, ob er es diesmal schafft.

Nach genau sechsundvierzig Minuten klappte Sowtschick das Manuskript zu und sagte: «Ich danke Ihnen.» Die Hände wurden geklatscht, und durch das Klatschen aufgeschreckt bellte ein Hund, was zusätzlich Beifall hervorrief.

Sowtschick stauchte die Manuskriptblätter auf und nickte. Und als das Klatschen ganz und gar nicht aufhören wollte, gab er sich bescheiden und gerührt. Vor jenem droben steht gebückt: Bitte nicht, nicht klatschen ... Ich bin's ja gar nicht wert, und weil er sich so gerührt gab, war er es schließlich wirklich.

In der Diskussion, die sich sodann anschloß, wurde gefragt, ob Sowtschick alles mit der Hand schreibt, und – Bücher sind ja so furchtbar teuer! – wann denn die «Winterreise» als Taschenbuch erscheint? Ob er sich auch mal zeitgemäßen Themen zuwende, wollte ein Anti-Atomkraft-Freak wissen, und ein älterer Herr konstatierte, daß in Sowtschicks Büchern keinerlei Gerüche vorkämen. Das sei doch merkwürdig, keinerlei Gerüche! Eine feinere Frau fragte, ob sich die Polizei bei ihm entschuldigt habe wegen des falschen Verdachts? Und ein Diplomingenieur stellte bezüglich Fingerlings Antiquitätengeschäft fest, daß Schaufensterscheiben heutzutage nicht mehr zufrieren? Eisblumen? Die gäb's doch gar nicht mehr. Da sei die Phantasie wohl mit ihm durchgegangen?

«Wie darf ich das verstehen?» wurde gesagt und: «Gehe ich fehl in der Annahme, daß ...?»

«Sehe ich es richtig, daß Sie Ihre polizeilichen Vernehmungen demnächst vermarkten werden?»

Es antwortete aus Sowtschick heraus, und weil das ganz mechanisch ging, war er gleichzeitig imstande, das Publikum nach ansehnlichen Menschenkindern abzusuchen. Da hinten war was, das erhob sich jetzt und langte sich einen Bildband vom Blüthner.

Während ein Teil der Menschen aus dem Laden hinausdrängte – Bayern München gegen Real Madrid –, drängten andere mit Büchern zu ihm hin. Sowtschick nahm gegen Mundgeruch eine Pfefferminzpastille (es wäre doch schade, wenn wegen eines solchen Handikaps Leser von ihm abfielen) und signierte sie unter dem Klingeln der Kasse alle. Wiederbegegnungen gab es mit Werken seiner frühesten Zeit, und leider wurden ihm auch Taschenbücher vorgelegt, die er besonders dann recht säuerlich abzeichnete, wenn das Damen im Brilli-Alter taten, mit pfundschwerem Goldschmuck um den Hals. Was ihn freute, war, daß auch Apahasi Singh vor seinem Tisch erschien, Glut und Glanz des Ostens. Er hatte seine Freundin mitgebracht, die Sowtschick begrüßen mußte. Sowtschick wußte nicht recht, was er tun sollte – wollten die beiden am Ende gar Segen in irgendeiner Form?

Bevor es zu Weiterem kommen konnte, wurden sie beiseite gedrängt von einem stürmischen Filmproduzenten, Goldzähne und goldene Armbanduhr, goldener Kugelschreiber, was Sowtschick ein wenig schade fand, und zwar der «Froidschiff» wegen. Aus dem Filmgespräch würde sich ja doch nichts ergeben: Das kannte man ja, zuerst feurige Begeisterung und dann plötzlich nur noch warme Luft.

Die ansehnliche Tussi, die da drüben am Blüthner stehend in den Bildbänden blätterte – «Die letzten Panther am Owingo» –, wurde jetzt angesprochen von einem Studenten, der eine besondere Brille trug. Die würde also abschwimmen, bevor sie noch angeschwommen war, schade! Die hätte er also nicht leichthin fragen können, ob sie Lust hat, ihm in Sassenholz den Hausstand zu führen? Ein bißchen Kochen und das Telefon bedienen?

Die meisten Leute fertigte Sowtschick flott ab. Manchmal verhielt er jedoch. Sei es, daß ein begeisterter Jüngling sich näherte oder ein kriegsbeschädigter Greis (dem er gern die Hand auf den Arm legte), reife Mütter ihre strahlenden Kinder ihm zuführten (eines wollte wissen, was er in den Ärmeltaschen seines «Camel»-Hemdes stecken hätte), oder auch Leser, die aus einer Plastiktüte *alle* seine Werke in zerlesenem Zustand, Taschenbuch oder Buchklub, gleichviel, herauskramten. Das waren seine Getreuesten, die er nicht enttäuschen durfte. Andere waren kürzer zu behandeln, und gerade die hatten es auf Annäherung abgesehen. Eine Dame wunderte sich, daß er so zierlich sei, und ein Herr teilte ihm mit, in der «Hetzjagd in Andante» komme dreihundertvierundzwanzigmal das Wörtchen «man» vor. Andere wollten ihm anvertrauen, daß sein erstes Buch doch immer noch sein bestes sei, wieder andere behaupteten, ihn von der Schule her zu kennen, oder, was schlimmer war, aus der Gefangenschaft. Vereinnahmende Menschen drängten sich an ihn, die das Bedürfnis artikulierten, sich für seine Bücher zu bedanken. Und *eine* Bitte habe er, sagte ein junger Mann mit nagelneuem Ehering: «Machen Sie so weiter.» Zwei oder drei Gestalten standen im Hintergrund, die ließen erst alles vorbei, die würden mit Bitterem kommen, wieso er sich nicht um die Farbigen kümmert in Afrika, und ob er wirklich glaubt, daß sich die Jugend für ihn interessiert?

An diesem Abend, als sich der Laden schon geleert hatte, war es der Kamerad Lehmann, mit dem zusammen er in russischer Gefangenschaft gewesen war, der sich hier jetzt zu Besonderem bereithielt. Dieser sternenkundige Mensch hatte ihm hinter Stacheldraht das Weltall erklärt, den Kleinen und den Großen Wagen, den Orion und den Sirius im Sternbild des Hundes. Mit seinem Leben war er nicht zurechtgekommen, er hatte sich zunächst im Heimkehrerverband betätigt, dann Zuchtperlen verkauft, war schließlich «verbeamtet» worden und saß nun auf einem Arbeitsamt und wartete auf seine Pensionierung. Lehmann, der ihn ostentativ duzte, wurde von Röwekamp energisch abgedrängt, der hatte den Unmut in Sowtschicks Miene wahrgenommen. Sehr freute sich Sowtschick, daß auch der Azubi der Buchhandlung Kindermann & Jacobs gekommen war, dessen Manuskript solchen Eindruck auf ihn gemacht hatte. Als der vor seinem Tisch erschien, stand Sowtschick auf und gab ihm die Hand: «Ich gratuliere Ihnen», sagte er laut und deutlich, «Ihr Text hat mich beeindruckt», was diesen in maßlose Freude versetzte. Verwirrt ging er davon. Seine Freundin draußen konnte es fast nicht glauben. Die war derartig geschockt, daß sie sich dem Herrn Sowtschick auf der Stelle hingegeben hätte, wenn sich das hätte machen lassen.

Zum Schluß war noch ein Haufen Vorrats-Signaturen zu bewältigen. Lehrlinge schleppten Massen von Büchern herbei. Sie unterhielten sich während des Unterschreibens über sonstwas, um dem weltberühmten Autor zu zeigen, wie schnuppe er ihnen ist.

«Können Sie noch?»

Schließlich war alles erledigt. Sowtschick stand auf und reckte sich. Er zeigte sich interessiert an Büchern, die hier sonst so auslagen. Aus dem Bedürfnis heraus, dem Buchhändler etwas von dem Geld zurückzugeben, das er hier nun in Kürze empfangen würde, kaufte er ein Buch über Frösche. Dieses Buch bezahlte er bar, und er ließ sich das quittieren.

Gleich darauf nahm er einen Briefumschlag mit «zwei» in Empfang, lauter druckfrische Hunderter, nachdem er überflüssigerweise gefragt worden war: «Und wieviel hatten wir vereinbart?» Von Mehrwertsteuer war natürlich wieder keine Rede.

Dann wurde es hell, obwohl im Laden die Lichter ausgeschaltet wurden: Hessenberg kam anmarschiert, packte Sowtschick an beiden Armen: «Respekt! Respekt!» Der Text wär ja unheimlich gespenstisch! Zuerst hätte er gedacht, das gehe nicht, aber nun sei er der Meinung, es gehe doch! Wie habe sein früherer Chef, der alte Herr Toblissen immer gesagt: «Packen wir es an.» Aber: «Entschuldigen Sie, werter Meister, ein Sessel aus Louis-seize?»

Sowtschick in seinem Überschwang berichtete dem Verleger, daß er bereits ein neues Buch auf Kiel gelegt habe, «Die Drohnin», die Geschichte einer Frau, die sich jahrelang von einem mediokren Mann aushalten läßt, anstatt mit einem Schriftsteller durch dick und dünn zu gehn... Die ganze alternative Szene könne er dabei aufrollen, mit Yoga, Schnitzerkost und Frauenhaus.

«Darüber müssen wir uns mal in Ruhe unterhalten», sagte Hessenberg, «finden Sie den Titel gut?»

Nun mußte gegessen werden, Hessenberg hatte alles Notwendige bereits veranlaßt. Traditionsgemäß ging's in die «Grotte», ein Lokal, in dem sich gelegentlich ein Tagesschausprecher sehen ließ. Der Chauffeur kam mit dem Mercedes angefahren, Carola und von Dornhagen stiegen hinten ein, sie setzten sich links und rechts neben den armen Sowtschick, der sehr eingezwängt wurde.

Hessenberg saß vorn. Der Chauffeur lenkte den dunkelblauen Wagen mit den getönten Scheiben sehr behutsam. Schließlich hatte er eine kostbare Fracht geladen: Dr. Alfons Hessenberg, den Chef des Atrium-Verlags, der so vielen Autoren Arbeit und Brot gibt. Und außerdem: Mit einem großen Wagen schnell zu fahren, ist schließlich keine Kunst. Wer reich ist, hat Zeit.

Sowtschick hatte der Unterhaltung zu lauschen, die sein Freund mit seiner Freundin über ihn hinweg anknüpfte, es ging um Ernest W. Lux, einen bekannten Architekten, bei dem sie mal eine Party zusammen besucht hatten. Dessen märchenhafte Wohnung in der Isestraße! Mit Rindsleder ausgeschlagen! Und die Möbel in den Zebrafarben Gelb und Schwarz? Jahrmarktsschaubilder an den Wänden? Sehr, sehr eindrucksvoll.

Hessenberg ließ seinen Fahrer um die Außenalster herumschleichen, sight-seeing-artig, obwohl doch alle diese Gegend kannten. Ambassadeur de Equador, angestrahlt wie eine Kirche. Immer wieder drehte Hessenberg sich nach hinten, soweit es sein Rückgrat zuließ. Daß ihm *manches* von dem *gefallen* habe, was Sowtschick gelesen hat, sagte er in die Unterhaltung der beiden anderen hinein, aber Louis-seize? Und dann erzählte er Stories aus seiner Vorkriegszeit, «fabelhaft», dieses Wort war öfter zu hören, und das Wort «gespenstisch». Als junger Mann hatte er mal von Gerhart Hauptmann ein Manuskript holen sollen, aus dem Hotel, er hatte den Dichter absolut aufgelöst vor einer Flasche Rotwein sitzen gefunden, Peeperkorn, wie er leibte und lebte, und von dem Text, den er fest versprochen hatte, stand natürlich noch kein Wort auf dem Papier.

Daß Gerhart Hauptmann und Thomas Mann sich in Zürich *beinah* mal getroffen hätten, beim Schneider, wurde erzählt, obwohl dies doch allen bekannt war (außer Carola Schade, die gar nichts wußte). An letzteren erinnere ihn Sowtschicks Prosa ein wenig, sagte Hessenberg, stellenweise direkt verblüffend. Andererseits aber auch federleicht, fast bis an die Grenze dessen, was man durchgehen lassen kann ...

Vor der «Grotte» wurde die Gesellschaft bereits von Röwekamp erwartet, direkt zwischen zwei zur Kugel gestutzten und mit einer lila Schleife verzierten Lorbeerbäumen.

Im Inneren des mit Teppichen ausgepolsterten Lokals, voll altrosa Plüschbuchten, wurden sie vom Chef des Hauses empfangen, der in von Dornhagen den angekündigten Dichter vermutete. (Sowtschick wurde wegen des Netzhemdes und der fehlenden Krawatte mit einem strafenden Blick bedacht: Ob er hier Schmetterlinge fangen will oder wie oder was?) Links, auf einer durch neobarocke Brüstungen abgeteilten Galerie, mit Aussicht auf die Alster, in deren schwarzen Fluten sich tausend Lichter spiegelten, mit Trauerweiden und Schwänen, aber ohne gelbe Birnen, war für die Herrschaften ein Tisch reserviert und fein gedeckt, mit altrosa Kerzen und aufgestellten dunkleren Servietten.

Carola nahm ihrem Freund Alexander, um Vertrautheit zu demonstrieren, einen Fussel vom Bart. *Sie* hätte durch seine Affäre *auch* ganz schöne Schwierigkeiten gehabt, Polizei sei erschienen! «Ich denk, mich tritt ein Pferd!» Ihr Haus nicht genehmigt, und die Sache mit der Fahrerflucht und, und, und... Polizei sehen und an alle Sünden denken, das ist doch eins! Sie setzte sich neben den aufgeräumten von Dornhagen und repetierte den Film «Krieg und Frieden», von dem Engelbert wußte, daß es zwei Fassungen gibt, eine russische und eine amerikanische, und Sowtschick freute sich, daß sein Freund auflaufen würde bei dieser Dame, und zwar restlos. Einmal Streitpatience hin und zurück, mehr war bei Carola nicht drin, das wußte er nun, obwohl er es noch immer nicht glauben konnte.

«Kommen Sie doch mal vorbei!» wurde da drüben bereits gesagt, und die Adressen wurden ausgetauscht. «Mittwochs bin ich meistens da.»

Sowtschick kam neben den Anekdoten erzählenden Hessenberg zu sitzen, der sich sofort mächtig ausbreitete, die Serviette hier, das Weinglas dort: Hermann Hesse mit seinen selbstgemalten Postkarten, von denen er zwei besessen hatte, die beide in Frankfurt verbrannt waren, und die neue Hölderlin-Ausgabe von diesem Sozi da, mit sämtlichen Oden in erster, zweiter und dritter Fassung übereinandergedruckt, so daß sich niemand mehr auskennt.

Links neben Sowtschick saß die zweiunddreißigjährige Buchhändlerin mit dem clownartigen Jackett, die Pleureusen ihrer Bluse quollen daraus hervor. Es war ein samtenes Geschöpf, randlose Brille bei schwarzem Lockenhaar, die Schneidezähne übereinandergefaltet, Sowtschick freute sich über diese Nachbarschaft, bis er merkte, daß sie einen wahnsinnigen Mundgeruch ausatmete, einen Mundgeruch von kloakenartiger Intensität.

Buchhändler Röwekamp hatte einen strategisch günstig gelegenen Platz. Er saß Sowtschick gegenüber und gleichzeitig neben von Dornhagen, dem andern Autor, und der Verleger war auch nicht weit entfernt. Halb beleidigt attackierte er Hessenberg wegen Sowtschicks Büchern! Schon vor Monaten bestellt und erst einen Tag vor der Lesung per Expreß gekommen, nach x Telefonaten und Eilbriefen.

«Und dann, lieber Herr Hessenberg, diese zögerliche Gutschrift der Remittenden vom letzten Mal...» Ob er da nicht mal Dampf machen könnte?

Dann mußte die Lautsprecher-Musik gestoppt werden, die der Besitzer der «Grotte» für grottenartig hielt. Musik in einem Lokal dieser Preisklasse? Wo Leute verkehren, die sich was zu sagen wissen? Man ist doch nicht sonstwer? Geben Sie dem Mann am Klavier ein Glas Bier, ein Glas Bier?

Der Kellner bedauerte, die Musik abstellen, das gehe überhaupt nicht. Wenn der Apparat laufe, dann laufe er. Aber der Geschäftsführer – «man muß immer sofort den Geschäftsführer rufen» – sagte: «Aber natürlich, wir stellen das selbstverständlich ab.» Obwohl andere Gäste so was schätzten! Knack. Die Leere haue manche Gäste direkt um. «Wenn die in ein Lokal ohne Musik kommen, dann gehen die sofort rückwärts wieder raus.» So sei das heute.

Zehn Minuten später ging die Musik wieder an: «People, people who need people...» Da mußte dann ein ernstes Gesicht gemacht werden: Wenn diese Musik nicht augen-blick-lich abgedreht wird, dann kommen wir das nächste Mal mit Herrn Sowtschick nicht wieder hierher. Der ist doch noch absolut kaputt von der Pressekampagne gegen ihn. Der braucht doch Ruhe!

Ja, überhaupt, der Mord. Nun mal alle herhören, nun soll Sowtschick mal von dem Mord erzählen, was war das überhaupt für 'ne Sache, richtig mit Polizei? Handschellen? Hausdurchsuchung?

Für einen einzigen Augenblick war Sowtschick Mittelpunkt der

Szenerie, das, was man essen will, kann man ja bequem auch nebenbei aussuchen, und, wenn man es leise tut, kann man sogar weitersprechen mit seiner Tischdame, Witze erzählen, zum Beispiel, so wie von Dornhagen das jetzt tat, um Carola zum Lachen zu bringen.

«Rinderfiletspieß? Ich bin doch kein Kannibale!»

Dann kam der Kellner, um die Bestellung aufzunehmen, und Sowtschicks Erlebnis-Geschichte verbuddelte gänzlich, nur der Verleger hörte noch eine Weile zu: «Wissen Sie, daß Ihre Verkaufszahlen *dramattisch* in die Hö-he geschossen sind?» fragte er Sowtschick, der an diesen Aspekt der Affäre noch gar nicht gedacht hatte. Er bestellte daraufhin getrost noch eine ukrainische Rote-Rüben-Suppe zusätzlich zum Filetsteak. In diesem Falle konnte man den Verleger ja ruhig etwas schädigen.

Nun wurde über die Lesung gesprochen, «Die Winterreise». Zeit wurde es, Sowtschick wartete schon. Manches habe ihm durchaus gefallen, war die Meinung des Verlegers, wie schon gesagt. An Thomas Mann habe er denken müssen, und eigenartig, er habe auch ein wenig Schubert vor sich hin gesummt. Engelbert von Dornhagen fragte über den Tisch, diese Ineinanderschachtelung des Romans, Puppe-in-der-Puppe-artig – Winter, Sommer, Winter –, ob Sowtschick diese Schachtelgeschichte von Tieck kenne, ein Leckerbissen für jeden Germanisten? An diese Tieck-Sache habe ihn die «Winterreise» erinnert, Tieck habe das ja unübertroffen hingekriegt, am Ende kennt sich kein Mensch mehr aus.

Der Verleger sagte: «Nein! Nicht Tieck!» Er habe, wie gesagt, zeitweilig an Thomas Mann denken müssen, «Zauberberg», «Tod in Venedig». Diese Assoziation werde sicher als Einwand auch von der Kritik kommen, damit müsse man rechnen. Am besten in affirmativer Praxis gleich behaupten, man habe eine Parodie beabsichtigt?

«Oder? Geben Sie's zu, Meister! Sie haben Ihren Text maskiert, ja?»

Als die Suppe kam und alle über den Löffel pusteten, daß die Kerzen flackerten, rief der Buchhändler, er habe merkwürdigerweise auch ein wenig an Erich Kästner gedacht, in positivem Sinne natürlich, dieser Film da mit, wer spielte da noch mit? Paul Dahlke? Und es wurden Bücher von Kästner aufgezählt, die auch alle ganz vorzüglich seien. Paul Dahlke mit seinem angeknabberten Ohr. Hatte der nicht mal Beethoven gespielt? Ach nein, das war ja René Deltgen gewesen...

Dann drehte sich das Gespräch nur noch über: wer, was, wo gegessen habe, alle fanden das Essen vorzüglich, außer Sowtschick, dessen Toastscheiben lappe waren. Die zweiunddreißigjährige Buchhändlerin mit der randlosen Brille fragte stark ausatmend, ob er dies oder jenes gelesen habe, was er jeweils verneinte oder bejahte, und sie schwärmte ihm vor, wie toll die Lesung von der Drachwitz gewesen sei. Ganz in sich gekehrt habe sie am Tisch gesessen, zart und zerbrechlich, akustisch kaum zu verstehen. Dabei unglaublich engagiert! Und sie erzählte ihm zu seinem Schreck den Inhalt der neuesten Drachwitz-Novelle: Ein Terrorist verliebt sich in die Tochter eines Polizisten, der mit einer Jüdin verheiratet ist. Eines Tages zieht ein gehbehinderter Türke in das Haus ein, und da kommt es dann zum Knatsch. Und dann fiel ihr ein, zu fragen, ob Sowtschick nicht mal was schreiben könne, bei dem man *nicht* lachen muß? So in der Art des todtraurigen Hellmuth von Kassel, diese unverwechselbar heutige Prosa... Oder mal Gedichte? Ob er mal versucht habe, Gedichte zu schreiben? Seit einiger Zeit komme dauernd ein junger Mann in den Laden, der wisse zwar den Unterschied zwischen Böll und Benn nicht so recht, aber der habe ihr Gedichte vorgelegt, die einfach fas-zi-nierend seien.

Von Dornhagen berichtete von einem Napoleon-Film, noch aus der Stummfilmzeit, auf drei Leinwänden vorzuführen, mit Orchester! Der Regisseur habe den Pferden Filmkameras unter den Bauch gebunden, unglaublich modern...

Dann mußten alle aufstehen, die Löffel klatschten in die Suppe, weil Frau Röwekamp erschien: Obwohl, ziemlich abgetakelt mit ausgepolsterten Schultern und arabischen Pump-Hosen, wie es die Mode befahl. Man küßte ihr die Hand und erklärte ihr: das da drüben sei Sowtschick, der habe grade eine unheimlich tolle Lesung hinter sich gebracht. Da habe sie was versäumt!

«So?» sagte sie fettglänzend und schob die Armreifen hoch und sah ihn an, als ob sie ihn fürs Bett taxieren müßte. Sie rächte sich für den Fleiß ihres Mannes damit, daß sie dauernd vom Himmel fiel, besonders dann, wenn von Büchern oder Autoren die Rede war.

Sowtschicks Quecksilbersäule sank. Er dachte daran, daß die Drachwitz einen Preis nach dem andern kriegte, weil sie zu den Achilles-Günstlingen gehörte, und daß Hellmuth von Kassel – «Betonung auf der zweiten Silbe» – jüngst Stadtschreiber geworden war, weil der Münchner Klüngel ihn mochte. Es kam der Moment, in dem er sich hätte entfernen mögen, in dem er das sogar hätte tun können, ohne daß dies bemerkt worden wäre. Die Dinge wurden erst wieder ins Lot gerückt, als sich der Geschäftsführer der Grotte Sowtschick näherte und um eine Unterschrift ins Gästebuch bat, in dem sich sowohl Shilly Billy als auch Horowitz verewigt hatten.

Des Lebens ungemischte Freude
ward keinem Irdischen zuteil!

schrieb Sowtschick ein, und er freute sich, daß Carola Schade auf «Goethe» tippte, was sofort Protest auslöste. Das war natürlich Schiller, «Glocke» wahrscheinlich, oder «Taucher». Gedichte werden ja überhaupt nicht mehr gelernt, hieß es, kein Mensch kennt mehr Uhland: «... Das Leben wird schöner mit jedem Tag», oder: «... Nächtlich am Busento lispeln bei Cosenza dumpfe Lieder»: Platen. Oder die Droste! Eichendorff! «O Täler weit, o Höhen!»

Nein, hier war man sich einig, die Schulreform habe versagt, und zwar auf der ganzen Linie. Orientierungsstufe, Gesamtschule, und daß man das Abitur ohne Deutsch machen kann, ohne die Muttersprache also, so was gibt's auf der ganzen Welt nicht noch mal. Und dann die Verpestung der Sprachlandschaft durch Schlagworte, wie: «echt fetzig», «total ätzend»? Nein, die Unkenntnis, ja Dummheit der Schüler heutzutage war unbeschreiblich.

Ohne Dings kein Bums, dachte Sowtschick, und daß ihn die Mädchen «Greislein» genannt hatten, und er sah sich im Garten sitzend, in jener einzigen Nacht, mit Malven bekränzt, und er fand es bedauerlich, daß er nicht die Schallplatte mit den Nachtgeräuschen aufgelegt hatte, damals, mit der Nachtigall und dem Grillenzirpen. – Er konnte grade eben noch anbringen, daß Schiller auch nicht gerade das Gelbe vom Ei sei, immer diese bescheuerten Frauengestalten: «Amalie rannte wider die Bäume», da überbot schon wieder einer den anderen im Zitieren. Von Dornhagen schoß den Vogel ab mit Hölderlin, die Sache mit den Handwerkern. Daß er nur Handwerker sieht, aber keine Deutschen. Die Deutschen? Bei Gott ein beschissenes Volk... Napoleon übrigens, er möge gewesen sein, wie immer er wolle, der habe in seiner Kutsche stets eine kleine Bibliothek mit sich geführt: die ausgelesenen Bücher aus dem Fenster geschmissen.

Ehe das Gespräch auf dieses Thema übergreifen konnte, faßte sich Sowtschick an den Kopf und sagte, daß er nun doch wohl «auf den Weg machen und ins Horn brechen» müsse, und das verstanden alle; überhaupt, was er leiste, sei ja kolossal, wie schaffe er das bloß alles?

Sowtschick stand auf, quetschte sich aus seinem Stuhl heraus und verabschiedete sich mit einer allgemeinen Geste. Der Verleger nahm ihn noch eben beiseite, näherte sich ihm auf Nasenlänge und brummte vertraulich: «Wir müsen nun auch bald einen Vertrag machen, ja?» Er langte in seine Jackentasche und drückte seinem Autor ein Kästchen in die Hand.

«Fabelhaft, wie Sie sich entwickeln», sagte er, «gespenstisch!» Ihm scheine allerdings, ihm deuchte oder ihn dünkte, daß an dem Text noch eine Menge zu tun sei, und: Das Ganze sei ja fast ein Selbstbildnis, also, ob da die Kritik mitmache? Ob er Fingerling nicht lieber einen Maler sein lassen könne, und statt ins Gebirge an die See fahren?

«Und: Louis-seize? Finden Sie das gut?»

Kaum freigegeben, wurde Sowtschick von seinem Freund gestoppt, der sich bereits eine Pfeife angezündet hatte. Er sagte allerhand Angenehmes über die Lesung, und er legte sogar auf goethische Art Daumen und dritten Finger zusammen zu einer Geste des Entzückens. Vor allem habe ihm gefallen, daß Sowtschick in diesem Selbstbildnis auch selbstkritisch habe sein können. Er habe gar nicht gedacht, daß Sowtschick imstande sei, sich selbst auf die Schippe zu nehmen...

Dann schwärmte er von «Gabriela, dem schönen Kind». Die Sache sei noch absolut nicht ausgestanden, da seien noch Weiterungen in Sicht. Ob Sowtschick ihre Gedichte gelesen habe? Zum Kotzen, nicht? ... Dann erbat er, der von den Mädchen bereits ein «Schlimmling» genannt worden war, Auskunft über Frau Schade, ob Sowtschick meine, daß das Zweck hat? Wie sei die denn so? Ob die etwa auch dichte?

Bevor Sowtschick ins Freie gelangen konnte, vertrat ihm Röwekamp den Weg. Der wollte auch noch einen Eintrag in sein Gästebuch.

Weh, nun ist all unser Glück dahin ...

schrieb Sowtschick hinein, ohne daß er recht hätte sagen können, weshalb. Dann reichte ihm der Buchhändler noch einen alten Brief. Den habe er im Nachlaß seines Vaters gefunden. Ob Sowtschick sich erinnere?

O ja, Alexander erinnerte sich. Das war diese peinliche Sache gewesen. Nicht sehr angenehm, jetzt daran erinnert zu werden.

Scherenschleifer war mein Vater
in dem großen Welttheater...

Draußen wehte ein lauer Wind. Die angestrahlten grünen Türme der Marienkirche standen leuchtend vor einer schwarzen Wolkenwand. Sowtschick ließ sich von Hessenbergs Chauffeur zum Hotel fahren. Der Fahrer, ein Mann, der «Herr Bosse» hieß, erzählte wortreich, daß Hessenberg sowieso in Hamburg zu tun gehabt habe, und da sei es doch wohl klar wie dicke Tinte gewesen, daß man sich bei der Gelegenheit auch die Lesung anhört. Das ist dann ja ein Abwasch. Er holte aus dem Handschuhfach ein Hardcover-Exemplar von «Kaum einen Finger breit» und bat um eine Unterschrift.

Das rührte Sowtschick. Dieser einfache Mann scheute also nicht die Ausgabe von achtunddreißig Mark, um eines seiner Bücher zu besitzen. – Erst wesentlich später fiel ihm ein, daß es sich dabei vermutlich um ein Freiexemplar der Firma handelte.

Irgend etwas mußte dieser Tag doch noch hergeben, fragte sich Sowtschick. Er zögerte, in das Hotel zurückzukehren. Er ging statt dessen noch einmal «um den Block».

«Alexander!» hörte er seine Mutter rufen, und er sah sie die Hände heben, als wollte sie sagen: «Wenn das man gutgeht...»

In der lauen Nachtluft stand junges Volk beisammen: Amis, vielleicht ein Schüleraustausch, aus Kalifornien? Santa Barbara? Von den Klippen lassen sich die roten Drachenflieger hinabgleiten und dann ziehen sie ihre Kreise wie Raubvögel... Zwei Jungen rangen miteinander, drängten sich gegen das Geländer der Alster, und die Mädchen schrien auf!

Sie wissen nicht, daß das Wasser nur eins fünfzig tief ist, dachte Sowtschick.

Ein Messergeschäft mit wunderbaren Taschenmessern und Scheren jeder Größe, rechteckigen Hackmessern und Skinnern, die in den Stiefel zu stecken sind, ein Tabakladen, bei dem Sowtschick wegen der schönen Zigarren bedauerte, nicht mehr zu rauchen, eine Apotheke, in der Knoblauchpillen angepriesen wurden, damit man hundertfünf Jahre alt wird, wie der kaukasische Greis auf der Papptafel daneben. In einem Schaufenster der Pan Am war das Modell eines Jumbos ausgestellt, halboffen: Wie schön gemütlich es da drin ist: Die behaglichen Sitze für all die Passagiere, die nach Miami wollen und nicht damit rechnen, daß sie auf einer Autobahn notlanden müssen. Sowtschick dachte an seinen Winterroman und an den Durchblick, den er noch schaffen müßte, damit die Kritiker das überwältigend Kunstvolle an seinem Wundervogel bemerkten. Auch den Deutschlehrern in den Gymnasien käme Durchblick zugute, wenn auch letzte Verschleierungen angebracht waren, damit nicht alle Welt sagte: «Simpel. Was Sowtschick hier auftischt, ist allzu simpel.»

Vielleicht hätte er Carola doch ein Zeichen geben sollen, einen Wink? Die Lesung war beeindruckend verlaufen, da wäre sie möglicherweise geneigter gewesen? – Wie auch immer, nun war es zu spät. Die schwamm jetzt ab in Richtung Dornhagen. Der würde sie «Carol» nennen und ihr ins Buch schreiben: «Als Dank für unvergeßliche Stunden.»

Alexander faßte sich ans Herz, dorthin also, wo seine Brieftasche steckte, in der neben den Fotos seiner Familie und einem kleinen Zettel, den er aus den USA mitgebracht hatte, «zwei» verwahrt waren, in nagelneuen Hundertmarkscheinen. Wenn eines dieser Freddy-ähnlichen Ami-Mädchen, die sich hier mit Jungen herumbalgten, von Speiseeis und reschen Salaten, Watteweißbrot und schieren Rindfleisch-Hamburgern genährt, wenn eine dieser Tussis wüßte, daß er hier mit «zwei» in der Tasche und noch ein bißchen mehr spazierenging ... Aber nein, auch das würde nichts nützen. Schlagzeuger hätte er sein müssen, oder Rock-Sänger. Einer dieser Typen, die es machten, daß sich Kindfrauen jubelnd auf die Schultern von jubelnden Jünglingen setzten.

Zählte Geist denn gar nicht? Würde sich denn keine junge Frau gedrängt fühlen, ihre Dienste dem berühmten Verfasser des Buches «Kaum einen Finger breit» anzubieten? Ihn beispielsweise nach Italien zu chauffieren in dieses kleine Dorf da, wie hieß es noch, wo die Betten so schauderhaft gewesen waren und die ganze Nacht der Krach?

Er kam am Alsterhaus vorbei, an der bewußten Stelle, wo die Scherenschleiferin auf dem Pflaster gesessen hatte. Links und rechts in den Schaufenstern exzentrisch drapierte Modepuppen, zu frenetisch grinsenden Gruppen formiert. Sowtschick blieb stehen und betrachtete das Pflaster. Wer hier ein Mikroskop zur Hand hätte und Kriminalist wäre, der würde eventuell noch Fasern, winzige Abschabungen der weißen Cordhose ausmachen können.

«Haben Sie etwas verloren?» fragte ihn ein älterer Herr, der hier mit seinem Hund spazierenging.

«Ja und nein», antwortete Sowtschick, «wie man's nimmt.» Irgend etwas Warmes hätte er gern im Arm gehalten, einen Kopf auf der Schulter und ein Ohrläppchen zwischen den Fingern. Damals in der Rhön, dies komische Gasthaus da, wo er mit Marianne einen ganzen Tag im Bett gelegen hatte, der erste gemeinsame Urlaub ... Es hatte geregnet, und sie hatten unter *einer* Decke gelegen. Und in der Karibik, der einzig schöne Abend an Deck, zusammengedrängt, und das leise Plätschern des Wassers? Es hatte schöne Stunden gegeben, sogar in Burgund, in Tournus zum Beispiel, als

Marianne, den Kunstführer in der Hand, angesprochen wurde von einer Dame, ob sie nicht auch meint, daß das da hinten Alexander Sowtschick ist? Oder Cluny, wie sie um die Ecke kamen und dachten: Das Kloster steht noch!

Sowtschick kehrte ins Hotel zurück. Vom Portier wurde er herbeigerufen, der hatte sich inzwischen sein letztes Buch besorgt und bat um eine Signatur.

Im Foyer der «Vier Jahreszeiten» saß keine sogenannte «Edelnutte» herum in weißem Leder wie in Frankfurt, letztes Jahr während der Buchmesse. Immer hatte er sich aus Studiengründen mit so einem Menschenkind mal befassen wollen, und nun war es zu spät. Nun würde man sich teuflische Viren einhandeln und einen mittelalterlichen Tod.

Sowtschick signierte das Buch und beantwortete die Frage, ob er bald mal wieder im Fernsehen auftrete, mit: «Wer weiß?», kaufte die Zeitung von morgen und ging auf sein Zimmer. Der Fernsehapparat würde die Rettung dieses Abends sein.

Sowtschick wusch sich und machte es sich bequem. Zunächst war eine Sportsendung zu verfolgen. Susanne Weißbach-Grewe, eine Frau also, moderierte Männerfußball: Real Madrid gegen Bayern München. Wie die Deutschen ein Tor nach dem andern schossen, war zu sehen. Zuerst nicht und dann doch. Daß die Bayern unverdient gewonnen hätten, sagte die deutsche Sportmoderatorin am Schluß, und wir sollten allesamt die Daumen drücken, toi, toi, toi! daß beim Rückspiel die bessere Mannschaft gewinnt. Olé!

Im Zweiten Programm lief eine Unterhaltungs-Show, in der uralte Menschen mit Gebiß und Hörbrille einander in die Arme sanken, weil sie sich so lange nicht gesehen haben. Ein Flaksoldat, der einer französischen Widerstandskämpferin das Leben gerettet hat: «Was fühlen Sie, wenn Sie sich jetzt so wiedersehen?»

Wie sie das wohl machen? dachte Sowtschick. Vielleicht fragen sie die Ehefrau aus? Wen sie mir wohl schicken würden ... Ihm fiel niemand ein, den er hätte wiedersehen mögen. Freddy vielleicht, das Mädchen aus Santa Barbara – aber doch nicht in einem Fernsehstudio, wo geklatscht wird, wenn man sich küßt. – Oder die Eltern, wenn sie noch lebten, damit sie sehen könnten, wie weit er sich emporgerappelt hat. Der Vater mit dem goldenen Zwicker in seiner zweiten Etage, doll war das nicht gewesen, wenn's hochkam, zehn Tage Urlaub in Ahrenshoop bei Fischersleuten, und im Winter Schlittschuhlaufen auf dem Wallgraben, die Hände auf dem Rükken. Der Vater. Mit sechsundfünfzig als Greis gestorben. «Mußte das sein?», der Satz stand auf seinem Grabstein.

Genugtuung erfüllte Alexander: er selbst war nun schon sechzig. «Siehst du!» hätte er am liebsten gesagt und: «Das hättest du wohl nicht gedacht.»

Im Dritten Programm wurde ein proletarisches Theaterstück gezeigt, vom Deutschen Gewerkschaftsbund bezuschußt, in dem die Arbeiterschauspieler die Faust hoben und Lieder mit Triumphcharakter sangen.

Frau Dr. Wege kündigte im Wetterbericht Eintrübungen an. Tiefausläufer des Wirbelsturmes Betsy, also doch wohl Regen, erquickend für das ausgedörrte Erdreich, endlich.

Und dann das Deutschlandlied, die «dreischiffige Hymne», zweihundert Jahre alt – schöner als die kriegerische Marseillaise oder das eintönige «God save the Queen». Er drehte das ab. Er hatte nichts gegen dieses Lied, aber er hatte es satt.

Auf den anderen Kanälen war schon Schluß. Diesem Tag war nichts mehr abzuzwingen, jetzt mußte geschlafen werden. Er zog sich noch nicht aus, er legte sich auf das Bett und zwirbelte sich am Ohrläppchen. An die Kindheit dachte er, an den Zahnarzt, der ihm das Amalgam in den frisch ausgebohrten Zahn gedrückt hatte. Und dann fielen ihm andere Ohrläppchen ein, braungebrannte, kleine, feste, mit Loch für den Ohrring. Ah! Billige Ohrringe, das war es. Ein Kettchen um das Fußgelenk und billige Ohrringe ... Wie die Kopfjäger in Sumatra Schrumpfköpfe, so Ohrläppchen sammeln, abschneiden und auf einen Draht ziehen. Oder in einer winzigen Gefriertruhe horten, jedes in einem Schächtelchen, rosig, mit zartesten Härchen?

Das Kästchen, das ihm Hessenberg in die Hand gedrückt hatte, fiel ihm ein. Er riß die Verpackung auf: Es enthielt einen Koselgulden, eine Aufmerksamkeit im Hinblick auf sein letztes Buch, vielleicht auch eine freundschaftliche Mahnung, es mit den Fleisches-Freuden nicht zu arg zu treiben. Bei der Reprintmünze handelte es sich um einen Scherz Augusts des Starken, der auf das «Kosen» anspielte, eine wollüstige Szene war darauf zu sehen, die absolut uninteressant war.

Sowtschick war gerührt, der alte Herr war eigentlich ein ganz famoser Mann.

Daß durch den Mordverdacht der Absatz der Bücher dramatisch in die Höhe gegangen war – «Nu geiht dat an de tweite Milljon ran!» –, war ja höchst erfreulich. Vielleicht könnte man an das Schwimmbad eine Voliere anbauen? Seltene Vögel hineinsetzen, die einem auf die Schulter fliegen und Körner von den Lippen fressen. So wie in Rio, 1983, die kleinen Papageien.

Beim nächsten Buch, kurz bevor es erscheint, wieder irgendwas anstellen! Für PR-Effekte sorgen, vielleicht ein Rencontre mit Achilles vom Zaun brechen, mit derben Worten und ihm welche an den Hals schlagen. Aber lieber nicht, der war womöglich wahnsinnig stark?

Als er sich entschlossen hatte, schlafen zu gehen, den Koselgulden aufgestellt auf dem Nachtschrank wie einen Taschenwecker, zwang es ihn noch einmal aus dem Zimmer heraus. Er fuhr hinunter und stellte sich neben den livrierten Portier in die laue Nacht hinaus (am schwarzen Himmel wetterleuchtete es). Und da sah er plötzlich, wie einmontiert in dieses Bild, die Scherenschleiferin auf einer Bank sitzen. Sie war damit beschäftigt, sich einen Lappen um den Zeigefinger zu wickeln.

Sowtschick holte das Auto und fuhr vor, er öffnete die Wagentür, klack, steig ein in die Gondel, 136 PS erwarten dich mit Einspritzdüsen und Turbo-Mechanismus, dunkelblau lackiert.

«Laß mich in Ruhe», sagte die Frau und guckte weg. Schließlich stand sie aber doch auf und stieg ein.

Sowtschick fuhr durch die Straßen, wie's grade kam. Die grüne Digitaluhr tickte, und aus dem Radio perlte Debussy. Und da saß sie nun also neben ihm, die Sklavin, roch nach Alkohol, und wenn sie sich bewegte, stechend-süß nach Schweiß. Offensichtlich war es ihr egal, was nun passierte. Sie guckte hinaus auf die schwarze Alster, in deren von Infusorien getrübten Schlammwäldern die zueinandergehörenden Fische jetzt gewiß flossenwedelnd nebeneinanderstanden, und Sowtschick fragte sich, ob es nicht besser gewesen wäre, auf dieses Abenteuer zu verzichten.

«Du hast alle meine Messer ruiniert», sagte er, und beschrieb ihr den heißen Tag, an dem sie vor dem Haus die Messer geschliffen hatte. Er beschrieb auch das Scherenschleifer-Auto mit dem mechanischen Schleifstein hinten drin, das sie ja eigentlich kennen mußte und den südländischen Mann, der in seinen Rhododendron uriniert hatte. Es war ihm, als könne er sich durch die Aufzählung dieser Tatbestände legitimieren.

«Pro Zentimeter fünf Pfennig...», sagte Sowtschick, um sie zu necken. Und sie sagte: «Carlos hat mich rausgeschmissen, ich wär aber sowieso gegangen... Schöne Musik», sagte sie dann, «das kenn ich...», und sie kramte in ihrem Gedächtnis. Sie wußte, daß sie das irgendwann einmal gehört hatte. Die schönste Musik nützt nichts, wenn man nicht weiß, was es ist. Mit dem umwickelten Zeigefinger wischte sie auf dem Armaturenbrett einen Fleck weg: «Mach's aus.»

Auf der Straße liefen Betrunkene herum, die das Auto zu stoppen suchten.

Ein Kinderkarussell mit Erwachsenen drauf, eine Waldsteinorgel.

«Hast du Hunger?» fragte er.

«Ja.»

Gott sei Dank! dachte Sowtschick, dann haben wir wenigstens was zu tun. Ohne viel zu überlegen, fuhr er in die Lange Reihe. TAUSEND TÖPFE. Er parkte das Auto mitten zwischen die Türknaller, die aus dem Schauspielhaus kamen. Dann ging er mit ihr in eines der einfachen Hotels dieser Gegend, und er machte das so selbstsicher, daß sie ihm folgte.

Während in den «Vier Jahreszeiten» auf Zimmer 431 der Koselgulden auf dem Nachtschrank stand, saßen sie in einem geblümten Zimmer: Doppelbett, Tisch mit Blümchendecke und zwei Stühlen. Die Blümchengardine, an der sich schon so mancher Freier die Schuhe abgeputzt hatte, war oben an einer Ecke eingerissen, im Aschenbecher lag eine Kippe.

Die Scherenschleiferin sah Sowtschick an – sie hieß Elvira – und schüttelte den Kopf, als ob sie es nicht glauben kann, daß sie jetzt plötzlich in einem Hotelzimmer sitzt bei einem älteren Herrn.

In Bottrop hatte sie mal ihre Ferien verbracht als Kind bei einem Onkel, der einen Zigarrenladen besaß, mit Hund. Und die Kunden, die sich da ihre Stumpen kauften, hatten «na, du Kleine?» gesagt.

> Wenn du denkst, der Mond geht unter,
> der geht nicht unter, es scheint nur so ...

summte Sowtschick, als er hinunterging in das Restaurant und kalte Frikadellen und eine Pappschale voll Kartoffelsalat besorgte. Als er wieder ins Zimmer kam, saß sie noch immer am Tisch. Es roch streng, und Sowtschick hatte keine Ahnung, was nun werden sollte. Hier hatte er sich wieder mal was eingebrockt? Wär er doch gleich unten geblieben, hätte bezahlt und wär gegangen, den Großzügigen, den Gentleman mimend, der die Notsituation eines Menschenkindes nicht ausnutzt.

Er stellte ihr die Fourage hin, öffnete zwei Knöpfe seines Afrika-Hemdes, so daß das goldene Kettchen herausrutschte, schleuderte die Sandaletten auf den Fußboden und legte sich, zwei Meter entfernt von ihr, aufs Bett. Hübsch war sie nun wirklich nicht, mittelgroß, rötliches Haar und ein seltsam rundes, von tausend Sommersprossen bedecktes Gesicht. Sie biß in die Frikadelle, wobei es sichtbar wurde, daß ihr ein Zahn fehlte.

Daß sie nach Holland trampen will, morgen, da hat sie Bekannte, erzählte sie, aber sie weiß nicht, ob die überhaupt da sind, und sie hat die Adresse verloren, aber das kriegt sie schon raus. Kein Problem ...

Woher er die Striemen am Hals hat, wollte sie wissen, was Sowtschick Gelegenheit gab, von Erika zu erzählen.

Sie hörte auf zu kauen: Die Moor-Sache mit dem Schriftsteller? Davon hatte sie in der «Boulevard» gelesen. Das sei *er* gewesen? Oder vielmehr nicht gewesen? fragte sie. Dann sei er also Schriftsteller, schreibe richtige Bücher?

Ja, sagte Sowtschick, und das sei gar nicht so einfach. Der Kapitänsvergleich bot sich an, den ließ er jetzt vom Stapel, und dann sagte er, er schreibe grade an einem Roman, richtig mit Liebe und allem Drum und Dran, den man übrigens auch kaufen kann eines Tages in jeder Buchhandlung. Schade, daß jetzt alles zu ist, sonst wäre er schnell losgeeiert und hätte ihr eines seiner Bücher gekauft.

Das fand sie nun sehr interessant, das regte sie an, und sie redete vor sich hin, mit einfacher Stimme, immer geradeaus, ihre ganze Geschichte gab sie von sich, Schulsachen, Disko und schließlich das Kind. Sieben Jahre alt war es nun schon, und bei der Omma wohnte es, und daß sie morgen nach Holland trampen will, aber sie weiß nicht, ob ihre Bekannten überhaupt da sind, aber das sei kein Problem...

Sowtschick sagte weiter nichts. Er hörte zu, *wie* sie redete, nicht *was*, westfälisch war sie angehaucht, «von bei Bielefeld weg» sei sie, und sie sprach in die Gegend, wie's gerade kam. Er wußte nicht, was er mit den Geschichten anfangen sollte, und mit ihr, und er dachte an Viren, die auf der Lauer liegen, um ihm auf mittelalterliche Weise den Garaus zu machen. Wenn er hier irgend etwas mit ihr beginnen wollte, müßte er sie zunächst unter die Dusche kriegen, damit ihr gedrungener Körper durch das in Mäandern an ihr herunterfließende Wasser gründlich gereinigt würde.

Sie schaufelte den Kartoffelsalat in sich hinein, und als sie alles aufgegessen hatte, war sie auch mit ihrer Geschichte fertig. Sie schwieg also, und nun war er an der Reihe mit Erzählen, die Erika-Sache noch einmal ganz von vorn, daß man darüber ein Buch schreiben könnte, Erika und die vier, ja sechs Mädchen: das singende, springende Löwenheckerchen und die Kanalschwimmerin, Petra und Rebecca und seine beiden Raubritter. Dann sprach er von Carola, seiner Freundin, daß man über die auch ein Buch schreiben könnte. Bei Carola verweilte er lange, und er beschrieb die kleine Kajüte an der Elbe. Daß das eine Frau sei, mit der man gut essen gehen kann, ganz attraktiv, das sei aber auch alles! Die lebe auf Kosten anderer wie eine Drohne. – Dann kam die Jury-Sitzung an die Reihe, wie anstrengend das Gequatsche ist, aber finanziell ganz interessant. Man muß ja sehen, woher man die Moneten kriegt. Im letzten Jahr das Steuerfiasko, Gott, hatten sie ihn gerupft! Alle dächten, er schwimme im Geld, und dabei müsse er doch wahnsinnig viel Steuern zahlen. Und er rechnete es ihr vor, was er zahlen muß, alle Vierteljahr. – Die Leute dächten, daß ihm alles in den Schoß gefallen sei, sagte er. Haus, Park, Flügel, er habe dafür hart arbeiten müssen, acht, zehn Stunden täglich, und nie Urlaub. Früher ja, Burgund, Oberitalien, Südamerika, Kirchen angucken, «aber das hat man bald satt...», so renommierte er. Der Film mit der Schönboom kam an die Reihe, das Fernsehen überhaupt...

Und dann sprach er von dem Mord an Ohltrop: Er habe merkwürdigerweise die Vorstellung gehabt, daß «Carlos» plötzlich nachts an seinem Bett auftauchte, ein Messer in der Hand, und sie dahinter.

«Ich?»

«Ja.» Er sehe es vor sich, wie sie eine Wäscheleine holt und ihm die Füße fesselt, während Carlos ihm das Messer unter die Nase hält und nach seinem Geld fragt.

Die Frau hörte sich seine Visionen mit offenem Mund an. Wie's weitergeht, wollte sie wissen, und Sowtschick malte ihr die sonderbarsten Folterungen aus, den Keller, in den er hineingestoßen würde, mit dem Fuß nachtreten, und er dachte dabei an sein Buch «Kaum einen Finger breit», diese Widerstandssache, in dem Sonja Schönboom das zu tun hatte, was er jetzt der Scherenschleiferin anpaßte. Weiter ging er nicht, er scheute sich, seine bis ins einzelne gehenden Vorstellungen auszusprechen. Statt dessen beschrieb er sein Haus. Und während er das tat, wußte er, daß die Beschreibung seiner Vision vom Abschlachten die einzige Möglichkeit war, mit dieser Frau in Kontakt zu kommen. Und dazu hätte er sie nicht unter die Dusche zu zerren brauchen, da war der Dreck, der an ihr und an ihrer Cordhose haftete, grade recht! Daß sie plötzlich aufspringen würde, stellte er sich vor, und auf ihn einschlagen, die Brille fliegt weg, links, rechts, egal, ob in seinem Gehirn sich grade irgendwelche Bilder ins Wort erlösen. Wie auf dem Markt die Fischfrauen Karpfen aufschlitzen, so würde sie hoch über ihm ein Messer erheben und zustoßen! Herrlich dieser Tod. Wollust und Schmerz würden ihn ins Nichts hinübergeleiten.

Auf dem Canal Grande betten tief sich ein die Abendschatten.

Während er von seinem Klavierspiel erzählte, jeden Tag drei Stunden, damit er sich auch mal regeneriert und sich erholt von seinen sechs, acht Stunden Schreibarbeit, standen Rubinstein und die Klavierlehrerin neben seinem Bett. Der Vater löste sich aus dem Dunkel, nahm seinen goldenen Zwicker ab und wischte sich Tränen aus den Augen. Auf dem Flur hörte Sowtschick seine Mutter sprechen mit Carola Schade, und nun kam auch von Dornhagen mit Hessenberg den Korridor heruntergeschlendert. Alle wollten zu ihm und sehen, was er da macht. Wie einen Ermordeten wollten sie ihn ansehen, und er lag da wie der bärtige Mann mit den Wundmalen, die ausgestreckte Rechte zur Faust geballt.

Das Frauchen stürzte sich nicht auf ihn. Sie mochte an einen Fernsehabend denken, in der Wohnküche ihrer «Omma», das Kindchen auf dem Schoß, mit dem sie nichts anzufangen wußte: «Ich besorg mir mal 'n paar Lullen», sagte sie, «hast du Geld?» Ohne seine Antwort abzuwarten, ging sie an sein Jackett, das über dem Stuhl hing, und holte die Brieftasche heraus, nahm einen Zwanzigmarkschein, winkte ihm damit und verschwand.

Endlich allein, dachte Sowtschick und überlegte, ob hier wohl eine Feuerleiter sei, über die hinweg er abhauen könnte.

Er horchte. Vielleicht gab es ein Loch in der Wand, durch das er beobachtet wurde und fotografiert. Es wäre ja herrlich, wenn man ihn erpressen würde! Das ganze Drum und Dran! Er würde ängstlich tun und, wenn sie dann hunderttausend forderten, sie einfach auslachen. An den Autor Holderbusch dachte er, der sich als Zuhälter ausgegeben hatte... Marianne würde man das schon erklären können. Er stand auf, schob den Vorhang zurück und sah auf die Straße.

Ganz von selbst stieg er in die Sandalen und zog sich die Jacke an. Schnell weg hier, dachte er, solange es noch Zeit ist, beenden die Sache, sofort. Er trat aus der Tür und sah den Gang hinunter, kein Mensch zu sehen, nahm dann die Treppe statt des Aufzugs, warf dem Portier fünfzig Mark hin und lief nach draußen. Schluß, aus! – Frei!

«Alexander!»

Unter der Windschutzscheibe seines Wagens klemmte ein Stück

Zeitung mit Kleinanzeigen: «Hund entlaufen», die Anzeige war angekreuzt, und «schönen Dank für die Lullen!» stand darunter.

Also denn: in die «Vier Jahreszeiten». Erleichtert, Gott sei Dank! Frei! Sowtschick fing an zu lachen und trommelte auf den Lenker... Das war wieder mal ein Ding, das mußte er unbedingt in den nächsten Roman einarbeiten! Und während es zu regnen begann, notierte er sich als zweiten «Strang» die Scherenschleiferin, das wäre der rechte Kontrast zur «Drohnin», ja eine Variante.

Sowtschick schob das Violinkonzert von Bruch in den Recorder und ließ sich in festlich-fröhliche Stimmung versetzen. Oistrach, dieser zur Tapferkeit entschlossene Einsame nun ein Triumphierender...

Nachdem sich Sowtschick am nächsten Morgen intensiv als Frühstückskönig betätigt hatte, fuhr er beschwingt nach Hause. Es regnete, und die beiden Scheibenwischer fuhren quietschend von einer Seite zur andern: Die kriegen sich nie, dachte Sowtschick.

Er reihte sich in den zweispurigen Urlaubsrückreiseverkehr ein: Westerland und Wyk, St. Peter-Ording und Scharbeutz, er winkte Kindern zu, die, ein Stofftier in der Hand, gelangweilt aus dem Heckfenster guckten. Er freute sich mit all den Menschen links und rechts, vorn und hinten, daß sie vierzehn sonnige Urlaubstage verlebt hatten. Surfbretter auf dem Dach und Fahrräder, deren Räder sich im Fahrtwind drehten. Die Taschen voll belichteter Filme, ewige Erinnerungen an Sonne und Wasser, Schnellimbißstuben und Kulturprogramme, das alles würde sie gefeit machen gegen extremistische Parolen. Diese Menschen würden nun in Oberhausen oder Duisburg gestärkt an ihre Arbeit gehen, die Drehbänke einstellen, die Zeichenbretter mit Zeichenpapier bespannen, Arbeiter der Faust und Arbeiter der Stirn, und er freute sich, daß er selbst, wie sie, seinem Zuhause entgegenfuhr, um seinerseits sich um die Ewigkeitswerte abendländischer Kultur zu kümmern, ohne gezwungen gewesen zu sein, in einer französischen Ferienwohnung zu hausen und schlechte Pommes frites zu essen.

Auch der entgegenkommende Autostrom war interessant. Auch das waren Menschen, die die Taschen voll belichteter Filme hatten, auf dem Dach Surfbretter und Fahrräder, deren Sättel nun naß wurden, Arbeiter der Faust und Arbeiter der Stirn, die nun die Spuren beseitigen mußten, die Menschheit an der See zurückläßt, zerdrückte Bierdosen, gebrauchte Kondome, zerrissene Plastikplanen. Und in der silbrig glänzenden Bucht, in der bereits ein kühler Wind den Herbst ankündigte, braun-schwammig die Urlaubskloake, von schaumigen Algen aufgefressen.

Es regnete, und gleichzeitig schien die Sonne. Irgendwo muß jetzt ein Regenbogen sein, dachte er. Die Versöhnung Gottes mit den Menschen.

Er suchte sich Musik im Autoradio. Zunächst hörte er aus Loyalität zum Dritten Programm eine Zirpsache von Couperin, dann offerierte eine alberne Ansagerin «Musik aus Opas Zeiten». Dabei handelte es sich um Schlager, die er als Pennäler gepfiffen hatte: «In meiner Badewanne bin ich Kapitän . . .»

«Dumme Kuh!» sagte Sowtschick laut.

Schließlich geriet er in einen Gottesdienst, in schleppenden Gemeindegesang, und er mußte an ein trockenes Flußbett denken, Millionen runder Kieselsteine, über die ein Lastwagen fährt. Dumme Menschen, die ihr Zelt in dem Flußbett aufschlagen und nicht wissen, daß das Wasser wiederkommt, schwallartig, und sie hinwegschwemmt.

Sowtschick knipste das Radio aus.

Auch die «Winterreise» würde vom Publikum angenommen werden, das war bei der Lesung herausgekommen. Sie würde der abendländischen Kultur einen deutlichen Ruck nach vorn verpassen und ihm dazu verhelfen, die Quecksilbersäule seines Kontos nach oben zu treiben. Erst mal die «Winterreise» herausbringen, rund und schier, und dann im nächsten Jahr «Die Drohnin» als Doppelporträt. «Die Drohnin» oder, vielleicht noch besser: «Die Drohninnen»? Auch das ein Geschenk des Himmels! Die Auseinandersetzung eines Arrivierten mit dem sogenannten «Gesellschaftlichen». Seine Kopplung an eine elegante «Drohnin», also Carola Schade, die das Geld zum Fenster rausschmeißt, der er dann einen Tritt gibt, folgerichtig. Die Rückkehr ins unschuldig-einfache Leben, Radieschen, Gurken. Und ein erneutes Geraten an eine Drohnin der untersten Gesellschaftsschicht, die ihn beklaut! Im übrigen heiter, «flockig» die Sache, und ein bißchen frech. Das politische Anliegen einbinden in Erotisches. Bis an die Grenze würde man gehen können, die *äußerste* Grenze, aber eben nur bis. Das andere wäre der Phantasie des Lesers zu überlassen, mit der würde man rechnen können in diesem Fall.

Jeden Nachklang fühlt mein Herz
froh und trüber Zeit...

Das Projekt «Die Drohninnen» hätte den Vorteil, daß man sich engagiert geben könnte: So etwas interessierte die Leute gewiß! Das würde sie erwärmen, vorausgesetzt, daß es ihm gelänge, es so durchsichtig zu machen, wie das Jumbo-Modell bei Pan Am. Schade – als Studienobjekt hatte er die Scherenschleiferin zu früh fahrenlassen. Das war ein schwerwiegender Fehler gewesen, der durch Vorstellungsvermögen und Recherchen nicht auszugleichen sein würde. Es gibt Dinge, die man erlebt haben muß, um sie darstellen zu können.

«Die Drohninnen», in diesem Titel schwänge auch unüberhörbar etwas Drohendes mit, das gewiß sofort verstanden werden würde. Assoziationen zu den Troerinnen boten sich an...

Der Regen hatte aufgehört, die Sonne knallte auf die nasse Fahrbahn und glitzerte in den Tropfen, die auf der Frontscheibe zitterten und durch den Fahrtwind allmählich zur Seite geschoben wurden. Sowtschick schlug Rumbatakte ans Steuerrad und sang «La Cucaratscha!»

Nach einer halben Stunde verließ er den Strom der Auto-Lemminge, die ihrer Heimat ohne erkennbare Gemütsbewegungen entgegenstrebten. Er fuhr unter den sich regenden Eichen der Landstraße dahin, derselben Landstraße, auf der vor hundertachtzig Jahren napoleonische Truppen dahingezogen waren, in die

Gehöfte eindrangen und alles plünderten, was zu plündern war. Er kam auch an dem vornehmen Gutshaus der von Barnewitz vorüber, vor dem grade die weißen regennassen Stühle abgetrocknet wurden, und dann fuhr er, Wiesen und Bruch links und rechts, unter Hochspannungsleitungen hindurch, die über das weite Land dahinschwangen, über eine Moorgrabenbrücke hinweg, mit weißem Geländer, ins Dorf hinein. An Rebecca mußte er denken, sie war es, die unter seiner Hand gewachsen war, an das Löwenheckerchen und an die Kanalschwimmerin. Mit Petra hatte er sich am wenigsten befaßt, und das reute ihn. Wie schade, daß er nicht Geduld genug gehabt hatte, die reife Frucht zu halten.

So verrauschte Scherz und Kuß
und die Treue so . . .

Mit den Pferdemädchen wäre noch einiges in Ordnung zu bringen. «Laßt euch hier nie wieder blicken!», das stand noch im Raum, unbedacht dahingesagt. Das müßte abgeschwächt werden. – Leer würde es sein in seinem Haus, eigentlich schade. So leicht würde eine neue Mannschaft ähnlicher Art nicht aufzutreiben sein, frisches, fröhliches Gefieder, flatternd, gackernd und keck.

Sassenholz: Da war er wieder, Sowtschick, jugendlich und frisch, voll Spannkraft und Elastizität, fuhr ein in das Dorf, das durch ihn zu Namen gekommen war. Selbst der Tod der zweiunddreißig Bauern hatte es nicht herausheben können aus der Masse der andern Dörfer, in denen vermutlich ebenfalls irgendwann mal Menschen erschlagen worden waren, erst er, Alexander Sowtschick, hatte Sassenholz bekanntgemacht. Noch in hundert Jahren würde im Lexikon nachzulesen sein, «Sassenholz, . . . eingebettet in Wiesen, Wald und Moor, hier schuf Alexander Sowtschick seine bedeutendsten Werke . . .».

Unter dem Vaterunser-Läuten der Kirche winkte er den Männern zu, die vor dem Gasthaus «Zur Linde» auf der Bank saßen und ihm nachblickten. Auch der Frau des Schlachters winkte er zu, die am Straßenrand stand, mit einem Kind an der Hand. Wenn wieder jemand ermordet worden wäre, dann wären dies Alibizeugen ersten Ranges.

Alexander bog in die Poggenallee ein, die später vielleicht mal Alexander-Sowtschick-Allee heißen würde, und fuhr an den Flüchtlingshäusern vorüber die Straße entlang, an der sein Haus lag, weiß und vornehm. Die Kirchenglocken läuteten – «Sonntag ist's in allen Herzen!» – Vor jenem droben steht gebückt, der helfen kann und Hilfe schickt.

«Flatternd, gackernd und keck», sagte Sowtschick vor sich hin, und er sagte es immer wieder, sich an dem sonderbaren Rhythmus der Worte erfreuend. Ach, es war doch schön, das Leben.

Als er durch das Tor fuhr – «flatternd, gackernd und keck!» –, merkte er, daß irgend etwas nicht stimmte. Die beiden Schafe kamen ihm entgegen mit nachschleifender Kette, ratlos, und: War das nicht sein Gartenhut, der da in der Linde hing? Und wieso stand unterm Dachjuchhe ein Fenster offen, mit heraushängender Gardine? Wurde hier saubergemacht?

Sowtschick fuhr das Auto in die Garage und stieg aus. Irgend etwas ging hier nicht mit rechten Dingen zu. Er schloß die Tür auf, und da sah er es schon: Der goldene Barockspiegel lag zerbrochen auf dem Boden, alle Schubladen der Handschuhkommode waren herausgerissen und umgestürzt.

Diebe? dachte Sowtschick und war baff: Oder gar Mörder? Hatten ihn abschlachten wollen und hatten, weil sie ihn nicht antrafen, ihre Wut «an Sachen» ausgelassen?

Der Barockschrank stand offen, der Fußboden war bedeckt mit Tischwäsche und zerbrochenem Geschirr, Kaminholz dazwischen, der flandrische Leuchter heruntergerissen und die so lässig geschwungenen Arme verbogen.

Out! Out! Out!

Von Zimmer zu Zimmer ging Sowtschick ruhig, fast erstaunt, so etwas hatte er noch nicht gesehen. Der Likör über den Kelim gegossen, vom Siebenhundertachtzig-Mark-Geschirr die Henkel ab! *Alle* Bücher aus den Regalen gerissen, mit Tomatenketchup bespritzt, Kissen und Polster aufgeschlitzt, den zarten Jugendstil-Stühlen die Beine gebrochen. Der Schafbock im goldenen Rahmen zerschnitten!

Das hier ist Gumbinnen, dachte er. Der Einmarsch der plündernden, mordenden Roten Armee. Oder Wertheim 1938.

Im «Studio» sah es am schlimmsten aus. Die Schreibmaschine mit dem Phrasen- und Floskelspeicher war zertrümmert, seine herrlichen Schlachtschiffe, das Paperweight aus Bristol und das Briefmesser mit dem Jadegriff zerstampft, das Konfetti aus dem Locher verstreut. Wie gut, daß er den Wiener Bronze-Hahn verschenkt hatte, der war jedenfalls gerettet. Aber weg war er ja auch...

Mit Vorschlaghämmern war der Flügel traktiert worden. Manuskriptblätter wehten auf dem Boden, vom Schnee der Kissendaunen umflockt, und, dies gab ihm einen Stich, die Ritterburg war mit Karbolineum übergossen. «De Düwel in de Föör», da lag es, das Buch, auf einem Haufen zertretener Kakteen – vermutlich das Exemplar, das den Mädchen vom Schulmeister verehrt worden war.

Die Sonne überflutete die Szenerie: Dies ist der Welt Ende, dachte Sowtschick, nun ist alles aus. Keine Wut war in ihm, nicht einmal die Frage, ob eine Versicherung zu benachrichtigen sei oder gar die Polizei, es war eher die Genugtuung des Triumphes, recht behalten zu haben. Ich hab's ja gleich gesagt, dachte er, und er hatte das Gefühl, endlich, am Ziel zu sein.

Plötzlich erschrak er: Fingerling! Um Gottes willen, Fingerling! Der Roman!

In seinem Gehirn grellte rasende Musik auf: Er taumelte die Treppe hinauf über Kleider- und Anzugberge, auf die man Zahnpastatuben und Marmeladengläser geleert hatte, und stand vor der verschlossenen Tür seiner Fluchtburg. Die Zellentür hatte widerstanden! Obwohl sie deutlich «die Spuren von Gewaltanwendung» trug, wie es dann wohl im Polizeibericht heißen würde.

Sowtschick öffnete: Auf dem Sekretär lag es wohlbehalten, das Manuskript der «Winterreise». Er nahm es in beide Hände und küßte sie, die heilige Schrift. «Gerettet!» Und er schrie laut: «Dazu ward ihr zu dußlig, ihr Idioten!»

Dann glitschte er über Tausende von Notizzetteln die Treppen wieder hinunter, bis in den Keller: dem Loire-Wein die Hälse abgebrochen, eine Flasche nach der anderen.

Wenn sie den Wein wenigstens getrunken hätten, dachte Sowtschick. An ihrer torkelnden Betrunkenheit hätte man sie dann erkannt.

Der Fleck, in den die Nacht-Silvesters sich sonst verkrochen, war noch da. Die sind weg, dachte Sowtschick, die kommen nie wieder, flatternd, gackernd und keck.

Dann setzte er sich mitten im Studio auf den Haufen seiner atomisierten Habe; wie der Teufel auf den Kohlen saß er da, das Manuskript in der Hand. Da drüben, die chinesische «Idioten»-Vase, die war natürlich unversehrt.

Er fühlte sich als Kamerad der geplünderten Ostpreußen, der ermordeten Juden, der Mönche in den Bauernkriegen, die zusehen mußten, wie man ihre geschnitzten Altäre ins Feuer warf. Er war ein Römer, dem die Barbaren seine Marmorhalle verwüsteten, und er stand gleichzeitig unter dem Eindruck, gefilmt zu werden, wozu es gehörte, daß er Gefühle zeigte, also schlug er die Hände vors Gesicht und weinte, und gleichzeitig überlegte er, wie sich die ganze Sache in der Presse ausnehmen würde. Möglichst heute noch diverse Fotos davon machen!

Da fuhr ein Auto vor. An der selbstsicheren Art, wie die Haustür geöffnet wurde, merkte Sowtschick, daß es jemand sein mußte, der sich hier auskannte. Und die Schreckensschreie in der Halle verrieten ihm, daß *sie* es war, Marianne. Ihn zu überraschen, war sie Stunde um Stunde durchgefahren, heiß, verschwitzt, aufgehalten durch Staus, beprasselt von Wolkenbrüchen, aber freudig: Was die Blumen machen, die Hunde und die beiden Schafe! – Als sie das Haus betrat, hatte sie spontan gedacht: Gott, so eine Unordnung. Was hat er hier bloß angestellt? Ist er betrunken oder durchgedreht? Hat alles kaputtgeschlagen, weil ich ihn so lange allein gelassen habe? Aber dann sah sie Sowtschick auf dem Trümmerberg sitzen, die Hände vorm Gesicht...

Sie setzte sich dazu, legte ihren Arm um ihn, und schluchzte auch, und ihr Schluchzen wurde nur gelegentlich unterbrochen durch einzelne Ausbrüche: »Dies Gesindel...«, und sie dachten an all das Geld, das sie für «Brot für die Welt» gestiftet hatten, die Brillenspende für Brasilien, an die Patenschaften in Pernambuco, an die Leprahilfe und die DDR-Pakete. Das war nun der Dank! Sie, die immer zum Wählen gingen, stets Handwerker und Arbeiter beschäftigten und ihnen Bier gaben wegen der zu trocknen Luft, die dem Dorf Ansehen verschafften – bestraft, wofür? Was hatten sie falsch gemacht? – So sehr sie auch überlegten, sie kamen auf nichts. Sinnlos, dachten sie, ein sinnloser Akt der Zerstörung.

Als sie sich lange genug ihrem Schmerz hingegeben hatten, kehrten die Lebensgeister zurück, ganz konkrete Fragen sorgten für Grund, den sie unter die Füße bekamen. Die Alleetür stand offen, durch diese Tür mochten die Vandalen eingedrungen sein: Die Hunde, ach ja, wo waren sie? Auf Rufen und Pfeifen reagierten sie nicht, einmal die Allee hinauf und hinunter. Die Namen rufen, immer wieder – nichts. Dann sah Sowtschick einen der Corgies mitten in den Kaninchenterritorien unter einem Schlehenbusch zwei-, dreimal mit der Rute klopfen und dahinter die anderen beiden Gesellen: schuldbewußt. An die Kehle hätten sie den Eindringlingen springen müssen, anstatt das Weite zu suchen! Nun, sie wurden wieder aufgenommen in die Arme der Liebe, und sie begleiteten Sowtschick ins Haus hinein, wo Percy an einem der Trümmerhaufen das Bein hob und sich erleichterte. Dann jagten sie ein Karnickel aus dem Haus, das sich in das Studio verirrt hatte.

Inzwischen war Marianne nach vorn gegangen, an einzelnen Klagerufen konnte Sowtschick herausbringen, daß sie bis zu ihrem Pavillon vorgedrungen war. Die Karaffen mit den süßen geistigen Getränken! Der Kelim! Für immer ruiniert! ...

Das Telefon war noch intakt, Sowtschick rief die Polizei an, und Wagner, der Kommissar, traf, obwohl es Sonntag war (wie er betonte), ziemlich bald ein. Mit vorwurfsvollem Gesicht wurde ihm das Haus gezeigt. Harmlose Bürger verhaften, das kann die Polizei, aber einen solchen Akt des Vandalismus verhindern, das kann sie nicht: «Wie geht's Ihrem Schwager?» Wagner aber hatte eine starke Position, die Fluchtburg, oben, die er angeregt hatte, war unversehrt geblieben. Wenn Sowtschick nach seinem Rat sich gerichtet hätte und alle Pretiosen nach oben gebracht, dann wären sie nicht zerstört worden.

Ohne auf Sowtschicks Vorwürfe einzugehen, bezeichnete er die ganze Sache hier diagnostisch als Vandalismus. So, als ob damit alles erledigt sei. Er klärte die Frage, wie die Täter – «das war ja Schwerstarbeit» – in das Anwesen hatten eindringen können. Über den niedergetretenen Zaun hinweg, das war rasch herauszubringen, durch die offengelassene Alleetür, und dann systematisch von einem Raum in den anderen. Sogar das Schwimmbad hatten sie sich vorgenommen, das sah man jetzt: alle Pflanzen ins Wasser gestürzt, die Spiegel zertrümmert, Diesel ins Wasser gekippt.

Eine nochmalige Untersuchung der Alleetür ergab, daß sie vielleicht doch abgeschlossen gewesen war, die Kratzspuren? Mit einem gebogenen Draht geöffnet. «Ich denke», sagte der Beamte gnädig, «das kann ich der Versicherung gegenüber auf meine Kappe nehmen, daß hier abgeschlossen war», womit Sowtschick erneut in Dankbarkeitszwang geriet.

Hinsichtlich der Täter und deren Dingfestmachung war Wagner zuversichtlich: Die Mofa-Bande kam dafür in Frage. Denen sei vermutlich auch die Verwüstung der Senneschalk-Baracke zuzuschreiben, im Moor vor vierzehn Tagen, das war die gleiche Handschrift.

Als sie da so von einem Dreckhaufen zum nächsten stiegen – Sowtschick dachte grade daran, daß er nun für die weggeworfenen Gedichte des aufdringlichen Jünglings eine Ausrede habe –, traf auch Frau Schmidt, die Reinemachefrau, ein. Aus Berlin war sie zurückgekehrt von all ihren Enkelkindern. Sie hatte ihren Mann mitgebracht und eine Nachbarsfrau, das Gesangbuch noch unter dem Arm. Alle hatten den Kopf in die Hand gestützt und riefen: «Nein, o nein!»

Immer mehr Menschen versammelten sich im Haus: Der Fernfahrer Lohmeier, «Klaussi», Tante Hertha, die Zeitungsfrau und die Pferdemädchen, die diese Gelegenheit nutzten, sich Sowtschick wieder zu nähern. Insbesondere die Zerhackung der Videokassetten beklagten sie. «Nein, o nein!» wurde wieder und wieder gesagt, und allen war es klar, daß es die Mofa-Jugend gewesen sein mußte, zuzutrauen wär's der. Und außerdem: die Reifenspuren, die Bierdosen, das Mofa-Werkzeug, das zu Zertrümmerungszwecken benutzt worden war, und das völlige Ausbleiben der Kerle, jetzt, wo's endlich mal was zu sehen gab. Beim Brand des «Fron-Hus» waren sie sofort zur Stelle gewesen. Unter der Mofa-Jugend waren die Täter zu suchen, die hatte sich, wie zu erfahren war, der Tat bereits gerühmt.

Und das Motiv? Neid wegen all der Mädchen?

Während Sowtschick eine Art Rede hielt an die Anwesenden, daß er dem Dorf jetzt was hustet, bisher sei er für alle dagewesen, nun sei absolut Sense, als er sich wort- und gestenreicher aufschaukelte zu einer rhetorischen Glanzleistung, traf auch Edmund Ballon ein, vom «Kreuzthaler Tageblatt», Fotoapparat vorm Bauch und Stenoblock in der Hand. Der sammelte Material für grundsätzliche Betrachtungen. Ob das Bürgertum nicht auch ein gerüttelt Maß von Schuld hat an solchen Exzessen? Angesichts der Not der Jugend ein Wohlleben zu führen, wie es in der Geschichte der Menschheit ohne Beispiel ist?

Sowtschick stellte seine Deklamationen ein. Er gab sich schroff, er drängte den feuilletonistischen Schöngeist hinaus und mit ihm die Kirchgänger im Sonntagsstaat. Ob er die Aktentasche noch braucht, wurde er von einem Bauern gefragt.

«Also, bei Gott! Nun reicht's!» rief Sowtschick. «Raus!»

Und während er die überall herumliegenden Großfotos der Sommer-Mädchen einsammelte, denen die Augen ausgestochen waren, und Stühle wieder aufstellte, ging Marianne in die Küche, sie fegte vom Herd die Scherben herunter. Dann tat sie den Rest von Sowtschicks heiligem Schmalz in die Pfanne und schlug ein paar Eier darauf, ein kräftiges Bauernfrühstück wäre jetzt das Rechte, dachte sie. Und während Sowtschick drinnen von einem Zimmer ins andere ging und immer mehr Stühle wieder aufstellte und die Schuhe in den Schuhschrank räumte, kam in ihr ein freundlich-wehes Gefühl auf, der Gedanke an einen jungen Mann mit schwarzem Haar, einen Anhalter, mit dem sie ein paar nette Stunden verlebt hatte.

Bei seinem Stühle-Aufstellen fiel Sowtschick eine Porzellan-Gruppe ins Auge. Um das Hirtenmädchen handelte es sich, das von ihrem Freund einen Vogel gereicht bekommt und in den Käfig steckt. Beiden war säuberlich der Kopf abgeschlagen! Und da dachte er: Wenn man die Köpfe abgeschlagen hat, dann müssen sie ja noch irgendwo sein. Mit dem Fuß purrte er in den Trümmern herum, und siehe da, zwischen Kothaufen und ausgerissenen Kakteen lag der Kopf des Hirtenmädchens. Sowtschick sah es sich an, das liebe Gesicht, und er probierte es, er hielt das Köpfchen an die Bruchstelle ... Das würde man kleben können, ohne Zweifel. Alles kleben und wieder heil machen, alles wieder hinstellen, wo's gestanden hat, und dann eine Mauer um das Grundstück herum bauen, mit Stacheldraht obendrauf, und scharfe Hunde anschaffen. Die schärfsten Hunde, die es überhaupt gibt. Mannscharf. Und die Mauer so hoch wie's irgend geht, und dazu Maurer chartern aus Hamburg oder Bremen, nicht aus Sassenholz. Und wenn Leute klingeln am Tor, denen dann zuschreien durch die Sprechanlage: «Abhauen! Leine zieh'n! Verdünnisieren!» Den Rest des Lebens mit Marianne auf dem Sofa sitzen und geradeaus gucken. Intimsphäre schaffen, die sich gewaschen hat!

Draußen fuhr inzwischen die chinesische Schriftsteller-Delegation vor, elf Uhr dreißig, gewissenhaft angesagt und pünktlich eingetroffen. Die Chinesen sollten nach all den Molkereien und Möbelfabriken endlich mal einen deutschen Autor zu sehen kriegen, darauf freuten sie sich schon. Auf ihre Weise lächelnd kamen sie hereingestiefelt, traten knirschend auf Scherben und wunderten sich über die Wohngewohnheiten moderner deutscher Autoren. Oder war dies ein postmodernes Happening?